PETRA HAMMESFAHR

Stille Befreiung

W0387606

PETRA HAMMESFAHR

Stille Befreiung

ROMAN

DIANA

Sollte diese Publikation Links auf Webseiten Dritter enthalten, so übernehmen wir für deren Inhalte keine Haftung, da wir uns diese nicht zu eigen machen, sondern lediglich auf deren Stand zum Zeitpunkt der Erstveröffentlichung verweisen.

Von Petra Hammesfahr sind im Diana Verlag erschienen:
An einem Tag im November
Die Lüge
Die Frau, die Männer mochte
Fremdes Leben
Der gläserne Himmel
Als Luca verschwand
Der Schatten
Das Mädchen Jannie
Merkels Tochter
Nach dem Feuer
Stille Befreiung
Der stille Herr Genardy

MIX
Papier aus verantwortungsvollen Quellen
FSC® C083411

FSC
www.fsc.org

Penguin Random House Verlagsgruppe FSC® N001967

Copyright © 2022 by Diana Verlag,
in der Penguin Random House Verlagsgruppe GmbH,
Neumarkter Straße 28, 81673 München
Redaktion: Cathérine Fischer
Umschlaggestaltung: t.mutzenbach design, München
Umschlagmotive: © Rekha Garton/Trevillion Images;
Guschenkova, 8Rinbow8, Pictureguy/shutterstock.com
Autorenfoto: © Wilfried Hammesfahr
Satz: Leingärtner, Nabburg
Druck und Bindung: CPI books GmbH, Leck
Printed in Germany
Alle Rechte vorbehalten
ISBN 978-3-453-29264-2

www.diana-verlag.de

TEIL 1

Ronnie

Prolog

Letzte Nacht habe ich wieder geträumt, wie ich schniefte und schluchzte und versprach, dass ich mich bemühen werde, so etwas nicht noch einmal zu tun. Dabei hatte ich mich nur eingeschlossen, um nicht belästigt, nicht zum Sex genötigt zu werden. Mein Kind hatte ich nicht misshandelt. Aber ich wusste, er würde es mir in die Schuhe schieben, und alle würden ihm glauben.

Und dann schrie ich im Traum ebenso unvermittelt los wie in der Nacht damals: »Fahr zur Hölle, du mieser Hund. Schlag mich genauso tot, wie du es mit Josie gemacht hast. Dann sieht in ein paar Stunden jeder, wer sich hier an den Schwachen und Hilflosen vergriffen hat. Du hast einen so gewaltigen Sprung in der Schüssel, dass du für zwei Morde wahrscheinlich nicht mal richtig verknackt wirst. Du landest in der Klapsmühle, und da gehörst du auch hin.«

Von meinem Geschrei bin ich aufgewacht, saß im Bett und drosch mit beiden Fäusten auf die Luft ein, bis ich registrierte, dass niemand da war, und mir bewusst wurde, dass gleich wohl wieder der Nachbar an die Wand klopfen würde. Beim ersten Mal hat er sich noch erkundigt, ob ich Hilfe brauche. Inzwischen hat er kapiert, dass ich mich in solchen Nächten nur mit einem widerlichen Dämon herumschlage.

Wüste Geschichten

Es haben mich damals einige vor Ronnie Renner gewarnt, allen voran meine Großmutter, Oma Finchen, wie wir sie nannten, abgeleitet von Josefine. Sie hatte lange Jahre in unmittelbarer Nachbarschaft von Ronnies Elternhaus gelebt. Ronnies Mutterhaus, um genau zu sein. Ronnies Vater war ein Jahr vor Ronnies Geburt gestorben. Angeblich vergiftet worden.

Wie ich hatte Ronnie zwei ältere Brüder, vielmehr Halbbrüder. Wie seine Mutter es geschafft hatte, dem Toten die dritte Vaterschaft unterzujubeln, wusste meine Großmutter nicht genau. Ihr erklärte sich die zeitliche Diskrepanz zwischen Tod und Geburt mit dem Gerücht, Klara Renner hätte sich beim Standesbeamten auf ihre Weise für die kleine Gefälligkeit erkenntlich gezeigt. Möglicherweise hatte aber auch Klaras Schwager die Anmeldung des Neugeborenen übernommen und mit einem größeren Geldschein verhindert, dass auf dem Standesamt einer nachzurechnen begann.

Es kursierte zudem das Gerücht, nach Ronnie habe es noch eine weitere Schwangerschaft gegeben, die Klara Renner ihrem Schwager verdankte. Man ging allgemein davon aus, dass der auch für Ronnies Entstehung verantwortlich zeichnete. Er war mit Klaras Schwester Hella verheiratet, die Ehe war kinderlos. Hella war krank, irgendwas Ansteckendes, hatte es geheißen. Woran Ronnies Tante gelitten hatte, wusste Oma Finchen auch nicht.

Sie hatten alle zusammen im selben Haus gewohnt. Hella und ihr Mann Otto oben, Klara mit ihrer Familie unten. Otto brauchte nur die Treppe hinunterzusteigen, Klara stand allzeit bereit für ihn, behauptete zumindest meine Großmutter.

Ein zweites Kind vom Schwager hatte Klara aber nicht mehr bekommen. Es wäre auch kaum möglich gewesen, den verstorbenen Gatten noch einmal als Vater anzugeben und für ein weiteres Wechselbalg Halbwaisenrente zu beziehen, meinte Oma Finchen.

Ob Otto beim Tod des Ehemanns die Finger im Spiel gehabt oder ob Klara das in Eigenregie gemanagt hatte, wusste keiner. Aber ein Arbeitsunfall, wie es offiziell geheißen hatte, wäre das nicht gewesen, das wollte meine Großmutter beschwören. Klaras Mann war Gerüstbauer gewesen und aus zehn oder noch mehr Metern abgestürzt, nachdem er einem Arbeitskollegen geklagt hatte, seit der Frühstückspause wäre ihm irgendwie komisch.

»Klara hat später selbst erzählt, der Kaffee in seiner Thermoskanne wäre mit Tabletten vergiftet worden«, erzählte Oma Finchen. »Nachprüfen konnte es keiner mehr. Der arme Kerl hatte den Rest Kaffee weggekippt und die Kanne ausgespült. Aber Hella bekam von ihrem Arzt eine Menge Zeugs verschrieben, Herztabletten, Schmerztabletten, Schlaftabletten, welche für den Blutdruck und welche fürs Gemüt. Da hätten sowohl Otto als auch Klara sich leicht etwas beschaffen können, um den armen Mann aus dem Weg zu räumen.«

Damit nicht genug. Wahrscheinlich sei Hella danach ebenfalls vergiftet worden, meinte Oma Finchen. Und Klara hatte sich, Gipfel der Kaltblütigkeit, in ihrem Wohnzimmer für Otto aufs Sofa gelegt, während ihre Schwester über ihren Häuptern starb.

Nach Hellas Tod war Klara dann halb nackt durchs Dorf gelaufen, hatte sich die Haare büschelweise ausgerissen und geschrien: »Was habe ich getan! Was habe ich getan!«

»Das habe ich selbst gesehen und gehört«, sagte meine Großmutter. »Ein Streifenwagen ist eine halbe Stunde lang hinter ihr hergefahren, bis man sie in die Sackgasse neben unserem

Garten gescheucht hatte, wo sie nicht mehr rauskonnte. Und selbst dann hatten die Polizisten noch ihre liebe Not, sie zu bändigen. Klara hat gespuckt, gekratzt, getreten, um sich geschlagen und die ganze Zeit verlangt, die sollen sie erschießen. Das haben die aber nicht getan.«

Das klang, als bedaure Oma Finchen die Zurückhaltung der Polizei beim Schusswaffengebrauch. Und vermutlich klang es nicht nur so. Ich kannte meine Großmutter, sie liebte es dramatisch und las mit Leidenschaft Krimis.

Nach diesem Vorfall war Klara Renner in die Landesklinik eingewiesen worden. Ihre beiden älteren Söhne kamen zur Großmutter väterlicherseits, wo sie auch blieben. Ronnie war sechs und ging gerade das erste Jahr zur Schule. Ihn wollte diese Großmutter nicht aufnehmen mit der Begründung, er sei ja nicht mit ihr verwandt. Deshalb wurde Ronnie vom Onkel beziehungsweise seinem leiblichen Vater betreut. Der hatte sonst nichts zu tun.

Soweit meine Großmutter sich erinnerte, hatte Otto nie richtig gearbeitet. Angeblich war er in jungen Jahren bei einem Unfall schwer verletzt worden, wovon man ihm aber nichts anmerkte. Seitdem bekam er Rente und hatte Zeit im Überfluss. Kein Wunder, dass ihn immerzu der Hafer stach.

Als Klara nach einem halben Jahr aus der Klinik entlassen wurde, ging das Spiel von vorne los. Otto konnte seine Finger einfach nicht von ihr lassen. Aber Klara war nicht mehr die Alte. Sie verkraftete den Tod ihrer Schwester nicht und hatte einen tüchtigen Knacks behalten. Sie sollte Otto sogar angezeigt haben, war Oma Finchen zu Ohren gekommen. Ihr Schwager hätte ihren Mann und ihre Schwester vergiftet, damit er sie ungestört vergewaltigen konnte, hätte Klara bei der Polizei behauptet.

Da beide Verstorbenen eingeäschert worden waren, ließen sich Vergiftungen nicht mehr nachweisen. Und bei dem Wort

Vergewaltigung tippte sich jeder bezeichnend an die Stirn. Nach all den Jahren, in denen Klara anscheinend freiwillig mitgemacht hatte, klang *Vergewaltigung* absurd und verhalf Ronnies Mutter zur zweiten Einweisung in die Landesklinik.

Um Ronnie kümmerte sich diesmal das Jugendamt, brachte ihn in einer Pflegefamilie unter, weil sein Onkel-Vater es vorzog, sich eine andere Bleibe zu suchen. Mit einer Verrückten wollte Otto nicht länger unter einem Dach leben.

Das Haus gehörte Klara, die es von einer Tante geerbt und die kranke Hella samt dem nichtsnutzigen Schwager aus reiner Nächstenliebe und Barmherzigkeit aufgenommen hatte. Das mit der Nächstenliebe und Barmherzigkeit hatte die Frau des Gemeindereferenten einmal behauptet.

Meine Großmutter war überzeugt, Ottos Charme habe nicht unerheblich zur Barmherzigkeit beigetragen. Klaras Mann sei ein vierschrötiger gewesen, ein ungebildeter Arbeiter halt, fleißig und herzensgut, aber strohdumm. Otto dagegen galt als belesen und hatte den ganzen Tag Zeit zu überlegen, wie er eine Frau umgarnen oder sich gefügig machen konnte, falls es mit dem Umgarnen nicht klappte.

Der Auszug ihres ehemaligen Liebhabers beschleunigte Klaras Heilungsprozess offenbar. Diesmal kam sie schon nach drei Monaten zurück, musste aber weiter Medikamente gegen ihre Zustände nehmen. Oma Finchen meinte, es wäre für Ronnie entschieden besser gewesen, wenn man ihn in der Pflegefamilie gelassen hätte, dann hätte er sich womöglich einigermaßen normal entwickelt. Aber nein: Von Amts wegen wurde entschieden, der Junge gehöre zur Mutter und sei bei ihr gut aufgehoben.

Dabei kümmerte Klara sich gar nicht um ihn, weil sie von den Tabletten immer so beduselt war, dass sie morgens nicht aus dem Bett fand. Wie oft Ronnie ungewaschen, ungekämmt und ohne Frühstück zur Schule gegangen war, hatte niemand gezählt. In der heutigen Zeit, wo man vielen Leuten die Erziehungskompetenz absprach, mochte das als normal gelten, aber damals war es das beileibe nicht gewesen.

Und wer nun glaubte, Ronnie hätte wenigstens mittags etwas zu essen bekommen – Fehlanzeige. Wenn Klara es überhaupt geschafft hatte, aus den Federn zu kriechen, lag sie mittags im Wohnzimmer auf dem Sofa. Da mochte Ronnie rufen und klopfen, solange er wollte, Klara war so zugedröhnt, dass sie nichts mitbekam, obwohl ihr Schlafzimmer und das Wohnzimmer vorne zur Straße lagen.

Oft genug erbarmte sich die Frau des Gemeindereferenten. Die wohnte schräg gegenüber und hatte vier Kinder, da wurde auch ein fünftes noch satt. Ronnie bekam etwas in den Bauch, aber länger bleiben und Hausaufgaben machen, bis seine Mutter aufstand, wollte er nicht. Lieber lungerte er auf der Straße herum, bis die Frau des Gemeindereferenten Klara an die Haustür trommelte, weil es in Strömen regnete oder viel zu kalt war, um ein Kind in dem Alter noch länger draußen spielen zu lassen.

Wobei Ronnie nicht spielte. Meist saß er auf der Stufe vor der Haustür und beschäftigte sich mit einem alten Taschenrechner, einer kaputten Taschenlampe oder sonst etwas. Er hatte immer irgendein kleines Gerät und winzige Werkzeuge in seinem Ranzen. Alles, was ihm in die Hände fiel, nahm er auseinander und setzte es wieder zusammen. Vieles machte er kaputt, nur um es reparieren zu können.

Manchmal fummelte er nur eine Weile an einem Ding herum, und oft funktionierte das dann wieder. Wenn nicht, wiederholte er die Prozedur so lange, bis es entweder doch noch klappte oder er einsah, dass es jetzt keinen Zweck hatte. Dann warf er das Teil aber nicht weg, er legte es an die Seite nach dem Motto: Kommt Zeit, kommt Rat. Aufgeben kam für Ronnie nie infrage.

Diese Hartnäckigkeit, die letztlich irgendwann doch noch von Erfolg gekrönt worden war, mochte lobenswert sein. Dass

Ronnie jedoch mit vierzehn in einem Jugendzeltlager der Arbeiterwohlfahrt einen Gaskocher repariert hatte, veranlasste keinen zu einer Lobeshymne. Anschließend brannte nämlich das Küchenzelt ab. Zum Glück wurde niemand ernsthaft verletzt.

Aber Ronnie hätte damals Gefallen an offenem Feuer gefunden, meinte Oma Finchen und berichtete von weiteren Bränden, die man ihm nachgesagt, jedoch nicht hatte nachweisen können. Wieder und wieder mahnte sie: »Lass bloß die Finger von dem kleinen Renner, Sandra. An dem verbrennst du sie dir nur.«

Und das meinte sie wörtlich.

Bei den Schauergeschichten, die meine Großmutter über Ronnie und seine Familie zu berichten wusste, konnten sich einem vernünftigen Menschen durchaus die Nackenhaare sträuben. Nur dachte ich mit achtzehn nicht einmal ansatzweise vernünftig. Vermutlich war auch eine gehörige Portion Auflehnung und Rebellion mit im Spiel, als ich mich mit Ronnie einließ.

Fast dreizehn Jahre lang war ich von Papa und Oma gleichermaßen verwöhnt worden, auch Mama hatte mir mehr durchgehen lassen, als gut war. Erst als sich abzeichnete, dass meine schulischen Leistungen nicht ihren Erwartungen entsprachen, schlug meine Mutter bei mir dieselbe Gangart ein, mit der sie meine Brüder aufs Erwerbsleben vorbereitet hatte.

Meine Mutter war nur bis zur Geburt meines ältesten Bruders berufstätig gewesen. Seitdem hielt sie Papa den Rücken frei, kümmerte sich um den Haushalt, die Kinder und die Finanzen, später auch noch um Oma Finchen und Julia, die Tochter meines ältesten Bruders.

Mein Vater war Zahnarzt. Neben der Arbeit in seiner Praxis engagierte er sich in sozialen Projekten und war Mitglied im Stadtrat. Seine knapp bemessene Freizeit verbrachte er mit Vorliebe im Bastelkeller. Er arbeitete gerne mit Holz, wäre lieber

Schreiner geworden. Aber er hatte in jungen Jahren gewusst, was von ihm erwartet wurde.

Meine Brüder wussten das auch. Tobias, der Ältere, hatte wie Papa Zahnmedizin studiert und sollte bald die väterliche Praxis übernehmen. Seine Frau Olga arbeitete als OP-Schwester im St.-Katharinen-Hospital und wusste ihr Julchen bei meiner Mutter gut aufgehoben. Dirk, der Jüngere, befand sich in der Facharztausbildung Innere Medizin an einer Kölner Klinik, hatte keine Zeit, sich eine Freundin zu suchen und eine Beziehung aufzubauen. Klinikalltag und Ausbildung fraßen ihn auf.

Ich war das Nesthäkchen. Bei meiner Geburt war Dirk zwölf, Tobias schon siebzehn gewesen. Mama war fünfundvierzig und hatte die dritte Schwangerschaft anfangs für den Beginn des Klimakteriums gehalten. Als sich herausstellte, dass sie beim Klapperstorch noch einen Nachzügler bestellt hatte, fühlte Papa sich zuerst wie erschlagen.

Die beiden Jungs waren aus dem Gröbsten raus. Noch mal ganz von vorne anfangen mit durchwachten Nächten, Zahndurchbrüchen, Dreitagefieber, Steckdosensicherungen und Strandurlaub in Holland, weil man mit kleinen Kindern seiner Meinung nach nicht in südliche Länder fliegen sollte, das musste er erst mal verdauen. Aber so nach drei, vier Wochen hatte er den emotionalen Tiefpunkt überwunden, einen ganzen Sonntag in seinem Bastelkeller verbracht und begonnen, eine neue Wiege zu zimmern. Die alte, in der meine Brüder geschlummert hatten, war im Familienkreis weitergereicht worden und irgendwann schäbig und abgenutzt beim Sperrmüll gelandet.

Und nachdem der Gynäkologe bei einer Ultraschalluntersuchung verkündet hatte, es sei ein Mädchen …

»Hat Papa vor Freude geweint.«

Wie oft ich den Satz nach meiner Entscheidung für Ronnie gehört habe, weiß ich nicht mehr. Unausgesprochen blieb dabei, dass mein Vater nun aus anderen Gründen weinte, heimlich, abends in der Praxis, wenn außer ihm keiner mehr da war, oder samstags in seinem Bastelkeller, wo Mama ihn wiederholt dabei erwischte. Nach dem Grund musste sie ihn nicht fragen. Sein Augenstern, sein Herzenskind war ausgerechnet an Ronnie Renner geraten und drohte zu zerbrechen.

Der Bastler

Manche hielten Ronnie für einen harmlosen Spinner, weil er davon träumte, später mal mit schönen Frauen auf der eigenen Jacht über die Weltmeere zu schippern. Andere hielten ihn für ein gutmütiges Arbeitstier, das gar nicht anders konnte, als ranzuklotzen.

Als ich ihn im Juli 2013 kennenlernte, war er fünfundzwanzig und betrieb den sogenannten *Zweite-Hand-Laden*, nicht zu verwechseln mit Secondhandläden, in denen man preisgünstig getragene Kleidung kaufen kann. Ronnie reparierte und verkaufte ausgemusterte und von ihm wieder auf Vordermann gebrachte elektrische Geräte. Bügeleisen, Toaster, Bohrmaschinen und dergleichen, hauptsächlich Unterhaltungselektronik und Computer, obwohl er Letztere selten reparierte, die schraubte er meist nur zusammen.

Von Computern verstand er etwas, obwohl er das nicht gelernt hatte. Gelernt im Sinne einer regulären Ausbildung hatte Ronnie gar nichts, weil ein wirklich begabter Mensch seiner Ansicht nach keine Ausbildung brauchte. Learning by doing, lautete seine Devise. Und da er schon als Kind alles, was mit elektrischem Strom, Batterien oder Akkus betrieben wurde und nicht mehr funktionierte, bis ins kleinste Detail erforscht hatte, machte ihm mit fünfundzwanzig so schnell keiner mehr etwas vor.

In der Stadt galt sein Laden als Geheimtipp. Ronnie reparierte auch noch, wo andere abwinkten. Wer auf Nachhaltigkeit achtete oder knapp bei Kasse war, schaute sich erst mal bei ihm um.

Mit achtzehn war ich ständig knapp bei Kasse. Ich befand mich im ersten Jahr meiner Ausbildung zur Physiotherapeutin oder, wie Mama es profan ausdrückte: Krankengymnastin. Auf die Idee hatte meine Schwägerin mich gebracht.

Wenn Olga aus ihrem Arbeitsalltag berichtete, klang das immer spannend, manchmal hochdramatisch, jedenfalls nie nach kräftezehrender Routine wie bei meinem jüngeren Bruder. Aber Krankenschwester ... »Das ist nichts für dich«, hatte Olga gesagt. »Zu viel Stress, unsägliche Arbeitszeiten und schlechte Bezahlung. Wenn du unbedingt mit Kranken arbeiten willst ...«

Mit Kranken arbeiten, wobei die Betonung auf *arbeiten* lag, das klang in meinen Ohren toll. Und Physiotherapie bekam laut Olga immer mehr Bedeutung bei Vor- und Nachsorge. Also hatte ich mich dafür entschieden. Leider gab es während der dreijährigen Ausbildung keine Vergütung. Im Gegenteil, für alle anfallenden Kosten musste Papa aufkommen. Deshalb war es um mein Taschengeld nicht so üppig bestellt, wie man es bei einer Zahnarzttochter womöglich erwartet. Aber dass Mama für die Finanzen zuständig war, sagte ich ja schon. Und Geld war ein ebenso gutes Druck- wie Lockmittel.

Ich war auf der Suche nach einem preiswerten Plattenspieler. Papa hatte bald Geburtstag und bedauerte oft, dass er seine alten Scheiben nicht mehr auflegen konnte. Sein Plattenspieler hatte den Geist aufgegeben. Einen neuen zu kaufen, lohne nicht mehr, hatte er gesagt, als Tobias und Dirk das Thema anschnitten. Die meisten Titel hatte er schon vor Jahren auf Kassetten überspielt, um die Platten zu schonen. Mittlerweile gab es alles auf CD.

CDs waren stets willkommene Geschenke. Doch diesmal

sollte es etwas Besonderes sein, weil es ein besonderer Geburtstag war. Papa wurde fünfundsechzig und hätte theoretisch in den wohlverdienten Ruhestand gehen können. Dafür war er nicht geschaffen. Er wollte in der Praxis nur kürzertreten, um mehr Zeit für sein Mandat im Stadtrat und die sozialen Projekte zu haben.

Olga empfahl mir den Zweite-Hand-Laden. Sie kaufte da gelegentlich, wenn sie ein Paket für ihre weitläufige Verwandtschaft in Weißrussland zusammenstellte.

Die Eingangstür war offen, deshalb schlug keine Klingel an, als ich eintrat. Der Laden war schlauchförmig geschnitten. Im vorderen Teil, der durchs Schaufenster Tageslicht bekam, stand der Kassentisch, dahinter war ein Regal mit Computerzubehör und PC-Spielen in bunten Originalverpackungen angebracht. In weiteren Regalen an beiden Längswänden stand alles, was Ronnie zum Verkauf anbot oder reparieren wollte. Und ganz hinten vor der Stirnwand stand ein großer Arbeitstisch, genau genommen eine stabile Holzplatte auf Stahlbeinen.

Dort saß Ronnie vor einem undefinierbaren Sammelsurium aus Kabeln, Platinen und anderen Kleinteilen. Im Schein einer Halogenschreibtischlampe hantierte er mit einem Lötkolben und Draht an einem winzigen Ding. Auf dem Rand eines schon übervollen Aschenbechers verqualmte eine Zigarette. Um ihn herum waberten Rauchschwaden. Nahe der Eingangstür war die Luft entschieden besser, deshalb blieb ich beim Kassentisch stehen.

Sogar aus der Entfernung von sieben Metern sah Ronnie schmuddelig aus. Sein ehemals weißes T-Shirt war ausgeleiert, scheckig vergraut und übersät von mehr oder weniger verblassten Flecken und kleinen Brandlöchern. Seine dunkelblonden Haare waren etwas zu lang und hingen ihm in die Stirn.

Anscheinend hatte er nicht gehört, dass ich hereingekommen war. Als ich mich mit einem »Hallo« bemerkbar machte, hob er kurz den Kopf und musterte mich von oben bis unten, wofür er allenfalls zwei Sekunden brauchte.

»Bin gleich für dich da, kannst dich ja schon mal umschauen«, sagte er und wies mit dem Lötkolben auf die Regale, wobei nicht ersichtlich war, ob ich mir die bunten Bildchen hinter dem Kassentisch oder den Rest anschauen sollte.

Von meinem Standplatz aus identifizierte ich Videorekorder, Verstärker, kleine Lautsprecherboxen, Toaster, eine Mikrowelle, zwei Eierkocher, eine Rotlichtlampe, einen Elektrogrill, einen Fön, einen Curler und zwei Bohrmaschinen.

Auf den unteren Regalböden standen Plastikkörbe in der Größe von Schuhkartons mit Kleinteilen. In dem Gewirr machte ich ein halbes Dutzend faustgroßer Motoren aus und etwas, das aussah wie der Arm eines Plattenspielers. Ein etwas größerer Korb war mit Handys gefüllt, darunter auch einige Knochen aus der Mobilfunksteinzeit. Dass es noch Leute gab, die so einen Schrott kaufen wollten, konnte ich mir nicht vorstellen.

Ronnie setzte zwei weitere Lötstellen, ehe er das winzige Ding vorsichtig ablegte und den glühend heißen Kolben neben den angekokelten Zigarettenfilter auf dem Rand des Aschenbechers parkte. Dann taxierte er mich erneut von Kopf bis Fuß, angelte dabei ein Einwegfeuerzeug und ein zerknautschtes Zigarettenpäckchen unter dem Kabelgewirr hervor, fischte ein neues Stäbchen heraus und zündete es an.

Nachdem er einen Zug gemacht hatte, stand er auf, kam mit der Zigarette im Mundwinkel um den Tisch herum auf mich zu und wischte sich dabei die Hände an schlabbrigen, schreiend bunten Bermudashorts ab, die zwar zu den draußen herrschenden hochsommerlichen Temperaturen passten, aber nicht zu einem Geschäftsinhaber in Ausübung seines Berufs, fand ich. Ich hätte ihm auf keinen Fall die Hand gereicht, wenn er mir eine hingehalten hätte. Tat er jedoch nicht.

Da ich noch keine Anstalten gemacht hatte, mir sein Angebot

näher anzuschauen, schloss Ronnie, ohne die Zigarette aus dem Mund zu nehmen: »Suchst du was Bestimmtes?« Erstaunlicherweise sprach er klar und deutlich.

»Einen Plattenspieler«, gab ich Auskunft. »Der von meinem Vater läuft nicht mehr, und ...«

»Nur was hier steht«, wurde ich unterbrochen. Ronnie wies noch einmal auf die Regale hin.

»Da ist keiner dabei.«

»Dann habe ich auch keinen«, erklärte Ronnie und blinzelte. Anscheinend war ihm Rauch ins Auge geraten. »Höchstens ein Ersatzteil. Was ist denn kaputt?«

»Weiß ich nicht. Er läuft nicht mehr.«

»Könnte ein Kabelbruch, könnte aber auch der Motor sein«, diagnostizierte Ronnie, wischte sich mit dem Handrücken das tränende Auge, nahm die Zigarette zwischen die Finger, ging vor den Regalen in die Hocke, begann mit der freien Hand in einem der Plastikkörbe zu kramen und wollte wissen: »Was ist es denn für ein Gerät?«

»Ein Plattenspieler«, wiederholte ich süffisant und kam mir schon in der nächsten Sekunde ziemlich dämlich vor.

Ronnie stellte seine Suche ein, drehte sich zu mir um, grinste mich an. »So weit waren wir schon«, sagte er. »Die Frage ist, wer hat das Teil gebaut? Mit dem Hersteller wäre mir sehr geholfen.«

»Weiß ich nicht«, murmelte ich und wäre gerne im Boden versunken, obwohl der alles andere als sauber war.

»Am besten bringst du das Teil mal her«, bot Ronnie an und kam aus der Hocke wieder in die Höhe. »Ich krieg's garantiert wieder hin.«

»Das geht nicht.« Ich konnte schließlich den Plattenspieler nicht wegnehmen, ohne dass mein Vater dessen Fehlen bemerkt hätte. Noch stand das gute Stück im Wohnzimmer. »Es soll ein Geschenk werden«, fügte ich als Erklärung hinzu.

»Schenk doch was anderes«, schlug Ronnie pragmatisch vor.

»Was denn? Ich kann nur zwanzig Euro ausgeben und will nicht wieder mit einer CD ankommen.«

»Was ist mit einer DVD?« Ronnie war schon auf dem Weg zum Kassentisch, auf dem ein Flatscreen und ein Drucker standen. »Ich hab 'ne Riesenauswahl an guten Filmen, kann dir schnell eine Liste ausdrucken.«

»Nein, danke«, wehrte ich ab. »Ich will einen Plattenspieler. Darüber würde mein Vater sich bestimmt wahnsinnig freuen.«

»Für zwanzig Euro wird das schwierig«, meinte Ronnie und empfahl: »Kannst ja in den nächsten Tagen mal wieder reinschauen. Das Angebot hier ändert sich täglich. Kann sein, dass ich schon morgen was reinbekomme, wonach du dir alle zehn Finger leckst.«

Das konnte ich mir kaum vorstellen. Obwohl er mit seinem Grinsen fast so ausgesehen hatte wie Leonardo DiCaprio, als der Kate Winslet an Bord der *Titanic* zu den unteren Decks führte, wo seinesgleichen tanzte und trank und einen Riesenspaß hatte, ehe sie alle jämmerlich ersoffen.

Daran hätte ich in den folgenden Monaten öfter denken sollen, und zwar nur daran. Tat ich aber nicht. Seit ich Leonardo DiCaprio in *Titanic* gesehen hatte, träumte ich von einem Mann, der mich ebenso aus den Fängen meiner von Standesdünkel zerfressenen Mutter befreite, wie Jack Dawson es mit Rose DeWitt getan hatte. Dabei war der Standesdünkel meiner Mutter wahrhaftig nicht groß, genau genommen hatte sie keinen. Sie wollte nur, dass ihre Kinder es im Leben zu etwas brachten, und zwar durch eigene Leistung. Wir sollten uns nicht auf dem ausruhen, was Papa und vor ihm sein Vater erarbeitet hatten.

In jungen Jahren hatte Mama – wenn auch meist nur aus der Wochenschau oder den Nachrichten – miterlebt, was APO und RAF unserem aus Trümmern neu erstandenen, schönen Vaterland angetan hatten. Und das, meinte sie, hätte nur passieren können, weil die jungen Leute nicht für ihren Lebensunterhalt hatten arbeiten müssen.

In den folgenden Tagen fand ich nicht die Zeit für einen weiteren Besuch im Zweite-Hand-Laden. Dass ich mich auf Anhieb in den Leonardo-DiCaprio-Verschnitt verliebt hätte, darf ich wirklich nicht behaupten, obwohl das vielleicht eine Fassung wäre, bei der niemand denken würde, mir sei recht geschehen. Liebe bringt die meisten Leute dazu, noch die größte Dummheit zu entschuldigen.

Sonntags saß ich mit meiner Freundin Carina Schubert auf der zur Straße liegenden Terrasse der Eisdiele. Bei einem Amarena-Becher und einem Spaghettieis tauschten wir uns über die zurückliegende Woche aus, in der wir uns nur per WhatsApp hatten verständigen können.

Carina war ein Einzelkind, zu beneiden war sie deshalb nicht, ich hätte nicht mit ihr tauschen mögen. Ihre Eltern betrieben ein Feinschmeckerrestaurant, in dem der Chef persönlich am Herd stand. Unter seiner Anleitung wurde Carina zur Köchin ausgebildet, was fürchterliche Arbeitszeiten bedeutete.

Wir sahen uns fast nur noch an den Sonntagnachmittagen. Und dann musste Carina spätestens um halb sechs zu Hause sein, weil um halb sieben ihr Dienst im Gourmettempel begann. Dafür durfte sie morgens bis um zehn schlafen und hatte montags frei, weil das Restaurant dann geschlossen war. Aber montags musste ich arbeiten.

Wir hätten uns zwar am Montagabend noch treffen können, hatten das früher auch getan. Nur hatte ich dazu in letzter Zeit keine Lust mehr, weil Carina für die theoretische Führerscheinprüfung lernte und ständig abgehört werden wollte. Mit ihrem selbst verdienten Geld war sie im Vorteil, investierte in Fahrstunden und hatte nichts anderes mehr im Kopf als Verkehrsregeln und schnuckelige Autos. Kein Wunder, dass sie als Erste auf das silbergraue BMW-Cabrio aufmerksam wurde, das auf dem Parkstreifen vor der Eisdiele zum Stehen kam.

Zwei junge Männer saßen drin, was Carina auch nicht entging. Wir hatten beide keinen festen Freund und Carina wegen ihrer blöden Arbeitszeiten auch nicht mehr viel Gelegenheit, junge Männer kennenzulernen und bei Laune zu halten. Sie konnte nicht mal mehr zum Volleyball-Training kommen.

Der Fahrer stieg aus. Bekleidet mit einer Designer-Jeans und einem Muskelshirt, das seine kräftigen Oberarme und die breiten Schultern gut zur Geltung brachte. Dazu trug er offene Sandalen, eine Pilotenbrille und eine Kappe mit Krokodil vornedrauf.

Der Typ auf dem Beifahrersitz wirkte etwas eleganter, was an dem kurzärmeligen weißen Hemd liegen mochte. Viel mehr sah man von ihm nicht, nur Schultern, Kopf und den rechten Arm, den er lässig auf der Autotür abgelegt hatte. Er hatte raspelkurze, pechschwarze Haare. Carina fand, er hätte etwas Dämonisches.

Der Fahrer kam beschwingten Schrittes die Stufen zur Terrasse herauf. Carina verrenkte sich fast den Hals, um seinen Blick einzufangen. Er musste an unserem Tisch vorbei, beachtete uns jedoch nicht. Als er in der Eisdiele verschwand, konzentrierte Carina sich auf seinen Begleiter. Doch der hatte auch keine Augen für sie und ließ keinen Blick von der Eingangstür.

»Wetten, die sind schwul«, sagte Carina. Das vermutete sie bei jedem jungen Mann, der über sie hinwegsah.

Der Fahrer kam mit zwei Eistüten zurück ins Freie und steuerte auf unseren Tisch zu, an dem er ja wieder vorbeimusste. Und diesmal blieb er stehen. Zuerst taxierte er Carina mit dem In-zwei-Sekunden-alles-gesehen-Blick, ehe er sich mir zuwandte. Ich erkannte ihn erst, als er zu sprechen begann.

»Gut, dass ich dich hier sehe«, sagte Ronnie. »Ich hab gestern einen reinbekommen, der wäre für dich genau richtig. Am besten kommst du morgen mal vorbei. Ich mach dir einen Sonderpreis. Lass dir nicht zu viel Zeit. Mein Partner stellt gerade einen Transport für den Osten zusammen und will das Teil mitnehmen, wenn es bis dahin nicht weg ist.«

Kaum hatte er uns den Rücken zugedreht, prustete Carina los. Sie hatte aus seiner Wortwahl nur das Schlüpfrige herausgehört. »Wer war das denn? Vertickt der Vibratoren nach Russland und testet sie vorher? Woher weiß er denn, welcher für dich richtig ist?«

Es war mir furchtbar peinlich. Ronnie musste das noch hören, reagierte aber nicht. Wieder nahm er salopp die Stufen zum Gehweg, drückte dem Dämon auf dem Beifahrersitz beide Eistüten in die Hände, sagte wohl auch etwas, weil der Schwarzhaarige einen Blick zu uns hinüberwarf und unwillig das Gesicht verzog.

Ronnie ging ums Heck herum. Ich erwartete, dass er über die Tür hinters Steuer jumpte, um uns zu zeigen, was für ein toller Hecht er war. Jeder Zwanzigjährige hätte das vermutlich getan. Ronnie stieg ganz gesittet ein, ließ den Motor an, nahm seinem Begleiter eine Eistüte ab und düste davon.

»Wer war das?«, fragte Carina noch einmal.

»Der Typ aus dem Zweite-Hand-Laden in der Kirchstraße«, sagte ich, verärgert über ihr Gelächter. Ich fühlte mich von ihr blamiert bis auf die Knochen. Weil der Ronnie, der da eben an unserem Tisch haltgemacht hatte, ein anderer war als der, den ich im Laden gesehen hatte. Er war ein Mann, dem ich gerne imponiert hätte. Und er hatte vermutlich nur zwei dumme Gänse gesehen.

Carina kannte den Laden, beschaffte sich dort hin und wieder preisgünstige Musik und war ziemlich perplex. »Echt? Den hab ich nicht wiedererkannt. Im Laden sieht der immer so schmierig aus. Und wer war der andere? Sein Partner? Ist das ein Geschäftspartner? Oder ist er wirklich schwul?«

»Weiß ich doch nicht«, sagte ich genervt.

»Wahrscheinlich ein Geschäftspartner, wenn er einen Transport zusammenstellt«, meinte Carina. In ihrer Achtung war Ronnie dank des Cabrios und seiner gepflegten Erscheinung ebenfalls um mindestens drei Punkte im Wert gestiegen. »Der Laden muss ja echt brummen, sonst könnte er sich kaum so ein Auto leisten. Oder ist das nicht seins?«

»Woher soll ich das wissen?«, brauste ich auf, um das Thema abzuschließen. Manchmal merkte Carina nicht, dass sie mir auf die Nerven ging. »Ich frage ihn, wenn ich morgen hingehe.«

Es war Ronnies BMW, wie ich tags darauf feststellte. Kurz vor Geschäftsschluss huschte ich in den Laden. Früher hatte ich es nicht geschafft und redete mir ein, dass ich mir nur den Plattenspieler ansehen wollte. Ronnie sah wieder ungefähr so aus, wie ich ihn in der Vorwoche kennengelernt hatte. Nur trug er statt Bermudashorts eine schmuddelige Jeans. Es war kühl, hatte den halben Tag geregnet.

In den Regalen gab es große Lücken. Der Korb mit den alten Handys war weg, ebenso einiges von dem anderen Kram. Der Transport für den Osten war folglich schon zusammengestellt worden. Aber ohne den Plattenspieler, auch einen Verstärker hatte Ronnie zurückgehalten. Er musste fest damit gerechnet haben, dass ich kam. Beide Geräte standen auf dem Arbeitstisch im Hintergrund bereit. Der Verstärker hatte Gebrauchsspuren, der Plattenspieler hingegen sah aus wie neu. Ronnie hatte ihn wohl gründlich aufpoliert und sogar eine alte Single besorgt, damit er das gute Stück richtig vorführen konnte.

Mit keinem Wort rührte er an Carinas peinlicher Bemerkung, sagte stattdessen: »Zwanzig Euro«, während er den Plattenspieler nach gelungener Demonstration in einen neutralen Karton versenkte, weil es doch eine Geburtstagsüberraschung werden sollte. »Er ist mehr wert, das ist dir hoffentlich klar. Aber ich hab gesagt, ich mach dir einen Sonderpreis, dazu stehe ich. Das ist ein echtes Schnäppchen.«

Weil das Schnäppchen im Karton zu sperrig war, um ohne Transportmittel nach Hause geschafft zu werden, bot Ronnie mir auch noch an, mich heimzufahren.

»Mein Auto steht im Hof. Wir müssen hinten raus.«

Durch ein Kabäuschen mit Kühlschrank, Kaffeemaschine und fünf Computern lotste er mich zur Rückseite des Gebäudes. Den Karton trug selbstverständlich er, obwohl es hinderlich war, weil er auch abschließen musste. Dabei erkundigte er sich, ob ich am nächsten Sonntag schon etwas vor oder ob ich Lust hätte, mit ihm etwas zu unternehmen.

Ronnie Renner machte seinem Namen alle Ehre, viel Zeit verlor er wahrhaftig nicht. Natürlich hätte ich ablehnen können. Aber ich sah in dem Moment nicht den Mann mit strähnigen Haaren in schmuddeliger Arbeitskleidung, der nach unzähligen gerauchten oder auf dem Rand des Aschenbechers verqualmten Zigaretten stank. Ich könnte nicht einmal mehr sagen, ob mir ein unangenehmer Geruch auffiel, weil mir ein attraktiver, junger Mann im Muskelshirt vor Augen schwebte, der grinste wie Leonardo DiCaprio und ganz manierlich in das BMW-Cabrio stieg. Auf dem Beifahrersitz saß nicht der pechschwarze Dämon, sondern ich. Und Ronnie fuhr uns beide mitten hinein in den Himmel der Liebe.

Mit achtzehn dachte ich noch öfter in solchen Kitschbildern. Dabei wusste ich nicht einmal, was ich mir unter dem Himmel der Liebe oder dem siebten Himmel vorstellen sollte. Mit Ronnie ging es auch nur hinauf bis in den sexten, danach ins Tal der Tränen und von da aus hinunter in eine Hölle, die Oma Finchen mir bei aller Schwarzmalerei nicht hätte prophezeien können.

Sommernachtsalbtraum

August 2018

Es war still geworden nebenan. Das herzzerreißende Wimmern hatte ziemlich genau um 1:49 Uhr aufgehört. Ich hatte einen Blick zur Seite riskiert, unmittelbar nachdem es abgebrochen war. Es gelang mir auch, den Kopf noch einmal unverfänglich in Richtung des Weckers auf dem Nachttisch zu drehen, als mir auffiel, dass ich nicht einmal mehr das abgehackte, zittrige Einatmen hörte, das vielleicht nur ein letztes, erschöpftes Schluchzen gewesen war.

Vielleicht aber auch ein letzter Atemzug.

2:07 Uhr. Die Ziffern verfolgten mich die halbe Nacht.

Vor meinem geistigen Auge standen sie auf der Bescheinigung, die ein Arzt ausfüllte.

Eintritt des Todes 2:07 Uhr.

Todesursache: schwere Misshandlung.

Kurz nach eins war ich von Josies Schreien aus dem Schlaf gerissen worden. So entsetzlich hatte ich meine Kleine bis dahin noch nie kreischen hören, nicht einmal, als sie im Hof über die kleine Schaufel gestolpert und zwischen die Terrakottatöpfe gefallen war. Sie hatte sich beide Händchen und beide Knie aufgeschürft und die Stirn dermaßen an einem der Töpfe angeschlagen, dass augenblicklich eine Beule anschwoll wie ein Teufelshorn. Sie hatte gebrüllt wie am Spieß, aber nicht so schrill, nicht so panisch wie in dieser dreimal verfluchten Nacht.

So schrie nur ein Kind in höchster Not. Das weiß man, wenn man es hört. Und es nahm kein Ende. Ehe ich benommen vom Schlaf aus dem Bett getorkelt und hysterisch vor Angst zur Verbindungstür getaumelt war, schien bereits eine Ewigkeit vergangen. Am schlimmsten war noch mein Schuldgefühl in diesen Minuten. Ich hatte damit gerechnet, dass er kommen würde.

Und ich hatte einen selten dämlichen, für eine Mutter einen unverzeihlichen Fehler gemacht.

Statt eins der scharfen Küchenmesser mit ins Bett zu nehmen, hatte ich nur Türen abgeschlossen. Schlüssel drehen sich leichter um, als einen Mann abzustechen und anschließend der Polizei zu erklären, warum man keine andere Lösung gesehen hatte. Das hätten Polizei und Justiz wahrscheinlich auch anders beurteilt.

Aber ich hätte Josie mit in mein Bett nehmen müssen. Die Tür zu ihrem Zimmer, die auf den Flur mündete, ließ sich nämlich nicht mehr abschließen. Nur hatte ich nicht gedacht, dass meine Kleine ebenfalls Schutz brauchen würde. Bisher hatte er kaum Notiz von ihr genommen, weder im Guten noch im Bösen. Letzten Mittwoch hatte er sich nur einen Spaß daraus gemacht, sie in Angst und Schrecken zu versetzen. Mehr nicht.

Meine Hände zitterten dermaßen, dass ich kaum den Schlüssel drehen konnte. Als die Verbindungstür endlich auf war, sah ich ihn dastehen. Über das Gitterbett gebeugt, in der linken Hand den Ledergürtel, den er auch letzten Mittwoch getragen hatte. Die Schnalle war ein schweres, massives Teil, geformt wie ein Schlangenkopf, passte zu einem Cowboy in einem Wildwestfilm, nicht zu ihm.

Sein rechter Arm war hochgereckt, die Hand zur Faust geballt, als wäre er im Begriff zuzuschlagen, gerade als ich hereinstolperte, den Schalter für die Deckenlampe drückte und das Licht aufflammte. Wahrscheinlich schrie ich ebenfalls, vielleicht: *Hör auf! Lass sie in Ruhe!* Vielleicht beschimpfte ich ihn auch: *Hau ab, du Dreckskerl! Oder es wird dir noch leidtun!*

Gedacht habe ich das, ob ich es ausgesprochen habe, weiß ich nicht. Vermutlich nicht, sonst hätte er garantiert über meine hilflose Drohung gelächelt. Er hielt aber nur inne, ließ den rechten Arm sinken und die linke Hand mit dem Gürtel schwingen, schaute mich vorwurfsvoll an und sagte in einem Ton, der exakt auf seine Miene abgestimmt war: »Das hättest du nicht tun dürfen.«

Natürlich nicht. Ich hätte vieles nicht tun dürfen. Im ersten Schock bezog ich seine Worte aber nur auf die verschlossenen Türen. Darauf waren sie vermutlich auch gemünzt.

Der Macher

Von meiner ersten Verabredung mit Ronnie erfuhr nur Carina – zwangsläufig, weil ich mich an dem Sonntagnachmittag nicht mit ihr treffen konnte. Als Gegenleistung musste ich versprechen, montags bei Schuberts zum Rapport anzutreten und haarklein zu erzählen, wie es gewesen war.

Der Einfachheit halber traf ich Ronnie an der Eisdiele, damit meine Mutter keine unnötigen Fragen stellte. *Wer ist das? Wie alt ist er? Was macht er beruflich? Wovon kann er sich so ein Auto leisten?*

Wieder designermäßig gekleidet und einen teuren Herrenduft verströmend, kutschierte Ronnie mich im offenen Cabrio über Landstraßen und durch Dörfer, die von Windrädern gesäumt wurden. Von einem Aussichtspunkt schauten wir in das monströse schwarze Loch des Tagebaus, in dem ein riesiger Bagger wie Kinderspielzeug wirkte. Danach aßen wir in einem kleinen Straßencafé ein Eis, selbstverständlich zahlte Ronnie.

Anschließend fuhr er mich heim. Und zum Abschied küsste er mich. Nicht mehr und nicht weniger. Es war aus heutiger Sicht nicht mal ein besonders aufregender Kuss, obwohl ich das an dem Abend anders empfand, weil mir die Vergleichsmöglichkeiten fehlten. Vor Ronnie hatte ich nur zwei Ultrakurzzeitaffären mit Vereinsmitgliedern aus dem Sportclub gehabt. Einer war mir zu unreif, der andere zu albern gewesen. Was daran liegen mochte, dass ich mit zwei erheblich älteren und ernsthaften Brüdern aufgewachsen war.

Den darauffolgenden Sonntag fuhren wir nach Bad Münstereifel, machten einen langen Spaziergang und besichtigten das Radioteleskop in Effelsberg – von außen. Ronnie hielt mir einen Vortrag über das Ding, als hätte er es zusammengeschraubt.

Währenddessen erschien meine Freundin bei meinen Eltern, angeblich um mich abzuholen. Carina benahm sich, als hätte sie keine Ahnung, wo und mit wem ich zusammen sein könnte. Erst nach einigem Überlegen kam ihr die Erleuchtung, ich sei wohl wieder mit Ronnie Renner unterwegs und hätte vergessen, ihr Bescheid zu sagen.

Das darf man mit Fug und Recht als linke Tour bezeichnen. Ich hatte ihr schon montags beim Bericht über die Landpartie und den ersten Kuss angekündigt, dass ich nächsten Sonntag wieder mit Ronnie verabredet sei. Danach hatten wir täglich über WhatsApp kommuniziert und gemeinsam überlegt, was ich anziehen und ob ich sicherheitshalber Kondome besorgen sollte.

Nachdem sie den Namen Ronnie Renner ausgesprochen hatte, gab Oma Finchen die ihr bekannten Horrorgeschichten zum Besten. Als ich heimkam, musste ich zuerst meiner Mutter Rede und Antwort stehen. Was mir in den Sinn käme, Ausflüge mit einem derart suspekten jungen Mann zu unternehmen und keinem Menschen Bescheid zu sagen. Wenn nun unterwegs etwas passiert wäre, hätte keiner gewusst, wo ich steckte, und so weiter. Danach durfte ich mir auch noch anhören, was meine Großmutter über die Familie Renner wusste oder zu wissen glaubte.

Weil Mama nichts Besseres zu tun hatte, als meine Brüder in meinen bodenlosen Leichtsinn einzuweihen, hörte ich in den folgenden Tagen weitere mehr oder weniger dezent vorgebrachte Appelle an meine Vernunft und Ermahnungen zur Vorsicht.

Die Einzige, die in Ronnie keine Gefahr sah, war Olga, deren Ratschlägen und Ansichten ich mich mit achtzehn und auch später noch orientierte, weil meine Schwägerin ein weltoffener und aufgeschlossener Mensch war. Olga gab nichts auf Dorfklatsch und schätzte Ronnie wegen seiner Fähigkeit, alte Toaster, Bügeleisen und Mixer wieder so herzurichten, dass die armen Verwandten in Weißrussland glaubten, es wären neue Geräte.

Olga fragte lediglich: »Ist er nicht etwas zu alt für dich?«

Das fand ich überhaupt nicht. Lächerliche sieben Jahre. Mit jüngeren Männern kam ich nicht zurecht, wie sich bei meinen Ultrakurzzeitaffären ja gezeigt hatte. Dass auch Carina vor Ronnie warnte, nicht mich, sondern meine Mutter, zählte nicht. Ronnie ließ mir nicht viel Zeit, die Freundschaft zu pflegen. Sonntags wollte er mit mir zusammen sein, und zwar alleine. Was verständlich war, Carina aber nicht ins Konzept passte, was ebenso verständlich war.

Damit Carina aufhörte, bei meiner Mutter Stimmung gegen ihn zu machen, schlug Ronnie vor, sonntags mal etwas zu viert zu unternehmen. Beinahe wäre das für ihn jedoch zum Bumerang geworden. Bei dem Ausflug war nämlich sein Freund und Geschäftspartner Klaus Sasse dabei.

Klaus war in derselben Pflegefamilie aufgewachsen, in der Ronnie während des zweiten Aufenthalts seiner Mutter in der Psychiatrie kurzzeitig betreut worden war. Als er uns miteinander bekannt machte, erklärte Ronnie, drei Monate hätten sie wie Brüder gelebt. Dann schwärmte er von dieser Zeit als der schönsten seines Lebens, bis Klaus sagte: »Ich dachte, wir unternehmen etwas. Es muss nichts Spektakuläres sein, von mir aus können wir einen Spaziergang machen. Hauptsache, ich kann mir die Beine vertreten und muss mir nicht zu viel dämliches Geschwätz anhören.«

Daraufhin stiegen wir alle ins Cabrio.

Klaus war bereits siebenundzwanzig, zu erwachsen für einen Nachmittag mit zwei Achtzehnjährigen, was er Carina und mich deutlich spüren ließ. Ein unangenehmer Typ, fand ich. Er war einen halben Kopf kleiner als Ronnie. Mit seiner Arroganz und seinem Charisma überragte er ihn jedoch um Haupteslänge. Er hatte Informatik studiert, entwickelte Computerprogramme und machte sich nicht die Finger dreckig. Das überließ er Ronnie, erfuhr Carina, die ihm während der Fahrt auf der engen Rückbank Gesellschaft leisten musste.

Worüber die beiden sich unterhielten, war vorne im Auto wegen der Fahrgeräusche nicht zu verstehen. Carina traute sich nach der abfälligen Begrüßung ohnehin kaum noch, den Mund aufzumachen. Also übernahm Klaus das Reden. Als wir Carina um halb sechs vor der Wohnung ihrer Eltern absetzten, nahm sie mir das Versprechen ab, am nächsten Abend vorbeizukommen, weil es etwas Dringendes zu besprechen gäbe.

Klaus ließ sich anschließend zum Laden bringen, wo er im Hof sein Auto abgestellt hatte. Einen weißen Lexus, in dem man einen Vorstandsvorsitzenden mit Chauffeur zu sehen erwartete, aber nicht den Mitinhaber einer Rumpelkammer von knapp fünfzig Quadratmetern Grundfläche. Vielleicht war es genau der richtige Wagen für einen Mann mit derart aufgeplustertem Ego.

Mir wünschte Klaus zum Abschied mit einem geschmacklos wissenden Grinsen noch einen schönen Abend. Vermutlich ging er davon aus, es sei mein letzter mit Ronnie, weil ich meinen Ersatz-Leonardo in die Pampa schicken würde, wenn meine Freundin erst mit den neuen Informationen aufgewartet hatte.

Von Ronnie verabschiedete er sich mit Handschlag, einem Schulterklopfen und dem Versprechen, sich zu melden, sobald er mit Gregory handelseinig geworden sei. Wer Gregory war, blieb dahingestellt. Ich mochte nicht nachfragen, war nur froh, noch ein paar Stunden mit Ronnie alleine zu haben.

Tags darauf hörte ich von Carina, dass Klaus die Schauergeschichten meiner Großmutter bestätigt und noch eine draufgesetzt hatte. Angeblich sei Ronnie bereits zweimal mit Mädchen in die Eifel gefahren, habe sie dort zum Sex gezwungen und danach aus dem Auto geworfen. Eine habe es geschafft, ihr Handy mit ins Freie zu nehmen und Klaus anzurufen, der dann spätnachts rausgefahren sei und das bedauernswerte Geschöpf aufgelesen habe, wusste Carina zu berichten.

»Warum hat ihn denn keins der Mädchen angezeigt?« Ich wusste nicht, ob ich lachen, mir an die Stirn tippen oder wütend werden sollte. Carina war manchmal so naiv und leichtgläubig, dass es an Dummheit grenzte.

»Das haben sie versucht«, erklärte sie. »Die eine, die Klaus abgeholt hat, wollte ihn als Zeugen nennen. Das hat er ihr ausgeredet. Er hatte ja nichts gesehen und schon einmal erlebt, wie das ausging. Bei der Ersten hat Ronnie der Polizei erklärt, sie sei nach einem Streit ausgestiegen und habe ihr Handy im Auto vergessen. Das Gegenteil konnte man ihm nicht beweisen. In so einem Fall steht Aussage gegen Aussage. Da kannst du nichts machen, nur zusehen, dass du nicht in so eine Lage kommst.«

Das hielt ich für hirnverbrannten Schwachsinn. Das abgebrannte Küchenzelt im Jugendlager der Arbeiterwohlfahrt mochte den Tatsachen entsprechen. Aber ich war mit Ronnie in der Eifel und an anderen einsamen Plätzen gewesen und von jeder Tour heil und mit Handy nach Hause gebracht worden.

In meinen Augen war Klaus nur einer mehr, der Ronnie und mich auseinanderbringen wollte. Mit der Einschätzung lag ich ausnahmsweise richtig. Wie sich später zeigte, irrte ich mich nur in Bezug auf seine Beweggründe.

Was sein Freund meiner Freundin weisgemacht hatte, erfuhr Ronnie übrigens nie. Zu Anfang dachte ich, es würde ihn verletzen und einen Keil in eine Beziehung treiben, die ja nicht nur eine private war. Später war es mir nicht mehr wichtig genug.

In den ersten acht Wochen lernte ich Ronnie nur von zwei Seiten kennen. Als den unermüdlichen Tüftler mit schmutzigen Fingern, der hinten im Laden über irgendetwas gebeugt war, sodass ihm die Haare ins Gesicht fielen.

Zweimal wollte ich ihn am frühen Abend überraschen und wurde enttäuscht. Beim ersten Mal tat er wenigstens so, als freue er sich, mich zu sehen, wimmelte mich aber schnell ab, weil er noch eine Menge zu tun hatte. Beim zweiten Überraschungsbesuch sagte er klipp und klar, dass er keine Zeit für mich hatte und erst recht keine Zeit für einen Kinobesuch.

»Geh doch mit Carina«, schlug er vor.

Als ich ihn daran erinnerte, dass Carina abends arbeiten musste, sagte er: »Muss ich auch.« Dabei zeigte er auf die Einzelteile eines Computers und erklärte: »Ich hab dem Kunden fest zugesagt, dass die Kiste bis morgen läuft. Es ist schwieriger, als ich dachte. Ich muss eine zusätzliche Kühlung einbauen und weiß noch nicht, wo ich die unterbringen soll. Aber das krieg ich hin. Wir sehen uns am Sonntag, einverstanden? Dann können wir von mir aus ins Kino gehen.«

Vermutlich hielt er das für ein großzügiges Angebot. Für ihn war Kino nämlich die reinste Geldverschwendung. Alles, was in den letzten dreißig, vierzig Jahren gedreht worden war und ihm einigermaßen sehenswert erschien, hatte er auf DVD, natürlich auch *Titanic* mit dem hinreißenden Leonardo DiCaprio, an den sein Sonntagsgesicht mich jedes Mal erinnerte. Das tragische Ende ließ ich immer außer Acht, wenn mir die Ähnlichkeit ins Auge stach. Aber Rose de Witt hatte den Untergang ja überlebt und in Amerika ein Leben in Freiheit begonnen.

Ich fühlte mich manchmal wie Rose DeWitt am Bug des Ozeanriesen, wenn Ronnie sonntags mit mir im Cabrio über die Landstraßen fuhr. Oder hinter den vom heißen Atem zweier Liebenden beschlagenen Scheiben eines Oldtimers im Bauch der *Titanic*. Wobei die Scheiben am BMW nicht beschlugen, solange das Verdeck offen war.

Im September waren die Nächte noch lau genug, um an ein einsames Fleckchen zu fahren und in Ronnies Armen den Himmel zu betrachten. Furcht verspürte ich keine. Ronnie machte keine Anstalten, mich zu etwas zu zwingen, mir anschließend das Handy abzunehmen und mich auszusetzen. So eine Behauptung aufzustellen, war mehr als schwachsinnig gewesen und passte eigentlich nicht zu Klaus, bewies aber, dass auch Intelligenzbestien schwache Momente haben können.

Wir hielten nur gemeinsam Ausschau nach bekannten Sternbildern und krönten jede Entdeckung mit einem langen Kuss. Mehr als lange Küsse gab es im Auto nicht. Im Gegensatz zu mir hatte Ronnie ein Zimmer, in dem er die Tür hinter sich schließen und sicher sein konnte, dass keiner energisch Einlass begehrte oder einfach hereinplatzte.

So war es mir bisher noch jedes Mal ergangen, wenn ich Herrenbesuch hatte, sei es nun früher ein Klassenkamerad oder letztes Jahr einer aus dem Sportverein. Meine Mutter argwöhnte immer, dass, wer die Tür hinter sich schloss, etwas zu verbergen hatte. Wenn sie nicht mitbekommen hatte, dass ihr Sorgenkind nicht allein in seinem Zimmer war, sagte Oma Finchen ihr eben Bescheid.

Dass er in seinem Alter keine eigene Wohnung hatte wie Klaus, erklärte Ronnie mit den Worten: »Ich kann meine Mutter nicht allein lassen, dann kommt sie nicht klar. Wenn ich mal mehr als ein Zimmer brauche, bringe ich meinen Kram rauf. Wir haben oben im Haus noch eine komplett eingerichtete Wohnung, in der früher ein Onkel und eine Tante von mir gelebt haben.«

Ich hütete mich wiederzugeben, was ich über seine Mutter, den Onkel und die Tante erfahren hatte. Bisher hatte auch Carina kein Wort darüber verlauten lassen, dass meine Großmutter jahrzehntelang im Eckhaus gelebt hatte, nur vier Häuser entfernt. Von alleine konnte Ronnie darauf nicht kommen, weil Oma Finchen, mein Onkel und meine Tante, die das Haus übernommen hatten, mit Familiennamen Schacht hießen und nicht Korfmacher wie ich.

Der Verführer

Nach den wüsten Geschichten, die Ronnie mit dem Hinweis auf die Lebensuntüchtigkeit seiner Mutter indirekt bestätigte, hatte ich eine bestimmte Vorstellung von Klara Renner, als Ronnie mir nach den ersten acht Wochen sein drittes Gesicht zeigte.

Als er mich sonntags abholte, war es bewölkt. Inzwischen fuhr er bei uns vor. Es wussten ohnehin alle Bescheid, da brauchte ich kein Geheimnis mehr aus meinen Verabredungen zu machen. Nach kurzer Fahrt kam die Sonne raus, insofern war es ein glaubwürdiger Vorwand, als Ronnie erklärte, er müsse schnell noch mal nach Hause, um seine Sonnenbrille zu holen. Natürlich hätte ich im Cabrio sitzen bleiben können. Aber er fragte: »Willst du kurz mit reinkommen?« Und ich war neugierig.

Von außen sah das Haus seiner Mutter nicht viel anders aus als das Eckhaus, in dem meine Mutter aufgewachsen war. Es war nur schmaler. Rechts und links neben der Eingangstür gab es im Erdgeschoss je zwei Fenster. Im ersten Stock waren es fünf, eins befand sich über der Tür.

Ronnie schloss auf und betrat den Flur, ich folgte. Die linke Zimmertür war zu, die rechte stand offen, bei der machte Ronnie halt. Im Geist sah ich ein Geschöpf mit blassem Gesicht, wirrem Haar und verschleiertem Blick in einem wallenden Gewand mit psychedelischem Blumenmuster auf einem schmuddeligen Sofa liegen. Stattdessen saß da eine zierliche, mädchenhaft wirkende Frau mit brünettem Pagenkopf in grauer Jeans und einem weinroten Shirt.

Die Couch war mit einem floral bedruckten Stoff bezogen. Eine Schrankwand mit gerahmten Fotos und etwas Nippes stand der Flurtür gegenüber. Die Einrichtung wirkte ärmlich und verschlissen, die Gardinen vor den Fenstern waren vergraut und fadenscheinig. Aber es herrschten Ordnung und Sauberkeit.

Und auch sonst ... Klara Renner war im selben Alter wie meine Mutter, sah jedoch zehn Jahre jünger aus und hatte eine bessere Figur. Die Lesebrille auf ihrer Nase und ein Laptop auf ihren Oberschenkeln gaben ihr einen intellektuellen Touch. Einen geisteskranken Eindruck machte sie wahrhaftig nicht.

»Hey, Mam«, grüßte Ronnie nicht eben respektvoll. »Lass dich nicht stören. Wir sind gleich wieder weg.« Er deutete auf den Laptop. »Wird er immer noch zu heiß?«

»Warm, aber das ist kein Vergleich zu vorher«, antwortete Klara.

»Ich hab doch gesagt, ich krieg das hin«, sagte Ronnie.

Klara spähte an ihm vorbei. Da ich mich im Hintergrund hielt, erkannte sie erst in dem Moment, dass er in weiblicher Begleitung war, und schaute ihn auffordernd an.

»Das ist Sandra«, teilte Ronnie so beiläufig mit, als bringe er täglich irgendein Mädchen mit nach Hause und es lohne nicht, seiner Mutter mal eins richtig vorzustellen.

Genauso benahm Klara sich auch. Sie lächelte mich flüchtig an, sagte desinteressiert: »Hallo«, und wandte sich wieder an Ronnie: »Klaus war eben hier und wollte wissen, wo du dich herumtreibst.«

»Warum fragt er mich das nicht selber?«, erkundigte Ronnie sich ungehalten. »Auch wenn ich mir sonntags mal freinehme, bin ich telefonisch zu erreichen. Was wollte er denn?«

Klara zuckte eingeschüchtert mit den Achseln. »Ich mochte ihn nicht fragen. Du weißt doch, wie er ist.«

»Ja«, bestätigte Ronnie. »Aber wenn er nichts gesagt hat, war es auch nicht wichtig. Haben wir Limo oder Saft?« Er lächelte mich an. »Wir trinken einen Schluck und zischen wieder ab, okay?«

Ich nickte. Klara sagte: »Im Kühlschrank müsste Apfelschorle stehen. Ich kann aber auch Tee aufbrühen.«

Als sie Anstalten machte, den Laptop auf den Couchtisch zu stellen, winkte Ronnie hastig ab. »Bleib sitzen. Apfelschorle ist prima bei dem Wetter.«

Er zog mich weiter den Flur entlang. Hinten ging es linker Hand die Treppe hinauf, geradeaus führte eine Tür mit einer Glasscheibe in der oberen Hälfte in einen Innenhof, der teilweise überdacht war, rechts lag die Küche. Deren Einrichtung war bestimmt älter als Ronnie, doch auch hier war alles sauber und aufgeräumt.

Ronnie nahm eine noch halb volle Flasche Schorle aus dem Kühlschrank und zwei Gläser aus einem Hängeschrank. Damit hatte er beide Hände voll, deutete mit einem Ellbogen auf eine Tür an der Stirnwand und sagte: »Geh mal vor, ich hab eine Überraschung für dich.«

Davon war bisher keine Rede gewesen. Als wäre ihm das gerade auch bewusst geworden, grinste er und fügte hinzu: »Eigentlich wollte ich es dir nächsten Sonntag mitbringen, aber wenn wir schon mal hier sind.«

Von der Küche aus gelangte man in ein in die Jahre gekommenes, schlichtes Bad, von dort weiter in zwei durchgehende Zimmer. Aus jedem blickte man durch ein Fenster in den kleinen Innenhof. Die Anordnung der Räume fand ich befremdlich, weil Ronnie durchs Bad musste, wenn er etwas aus der Küche holen oder das Haus verlassen wollte. Und wenn seine Mutter in der Wanne lag oder auf der Toilette saß ... Bei uns wäre das ein Unding gewesen.

Das erste Zimmer hinter dem Bad war möbliert mit einem alten Etagenbett und einem Kleiderschrank, dessen Türen schief in den Angeln hingen. Hier hatten früher Ronnies ältere Brüder geschlafen, die zur Großmutter väterlicherseits gezogen waren.

Ronnies Zimmer war das letzte, spartanisch, aber modern und zweckmäßig eingerichtet mit einem Futon, einem Kleiderschrank mit Schwebetüren und einer Arbeitsplatte, die wie die Platte im Laden auf Stahlrohrbeine geschraubt war und unter dem Fenster von Wand zu Wand reichte.

Darunter standen zwei große Computer, ein Rollcontainer mit Schubfächern und offene Regale, die mit Unterhaltungselektronik und Unmengen von CDs und DVDs gefüllt waren. Auf der Platte thronten drei Flatscreens, in der Mitte ein wahres Monstrum von schätzungsweise einem Meter Länge: Ronnies Fernseher, gesäumt von zwei kleineren, die zu den Computern gehörten. Rechts außen stand noch ein Laptop von der Art, wie seine Mutter einen auf dem Schoß gehalten hatte.

»Da wären wir«, sagte Ronnie, als er die Tür hinter sich zudrückte. Er stellte Flasche und Gläser auf der Arbeitsplatte ab, goss Schorle ein und zeigte auf den Futon. »Setz dich doch.«

Von »nur schnell die Sonnenbrille holen« war nicht mehr die Rede. Und viel Auswahl an Sitzmöbeln gab es nicht, nur zwei abgewetzte Drehstühle vor der langen Arbeitsplatte und das Bett.

Etwas Bestimmtes hatten wir für den Nachmittag nicht vorgehabt. Oder vielleicht doch, Ronnie zumindest, und er hatte es nur nicht gesagt, weil er nicht sicher gewesen war, ob ich dann mit ins Haus gekommen wäre.

Was geschehen würde, wenn ich mich auf sein Bett setzte, war mir klar. Wir kannten uns seit zwei Monaten, waren achtmal für ein paar Stunden am Sonntagnachmittag und -abend zusammen gewesen und hatten in der jeweils letzten halben Stunde geknutscht. Bisher hatte Ronnie noch keine Anstalten gemacht, mehr von mir zu verlangen. Ich hatte schon gegrübelt, ob er mich nicht sexy fand. Meine Ultrakurzzeitaffären aus dem Sportverein hatten gleich beim ersten Date das volle Programm abspulen wollen und behauptet, das sei so üblich. Die hatte ich abgewimmelt, weil ich mich nicht für üblich hielt.

Ich war Papas Augenstern, sein Herzenskind, etwas Besonderes. Und ich wollte als etwas Besonderes geliebt werden. Dass Ronnie mich liebte, hatte er auch noch nicht gesagt. Und plötzlich wusste ich nicht mehr, ob ich mit ihm schlafen wollte. Eigentlich wollte ich nicht, obwohl ich mit achtzehn alt genug war. Vielleicht stimmt es ja, dass jeder Mensch einen sechsten Sinn oder ein Bauchgefühl hat, das bei Gefahr Alarm schlägt.

»Wollten wir nicht weiter?«, fragte ich.

»Später«, sagte Ronnie, grinste bedeutungsschwer und sah dabei wieder aus wie Leonardo. Was dazu führte, dass ich das aufkeimende dumpfe Gefühl von Unbehagen in den Wind schoss.

Ich erwartete, in die Arme genommen zu werden. Dass er mir einen Zeigefinger unters Kinn legte, mein Gesicht anhob, um mich so zu küssen, wie ich es am liebsten mochte. Dass er mir dabei in die Augen schaute, mich sanft, aber bestimmt auf den Futon bugsierte und dort mit mir tat, was Leonardo DiCaprio im Oldtimer unter Deck mit Kate Winslet getan hatte.

Stattdessen sagte Ronnie: »Zuerst die Überraschung.«

Mit den Worten klappte er den Laptop auf, schaltete ihn ein und sagte in Ermangelung einer Fanfare, die er blasen konnte: »Tatarataaaa.«

Es war lächerlich und gleichzeitig wie ein Guss mit Eiswasser. Ich fragte mich, ob er eigentlich noch etwas anderes im Kopf hatte als Computer, Toaster und Bügeleisen.

Während der Laptop sein Betriebsprogramm lud, schaute Ronnie mich so erwartungsvoll an, dass sich im Grunde jedes weitere Wort von ihm erübrigte. Vielleicht wartete er darauf, dass ich mich ungläubig staunend erkundigte: *Für mich?* Oder dass ich das voraussetzte und ihm jubelnd um den Hals fiel. Aber ich war so maßlos enttäuscht.

Als die erhoffte Reaktion ausblieb, erklärte Ronnie: »Ich dachte, dass du den gut gebrauchen kannst. Es ist nicht das neuste Modell, aber für deine Bedürfnisse müsste er reichen.«

»Du leihst mir einen Laptop?« So begeistert, wie Ronnie sich das womöglich vorgestellt hatte, klang ich wahrhaftig nicht.

»Quatsch«, sagte er. »Computer verleiht man nicht. Ich schenk ihn dir. Ein LAN habt ihr doch, oder?«

Wir hatten sogar zwei, eine in der Praxis, und eine zu Hause, aber die fiel öfter mal aus.

»Dann kommst du eben zu mir«, schlug Ronnie vor. »Dann sehen wir uns auch öfter, das fände ich schön. Jetzt sag schon danke, dann können wir von mir aus weiter. Worauf hast du Lust?«

»Weiß nicht«, sagte ich verlegen, vielleicht auch überwältigt von seiner Großzügigkeit.

»Wollen wir uns einen Film ansehen?«, schlug Ronnie vor.

»Läuft denn was Gescheites?« Um das Kinoprogramm hatte ich mich seit Wochen nicht mehr gekümmert.

Ronnie grinste wieder. »Hier immer.«

Er ging vor der Arbeitsplatte in die Hocke und zog einige DVD-Hüllen aus den Regalen, die er eine nach der anderen auf den Futon warf, wobei er kommentierte: »Action, Science-Fiction, Thriller, Komödie, Romantik, Erotik. Kennst du *Neuneinhalb Wochen*?«

Nein. Davon hatte ich noch nicht einmal gehört. Der Film war etliche Jahre vor meiner Geburt in die Kinos gekommen. Falls meine Eltern ihn damals gesehen hatten, hätten sie mir das kaum auf die Nase gebunden.

»Ein Spitzenfilm, der wird dir gefallen«, versprach Ronnie,

legte die DVD in einen Computer und reichte mir ein Glas Schorle. »Mach's dir gemütlich. Ich höre nur mal kurz, was Klaus wollte.«

Er ging hinaus, kam schon nach zwei Minuten zurück und sagte: »Wie ich mir dachte, es war nicht wichtig.«

Dann legte er sich zu mir, und es kam, wie es kommen musste. Ronnie sagte mir, dass ich etwas Besonderes sei und er mich mehr liebe, als er in Worte fassen könne. Er drückte das anders aus, aber sinngemäß kam es hin. Vielleicht interpretierte ich es auch nur so, wie ich es hören wollte.

Dabei küsste er mich, schob eine Hand unter mein Shirt in den BH, öffnete meine Jeans, wobei er sich den Handrücken am Reißverschluss aufschürfte, weil die Jeans ziemlich eng war. Dann schob Ronnie seine Finger in mein Höschen, während Mickey Rourke auf dem Monstrum von Flachbildschirm Kim Basinger mit geballter Erotik in eine fatale Abhängigkeit manövrierte.

Genau genommen machte Mickey Rourke die Arbeit, und Ronnie kassierte den Lohn. Ein begnadeter Liebhaber war er mit seinen fünfundzwanzig Jahren nicht. Das wurde er auch nie.

Sommernachtsalbtraum

August 2018

Ich hätte mit den Fäusten auf ihn losgehen können und garantiert den Kürzeren gezogen. Ich hätte auch versuchen können, ihn von Josies Bettchen wegzuzerren. Stattdessen entschuldigte ich mich wortreich für meine Schusseligkeit, ganz in Gedanken auch noch den Schlüssel in der Flurtür umgedreht zu haben. In Gedanken an ihn natürlich. Ich dachte doch seit letztem Mittwoch nur noch an ihn. Was den Tatsachen entsprach, wobei meine Gründe und Gedanken in einem Gegensatz zu meiner Erklärung standen, wie er krasser gar nicht hätte sein können.

Ich hätte geahnt ... ach was, mit jeder Faser meines Körpers hätte ich gespürt, dass dies eine Nacht der Liebe sei und dass er das ebenso empfinden würde, behauptete ich atemlos vor Entsetzen, Schuldgefühlen und Panik. Deshalb hätte ich Josie einschließen wollen, damit sie nicht wieder aufwachte, aus dem Bettchen krabbelte und herüberkam wie letzten Mittwoch, als es gerade so gut gewesen war, so leidenschaftlich, so unbeschreiblich schön.

Ich redete wie ein Wasserfall, ohne zu wissen, woher ich die Worte nahm. Wahrscheinlich aus einem der unzähligen Romane, die ich nach Josies Geburt verschlungen hatte. Es waren Schnulzen dabei gewesen, da hätte beim Umblättern eigentlich das Schmalz zwischen den Seiten herausquellen müssen. Instinktiv wusste ich, dass er genau das hören wollte und ich ihn damit noch am ehesten veranlassen könnte, vom Kinderbett zurückzutreten.

Tatsächlich ließ er von Josie ab, nachdem ich Zitate aus einem halben Dutzend Liebesromane heruntergebetet hatte. Er schob den Gürtel durch die Schlaufen am Hosenbund, kam auf mich zu und lächelte, als glaube er mir jedes Wort.

In Josies Nähe ließ er mich nicht, verwehrte mir mit seinem Körper sogar den Blick auf sie. Ich erkannte nur, dass sie lag und dass auf Höhe ihres Köpfchens etwas Rotes auf dem Laken war. Nicht viel, nur ein paar verwischte Tropfen oder Schmierstreifen. Blut? Was sollte es sonst sein?

Dass Josie nicht aufzustehen versuchte, passte nicht zu ihr und steigerte meine Angst um sie ins Unermessliche. Nicht mal als Säugling war sie so liegen geblieben, wenn sie gleichzeitig aus Leibeskräften schrie. Sie hatte mit den Beinchen gestrampelt und mit den Ärmchen gefuchtelt. Kaum war sie in der Lage gewesen, sich am Bettgitter hochzuziehen, hatte sie gestanden und ihre Händchen ausgestreckt, damit man sie auf den Arm nahm. Wenn sie blutete, brüllte wie am Spieß und nicht in der Lage war aufzustehen … weiter konnte ich nicht denken.

Ihn störten die schrillen, abgehackt klingenden Laute nicht, im Gegenteil. Er schlang einen Arm um meine Taille, legte mir eine Hand in den Nacken, hielt meinen Kopf fest und küsste mich auf den Hals. Dabei drängte er mich rückwärts durch die Verbindungstür zum Bett und wollte noch einmal hören, wie gut, wie schön, wie geil es letzten Mittwoch gewesen war, wie sehr ich es genossen und wie sehr ich mich nach einer Wiederholung verzehrt hatte.

Und ich sagte ihm das alles noch einmal genau so, wie er es mir vorsprach. Wie hätte ich ahnen sollen, dass er ein Aufnahmegerät in einer Hosentasche hatte, mit dem er jedes meiner Worte aufzeichnete?

Er streifte die Schuhe von den Füßen, zog Hemd und Hose aus, legte beides auf die Truhe am Fußende des Bettes und ließ die Socken folgen. Dann stand er da in einem Minislip, über dessen Gummibündchen Thors Hammer hervorlugte. So nannte er sein vermeintlich bestes Stück.

»Sieh nur, was du mit mir machst«, sagte er in gespielt anklagendem Ton und schaute dabei stolz an sich hinunter.

Und ich dachte, bei so einem Ständer wäre ich ihn schnell wieder los und könnte mich anschließend um Josie kümmern. Aber wenn ich schon mal dachte … Ich hätte es besser wissen müssen.

Der Großzügige

Es ist aus heutiger Sicht nur noch schwer nachvollziehbar, dass ich nicht eher durchgeblickt habe, dass ich zwei Jahre lang überzeugt war, Ronnie sei mein Mann fürs Leben. Dabei ist es einfach zu erklären.

Ich hatte eine behütete Kindheit und Jugend, keine Schlechtigkeit und keine Berechnung kennengelernt, nur einen starken Freiheitsdrang entwickelt, als Mama mir Grenzen steckte und Leistung abverlangte. Und man hatte mir von klein auf beigebracht, mich für Geschenke angemessen zu bedanken.

Ein sorgfältig restaurierter Plattenspieler für nur zwanzig Euro und das erste Rendezvous. Ein Laptop war bedeutend mehr wert, auch wenn er technisch nicht der allerletzte Schrei war. Aber Ronnie legte ja noch einen schnellen und zuverlässigen Internetzugang und die Aussicht auf drei gemeinsame Abende pro Woche drauf.

Sechs zusätzliche Abende waren nicht drin, was er wusste. Mittwochs und freitags trainierte die Volleyball-Mannschaft, daran nahm ich noch regelmäßig teil, ebenso an den Spielen, die meist am Samstagnachmittag ausgetragen wurden. Den Sport wollte ich nicht aufgeben. Und montags hielt ich Carina bei Laune.

Ich verbrachte einfach nicht genug Zeit mit Ronnie, um ihn richtig kennenzulernen, sah nur einzelne Facetten einer Fassade, warf aber keinen Blick ins Innere des Gebäudes, bis ich in der Falle saß.

Den zuverlässigen Internetzugang nutzte ich nur kurze Zeit. Es handelte sich nämlich um den Anschluss im Laden. Zu Hause hatte Ronnie zwar ebenfalls einen, aber da er sich die Woche über jeden Tag noch weit nach Ladenschluss im Geschäft aufhielt, blieb für mich nur der Kassentisch. Und so hatte ich mir das nicht vorgestellt. Andere offenbar auch nicht.

An einem Dienstag im Oktober platzte überraschend Klaus herein und machte schon mit dem ersten Satz klar, dass meine Anwesenheit nicht in sein Geschäftskonzept passte. Statt einer Begrüßung schnauzte er Ronnie an: »Was macht die hier?«

»Siehst du doch«, antwortete Ronnie, der wie üblich hinten saß und arbeitete. »Sie lernt.«

Tat ich nicht. Für meine Ausbildung musste ich nicht im Internet recherchieren, es wurde alles ausführlich erklärt. Berichte schreiben konnte ich daheim besser, da wurde ich nicht durch Sehnsüchte abgelenkt. An Computerspielen war ich nicht interessiert. YouTube-Beiträge waren ebenso wenig mein Ding. Ich durfte während meiner Ausbildung nicht mal mit lackierten Fingernägeln zur Arbeit erscheinen. Wozu hätte ich mir ansehen sollen, welche Schminktipps Influencer gaben? Und mit Leuten chatten, die ich nicht persönlich kannte, was hätte ich denen mitteilen sollen? Dass ich wieder mal ungefähr sieben Meter von meinem Liebsten entfernt saß und zuschaute, wie er sich einnebelte? Das erzählte ich nicht mal Carina.

Wenn wir sonntags zusammen waren, rauchte Ronnie nicht. Wenn er arbeitete, verqualmte er ein Vermögen – im wahrsten Sinne des Wortes. Rauchen konnte man das nämlich nicht nennen. Meist legte er die Zigaretten nach dem ersten Zug auf den Rand des Aschenbechers, wo sie sich in blauen Dunst verwandelten, während er weiterarbeitete.

»Wenn ich das nächste Mal durchgebe, wann ich komme, bist du allein«, sagte Klaus. »Haben wir uns verstanden?«

»Du hast gesagt, gegen neun«, verteidigte sich Ronnie. »Es ist gerade erst Viertel nach acht. Sandra geht meistens um halb neun, nicht wahr, Schätzchen?«

Wahrscheinlich hätte ich nicken oder ihm sonst wie zustimmen sollen. Aber das sah ich nicht ein. Klaus schien auch nichts von mir zu erwarten. »Schaff das Zeug raus«, verlangte er.

Ronnie trug gehorsam den ersten von drei Kartons hinaus zum Lexus. Was sich darin befand, wusste ich nicht. Die Kartons waren schon fertig gepackt und zugeklebt gewesen, als ich um Viertel vor sieben gekommen war.

Klaus nutzte Ronnies Abwesenheit, um sich bei mir zu erkundigen: »Was versprichst du dir davon, hier zu sitzen? Glaubst du, geräuchertes Fleisch hält sich länger? Dann warte mal ab.

Wenn wir zehn Jahre weiter sind und du deine Falten zählst, bereust du jede Stunde, die du hier im Qualm verplempert hast. An deiner Stelle wüsste ich mit meiner Freizeit etwas Besseres anzufangen.«

»Lieb von dir, dass du dir Sorgen um meine Haut machst«, antwortete ich. »Aber mit Ronnie im Wald zu spazieren, ist ja noch gefährlicher. Am Ende tut er mir Gewalt an, nimmt mir das Handy ab und lässt mich in der Wildnis zurück. Dann könnte ich nicht mal dich anrufen, damit du mich abholst.«

Klaus gab sich amüsiert. »Hat Carina dir das doch erzählt? Ich dachte schon, sie hätte es vergessen. Die Hellste schien sie mir nicht. Was macht sie noch gleich beruflich? Suppe kochen?«

»Und Salat waschen«, ergänzte ich. »Dafür braucht man ebenfalls keinen hohen IQ. Aber wir wollen auch nicht beim Wettbewerb der großkotzigen Intelligenzbestien gegen dich antreten.«

»Was wollt ihr denn?«, fragte er. »In schicken Autos herumgefahren werden? Ein bisschen was abstauben?« Da er auf meinen Laptop schaute, war völlig klar, wie er das meinte.

»Ich habe Ronnie nicht um das Ding gebeten«, erklärte ich. »Auf die Idee wäre ich nie gekommen, weil ich so etwas eigentlich gar nicht brauche.«

»Ach«, wunderte Klaus sich affektiert, kam um den Kassentisch herum und warf einen Blick auf den Bildschirm, auf dem eine Wikipedia-Seite mit einer Menge Text und einem Skelett zu sehen war. »Das sieht aber anders aus.«

»Um den Schein zu wahren«, erwiderte ich. »Irgendwie muss ich mich ja beschäftigen, wenn ich hier sitze und Ronnie nicht bei der Arbeit stören darf.«

»Warum sitzt du denn hier?«, fragte er noch einmal.

»Weil ich keine andere Möglichkeit habe, dich auf die Palme zu bringen«, antwortete ich. »Ich kann dich nämlich auch nicht leiden.«

»Was heißt auch nicht?« Er lachte. »Ich habe nichts gegen dich. Ich finde im Gegenteil, du bist ein nettes Mädchen und hast etwas Besseres verdient als einen Workaholic, der nur bis zur nächsten Lötstelle denken kann. Willst du nicht mal samstags in eine Disco, zu einem Konzert deiner Lieblingsband oder sonst wohin, wo sich Leute deines Alters amüsieren?«

Deines Alters! Gut, er war neun Jahre älter als ich, aber wie er das ausdrückte, klang es, als würde ich noch den Kindergarten besuchen. »Mein Gott, bist du erwachsen«, spottete ich.

»Klaus reicht«, erwiderte er ungerührt. »Es ist mir unangenehm, wenn die Leute um mich herum in Anbetung erstarren.«

Ronnie kam wieder herein. Das ersparte mir die Antwort, ich hätte auf die Schnelle auch nicht gewusst, was ich erwidern könnte. Für Schlagfertigkeit brauchte ich meist ein bisschen Zeit.

Klaus schaute scheinbar interessiert auf das Skelett und sagte: »Faszinierend. Dass du dir merken kannst, wie all diese Knochen heißen. Ich könnte das nicht. Wie viele sind das überhaupt?«

»Wenn du genau hinschaust, kannst du es nachlesen«, sagte ich. »Aber eigentlich müsstest du das doch wissen. Oder kannst du dich nur noch an die Rippe erinnern? In deinem Alter würde es mich nicht wundern, wenn du mit mentalen Schwierigkeiten zu kämpfen hättest. Oder werden Götter nicht senil?«

Ronnie schaute misstrauisch von ihm zu mir und erkundigte sich: »Habe ich was verpasst?«

»Nur eine kleine Lektion in Anatomie«, erklärte Klaus mit Blick auf den Bildschirm. »Aber ich schätze, an Knochen bist du nicht interessiert. Also mach zu, damit ich weiterkann.«

Und Ronnie trug brav den zweiten Karton zum Lexus.

Nachdem auch der letzte hinausgeschafft war, wechselte eine beachtliche, von einem Gummiring zusammengehaltene Rolle aus Geldscheinen den Besitzer. Klaus versuchte, die finanzielle

Transaktion unbemerkt abzuwickeln. Aber Ronnie wusste nicht, wohin mit dem Päckchen. Um es in eine Tasche seiner Jeans zu stecken, war es zu dick. Er schob die Rolle verstohlen in das Gehäuse des Rechners, an dem er zuvor geschraubt hatte, und holte sie wieder heraus, nachdem Klaus weg war.

Dann bemühte er sich um eine plausible Erklärung für das abweisende, um nicht zu sagen feindselige Verhalten seines Freundes. »Nimm es nicht persönlich«, bat er. »Klaus hat nichts gegen dich. Er hat nur Schiss, dass jemand dahinterkommt, mit wie viel Geld er manchmal unterwegs ist. Es gibt nun mal Kunden, die belieferst du entweder gegen bar oder gar nicht, weil du nie einen Cent siehst, wenn die überweisen sollen. Kann ich mich darauf verlassen, dass du den Mund hältst?«

»Natürlich«, versprach ich und kam mir so erwachsen vor neben meinem Workaholic.

Ich fühlte mich auch sehr erwachsen, als ich Anfang Dezember beschloss, meine Aufenthalte im Laden auf ein Minimum zu reduzieren. Mit Klaus hatte das nichts zu tun, obwohl letztendlich seine Worte ausschlaggebend waren. »*Was versprichst du dir davon, hier zu sitzen?*«

Mehr als sitzen und planlos im Internet surfen konnte ich nicht, und meist tränten mir schon nach kurzer Zeit die Augen vom Zigarettenqualm. Entschieden lieber hätte ich abends etwas mit Ronnie unternommen, zum Beispiel mal eine Kölner Disco besucht.

Ich war noch nie in einer gewesen. Vor meinem achtzehnten Geburtstag wäre meine Mutter mir aufs Dach gestiegen, wenn sie Wind davon bekommen hätte. Carina hatte sich auch nicht getraut. Wahrscheinlich hätte man uns auch nicht reingelassen, weil wir aufgetreten wären wie minderjährige Landeier. Und nach dem magischen Geburtstag, der Jugendliche entscheidungstechnisch unvermittelt auf dieselbe Stufe befördert wie ihre

Eltern, waren wir beide schon in der Ausbildung, und in Schuberts Gourmettempel herrschte an Samstagabenden Hochbetrieb.

Ich wollte nur einmal sehen, ob es in einer Disco wirklich so toll war, wie eine Schwesternschülerin im Krankenhaus regelmäßig schwärmte. Daraus wurde nichts.

»Ich bin kein Disco-Typ«, sagte Ronnie. »Aber wir können am Samstagabend eine Pizza essen gehen.«

Daraus wurde auch nichts, weil an dem Samstag kurz vor sechs noch einer mit einem Computer kam, der nicht mehr richtig hochfuhr. Ronnie sagte: »Ich schau es mir an, aber du wirst ein halbes Stündchen warten müssen. Ich muss das hier erst noch fertig machen.«

Nachdem er *das hier* dann fertig gemacht hatte, widmete er sich dem unwilligen Rechner und sagte zu mir: »Wenn du lieber nach Hause gehen willst, Schätzchen, dafür habe ich Verständnis. Ich bin dir nicht böse. Das wird jetzt hier ein Weilchen dauern. Gehen wir eben morgen Abend zum Italiener, einverstanden?«

Jedem anderen hätte ich nach diesem Vorfall wahrscheinlich den Laufpass gegeben. Aber nicht Ronnie. Er war mein Jack Dawson, sah aus wie Leonardo DiCaprio, wenn er grinste, fuhr ein BMW-Cabrio, wollte noch fünfzehn oder zwanzig Jahre ranklotzen und dann an Bord der eigenen Jacht mit mir über die Weltmeere schippern. Nur mit mir. Die anderen Frauen hatte er aus seiner Zukunftsvision gestrichen. »Dann lassen wir es uns richtig gut gehen, Schätzchen«, sagte er.

Und mit achtzehn, neunzehn hielt ich das nicht für Spinnerei. Mir schwebte jedes Mal die dicke Geldrolle vor Augen, wenn Ronnie so etwas sagte. Ich glaubte ihm, dass er mich gerne in seiner Nähe, die Woche über aber nicht wirklich Zeit für mich hatte, weil er mich in fünfzehn oder zwanzig Jahren gar nicht mehr aus seinen Armen lassen wollte.

Andere in dem Alter glauben, dass sie zum nächsten Superstar gekürt werden oder prädestiniert sind, Deutschlands nächstes Topmodel zu werden. Die lassen sich auch allerhand bieten und wollten nicht wahrhaben, dass sie verheizt werden.

Vielleicht hätte ich rechtzeitig begriffen, dass Ronnie kein Mann war, den man als Frau in die engere Partnerwahl nehmen sollte, wenn er einmal so gehässig zu mir gewesen wäre wie die Juroren besagter Sendungen zu ihren Kandidaten. Aber Ronnie wurde nicht gemein, solange ich noch Zeit gehabt hätte abzuspringen. Er gab mir nur oft das Gefühl, ich sei zu verwöhnt. Zu anspruchsvoll nannte er mich einmal, weil es mir nicht reichte, mich nur sonntags für ein paar Stunden in seiner Nähe aufzuhalten.

Und dann entschädigte er mich für meinen Verzicht auf ihn und die Entbehrungen der Gegenwart. Ich brauchte nur beiläufig zu erwähnen, dass ich ein Paar todschicker Schuhe, eine tolle Jacke oder sonst etwas gesehen hatte, was ich mir vom Taschengeld nicht leisten konnte und meine Mutter mir nie im Leben kaufen würde, schon zückte Ronnie seine Börse oder ließ das Kassenschubfach aufschnappen.

Als er das zum ersten Mal tat, war es mir sehr unangenehm. Ich hatte auf der Stelle die Stimme seines Freundes im Kopf, wie Klaus von *ein bisschen was abstauben* sprach. Ich wollte Ronnie nicht ausnehmen, wirklich nicht. Aber als ich das Geld mit Hinweis auf Klaus ablehnte, wurde er wütend.

»Jetzt nimm schon, verdammt. Ich schulde dir mehr als die paar Kröten dafür, dass du so geduldig mit mir bist. Wenn ich finde, dass du unverschämt oder gierig wirst, dann sage ich dir das beizeiten. Klaus werde ich zu dem Thema auch noch etwas sagen. Was du von mir bekommst, geht ihn einen Dreck an. Er soll erst mal sehen, dass er eine Freundin findet, die es mit ihm aushält so wie du mit mir.«

Zum ersten gemeinsamen Weihnachtsfest schenkte er mir

eine Tasche von *Tanah Rhea*, die ich selbst aussuchen durfte. Silvester feierten wir in seinem Zimmer mit einer Flasche Sekt und *Pretty Woman*. Und im Frühjahr wollte er wissen, ob ich keine Lust hätte, den Führerschein zu machen.

Was für eine Frage. Ich sparte und sparte und hatte noch nicht mal die Hälfte von dem zusammen, was Carina für das heiß begehrte Kärtchen bezahlt hatte. Ronnie legte sofort den Rest drauf, was meine Eltern mir zum neunzehnten Geburtstag verweigert hatten, weil Mama befürchtete: »Wenn du den Führerschein hast, willst du auch ein Auto. Weißt du, wer die meisten schweren Unfälle baut? Fahranfänger. Abgesehen davon, Autos kosten nicht nur Geld bei der Anschaffung. Sie kosten Steuern, Versicherung, Benzin, manchmal muss etwas repariert werden. Frag mal Carina. Was die im Monat verdient, geht nur fürs Auto drauf.«

Carina hatte sich einen VW-Polo aus zweiter Hand gekauft, mit einem Kredit, für den ihr Vater gebürgt hatte. Ich brauchte keinen Kredit und keinen Bürgen, um ein Auto zu fahren, von dem Carina noch geraume Zeit nur träumen konnte. Und ich fuhr unfallfrei.

Ich sage es nicht gerne, aber es war so. Führerschein und BMW waren die letzten beiden Punkte, die mich bedingungslos für Ronnie einnahmen und negative Empfindungen im Keim erstickten. Seine Arbeitswut war meine Freiheit. Ich war noch mit zwölf von Mama zur Schule gefahren und wieder abgeholt worden. Ich hatte mir noch mit vierzehn jedes Mal eine endlose Litanei von Ermahnungen anhören müssen, wenn ich zu Carina oder mit ihr in die Stadt gehen wollte. Dabei konnte man bei uns nur ins Kino oder in die Eisdiele. Ich fühlte mich nicht erst seit meinem mittelmäßigen Schulabschluss gegängelt, bevormundet und eingeengt.

Für mich war Freiheit unendlich wertvoller als Discobesuche

und ähnliche Aktivitäten. Und Ronnie ließ mich sogar ans Steuer des BMW, wenn er nicht mitfahren konnte, weil er arbeiten musste. Arbeiten musste er eigentlich immer. Wochentags bis weit in den Abend hinein, dann saß er hinten im Laden. Und immer öfter werkelte er am Sonntagvormittag im Kabäuschen, wo man ihn von der Straße aus nicht sah, weil Klaus von seinen Touren in den Osten große Aufträge mit zurückbrachte und im Gegenzug die dortige Bevölkerung mit von Ronnie repariertem Kram beglückte.

Meine Brüder warfen wiederholt die Frage auf, warum Ronnie seine Zeit mit defekten Haushaltsgeräten verplemperte, obwohl er damit nicht die Butter aufs Brot verdiente. Was er nicht für ein paar Euro verkaufen konnte, wobei der Preis in keinem Verhältnis zum Arbeitsaufwand stand, verschenkte sein Freund in Tschechien, Bulgarien, Albanien und weiß der Teufel wo sonst noch. Und Ronnie musste die Stunden, die er mit einem kaputten Eierkocher verbracht hatte, nacharbeiten, weil er wohl hauptsächlich Rechner für den Osten zusammenschrauben sollte, als ob die dort keine Leute gehabt hätten, die das ebenfalls konnten. Nur mein Vater zeigte Verständnis für Ronnies Bastelsucht, er bastelte ja ebenfalls gerne.

Mehr als ein fest versprochener Sonntagnachmittag wurde in die frühen Abendstunden verlegt, weil Ronnie noch zwei oder drei Festplatten mit Programmen bestücken musste, die Klaus geschrieben hatte. Klaus konnte sehr ungehalten werden, wenn die Arbeit nicht fristgerecht, also bis Montag, erledigt war.

Meist rief Ronnie mich mittags an und fragte: »Macht es dir etwas aus, wenn du zu mir in den Laden kommst, Schätzchen? Ich hab hier noch zu tun, bin aber gleich so weit.«

Dass er mich nur noch höchst selten daheim abholte, war mir ganz recht. Sonntags hatten wir meist volles Haus. Meine Brüder und Olga kamen regelmäßig zum Kaffee und selbst gebackenen Kuchen. Und meine Mutter hatte die Hoffnung auf ein baldiges Ende meiner *verhängnisvollen Affäre* inzwischen aufgegeben. Egal, wer mit am Tisch saß, sie prophezeite mir jedes Mal vor versammelter Mannschaft eine düstere Zukunft, wenn ich aufbrechen wollte oder der Name Ronnie fiel.

Aufgrund der vielen Wünsche, die Ronnie mir erfüllte, war inzwischen sogar Olga misstrauisch geworden. Meine Brüder waren längst überzeugt, dass mit den Computern ein krummes Ding lief und mit den Haushaltsgeräten und der meist veralteten Unterhaltungselektronik Geld gewaschen wurde. Wenn ihn keiner zu Gesicht bekam, war das für mich angenehmer.

Wenn ich im Laden eintraf und Ronnie noch nicht fertig war, fragte er in der Regel: »Bist du so lieb und fährst schon mal zur Tankstelle? Ich muss unbedingt tanken, schaffe das aber nicht.«

Wenn er mir dann zweihundert Euro hinlegte, wusste ich, dass ich mir einen schönen Nachmittag ohne ihn machen sollte. Und dann fühlte ich mich so cool und aufgeschlossen, eine moderne junge Frau in einer modernen Beziehung. Dann fragte ich nur noch: »Ist es okay, wenn ich nach dem Tanken etwas mit Carina unternehme und dich um sechs hier abhole?«

»Völlig okay«, sagte Ronnie jedes Mal und ermahnte mich nicht einmal, vorsichtig zu fahren, als das Wetter im Herbst wieder schlechter und die Straßenverhältnisse tückischer wurden.

Um halb sechs musste Carina daheim sein, zur Arbeit fahren und bergeweise Gemüse putzen oder sich von ihrem Vater in die Geheimnisse einer Krebsmousse einweihen lassen, ehe die ersten Gäste kamen. Bis dahin fuhren wir spazieren, gönnten uns von Ronnies Geld in irgendeinem Café einen Latte macchiato, ein Stück Kuchen oder sonst etwas Leckeres und redeten über alles, was uns wichtig erschien.

Manchmal fuhren wir nach Köln, schauten uns die Discos von außen an und lästerten, dass wir so einen Schuppen nie betreten würden, weil die dort vertickten Drogen, der Lärm und das Herumgezappel zu ohrenbetäubender Musik, die doch nur aus zwei oder drei Akkorden bestand, etwas für Hirnamputierte waren und wir unseren Verstand an keiner Garderobe abgeben wollten.

Das hielt unsere Freundschaft am Leben, gab ihr sogar neuen Auftrieb und überzeugte Carina von Ronnies menschlichen und charakterlichen Qualitäten. Sie stellte ihre Schwarzmalerei ein, bezeichnete Klaus als schamlosen Lügner und Intriganten, erklärte meine gesamte Familie einschließlich Olga zu notorischen Nörglern und gab unumwunden zu, dass sie sich einen Mann wie Ronnie auch von niemandem madig machen ließe.

Nur schwanden Carinas Hoffnungen, sich ebenfalls so ein Prachtexemplar zu angeln, in etwa demselben Tempo, mit dem sie ihre Fähigkeiten als Köchin im Gourmettempel ihrer Eltern perfektionierte. Und das hatte nichts mit den blöden Arbeitszeiten zu tun, nur mit der Tatsache, dass Carina keinen Sport mehr trieb und zu viel von ihren Kreationen probierte. Man konnte förmlich zusehen, wie sie aus dem Leim ging.

Wenn Ronnie auch um sechs noch nicht mit seiner Arbeit fertig war, erledigte er den Rest eben in der Nacht, nachdem er mich heimgebracht hatte. Aber den gemeinsamen Abend bekam ich. In seinem Zimmer, nachdem er geduscht, Haare gewaschen, Zähne geputzt, mit Mundwasser gegurgelt und mit Deo und Aftershave den letzten an ihm haftenden Gestank von Zigaretten getilgt, einen Pizzadienst bemüht und eine DVD eingelegt hatte.

Sommernachtsalbtraum

August 2018

Ronnie und seine Filme. Ein bisschen Erotik und all die großen Gefühle. *Pretty Woman, Titanic, Love Story, Vom Winde verweht, Casablanca, Dirty Dancing, West Side Story, Ghost* –

Nachricht von Sam. Meist Tragik, selten ein Happy End. Wie im wahren Leben, aber zum Weinen schön.

Es gab in seinem umfangreichen Fundus allerdings auch härtere Sachen als *Neuneinhalb Wochen*, *Emmanuelle* oder *Die Geschichte der O.* Er hatte ein paar widerliche Horrorschocker im Sortiment, bei denen mir schon von den Vorschaubildchen übel wurde. Die Bildchen lud Ronnie wie die Filme aus dem Netz herunter, druckte sie aus und klebte sie auf die DVD-Hüllen.

Dazu kamen noch zwei Dutzend Rammelpornos und dieser Film aus dem Jahr 1981. Eine angeblich wahre Geschichte. *Entity.* An den Titel erinnere ich mich, ich weiß sogar noch, wie die Hauptdarstellerin hieß: Carla Moran, gespielt von Barbara Hershey. Die Handlung war der helle Wahnsinn.

Carla Moran wurde von einem bösen Geist verfolgt und immer wieder brutal vergewaltigt. Einmal fiel das unsichtbare Wesen im Bad über sie her, schleuderte sie zu Boden und schlug auf sie ein, dass ihr Kopf nur so hin und her flog und sie zu bluten begann. Dann wurden ihre Arme und Beine weit auseinandergedrückt. Eine irre Szene, in der man nur sah, was Carla erleiden musste, obwohl scheinbar niemand in ihrer Nähe war. Ihrem halbwüchsigen Sohn, der ihr helfen wollte, brach der Geist bei der Gelegenheit einen Arm.

Es gab keine Hilfe für die Ärmste. Sie bemühte sich natürlich darum, konsultierte einen Psychologen oder Psychiater. Der hielt sie für durchgeknallt und glaubte, sie würde sich das selber antun oder sich von ihren Kindern verletzen lassen. Außer dem Sohn hatte sie noch zwei kleine Mädchen.

Auch einem Team von Parapsychologen, das sich enthusiastisch daranmachte, den Geist in eine Falle zu locken, zeigte das schreckliche Wesen schnell, dass kleine Menschlein sich besser nicht mit einem wie ihm anlegen sollten.

In den letzten Tagen hatte ich oft an diesen Film denken

müssen, vor allem an die Szene, in der Carla Moran aus Angst vor einer erneuten Attacke stundenlang wach in ihrem Bett lag. Sie trug einen blauen Morgenrock, und die Uhr auf ihrem Nachttisch zeigte, wie die Stunden verrannen. Irgendwann war sie doch eingeschlafen und schien zu träumen. Ihre Mimik und die Laute, die sie von sich gab, ließen auf einen erotischen Traum schließen.

Dann glitt die Kamera langsam von ihrem Gesicht nach unten. Man sah, dass ihre Brüste nun entblößt waren und heftig liebkost, regelrecht durchgeknetet wurden. Dargestellt war das als Dellen in ihrem Fleisch. Carla bekam einen Orgasmus und wachte auf.

Als sie begriff, was tatsächlich gerade mit ihr geschehen war und wer sie dermaßen manipuliert hatte, war sie außer sich vor Entsetzen und Scham über ihre Reaktion auf seine Berührungen.

Ungefähr so habe ich mich gefühlt, als er mich das erste Mal aus dem Schlaf riss und mir seine Zärtlichkeit aufdrängte. Wie Carla Moran glaubte ich, bei den ersten, im Halbschlaf registrierten Empfindungen zu träumen, und schämte mich danach in Grund und Boden.

Der Blender

Die ersten beiden Jahre mit Ronnie waren alles andere als üblich für ein junges Paar, das ist mir sehr wohl bewusst. Aber ich empfand es nicht als unüblich und war, abgesehen von meinem unerfüllbaren Wunsch nach mehr Zusammensein, zufrieden. Mit Klaus musste ich mich nicht mehr auseinandersetzen, weil ich mich nur noch sonntags für wenige Minuten im Laden aufhielt. Ronnies Mutter bekam ich auch nicht oft zu Gesicht.

Manchmal saß Klara bei offener Wohnzimmertür auf ihrer geblümten Couch, wenn wir am Sonntagabend ins Haus kamen. Sie spielte an ihrem Laptop oder schaute sich irgendwas im Fernsehen an, hin und wieder auch einen Film aus Ronnies Sammlung. Einen DVD-Rekorder besaß Klara selbstverständlich, ein älteres Modell, das woanders ausgedient hatte. Ronnie wechselte ein paar belanglose Worte mit ihr. Ich grüßte im Vorbeigehen und bekam ein desinteressiertes »Hallo« zurück.

Manchmal hielt Klara sich in der Küche auf, machte sich gerade Abendbrot oder einen Tee. Dann gab es eine kurze Unterhaltung, die meist Ronnie alleine bestritt. Klara gab sich immer sehr einsilbig. Und ich hätte gar nicht gewusst, worüber ich mich mit ihr unterhalten sollte.

Ronnies Mutter gegenüber fühlte ich mich gehemmt, hatte beim Anblick dieser zierlichen, stets gepflegt und jugendlich wirkenden Frau regelmäßig die Stimme meiner Großmutter im Hinterkopf. Dann sah ich Klara im Geist halb nackt und sich die Haare raufend durch die Dorfstraßen hetzen, verfolgt von einer Horde Polizisten, die sich weigerten, sie zu erschießen. Und dann kam mir die Frau in der Küche oder auf der Couch immer irgendwie falsch vor.

Abgesehen davon behagte mir die Vorstellung nicht, mit Ronnie auf dem Futon zu liegen, während seine Mutter möglicherweise mit einem Ohr an der Verbindungstür zum Zimmer mit den Etagenbetten klebte, um herauszufinden, ob wir uns wirklich nur einen Film ansahen oder ob die Geräuschkulisse andere Laute übertönen sollte. Mir war es entschieden lieber, wenn die Wohnzimmertür geschlossen und die Küche leer war. Dann konnte ich mir einbilden, Klara wäre nicht daheim.

Oft war sie das wohl tatsächlich nicht. Sie hatte eine Bekannte im Dorf, ebenfalls verwitwet, mit der sie viel Zeit verbrachte und Ausflüge unternahm. Das wusste ich nicht von Ronnie, sondern von Oma Finchen, die es von meiner Tante gehört hatte. Aber allzu viele Gedanken über Klara machte ich mir gar nicht.

Die Woche über konzentrierte ich mich auf meine Ausbildung, um bei den allmählich näher rückenden Prüfungen so gut wie möglich abzuschneiden und meinen Eltern zu beweisen, dass sie mit mir kein Windei in die Welt gesetzt hatten.

Mittwochs und freitags trainierte ich weiterhin mit der Volleyball-Mannschaft, nahm samstags an Spielen teil. Und sonntags machte ich zuerst eine Spazierfahrt und einen Bummel mit Carina. Ronnie hatte nichts dagegen, wenn ich mir den BMW schon am frühen Vormittag holte und mit Carina zu einem Outlet-Center nach Belgien fuhr, wo es sonntags ab zehn Uhr günstige Markenklamotten, Schuhe und Taschen gab.

Und am Sonntagabend wurde dann in Ronnies kleinem Zimmer die große Liebe wie ein Kinofilm zelebriert. Nicht immer mit Erotik oder den großen Gefühlen auf dem Flachbildschirm. Wenn Klara offenkundig zu Hause war, legte Ronnie lieber ein Spektakel ein, weil wüste Ballerei, explodierende Autos und das Geschrei der Darsteller verhinderten, dass eine eventuelle Lauscherin noch etwas anderes hörte als den Krach. Das gab Ronnie auch zu. Ansonsten sprach er nicht von seiner Mutter.

Als ich einmal meinte: »Ich glaube, sie mag mich nicht«, erwiderte er: »Sie hat nur Angst, dass ich noch mal auf eine hereinfalle, die mich nur aufs Kreuz legen und ausnehmen will.«

Dann erzählte er mir von einer gewissen Mona, mit der er vor meiner Zeit liiert gewesen war. Mona war schon nach zwei Monaten schwanger geworden, aber nicht von ihm, wie sich herausstellte, als Klaus ihm riet, nach der Geburt des Kindes unbedingt einen Vaterschaftstest machen zu lassen. Klaus hatte Mona mehrfach mit einem anderen Mann gesehen. Zur Rede gestellt, gab sie das auch zu. Ronnie machte Schluss mit ihr und wusste nicht einmal, ob sie einen Jungen oder ein Mädchen bekommen hatte. Daraus zog er die Gewissheit, dass es gar nicht sein Kind gewesen sein konnte und Mona es nur auf sein Geld abgesehen hatte.

Diese Geschichte bot Anlass zu einigen Befürchtungen, als im Oktober, drei Monate nachdem wir mit Pizza, Piccolo und *Emmanuelle* unseren zweiten Jahrestag gefeiert hatten, meine Regel ausblieb. Olga riet zu einem Schwangerschaftstest, der war positiv. Ich konnte mir nicht erklären, wie das hatte passieren können. Ronnie benutzte immer ein Kondom, die Pille hielt er für gesundheitsschädlich, andere Methoden für zu unsicher.

Ich fürchtete mich vor seiner Reaktion. In den letzten Monaten hatte er verschiedentlich gefragt, wo ich sonntags mit Carina gewesen war oder wie ich mir die Abende in der Woche vertrieben hatte. Als wäre er misstrauisch geworden. Wenn er glaubte, das Kind wäre nicht von ihm, ich hätte es auch nur auf sein Geld abgesehen? Einen Vaterschaftstest könnte ich erst nach der Geburt machen lassen. Bis dahin hätte er vielleicht eine andere und das Interesse an mir verloren.

Und das war es nicht allein. Ich war erst zwanzig. Zu jung für ein Baby, fanden meine Eltern, meine Brüder, Olga und Carina übereinstimmend. Oma Finchen war die Ausnahme, weil sie bei der Geburt meines Onkels nicht nennenswert älter gewesen war.

»Das waren andere Zeiten, Mutter«, sagte Mama, die ansonsten viel weinte und lamentierte, das hätte doch nun wirklich nicht sein müssen. Aber sie war sofort bereit, ein weiteres Enkelkind in ihre Obhut zu nehmen, damit ich mir nicht mein ganzes zukünftiges Leben verpfuschte.

Die Familie war sich einig, es sei das Beste für mich, meine Ausbildung zu beenden und Erfahrungen im Beruf zu sammeln. Was ich für das Beste hielt, interessierte keinen. Ronnies Vorschlag, als ich es ihm nach zwei bangen Wochen sagte, klang in meinen Ohren um Längen besser und sorgte dafür, dass sich meine Befürchtungen in Wohlgefallen auflösten.

Er bezweifelte keine Sekunde lang, dass er der Verursacher der Schwangerschaft war. Und obwohl er der Ansicht war, dass kein wirklich begabter Mensch eine Ausbildung brauchte, plädierte auch er dafür, dass ich meine zu Ende brachte. Die Prüfungen begannen im März, da unser Kind erst Anfang Juni zur Welt kommen sollte, sei es locker zu schaffen, meinte Ronnie.

»Da ist sogar noch Luft für die Hochzeit«, sagte er. »Vorausgesetzt, du willst mich überhaupt heiraten.«

Selbstverständlich wollte ich. Und er erklärte, als seine Frau könne ich nach der Geburt frei entscheiden, ob ich meinen Beruf sofort oder erst in ein paar Jahren, in Vollzeit, halbtags oder nur stundenweise ausüben wolle. Wenn es mir Spaß mache zu arbeiten, seine Mam sei bestimmt bereit, sich währenddessen ums Baby zu kümmern. Praktischerweise gab es im Haus seiner Mutter doch die Wohnung im ersten Stock, in die er ohnehin umziehen wollte, sobald er mehr Platz brauchte.

»Wir müssen nicht mal Miete zahlen«, sagte Ronnie. »Deswegen ist es nicht unbedingt nötig, dass du arbeitest. Wenn du dich lieber erst mal ums Baby kümmern willst, ich verdiene genug, um eine Familie zu ernähren.« Letzteres glaubte ich ihm unbesehen.

Dass ich meinte, seine Mutter könne mich nicht leiden, wies Ronnie erneut zurück, machte jedoch nicht den Vorschlag, ich solle seine Mutter in den nächsten Monaten besser kennenlernen und mal einen Sonntagnachmittag mit ihr verbringen statt mit Carina. Er hielt es auch für keine gute Idee, dass ich mir die Wohnung oben anschaute, solange sie noch mit den Sachen von Onkel und Tante vollgestopft war. Hatte er anfangs von komplett eingerichtet gesprochen, hieß es auf einmal alter Plunder.

»Lass mich zuerst ausmisten und renovieren, Schätzchen«, sagte er. »Dann suchst du tolle Möbel für uns aus. Und wenn alles fertig ist, trage ich dich über die Schwelle, wie sich das gehört, auch wenn du dann so dick bist wie Carina, versprochen.«

Er versprach eine Menge. Und bis dahin hatte er noch kein Versprechen vollständig gebrochen, nur viele Sonntagnachmittage gedehnt und in den Abend verlegt, was ich nicht als Komplettausfall wertete. Deshalb gab es kein langes Überlegen, als ich entschied, nach der Geburt erst einmal nur Mutter zu sein. Es hatte auch nicht ausschließlich damit zu tun, dass Ronnie mir meine Zukunft als seine Frau in rosigen Farben ausmalte.

Der praktische Teil meiner Ausbildung war fest in den Klinikalltag eingebunden und machte mir längst nicht so viel Spaß, wie ich mir vorgestellt hatte. Mit Kranken arbeiten klang schön und erstrebenswert, leider waren Kranke selten zufrieden. Unfall- oder Reha-Patienten, die sich ihrem Schicksal stellten und mitarbeiteten, um wieder weitgehend unabhängig zu werden, traf ich nicht jeden Tag. Viele haderten mit Gott und der Welt und erst recht mit einer Physiotherapeutin im letzten Ausbildungsjahr.

Dann lieber ein Baby, das mich anlachte, fröhlich Mama brabbelte und seine Ärmchen nach mir ausstreckte. So stellte ich mir das vor. So habe ich es nur nie erlebt.

Die Schwangerschaft verlief problemlos. Ich hatte nicht mal mit den typischen Beschwerden zu kämpfen. So dick wie Carina wurde ich auch nicht. Im sechsten Monat stand fest, dass ich eine Tochter bekommen würde. Als ich acht Wochen vor dem errechneten Geburtstermin meinen Abschluss als Physiotherapeutin machte, hatte ich gerade mal sechs Kilo zugenommen.

Mein Arzt war zufrieden mit mir. Ich war ebenfalls zufrieden, hatte bereits den schriftlichen und mündlichen Teil der staatlichen Prüfung bestanden, schaffte auch den praktischen ohne nennenswerte Schwierigkeiten, obwohl das Babybäuchlein ein wenig hinderlich war.

Papa war stolz auf mich, Mama weniger begeistert. Seit ich verkündet hatte, Ronnie zu heiraten, war sie dermaßen auf

Distanz gegangen, dass man nicht mehr nur von einem getrübten Mutter-Tochter-Verhältnis reden konnte. Es war zappenduster geworden zwischen uns.

Seitdem hörte ich nur noch Vorträge über Dummheit, Bequemlichkeit und die Tatsache, dass man Leute, die sehenden Auges und mit wehenden Fahnen in ihr Unglück rannten, nicht aufhalten konnte. Dass solche Leute sich aber nicht einbilden sollten, sie würden mit offenen Armen empfangen und wieder aufgenommen wie der verlorene Sohn in der Bibel, wenn sie einsahen, dass sie sich auf dem Holzweg befunden hatten.

Statt mir zur letzten bestandenen Prüfung zu gratulieren, fragte Mama: »Und wofür die ganze Mühe? Wofür haben wir so viel Geld bezahlt? Davon hätten wir eine Weltreise machen können. Dein Vater wollte immer mal die Niagarafälle sehen. Bilde dir bloß nicht ein, dass wir dir auch noch eine weiße Hochzeit finanzieren. Ich meine, du hättest uns in den letzten drei Jahren genug Geld gekostet. Von unseren Nerven will ich gar nicht reden.«

»Jetzt lass endlich gut sein, Inge«, mahnte Papa. »So viel Geld war es gar nicht. Tobias und Dirk haben uns mehr gekostet.«

»Die haben ja auch studiert«, sagte meine Mutter. »Und jetzt verdienen sie beide gutes Geld.«

»Sandra hat ihren Abschluss in der Tasche«, erwiderte Papa. »Damit kann sie auf eigenen Füßen stehen. Wir können nächstes Jahr zu den Niagarafällen. Dann muss deine Mutter so lange zu Fritz und Annemie oder zur Kurzzeitpflege ins Seniorenheim.«

Dass meine Eltern beim Gedanken an den nächsten Schritt, den ich tun wollte, alles andere als glücklich waren, wusste auch Ronnie, ich hatte ihm oft genug vom Ärger daheim erzählt. Um Mama und Papa zu überzeugen, dass ich mit ihm nicht geradewegs in den Untergang steuerte, leistete er sich einen freien

Abend mitten in der Woche und lud sie zum Essen in das Feinschmeckerrestaurant der Familie Schubert ein.

»Der Junge hat Geld zu viel«, kommentierte mein Vater, als ich die Einladung überbrachte.

»Für mich ist Ronnie nichts zu teuer«, antwortete ich pathetisch. »Er hofft, dass ihr mich versteht, wenn ihr ihn besser kennenlernt.«

»Besser ist gut«, hielt meine Mutter dagegen. »Bisher kennen wir ihn ja noch gar nicht.«

»Ihr habt nie gesagt, ich soll ihn mal mitbringen«, sagte ich.

»Er wäre auch garantiert nicht gekommen«, meinte Mama und überlegte, wie sie ihrer Mutter beibringen sollte, dass Ronnies Einladung zum Essen keine Großmutter einschloss. Darum hätte sie sich keine Gedanken machen müssen. Oma Finchen legte gar keinen Wert darauf, mit dem kleinen Renner an einem Tisch zu sitzen und kein Wort über seine bekloppte Mutter und den notgeilen Schwager verlieren zu dürfen.

»Den Mund muss ich bei der Hochzeit lange genug halten, oder werde ich dazu auch nicht eingeladen?«, wollte sie wissen.

»Doch, Oma«, versprach ich.

So wurde im Restaurant nur über meine beziehungsweise unsere gemeinsame Zukunft gesprochen. Ronnie erschien in einem dunkelgrauen Anzug mit weißem Hemd und dezent gemusterter Krawatte. Er sah aus wie ein erfolgreicher Jungunternehmer, so sprach er auch. Er wiederholte noch einmal, was er mir erklärt hatte. Wenn ich wolle, könne ich arbeiten, müsse aber nicht. Dass seine Mutter sich gerne ums Kind kümmern würde, erwähnte er nicht mehr, kam stattdessen auf die Hochzeit zu sprechen.

Er plante in kleinem Rahmen. Trauung auf dem Standesamt, die Braut trotzdem ganz in Weiß. Es sollte doch der schönste Tag meines Lebens werden. Anschließend ein Essen mit Eltern, Geschwistern und den engsten Freunden. Am besten wieder bei

Schuberts. Zahlen würde selbstverständlich er für alles, auch fürs Brautkleid.

»Soll das heißen, dass Sandras Großmutter auch zur Hochzeit nicht eingeladen wird?«, erkundigte sich meine Mutter spitz.

»Selbstverständlich ist sie herzlich eingeladen«, beeilte Ronnie sich, mein Versprechen zu halten. »Wir werden auch unsere Tochter nach ihr nennen, das haben wir schon besprochen.«

Hatten wir nicht, aber es machte Eindruck.

»Ich habe keine Großeltern«, erklärte Ronnie noch. »Deshalb habe ich nicht daran gedacht, Sandras Großmutter besonders zu erwähnen. Von meiner Seite sind nur meine Mutter und mein Freund dabei.«

Tags darauf bestellten wir das Aufgebot, wofür Ronnie sich wohl oder übel zwei Stunden am Vormittag freinehmen musste, weil das Standesamt am Sonntagabend geschlossen war. Im Laden ließ er sich so lange von einem Oberschüler vertreten, der zu seinen Stammkunden zählte und dafür die Schule schwänzte.

Ich hatte noch keinen Fuß in mein künftiges Zuhause gesetzt, dabei wurde es höchste Zeit, Möbel zu kaufen, die hatten doch Lieferzeiten. Ronnie fertigte mir am Computer eine Skizze an, der ich die Anordnung der Räume entnehmen konnte. Er bestückte sie sogar mit der Einrichtung, damit ich eine Vorstellung bekam, was reinpasste.

Meine Ausbildung war zu Ende, ich hatte Zeit im Überfluss und war dankbar für jede Stunde, die ich nicht in der Nähe meiner Mutter verbringen musste. Tagelang fuhr ich mit Carina im BMW von Möbelhaus zu Möbelhaus. Gemeinsam wählten wir aus, auch ein höhenverstellbares Gitterbett und eine Wickelkommode. Beides fehlte auf Ronnies Skizze und müsste zu Anfang ins Schlafzimmer gestellt werden, weil es oben kein Kinderzimmer gab. Könnte man aber anbauen, sagte Ronnie, es müsse nur der Anbau aufgestockt werden.

Nur. Für eine Zwanzigjährige, die keine Erfahrung im Bauhandwerk hat, dafür aber einen leidenschaftlichen Bastler zum Vater, klang das nach einer Lappalie.

Da ich keine Anzahlungen leisten konnte, konnte ich auch keine Möbel bestellen oder kaufen, nur die Bestellnummern per WhatsApp mailen, Fotos mit dem Handy machen und hinterherschicken. Jedes Mal kam von Ronnie umgehend ein Lob für meinen guten Geschmack und das Versprechen, alles Weitere in die Wege zu leiten. Ich nahm an, dass er Bestellungen und Anzahlungen vom Laden aus erledigte, er machte Onlinebanking.

Carina kam auch nicht auf den Gedanken, unsere Vorgehensweise zu hinterfragen. Sie meldete lediglich Bedenken an, was die Einrichtung des Schlafzimmers betraf. Das Größenverhältnis zwischen Kleiderschrank und Bett auf Ronnies Computerskizze schien ihr nicht stimmig. Und mit Kinderbett und Wickelkommode könnte es platzmäßig knapp werden, meinte sie und empfahl: »Du solltest den Schrank eine Nummer kleiner nehmen.« Wollte ich aber nicht.

Ich hätte auch gerne eine ultramoderne Einbauküche zusammengestellt. Doch der Verkäufer in der Küchenabteilung brauchte genaue Maße. Die hatte Ronnie auf der Skizze nicht eingetragen. Dass er am Handy durchgab, die Küche sei groß genug für alles, was man so brauche, reichte dem Verkäufer nicht. Den Blick auf Carina gerichtet, als ahne er, dass sie für vernünftige Vorschläge eher zu haben war als ich, empfahl er, wir sollten den Raum ausmessen, am besten eine millimetergenaue Zeichnung anfertigen, in der Tür, Fenster, Wasser- und Stromanschlüsse berücksichtigt seien. Damit sollten wir wiederkommen, und dann könnten wir etwas zusammenstellen. Danach käme jemand raus, um nachzumessen, weil eine Einbauküche eine Maßanfertigung sei.

Daraus wurde jedoch nichts, weil Ronnie erklärte, wegen dem Wasseranschluss müsse zuerst der Klempner kommen. »Du willst doch bestimmt eine Spülmaschine haben.« Er versprach, sich darum zu kümmern, und sobald das erledigt wäre, wollte er die Küche bestellen, die mir so gut gefallen hatte. Dabei fand er nicht mal die Zeit, gemeinsam mit mir Trauringe zu kaufen.

Natürlich hätte mich das stutzig machen müssen. Aber zum einen war es ein Klacks, per Computer eine Bestellung aufzugeben und einen Fachmann anrücken zu lassen, der genau Maß nahm. Zum anderen fand ich es toll, die Ringe mit Carina auszusuchen. Das wertete ich sogar als einen besonderen Vertrauensbeweis von Ronnie.

Ich protestierte erst, als er fragte, ob ich einverstanden sei, die Ringe mit Klaus abzuholen. »Warum kann er dich nicht für eine Stunde im Laden vertreten?«, fragte ich.

»Mit einer Stunde ist das nicht getan, Schätzchen«, erklärte Ronnie. »Ich muss zuerst nach Hause fahren, duschen, mich umziehen, dann mit dir zum Juwelier, wieder zurück und wieder umziehen. Dafür geht ein ganzer Nachmittag drauf. Klaus fühlt mir den Puls, wenn ich ihn so lange in den Laden setzen will. Er hat doch keine Ahnung, was hier abgeht.«

»Und was ist mit dem Typ, der dich vertreten hat, als wir das Aufgebot bestellt haben?«, fragte ich.

»Der ist auf Klassenfahrt«, bekam ich zur Antwort.

»Dann musst du eben den Nachmittag schließen.«

»Schätzchen«, sagte Ronnie nachsichtig. »Ich schließe den ganzen Tag, wenn wir heiraten. Und jeder, der an dem Tag hier vor verschlossener Tür steht, geht woandershin. Ich weiß, dass du Klaus nicht magst. Aber er ist mein Freund und unser Trauzeuge. Er übergibt mir auf dem Standesamt die Ringe und wird sie bis dahin in Verwahrung nehmen. Deshalb dachte ich, es wäre praktisch, wenn er sie mit dir …«

Ich hatte Carina als Trauzeugin verpflichtet und unterbrach ihn: »Dann mache ich das eben auch mit Carina. Sie kann dir die Ringe genauso gut übergeben wie Klaus.«

»Kann sie den Ring auch für mich anprobieren?«, fragte Ronnie und bat im gleichen Atemzug: »Kannst du dich nicht für ein paar Stunden mit Klaus arrangieren, Schätzchen? Er hat nichts gegen dich, wirklich nicht.«

»Na schön«, lenkte ich ein, aber angenehm war es mir nicht.

Klaus holte mich daheim ab, argwöhnisch begutachtet von zwei Augenpaaren hinter einer Gardine. Da er ausstieg, um zu klingeln, kamen Mutter und Großmutter voll auf ihre Kosten. Er trug die pechschwarzen Haare immer noch raspelkurz. Oma Finchen fand: »Der sieht aus wie ein Teufel.«

»Dann passt es doch«, sagte meine Mutter. »Wenn ein Teufel auftaucht, kann die Hölle nicht weit sein. Das dumme Ding, warum nimmt sie keine Vernunft an, solange es noch nicht zu spät ist?«

Diese Frage blieb unbeantwortet. Oma Finchen stellte lediglich fest: »Aber ein schönes Auto hat er.«

Ich rechnete mit spöttischen Bemerkungen oder Anspielungen auf meinen Bauch, als ich in den Lexus stieg. Aber Klaus sagte nur: »Du hast dir meinen Rat anscheinend zu Herzen genommen und nicht mehr so viel Zeit im Laden verbracht. Gut siehst du aus.«

Ich bedankte mich für das Kompliment und gab es zurück: »Du auch. Meine Oma hielt dich schon für den Teufel.«

Er lachte. »Mach nur so weiter, dann halten die Leute beim Juwelier uns beide garantiert für das glückliche Paar.«

Das taten die Leute ohnehin, weil es nun mal üblich war, dass Braut und Bräutigam diesen Kauf zusammen tätigten, und weil Klaus Ronnies Ring anprobierte. Der passte auf seinen rechten Ringfinger wie für ihn gemacht. Die Verkäuferin, die sich offenbar gut daran erinnerte, dass ich die Ringe in Begleitung einer jungen Frau ausgewählt hatte, wirkte erleichtert.

Klaus zog den Ring wieder ab, streifte ihn über den Mittelfinger, bekam ihn jedoch nicht übers Mittelgelenk und bedauerte:

»Leider ist es mir nicht vergönnt, das Prachtstück zu tragen und alle damit verbundenen Annehmlichkeiten zu genießen. Ich bin nur der Unglücksrabe, der den Bund fürs Leben bezeugen soll. Mein Freund hat schneller als ich begriffen, dass es im Leben Dinge gibt, die wichtiger sind als Geldverdienen, und er hat Arbeiterfinger. Wie lange brauchen Sie, um das gute Stück zu weiten?«

Die zweite Tour machte Klaus dann alleine. Ich suchte währenddessen mit Carina mein Brautkleid aus. Einen Traum aus weißer Spitze mit Wolken von Tüll unterlegt, die fast vollständig verbargen, dass ich ein kleines Mädchen in mir trug, welches Anfang Juni 2016 auf die Welt kommen sollte.

Sommernachtsalbtraum

August 2018

Als er mich letzten Mittwoch das zweite Mal heimsuchte, wie soll ich das anders bezeichnen, hatte er Schwierigkeiten mit der Erektion und gab Josie die Schuld. Angeblich hatte sie ihn aus dem Konzept gebracht, als sie unvermittelt neben dem Bett auftauchte und danach so lange weinte. Das war ausgemachter Blödsinn!

Vorher hatte er überhaupt keinen hochbekommen, nur an mir herumgefummelt wie an einem kaputten Radio. Vermutlich war Josie aufgewacht, als ich ihn wiederholt und nicht gerade in Zimmerlautstärke aufgefordert hatte, zu gehen und wiederzukommen, wenn er wirklich Lust hätte.

»Dann haben wir vielleicht beide etwas davon«, hatte ich gesagt.

Letzten Mittwoch war ich noch mutig gewesen, vielmehr dämlich oder leichtgläubig wie so oft. Ich hatte nachmittags einen Bericht über Sexismus gelesen. Darin wurde Frauen empfohlen, energisch und der Situation angemessen zu protestieren und Grenzen zu ziehen, wenn sie belästigt wurden. Man sollte wirklich nicht alles glauben, was vermeintliche Experten so schreiben.

Als Josie zu rufen begann, dachte ich, die Kinderstimme würde ihn veranlassen, unverrichteter Dinge abzuziehen. Er hätte sein Gesicht wahren und seine Kapitulation in Josies Schuhe schieben können. Aber ihr Jammern machte ihn erst richtig an.

Unvermittelt neben dem Bett aufgetaucht war meine Kleine wahrhaftig nicht. Minutenlang rief sie nach mir, ehe sie aus dem Gitterbett krabbelte. Das konnte sie alleine. Ich hatte drei Stäbe herausgenommen, damit sie nicht über das Gitter stieg und herunterfiel. Dann kratzte sie geraume Zeit an der Verbindungstür, angelte wohl nach der Klinke, rief dabei weiter nach mir und begann zu weinen, ehe es ihr endlich gelang, die Klinke zu fassen und herunterzuziehen.

Ich hätte sie bestimmt beruhigen und zurück ins Bett bringen können. Aber er ließ mich nicht gehen, konnte sich wohl denken, dass ich mich mitsamt Josie nebenan verbarrikadiert hätte, statt zurückzukommen und ihn weiter tun zu lassen, was er sich in den Kopf gesetzt hatte.

Als Josie dann mit großen, runden Augen neben dem Bett stand, machte er sich einen Spaß daraus, uns beiden zu zeigen, wer der Herr im Haus war. Er nahm sie auf den Arm. Sie begann zu zappeln, weinte lauter, stemmte ihre Händchen gegen seine Schulter und machte sich steif.

Er drückte ihren kleinen Körper fester an sich und erklärte: »Du musst nicht weinen, Süße. Du willst deiner Mama doch den Spaß nicht verderben, oder? Sei ein liebes Mädchen. Mama hat keine Zeit für dich. Mama muss Liebe machen. Jetzt zeige ich ihr nämlich, wie viel Lust ich habe. Und jede Wette, dann haben wir beide etwas davon.«

Er brachte Josie zurück in ihr Bettchen, ermahnte sie, nur ja nicht noch einmal herauszukommen, weil jetzt ein großer, böser Hund aufpassen und sie beißen würde, wenn sie nicht gehorchte. Dabei deutete er in eine dunkle Zimmerecke, trippelte auf dem Fußboden herum, knurrte und versetzte Josie in den Glauben, der Hund wäre schon da.

Nachdem er ihr so richtig Angst gemacht hatte, kam er zurück und schloss die Verbindungstür ab. Und das jämmerliche Weinen dahinter hatte eine ähnliche Wirkung auf ihn wie eine Viagra-Pille. Er lief zur Höchstform auf.

Aber wenn er tatsächlich glaubte, ich hätte diese Schinderei toll gefunden und mich tagelang nach einer Wiederholung verzehrt, musste er geisteskrank sein. Das war er auch. Er war ein Soziopath, ein Psychopath, der alle Welt hinters Licht führte. Man sah ihm nicht an, wie er tickte. Ein Sadist war er, der vom Schmerz Schwächerer zehrte und die Ohnmacht der Hilflosen genoss. Dass ich nicht früher durchgeblickt habe, werde ich mir nie verzeihen.

Aus der Traum

Wenn ich an meine Hochzeit zurückdenke, sehe ich nur zwei, drei Bilder aus dem Standesamt vor mir. Und die auch nur, weil mein jüngerer Bruder fotografiert hat und ich mir die Fotos danach ein paarmal angesehen habe.

Wie Ronnie und ich mit andächtigen Mienen den Worten der Standesbeamtin lauschen. Was die Frau gesagt hat, wusste ich schon zwei Tage später nicht mehr. Wie Ronnie mir den Trauring ansteckt. Wie ich mich vorbeuge, um zum ersten Mal mit diesem Namen zu unterschreiben: »Sandra Renner.«

Die anschließende Feier in Schuberts Restaurant dagegen

läuft auch heute noch wie ein Film vor meinem geistigen Auge ab. Vielleicht weil es für lange Zeit die letzten unbeschwerten Stunden waren, die ich erlebte. Carina hätte die Hochzeitsfeier gerne als geschlossene Gesellschaft deklariert, um es für mich richtig schön zu machen, doch darauf hatte sich ihr Vater nicht eingelassen. Es wurde trotzdem ganz nett.

Weil es ein Mittwoch war, herrschte nicht viel Andrang. Nur drei Tische waren von Fremden besetzt. Carina, die ihre Ausbildung ebenfalls beendet und das Hochzeitsmenü geplant hatte, nahm als Gast teil. Sie hatte sich eigens für den Zweck ein bodenlanges, lindgrünes Abendkleid gekauft und fiel damit aus dem Rahmen, weil außer mir alle kurz trugen.

Ronnies Mutter war auf dem Standesamt nicht dabei gewesen. Sie erschien erst nachmittags zum Kaffee in der Kopie eines Kostüms von Coco Chanel. Dass es ein Original sein sollte, konnte ich mir beim besten Willen nicht vorstellen. Die Haare hatte Klara sich mithilfe eines Haarteils von ihrer Bekannten zu einer kunstvollen Frisur hochstecken lassen. In meinen Augen wirkte sie in dieser Aufmachung antiquiert. Herr Schubert fand sie charmant.

Oma Finchen kam aus dem Staunen nicht heraus und wisperte mindestens ein Dutzend Mal: »Also, die Klara, die hätte ich nicht wiedererkannt, wenn sie mir auf der Straße über den Weg gelaufen wäre.« Klara erkannte ihre frühere Nachbarin Josefine Schacht auch nicht wieder, insofern glich sich das aus.

Die alten Geschichten wurden nicht aufgewärmt, man sprach lieber über die Zukunft des jungen Paares. Klara erzählte meiner Mutter, wie glücklich sie sei, dass sich die Wohnung im ersten Stock ihres Hauses wieder mit Leben füllte. Endlich wieder Schritte über dem Kopf hören, weil da oben tatsächlich jemand umherging, und nicht, weil man sich das einbildete.

Papa versuchte, mit Ronnie warm zu werden, lobte den Plattenspieler in den höchsten Tönen und hörte sich danach an, was ein Computer heutzutage leisten musste und wie man sich gefahrlos im Internet bewegte.

Mein jüngerer Bruder flirtete intensiv mit einer Kellnerin namens Jutta. Tobias bemühte sich vergebens, von Klaus etwas über den ominösen Osthandel zu erfahren. Olga unterhielt sich mit Carina über unsägliche Arbeitszeiten. Ich spielte derweil mit meiner Nichte Memory, verlor jedes Mal und freute mich darüber, weil es doch hieß: *Glück im Spiel, Pech in der Liebe.* Bei so viel Pech im Spiel musste das folglich viel Glück in der Liebe bedeuten.

Meine Großmutter bewachte den Tisch mit den Geschenken, damit sich keiner der fremden Gäste daran bediente. Meine Brüder und meine Eltern hatten sich für nützliche und brandneue Haushaltsgeräte entschieden. Von Carina und ihren Eltern bekamen wir ein Set Töpfe und Pfannen. Oma Finchen hatte sich auch nicht lumpen lassen. Das wunderhübsche Geschirr mit dem Rosendekor war von ihr, das dazu passende Besteck von Onkel Fritz und Tante Annemie. Andere Onkel und Tanten sowie Nachbarn hatten Glückwunschkarten mit Geldscheinen geschickt.

Nachdem die fremden Gäste gegangen waren, ließ Herr Schubert sich erweichen, Musik zu machen, damit das Brautpaar einmal tanzen konnte. Aber Walzer konnten wir beide nicht, schoben uns auf der eilends geschaffenen Freifläche zwischen den Tischen nur ein wenig hin und her.

Olga und Tobias tanzten geraume Zeit, sonst hatten sie dazu selten Gelegenheit. Meine Eltern bewiesen ebenfalls, dass sie noch nicht aus der Übung waren. Klaus schaffte es, meine Großmutter, die nun nicht mehr unbedingt neben dem Geschenketisch sitzen musste, von Ronnies Mutter fernzuhalten, indem er Klara wieder und wieder herumschwenkte. Dirk flirtete weiter mit der Kellnerin. Carina spielte mit Julia und gewann, weil Julchen müde war. Ich fühlte mich in meinem Liebesglück bestätigt. Carina hatte bisher nicht mal einen Freund.

Dann wurde es Zeit für den Aufbruch. Julia gehörte dringend ins Bett, weil sie am nächsten Morgen zur Schule musste. Oma Finchen vergoss beim Abschied so viele Tränen, dass Mama sagte: »Jetzt reicht's aber, Mutter. Du tust ja schlimmer, als würde Sandra ins All geschossen.«

Die Glückwunschkarten mit den Geldscheinen steckte Ronnie ein. Klaus brachte die Geschenke zum Lexus. Dessen Motorhaube war mit einem Blumengesteck geschmückt, weil wir in dem Wagen zum Standesamt gefahren waren. Dann fuhr Klaus das junge Glück und Klara heim.

Schon während der Fahrt klagte Klara über Unwohlsein und behauptete, sie hätte den Wein nicht vertragen.

»Du hast doch im Höchstfall ein halbes Glas davon getrunken«, sagte Klaus.

Und als der Wagen anhielt, sagte Ronnie: »Nur damit du jetzt keinen Schock bekommst, Schätzchen. Mam meinte, vor deinem Einzug müsste die Treppe neu gestrichen werden. Sie hat aber erst die Hälfte geschafft.«

Den Schock bekam ich nicht beim Anblick der Treppe. Die fand ich noch irgendwie lustig. Vorher war sie einheitlich dunkelrot gewesen. Nun war eine Stufe grau, die nächste rot, dann kam wieder eine graue, noch eine rote, wieder eine graue und so weiter bis oben.

Klaus stellte in dem für ihn typischen Spott fest: »Ein Hindernisparcours, wie einfallsreich. Was hat dich auf diese Idee gebracht, Klara?«

»So streicht man Treppen, wenn man hinauf- und hinuntermuss«, rechtfertigte Ronnies Mutter ihr Werk. »Dann kann man eine über die andere Stufe betreten.«

Da dachte ich noch, Ronnie hätte beim Renovieren und Einrichten häufig die Treppe hinauf- und hinuntersteigen müssen.

»Und wann ist dir das eingefallen?«, fragte Klaus, bückte sich und tippte eine der grauen Stufen an.

An Klaras Stelle antwortete Ronnie so zerknirscht, als hätte er das zu verantworten: »Letzte Nacht. Ich hab's erst heute Morgen gesehen und gedacht, mich trifft der Schlag.«

»Gott, ist mir übel«, jammerte Klara, lehnte sich gegen die Wand und legte sich theatralisch einen Handrücken an die Stirn.

»Lass Gott aus dem Spiel«, verlangte Klaus. »Und merk dir fürs nächste Mal: Übelkeit spürt man im Magen, nicht hinter der Stirn. Dort nennt man es Kopfschmerzen oder Schwindel. Es sei denn, man beherbergt dort oben einen, der einem die anderen durcheinanderwirft und gerne mal eine Show abzieht. Dann heißt es Wahnsinn. Und wo Wahnsinnige hingehören, weißt du doch.« Anschließend wandte er sich an mich: »Wenn du oben schlafen willst, ziehst du das Kleid besser hier unten aus.«

»Am besten wäre es überhaupt, wenn wir unten bleiben«, sagte Ronnie daraufhin. »Wir können in meinem Zimmer schlafen.«

Ich dachte gar nicht daran, meine Hochzeitsnacht auf dem Futon zu verbringen, während Klara auf Knien vor der Toilette im Bad lag oder mit einem Ohr an der Tür zum zweiten Kinderzimmer hing. »Warum?«, fragte ich. »Ich bin nur schwanger. Ich habe keine kaputten Knie und auch kein Rheuma in den Beinen. Ich kann da hinaufsteigen.«

»Aber nicht in dieser Tüllwolke«, sagte Klaus. »Die bringst du nicht unbeschadet hinauf. Noch ist die Farbe nicht trocken.«

Ronnie hatte am Vorabend einen kleinen Koffer mit ein paar Sachen von mir geholt, damit ich am Tag nach der Hochzeit etwas zum Anziehen hatte. Ich hätte mich im Bad oder in seinem Zimmer umziehen können, aber so hatte ich mir das nun mal nicht vorgestellt. Es war doch meine Hochzeitsnacht. Und nach all den verlorenen Memory-Spielen ...

Ronnie sollte mich aus dem Kleid schälen, mich dabei auf

den Hals, den Nacken, die Schultern küssen wie in einem der unzähligen tragisch schönen oder erotischen Filme, die wir uns gemeinsam angeschaut, bei denen wir uns geliebt hatten. Also raffte ich den bauschigen Rock, so gut es eben ging, warf trotzig den Kopf zurück und hob einen Fuß zur zweiten Treppenstufe.

»Ich glaube, ich muss mich übergeben«, teilte Klara uns mit.

»Bring du deine Frau nach oben, wenn sie unbedingt dort nächtigen will«, sagte Klaus zu Ronnie. »Ich regle das hier unten.«

Damit drehte er sich zu Klara um und sagte in ruhigem, fast freundlichem Ton: »War ich eben nicht deutlich genug, du verrücktes Huhn? Du kannst dir und uns das Theater ersparen. Ob nun da oben oder hier unten, die beiden werden es den Rest der Nacht miteinander treiben, daran änderst du auch nichts, wenn du dir jetzt die Seele aus dem Leib kotzt. Du bist spät dran mit deinen Einwänden, die hättest du vorbringen müssen, ehe er sie geschwängert hat. Und jetzt ab mit dir ins Bad. Wenn dir wirklich übel ist, kannst du dir dort den Finger in den Hals stecken.«

Ich ließ den Fuß wieder sinken, weil ich erwartete, dass Ronnie ihn zurechtwies. Wenn Klaus so mit meiner Mutter gesprochen hätte, also bei all unseren Differenzen der letzten Jahre, ich hätte auf der Stelle den ganzen Ärger vergessen und diesem arroganten Arsch die Meinung gesagt.

Von Ronnie kam kein Muckser. Wahrscheinlich traute er sich nicht, Klaus in die Schranken zu weisen. Also übernahm ich das. Obwohl ich nicht gerade überschwängliche Gefühle für Klara hegte, fuhr ich Klaus an: »Wie redest du denn mit ihr?«

»So wie sie es braucht«, gab er zurück. »Den Ton solltest du dir ebenfalls aneignen. Ich kann gerne mit dir üben, sonst sehe ich hier schwarz für dich.«

»Wie meinst du das?«, fragte ich.

Statt mir zu antworten, erkundigte er sich bei Ronnie: »Weiß sie es noch nicht?«

Ronnie schüttelte bedrückt den Kopf. Klara stand wie eine Gipsfigur an der Wand, den rechten Handrücken immer noch an der Stirn, aber ihr Blick wirkte hellwach.

»Was weiß ich noch nicht?«, fragte ich, dabei konnte ich mir denken, worauf er anspielte, hatte wieder dieses Bild vor Augen, wie Klara halb nackt mit zerrauftem Haar durch die Straßen rannte. »Dass sie zweimal in der Landesklinik war? Doch, das weiß ich. Meine Großmutter hat damals im Eckhaus gewohnt und hautnah miterlebt, wie sie Polizisten angefleht hat, sie zu erschießen. Was die allerdings nicht getan haben.« Der letzte Satz wäre nicht nötig gewesen, aber den hatte ich mir nicht verkneifen können.

»Super«, kommentierte Klaus mit spöttischem Blick auf Ronnie. »Dann hätten wir das geklärt. Wie gut, dass ihre Großmutter nicht dement ist. Aber«, wandte er sich wieder mir zu, »Klara glaubt seitdem, sie hätte einen Freifahrtschein für weitere Achterbahnfahrten bekommen, von dem sie nach Lust und Laune Gebrauch macht. Und …«, er legte eine kunstvolle Pause ein, ehe er weitersprach, »ich halte jede Wette, du weißt noch nicht, was dich oben erwartet. Deshalb schlage ich vor, dass du dein künftiges Reich morgen besichtigst. Bei Tageslicht sieht es vielleicht nicht so trist aus.«

»Wieso trist?« Ich fixierte Ronnie, der betreten zu Boden schaute. »Ich habe doch keine tristen Sachen gekauft. Dir haben sie auch gut gefallen. Du hast gesagt …«

»Tut mir leid, Schätzchen«, wurde ich unterbrochen. »Die neuen Möbel sind noch nicht da. Du weißt doch, wie es im Laden zugeht. Ich bin nicht dazu gekommen, die Wohnung zu entrümpeln. Aber du kannst oben kochen, da steht ja noch eine komplette Küche. Wir können auch dort schlafen, wenn du das unbedingt willst. Ich hab die Betten gestern Abend frisch bezogen und die ganze Nacht durchgelüftet.«

Danach war es sekundenlang mucksmäuschenstill. Ich musste

das erst mal begreifen. »Das ist nicht dein Ernst«, sagte ich tonlos vor Enttäuschung. »Erwartest du wirklich von mir, dass ich mich ins Bett von deinem Onkel lege?«

»Es ist ein Doppelbett«, sagte Ronnie. »Du kannst die Seite von meiner Tante ...«

»Ich schätze, das ist ihr egal«, schnitt Klaus nun ihm das Wort ab. »Wenn ich sie richtig verstehe, will sie auf keiner der beiden Seiten liegen. Bring sie lieber nach hinten.« Er packte Klara beim Arm. »Und wir beide gehen brav nach vorne.«

»Ich muss zuerst ins Bad«, protestierte Klara weinerlich.

»Zu spät«, sagte Klaus und zerrte sie unerbittlich zu ihrem Schlafzimmer. »Ich hol dir einen Eimer. Ich bringe dir auch ein Glas Wasser oder sonst was zu trinken mit. Und dann setze ich mich vor den Fernseher und schau mir das Nachtprogramm an.«

Das tat er, saß die ganze Nacht in Klaras Wohnzimmer und verhinderte mehrfach, dass Klara ihr Schlafzimmer verließ und Richtung Anbau schlich. Dabei wäre es gar nicht nötig gewesen, dass er wie ein Wachhund aufpasste.

Die Hochzeitsnacht fiel aus, weil Ronnie zwischen weiteren Entschuldigungen ewig lange nach einer geeigneten DVD suchte, um mich nach der maßlosen Enttäuschung, für die er vollstes Verständnis hatte, wie er mehrfach betonte, in die richtige Stimmung zu versetzen. Als er endlich eine Scheibe fand, die ihm dem Anlass angemessen erschien, hatte ich mich längst alleine ausgezogen und keine Lust mehr. Ich weinte mich lieber in den Schlaf.

Am nächsten Morgen wurde ich von zartem Klopfen an der Tür geweckt, tat aber so, als schliefe ich fest. Ronnie stand auf, öffnete und spähte ins Nebenzimmer, ehe er hinüberhuschte und die Tür bis auf einen schmalen Spalt hinter sich zuzog.

»Ich habe die Hochzeitsgeschenke nach oben gebracht, Kaffee aufgesetzt und deine Mam ins Bad gelassen«, hörte ich

Klaus sagen. »Ich bringe sie auch wieder nach vorne. Aber mehr Service ist nicht drin. Ich mache mich jetzt auf die Socken. Was ist mit dir? Planst du noch eine Schlossbesichtigung mit der Frau Gemahlin?«

»Keine Sorge«, versicherte Ronnie eilig. »Ich mach den Laden pünktlich auf.«

»Ich mache mir keine Sorgen um den Laden«, erwiderte Klaus, und seine Stimme klang, als könne er sich das Lachen nur mühsam verkneifen. »Nur um dein Gesicht, wenn du noch ein Weilchen im Narrenkäfig bleiben willst. Eine von beiden kratzt dir garantiert die Augen aus.«

»Ich kann es mir nicht leisten, noch lange hierzubleiben«, sagte Ronnie. »Um neun wird der PC abgeholt, den ich am Dienstag ...«

Den Rest verstand ich nicht, weil plötzlich irgendetwas klirrte und Klaus brüllte: »Lass den Blödsinn, Klara! Jeder Spiegel, den du zerdepperst, ist einer weniger, in dem du deine faltenfreie Stirn bewundern kannst!«

Ronnie kam zurück ins Zimmer, schielte zum Bett, drückte die Tür zu und schlich auf Zehenspitzen zu dem abgewetzten Bürostuhl, über den er in der Nacht seinen Anzug samt Hemd und Krawatte gehängt hatte. Mein Brautkleid ergoss sich malerisch über den zweiten Stuhl.

Wäre ich nicht so maßlos enttäuscht und verletzt gewesen, hätte der Anblick mir vielleicht ein Grinsen entlockt. Ronnie machte nämlich eine Figur wie Paulchen, der rosarote Panther: Schultern eingezogen, Rücken krumm, Knie gebeugt. Und seine Fersen berührten garantiert nicht den Fußboden.

Er nahm die Glückwunschkarten mit den Geldscheinen aus dem Jackett und zog die Scheine aus den Umschlägen. Es waren etliche Fünfziger und mehrere Zwanziger, die er alle zusammen mit den Umschlägen vor den Fernseher legte.

Dann schob er eine der Schranktüren so behutsam zur Seite,

als erwarte er dahinter eine Sprengfalle. Wieder schielte er zum Bett. Dass ich mit einem Auge blinzelte, um zu sehen, was er trieb, entging ihm. Er wirkte erleichtert, dass scheinbar nicht mal das Gebrüll unmittelbar vor der Tür mich aus meinem Schlummer hatte reißen können. Aber ich hatte ja lange genug geweint, war entsprechend spät und erschöpft eingeschlafen.

Vorsichtig nahm er einen leeren Bügel von der Stange und räumte seinen Anzug weg, wobei er die Hose penibel in die Bügelfalte legte, das Jackett ordentlich darüberhängte und den Bügel zurück in den Schrank beförderte. Für Hemd und Krawatte nahm er einen anderen. Anschließend betrachtete er unschlüssig die Tüllwolke, wusste aber wohl nicht, wie er damit verfahren sollte, nahm eine alte Jeans, ein Shirt, Unterwäsche und Socken für den neuen Arbeitstag.

Als er die Schranktür behutsam wieder zuschob, polterte über unseren Köpfen etwas so nachhaltig, dass ich ein Zusammenzucken nicht verhindern konnte. Dann krachte das Etwas scheppernd in den Innenhof. Ronnie zuckte ebenfalls zusammen, verharrte in der Bewegung, zog den Kopf noch tiefer zwischen die Schultern und wisperte: »Schätzchen? Schläfst du noch?«

»Jetzt nicht mehr.« Ich richtete mich auf. »Was war denn das für ein Krach?«

»Mam hat einen Rappel bekommen«, erwiderte er und schaute mit kläglicher Miene zum Fenster. Der Blick in den Innenhof wurde ihm von einem heruntergezogenen Rollo verwehrt.

Gedämpft durch einige Zimmertüren, waren eilige Schritte zu hören. Ich hätte gewettet, dass Klaus die Treppe hinaufstürmte, ohne Rücksicht auf frisch gestrichene Stufen zu nehmen. Und obwohl die Räume im ersten Stock ein Stück vom letzten Zimmer im Anbau entfernt lagen, vernahm ich das Klirren von oben.

Ronnie betrachtete die Kleidungsstücke in seinen Händen. »Ich muss in den Laden. Willst du mitkommen?«

»Ich schau mir lieber die Wohnung an«, sagte ich. »Besser, ich tu das alleine, falls mir auch danach ist, mit irgendetwas um mich zu werfen.«

Im nächsten Moment überschlug Ronnie sich mit weiteren Entschuldigungen und Beteuerungen. Er wollte alles wiedergutmachen, setzte sich noch mal zu mir auf die Bettkante und versicherte: »Heute holen wir die Hochzeitsnacht nach, versprochen.«

»Die kann man nicht nachholen«, belehrte ich ihn. »Verpassten Gelegenheiten kann man bloß nachtrauern. Ich hoffe, das tust du bis ans Ende deines Lebens. Lass mich raus, ich muss aufs Klo.«

Er rückte zur Seite. »Aber beeil dich, ich muss auch ins Bad.«

Ich schwang die Beine vom Futon. An Hausschuhe hatte ich nicht gedacht, als ich einige Sachen für den ersten Tag meiner Ehe gepackt hatte. Und nach dem Klirren im Bad schien es mir nicht ratsam, auf nackten Füßen herumzulaufen. Lieber schlüpfte ich noch einmal in die weißen Pumps, die Olga von einer Kollegin im Sankt-Katharinen-Hospital geborgt hatte, weil man fürs Glück doch auch etwas Geliehenes tragen musste.

Dass mir erneut Tränen in die Augen stiegen, konnte ich nicht verhindern. Ich hatte mir nicht nur die vergangene Nacht ganz anders vorgestellt, auch den Ehealltag, vor allem den ersten Tag nach der Hochzeit. Flitterwochen und Hochzeitsreise hätten gar nicht sein müssen, wären wenige Wochen vor der Geburt auch nicht ratsam gewesen. Aber nach dem Aufwachen im neuen Bett noch ein bisschen kuscheln. Das gemeinsame Frühstück im schicken Wohnzimmer oder in der ultramodernen Küche. Stattdessen stakste ich auf zehn Zentimeter hohen Absätzen ins Chaos.

Wahrscheinlich flossen auch ein paar Tränen für meine Dummheit. Ich war in den letzten Wochen so beschäftigt gewesen mit den Möbeln für meine Traumwohnung, dass mir nicht die Idee gekommen war, einmal nachzufragen, ob die Sachen schon geliefert worden waren und ob sie tatsächlich in die Räume passten. Carina hatte doch beim Schlafzimmer Zweifel angemeldet.

Ich hätte Ronnie auch mal fragen können, ob der Klempner schon da gewesen war oder der Fachmann für die Küche und ob tatsächlich alles so aufgestellt werden konnte, wie ich es gerne hätte, statt mich blind auf ihn zu verlassen.

Im Zimmer mit dem Etagenbett hing ebenfalls ein Rollo vor dem Fenster, das war nicht vollständig heruntergezogen. Im Innenhof lag der aufgeplatzte Karton mit der Mikrowelle, dem Geschenk meiner Eltern, das diesen Sturz kaum überlebt haben dürfte.

Im Bad hatte Klara tatsächlich den Spiegel über dem Waschbecken zertrümmert. Zwei lange, spitze Überreste klemmten noch wie glitzernde Dornen in den Befestigungen. Der gesamte Rest verteilte sich im Becken, auf dem Handtuchhalter und dem Fußboden. Zwischen Toilette und Waschmaschine lag ein Cremetöpfchen aus Opalglas, das die Wüterei heil überstanden hatte, obwohl es offenbar als Wurfgeschoss eingesetzt worden war.

Die Tür zur Küche war zu, ein Schlüssel steckte nicht. Ich hätte gerne abgeschlossen, ehe ich mich auf die Toilette setzte. Klaus war noch da, ich hörte ihn reden, verstand aber nur Satzfetzen. Es klang, als hielte er Klara einen weiteren Vortrag über Wahnsinn und dessen Folgen. Antwort bekam er nicht.

Angesichts der Spiegelsplitter im und um das Waschbecken herum wusch ich mir die Hände über der Badewanne, aufs Abtrocknen verzichtete ich. Außer dem Handtuch über der Stange beim Becken gab es nur noch ein Badetuch. Das hing über dem Heizkörper und sah aus, als wäre es schon länger im Gebrauch.

Ich ging zurück und wies Ronnie an: »Zieh dir was an die Füße.«

Er schlüpfte ebenfalls in die Schuhe, die er zur Hochzeit getragen hatte, und sagte noch einmal: »Das tut mir wirklich alles furchtbar leid, Schätzchen. Wenn ich gleich nicht mehr hier bin und Mam dir dumm kommt, gehst du besser rüber zu deiner Tante. Da kannst du bestimmt auch frühstücken.«

Das konnte nicht sein Ernst sein. Tante Annemie würde sich ins Fäustchen lachen und mich daran erinnern, dass ich von allen Seiten gewarnt worden war. Anschließend würde sie zum Telefon greifen. Eine halbe Stunde später wüssten es alle.

»Ich hab dir gesagt, dass deine Mutter mich nicht leiden kann«, schluchzte ich, konnte die Tränen nicht länger zurückhalten, und Klara war weiß Gott nicht der Hauptgrund dafür.

»Mit dir hat das überhaupt nichts zu tun, Schätzchen.« Ronnie setzte sich noch einmal zu mir auf den Futon. »Mam ist nicht ganz richtig im Kopf, das weißt du ja schon. Manchmal ist sie wochenlang völlig normal, da merkst du gar nichts. Und dann flippt sie plötzlich total aus. Sie kann's nicht haben, dass … Also mit Sex hat sie Probleme. Aber das soll uns nicht stören, wir müssen ihr ja nicht auf die Nase binden, wann wir miteinander schlafen. Letzte Nacht hat sie das vorausgesetzt, wenn Klaus nicht aufgepasst hätte, hätte sie wahrscheinlich schon viel früher getobt.«

Er legte mir einen Finger unters Kinn, hob mein Gesicht an und küsste die Tränen weg, wie er es in einigen Liebesdramen und Tragödien gesehen hatte. Dann stand er auf, ging ins Bad und kam nur noch einmal zurück, um die Geldscheine einzustecken und die schwarzen Lederschuhe gegen die ausgelatschten Nikes zu tauschen, die er im Laden trug.

Er verabschiedete sich mit dem Versprechen: »Ich sehe zu, dass ich um sieben hier bin. Wenn du Lust hast, können wir dann zum Italiener fahren, ich lade dich ein.«

Das hätte er nicht betonen müssen, nachdem er gerade das Hochzeitsgeld genommen hatte. Abgesehen davon hatte er mich bisher immer eingeladen und musste das nun zwangsläufig tun. Dass ich als seine Frau noch Taschengeld von meinen Eltern bekäme, durfte er kaum erwarten. Es reichte wohl auch, dass mein Vater weiter für meine Krankenversicherung bezahlte.

»Wenigstens bis das Baby da ist«, hatte Papa gesagt. »Danach kannst du überlegen, ob es günstiger ist, wenn ihr beide zu Ronnies Versicherung wechselt.«

Darüber hatte ich noch gar nicht mit Ronnie gesprochen. Aber dass ich finanziell jetzt auf der ganzen Linie von ihm abhängig war, war meine geringste Sorge. Bisher war er immer großzügig gewesen. Entschieden mehr beunruhigte mich, dass ich nicht die geringste Lust auf ein Essen beim Italiener hatte.

Wenn mir dort erneut die Tränen kamen, weil ich unvermittelt denken musste: *Gestern um diese Zeit* … Da hätte ich noch die Chance gehabt, mir diesen Schritt zu überlegen, auf dem Standesamt Nein zu sagen. Und dass ich so etwas denken konnte, wo ich noch nicht mal einen ganzen Tag verheiratet war, erschreckte und erschütterte mich in den Grundfesten.

Ich liebte Ronnie doch. Ich liebte ihn so, wie man sich die Liebe mit zwanzig eben vorstellt, wenn man noch keine Ahnung von den Schattenseiten des Lebens hat. Ich wollte mit Ronnie leben. Genauso wie er es versprochen und ich mir das ausgemalt hatte! Schick und modern. Nicht in einer Wohnung mit altem Plunder, die man nur über eine gestreifte Treppe erreichen konnte. Und gewiss nicht mit einer unberechenbaren Schwiegermutter unter einem Dach, die Tobsuchtsanfälle bekam, wenn andere Sex hatten oder haben könnten.

»Wir können uns auch etwas liefern lassen«, schlug Ronnie vor, als ihm mein Zögern auffiel. »Dann machen wir es uns hier gemütlich. Das ist vielleicht besser.«

Ich nickte und sah mich neben ihm auf dem Futon sitzen wie all die Male vorher, Pizza essen und einen erotischen Streifen anschauen, bis der Funke vom Flachbildschirm auf uns übersprang. So hatte ich mir das wahrhaftig nicht vorgestellt, aber wenn ich daran zurückdenke ... Im Gegensatz zu der Augustnacht wäre es erträglich gewesen.

Sommernachtsalbtraum

August 2018

Er hatte die Verbindungstür nicht abgeschlossen wie letzten Mittwoch, als er Josie mit einem nicht existierenden Hund in Angst und Schrecken versetzt hatte. Nicht einmal zugemacht hatte er die Tür, sie stand weit offen, als er sich auszog, um mir seine pornofilmtaugliche Erektion zu präsentieren. Entweder legte er es darauf an, dass Josie erneut neben dem Bett erschien, oder er war sicher, dass genau das nicht noch einmal passieren konnte, wollte aber keinen Laut aus dem Nebenzimmer überhören.

Zu dem Zeitpunkt war er in Hochform. Und statt die Gunst dieser Minuten zu nutzen, hielt er sich damit auf, mich zu streicheln und zu küssen. Keinen Zentimeter Haut ließ er aus, rutschte an mir hinauf und hinunter, verwöhnte mich nach allen Regeln der Liebeskunst, oder was er dafür hielt.

Und bei jeder Berührung ließ er sich von mir bestätigen, dass es gut war und ich nicht genug davon bekommen konnte. Während Josie nebenan vor Schmerzen oder Angst oder beidem wimmerte. Genau das brauchte er! Die ganze Zeit stand Thors Hammer wie eine Eins.

Nach etwa zwanzig Minuten ging das enervierende Schreien nebenan in dieses herzzerreißende Wimmern über, das ziemlich genau um 1:49 Uhr verstummte. Und kaum wurde es nebenan still, verabschiedeten sich die Pracht und Herrlichkeit.

Er musste ebenso wie ich spüren, dass Thors Hammer den Dienst verweigerte. Aber er brauchte länger als erwartet, um es zu akzeptieren. Dann tat er, als gehöre es dazu, rollte sich zur Seite und verlangte: »Sag, dass ich nicht aufhören soll. Sag, dass du den Verstand verlierst und mir die Augen auskratzt, wenn ich nicht sofort weitermache.«

Die Augen hätte ich ihm mit Vergnügen ausgekratzt. Ich war starr vor Abscheu und Panik, aber ich wiederholte, was er mir vorsprach. Was hätte ich sonst tun sollen mit der gespenstischen Stille im Nebenzimmer? Hatte Josie sich in den Schlaf geweint oder das Bewusstsein verloren?

Ich hatte doch keine Ahnung, was er mit ihr gemacht hatte. Zugeschlagen? Wie oft und womit? Mit der Faust oder dem Gürtel? Hoffentlich nur mit der flachen Hand. Wohin? Ins Gesicht? Gegen den Kopf, die Brust oder in den Bauch? Wie viel Männerfaust hielt ein zweijähriges Kind aus? Oder hatte er ihr vielleicht ein Beinchen gebrochen, um sicherzustellen, dass sie nicht wieder aus dem Bett krabbelte?

Meine Schwägerin hatte mir mal erzählt, dass der Körper bei starken Schmerzen morphinähnliche Substanzen freisetzte, die betäubten und schläfrig machten. Ein verunglückter Motorradfahrer mit zerschmetterter Hüfte und mehrfach gebrochenem Bein hatte dem Notarzt noch erklärt, er hätte keine Schmerzen. Dann war der Mann bewusstlos geworden und kurz darauf am Blutverlust gestorben.

Bei einem so kleinen Kind wie Josie reichte vermutlich ein Faustschlag in den Bauch, um einen Milzriss herbeizuführen oder die Leber zu verletzen. Wenn sie innere Blutungen hatte …

Ich überlegte krampfhaft, wie die große Vene hieß, die das nährstoffreiche Blut transportierte. Als ob das in irgendeiner

Weise wichtig gewesen wäre und meinem Kind geholfen hätte.

Es war wohl nur so, dass meine Gedanken Fluchtwege suchten, weil ich nicht fliehen und in der Situation nichts gegen den Scheißkerl unternehmen konnte.

Ich war regelrecht erleichtert, als es mir einfiel: Pfortader. Dabei war das alles andere als ein Grund für Erleichterung. Wenn die Pfortader gerissen war, war Josie vermutlich bereits tot oder nicht einmal mehr zu retten, wenn schon ein Notarzt und ein Rettungswagen unterwegs wären.

Und bei einem Schlag gegen das Köpfchen …

Oder hatte er ihr einen Hieb mit dem Gürtel versetzt? Nur zur Dekoration hatte er das Teil bestimmt nicht in der Hand gehalten. Wenn die Schnalle mit dem Schlangenkopf Josie im Gesicht getroffen hatte … Mir schwebten wieder die roten Schmierstreifen vor Augen, die ich auf dem Laken bemerkt hatte.

Um mich nicht in der Horrorvorstellung eines entstellten oder behinderten Kindes zu verlieren, begann ich mir auszumalen, wie ich ihn umbringen könnte, wenn er das nächste Mal käme. Mit dem Szenario hatte ich mich ja bereits einmal beschäftigt, um es beim Gedanken an die Polizei und die Folgen wieder zu verwerfen.

Aber wenn ich es richtig anstellte … Ich könnte ihn mit einem Messer unter dem Kopfkissen erwarten und zustechen, ehe er überhaupt begriff, wie ihm geschah. Vorher die Matratze mit einer Plastikplane abdecken, was unter dem Laken nicht auffallen würde. Ihn mit einem gezielten Stich handlungsunfähig machen, ans Bett fesseln und bei vollem Bewusstsein kastrieren, damit er am eigenen Leib erfuhr, wie das war, hilflos und ausgeliefert zu sein. Ihn samt Laken in die Plane einwickeln, wenn ich mit ihm fertig war, ihn aus dem Haus schleifen und irgendwo draußen vergraben. Wie man Spuren vermied oder beseitigte und Leichen verschwinden ließ, hatte ich oft genug gelesen.

Ich wusste nur nicht genau, wo ich den ersten Stich platzieren müsste. Aber das konnte ich wahrscheinlich googeln. Und allein die Vorstellung eines blutigen Gemetzels half mir, mich auf ihn zu konzentrieren und nicht auf die Stille nebenan.

The Day After

Ronnie verließ das Haus ohne Frühstück. Ich blieb noch eine Weile auf dem Futon sitzen, horchte auf die Geräusche aus dem Bad und der Küche. Ronnie hatte die Tür zum anderen Zimmer nicht geschlossen, so war gut zu hören, wie seine Mutter hantierte. Zuerst plätscherte Wasser und übertönte den Radiosender, den Klara eingestellt hatte. Das verrückte Huhn benahm sich, als wäre überhaupt nichts geschehen.

Am liebsten hätte ich meinen Koffer genommen, Carina angerufen und gebeten: »Fahr mich wieder nach Hause, hier halte ich es nicht aus.« Aber meine Mutter hatte klipp und klar gesagt, es gäbe kein Zurück. Ich wusste nicht, wie ernst das gemeint war, und wollte es nicht darauf ankommen lassen, das festzustellen.

Als es im Bad still wurde und ich auch aus der Küche nichts mehr hörte, nahm ich die frische Unterwäsche, die Leggins mit Dehnbund und das lange Shirt aus dem Koffer. An flache Schuhe hatte ich ebenso wenig gedacht wie an meine Zahnbürste. So stöckelte ich zum zweiten Mal an diesem Morgen auf angeblich Glück bringenden geliehenen Brautschuhen ins Bad.

Bei einem Blick durchs Fenster im zweiten Kinderzimmer stellte ich fest, dass im Innenhof nichts mehr lag, was nicht auch dort hingehörte. Offenbar hatte Ronnie die Mikrowelle aufgesammelt und mit in den Laden genommen. Dass er sie nach dem Sturz vom Dach reparieren könnte, bezweifelte ich stark.

Im Bad sah es noch schlimmer aus als vorhin. Auf den Splittern im Becken lagen zerknüllte Kosmetiktücher. Darüber verteilten sich so viele Haare, dass ich Klara unweigerlich halb nackt und Haare raufend vor dem zerbrochenen Spiegel stehen sah.

Der Wannenboden war von Schaumresten überzogen und sah glitschig aus. Auf dem Fußboden davor standen Wasserlachen, als hätte jemand geduscht, ohne den Vorhang zuzuziehen. Im Klo hatte ebenfalls jemand Spuren hinterlassen. Dass Ronnie so nachlässig gewesen sein sollte, mochte ich nicht einmal denken.

Es war zu eklig, um zu duschen. Lieber schlüpfte ich ungewaschen in die Leggins und das Shirt. Zusammen mit den weißen Pumps sah es chic aus, aber ich brauchte unbedingt flache Schuhe und meine Zahnbürste.

Für einen Anruf bei Carina war es noch zu früh. Sie durfte morgens immer noch bis um zehn schlafen. Und auch um halb elf würde sie sich noch wundern, wenn ich mich meldete. Wer erwartete denn, dass ein Mann am Morgen nach der Hochzeit zur Arbeit fuhr und die schwangere Frau mit der durchgeknallten Mutter und einem Haufen Scherben alleine ließ?

Mit der durchgeknallten Mutter und der Sauerei im Bad könnte ich Carina am besten auf die Katastrophe einstimmen, dachte ich. Bis zum Aufbruch aus dem Restaurant am vergangenen Abend hatten alle Klara als nett, umgänglich und normal erlebt.

Eine volle Minute lang lauschte ich an der Küchentür, ehe ich es riskierte, die Klinke niederzudrücken. Ich rechnete damit, mit Geschirr oder sonst was beworfen zu werden. Doch Klara war nicht zu sehen. Die Kaffeemaschine war noch in Betrieb und hielt einen Rest Kaffee in der Glaskanne heiß.

Ich war durstig und brauchte dringend einen Kaffee. Aber vom Geruch, der dem Gebräu in der Kanne entströmte, wurde mir übel. Es handelte sich wohl um den Kaffee, den Klaus früh um sieben Uhr aufgesetzt hatte, inzwischen war es halb neun.

Ich schaltete die Maschine aus und inspizierte den Kühlschrank. Der Inhalt war dürftig, ein paar Scheiben Toastbrot, ein angebrochener Becher Margarine, ein halb volles Glas Kirschkonfitüre, eine zerdrückte Tube Senf, ein offenes Päckchen mit Fleischwurst. Keine Apfelschorle, keine Milch oder sonst etwas Trinkbares. Aber Leitungswasser löschte den Durst auch.

Im Hängeschrank mit den Gläsern entdeckte ich Steingutbecher und ein Holzkästchen mit verschiedenen Teesorten. Es waren ein paar exotische Mischungen dabei, die mich reizten, doch zum Munterwerden schien mir schwarzer Tee am besten geeignet. Ich fühlte mich so lahm und schwer, als hätte ich Blei in den Beinen und in der Brust. Das hielt ich für Müdigkeit, weil ich die halbe Nacht geweint hatte.

Neben der Kaffeemaschine stand ein Wasserkocher. Das reichte fürs Erste. Nachdem ich den ärgsten Durst mit Leitungswasser gelöscht hatte, brühte ich mir einen Tee auf und überlegte, mir auch einen Toast zu machen. Doch es ekelte mich vor der Margarine und der Marmelade. Sowohl im Becher als auch in dem Glas waren andersfarbige Spuren zu erkennen. Als ob jemand mit einem beschmierten Messer darin herumgestochert hätte.

Zu allem Überfluss tickte mir Ronnies Empfehlung, bei meiner Tante zu frühstücken, plötzlich wie eine Warnung durch den Kopf. Wenn Klara damals tatsächlich ihren Mann und ihre Schwester vergiftet hatte, wer wusste denn, was das verrückte Huhn sich einfallen ließ, um die unerwünschte Schwiegertochter loszuwerden?

Den Teebeutel warf ich in den Treteimer, der im Schrank unter dem Spülbecken stand. Dann ging ich mit dem dampfenden Becher in den Flur und stieg die Treppe hinauf, immer brav über die grauen Stufen hinweg, obwohl die Farbe inzwischen trocken sein musste. Man sah jedenfalls nicht, dass Klaus am frühen Morgen hinaufgestürmt war.

Wie im Erdgeschoss lagen auch im ersten Stock Wohn- und Schlafzimmer zur Straße. Es sah nicht viel anders aus als unten. Dass die Räume gar nicht größer sein konnten als Klaras Zimmer, hätte mir eigentlich schon klar sein müssen, als ich mit Carina Möbel ausgesucht hatte. Aber weil es oben fünf Fenster waren und unten nur vier, hatte ich gedacht … Ach was, ich hatte gar nicht darüber nachgedacht, nur viele tolle Sachen gesehen und mir eingebildet, mit Ronnie einen Flaschengeist an Land gezogen zu haben, der mir alle Wünsche erfüllte.

Die Möblierung war alt, ärmlich und trist, wie Klaus gesagt hatte. Vor den Fenstern hingen vergilbte Stores und staubige Übergardinen zum Zuziehen. Rollläden gab es nicht. Im Schlafzimmer, dessen Tür der Treppe schräg gegenüberlag, standen ein viertüriger Kleiderschrank, ein Doppelbett, zwei Nachttische und eine Frisierkommode aus ehemals weiß oder cremefarben lackiertem Pressspan. Alles hatte einen Gelbstich, der Lack war rissig. Beim dreiteiligen Spiegel über der Kommode war die Silberschicht hinter dem Glas fleckig. Das Bettzeug war mit blassgrün karierter Wäsche bezogen, die stellenweise so dünn war, dass das rote Inlett der Kissen durchschimmerte. Auf jedem Nachttisch stand eine Lampe mit grünem Schirm. Der Fußboden war mit dunkelbraunem Velours ausgelegt, der dem Zimmer noch zusätzlich einen düsteren Touch verlieh.

Das Doppelbett stand an der Zwischenwand, hinter der das Wohnzimmer lag. Über dem Kopfteil ragte eine Verbindungstür auf, der die Klinke fehlte. Im oberen Teil waren drei Bretter wie Regalböden im Türrahmen befestigt. Ein viertes Brett direkt über dem Kopfteil schloss den Spalt.

Einen Blick in den Kleiderschrank zu werfen oder in Kommode und Nachttischen zu stöbern, reizte mich nicht. Ich registrierte nur, dass es bloß zwei Fenster gab, und nahm an, im Wohnzimmer wären es drei, das Zimmer müsse demnach größer sein. Irrtum. Es kam mir sogar kleiner vor als das Schlafzimmer.

Auf dem Fußboden lag die gleiche dunkelbraune Auslegware. Statt geblümt wie unten bei Klara waren Couch und zwei Sessel braun-beige kariert, die Armlehnen mit abgewetztem Kunstleder bezogen. Ein niedriger Tisch, auf dem eine uralte Programmzeitschrift lag, und eine Schrankwand mit vielen offenen Fächern, in denen Unmengen von Büchern untergebracht waren, ließen das Zimmer noch irgendwie bewohnt aussehen. Auch hier gab es nur zwei Fenster.

Das fünfte Fenster an der Straßenfront gehörte zu einem handtuchschmalen Bad, das ich erst entdeckte, als ich mich gezielt auf die Suche machte. Man musste durchs Schlafzimmer, die Tür befand sich an der Fensterseite neben dem Kleiderschrank und wurde von diesem verdeckt, wenn man vom Flur hereinkam.

Die Ausstattung erschöpfte sich in einer von Scheuermitteln zerkratzten Wanne, einem verkalkten Klo und einem Waschbecken mit einem Sprung, über dem ein in die Jahre gekommener Alibert-Schrank hing. Alles war nebeneinander an der Längswand untergebracht, der Platz davor reichte gerade zum Vorbeigehen.

An zwei Stellen ragten mit Lüsterklemmen versehene Kabel aus den Fugen unansehnlicher Fliesen. Ein Heizkörper fehlte. Stattdessen stand ein mannshoher Kupferkessel mit Feuerung in der Ecke hinter der Wanne. Vom Kessel ragte ein Wassereinlauf mit eingehängtem Duschkopf über den Wannenrand.

Ein Badeofen. So ein Teil hatte früher auch in dem Eckhaus gestanden, in dem meine Mutter aufgewachsen war. Sie hatte oft erzählt, wie das in ihrer Jugend gewesen war. Samstags wurde der Badeofen angeheizt und reihum gebadet. Die Woche über wusch man sich im ungeheizten Badezimmer mit kaltem Wasser, auch im Winter. Dazu hatte es immer geheißen: »Wir waren abgehärtet. Uns hat so schnell nichts umgehauen.«

Die Schmalwand hinter dem Badeofen bestand aus Brettern, die unsachgemäß auf Querlatten genagelt und in Wirklichkeit eine weitere Tür waren, die in den hinteren, zum Hof liegenden Teil der schlauchartigen Kammer führte. Ein vom Schmutz vieler Jahre blindes Fenster ließ nur wenig Tageslicht durch. Dieser Teil war früher offenbar als Abstellraum genutzt worden, den Eindruck erweckten zumindest ein wackliges Trockengestell mit Wäscheleinen und ein paar leere Regale. Die Wände waren grau gestrichen, der Fußboden mit schadhaftem Linoleum ausgelegt.

»Super«, murmelte ich und hatte Mühe, richtig durchzuatmen.

Ich wandte mich der Küche zu. Die lag genau über Klaras Küche. Den Karton mit der Mikrowelle musste Klara demnach aus dem oberen Küchenfenster aufs Dach des Anbaus geworfen haben, von wo aus er in den Innenhof gepoltert war. Es gab zwar auch ein Fenster auf dem Flur, doch aus dem schaute ich auf die Plexiglas-Überdachung.

Hoffentlich hatte das verrückte Huhn nicht noch mehr kaputt gemacht. Da hatte doch etwas so leise geklirrt, als käme es von oben. Und Klaus hatte alles heraufgebracht. Nachsehen konnte ich nicht, die Küchentür war abgeschlossen. Gegenüber führten einige Holzstufen hinauf zu einer Klappe, durch die man auf den Dachboden gelangte, doch dahin zog es mich nicht.

Es wurde Zeit für den Anruf bei Carina. Ein bisschen Gesellschaft bekommen, um mich nicht länger so allein, so verraten und für dumm verkauft zu fühlen. Mein Handy lag in Ronnies Zimmer, also stieg ich mit dem noch vollen Teebecher wieder nach unten und setzte mich erneut auf den Futon.

Carina schlief noch, es war erst kurz nach neun. Aber sie beschwerte sich nicht, dass sie vor der Zeit geweckt wurde.

»Du bist doch sicher gespannt auf meine Wohnung«, begann ich. »Willst du herkommen und dir alles ansehen?« Wie ich ihr die Diskrepanz zwischen Realität und Erwartung erklären sollte, ohne Ronnie als unzuverlässigen Partner zu brandmarken und damit einzuräumen, dass meine Verwandtschaft ihn richtig beurteilt hatte, wusste ich noch nicht.

»Wenn ich nicht störe und Ronnie nichts dagegen hat«, erwiderte Carina. Der Klang ihrer Stimme verriet, dass sie es gar nicht erwarten konnte.

»Ronnie ist nicht da«, sagte ich in so normalem Ton wie noch möglich. »Seine Mutter auch nicht. Ich bin allein und hab kein Auto, müsste aber die Brautschuhe zurückbringen und meine Sachen holen. Ich hab nicht mal meine Zahnbürste dabei.«

Carina kicherte. »Das kommt davon, wenn man nur eine Sache im Kopf hat.« Dann versprach sie: »Ich bin in zehn Minuten da.«

Erst nachdem ich das Gespräch beendet hatte, fiel mir ein, dass Klara sehr wohl im Haus sein konnte. Vielleicht frühstückte sie in ihrem Wohnzimmer, oder sie hatte sich wieder ins Bett gelegt, um sich von ihrem Rappel zu erholen.

Ich nippte am Tee, zu heiß war er längst nicht mehr, doch ohne Zucker schmeckte er so bitter wie die Enttäuschung. Ich wünschte mir, ich hätte wütend auf Ronnie sein können, furchtbar wütend. Doch was mir die Brust immer noch mit Blei füllte und tief im Innern stach wie die Spiegelsplitter unter den dünnen Ledersohlen der geliehenen Pumps, war etwas anderes: dumpfe Angst und die lähmende Erkenntnis, tatsächlich den größten Fehler meines bisherigen Lebens gemacht zu haben.

Natürlich schaffte Carina es nicht in den versprochenen zehn Minuten. Bis der Polo vor dem Haus hielt, verging fast eine halbe Stunde. Gut die Hälfte dieser Zeit verbrachte ich auf dem freien Bürostuhl in Ronnies Zimmer, las die Glückwünsche von Onkeln, Tanten, Vettern, Cousinen und einigen Nachbarn meiner Eltern, die zwei Tage vorher auch noch meine Nachbarn gewesen waren.

Die alte Frau Riemenschmidt hatte Anfang der Woche gesagt: »Nein, wie die Zeit vergeht. Jetzt heiratet die Sandra auch schon. Ich sehe sie noch im Kinderwagen liegen, nun wird sie bald selbst einen schieben.«

Frau Riemenschmidt reimte gerne. Für ihre Glückwunschkarte hatte sie ein Gedicht verfasst oder irgendwo abgeschrieben.

Zwei Menschen, die sich finden und aneinanderbinden,
wenn sie sich Treue schwören, dem anderen ganz gehören,
dann ist das wunderbar und Liebe ganz und gar.

Als ich es las, musste ich wieder weinen.

In den Flur und bis zur Haustür wagte ich mich erst, als ich meinte, eine schlagende Autotür gehört zu haben. Klaras Zimmertüren waren beide geschlossen, die Haustür ließ sich problemlos öffnen, was mich im Nachhinein wunderte. Von Carina war noch nichts zu sehen. Ich ging zurück in Klaras Küche, kippte den bitteren Tee in den Ausguss, spülte den Becher aus, trocknete ihn ab und stellte ihn wieder in den Schrank. Dann trippelte ich nervös im Flur zwischen Küchentür und Treppenaufgang hin und her, warf sehnsüchtige Blicke zur Haustür und lauschte angespannt.

Aus den vorderen Zimmern drang kein Laut. Was aber nichts heißen musste bei einer Frau, die nicht alle Latten am Zaun hatte. Die unverschlossene Haustür ließ mich zweifeln, dass Klara das Haus tatsächlich verlassen hatte. Zu einer Verrückten hätte es besser gepasst, eine Besorgung oder einen Besuch im Ort zu machen und mich derweil einzusperren. Bei dem Gedanken fiel mir ein, dass ich Ronnie um einen Hausschlüssel bitten musste.

Als Carina endlich vor der Haustür auftauchte, hastete ich auf klimpernden Absätzen nach vorne, riss die Tür auf und legte mit bezeichnenden Gesten zu den geschlossenen Zimmertüren einen Finger an die Lippen. Carina betrachtete misstrauisch meine Augenpartie. Sie sah sofort, dass ich geweint hatte, runzelte die Stirn und hob die Schultern an, um mir zu bedeuten, dass sie nicht verstand, was das sollte.

Weil Klara möglicherweise mithörte, verkniff ich mir im Flur jeden Hinweis auf das nächtliche Debakel und das morgendliche Spektakel, verwies nur in normaler Lautstärke darauf, dass die grauen Stufen vielleicht noch nicht trittfest waren, und winkte Carina mit erneut an die Lippen gelegtem Finger durch Klaras Küche in das verwüstete Bad.

»Ach du Schande«, murmelte sie beim Anblick der Schweinerei. »Wer war das?«

»Dreimal darfst du raten«, wisperte ich und beeilte mich, meine Freundin wieder in den Flur und die Treppe hinauf zu lotsen. Erst als wir oben ankamen, schilderte ich, was passiert und was nicht passiert war, nachdem wir das Restaurant verlassen hatten.

Carina reagierte anders als erwartet. Sie fand kein Wort des Bedauerns und keine tröstende Geste. Eine ausgefallene Hochzeitsnacht war für eine übergewichtige Zwanzigjährige, die nicht mal einen Freund hatte, wohl auch kein Grund zum Jammern. Den gesamten Rest betrachtete sie nicht etwa als einen fürchterlichen Reinfall, sondern als Herausforderung.

Eine Schwiegermutter, die beim Thema Sex einen Rappel bekam, Spiegel zertrümmerte und Haushaltsgeräte aus dem Fenster warf, hatte längst nicht jeder. Somit war Klara schon mal etwas Besonderes. »Irre«, brachte Carina es auf den Punkt.

Die gestreifte Treppe fand sie cool. »Die würde ich an deiner Stelle so lassen.« Wohn- und Schlafzimmer nannte sie nach dem ersten Blick retro. Das vorsintflutliche Badezimmer bezeichnete sie als krass und ein bisschen klaustrophobisch. Die Kammer daneben fand sie praktisch. »Wo willst du sonst den Staubsauger und das Bügelbrett unterbringen?« Einen Staubsauger besaß ich noch gar nicht, ein Bügelbrett ebenso wenig.

In der abgeschlossenen Küchentür vermutete Carina eine Sicherheitsmaßnahme von Ronnie oder Klaus. »Ich hätte auch abgeschlossen, ehe die Irre alles zerdeppert.«

Wenn es nach Carina gegangen wäre, hätten wir ersatzweise den Dachboden erkundet. Aber die Klappe war mit einem rostigen Riegel gesichert, der sich nicht zurückschieben ließ.

»Darum soll Ronnie sich kümmern«, meinte Carina. »Wahrscheinlich reicht ein Tropfen Öl, wenn nicht, muss er mit einem Hammer ran. Statt den Anbau aufzustocken, würde ich an eurer Stelle das Dach ausbauen. Das ist nicht so aufwendig.«

Auch sonst war sie um praktische Ratschläge nicht verlegen. Fürs Bad brauchte es ihrer Meinung nach nur einen Heizlüfter und einen Durchlauferhitzer. Eine Flasche Entkalker fürs Klo und für die Wanne ein Desinfektionsmittel, dann wäre das Badezimmer einsatzbereit.

Für Wohn- und Schlafzimmer empfahl Carina neue Gardinen und Teppiche. »Solche Sachen haben keine Lieferzeiten, die kann man sofort mitnehmen. Und damit sieht das gleich ganz anders aus, du wirst sehen.«

Wie Carina die Sache anging, hatte es etwas von einem Abenteuer. Sie hatte keine Hemmungen, die Schränke zu inspizieren. Im Wohnzimmer fand sich nur alter Kram von der Art, den ein Mann beim Auszug zurücklässt. Und all die Bücher, hauptsächlich Romane. Nicht nur die offenen Fächer waren vollgestopft, hinter den Schranktüren lagen auch noch Unmengen, zusammen mit Stapeln von Zeitschriften. Größtenteils handelte es sich um

PM-Magazine, dazwischen ein paar *Auto-Motor-Sport* und einige Ausgaben des Magazins *Playboy*.

Die Bücher hatten zweifelsfrei Ronnies Tante gehört, das bewies der in kindlich runder Handschrift hinterlassene Hinweis in jedem Einband. *»Hella Franken.«* Ihren Vornamen hatte ich oft genug von meiner Großmutter gehört. Den Nachnamen erfuhr ich aus den Büchern und von den Zustellaufklebern auf den *PM-Magazinen*. Hellas Mann Otto hatte *Auto-Motor-Sport* abonniert. Den *Playboy* hatte er sich wohl hin und wieder gekauft.

Außerdem gab es Kerzenleuchter, Schnapsgläser in einem Gestell aus Schmiedeeisen, Servierplatten und Schüsseln aus Edelstahl, eine hölzerne Obstschale, altes Porzellan mit Goldrand, Tischläufer aus Brokat, Zierdeckchen und ähnliches Zeug, das sich wahrscheinlich auf dem Trödelmarkt zu Geld machen ließ und Carinas geschäftstüchtige Seite ansprach.

Wir wechselten ins Schlafzimmer. Der viertürige Kleiderschrank war zur Hälfte leer. Die andere Hälfte hatte augenscheinlich Hella Franken benutzt. Auf dem oberen Regalboden lagen ein paar Damenpullover und Nachthemden, etwas Unterwäsche sowie zwei Häufchen fadenscheiniger Handtücher und verschlissener Bettwäsche.

Auf der Stange unter dem Regalboden hingen zwischen Röcken, Hosen und Blusen auch einige Sachen, bei denen Carinas Augen aufleuchteten. Unter anderem ein hellbrauner Wintermantel, der aussah, als wäre er gar nicht getragen worden. Carina befühlte den Stoff und entschied, das sei Cashmere. Von einem zeitlos eleganten, dunkelblauen Seidenkleid, das ebenfalls wie neu aussah, konnte sie kaum die Finger lassen. Wenn es ihre Größe gewesen wäre, hätte sie es vermutlich haben wollen.

»Ronnies Tante hatte einen guten Geschmack«, meinte sie. »Jede Wette, dafür bekommen wir im Secondhandladen noch ein hübsches Sümmchen. Wir können ja in den nächsten Tagen mal hinfahren und fragen, ob sie die Sachen in Kommission nehmen. Wenn nicht, stellen wir das Kleid und den Mantel bei eBay rein. Die restlichen Klamotten können wir zusammen mit dem Kram aus dem Wohnzimmerschrank auf dem nächsten Trödelmarkt anbieten. Die Handtücher kann man als Putzlappen nehmen. Die Bettwäsche geben wir in die Altkleidersammlung.«

»Wir können doch nicht einfach Sachen verschenken oder verkaufen, die uns nicht gehören«, wandte ich ein.

»Wieso nicht?«, fragte Carina. »Ronnies Mutter hatte Zeit genug, alles zu nehmen, was sie haben wollte. Und ich wette, das Kleid würde ihr passen, der Mantel auch. Aber vielleicht gefällt es ihr nicht, oder sie mag nichts anziehen, was ihrer Schwester gehört hat. Jetzt ist es deine Wohnung. Du kannst hier machen, was du willst, und du brauchst doch Platz für deine Sachen.«

Dann nahm Carina sich die Kommode vor. Aber in den Schubfächern fanden sich nur ein paar Kämme, Bürsten und steinalte Make-up-Utensilien. In einem Nachttisch lagen Medikamentenschachteln, etwas Krimskrams, ein halb volles Päckchen Taschentücher und noch ein Buch: *Morgen ist die Ewigkeit* von Gwen Bristow, ein Name, der weder mir noch Carina etwas sagte. Bisher hatten wir beide nur gelesen, was im Deutschunterricht Pflichtlektüre gewesen war.

Der zweite Nachttisch war komplett ausgeräumt, was Carina zu dem Schluss brachte: »Auf der Seite hat garantiert Ronnies Onkel geschlafen. An deiner Stelle würde ich dieses Bett nehmen. Oder willst du in dem Bett liegen, in dem die Tante gestorben ist?«

»Ich will in keinem dieser Betten liegen«, begehrte ich auf. »Ich will auch nicht meine Sachen in den Schrank räumen. Ich will das Schlafzimmer, das wir beide ausgesucht haben. Ich hab's fotografiert und Ronnie eine WhatsApp mit den Bestellnummern geschickt. Erinnerst du dich? Er hat versprochen, es zu kaufen. Aber er hat hier nicht mal ausgemistet.«

Damit war ausgesprochen, was ich eigentlich nicht hatte sagen wollen. Und Carina dachte gar nicht daran, den Stab über Ronnie zu brechen. »Wann denn?«, fragte sie. »Er hatte ja nicht mal Zeit, die Trauringe mit dir auszusuchen.« Das klang, als hätte sie es nicht anders erwartet. »Ein Riesenproblem sehe ich darin aber nicht«, fuhr sie fort. »Im Gegenteil. Probleme bekommst du, wenn die Sachen geliefert werden, die wir ausgesucht haben. Ich hab dir gleich gesagt, der Kleiderschrank ist zu groß. Normalerweise kauft man Möbel, wenn man eine Wohnung ausgemessen hat.«

»Das hatte Ronnie doch«, erwiderte ich, obwohl mir bewusst war, dass er das gar nicht getan haben konnte. »Er hatte sogar eine Computerzeichnung gemacht.«

»Die stimmte aber nicht«, sprach Carina aus, was sie von Anfang an vermutet hatte und was nun offensichtlich war. »Der Schrank da misst zwei Meter, keine dreieinhalb wie der, den du unbedingt haben willst. Hoffentlich kann man den tauschen. Die Couch am besten auch. Wenn wir etwas in derselben Preislage nehmen, sind die vielleicht kulant.«

Vorerst gingen wir beide noch davon aus, dass Ronnie zumindest die Bestellungen aufgegeben hatte.

»Aber es wird eine Weile dauern, ehe hier etwas steht, was nach deinem Geschmack ist«, kam Carina zum Kernpunkt. »Willst du so lange auf dem Boden schlafen und deine Klamotten in Kartons liegen lassen?«

»Nein. Aber wir können den Futon von unten heraufbringen, Ronnies Schrank auch.«

»Wir nicht«, entschied Carina. »Das soll Ronnie machen. Du wirst in deinem Zustand keine Möbel abbrechen und eine Treppe rauf- und runterschleppen, bei der nur jede zweite Stufe betreten werden darf.« Damit warf sie einen letzten Blick auf

Seidenkleid und Cashmeremantel, schloss den Kleiderschrank und verkündete: »Jetzt holen wir deine Sachen.«

Das taten wir. Und Carina verlor kein Wort über den Zustand der Wohnung. Es fragte allerdings auch keiner danach.

Meine Mutter war allein, als wir kamen, um meine Sachen zu holen. Julia war noch in der Schule. Oma Finchen hatte das Haus kurz vorher verlassen, um sich von meinem Vater zu Onkel Fritz und Tante Annemie fahren zu lassen und von der Hochzeit zu berichten. Und Mutter wunderte sich keine Sekunde lang, dass ich in Begleitung meiner Freundin erschien, sie fragte nicht mal nach Ronnie, war nur daran interessiert, ob ich mich schon bei der Verwandtschaft für die Hochzeitsgeschenke bedankt hatte.

»Mache ich später«, sagte ich und nahm mir als Ersatz für das ausgefallene Frühstück einen Joghurt aus dem Kühlschrank. Mir war schummrig vor Hunger.

»Vergiss es bloß nicht«, mahnte meine Mutter. »Und nimm deinen Mann mit. Für Hochzeitsgeschenke bedankt man sich als Paar. Wenn du alleine kommst, gibt es nur Gerede. Du weißt ja, wie Tante Annemie ist. Wahrscheinlich muss Papa sich schon anhören, dass ihr euch noch nicht habt blicken lassen.«

»Man bedankt sich nicht gleich am Tag nach der Hochzeit«, sprang Carina ein, weil ich mit dem Joghurt beschäftigt war und gar nicht gewusst hätte, was ich sagen sollte.

»Und persönlich tut man das sowieso nicht«, fügte Carina hinzu. »Die meisten verschicken Karten.«

Mutter tat, als hätte sie das nicht gehört. »Papa wollte eigentlich sofort zurückkommen«, sagte sie. »Heute Abend ist eine Sitzung, für die er noch etwas zusammenstellen muss. Aber ich hab mir schon gedacht, dass er bei dir vorbeischaut, um sich dein neues Reich anzusehen. Oma kommt garantiert auch rüber. Sie platzt vor Neugier. Deine Schwiegermutter lässt sie hoffentlich rein.«

Während ich meinen Vater und Oma Finchen im Geist vor der Haustür stehen sah, erklärte Carina: »Ronnies Mutter ist nicht da. Die war schon weg, als wir losfuhren. Und wir müssen eine Menge einkaufen, wir sind bestimmt noch Stunden unterwegs.«

»Dann lasst euch nicht aufhalten«, sagte meine Mutter.

Es klang wie ein Rauswurf und war wohl auch so gemeint.

Die Resolute

Viel zu packen war in meinem Zimmer nicht mehr. Mein jüngerer Bruder hatte letzte Woche ein paar große Kartons gebracht. Das meiste hatte ich schon verstaut. Nachdem die Kartons in den Polo geladen waren, verabschiedeten wir uns.

Das heißt, ich sagte: »Tschüss, Mama.«

Mutter nickte nur, während Carina bereits einstieg.

Wir fuhren weiter zum Laden. Und während der gesamten siebenminütigen Fahrt sang Carina ein Loblied auf Ronnie. Er war doch so ein lieber Kerl, ungeheuer fleißig und überhaupt nicht kleinlich. Was hatte er nicht alles für mich getan: mir jeden Wunsch umgehend erfüllt, mir jeden Sonntag den BMW überlassen und auch noch Geld gegeben, damit wir etwas unternehmen konnten. Nur weil jetzt einmal etwas nicht so geklappt hatte wie versprochen, durfte man nicht gleich den Kopf hängen lassen, wie ich es tat. Natürlich war eine Hochzeit ein Ereignis, in das man große Erwartungen setzte. Und wenn man schwanger war, reagierte man empfindlicher als sonst. Womit meine miese Stimmung ebenfalls entschuldigt war.

Beim Einparken bat Carina noch, das Reden ihr zu überlassen. Obwohl sie Verständnis für Ronnies Schluderei zeigte, war sie doch in erster Linie meine Freundin. Und als solche hielt sie es für ihre Pflicht, dem ersten Ehekrach vorzubeugen, indem sie möglichen Groll auf sich lenkte.

Ronnie hatte nicht mit unserem Besuch gerechnet, wie üblich keine Zeit, vermutlich auch ein schlechtes Gewissen. Wahrscheinlich befürchtete er, dass wir ihn nun mit vereinten Kräften in die Mangel nehmen würden. Statt einer Begrüßung nickte er Carina kurz zu und erkundigte sich bei mir: »Hat Mam noch viel Theater gemacht?«

Ich schüttelte den Kopf, wich seinem Blick aus und hielt Ausschau nach der zerdepperten Mikrowelle. Die war nirgendwo zu sehen.

»Wir brauchen Geld«, begann Carina.

»Wofür?«, wollte Ronnie wissen.

»Lebensmittel und einiges für den Haushalt«, sagte Carina.

Ronnie kam nach vorne und ließ das Kassenschubfach aufspringen. »Reichen hundert?«

»Zweihundert«, verlangte Carina. »Ihr habt ja noch gar nichts da. Und die Schlüssel brauchen wir.«

»Welche Schlüssel?« Ronnie drückte das Schubfach wieder zu. In der Kasse war wohl nicht genug, um Carina zufriedenzustellen. Er zog seine Geldbörse aus der Gesäßtasche und entnahm ihr vier Fünfzigeuroscheine.

Ich fragte mich, wie viele solcher Scheine er morgens eingesteckt haben mochte. Ich hatte nicht mitgezählt und überlegte, ihm die gesamte Summe abzuverlangen. Das Geld war schließlich für unseren gemeinsamen Hausstand gedacht. Aber ich hatte nicht den Elan, ihm das klarzumachen, hörte nur zu, wie Carina mit ihm umging.

»Den für die Haustür«, beantwortete sie seine Frage. »Sonst kommen wir nicht wieder rein. Ich glaube nämlich nicht, dass deine Mutter uns die Tür aufmacht. Wenn sie überhaupt da ist, was wir nicht wissen.«

»Ach so«, murmelte Ronnie. »Ja, klar.«

Sein Schlüsselbund lag im Kabäuschen. Auf dem Weg dorthin schaute er dreimal über die Schulter zurück, offenbar behagte ihm nicht, dass ich keinen Ton von mir gab. Als er zurückkam, nestelte er einen Sicherheitsschlüssel vom Ring, hielt ihn mir hin und wollte wissen: »Bist du immer noch sauer?«

»Ja, was denkst du denn?«, antwortete Carina für mich. »Sauer ist gar kein Ausdruck. Sandra hat doch geglaubt, dass die Wohnung renoviert und neu eingerichtet ist.«

Weil ich mich nicht rührte, nahm Carina ihm den Hausschlüssel ab. »Den für die Küche oben brauchen wir auch.«

»Warum?«, wollte Ronnie wissen.

»Weil wir da reinmüssen, du Witzbold. Oder sollen wir zum Kochen im Wohnzimmer ein Lagerfeuer anzünden und die Einkäufe auf die Treppe legen? Viele Sachen müssen gekühlt werden.«

»Das geht nicht«, sagte Ronnie.

»Wieso? Gibt's keinen Kühlschrank? Du hast zu Sandra gesagt, die Küche wäre gebrauchsfertig. War das auch geschwindelt?«

»Nein.« Ronnie wand sich wie ein Fisch auf dem Trockenen. »Es ist nur ... Ich ... eh ... Ich muss vorher ein bisschen aufräumen.«

»Das übernehme ich«, sagte Carina. »Ich habe Zeit bis halb sechs. Du kümmerst dich um die Betten, wenn du nach Hause kommst. Der alte Kram muss raus, Sandra will deine Sachen oben haben. Mit den Kleiderschränken kannst du dir Zeit lassen bis zum Wochenende, sonst ist das für einen Abend zu viel Arbeit. Das Bett ist wichtiger. Wenn du das heute Abend nicht schaffst und Sandra noch einmal unten schlafen muss, fahre ich sie morgen zu ihren Eltern und bringe sie erst zurück, wenn die Wohnung so ist, wie du es ihr versprochen hast.«

»Was fällt dir ein?« Ronnie protestierte spät, aber entrüstet. »Misch dich doch nicht in unsere Angelegenheiten.«

»Du solltest dankbar sein, dass ich mich einmische«, konterte Carina. »Ich sag dir wenigstens, wie du das wiedergutmachen kannst. Die Mühe hätte Sandras Vater sich garantiert nicht gemacht. Der hätte sie nur ins Auto gepackt und wieder mit nach Hause genommen. Er war schon auf dem Weg zu ihr, als ich kam. Da hättest du heute Abend aber blöd aus der Wäsche geguckt.«

Ronnie atmete so gequält, als stünde er kurz vor einem Infarkt. Er traute sich kaum noch, den Blick erneut auf mich zu richten. »Tut mir leid, Schätzchen, tut mir wirklich so leid, dass ich dir gar nicht sagen kann, wie sehr. Was soll ich denn sonst sagen?«

»Zum Beispiel, wann du die Zimmer ausräumen und renovieren wolltest und welche Liefertermine du mit den Möbelhäusern ausgemacht hast«, half Carina ihm aus der Klemme.

Es hatte den Anschein, als schrumpfe er um Haupteslänge. »Ich hab noch gar nichts bestellt. Was Sandra durchgegeben hat, hätte nicht gepasst. Aber es hat ihr so viel Spaß gemacht, die Sachen auszusuchen. Ich wollte ihr die Freude nicht verderben.«

»Super«, kommentierte Carina, und das war keineswegs so ironisch gemeint, wie es in Ronnies Ohren vermutlich klang. »Gib mir den Küchenschlüssel, dann bist du uns los. Und ich an deiner Stelle würde heute früher Feierabend machen, nicht nur wegen der Betten.«

Da zog er endlich einen Zimmerschlüssel aus einer Seitentasche seiner Jeans, reichte ihn Carina und sagte: »Bringt ein Glas Honig mit, wenn ihr einkauft. Ich mache um sechs Schluss.«

Für Carina war Honig ein Brotaufstrich, eine Zutat für ein leckeres Dessert oder eine Salatsoße. Ich dachte an *Neuneinhalb Wochen*, an Mickey Rourke und Kim Basinger und glaubte zu wissen, wie Ronnie mich für die ausgefallene Hochzeitsnacht entschädigen wollte. Aber wenn er sich einbildete, mich damit auf der ganzen Linie zu versöhnen, war er auf dem Holzweg.

Carinas energisches Auftreten und mehr noch der Erfolg, den sie damit verzeichnete, deprimierten mich eher, als dass ich mich darüber gefreut hätte. Ich hatte nicht gelernt, mich durchzusetzen, nie um etwas kämpfen müssen. Ich war überzeugt, es nicht zu können. Nicht so mit Ronnie reden, wie Carina es getan hatte. Und nicht so mit Klara umspringen, wie Klaus es mir am vergangenen Abend vorgemacht hatte. Aber weder Carina noch Klaus konnten jedes Mal für mich die Kastanien aus dem Feuer holen.

Klaus wartete im Lexus vor dem Haus, als wir mit den Einkäufen zurückkamen. Ronnie hatte ihn angerufen und um Schadensbegrenzung gebeten. Ob Klara daheim war, konnte nicht einmal Klaus feststellen. Die beiden Zimmertüren waren abgeschlossen, auf sein Klopfen erfolgte keine Reaktion.

»Dann eben nicht«, sagte er und erbot sich, die Kartons mit meinen Habseligkeiten nach oben zu schaffen. Blieben für Carina die Tüten mit Lebensmitteln und anderen Sachen, die sie für unbedingt notwendig hielt.

Ich war mit dem Schlüssel zur Küchentür schneller. Als Klaus den ersten Karton mit meinen Sachen ins Schlafzimmer trug, hatte ich bereits festgestellt, was Ronnie gerne aufgeräumt, vielmehr weggeräumt hätte: die Scherben vom Hochzeitsgeschenk meiner Großmutter. An dem Geschirr mit Rosendekor hatte Klara sich ausgetobt wie ein Elefant mit Tollwut. Es sah aus, als hätte sie Einrichtung und Wände damit beworfen. An vielen Stellen sah man grauen Verputz durch die Kerben in der mit Delfter Kacheln bedruckten stockfleckigen Tapete. Auch die Oberflächenbeschichtung von drei mit Klebebildchen verzierten Hängeschränken war mehrfach eingekerbt oder abgeplatzt.

Komplett eingerichtet war die Küche tatsächlich, mit allem, was vor schätzungsweise vierzig Jahren modern gewesen war. Die Wand gegenüber der Tür wurde eingenommen vom Kühlschrank, einer Nirosta-Spüle, einer Anrichte mit grau-weiß gesprenkelter Resopal-Arbeitsplatte und einem Elektroherd. Darüber hingen die angeschlagenen Schränke und über dem Becken ein Fünf-Liter-Boiler. Eine Eckbank und zwei Stühle, ein Tisch mit ähnlicher Resopal-Platte wie die Anrichte und ein altes Kofferradio auf der Fensterbank vervollständigten die Einrichtung. Carina hätte sie wohl ebenso als retro bezeichnet wie Wohn- und Schlafzimmer, wenn Klaras Wüterei sie nicht von einem passenden Kommentar abgelenkt hätte.

Sie stellte zwei Tüten mit unseren Einkäufen im Flur ab und betrachtete die Bescherung. Tisch und Eckbank waren vollgestellt mit den Hochzeitsgeschenken. Und überall lagen winzige Stücke von weißem Porzellan mit Fragmenten von roten Rosen.

»Ach du Schande«, murmelte Carina wieder. Etwas lauter sagte sie: »Wenn deine Oma das erfährt, kriegt die auch einen Rappel.«

Dann ging sie wieder nach unten, um weitere Tüten zu holen. Klaus schleppte noch zwei Kartons voll Kleidung ins Schlafzimmer und brachte anschließend eine Mikrowelle die Treppe hinauf, exakt dasselbe Fabrikat, das Klara übers Dach des Anbaus in den Innenhof geworfen hatte.

»Die hatte ich übersehen«, behauptete er. »Sie stand noch im Auto, ist mir erst aufgefallen, als ich etwas einladen wollte.«

»Hast du das Geschirr von meiner Oma auch noch im Auto?«, fragte ich.

Er grinste entschuldigend. »Der Karton ist mir leider aus den Händen gerutscht, als ich ihn absetzen wollte. Ich habe Ersatz besorgt und glaube, der trifft deinen Geschmack eher. Schlicht weiß, zeitgemäße Form. Ich hoffe, deine Großmutter verzeiht mir das Missgeschick.«

»Mir verzeiht sie es eher«, sagte Carina, die mit weiteren Tüten die Treppe hinaufkam und mitgehört hatte. »Und mir macht es nichts aus, für das Geschirr meinen Kopf hinzuhalten.«

Klaus bedankte sich lächelnd und stieg wieder nach unten, um den Rest aus Carinas Polo zu holen.

»Für wie blöd hält er mich eigentlich?«, fragte ich, als er außer Hörweite war. »Wie soll das Geschirr denn so durch die Küche gespritzt sein, wenn bloß der Karton hingefallen wäre?«

»Er meint es doch nur gut«, erwiderte Carina. »Und ich finde es nett, dass er das auf seine Kappe nehmen wollte, damit es nicht noch mehr Unfrieden gibt.«

»Gestern Abend wollte er noch mit mir üben, wie ich mit Ronnies Mutter umgehen muss«, sagte ich.

»Das ist auch etwas anderes«, meinte Carina. »Aber deiner Oma erzählst du besser nicht, dass deine Schwiegermutter getobt hat. Sonst heißt es nur wieder, dass du gewarnt wurdest.«

Damit hatte sie zweifellos recht. »Sieh mal zu, ob du hier einen Besen, Kehrblech und Handfeger auftreibst«, verlangte sie. »Ich kümmere mich um den Kühlschrank.«

Da gab es nichts zu kümmern. Der Kühlschrank war bereits in Betrieb und frisch ausgewaschen. Er duftete noch schwach nach einem Haushaltsreiniger. Ronnie hatte sich Mühe gegeben, das ließ sich nicht leugnen. Er hatte auch den Elektroherd geschrubbt, wie vier schwarz glänzende Platten bezeugten. Dass Klara die Putzerei übernommen hätte, zog ich nicht in Betracht.

Carina verstaute die Einkäufe. Ich entdeckte im Schrank unter dem Spülbecken einen Treteimer für den Müll. Daneben standen Kehrblech und Handfeger, eine viereckige Plastikschüssel und ein zusammenklappbares Gestell, in dem man Geschirr nach dem Abwasch trocknen ließ. Ein Stubenbesen stand in der Ecke hinter der Tür. Dort hing auch noch ein Kalender aus dem Jahr, in dem Ronnies Tante gestorben war.

Klaus kam mit einem weiteren Karton die Treppe hinauf. Das zeitgemäße Geschirr. Dann ging er noch mal runter und brachte einen Staubsauger. »Mein Hochzeitsgeschenk«, sagte er. »Ich wollte gestern erst mal sehen, was die anderen schenken und was noch fehlt.«

Dann verlangte er mir den Hausschlüssel wieder ab, um für Ronnie einen nachmachen zu lassen. »Ihr braucht zwei. Du bekommst ihn heute Abend zurück.« Er verabschiedete sich mit dem Rat, mich von Klara nicht schikanieren zu lassen. »Am besten dürfte sein, du stellst dir vor, dass du mit mir redest, wenn sie dir dumm kommt. Du kannst es, das hast du mir schon mehr als ein Mal bewiesen. Und wenn es zweimal klingelt, das ist ein Elektriker, der das Bad gebrauchsfertig machen wird.«

»Auf die Idee war Klaus noch nicht gekommen«, erklärte Carina, nachdem die Haustür hinter ihm zugeschlagen war, was man bei offener Küchentür oben gut hörte. »Aber er hat sofort telefoniert, als ich sagte, dass du dringend einen Durchlauferhitzer und ein Heizgerät brauchst, weil dir keiner zumuten kann, das Bad mit Ronnies Mutter zu teilen. Der Elektriker schuldet ihm noch einen Gefallen, sagte er. Du kannst dir heute Abend jedenfalls mit warmem Wasser die Zähne putzen, und baden kannst du auch. Ich finde, Klaus ist ein prima Kerl.«

Ich war nicht in der Stimmung, mich ihrer Ansicht ohne Vorbehalte anzuschließen. Mir war übel und schwindlig, weil ich außer zwei Schlückchen Tee und dem Joghurt noch nichts in den Magen bekommen hatte. Und baden wollte ich hier nicht.

Grundgütiger: Ich kam aus einem zeitlos gemütlich eingerichteten Elternhaus, in dem alles in Schuss gehalten wurde und meist blitzblank war. Das verkalkte Klo zu benutzen und mir am Becken die Zähne zu putzen, fand ich noch zumutbar. Aber mich in eine Wanne zu legen, in der Hella Franken mit ihrer geheimnisvollen Krankheit gelegen hatte, konnte niemand von mir verlangen.

»Dann duschst du eben nur«, sagte Carina mit dem ersten offenkundigen Unverständnis. »Stell dich doch nicht so an. Die

Frau ist seit ewigen Zeiten tot, so lange überlebt kein Krankheitserreger in einer trockenen Badewanne. Außerdem kann man die Wanne desinfizieren. Ich habe extra etwas dafür gekauft. Und eine rutschfeste Matte haben wir auch mitgebracht.«

In der nächsten Sekunde änderte sich ihr Ton schon wieder. Sie lächelte entschuldigend. »Du bist bestimmt unterzuckert. Davon bekomme ich auch immer schlechte Laune.« Noch während sie sprach, wischte sie mit dem Handfeger die Porzellansplitter von einem der Stühle und forderte: »Setz dich, bevor du umkippst. Ich räume schnell das Gröbste weg, dann mache ich uns etwas zu essen. Danach fühlst du dich gleich besser, du wirst sehen.«

Sie fegte die Scherben zusammen, füllte den Treteimer damit und trug ihn nach unten. Im Innenhof stand eine graue Tonne für Restmüll. Carina nahm den neuen Staubsauger in Gebrauch, um auch die feinen Porzellansplitter zu beseitigen, und brachte die restlichen Hochzeitsgeschenke ins Wohnzimmer, wo sie nicht im Weg standen. Nur die Kaffeemaschine packte sie aus und füllte den Wassertank für den ersten Spülgang. Anschließend verstaute sie die Lebensmittel, spülte ein paar Teile vom zeitgemäßen Geschirr und wischte sie mit Küchenkrepp trocken, weil ich noch keine Geschirrtücher besaß.

»Ich bringe dir morgen welche mit«, versprach Carina. »Wir haben Geschirrtücher in rauen Mengen.«

Sie füllte den Tank der Kaffeemaschine zum zweiten Mal, kippte noch rasch eine halbe Flasche Entkalker ins Klo, weil das Zeug eine Weile einwirken musste, und befreite die neue WC-Bürste vom Plastik, in das sie eingeschweißt war.

Anschließend zauberte Carina in Windeseile eine Platte mit appetitlich belegten Broten auf den Tisch. Dazu gab es frischen Kaffee, die Maschine war nach zwei Spülgängen einsatzbereit.

Ich saß die ganze Zeit nur da, hob auf Anweisung die Füße, fühlte mich unverändert mies, hatte ein schlechtes Gewissen und ärgerte mich darüber, weil ich fand, ich hätte allen Grund, sauer zu sein. Aber nachdem ich zwei Brote gegessen und einen Kaffee mit viel Zucker getrunken hatte, fühlte ich mich tatsächlich etwas besser. Vielleicht sprang auch ein Funke von Carinas Elan über.

Fürs Abendessen hatte sie Filetsteaks und einen Auflauf geplant, zum Nachtisch sollte es Schokocreme geben. Dass sie um halb sechs spätestens gehen musste und ich nicht kochen konnte, war einkalkuliert. »Keine Sorge, das mache ich dir alles fertig. Die Steaks kommen nach dem Anbraten bei niedriger Temperatur in den Backofen, den Auflauf stellen wir dazu. Das schmeckt auch um acht Uhr noch köstlich. Wenn Ronnie wirklich früher kommt, kann er erst noch die Betten austauschen.«

Nachdem die Platte mit den Broten restlos leer war, spülte Carina schnell die Teile, die fürs Abendessen gebraucht wurden, und begann mit der Zubereitung des Auflaufs. Ich wollte mich ebenfalls nützlich machen, das restliche neue Geschirr, Töpfe, Pfannen und Besteck abwaschen, ins Trockengestell sortieren und in den Küchenschränken Platz dafür schaffen. Wie im Wohnzimmer war auch hier vieles zurückgeblieben, was ein Mann nicht mitnimmt, wenn er auszieht. Doch die Küche war nicht groß genug, als dass zwei Personen darin hätten hantieren können, ohne sich gegenseitig zu behindern.

So verging der Nachmittag für mich mit Zuschauen, zuerst Carina in der Küche, später dem von Klaus bestellten Elektriker im Bad. Er brachte einen Heizstrahler und einen Durchlauferhitzer an. Bei den aus der Wand ragenden Kabeln mit Lüsterklemmen handelte es sich um die nötigen Anschlüsse. Offenbar hatten auch Otto und Hella Franken den alten Badeofen nicht mehr benutzt, und Otto hatte die Elektrogeräte beim Auszug mitgenommen.

Nach gut einer halben Stunde war der Elektriker fertig. »Ich bräuchte dann noch eine Unterschrift«, sagte er.

Ich quittierte Lieferung und ordnungsgemäße Anbringung, unterschrieb zum zweiten Mal als Frau Renner und hätte am liebsten schon wieder geheult beim Gedanken, dass das nun mein Leben war. Es war nicht mehr so dramatisch wie am Morgen, aber gut war es noch lange nicht. Gut sollte es mit Ronnie auch nicht mehr werden.

Um Viertel nach fünf stand das Schokodessert im Kühlschrank, Filet und Auflauf garten bei siebzig oder achtzig Grad im Backofen schonend vor sich hin. Das neue Geschirr trocknete im Gestell, Carina hatte zwischendurch auch noch abgespült, versprach, am nächsten Morgen um elf mit Geschirrtüchern und Müllsäcken auf der Matte zu stehen, und fuhr zur Arbeit.

Ich begleitete sie bis vor die Tür und winkte dem Polo hinterher. Hinter Klaras Türen herrschte absolute Stille. Wir hatten den ganzen Nachmittag nichts von unten gehört. Ich stieg wieder nach oben, fühlte mich so verlassen wie am Morgen und versuchte, mich mit Arbeit abzulenken. Irgendeiner von den Patienten, die ich während meiner Ausbildung kennengelernt hatte, hatte mal gesagt, Arbeit sei die beste Medizin. »Richtig krank wird man erst, wenn man nutzlos herumsitzt. Das können nur faule Säcke und Säufer, aber die sind ja schon krank.«

Es gab noch eine Menge Arbeit, das Problem war nur, nichts davon wollte ich wirklich tun. Weder die zerkratzte Wanne desinfizieren noch das Bettzeug von den Matratzen nehmen, damit Ronnie das Doppelbett schneller abbrechen konnte. Weder den Kalk aus dem Klo bürsten noch den Küchentisch fürs romantische Abendessen zu zweit decken.

Carina hatte empfohlen, Zierdeckchen und Kerzenleuchter aus dem Wohnzimmerschrank zu nehmen. Kerzen hatten wir von unserer Einkaufstour mitgebracht. Aber in dieser Küche konnten brennende Kerzen nur bei Stromausfall von Nutzen sein, als stimmungsvolle Tischdekoration schienen sie eine Verhöhnung.

Ich lief hin und her, von einem Zimmer ins andere, auch mal in die Abstellkammer mit dem schmutzblinden Fenster, und fasste nicht, wo ich gelandet war. Vor Augen schiere Trostlosigkeit, in der Nase den verlockenden Duft, den Carinas Kunstwerke aus dem Backofen im gesamten Obergeschoss verteilten. Einen krasseren Gegensatz konnte es nicht geben.

Sommernachtsalbtraum

August 2018

Um zehn vor drei herrschte nebenan immer noch Totenstille. Sosehr ich mich auch bemühte, es nicht zu tun, ich horchte trotzdem angestrengt zu der offenen Tür hinüber. Aber ich hörte nur meine eigenen, gepressten Atemzüge und sein Keuchen.

Mit der Wiederholung der Sätze, die er mir abgepresst hatte, war er noch einmal zu einer Erektion gekommen. Nur war es nichts Halbes und nichts Ganzes. Und er wurde einfach nicht fertig, rammelte und grunzte und schwitzte so stark, dass meine Vorstellung vom Messer unter dem Kopfkissen und dem blutigen Gemetzel, das ich damit anrichten wollte, regelrecht absoff.

Als er den Oberkörper aufrichtete und in Liegestützposition ging, tropfte es von seiner Stirn, der Nasenspitze und dem Kinn hinunter auf mein Gesicht. Ich fühlte mich wie in seinem Schweiß gebadet. Es war ekelhaft.

Um ihn anzuspornen und es hinter mich zu bringen, rang ich mir etwas Gestöhne und ein paar gepresste Seufzer ab, von denen ich hoffte, dass sie in seinen Ohren lustvoll klangen und ihn zum Höhepunkt trieben, damit ich anschließend nach Josie sehen konnte. Leider bemühte ich mich vergebens.

Schließlich verweigerte Thors ohnehin schon halb erschlaffter Hammer endgültig den Dienst und flutschte aus mir heraus.

Für ein paar Sekunden hoffte ich inständig, er würde die Vergeblichkeit seiner Bemühungen einsehen, von mir ablassen und sich davonmachen. Da hockte er sich über meine Brust und sagte: »Nimm dir, was du haben willst.«

Augenblicklich gerieten mein Kehlkopf und das Zwerchfell in krampfartige Bewegung. Nur mit allergrößter Mühe unterdrückte ich das Würgen. Weil ich nicht sofort wie gewünscht reagierte und nach ihm schnappte wie ein Hund nach dem Würstchen, packte er meinen Kopf mit beiden Händen und hielt ihn fest, damit ich nicht ausweichen konnte.

Viel fehlte nicht, dann hätte ich ihm mit meinen Zähnen einen Denkzettel verpasst. Sekundenlang dachte ich ernsthaft darüber nach, ihn auf die Weise außer Gefecht zu setzen. Mein Vater hatte mir einmal erklärt, dass man im Kiefer genug Kraft hatte, um einen Finger durchzubeißen. Man müsse die Zähne nur am Gelenk ansetzen, hatte er gesagt. Von abgebissenen Ohren hatte ich auch schon gehört. Da brauchte man sich nicht um Gelenke zu scheren, bei einem schlaffen Penis auch nicht.

Aber mit meinem Kopf in seinen Händen und meinen Rippen zwischen seinen Knien war er in der besseren Position. So kräftig konnte ich wahrscheinlich nicht in Sekundenbruchteilen zubeißen, dass er nicht noch die Gelegenheit gefunden hätte, mir das Genick zu brechen oder mich anderswie büßen zu lassen.

Es fühlte sich ohnehin an, als wolle er mich ersticken. Burking nannte sich die Methode, ich hatte erst vor ein paar Tagen darüber gelesen. Dabei saß der Täter genauso auf dem Opfer wie er auf mir. Ich bekam kaum Luft. Sein Hintern lastete auf meinem Oberbauch, ließ dem Zwerchfell keinen Raum und behinderte die Atmung. Gleichzeitig presste er mir mit den Knien die Rippen zusammen, als wolle er sie brechen.

Hinter meinen geschlossenen Lidern tanzten bereits farbige Punkte, als sein obszönes Stöhnen ankündigte, dass er sich doch noch dem Höhepunkt näherte. Ich hatte nicht mehr damit gerechnet. Dann war es endlich vorbei. Dachte ich zumindest.

Er blieb auf mir sitzen. Während ich schluckte, nach Luft japste und mich bemühte, wieder zu Atem zu kommen, schaute er mit verschwommenem Blick auf mich hinunter und lächelte so selig entrückt wie ein kleines Kind vor dem festlich geschmückten Weihnachtsbaum mit Bergen von Geschenken darunter.

Ich kämpfte gegen den Würgreflex an und drehte den Kopf zur Seite, um festzustellen, wie lange es gedauert hatte. Der Wecker auf dem Nachttisch zeigte 2:56 Uhr. Sechs Minuten fürs letzte Gefecht. Seit fast einer Stunde hatte ich aus dem Nebenzimmer keinen Muckser mehr gehört.

Klara

Wenige Minuten vor sechs hörte ich von unten etwas wie ein Schaben, nur zwei, drei Sekunden lang, dann war es wieder still. Dass die Haustür geöffnet und geschlossen worden war, hatte ich nicht gehört. Ich horchte angestrengt, als nichts weiter folgte, schlich ich an das Geländer, das den oberen Flur zum Treppenschacht absicherte.

Stille. Niemand zu sehen. Entweder stand Klara wieder wie eine Gipsfigur unten im Flur, oder sie war auf Strümpfen an der Wand entlang in ihre Küche gehuscht und hatte dort völlig geräuschlos die Tür hinter sich geschlossen.

Ich ging in meine Küche, wie sollte ich den Raum jetzt anders bezeichnen, und warf einen Blick in den Backofen. Als ich mich wieder aufrichtete, knarrten hinter mir zwei Treppenstufen. Das Geräusch hatte ich im Laufe des Tages oft genug gehört, um zu wissen, dass jemand nach oben kam. Ich drehte mich zur offenen Tür um, gerade als über dem Fußboden im Flur hinter zwei Holzstäben vom Geländer das Gesicht meiner Schwiegermutter auftauchte. Es sah aus, als säße Klara hinter Gittern in einem unterirdischen Kerker.

»Du hast mich bestohlen«, sagte sie mit einer Stimme, die hervorragend in jeden Gruselfilm gepasst hätte.

»Habe ich nicht«, protestierte ich und spürte meinen Herzschlag bis hinauf in die Kehle pochen.

»Und was ist das?« Klara hielt den Teebeutel hoch, den ich mir morgens genommen und in ihren Abfalleimer geworfen hatte.

»Ich habe mir einen Tee gemacht«, rechtfertigte ich mich.

»Warum tust du das nicht in deiner Küche?«

»Da konnte ich nicht rein«, erklärte ich, nahm allen Mut zusammen und stellte mir wie von Klaus empfohlen vor, ich spräche mit ihm. »Ronnie hatte abschlossen, weil er zuerst das Chaos beseitigen wollte, das du angerichtet hattest. Was hast du dir dabei gedacht, mir alles kaputt zu schlagen?«

Es funktionierte. Sogar das ungewohnte Du kam mir erstaunlich flüssig über die Lippen. Gestern hatte ich mich vor der persönlichen Anrede gedrückt und überlegt, wie ich Klara in Zukunft ansprechen sollte. Mit Vornamen und du? Eine Schwiegermutter siezte man nicht, eine Verrückte sowieso nicht. Und Klara benahm sich, als wäre dieser Begriff eigens für sie erfunden worden.

Sie schüttelte entrüstet den Kopf und protestierte: »Das war ich nicht. Ich würde niemals einen Fuß in diese Räume setzen. Dort geht ein Geist um. Ich habe hundertmal zu Ronnie gesagt, es ist nicht gut, wenn du dort mit einer jungen Frau lebst.«

Das Gesicht so dicht über dem Fußboden schien diese Behauptung zu untermauern. Es erweckte den Anschein, als traue sie sich nicht höher hinauf.

»Mir wäre es auch lieber, wir hätten eine andere Wohnung.« Ich wurde von Sekunde zu Sekunde mutiger und gehässiger.

»Wir werden uns auch bald eine suchen. Ronnie weiß, dass ich eine moderne Wohnung will und keine Muffbude, in der ein Geist umgeht. Welcher Geist ist es denn? Der von deiner Schwester oder der von deinem Mann? Die haben doch beide noch eine Rechnung mit dir offen.«

Einen Augenblick lang schien es, als wäre Klara zur Salzsäule erstarrt, zumindest farblich. In der nächsten Sekunde zog sie schnuppernd die Nase kraus, lächelte entrückt und schmachtete: »Wie das duftet. Was gibt es denn Feines? Bekomme ich etwas ab? Nur ein bisschen. Ich esse wie ein Vögelchen, von einem Häppchen bin ich schon satt.«

Dann sieh zu, wo du ein Häppchen bekommst, dachte ich und sagte: »Es ist noch lange nicht fertig. Ich glaube auch nicht, dass Ronnie einverstanden ist, wenn du dabei bist. Er war heute Morgen ziemlich wütend, weil du gestern Abend so ein Theater gemacht und uns damit die ganze Stimmung verdorben hast. Zum Ausgleich wollen wir uns heute einen romantischen Abend zu zweit machen.«

»Ich werde euch bestimmt nicht stören«, versicherte Klara. »Du würdest mir eine große Freude machen, wenn du mir ein Häppchen auf ein Tellerchen legst und nach unten bringst.«

»Das geht leider nicht«, sagte ich. »Meine Tellerchen liegen alle im Müll. Wir müssen aus der Auflaufform essen.«

»Ich kann dir eins von meinen Tellerchen hinaufbringen«, bot Klara an. »Auch zwei oder drei.«

»Lieber nicht«, sagte ich. »Sonst macht der Geist die auch noch kaputt. Wenn etwas übrig bleibt, kann Ronnie es dir später nach unten bringen. Ich fürchte nur, dass wir alles aufessen, weil es so gut schmeckt.«

Ronnie kam wie versprochen kurz nach sechs mit Klaus im Schlepptau. Das genügte, um Klara zu veranlassen, sich in ihrem Wohnzimmer einzuschließen und wieder tote Frau zu spielen.

Klaus wollte zu gerne noch ein ernstes Wort mit ihr reden und sprach gezwungenermaßen zur Tür. Es war anzunehmen, dass sie trotzdem jedes Wort verstand.

»Bevor ihr zum gemütlichen Teil übergeht, sollten wir schnell das Lager richten«, sagte Klaus anschließend. Er betrachtete nachdenklich meinen Kugelbauch und erkundigte sich: »Ich will nicht indiskret sein. Aber darfst du überhaupt noch? Ich meine, ich hätte mal etwas von sechs Wochen Enthaltsamkeit vor und nach einer Geburt gehört, damit es nicht zu Infektionen kommt.«

Bis zur Geburt waren es noch drei Wochen, wenn ich meinem Arzt glauben durfte.

»So eng sieht man das heute nicht mehr«, erklärte Ronnie.

Daraufhin schnupperte Klaus wie Klara in den Küchendunst und bat mich: »Fragst du mal, ob es bei Schuberts noch einen Platz für einen einsamen, hungrigen Mann gibt?« Er wollte demnach nicht zum Essen bleiben.

Für den Bettentausch brauchten die beiden Männer nicht mal eine halbe Stunde. Ich nutzte die Zeit, um den Küchentisch doch noch wie von Carina empfohlen zu schmücken. Auch noch die Kleiderschränke zu tauschen, hielt Klaus für keine gute Idee. Ronnies Schwebetürschrank sah zwar schick und zeitgemäß aus, würde aber möglicherweise einen Ab- und Wiederaufbau nicht lange überleben. So wie Klaus sich ausdrückte, klang es nach einem sehr preisgünstigen Modell.

»Wenn der Schrank unter der doppelten Last zusammenbricht, ist euch nicht geholfen«, sagte er. »Und so wie ich das überblicke, besitzt du ein paar Sachen mehr als Ronnie. Für den Schrank wäre das somit die dreifache Last. Dafür hat der Hersteller ihn nicht konzipiert, schätze ich.«

Nachdem Klaus sich verabschiedet hatte, zog Ronnie ein in Goldfolie gewickeltes Schmuckdöschen aus seiner Hosentasche. Es enthielt einen Ring aus Weißgold mit kleinen Diamanten.

»Eigentlich wollte ich dir den zur Geburt unserer Prinzessin schenken«, sagte er, als er mir den Ring zum Trauring über den Finger schob. »Aber ich dachte, wenn ich es heute tue, glaubst du mir vielleicht, dass es mir wirklich furchtbar leidtut. Die Steinchen hätte ich gerne eine Nummer größer gehabt, aber da hättet ihr nicht so tolle Steaks kaufen können.«

Mit anderen Worten, er hatte das restliche Geld, das wir zur Hochzeit bekommen hatten, für den Ring ausgegeben. Dass ich deshalb sauer auf ihn war, darf ich nicht behaupten. Natürlich wäre es sinnvoller und vernünftiger gewesen, in neue Gardinen, Teppiche und andere nützliche Dinge zu investieren. Aber an meiner Hand machte sich die Investition auch gut. Und so viel Vernunft hatte ich über Nacht noch nicht zugelegt, dass ich nützliche Dinge einem Schmuckstück vorgezogen hätte. Da hätte ich ja auch wissen müssen, dass das Geld knapp werden könnte.

Das Essen schmeckte so köstlich, wie es roch. Einem Vergleich mit dem Hochzeitsmenü vom Vortag hielt es nicht nur stand, es war sogar noch romantischer. Obwohl jeder nur das genoss, was auf dem eigenen Teller lag, hatte ich die ganze Zeit das Paar aus der Fernsehwerbung vor Augen, das sich bei Kerzenschein auf einer Brücke gegenseitig mit Pizza füttert.

Die Kerzen waren wirklich eine hervorragende Idee gewesen. Die in ihrem Schein aufkommende weiche Stimmung nahm ich mit ins Bad, wo wir gemeinsam in die Wanne stiegen, um zu duschen. Dass wir dabei den Fußboden unter Wasser setzten, weil es noch keinen Duschvorhang gab, trübte die Romantik in keiner Weise. Ich fühlte mich wie aufgetaut. Und das hielt vor, bis wir ins Schlafzimmer wechselten.

Die beiden Nachttische hatten Ronnie und Klaus nicht nach unten geschafft. Auf einem stand das Honigglas bereit. Ronnie hätte gerne von innen abgeschlossen, doch es steckte kein Schlüssel, was ihn irritierte. »Als ich vorgestern die Betten bezogen habe, war er noch da.«

»Dann hat deine Mutter ihn wahrscheinlich heute Morgen abgezogen«, sagte ich.

»Kann ich mir nicht vorstellen«, widersprach Ronnie. »Sie geht hier nicht rein.«

»In der Küche war sie doch auch. Oder willst du mir jetzt ebenfalls erzählen, da hätte ein Geist getobt?«

»Natürlich nicht«, sagte Ronnie. »Die Küche ist was anderes. Aber hier geht sie nicht rein.«

»Weil hier deine Tante gestorben ist?«

»Nein, die ist im Wohnzimmer gestorben.«

Mir fiel ein, dass meine Großmutter erzählt hatte, Klara und der Schwager hätten es auf dem Sofa getrieben, während Hella über ihren Häuptern starb. Wenn man das wörtlich nahm, kam nur das Wohnzimmer infrage. Einen nennenswerten Unterschied machte das aber nicht, ich fand es gruselig.

»Auf der Couch nebenan?«, fragte ich.

»Das ist eine Schlafcouch«, erklärte Ronnie, als ob das beim Sterben einen Unterschied gemacht hätte. »Die kann man ausklappen. Für Tante Hella war das unterhaltsamer, als die ganze Zeit im Bett zu liegen. Im Wohnzimmer konnte sie fernsehen.«

»Was hat deine Mutter denn gegen das Schlafzimmer?«

»Hier ist mein Onkel ihr mal dumm gekommen.«

»Hat er sie hier vergewaltigt?«, fragte ich.

Ronnie zuckte unbehaglich mit den Achseln. »Er wollte, sie nicht. Er hat sie aufs Bett geworfen, ihr den Rock hochgeschoben und den Schlüpfer heruntergerissen. Ich nenne das eine Vergewaltigung. Aber ihr hat keiner geglaubt. Es hat ja auch außer mir keiner gesehen, wie es passiert ist. Sie lagen quer auf dem Bett, sie unten, er oben. Er hielt ihr beide Hände über dem Kopf fest und küsste sie, dass ich dachte, er würde sie ersticken.«

So dachten kleine Kinder eben. Wenn Mama beim Sex stöhnte, glaubten sie auch, Papa würde Mama wehtun. Es konnte sehr wohl einvernehmlicher Sex gewesen sein. Dass Frauen aufs Bett geworfen und ihre Hände festgehalten wurden, hatte ich inzwischen in etlichen Filmen gesehen. Das machten sie meist, wenn es besonders leidenschaftlich aussehen sollte. Dann fielen sie wie ausgehungert übereinander her, rutschten aneinander rauf und runter, wälzten sich herum und küssten sich, dass man annehmen sollte, sie würden sich gegenseitig die Zähne abbrechen.

Aber selbst wenn Klara in diesem Schlafzimmer vergewaltigt worden sein sollte und deshalb keinen Fuß mehr hineinsetzte, um einen Schlüssel abzuziehen, musste man einen Raum nicht betreten, auch nicht, wenn der Schlüssel innen steckte. Da griff man nur um die spaltbreit geöffnete Tür herum, und schon war die Sache erledigt.

Ronnie schraubte das Honigglas auf. Doch meine weiche Stimmung war beim Teufel. Er träufelte Linien und Kreise auf meine Brüste und den Bauch, in dem meine kleine Josie friedlich schlummerte, vollkommen ahnungslos, was das Leben an Wahnsinn und Grausamkeiten für sie bereithielt.

Das meiste schleckte Ronnie auch wieder ab, während ich die klein karierte Couch vor Augen hatte. Und auf der Couch eine Frau, die fast so aussah wie Klara, nur blasser und dünner, sterbenskrank eben. Dann wurde aus der Kranken eine Leiche, deren Augen wie mit Milch überzogen tief in die Höhlen sanken.

Als Ronnie endlich zur Sache kam, hätte Klara gar nicht mehr von unten brüllen müssen: »Wollt ihr wohl auseinander, ihr Schweine! Denkt ihr gar nicht an euer armes Kind?«

Ich dachte an *Neuneinhalb Wochen* und fragte mich, ob Kim Basinger ebenfalls so geklebt hatte. Eine gute Idee war die nachgeholte Hochzeitsnacht à la Mickey Rourke nicht gewesen. Wir mussten beide noch mal duschen und das Bett frisch beziehen. Ronnie ging auch noch mal nach unten, um das klebrige Laken in Klaras Waschmaschine zu stopfen. Die mussten wir zwangsläufig benutzen. Außerdem wollte er ein ernstes Wort mit seiner Mutter reden und stand dabei wie Klaus vor der Tür. Klara hatte sich erneut eingeschlossen.

»So geht das nicht, Mam«, hörte ich ihn sagen. Ich lauschte oben am Treppengeländer und musste mich anstrengen, um ihn zu verstehen. Im Gegensatz zu Klaus bemühte Ronnie sich um einen gedämpften Ton. »Wenn du nicht damit klarkommst, dass ich jetzt verheiratet bin, muss ich ausziehen. Willst du das?«

Ob und was Klara ihm antwortete, hörte ich nicht. Sekundenlang herrschte Stille im unteren Flur, dann sagte Ronnie noch: »Okay, ich verlass mich darauf, dass du jetzt vernünftig bist.«

Dass er mich mit seinen Bemühungen, die ausgefallene Hochzeitsnacht auszugleichen, nicht restlos versöhnt hatte, wusste Ronnie anscheinend. Um einer weiteren Auseinandersetzung zu entgehen, stahl er sich am nächsten Morgen unbemerkt aus dem Schlafzimmer. Als ich um Viertel nach neun aufwachte, war er längst weg.

Unten war es still. Im Bad bekam ich nasse Füße. Das mit Honig beschmierte Laken hing bereits sauber gewaschen auf einer Leine unter der Überdachung im Hof, wie ich vom Flurfenster aus feststellte. Ich nahm an, dass Ronnie es aus der Waschmaschine genommen hatte, ehe Klara ihr Klo damit putzen konnte.

In der Küche roch es nicht mehr verführerisch appetitlich, nur noch nach ungespülten Tellern und dem Rest kalten Auflauf in der Form. Neben der Kaffeemaschine lagen zwei Fünfzigeuroscheine und ein Zettel mit dem Hinweis: »Für Einkäufe.«

Ich kam mir vor wie Julia Roberts in *Pretty Woman,* brühte mir einen Tee auf und machte mir ein Brot mit dem Rest Honig. Weil ich bei dem abgestandenen Essensgeruch in der Küche keinen Bissen hinunterzubringen glaubte, trug ich mein Frühstück ins Wohnzimmer, setzte mich in einen der beiden Sessel und betrachtete die klein karierte Couch. Ich hatte wieder das gruselige Bild der Leiche vor Augen, weinte wie am vergangenen Morgen und hoffte, dass es nicht zur Regel wurde, jeden Tag meiner Ehe mit Tränen zu beginnen.

Die Freundin

Zum Glück kam Carina nicht wie versprochen um elf, sondern schon kurz nach zehn, weil sie sonst vor Neugier wahrscheinlich geplatzt wäre und nachmittags früher wegmusste. Wie der Elektriker klingelte sie zweimal kurz. Als ich ihr öffnete, deutete sie auf das Schildchen neben dem Klingelknopf. Ronnie hatte die Beschriftung geändert. Bisher hatte dort nur »Renner« gestanden, von der Sonne dermaßen ausgebleicht, dass man es kaum noch entziffern konnte. Nun stand da in gestochen scharfem und pechschwarzem Druck: »Ronnie und Sandra Renner 2 x klingeln.«

Klara war nicht angeführt.

Carina fand es vorausschauend. »Sonst würde jedes Mal deine Schwiegermutter an die Tür rennen, wenn du Besuch bekommst.«

Wie sich bald herausstellte, rannte Klara überhaupt nicht an die Tür, egal wer oder wie oft jemand klingelte. Klara öffnete nicht mal der Postbotin. Wer zu ihr wollte, musste ans Wohnzimmerfenster klopfen und hoffen, dass sie sich in dem Raum aufhielt.

»Na, wie war's?«, wollte Carina wissen.

Während wir die Treppe hinaufstiegen, schilderte ich die zweite Katastrophe meiner jungen Ehe, den Honig ließ ich weg. Die von unten brüllende Klara reichte völlig als Begründung für das: »Scheiße war's. Wenn das so weitergeht, drehe ich bald durch.«

»Wahrscheinlich nimmt sie sich zu Herzen, was Ronnie gesagt hat«, meinte Carina zuversichtlich, wischte das Bad auf und machte Ordnung in der Küche. Seltsamerweise erledigte sie das, was nach einem Berg Arbeit ausgesehen hatte, in weniger als zwanzig Minuten mit routinierten Handgriffen.

Wäre ich nicht so mit meinem Elend beschäftigt gewesen, hätte ich Anerkennung empfunden und Carina um ihre Tatkraft und ihre Einstellung zu den Notwendigkeiten des täglichen Lebens beneidet. Womöglich hätte ich mich auch in Grund und Boden geschämt, mich für eine verzogene, total verwöhnte und viel zu anspruchsvolle dumme Göre gehalten. Und damit hätte ich vollkommen richtiggelegen. Das muss auch mal gesagt werden. Heute kann ich das. An meinem zweiten Tag als Frau Renner fühlte ich mich noch im Recht und um das tolle Leben betrogen, von dem ich vor der Hochzeit geträumt hatte.

Als ich helfen wollte, schlug Carina vor: »Räum lieber mal deine Sachen in den leeren Teil vom Kleiderschrank. Wir brauchen die Kartons, um hier auszumisten.«

Um halb zwölf verließen wir das Haus, ohne von Klara etwas gesehen oder gehört zu haben. Mit den hundert Euro, die Ronnie zur Verfügung gestellt hatte, besorgten wir alles, was Carina für notwendig hielt: Duschvorhang, Stange und Befestigungsmaterial, eine flauschige Badematte, die Zutaten fürs Abendessen und für Mittag etwas Käse und Brötchen.

Als wir zurückkamen, war es im Haus noch genauso still wie vorher. »Wahrscheinlich ist Ronnies Mutter nicht da«, mutmaßte Carina und machte sich umgehend im Bad an die Arbeit. Aber viel mehr als die flauschige Badematte vor die Wanne legen konnte sie nicht tun. Für das Anbringen der Stange, an welcher der Duschvorhang befestigt werden sollte, brauchte man eine Bohrmaschine.

»Am besten rufe ich Klaus an, damit er jemanden schickt.« Carina wählte bereits und erklärte, während sie auf das Zustandekommen der Verbindung wartete, dass Klaus ihr seine Nummer für Notfälle gegeben hatte. Und offenbar wartete er auf den nächsten Notfall. Carina hatte noch nicht ganz zu Ende gesprochen, da sagte sie bereits ins Handy: »Nein, kein neues Drama, ich brauche nur eine Bohrmaschine. Kennst du vielleicht jemanden, der …«

Ob Klaus jemanden kannte, erfuhr ich nicht. Er kam persönlich mit einer noch originalverpackten Hilti. Bis zu seinem Eintreffen schafften wir gemeinsam Platz in den Küchenschränken. Ich räumte aus und hatte das Gefühl, endlich auch mal etwas Sinnvolles zu tun. Carina verstaute den Plunder in Kartons und brachte diese in die Abstellkammer.

Dann hätte sie sich eigentlich verabschieden und zur Arbeit fahren müssen. Aber sie blieb, half Klaus, im Bad auszumessen und die Stellen anzuzeichnen, an denen gebohrt werden sollte. Während er dann die Hilti in Betrieb nahm, machte Carina sich über den Alibert her.

Ich stand wieder untätig herum und hatte den Eindruck, dass Carina nicht ganz bei der Sache war. Ihre Augen klebten an Klaus und der Bohrmaschine. In Verbindung mit den Lobgesängen der letzten Tage drängte sich mir die Vermutung auf, dass meine Freundin sich in Ronnies Freund verliebt hatte.

Sekundenlang tat sie mir leid. Es schien schwer vorstellbar, dass Klaus ihre Gefühle erwiderte. Aber mein Mitleid währte nur die paar Sekunden, in denen Carina ihre Finger in den Alibert versenkte, ohne hinzuschauen. Im nächsten Moment stieß sie einen Schmerzenslaut aus und zog die rechte Hand hastig zurück. In der Kuppe ihres Mittelfingers steckte eine rostige Rasierklinge.

»Ach du Schande«, sagte Klaus, legte die Bohrmaschine ab und kommandierte: »Gründlich ausspülen, nimm heißes Wasser.«

»Dann verbrenne ich mich ja auch noch«, jammerte Carina.

»Egal«, befand Klaus. »Der Schnitt muss richtig ausbluten. Nicht nur wegen Dreck und Rost. Hella hatte TB und hat ihren Mann angesteckt.«

»Was?«, fragte Carina entgeistert.

»Tuberkulose«, erklärte Klaus. »Bei Otto hat man's in den Griff bekommen, er war längere Zeit in einem Sanatorium. Hella wäre wahrscheinlich auch zu retten gewesen, wenn sie rechtzeitig zum Arzt gegangen wäre. Aber sie hat hier lieber einen auf Kameliendame gemacht.«

»Woher weißt du das?«, fragte Carina, vom Schmerz abgelenkt. Sie zog gehorsam wie ein Kind die Rasierklinge aus der Fingerkuppe, drehte den Heißwasserhahn auf, hielt den blutenden Finger unter den Strahl und stieß Zischlaute aus, während ihr Finger insgesamt krebsrot wurde und das Blut aus der Schnittwunde quoll wie in einem Horrorfilm.

»Von Klara«, antwortete Klaus ihr noch, dann herrschte er mich an: »Steh nicht da wie ein Ölgötze. Hol das Verbandszeug aus meinem Auto. Der Kasten steht unter dem Fahrersitz.« Er angelte den Autoschlüssel aus einer Hosentasche und warf ihn mir zu. Weil ich nicht danach griff, fiel der Schlüssel neben mir auf die Bodenfliesen.

»Hier bleibe ich nicht«, stammelte ich. »Warum hat mir vorher keiner gesagt, was hier los ist? Ich will hier raus.«

Daraufhin wurde auch noch Carina laut: »Jetzt mach doch nicht so ein Theater! Hast du dich geschnitten oder ich? Benimm dich nicht immer wie eine verwöhnte Zicke.«

Es fühlte sich an wie ein Schlag ins Gesicht.

Klaus holte den Verbandskasten selbst aus dem Lexus. Nachdem er Carinas gesamte Hand verbunden hatte, als hätte sie sich alle Finger und den Handteller der Länge nach aufgeschnitten, gingen beide nach unten und befragten an einem von Ronnies Computern das Internet. Sie erfuhren, dass Tuberkel-Bazillen außerhalb des Körpers »sehr lange« überleben konnten. Im ersten Moment bekam Carina wohl einen weiteren Schreck, beruhigte sich aber schnell wieder. »Sehr lange« waren für das Bakterium drei Monate. Hella Franken war seit mehr als zwanzig Jahren tot.

»Entwarnung«, sagte Carina, als sie wieder nach oben kamen. Sie war erleichtert, dass sie ihrem Vater nichts von Tuberkulose erzählen musste, mit der verbundenen Hand aber in den nächsten Tagen auch nicht in der Restaurantküche arbeiten und jetzt noch ein Weilchen bleiben konnte.

Ihren *kleinen Ausraster* im Bad entschuldigte Carina kurz darauf mit Schreck, Entsetzen und dem mulmigen Gefühl, als sie ihr eigenes Blut zusammen mit dem heißen Wasser im Abfluss verschwinden sah. Für sie war die Sache damit erledigt, für mich nicht. Tagelang knabberte ich daran, dass meine Freundin mich als verwöhnte Zicke bezeichnet hatte.

Es heißt zwar, dass man unliebsame Wahrheiten nur von wirklich guten Freunden hört. Aber wenn einem so etwas spontan herausrutschte, musste man es schon häufiger gedacht haben, meinte ich. Das wiederum hätte ich von Carina nicht gedacht. Und ich konnte es mir nicht einmal leisten, beleidigt zu sein, ich war auf Carina angewiesen.

Ohne ihren Polo hätte ich in dem Kaff festgesessen, in dem nur alle paar Stunden ein Linienbus fuhr. Mit dem BMW fuhr Ronnie selbstverständlich zur Arbeit. Er stand um sieben auf. Wenn ich aufwachte, bekam ich einen Kuss und den Rat: »Schlaf weiter.« Das tat ich auch. Es gab für mich keine Veranlassung, so früh aufzustehen.

Wenn ich zwischen neun und zehn erneut aufwachte, war es im Haus so still, als wäre ich alleine. Manchmal war ich das auch, wenn Klara schon früh am Morgen zu ihrer Bekannten gegangen war. Hin und wieder horchte ich eine Weile am Treppengeländer stehend nach unten. Aber ob meine

Schwiegermutter da oder weg war, ließ sich auf die Weise nie feststellen.

Also ging ich ins Bad, machte mir Frühstück, steckte das Geld ein, das Ronnie neben die Kaffeemaschine gelegt hatte, und wartete auf der Eckbank in der Küche mit einem Roman aus Hella Frankens Beständen auf Carina.

Sie kam zu unterschiedlichen Zeiten, mal um elf, mal um eins, mal erst um drei, so wie die Arbeit im Restaurant es ihr erlaubte. Mittlerweile wurde sie von ihrem Vater verstärkt in Planungen einbezogen. Planen konnte man auch mit einer verbundenen Hand.

Bei offener Küchentür hörte ich manchmal von unten dieses Schaben, das Klara verursachte, wenn sie aus einem der vorderen Zimmer zu ihrer Küche schlich. Sie musste schleichen, normale Schritte von ihr hörte ich nie. Es war unheimlich und gewiss keine angenehme Vorstellung, dass im Erdgeschoss eine Frau herumhuschte, von der niemand sagen konnte, ob sie damals ihren Mann und ihre Schwester vergiftet hatte und wann sie den nächsten Rappel bekam.

Wenn endlich die Klingel zweimal anschlug, schnappte ich meine Jacke und die Tasche und hastete die gestreifte Treppe hinunter. Herein kam Carina bei ihrer Ankunft nicht mehr, um keine Zeit mit Arbeiten zu verplempern, die ich noch gar nicht gesehen hatte, die sie aber nicht liegen lassen konnte.

In der Regel fuhren wir zuerst zum Laden, weil Ronnie grundsätzlich zu wenig Geld auf die Anrichte legte. Was fing man mit hundert Euro an, wenn man eine Muffbude in eine gemütliche Wohnung verwandeln wollte? Oft half Klaus mit ein paar Scheinen aus. Seit der Hochzeit machte er keine Touren mehr in den Osten. Das hörte ich nicht von Ronnie, sondern von Carina. Abends ging Klaus oft bei Schuberts essen. Carina erwähnte es manchmal beiläufig und trotzdem mit einem besonderen Unterton, der mich in der Vermutung bestärkte, sie sei in Klaus verliebt.

Tagsüber hielt Klaus sich nun häufig im Laden auf, zumindest war er jedes Mal da, wenn wir kamen. Ich nahm an, dass er wider Erwarten doch ähnliche Gefühle für Carina hegte wie die für ihn. Aber als ich sie darauf ansprach, bestritt sie, in Klaus mehr zu sehen als einen guten Bekannten. Zugegeben, er war ein netter Kerl und ein guter Kumpel, ganz anders als sie zu Anfang gedacht hatte. Aber: »Er ist nicht mein Typ. Und ich bin garantiert nicht seiner, sieh mich doch an. Klaus steht auf große, schlanke Blondinen.«

Carina war brünett und nur knapp einen Meter sechzig groß. Ich war blond und zehn Zentimeter größer. Zurzeit war ich zwar nicht schlank, doch das würde sich bald wieder ändern. Carina dagegen ... Josie hatte nur meinen Bauch in einen Riesenkürbis verwandelt. Carina war insgesamt rund und wurde ebenfalls für eine werdende Mutter gehalten, als wir gemeinsam ein süßes Hemdchen und ein niedliches Höschen für Josie kauften. Ich wollte sie nicht in getragenen Sachen aus dem Krankenhaus mit nach Hause nehmen.

Die gesamte Babyausstattung, Wiege, Kinderwagen und Babyschale fürs Auto, konnte ich von meiner Schwägerin übernehmen. Olga hatte alles aufgehoben, die Wiege sogar an ihren Erbauer zurückgegeben. Es handelte sich um das Prachtstück, das mein Vater für mich gezimmert, in dem nach mir nur noch Julia geschlummert hatte.

Das Geld, das wir von Ronnie und Klaus bekamen, investierten wir in preiswerte Gardinen, Teppiche und Überwürfe für Couch und Sessel. Damit hellten wir die tristen Räume tatsächlich ein wenig auf. Carina hatte einen guten Geschmack und viel Geschick für Kleinigkeiten, mit denen sich eine große Wirkung erzielen ließ. Hier ein Kissen, dort eine Pflanze. Darüber hinaus war Carina mit Feuereifer bei der Sache, man hätte meinen können, sie richte ihre eigene Wohnung her.

Auf neue Tapeten und neue Möbel musste ich vorerst

verzichten. Ronnie wollte mir so kurz vor der Geburt den Stress einer gründlichen Renovierung ersparen, versprach aber hoch und heilig zu renovieren, während ich im Krankenhaus lag. Danach dürfe ich nach Lust und Laune neue Möbel kaufen. Das war so ziemlich das Letzte, was ich Ronnie geglaubt habe.

Sommernachtsalbtraum

August 2018

Als er endlich von meinem Brustkorb abstieg wie ein Reiter aus dem Sattel, atmete ich erleichtert durch, nicht nur, weil sein Gewicht mich nicht länger daran hinderte. Ich war auch überzeugt, er würde nun seine Hose und sein Hemd von der Truhe nehmen, sich anziehen und verschwinden. Letzten Mittwoch hatte er sich mit einem zärtlichen »Schlaf gut, mein Engel« davongemacht, nachdem er genug hatte.

Doch statt die Beine aus dem Bett zu schwingen, legte er sich neben mich, drückte sein Gesicht in meine Halsbeuge, küsste mich auf die Schulter und murmelte: »Mein wunderbarer Schatz, verzeih mir, dass ich so egoistisch war. Aber du kommst noch zu deinem Vergnügen, versprochen. Lass mir nur ein bisschen Zeit zum Verschnaufen.«

Alles in mir versteifte sich. Bloß das nicht. Nicht noch einmal. Das könnte ich nicht aushalten, meinte ich, richtete den Oberkörper auf, beugte mich über ihn und bemühte mich um das Lächeln, mit dem Julia Roberts den Feind in ihrem Bett bedacht hatte.

»Nein, es war toll«, stammelte ich. »Ich hatte schon lange vor dir einen Orgasmus. Das musst du doch gemerkt haben.«

Er hatte während seiner Rammelei garantiert nicht auf meine Reaktionen geachtet. Als er nicht antwortete, tat ich etwas, was mir wenige Minuten zuvor noch völlig absurd und abstoßend erschienen wäre. Ich küsste ihn, nicht bloß mit den Lippen, sondern richtig mit Zunge und viel Spucke. Und es ekelte mich keine Sekunde lang, im Gegenteil. Ich verspürte einen winzigen Triumph beim Gedanken, dass er nun etwas von seinem ekligen Geschmack zurückbekam.

»Nachdem wir beide rundum zufrieden sind, sollte ich jetzt mal nach Josie sehen«, sagte ich anschließend und wollte aufstehen.

»Die Kleine schläft«, behauptete er und hielt mich fest. »Sei froh, dass sie eingeschlafen ist, sie hat doch lange genug geweint. Warum willst du sie aufwecken?«

»Das will ich gar nicht«, beteuerte ich. »Ich will nur die Tür schließen, damit sie nicht wieder aufwacht, wenn sie uns hört.«

»Sie ist eingeschlafen, während wir uns geliebt haben«, sagte er. »Dabei waren wir nicht gerade leise. Wieso soll sie aufwachen, wenn wir jetzt still sind?« Damit zog er mich zurück an seine Seite.

Neues Leben

Josie kam pünktlich zum errechneten Termin und ohne Wehen zur Welt. Beim Aufstehen hatte ich nur ein leichtes Ziehen im Rücken und ein unangenehmes Spannungsgefühl im Unterleib, was man nicht als Schmerz bezeichnen konnte. Auf der Toilette platzte mir die Fruchtblase. Ich rief Carina an, wir fuhren umgehend ins Sankt-Katharinen-Hospital, wo ich mit knapper Not auf das Bett im Gebärzimmer stieg und eine Hebamme nur noch riet: »Pressen, pressen, pressen.« Das war's.

Josie schrie wie am Spieß, als protestiere sie gegen die Unverschämtheit, ohne Vorwarnung in eine Welt voll Verrückter und widerlicher Überraschungen gedrückt zu werden. Sie war einundfünfzig Zentimeter groß, wog dreitausendfünfhundert Gramm und war wunderschön. Zwar hält jede Mutter ihr Baby für das schönste, doch in unserem Fall entsprach es den Tatsachen. Das behaupteten übereinstimmend die Hebamme, Carina und Olga, die zwischen zwei OP-Terminen erschien und mir gratulierte.

Am frühen Nachmittag kamen meine Eltern mit Julia und Oma Finchen, die vor Rührung beinahe zerfloss und wiederholt erklärte: »Ein Urenkelchen, dass ich das noch erleben darf.«

»Jetzt hör aber auf, Mutter«, fuhr Mama ihr unwillig dazwischen. »Du hast es doch schon einmal erlebt. Und bei Julia hast du dich nicht so aufgeführt.«

»Die heißt ja auch nicht so wie ich«, erklärte Oma Finchen und wollte von mir wissen: »War es sehr schlimm, Kind?«

»Überhaupt nicht«, antwortete Carina an meiner Stelle. »Sandra hatte gar keine Wehen, das war ein Kinderspiel.«

Es ging mir wirklich hervorragend ohne den Kugelbauch. Eigentlich hätte ich samt Baby gleich wieder mit zurückfahren können, als es für Carina Zeit wurde, sich zu verabschieden. Aber da Ronnie versprochen hatte, meinen Krankenhausaufenthalt für die Renovierung zu nutzen … Ich wollte ihn nicht um die Chance bringen, sein Versprechen einzulösen.

Kurz nachdem meine Eltern, meine Großmutter und Julia sich verabschiedet hatten, erschien mein jüngerer Bruder mit Fotoapparat und neuer Freundin. Dirk fotografierte noch richtig mit Kamera und verschiedenen Objektiven. Und seit der Hochzeit war er mit der Kellnerin aus Schuberts Restaurant zusammen, mit der er so intensiv geflirtet hatte. Dass Jutta geschieden war und schon zwei Kinder hatte, störte ihn nicht. Ob sie seine Frau fürs Leben war, konnte man nach der kurzen Zeit noch nicht sagen, aber dass er sie mit ins Krankenhaus brachte, ließ tief blicken.

Ronnie kam erst nach sieben, unendlich stolz und ebenso zerknirscht, weil er es nicht geschafft hatte, bei der Geburt dabei zu sein und die Nabelschnur durchzuschneiden, wie er es mir hundertmal versprochen hatte.

Die Nabelschnur hatte Carina übernommen. Und zu Ronnies Rechtfertigung muss gesagt werden, dass ich nicht auf die Idee gekommen war, ihn zu verständigen. Es war einfach zu schnell gegangen. Er hätte ja wahrscheinlich auch den Laden nicht im Stich lassen können.

Früh am nächsten Vormittag kam dann meine Schwiegermutter, Grande Dame vom Scheitel bis zu den Fußsohlen und voller Vorwürfe, weil sie von meiner Tante erfahren hatte, dass sie Großmutter geworden war. Nicht zum ersten Mal übrigens. Ronnies Halbbrüder hatten insgesamt schon drei Kinder. Aber zu denen hatte Klara keinen Kontakt. Ihre älteren Söhne wollten wegen der Affäre mit dem Schwager und der mysteriösen Todesumstände des Vaters nichts mit Klara zu tun haben.

»Ist das eine Art?«, beschwerte sie sich. »Du lebst unter meinem Dach und verschwindest einfach, ohne mir ein Wort zu sagen.«

»Ich wusste nicht, dass du daheim warst«, sagte ich. »Und ich hatte nicht die Zeit, stundenlang bei dir zu klopfen.«

»Warum hat Ronnie mich nicht informiert?«, fragte Klara. »Du hast es ihm verboten, gib es zu. Wenn deine Tante mir heute Morgen nicht gratuliert hätte, wüsste ich es immer noch nicht. Mit solch einem Verhalten machst du dir keine Freunde im Ort. Sogar deine Tante fand es unverschämt.« Dann beugte sie sich über Josie, deren Körbchen neben meinem Bett stand. »Na komm, mein Schätzchen«, sagte Klara. »Wir beide gehen jetzt nach Hause.«

Sie nahm mein Baby und ging ohne ein weiteres Wort mit Josie zur Tür. Wenn nicht zufällig genau in dem Augenblick die Säuglingsschwester mit der Milchpumpe hereingekommen wäre …

Ich hatte Josie nur zweimal angelegt, da hatte sie mir schon beide Brustwarzen so wund gesaugt, dass sie bluteten. Deshalb musste ich die Milch abpumpen, auch wenn es nur zwanzig Milliliter waren, die Schwester nannte das bisschen »weißes Gold«.

»Das will ich jetzt aber nicht gesehen haben«, tadelte sie Klara und nahm ihr mein Baby aus dem Arm. »Das haben wir gar nicht gerne, wenn Besucher in Straßenkleidung unsere Kleinen herumtragen. So ein winziges Menschlein hat noch keine Abwehrkräfte gegen Husten, Schnupfen oder weiß der Teufel, was Sie sonst noch an sich haben.«

»Ich bin nicht krank«, protestierte Klara.

»Das habe ich auch nicht behauptet«, sagte die Schwester. »Aber ich möchte nicht wissen, wie viele Keime und Viren Ihre Kleidung auf dem Weg hierher eingesammelt hat. Und Sie drücken die Kleine mit dem Gesichtchen dagegen. Wir haben eigens Kittel für Besucher, ziehen Sie sich bitte einen über.«

Nach einem Kittel konnte Klara lange suchen. Es gab keine. Von Carina hatte auch niemand verlangt, dass sie etwas überzog, ehe sie Josie halten durfte.

Als die Schwester später das »weiße Gold« abholte, erzählte sie, es sei Klaras Gesichtsausdruck gewesen, der sie bewogen habe, so eine Behauptung aufzustellen.

»Wir hatten hier mal eine versuchte Entführung«, sagte sie. »Die Mutter war nur kurz runter in die Cafeteria gegangen. Und so eine Verrückte hat die Situation genutzt. Die war schon mit dem Baby im Korridor, hat genauso dreingeschaut und hielt das Kind auch genauso an sich gedrückt wie Ihre Schwiegermutter. So richtig besitzergreifend, als ob es ihres gewesen wäre. Als ich die Tür aufmachte und Ihre Schwiegermutter direkt vor mir hatte, schrillten bei mir sämtliche Alarmglocken. Im ersten Moment habe ich gar nicht registriert, dass Sie im Bett lagen.«

»Sie haben offenbar einen sechsten Sinn für Verrückte«, antwortete ich. »Meine Schwiegermutter war schon zweimal in der Irrenanstalt.«

»Das heißt aber seit Langem Landesklinik oder Psychiatrie«, korrigierte die Schwester.

»Weiß ich«, erwiderte ich. »Aber mir gefällt Irrenanstalt besser. Das passt auch viel besser zu meiner Schwiegermutter.«

Die Schwester machte keinen Hehl aus ihrer Neugier und hatte wohl ein bisschen Zeit. Und ich sah keinen Grund, ein Geheimnis aus Klaras verhängnisvoller Affäre und den beiden Todesfällen zu machen. Allerdings beurteilte die Schwester es danach ein bisschen anders als ich.

»Die arme Frau«, meinte sie. »Da schleppt sie aber ein ordentliches Päckchen mit sich herum. Es ist schon traurig, dass so ein widerlicher Kerl eine Frau um den Verstand bringen kann und von niemandem dafür zur Rechenschaft gezogen wird.«

»Es wird doch keine Frau gezwungen, sich mit einem widerlichen Kerl einzulassen«, sagte ich.

Die Schwester schaute auf mich hinunter, mitleidig wie eine Lehrerin, die eine Schülerin mit Ungenügend benoten muss. »Denen steht es aber nicht auf der Stirn geschrieben«, sagte sie. »Und man kann es sich nicht immer aussuchen im Leben, Kindchen. Manche haben einfach nur Pech.«

Drei Tage blieb ich mit Josie im Sankt-Katharinen-Hospital. Klara tauchte nicht mehr auf. Mein älterer Bruder ließ sich auch nicht blicken, hatte mehr Patienten, als ihm lieb war. Dafür schaute Olga vorbei, sooft die OP-Termine ihr ein bisschen Zeit ließen. Meine Eltern kamen auch noch einmal am späten Nachmittag, nur mit Julia, ohne meine Großmutter.

Carina kam jeden Tag um die Mittagszeit, gab Fläschchen und wechselte Windeln, bis es Zeit wurde für die Restaurantküche und den *armen Jens*, wie Carina den neuen Koch nannte, den ihr Vater im Frühjahr eingestellt hatte.

Jens sah klasse aus, wovon ich mich bei der Hochzeit mit eigenen Augen überzeugt hatte. Er war kurz aus der Küche gekommen, um uns Glück zu wünschen und sich bestätigen zu lassen, dass uns das von Carina geplante und von ihm zubereitete Hochzeitsmenü hervorragend mundete.

Bei Carina beschwerte er sich seit Wochen über seine Frau, weil die ständig die Wohnung umdekorierte oder neu einrichtete und er nicht mehr wusste, wovon er diesen Wahn bezahlen sollte.

Carina erzählte täglich vom armen Jens, schwärmte von seinem guten Aussehen und der tollen Figur, mit der er ihr vor Augen führte, dass man diesen Beruf auch ausüben konnte, ohne Fett anzusetzen. Und nicht zu vergessen seine inneren Qualitäten. Die Engelsgeduld mit seiner Frau, die sich über eine neue Leuchte fürs Wohnzimmer definierte, Selbstwertgefühl für den neuen Duft von Bruno Banani hielt und dem armen Jens mit ihrer Verschwendungssucht das Leben sauer machte.

Dass Carina verliebt war, hätte nicht mal ein Blinder übersehen oder ein Tauber überhören können. Ich hatte es inzwischen auch begriffen und eingesehen, dass ich mit Klaus den Falschen anvisiert hatte. Ich rechnete allerdings nicht damit, dass meine Freundin sich die größte Mühe gab, einen verheirateten Mann für sich zu gewinnen. Ebenso wenig kam mir der Gedanke, dass Jens‘ Schickimickizicke als mahnendes Beispiel angeführt wurde, weil Carina davor zurückschreckte, mir klipp und klar zu sagen: Wenn du wieder zu Hause bist, schraub deine Ansprüche auf ein Level herunter, auf dem Ronnie mitspielen kann.

Ronnie schaute jeweils am späten Nachmittag für ein paar Minuten vorbei. In der Zeit ließ er sich im Laden entweder von Klaus oder von dem Oberschüler vertreten, der eingesprungen war, als wir das Aufgebot bestellt hatten. Dann bewunderte Ronnie das winzige Geschöpf im Babybettchen, in meinem oder Carinas Arm, machte unzählige Fotos mit dem Handy und schmachtete: »Sie ist so süß, zum Wegschmelzen.«

Aber Josie selber halten wollte er nicht, weil er Arbeitsklamotten trug und Klara ihm von der Kittelpflicht erzählt hatte. Die Zeit, nach einem Kittel zu fragen, hatte er nicht. Wenn er genug Fotos gemacht hatte, hieß es: »Ich muss wieder los, Schätzchen. Und du weißt ja, dass ich heute Abend nicht kommen kann. So eine Renovierung macht mehr Arbeit, als ich gedacht habe.« Meist kündigte er auch noch an: »Du wirst Augen machen, wenn du die Wohnung siehst, die erkennst du nicht mehr wieder.«

Das hoffte ich stark. Deshalb sah ich ihm auch noch nach, dass er es vor lauter Arbeit nicht einrichten konnte, Frau und Tochter aus der Klinik abzuholen. Carina übernahm auch diese Tour, ausnahmsweise im BMW.

Klaus hatte den Wagentausch empfohlen, um die Anschaffung einer zweiten Babyschale für den Polo zu vermeiden. Als absoluter Laie in Sachen Kinder hatte Klaus keine Ahnung, dass die Schale sich problemlos von einem Auto ins andere setzen ließ. Die Befestigungsmöglichkeiten waren auch im Polo vorhanden, worauf ihn jedoch niemand hinwies. Die Chance, einmal den BMW zu fahren, ließ Carina sich nicht entgehen.

Sie wunderte sich, dass Klaus nicht im Krankenhaus gewesen war. »Er hat jeden Abend nach dir gefragt«, erzählte sie. Woraus ich schloss, dass Klaus jeden Abend in Schuberts Restaurant speiste. Darüber hinaus hatte er die komplette Babyausstattung bei Olga und Tobias abgeholt und in die Wohnung geschafft, damit ich Josie bei der Ankunft nicht auf dem Futon oder auf Hellas Totenbett ablegen musste.

Alles, was man sonst noch brauchte, um einen Säugling zu versorgen, hatte Carina organisiert und im Auto, als sie uns abholte. Auf die Wohnung war sie ebenso gespannt wie ich. Während der Fahrt sagte sie noch: »Hoffentlich hat Ronnie ordentlich abgeklebt, die Gardinen abgenommen und den Teppich aufgerollt. Ich habe ihm extra gesagt, er soll bloß aufpassen.«

Ronnie hatte nicht aufgepasst. Schon auf der grau-roten Treppe entdeckten wir die ersten wässrigen Farbflecke. Es sah aus, als hätte Ronnie einen nur nachlässig aus- oder abgewaschenen und noch tropfenden Gegenstand nach unten getragen.

»Das hätte er aber aufwischen können«, kommentierte Carina. Sie trug die Babyschale mit der schlummernden Josie und ihre Einkäufe fürs Baby. Ich kam mit meiner kleinen Reisetasche und einer Tüte voll frischer Lebensmittel hinterher und horchte angestrengt nach unten. Klaras Türen waren wie üblich geschlossen, zu hören war nicht der geringste Laut.

Auf dem oberen Flurboden bemerkten wir weitere Farbflecke. Die zum Dachboden führende Treppe sah so ähnlich aus, weil Ronnie die Flurwände bis ganz nach oben gestrichen hatte. Und mehr hatte er in keinem Zimmer getan. Er hatte sich nicht mal die Mühe gemacht, Schränke von den Wänden zu rücken und die alten Tapeten herunterzureißen. Natürlich hatte er auch keine neuen Tapeten geklebt, nur die vorhandenen überstrichen. Der Farbton war hellgelb, wie man auf den Fußböden und seitlich an den Schränken erkannte. An den Wänden wirkte die Farbe scheckig und fleckig, stellenweise richtig schmutzig.

Ich spürte mein Herz vor Enttäuschung in dumpfen Schlägen pochen und hatte Mühe, nicht in Tränen auszubrechen. Vielleicht hätte Carina mich wieder eine verwöhnte Zicke genannt. Bisher hatte sie doch immer Entschuldigungen für Ronnie gefunden, diesmal allerdings nicht.

»Was hat er sich denn dabei gedacht?«, fragte sie kopfschüttelnd und erklärte: »Da muss er aber noch mal richtig ran.«

Damit stellte sie die Tüten im Flur ab, trug die Babyschale ins Schlafzimmer, befreite Josie aus dem Ding, zog ihr Mützchen und Jäckchen aus, bettete mein Baby unter liebevollem Gemurmel in die Wiege und erkundigte sich: »Kommst du alleine klar mit ihr, oder soll ich Klaus vorbeischicken?«

Das war der berüchtigte Tropfen, der ein Fass zum Überlaufen bringt. Ronnie war nicht greifbar, also ließ ich meinen Frust und die maßlose neue Enttäuschung an meiner Freundin aus.

»Klaus?«, wiederholte ich. »Wechselt der ebenso gerne Windeln wie du? Oder hast du ihm erzählt, dass es nicht so richtig klappt mit dem Stillen, und er würde mir gerne zeigen, wie das schmerzfrei zu bewerkstelligen ist? Was denkst du dir eigentlich? Im Krankenhaus bin ich auch alleine mit Josie klargekommen, wenn du nicht da warst.«

»Da war aber immer eine Schwester in der Nähe«, sagte Carina.

»Traust du mir nicht zu, dass ich mein Kind versorgen kann?«

»Doch«, beteuerte Carina eilig. »Aber ehe du Josie versorgen kannst, ist noch einiges zu erledigen. Flaschen, Sauger und Pumpe, das muss alles sterilisiert werden. Und ich dachte, vielleicht fühlst du dich noch nicht so gut, es ist ja erst drei Tage her.«

»Aber es war doch ein Kinderspiel, hast du selber gesagt«, fuhr ich sie an.

»Jetzt bist du wieder beleidigt«, stellte Carina fest und seufzte. »Sei doch nicht immer gleich eingeschnappt. So hab ich das doch gar nicht gemeint.« Mit den nächsten Sätzen gab sie meinem nach der Geburt durcheinandergeratenen Hormonhaushalt die Schuld und kam dann endlich zum Kern ihrer Befürchtung. »Ich dachte nur, was machst du, wenn deine Schwiegermutter heraufkommt und Josie einfach nimmt, wie sie es im Krankenhaus getan hat?«

»Da müsste sie mir Josie aus dem Arm reißen«, sagte ich. »Das kann sie gerne probieren, dann macht sie Bekanntschaft mit meinem Knie. Ins Schlafzimmer geht Klara nicht.«

»Bist du sicher?« Carina war skeptisch. Aber länger bleiben, um mein Kind notfalls eigenhändig gegen die Irre aus dem Erdgeschoss zu verteidigen und das Abendessen vorzubereiten, konnte sie nicht. Sie musste Ronnie den BMW zurückbringen und anschließend mit dem armen Jens Fleisch fürs Restaurant kaufen.

Ich begleitete sie zur Haustür, wie ich es jedes Mal tat, schaute dem Polo nach und horchte wieder so angestrengt zu den Türen rechts und links, dass ich den Kühlschrank in Klaras Küche summen hörte, sonst jedoch keinen Ton. Dass Klara nicht da sein sollte, konnte ich mir nicht vorstellen. Es sei denn, Ronnie hätte ihr verschwiegen, wann Frau und Tochter nach Hause kamen. Von Josies Geburt hatte er ihr ja auch nichts gesagt.

Nachdem der Polo an der Ecke abgebogen war, ging ich zurück zur Treppe. Ich wollte Ronnie anrufen, aber nicht, um mich über den neuen Look der Wohnung auszulassen. So etwas macht man nicht am Telefon, wenn man auf hundertachtzig ist. Ich wollte mich nur nach Klaras Wissensstand erkundigen und fragen, wann Ronnie heimkäme, damit ich mich auf die Auseinandersetzung vorbereiten konnte.

Mein Handy steckte in der Reisetasche, die ich zusammen mit der Lebensmitteltüte am Treppengeländer auf dem oberen Flur abgestellt hatte. Als ich auf halber Höhe war, schlug im Hausflur die Klingel zweimal an. Ich glaubte, Carina käme zurück, weil sie vergessen hatte, mir zu erklären, unter welchem Stichwort ich mich bei *Chefkoch.de* in die Zubereitung des Abendessens einlesen könnte. In den drei letzten Wochen hatte sie jeden Tag mit mir kochen geübt und mich mehrfach auf diese Internetseite verwiesen. Aber jetzt stand mir der Kopf nicht nach Rezepten. Ich hatte nicht vor, Ronnie mit einer delikaten

Mahlzeit zu empfangen. Ich lief trotzdem wieder nach unten, riss die Tür auf und stand meinem Vater gegenüber. Einen ungünstigeren Moment hätte Papa sich gar nicht aussuchen können.

Helfende Hände

Bis dahin hatte noch kein Mitglied meiner Familie einen Fuß in mein neues Domizil gesetzt. Ich glaube, meine Mutter wäre eher freiwillig in einen rostigen Nagel getreten, als ohne ausdrückliche Einladung bei mir zu erscheinen. Sie hatte meine Entscheidung zur Hochzeit noch nicht verwunden.

Papa war, wie ich kurz darauf hörte, seit meiner Hochzeit schon dreimal an der Haustür gewesen, hatte wie empfohlen den Klingelknopf betätigt, natürlich vergebens. Zweimal war es ihm gelungen, unbemerkt wieder zu verschwinden. Beim dritten Mal hatte Onkel Fritz im Wohnzimmerfenster des Eckhauses gehangen. Da hing er immer, wenn ihn die Langeweile plagte, was oft der Fall war. Notgedrungen war Papa hinübergegangen und hatte von Tante Annemie gehört, ich sei mit Carina unterwegs.

»Die sind jeden Tag auf Achse und geben das Geld aus, das sie zur Hochzeit geschenkt bekommen haben«, hatte meine Tante behauptet. »Fritz sieht sie regelmäßig vorbeifahren. Wenn sie zurückkommen, ist die Dicke immer bepackt wie ein Maulesel, Sandra trägt nur ihr Bäuchlein und das Handtäschchen. Was ihre Freundin da schon alles reingeschleppt hat, ich frag mich, wo sie das unterbringen. Rausgetragen hat nämlich noch keiner was.«

Es geht doch nichts über aufmerksame Verwandte in unmittelbarer Nachbarschaft. Papa war jedenfalls vorgewarnt. Trotzdem hatte er Mühe, sein Erschrecken und all die anderen Gefühle unter Verschluss zu halten.

Unter dem Vorwand, die frischen Lebensmittel verstauen zu müssen, führte ich ihn in die Küche. Dort waren Schränke und Fußboden nicht so versaut wie in Wohn- und Schlafzimmer oder auf dem Flur. Herd und Spüle hatten wohl einige Farbtupfer und Spritzer abbekommen, die hatte Ronnie weggewischt. Man sah nur noch Schlieren und Streifen. Eckbank, Tisch und die beiden Stühle hatte er anscheinend mit irgendwas abgedeckt. Doch das war nicht der Grund, weshalb ich Ronnie plötzlich verteidigte. Es wäre weit schlimmer gewesen zuzugeben, dass absolut nichts so war, wie er es mir versprochen und ich es erwartet hatte.

Während ich die Einkäufe auf Kühlschrank und einen Hängeschrank verteilte und mein Vater sich in der Trostlosigkeit umschaute, sagte ich: »Ein Meister im Renovieren ist Ronnie nicht. Dafür versteht er eine Menge von Elektrogeräten. Und kein Mensch kann alles können.«

»Nein«, stimmte Papa zu. »Aber warum hat er nichts gesagt? Oder du? Du hättest auch etwas sagen können. Ich habe früher oft tapeziert. Wollen wir wetten, dass ich es noch kann? So etwas verlernt man nicht. Und zeitlich kann ich das einrichten.«

In der Praxis arbeitete er inzwischen nur noch stundenweise nach Vereinbarung. Er betreute noch ein paar von den Patienten, die seit mehr als dreißig Jahren bei ihm in Behandlung waren und nicht wechseln mochten.

Sein Blick fand von den scheckigen Wänden zu meinen Händen und blieb an dem zweiten Ring hängen, den er schon im Krankenhaus ausgiebig betrachtet hatte. Da hatte er mich wohl nur nicht darauf ansprechen mögen, um Mama keine Munition für einen weiteren Vortrag in Sachen Vernunft zu liefern.

Dass vom Hochzeitsgeld keine großartigen Anschaffungen für den Haushalt gemacht worden waren, wie Tante Annemie behauptet hatte, war offensichtlich. Papa konnte sich denken, wohin dieses Geld geflossen war. Er ging nicht davon aus, dass ich mir den zweiten Ring selbst gekauft hätte, wertete das Schmuckstück vielmehr als einen Beweis für Ronnies Liebe. Obwohl es unvernünftig und er entschlossen war, diesbezüglich noch ein ernstes Wort mit mir zu reden, rührte es ihn.

Weil ich auf sein Hilfsangebot nicht reagierte, fragte er noch einmal direkt: »Soll ich euch mit der Renovierung helfen, oder wollt ihr das jetzt so lassen?«

»Nein«, sagte ich rasch und faltete gewissenhaft die leere Tüte, um ihn nicht anschauen zu müssen. Meinen Vater konnte ich nie gut belügen. »Wir wollen richtig tapezieren und streichen, bevor die neuen Möbel kommen. Vorher muss der alte Kram sowieso raus, dann sind die Wände frei. – Magst du einen Kaffee, Papa? Ich wollte mir gerade einen aufbrühen und eine Kleinigkeit essen. Ich habe Brötchen besorgt und leckeren Käse.«

»Und wann kommen die neuen Möbel?«, fragte er, auf mein Ausweichmanöver ging er nicht sofort ein.

Ich zuckte mit den Achseln und schwindelte weiter: »Die haben Lieferschwierigkeiten. Aber wir bekommen rechtzeitig Bescheid.«

»Das ist ja wohl das Mindeste«, sagte er, als glaube er mir jedes Wort. »Einen Kaffee nehme ich gerne, auch ein leckeres Brötchen mit Käse, wenn du eins übrig hast.«

Als der Kaffee durchgelaufen und die Brötchen mit Käse belegt waren, wechselten wir ins Wohnzimmer. Couch und Sessel waren sauber dank der Überwürfe, die Carina gekauft hatte. Die hatte Ronnie vor dem Streichen nur abnehmen und danach wieder drüberlegen müssen.

Papa setzte sich ohne Scheu auf die Couch und sprach aus, was ihm zu Liebe und Unvernunft einfiel. Damit ich es nicht als Kritik an meiner Person auffasste, schloss er mit den Worten: »Versteh mich nicht falsch. Als ich so alt war wie Ronnie, habe ich auch Geld ausgegeben für Dinge, die nicht notwendig waren, mit denen ich deiner Mutter nur eine Freude machen wollte. Sie war immer die Vernünftige von uns beiden und hat mir das schnell abgewöhnt.«

Ehe ich darauf etwas erwidern konnte, hakte er das Thema ab, betrachtete die mit Büchern vollgestopften offenen Schrankfächer, im Wohnzimmer hatten wir noch nicht mit Ausmisten angefangen, und stellte fest: »Hier hatte aber einer sehr viel Zeit.«

»Die sind alle von Ronnies Tante«, ging ich erleichtert auf den Wechsel ein. »Im Schrank sind noch viel mehr.«

Ich füllte endlich die Tassen, setzte mich in den Sessel, den ich seit meinem Einzug benutzte, und nahm mein Käsebrötchen vom Teller. Papa griff nach seiner Tasse und tat so, als bemerke er es erst jetzt. »Das ist aber nicht das Geschirr, das du von Oma bekommen hast, oder?«

»Der Karton ist Klaus leider vom Tisch gefallen, als er ihn abstellen wollte«, bot ich ihm dieselbe Lüge, die Klaus mir geboten hatte. »Da ist nichts heil geblieben. Aber ehrlich gesagt gefällt mir das hier besser.«

»Kann ich verstehen«, sagte Papa schmunzelnd, betrachtete die scheckige Wand neben und über dem Schrank, ließ die Augen zur Fensterfront wandern und überschlug wohl im Geist, wie viele Tapetenrollen man für dieses Zimmer brauchte.

Nebenan setzte verhaltenes Quengeln ein. Ich sprang auf. »Da hat noch jemand Hunger.« Im nächsten Moment fiel mir ein: »Mist, ich habe die Sachen noch gar nicht sterilisiert. Magst du Josie halten? Dann mache ich das schnell mit kochendem Wasser.«

»Sicher«, sagte er, folgte mir ins Schlafzimmer, nahm auch dort mit den Augen Maß und ließ sich Josie in den Arm legen.

Papa blieb, bis mein kleiner Schatz wieder satt, trocken und zufrieden in der Wiege lag. Dann verabschiedete er sich mit den Worten: »Wenn ich euch helfen soll, wäre es mir lieber, wenn ich renovieren könnte, bevor ihr Bescheid bekommt, wann die

Möbel geliefert werden. Dann müsste es hopplahopp gehen. Jetzt wäre Zeit genug. Ich habe in den nächsten Wochen keine Termine, die ich nicht verschieben könnte.«

»Da hast du wohl recht«, pflichtete ich ihm bei. »Ich rede gleich mit Ronnie und sag dir morgen Bescheid.«

Ronnie kam zur Feier des Tages etwas früher als sonst nach Hause. Vermutlich erwartete er, mit einem langen Kuss empfangen zu werden und einen kurzen Blick auf seine schlafende Prinzessin werfen zu können, ehe ich ihn mit einem ähnlichen Menü wie am Tag nach der Hochzeit für seine Renovierungsmühe belohnte. Verständlicherweise war er nicht begeistert, dass ich keine Anstalten machte, ihn zu küssen, dass ich sogar seinen Kuss verschmähte und statt Abendessen die Themen ordentliche Renovierung und neue Möbel auf den Tisch brachte.

»Warum sollen wir denn noch mal Chaos machen, Schätzchen?«, fragte er. »Jetzt haben wir es doch gemütlich.«

»Was ist denn hier gemütlich?«, brauste ich auf. »Hier sieht es schlimmer aus als vorher. Ich habe mich entsetzlich geschämt, als mein Vater kam. Du brauchst auch nicht noch mal zu renovieren. Mein Vater wird es übernehmen, er kann das. Du brauchst mir nur das Geld für neue Tapeten und Möbel zu geben.«

Daraufhin wurde auch Ronnie laut: »Geld! Geld! Geld! Immer nur Geld! Was anderes hast du nicht im Kopf. Wo soll ich denn das ganze Geld hernehmen? Seit Klaus nicht mehr in den Osten fährt, haben wir einen saftigen Umsatzrückgang.«

Das brachte mich vorübergehend vom Thema ab. »Warum fährt er denn nicht mehr dahin?«

»Er hatte Ärger in Bulgarien«, sagte Ronnie.

Welche Art von Ärger, mit wem und aus welchem Grund, erfuhr ich nicht. Ronnie ereiferte sich weiter über meine Geldgier, von der er sich, wie er mich wissen ließ, schon seit geraumer Zeit überfordert fühlte.

»Warum hast du denn nicht längst etwas gesagt?«, fragte ich. »Du hast mal angekündigt, Bescheid zu geben, wenn ich zu gierig werde. Aber bisher, finde ich, war ich das nicht.«

»Bloß nicht«, blaffte Ronnie. »Wenn Klaus uns nicht die ganze Zeit unterstützt hätte, hätte ich nicht gewusst, wovon ich das alles bezahlen soll.«

»Was denn alles?«, fragte ich.

»Na, die Trauringe, dein Brautkleid, die Feier bei Schuberts und das alles hier.« Beim letzten Wort zeigte er mit einer weit ausholenden Geste durchs Wohnzimmer, das ihn abgesehen von der schmierigen Wandfarbe exakt zweihundert Euro gekostet hatte.

Je achtzehn Euro für die Gardinen vor den Fenstern und zweiundvierzig für beide Übergardinen, die als Ersatz für die fehlenden Rollläden dienten. Neunundfünfzig für den Teppich, achtunddreißig für die Überwürfe von Couch und Sesseln, zehn für einen Tischläufer und eine kleine Keramikschale als Deko, sieben für die Pflänzchen auf den Fensterbänken. Die beiden Zierkissen auf der Couch hatten Carina und ich für vier Euro das Stück bei *Roller* erstanden, weil wir die acht Euro eben noch übrig hatten. Ronnie konnte sich wirklich nicht beklagen und durfte auch nicht behaupten, ich hätte das Geld zum Fenster hinausgeworfen.

»Okay«, sagte ich und schluckte die Tränen hinunter. Klaus und dessen Ärger in Bulgarien interessierten mich nicht länger. Dafür war der Schock viel zu groß. »Du bist also pleite. Schön, dass ich das auch schon erfahre.«

Für das, was sonst noch zu sagen war, hatte mein Vater mir die Stichworte vorgegeben. »Dann hättest du mir nach der Hochzeit aber besser nicht noch einen Ring gekauft. Für das, was der gekostet hat, hätten wir garantiert nicht bloß neue Tapeten, sondern auch etwas Ordentliches für die Fußböden bekommen. Für solche Dinge war das Geld eigentlich gedacht. Und noch was, ich habe dir vor unserer Hochzeit keinen Cent abverlangt, du hast mir dein Geld immer freiwillig gegeben. Manchmal hast du es mir regelrecht aufgedrängt. Du hast vor meinen Eltern damit geprahlt, dass du mein Brautkleid und die Feier bei Schuberts bezahlst. Du hast mir eine schicke Wohnung mit neuen Möbeln versprochen. Wenn das hier so bleiben soll …«, ich machte ebenfalls eine raumumfassende Geste, ehe ich den Satz zu Ende brachte, »… bleibe ich nicht. Ich garantiere dir, wenn ich meinen Vater anrufe, steht der zehn Minuten später unten vor der Tür. Wenn ich es dringend mache, schafft er es wahrscheinlich in sieben Minuten.«

Ronnie atmete vernehmlich durch und lenkte ein: »Okay«, sagte er ebenfalls. »Du bekommst neue Tapeten, du bekommst auch neue Möbel. Aber es geht nicht alles auf einmal, und es muss im Rahmen bleiben. Einverstanden?«

Danach gab er sich die größte Mühe, mich wieder zu versöhnen. Er fuhr zu McDonald's und besorgte das Abendessen. Nachdem wir gegessen hatten, schob er die Wiege mit der schlafenden Josie ins Wohnzimmer. Damit das Baby nicht aufwachte und seine Eltern daran hinderte, noch einmal *Neuneinhalb Wochen* zu spielen. Dabei führte Ronnie mich nicht ins Schlafzimmer. Er platzierte mich auf die Treppe zum Speicher, um mir eine Abwechslung zu bieten und nicht wieder das Bett zu versauen. Eine Treppenszene hatte es im Film auch gegeben. Statt Honig nahm er die Trauben, die Carina gekauft hatte, sowie die Sprühsahne.

Dass ich so kurz nach der Geburt noch keinen Verkehr haben durfte, störte ihn nicht. Man müsse nicht immer aufs Ganze gehen, meinte er, könne auch auf andere Weise zum Ziel kommen. Bequem fand ich es nicht. Mir tat tags darauf noch der Rücken weh. Doch das wurde schnell nebensächlich.

Sommernachtsalbtraum

August 2018

Von einer Verschnaufpause konnte bald nicht mehr die Rede sein. Es dauerte nur eine Weile, ehe mir auffiel, dass sein Atem ganz leicht und gleichmäßig ging. Er war eingeschlafen, was mir aber nicht half, von ihm wegzukommen. Er lag seitlich, fast auf dem Bauch, mit dem Kopf so nahe an meiner Schulter, dass seine Atemzüge meine Haut mit einem Hauch von Feuchtigkeit benetzten. Sein rechtes Bein war ausgestreckt, das linke angewinkelt. Das Knie drückte unangenehm hart gegen meine Hüfte. Seinen rechten Arm spürte ich nicht, den hatte er nach hinten geschoben, um bequem zu liegen. Der linke lag quer über meiner Taille und nagelte mich aufs Laken.

Ich wäre gerne wenigstens ein Stück von ihm abgerückt, weil seine verschwitzte Haut sich klebrig anfühlte. Das riskierte ich nicht. Noch weniger wagte ich es, seinen Arm anzuheben und zur Seite zu schieben, um aufzustehen, nach nebenan zu schleichen und mich zu vergewissern, dass Josie sich tatsächlich nur in den Schlaf geweint hatte und nicht ernsthaft verletzt war.

Er hatte das mit einer Sicherheit behauptet, als könnte es gar nicht anders sein. Und er wusste ja wohl am besten, was er mit Josie gemacht hatte. Dass ich Blut auf dem Laken gesehen hatte, musste nicht gleich das Schlimmste bedeuten. Es war wirklich nicht viel Blut gewesen, nur ein Schmierstreifen.

Vielleicht hatte er Josie einen Schlag mit der flachen Hand ins Gesicht versetzt. Wenn sie auf die Weise aus dem Schlaf gerissen worden wäre, hätte sie auch losgebrüllt wie aufgespießt. Und das umso schriller und hysterischer, wenn sie ihn mit schwingendem Gürtel und hochgereckter Faust neben ihrem Bettchen hätte stehen sehen. Ein bisschen Nasenbluten reichte doch eigentlich schon, um ein Laken zu beschmieren, eine Mutter in Panik zu versetzen und gefügig zu machen.

An dem Gedanken hielt ich mich fest. Wie hätte er seelenruhig neben mir einschlafen können, wenn er Josie so schwer verletzt hätte, dass sie in eine lebensbedrohliche Situation geraten, vielleicht gestorben wäre, weil sie nicht schnell genug Hilfe bekam? Da musste er doch davon ausgehen, dass ich ihm die Polizei auf den Hals hetzte, sobald ich die Gelegenheit bekam, dachte ich. Aber wie bereits mehrfach gesagt, wenn ich schon mal dachte …

Voraussetzung wäre ja gewesen, dass ich noch die Gelegenheit bekäme, mit der Polizei zu reden. Das wurde mir allerdings erst später klar.

Ich riskierte es nicht durchzuatmen. Vielleicht hätte er es gespürt und wäre aufgewacht. Obwohl meine Lungen nach der vorangegangenen Tortur nach Sauerstoff gierten, ließ ich die Luft nur ganz sachte durch die geöffneten Lippen herein- und wieder herausströmen. Und während ich mich darauf konzentrierte, das Zwerchfell nicht einzubeziehen und kein Geräusch zu verursachen, kam mir der zerfledderte Roman in den Sinn, aus dem ich Oma Finchen in ihren letzten Lebenswochen vorgelesen hatte. Großvater hatte ihn in jungen Jahren aus einer Leihbücherei geholt und nie zurückgebracht.

Die Nacht mit dem Teufel.

Es gibt auch einen französischen Spielfilm mit demselben Titel. Doch damit hatte der Roman nichts zu tun. Über den Inhalt weiß ich nicht mehr viel, nur dass es um einen Verbrecher in einem Flugzeug ging, aber nicht um eine Flugzeugentführung. Es war eine Flucht, glaube ich. Es gab keine Parallelen zu der Situation, in der ich mich befand. Trotzdem schien mir der Titel so passend wie mit seinem Schweiß auf meine Haut gedruckt.

Ich fragte mich, was die Säuglingsschwester aus dem Sankt-Katharinen-Hospital wohl von mir denken würde, sollte sie je erfahren, dass ich nichts weiter tat, als reglos neben ihm zu liegen, nach nebenan zu horchen, mir inständig zu wünschen, ein

Lebenszeichen von Josie zu hören, und gleichzeitig zu hoffen, dass es still blieb, bis es für ihn Zeit wurde zu verschwinden.

Es wäre meine Pflicht gewesen, mich zu überzeugen, dass mein Kind nicht ernsthaft Schaden genommen hatte. Die Säuglingsschwester hätte das vermutlich getan an meiner Stelle, weil Josie ihr wichtiger gewesen wäre als das eigene Leben. Wobei mein Leben nicht in Gefahr schien. Mir drohte nur, noch einmal bestiegen oder mit Thors Hammer gefüttert zu werden und an meinem Ekel zu ersticken.

Szenen einer Ehe

Carina erzählte am Tag nach unserer *Versöhnung* auf der Treppe wieder vom armen Jens und seiner überkandidelten Schickimickizicke. »Stell dir vor, jetzt hat die sich ein Klavier gekauft, nur weil das toll aussieht im Wohnzimmer, spielen kann sie nicht. Die ist total durchgeknallt. Wenn Jens von ihr spricht, muss ich immer an deine Schwiegermutter denken. Hat die sich gestern noch blicken lassen?«

Nein, Klara war verreist, sie brauchte Abstand. Um die Zurückweisung nach der Geburt ihres Enkelkindes zu verarbeiten, war sie zu ihrem Bruder nach Trier gefahren, hatte ich von Ronnie gehört, als wir zu Bett gegangen waren. Sonst hätte er sich wohl auch kaum getraut, mich auf der Treppe zu vernaschen.

Bis dahin hatte ich nicht gewusst, dass Klara noch einen Bruder hatte. Oma Finchen wusste davon auch nichts, wie sich bei einem kurzen Telefongespräch am frühen Vormittag herausgestellt hatte. »Wahrscheinlich handelt es sich bei dem angeblichen Bruder in Wahrheit um den Schwager«, vermutete meine Mutter. »Wenn Klara wieder mit Otto ins Bett steigt, wird sie das kaum offen zugeben, wo sie deswegen zweimal in der

Klapse war. Aber das ist zwanzig Jahre her. Wenn einen der Hafer sticht, vergisst man solche Unannehmlichkeiten.«

Ob nun Bruder oder Schwager, war für mich nebensächlich. Während Carina Josie das Fläschchen gab, kam ich auf Ronnies prekäre Situation zu sprechen und wies darauf hin, dass ich mich mit Einkäufen ab sofort auf den Discounter beschränken musste, weil ich mir die teureren Sachen aus dem von Carina bevorzugten Supermarkt nicht mehr leisten konnte.

Doch das hätte ich gar nicht betonen müssen. Die Lage war Carina bekannt. Klaus war schließlich seit meiner Hochzeit Stammgast im Restaurant. Er musste folglich nicht knausern, hatte sich jedoch vorsorglich bei Carina nach meinen weiteren Einrichtungsplänen erkundigt und in dem Zusammenhang kundgetan, wie die Dinge standen.

Dass er Informatik studiert hatte und maßgeschneiderte Betriebsprogramme schrieb, hatte er Carina ja bereits zu Anfang bei unserem Ausflug zu viert erzählt. Inzwischen wusste sie auch, dass Klaus diese Programme hauptsächlich in Osteuropa verkauft hatte, weil einheimische Geschäftsleute zurückzuckten, wenn sie hörten, was ein auf ihre Bedürfnisse abgestimmtes Programm kostete. Die Leute im Osten waren anscheinend aufgeschlossener. Und speziell die Russen verfügten über genug Geld, um Klaus für seine Dienste angemessen zu entlohnen.

Zwar baute Ronnie hin und wieder auch einen Computer für Einheimische zusammen. Aber was er seit der Eröffnung mit dem Zweite-Hand-Laden zum Umsatz beigesteuert habe, seien Peanuts, hatte Klaus verlauten lassen und die Instandsetzung sowie den Verkauf von gebrauchten Toastern, Verstärkern, Eierkochern und dergleichen als Beschäftigungstherapie bezeichnet, damit Ronnie nicht durchdrehte, wenn er untätig im Laden saß.

»Für solche Reparaturen ist Ronnie als Kind oft gelobt worden«, dozierte Carina, als hätte sie ein Psychologiestudium absolviert. »Daraus bezieht er heute noch sein Selbstwertgefühl.

Das darf man ihm auch nicht wegnehmen, obwohl er nichts damit verdient. Aber der Wert eines Menschen bemisst sich ja nicht an seinem Einkommen.«

Dass diese Erkenntnis in ihr gereift sein sollte, glaubte ich weniger. Ich vermutete, dass Klaus es genauso ausgedrückt und um Weiterleitung gebeten hatte, um Schönwetter für seinen Freund zu machen. Darauf angesprochen, gab Carina das sogar zu. Und noch einiges mehr. Schon vor Wochen hatte Klaus sie gebeten, Einfluss auf mich zu nehmen, damit ich meine Ansprüche herunterschraubte. Was Carina über den Umweg der Schickimickizicke des lieben Jens versucht hatte.

Nun erklärte sie: »Klaus sagte, Ronnie hat immer von einer eigenen Familie geträumt und tut, was er kann. Das reicht nur nicht, wenn man so hohe Erwartungen hat wie du. Er hätte dich zu Anfang gewarnt, sagte Klaus, und er hätte dich für klüger gehalten.«

Ich fasste es nicht. Wenn Klaus sie schon vor Wochen eingeweiht hatte ... »Warum sagst du mir das jetzt erst?«, fragte ich.

Carina zuckte unbehaglich mit den Achseln. Mit der Antwort ließ sie sich Zeit, stellte zuerst die leere Flasche auf den Tisch, legte sich ein Spucktuch über und Josie gegen die Schulter, tätschelte ihr behutsam den Rücken. Dabei fragte sie ihrerseits: »Hätte ich es dir zwei Tage nach eurer Hochzeit sagen sollen? Da warst du am Boden zerstört. Ich hätte alles nur schlimmer gemacht. Klaus hat versprochen, euch zu helfen. Das hat er getan und wird es weiter tun, da bin ich sicher.«

»Wovon denn? Wenn der Osthandel zusammengebrochen ist, hat er doch selbst keine Einkünfte mehr. Ich verstehe nur nicht, wie ihm Ärger in Bulgarien die Geschäfte mit Russen verderben konnte. Was ist denn da passiert?«

Das wusste Carina nicht. Klaus hatte sich nicht detailliert über seine Probleme ausgelassen, die Situation nur grob umrissen und angekündigt, sich etwas Neues aufzubauen.

»Heißt das, er will sich aus dem Geschäft zurückziehen und Ronnie mit dem Mist alleine lassen?«, fragte ich.

Josie machte brav ihr Bäuerchen. Carina nahm mein Baby wieder in den Arm und sagte. »Klaus hält es für besser, den Laden zu schließen. Die Unkosten wären zu hoch, sagte er. Pacht, Strom, Versicherungen, Leasingraten und so. Da bleibt zum Leben kaum etwas übrig. Bisher hat er immer zugebuttert. Jetzt muss er die Finger zusammenhalten. Er hat zwar Rücklagen, aber …«

Die brauchte Klaus nun selbst, bis das, was er sich Neues aufbauen wollte, seinen gewohnten Lebensstil trug. Er war jedenfalls nicht bereit, mit einer größeren Summe zu helfen, damit ich eine Wohnungseinrichtung nach meinem Geschmack bekam.

Ich hasste Klaus in dem Moment. Und ich hasste mich, weil Klaus meine Situation nicht zu verantworten hatte und nicht dafür zuständig war, meine Lage zu ändern. Ich hatte nicht ihn geheiratet, sondern einen Blender, der alles Mögliche kopieren und reparieren konnte, damit nur leider nicht genug verdiente, um ein gemütliches Nest für seine Familie zu bauen.

In den Tagen danach stritten Ronnie und ich in jeder Minute, die wir zusammen waren, also spätabends und am frühen Morgen, zweimal auch mitten in der Nacht. Ehe wir ins Bett gingen, wurde Josie nach nebenan geschoben. Ronnie wollte nachts seine Ruhe haben. Ich hörte mein Baby trotzdem. Wenn Josie zwischen zwei und drei Uhr zu quengeln begann, holte ich sie und legte sie zu Ronnie auf den Futon, damit er ebenfalls etwas davon hatte.

Dann machte ich schnell eine Flasche fertig. Die gab ich Josie im Schlafzimmer, meckerte und schimpfte die ganze Zeit, während Josie trank und mich ansah. Sie schaute mir beim Trinken immer unverwandt ins Gesicht. Nicht nur mir, wenn Carina sie fütterte, schaute sie Carina an. Aber bei Carina ließ sie sich Zeit mit dem Fläschchen, machte ein Päuschen nach der ersten Hälfte, nuckelte genießerisch den Rest. Bei mir trank sie jedes Mal hastig, als wolle sie sich keine Sekunde länger als unbedingt nötig anhören, wie ich ihren Vater zur Schnecke machte.

Morgens wachte Josie meist zur selben Zeit auf wie Ronnie. Dann wiederholte sich das Spiel, er musste das Baby halten, während ich die erste Mahlzeit zubereitete. Wenn Ronnie anschließend ins Bad schlurfte, folgte ich ihm mit Josie im Arm und dem Fläschchen in der Hand. Und wenn er abends heimkam, gab ich die dritte Vorstellung von: »Wer hat Angst vor Sandra Renner?«

Dass ich kämpfen gelernt hätte, will ich nicht behaupten. Ich konnte nur zetern und lamentieren wie meine Mutter, wenn ihr etwas nicht passte. Dass Ronnie überhaupt noch heimkam, war vermutlich reine Gewohnheit.

Den Laden zu schließen, was Klaus für die beste Lösung hielt, lehnte Ronnie rundweg ab. »Das ist meine Existenz, verdammt! Eine andere habe ich nicht. Was soll ich denn machen? Ich habe doch nichts anderes gelernt.«

»Du hast überhaupt nichts gelernt«, erinnerte ich ihn.

»Ich kann aber eine Menge«, konterte er. »Wer hat denn die ganzen Kisten zusammengebaut, die Klaus ausgeliefert hat? Die sind nicht alle in den Osten gegangen. Wenn er nicht mehr mitmachen will, soll er es lassen. Für einen allein reicht das, was der Laden abwirft.«

»Du bist aber nicht allein«, erinnerte ich ihn. »Wir sind zu dritt. Weißt du, was das Baby kostet?«

»Klar weiß ich das«, erwiderte er. »Ich hab Carina das Geld gegeben, um für Josie einzukaufen.«

»Das klingt, als hättest du sie fürs Leben eingedeckt. Eine Packung Milchpulver und ein Paket Windeln reichen aber nur für eine Woche.«

»Wenn du sie richtig stillen würdest, wäre es billiger.«

»Ich tu, was ich kann«, sagte ich. »Aber ich bin keine Milchkuh.«

»Wir bekommen Kindergeld, das wird wohl für den Monat reichen«, meinte Ronnie.

»Vom Kindergeld müssen wir die Krankenversicherung bezahlen. Oder soll mein Vater jetzt für uns beide aufkommen? Für mich zahlt er immer noch.«

»Und ich frag mich die ganze Zeit, warum«, sagte Ronnie. »Er ist Zahnarzt, dein ältester Bruder auch, der andere ist Internist. Wozu brauchst du eine Versicherung?«

»Für das Krankenhaus zum Beispiel«, belehrte ich ihn. »Meinst du, eine Entbindung und drei Tage Aufenthalt gäbe es zum Kind gratis dazu?«

»Du hättest ja nicht drei Tage da liegen müssen. Dir ging es doch gut.«

»Hätte ich dir beim Renovieren auf die Finger hauen sollen?«

»Ja, ja«, brummte er, was natürlich anders gemeint war. »Ich hab schon mit dem Versicherungsfritzen gesprochen. Die Privaten bieten keine Familienversicherung an, aber das geht schon irgendwie. Lass das mal meine Sorge sein.«

Das tat ich auch. Ich hatte mehr als genug eigene Sorgen, musste mir jeden Tag aufs Neue eingestehen, dass ich Ronnie nicht hätte heiraten dürfen, weil meine Mutter und Oma Finchen mit ihren Warnungen und düsteren Prophezeiungen nicht übertrieben hatten. Und meinem Vater musste ich beichten, dass ich ihn angeschwindelt hatte und kein Geld für eine ordentliche Renovierung da war, erst recht keins für neue Möbel.

Papa kaufte Tapeten und Wandfarbe. Außerdem bürgte er nach Rücksprache mit Ronnie für einen Kleinkredit über zweitausend Euro unter der Voraussetzung: »Dass Mama nichts davon erfährt. Sonst geht das Gezeter wieder los.«

Ich hätte mir eher ein Zungenpiercing stechen lassen, als auch noch meine Mutter in meine prekäre Lage einzuweihen.

Große Sprünge waren mit zweitausend Euro nicht drin, gewiss nicht die tolle Küche, in die ich mich vor der Hochzeit verliebt hatte. Aber bei einem höheren Kredit wären auch die Raten höher gewesen. So wie es um den Laden stand, müsse man kleine Brötchen backen, erklärte Papa. »Ronnie weiß das. Ich hoffe, dass du es einsiehst.«

»Natürlich, Papa.« Was hätte ich sonst sagen sollen?

Es reichte nicht mal für eine Küche von Ikea. Carina vertrat die Ansicht, in den Billigmöbelhäusern, die wir nach der Hochzeit besucht hatten, gäbe es schnuckelige Wohnküchen. Sie hatte sich bei unseren Einkäufen zur Wohnungsaufhellung regelmäßig in anderen Abteilungen umgeschaut. Aber ich bekam auch keine schnuckelige Wohnküche.

Weil Josie nicht ständig hin und her geschoben werden konnte und die Abstellkammer neben dem Bad nun wirklich nicht geeignet war, um ein Baby darin unterzubringen, schlug mein Vater vor, das Wohnzimmer zum Kinderzimmer umzufunktionieren, aus dem Schlafzimmer ein Wohnschlafzimmer und die als Regal zweckentfremdete Verbindungstür wieder durchgängig zu machen. »Dann musst du nicht jedes Mal über den Flur, wenn die Kleine weint.«

Also kaufte ich zusammen mit meinem Vater eine Minimalausstattung fürs Kinderzimmer und fürs Wohnschlafzimmer zwei schmale Kleiderschränke, die zu beiden Seiten neben der Verbindungstür Platz fanden, eine Truhe fürs Bettzeug und ein kleines Sofa mit Beistelltisch.

Carina blieb derweil bei Josie und räumte die vollgestopfte Schrankwand im Wohnzimmer aus, um so viele Schätze wie möglich für einen Trödelmarkt zu retten. Die Kartons wurden zu denen mit alten Küchenutensilien in die Abstellkammer getragen.

Das dunkelblaue Seidenkleid und den Cashmeremantel von Hella Franken hatten wir in Ronnies Schwebetürschrank im Anbau untergebracht, damit die Sachen nicht zerknautschten. Als Carina sie ablichten wollte, um sie bei eBay anzubieten, waren Kleid und Mantel verschwunden. Entweder hatte Klara sie genommen und verschenkt oder weggeworfen, oder Ronnie hatte sie zu Geld gemacht, was er energisch bestritt.

Die alte Einrichtung beider Zimmer verscherbelte Carina an Leute, die sie im Internet mit einem »Schnäppchen« geködert hatte. Samstags kamen zwei spindeldürre, nur gebrochen Deutsch sprechende junge Männer in einem klapprigen Kleintransporter und holten die Sachen ab. Als sie die karierte und dank Ronnies Streichaktion auch noch hellgelb gesprenkelte Couch nach unten trugen, fühlte ich mich irgendwie erleichtert. Und als Carina mir die hundertfünfzig Euro aushändigte, die sie den Männern abgeknöpft hatte, war ich einfach nur dankbar.

Nachdem beide Zimmer ausgeräumt waren, schoben wir den Futon kurzerhand auf den Flur, hochkant auf die Seite gekippt passte er durch die Tür. Dann machte Papa sich ans Werk. Carina kümmerte sich um Josie, Kaffee und Schnittchen. So konnte ich meinem Vater assistieren. Und obwohl ich gar keine Erfahrung hatte und er doch etwas aus der Übung war, waren wir zusammen so fix, dass wir den Futon am Nachmittag schon wieder zurückschieben konnten.

Unbehelligt von Klara, brauchten wir insgesamt nur vier Tage, dann sahen zumindest die Wände und die Zimmerdecken aus wie neu, sogar in Küche und Bad, wo ansonsten alles unverändert blieb. Die neuen Möbel holte Papa samstags zusammen mit meinen Brüdern ab, die ihm auch beim Aufbau halfen.

Ronnie ließ sich nicht blicken, hatte er während der Maler- und Tapezierarbeit auch nicht getan. Er kam immer erst nach Hause, wenn die Luft rein war. Für mich war das ein weiterer Grund, sauer auf ihn zu sein. Ich fand, er hätte sich wenigstens bei meinem Vater bedanken können. Ein Dankeschön an Tobias und Dirk wäre ebenfalls nett gewesen. Auf den Gedanken kam Ronnie nicht, obwohl ihm das neue Wohnschlafzimmer gut gefiel.

»Wow«, sagte er. »Das sieht aus wie ein modernes Appartement und ist trotzdem echt gemütlich.«

Dann ging er nach unten und schleppte ganz allein den großen Flachbildfernseher einen SAT-Receiver und einen DVD-Rekorder aus dem Anbau herauf. Er glaubte wohl, jetzt könnten wir uns wieder wie vor der Hochzeit abends einen Erotikfilm anschauen und dabei zur Sache kommen. Die Rechnung machte er ohne mich. Ich hatte keine Lust mehr, mit ihm zu schlafen, und erst recht keine Lust, ihn nur an mir herumfummeln zu lassen und mich meinerseits mit Händen und Lippen zu revanchieren, weil es noch zu früh war, um aufs Ganze zu gehen.

Carina, mit der ich wiederholt darüber sprach, schob es wieder auf die Hormone und meinte, das könne durchaus noch länger dauern als die sechs Wochen, für die nach einer Geburt sowieso Enthaltsamkeit angesagt war. Mit dem Problem hätten viele junge Mütter zu kämpfen, manche ein halbes Jahr oder noch länger, sagte sie. Dabei kämpfte ich nicht. Ich suchte nur meinen Leonardo DiCaprio und begriff nicht, wie er sich bei der Hochzeit völlig unbemerkt aus dem Staub hatte machen können.

Die Irre

Klara blieb fünf Wochen in Trier. Ob Ronnie telefonisch Kontakt mit ihr und sie auf dem Laufenden hielt, weiß ich nicht. Mir kam nicht in den Sinn, ihn danach zu fragen oder mich zu erkundigen, ob seine Mam tatsächlich bei einem Bruder oder beim Schwager war. Ich nutzte die Zeit lieber, um mir die Wohnung schönzureden und mir die Einsicht anzutrainieren, von der ich meinem Vater weisgemacht hatte, sie sei bereits vorhanden. Darüber hinaus versuchte ich, unbehelligt von einer verrückten Schwiegermutter, meinen Rhythmus als Mutter zu finden.

Carina war keine Konkurrenz. Sie hatte von Woche zu Woche weniger Zeit, war nun mehr und wohl auch lieber mit dem armen Jens zusammen. Sanft, aber beständig wie ein leichter Landregen versuchte sie den Koch davon zu überzeugen, dass er ohne seine Schickimickizicke bessergestellt war und es irgendwann zum Chef eines Gourmettempels bringen könnte.

Ronnie war noch weniger ein Rivale um Josies Gunst und das erste bewusste Lächeln. Unsere Tochter interessierte ihn nicht. Da Klaus den Laden nicht mehr mit zwielichtigen Ostgeschäften subventionierte, war Ronnie so sehr damit beschäftigt, die Pleite abzuwenden, dass ihn daneben überhaupt nichts anderes mehr interessierte, höchstens das Haushaltsgeld, das ich brauchte.

Dass er mir nicht täglich hundert Euro geben konnte, war mir klar. Wir hatten uns in zähen Verhandlungen auf fünfzig Euro pro Woche geeinigt. Davon musste ich auch alles kaufen, was Josie brauchte, vorerst nur Windeln und Milchpulver, weil die Muttermilch einfach nicht reichte.

Doch so wie Josie wuchs und an Gewicht zulegte, musste ich beim Inhalt der Flaschen zulegen. Nach einem Monat reichte ein Päckchen Milchpulver nur noch knapp über die Woche. Und ich dachte mit Schrecken an die Zeit, in der Josie mit der Milch allein nicht mehr zufrieden wäre.

Nach der fünften Woche hatten wir nachmittags den ersten Termin beim Kinderarzt, die U3 stand an. Carina war selbstverständlich dabei, sonst hätte ich mit dem Kinderwagen den Bus nehmen müssen. Ronnie rächte sich auf seine Weise für meine

Unzufriedenheit und den Liebesentzug. Er erklärte den BMW zum Geschäftswagen, der für private Zwecke nicht mehr zur Verfügung stand, auch nicht für eine Fahrt zum Kinderarzt. Angeblich hatte es etwas mit den Leasingraten zu tun.

Es war mir schnurzpiepegal, ob er Kostengründe oder Hagelstürme als Grund für die Verweigerung des Autoschlüssels vorschob. Die Stunden, die ich hinter dem Steuer des Cabrios verbracht hatte, waren so weit von mir abgerückt und so unwirklich geworden, als hätte ich nur in einem Film gesehen, wie zwei junge Frauen über Land fuhren und glaubten, eine von ihnen hätte den ultimativen Traummann gefunden.

Mit Josie war aus ärztlicher Sicht alles in bester Ordnung. Auf der Rückfahrt machten wir noch schnell ein paar Einkäufe. Carina spendierte uns zwei Himbeertörtchen, von denen sie eigentlich gar keins hätte essen dürfen. Neuerdings achtete sie wieder auf ihre Linie, wollte mit einem Lauftraining beginnen. Der arme Jens lief dreimal die Woche. Gemeinsam machte das bestimmt mehr Spaß.

Als wir zurück ins Haus kamen, war es genauso friedlich wie bei unserem Aufbruch. Wir tranken Kaffee, spielten ein Weilchen mit Josie, aßen die Himbeertörtchen. Josie bekam noch ein Fläschchen und eine frische Windel. Dann wurde es für Carina höchste Zeit. Mit Josie im Arm brachte ich sie zur Haustür, winkte dem Polo hinterher, stieg wieder nach oben und legte mein Baby in die Wiege. Sie war müde vom Spielen und Trinken und auf meinem Arm schon fast eingeschlafen. Anschließend wollte ich in die Küche, das Geschirr abspülen, die Milchflasche und den Sauger sterilisieren, das Abendessen vorbereiten. Und als ich zurück auf den Flur trat …

Ich hatte nichts gehört. Klara musste über die knarrenden Treppenstufen hinweggestiegen sein. Ihr Gesicht schwebte dicht über dem Fußboden, halb verdeckt vom Eckpfosten des Geländers. Ihre Stimme kam von weiter unten. Auf den passenden

Ausdruck stieß ich später in einem Roman aus Hella Frankens Beständen: wie aus einer Gruft.

»Wo ist mein Schätzchen?«

Schätzchen! Den Ausdruck hasste ich inzwischen wie die Pest, weil ich mir denken konnte, von wem Ronnie ihn übernommen hatte. Offenbar konnte er in Sachen Liebe nur nachahmen, was andere ihm vormachten. Vor Schreck fiel mir nichts Besseres ein als: »Josie ist mein Kind. Du bist nur ihre Großmutter.«

Daraufhin setzte Klara eine Leidensmiene auf wie die Muttergottes unter dem Kreuz Christi und erklärte in honigsüßem Ton: »Ich habe doch nicht behauptet, sie sei mein Kind. Darf ich sie nicht Schätzchen nennen und nicht einmal sehen?«

»Sie schläft«, sagte ich wahrheitsgemäß. »Aber du kannst gerne einen Blick in die Wiege werfen.«

Ich zeigte über die Schulter zurück ins ehemalige Wohnzimmer, hatte selbst für einen Moment die karierte Couch vor Augen und auf der Couch die Leiche einer Frau, die fast so aussah wie Klara. Ich war sicher, dass Klara Verzicht übte. So war es auch.

»Ich möchte dort nicht hineingehen«, erklärte sie. »Dort geht ein Geist um.«

Als hätte sie sich mit diesen Worten in Trance versetzt, veränderte sich ihr Gesichtsausdruck. Plötzlich wirkte sie geistig weggetreten, lächelte schmerzlich entrückt und gestand: »Ich hatte auch mal ein kleines Mädchen. Es war so klein, dass es in eine Hand passte. Sein Vater wollte es nicht. Er hat mich in den Bauch getreten und unten mit einer Stricknadel gestochen, bis es aus mir herauskam. Ich durfte nicht schreien. Mein Schätzchen hat auch nicht geschrien. Er hat es weggebracht und irgendwo vergraben.«

Vielleicht hätte ich in dem Moment Mitleid mit ihr haben müssen. Aber ich hatte nur die Stimme meiner Großmutter im

Hinterkopf mit der Vermutung, dass Klara nach Ronnie noch ein zweites Mal vom Schwager schwanger geworden sei, dieses Kind aber nicht mehr bekommen habe. Das war ein Irrtum. Bekommen hatte Klara es müssen, es nur nicht austragen und behalten dürfen.

Während ich schluckte, um das zu verdauen, fragte Klara: »Darf ich sie sehen, wenn sie aufwacht?«

»Sicher«, sagte ich, zog die Kinderzimmertür hinter mir zu, ging in die Küche und widmete mich dem Geschirr.

Klara stand noch eine Weile auf der Treppe, ehe sie den Rückzug antrat. Diesmal hörte ich die Stufen knarren.

Josie schlief bis Viertel vor neun. Ronnie war schon eine Weile zu Hause, aß zwischen Fernseher, DVD-Rekorder und einem Laptop aufgewärmten Rahmspinat mit Kartoffeln und Bratwürstchen und fluchte leise vor sich hin. Er versuchte von einer gekauften DVD eine Raubkopie zu ziehen und konnte den Kopierschutz nicht überlisten. Egal was er tat, über den Fernseher lief nur ein bizarres Streifenmuster.

Ich las in der Küche das letzte Kapitel von *Morgen ist die Ewigkeit*, dem Roman von Gwen Bristow, den ich in Hella Frankens Nachttisch entdeckt hatte. Als Josie zu quengeln begann, legte ich das Buch auf die Eckbank, setzte Wasser fürs Fläschchen auf, holte meine Süße aus der Wiege und trat mit ihr durch die Verbindungstür. Ronnie hockte auf dem Fußboden, tippte irgendwas in den Laptop, fummelte anschließend an den Einstellungen des DVD-Rekorders herum. Sein Teller stand noch halb voll neben ihm, nur die Bratwürstchen fehlten.

»Deine Mutter wollte Josie sehen«, sagte ich. »Kannst du sie kurz runterbringen, dann mache ich das Fläschchen fertig.«

»Geht gerade nicht«, antwortete Ronnie und hypnotisierte den Fernseher. Zwischen dem Zickzackmuster waren verzerrte Buchstaben zu erahnen, vermutlich der Vorspann eines Films. »Na komm schon, komm schon, komm schon«, murmelte

Ronnie beschwörend und widmete sich noch einmal den Rekorder-Einstellungen.

Also trat ich wieder zurück, schloss die Tür, nahm Josies Spieldecke, trug Decke und Kind in die Küche und legte meine Kleine dort auf den Fußboden, um beide Hände fürs Fläschchenmachen frei zu haben. Nachdem Josies Mahlzeit Trinktemperatur hatte, kehrten wir zurück ins Kinderzimmer.

Ich hatte mir vom knappen Möbeletat einen bequemen Sessel geleistet, in dem ich am liebsten saß, wenn ich Josie fütterte. In Ronnies Nähe tat ich das nicht mehr. Es hätte mich nur wieder wütend auf ihn gemacht, wahrscheinlich auch traurig, weil Josie für ihn denselben Wert hatte wie kalter Rahmspinat mit Kartoffeln. Dabei drehte sie schon ihr Köpfchen in seine Richtung, wenn sie seine Stimme hörte.

Als das Fläschchen leer war, bekam Josie noch eine frische Windel. Dann legte ich sie zurück in die Wiege, zog die Spieluhr auf, holte mir den Roman aus der Küche, schaltete die Deckenlampe aus und die Leselampe ein. Ich blieb noch für die letzten Seiten in Josies Nähe. Dann klappte ich das Buch zu und dachte, ich hätte Klara ausgetrickst.

Dass ich in der Nacht nicht noch mal aufstehen musste, war zu diesem Zeitpunkt schon fast normal. Josie war kein anstrengendes Baby. Wenn sie zwischen neun und zehn am Abend noch eine Mahlzeit bekommen hatte, schlief sie bereits bis zum frühen Morgen durch und meldete sich, wenn Ronnie aufstand.

Am nächsten Morgen tat sie das nicht, was mir jedoch nicht auffiel, weil ich nicht mitbekam, wie Ronnie sich vom Futon stahl und aus dem Zimmer schlich. Die Verbindungstür, die ich immer spaltbreit öffnete, ehe ich mich hinlegte, war geschlossen.

Als ich aufwachte, war es kurz nach acht. Und ich freute mich auch noch, weil ich dachte, Josie hätte sich schon an günstigere Tageszeiten gewöhnt. Ich ging nach nebenan, die Wiege war leer. So viel zu Klaras Scheu, das Sterbezimmer ihrer Schwester zu betreten, weil dort ein Geist umging. Klara war nicht nur im Zimmer gewesen, um sich zu nehmen, was ich ihr vorenthalten hatte. Sie hatte auch den Schlüssel abgezogen und sich die Utensilien für eine Babymahlzeit aus der Küche geholt. Eine Flasche und ein Sauger fehlten. Wie viel Milchpulver sie der Packung entnommen hatte, konnte ich nicht abschätzen.

Ich hetzte nach unten, nur Klaras Küchentür war unverschlossen wie immer. Den Schlüssel hatte Ronnie vor Jahren abgezogen, wie auch die Schlüssel von den Türen im Anbau. Er wäre sonst nicht ins Bad oder in sein Zimmer gekommen, wenn seine Mam einen Rappel hatte.

An Klaras Wohnzimmertür klopfte ich mir die Fäuste wund. Dahinter hörte ich sie reden in diesem milchzuckersüßen Babyton, von dem ich in den folgenden Monaten oft Magenschmerzen bekam. Sie machte nicht auf, antwortete mir auch nicht. Ich stolperte die Treppe wieder hinauf, schnappte mein Handy. Der Akku war leer. Ich musste es mit dem Ladegerät an eine Steckdose klemmen, ehe ich Ronnie mitteilen konnte: »Deine Mutter hat sich mit Josie in ihrem Wohnzimmer eingeschlossen und macht nicht auf!«

»Ja und?«, fragte er.

Die beiden Worte hatten beinahe dieselbe Wirkung wie ein Schlag vor die Stirn. Ich wich automatisch zurück, blinzelte, schüttelte und wunderte mich, dass mir der Schädel nicht platzte vor Wut, Frust und Ohnmacht.

Ich redete nicht länger mit ihm, ich brüllte ins Handy: »Ich will, dass du sofort nach Hause kommst, unser Kind da rausholst und deiner Mutter den Kopf zurechtsetzt! Was fällt ihr denn ein? Sie kann doch nicht tun, was sie will!«

»Das tust du doch auch.« Damit kappte Ronnie die Verbindung.

Als Carina um halb zwölf erschien, stand ich immer noch im

Nachthemd vor Klaras Wohnzimmertür. Ich war zwischendurch zwar noch mal oben gewesen, weil ich dringend aufs Klo musste und Klaras Bad nicht benutzen mochte. Aber angezogen hatte ich mich nicht, war sofort wieder nach unten gerannt, hatte weiter geklopft und gebettelt und mir durch die verschlossene Tür von Klara anhören müssen: »Hör endlich auf mit dem Lärm, du dummes Ding, mein Schätzchen schläft.«

»Das ist mein Baby! Mach die Tür auf, oder ich rufe die Polizei!«

Um das zu tun, hätte ich wieder nach oben gehen müssen, konnte aber nicht noch einmal von der Tür weg. Ich hatte wahnsinnige Angst, Klara könnte die Gelegenheit nutzen und mit Josie aus dem Haus verschwinden, sich nach Trier absetzen, vielleicht zum Schwager, vielleicht zu einem Bruder, von dem ich weder den Namen noch sonst etwas wusste.

Auch Carina erreichte nicht sofort etwas, obwohl sie anders verhandelte als ich. Sie drohte nicht, sie schmeichelte, appellierte an Klaras Gefühle. Kurz nach Carinas Eintreffen hatte Josie zu quengeln begonnen, mittlerweile jammerte sie aus Leibeskräften nach einer weiteren Mahlzeit.

»Bricht es Ihnen nicht das Herz, wenn Sie Josie weinen hören?«, fragte Carina. »Mir wird davon ganz übel. Das arme Baby. Für so einen kleinen Menschen ist Hunger ein lebensbedrohlicher Zustand, deshalb schreien sie, damit jemand hilft. Soll ich ein Fläschchen machen, Frau Renner? Ich reiche es Ihnen rein.«

Damit war Klara einverstanden, ich natürlich nicht.

»Sobald sie die Tür aufmacht, hole ich mein Kind da raus.«

»Sicher«, wisperte Carina. »Aber bevor wir irgendwas tun können, muss sie die Tür aufmachen. Also sei lieber erst mal still.«

Ein paar Minuten später behauptete Carina, die Flasche sei fertig. Wir hörten, wie Klara den Schlüssel umdrehte. Ich stieß die Tür so heftig auf, dass Klara die Kante gegen die Stirn bekam und zurücktaumelte. Zum Glück lag Josie auf der Couch. Ehe Klara ihr Gleichgewicht wiederfand, hatte ich mein Baby an mich gerissen, hastete mit Josie in den Flur und die Treppe hinauf. Eine Schlacht gewonnen und den Krieg trotzdem verloren. So ähnlich las ich es später in einem Roman. Ich weiß nicht mehr, in welchem, ist ja auch egal.

Sommernachtsalbtraum

August 2018

Ich war nicht nur müde, ich war restlos erschöpft, hatte einen anstrengenden Tag gehabt, und die letzten Stunden waren alles andere als erholsam gewesen. Aber einschlafen wollte ich auf keinen Fall, um nicht mit einer unbedachten Bewegung die nächste Runde einzuläuten. Wenn er sich vorgenommen hatte, mir zu meinem Vergnügen zu verhelfen, würde er das garantiert auch durchziehen. Da mochte ich noch hundertmal behaupten, lange vor ihm zum Höhepunkt gekommen zu sein.

Nur so liegen, sich ohnmächtig, schuldig und entsetzlich feige fühlen, nichts weiter tun können als glauben und hoffen, Josie habe sich in den Schlaf geweint, war zermürbend. Irgendwann fielen mir die Augen von alleine zu. Meine Gedanken sackten weg und verkrochen sich in dem Hinterzimmer, in dem ich meine guten Erinnerungen aufbewahrte.

Sonntage mit meinen Eltern und Carina im Phantasialand, im Freilichtmuseum, im Zoo. Wir hatten Carina immer mitgenommen, weil ihre Eltern nie Zeit für Ausflüge hatten. Auch wochentags war Carina mehr bei uns gewesen als in der elterlichen Wohnung, da hätte sie alleine Schularbeiten machen müssen. Zu zweit machte das mehr Spaß. Und wie oft hatte Carina bei mir übernachtet, wobei wir uns gegenseitig in den Schlaf gealbert und gelacht hatten.

Klassenfahrt nach Tirol, Weihnachtsfeier im Sportverein, siegreiche Volleyballspiele mit Jubelgesängen im Mannschaftsbus während der Heimfahrt. Und all die unbeschwerten Nachmittage mit Carina im BMW, an denen ich geglaubt hatte, Ronnies Arbeitswut wäre meine Freiheit.

Fast alles Schöne hatte ich mit Carina erlebt. Mit Ronnie gab es im Hinterzimmer der guten Erinnerungen nur die lauen Sommernächte im Cabrio mit offenem Verdeck und dem Sternenhimmel über unseren Köpfen. Und die Abende auf dem Futon im Anbau mit den großen Gefühlen auf dem Flachbildschirm.

Und wenn ich ehrlich war, musste ich mir eingestehen, dass es woanders keine großen Gefühle gegeben hatte, nicht für Ronnie und nicht von ihm. Seine Gefühle waren so flach wie der Bildschirm, von dem er sie abkupferte. Und ich hatte von meinen Illusionen gezehrt bis zur Hochzeit, mit deutlichen Abstrichen vielleicht noch bis kurz nach Josies Geburt. Aber danach …

Keine Ahnung vom Leben gehabt, nur ein paar Flausen und unrealistische Vorstellungen im Kopf. Und sich trotzdem erwachsen gefühlt. Ich hatte nicht einfach nur Pech gehabt, wie die Säuglingsschwester es Klara zugebilligt hatte. Ich war sehenden Auges und dennoch blind und blöd ins Unglück gerannt.

Ein kühler Luftzug holte mich aus dem erinnerungsträchtigen Halbschlaf zurück in die Nacht neben den nackten Körper. Verschwitzt war seine Haut nicht mehr, jetzt fühlte sie sich kalt an. Es war den Tag über sehr heiß gewesen, fast dreißig Grad im Schatten. Deshalb hatte ich die Fenster erst geöffnet, ehe ich mich hinlegte. Und ich hatte darauf verzichtet, unter die leichte Decke zu schlüpfen. Die lag zurückgeschlagen am Fußende des Bettes.

Draußen war Wind aufgekommen, spielte mit den offenen Fensterflügeln und den zurückgeschobenen Gardinen und überspielte die Totenstille nebenan. Ich befürchtete, er könnte das leichte Klappern, Rascheln und Rütteln genauso registrieren wie ich und ebenfalls aufwachen. Es war noch zu früh.

Ich wusste nicht, wie viel Zeit seit meinem letzten Blick auf den Wecker vergangen war, und konnte mich nicht aufraffen, mir erneut den Hals zu verrenken, nur um festzustellen, dass ich bis Tagesanbruch noch zwei oder drei Stunden reglos neben ihm ausharren musste.

Es war noch so dunkel, dass von Morgengrauen nicht mal im Ansatz die Rede sein konnte. Ich hörte auch noch keine Vögel. Deren Gezwitscher setzte meist zwischen vier und halb fünf ein, wie ich in den letzten Tagen beziehungsweise Nächten ein paarmal mitbekommen hatte.

Ein erneuter Luftzug ließ mich frösteln. Ich hätte gerne die Decke hochgezogen und wenigstens ihn zugedeckt, damit er nicht noch weiter auskühlte. Wenn er zu frieren begann, wachte er wahrscheinlich auf und wollte dann vermutlich etwas Heißes tun. Aber ich traute mich nicht, einen Finger zu rühren.

Weiter warten. Weiter horchen. Weiter hoffen und bangen und dabei noch einmal abdriften. Es blieb nicht aus, dass mir weitere Szenen aus vergangenen Tagen durchs Hirn zogen. Doch nun krochen sie aus der Kammer, in der sich meine hässlichen Erinnerungen stapelten.

Es war eine Menge zusammengekommen in den letzten beiden Jahren. Begonnen beim Hochzeitsabend, über die gestreifte Treppe in Tristesse und Armseligkeit, durch unzählige Auseinandersetzungen bis hin zum Horror dieser Albtraumnacht.

Nachdem Klara sich zum ersten Mal mit Josie in ihrem Wohnzimmer eingeschlossen hatte, schlief ich in der folgenden Woche sicherheitshalber im Kinderzimmer. Zusammengerollt wie ein Fötus im Mutterleib, lag ich in dem Sessel. Aber so bequem der auch war, wenn ich mich hineinsetzte, um Josie zu füttern oder zu lesen, zum Schlafen war er nicht geeignet.

Immer wieder schreckte ich auf, weil meine Beine von der Sitzfläche oder mein Kopf von der Armlehne rutschten. Oder weil ich überzeugt war, knarrende Treppenstufen gehört zu haben. Einmal meinte ich sogar, Klara in der Flurtür zu sehen. Morgens war ich total verspannt und hundemüde. Das war kein Dauerzustand.

Abschließen konnte ich bloß noch die Küche. Das tat ich auch, ehe ich mich das erste Mal wieder zu Ronnie ins Bett legte. Den Schlüssel zog ich ab und trug ihn bei mir. Ronnie meckerte, jetzt könnte er sich nicht mal einen Kaffee machen, ohne um Erlaubnis zu bitten. Aber abends trank er keinen Kaffee. Und morgens besorgte er sich auf dem Weg zum Laden in einer Bäckerei-Filiale einen Becher und ein Brötchen.

Für mich zählte nur, dass Klara nicht an Josies Flaschen, die Sauger und das Milchpulver kam. Ich dachte, wenn sie das hungrige Mäulchen nicht stopfen könnte, würde sie davon absehen, Josie nach unten zu holen. Aber schon nach der ersten Nacht auf dem Futon stand ich morgens erneut vor der leeren Wiege und anschließend vor Klaras verschlossener Wohnzimmertür.

Dahinter legte Josie sich mächtig ins Zeug, um mit ihrem Stimmchen die Beschützer- und Versorgungsinstinkte ihrer Umgebung zu wecken. Diesmal ersparte ich mir langes Klopfen und Betteln, ebenso einen Anruf bei Ronnie. Ich alarmierte sofort meine Freundin. Carina kam auch prompt und übernahm die

Verhandlungen. Doch noch einmal ließ Klara sich nicht übertölpeln, obwohl ihr inzwischen die Ohren wehtun mussten.

Mit der Polizei zu drohen, brachte auch nichts. Vor Polizisten hatte Klara keine Angst, die erschossen einen ja nicht mal, wenn man sie darum anflehte. Erst als Carina erklärte: »Wie Sie wollen, Frau Renner, dann rufe ich jetzt Klaus an«, kam Klara an die Tür.

Ehe sie aufschloss, ließ sie uns beide schwören, Josie wieder nach unten zu bringen, wenn das Baby satt und trocken war. Das taten wir natürlich nicht. Als Josie endlich zufriedengestellt war, fuhren wir mit ihr zum Discounter.

Da fruchtete die bloße Drohung mit Klaus beim nächsten Mal auch nicht mehr. Carina musste ihn tatsächlich anrufen und befürchtete, er könne nicht kommen, weil er inzwischen Computerprogramme für eine Firma schrieb, die ihn kreuz und quer durch die Lande schickte, damit er bei Großkunden die IT-Leute einarbeitete und vor Ort Fehler im System behob. Aber wir hatten Glück oder waren zurzeit der einzige Notfall.

Bis zu seinem Eintreffen hatte Josie sich dermaßen in Rage gebrüllt, dass ich dachte, die Nachbarn würden die Polizei alarmieren. Klaus ersparte sich jede Verhandlung und trat die Tür ein. Klara hatte sich mit Josie im Arm hinter ihrer Couch verkrochen. Er zerrte sie am Kragen einer weinroten Bluse hoch.

Immer diese weinroten oder blutroten Oberteile, die trug Klara mit Vorliebe. Nur der Himmel weiß, warum.

Die Bluse war offen, ihren Büstenhalter hatte Klara hochgeschoben bis unter den Hals. Sie drückte sich Josies Köpfchen gegen die nackte Brust, als wollte sie meine Kleine stillen. Klaus musste ihr das Baby regelrecht aus den Armen zerren, wobei Carina besorgt mahnte: »Pass auf, sonst ist Josie gleich zehn Zentimeter länger.«

Als er sie mir übergab, hatte Josies Köpfchen denselben Farbton wie Klaras Bluse.

»Du verrücktes Huhn«, sagte er zu Klara. »Du willst mit aller Gewalt zurück in die Irrenanstalt, oder? Für mich sah das gerade so aus, als hättest du versucht, das Kind zu ersticken. Dass du ihr die Brust geben wolltest, kann ich mir nicht vorstellen. So irre kannst nicht einmal du sein. Oder doch? Versuch es noch mal, dann sorge ich dafür, dass du eingewiesen wirst und nicht wieder rauskommst. Hast du mich verstanden?«

Klara zitterte nicht bloß, sie flatterte wie ein Bündel Luftschlangen im Wind, zerrte ihren Büstenhalter über die Brüste, hielt mit beiden Händen ihre Bluse zusammen und schaute Klaus aus panisch aufgerissenen Augen an.

»Du hast mich verstanden«, stellte er fest und wandte sich an mich: »Wenn du sie anzeigen willst, nur zu, auf meine Aussage kannst du zählen. Anderenfalls solltest du die Kleine einschließen, damit sich das nicht noch einmal wiederholt. Ich fürchte nämlich, bei dem Müll, den sie im Kopf hat, ist meine Ermahnung untergegangen, ehe ich an der Straßenecke bin.«

Einschließen konnte ich Josie nur in der Küche. Die Wiege passte durch die Tür. Ein paar Tage war Ruhe, oberflächlich betrachtet. Klara rächte sich auf ihre Weise und entschieden effektiver als Ronnie mit seiner Verweigerung des BMW. Sie erzählte ihrer Bekannten, ich würde mein Baby nur versorgen, wenn es mir in den Kram passe.

Wörtlich muss Klara gesagt haben: »Ronnie hat das kommen sehen und sich nur deshalb entschlossen, mit seiner Familie in meinem Haus zu leben. Sonst wäre das arme Baby bestimmt längst verhungert oder im Dreck verkommen. Sandra ist wie Hella, sitzt den lieben langen Tag mit einem Buch auf der Couch. Die Wäsche macht Ronnie. Zum Putzen und Kochen kommt Sandras Freundin. Die versorgt auch das Baby. Aber sie hat nicht den ganzen Tag Zeit, ist ja berufstätig. Und kaum hat sie ihr den Rücken zugedreht, kann das hilflose Geschöpf sich die Seele aus dem Leib schreien, Sandra schert sich nicht darum.«

So machte es die Runde. Von Klaras Bekannter bis zu meiner Tante im Eckhaus dauerte es noch ein paar Tage, von Tante Annemie bis zu meiner Mutter nur ein paar Minuten.

Nachdem mein Vater die Wohnung in einen Zustand versetzt hatte, dessen man sich nicht mehr schämen musste, hatte ich meine Eltern zweimal besucht, mit Josie und Carina. Fatalerweise hatte Carina bei so einer Gelegenheit erzählt, wie viel Spaß es ihr machte, Josie zu versorgen. Das verlieh Klaras verlogener Behauptung auch noch den Anschein von Wahrhaftigkeit.

Hinzu kam, unser letzter Besuch in meinem Elternhaus lag schon eine Weile zurück. Nach Klaras Rückkehr aus Trier mochte ich nicht länger unterwegs sein als unbedingt nötig. Ich befürchtete, Klara könnte in der Wohnung herumschnüffeln oder etwas kaputt machen, die Polster der neuen Couch zerschneiden zum Beispiel, auf einen Teppich oder den Futon pinkeln. Oder meine Zahncreme mit Gift mischen, um mich loszuwerden und Josie für sich alleine zu haben.

In einem Roman aus Hellas Beständen war es nur darum gegangen, dass der Sohn eine dumme Gans köderte und schwängerte, damit seine Mutter sich mit einem Baby noch einmal jung fühlen konnte. Nach der Geburt wurde die dumme Gans umgebracht und draußen verscharrt.

Es mochte eine irrationale Furcht sein, war aber auch nicht der einzige Grund. Ich hatte bei den Besuchen daheim nicht das Gefühl gehabt, mit Josie wirklich willkommen zu sein. Oma Finchen hatte sich gefreut. Mein Vater hatte sich gefreut. Julia war regelrecht aus dem Häuschen geraten. Und meine Mutter war so distanziert gewesen, dass es wehgetan hatte.

Für sie war Josie: »Ronnie wie aus dem Gesicht geschnitten.« Und wie sie das sagte, klang es so abwertend, als wäre Ronnie der letzte Dreck. Wer von Dreck stammte, war zwangsläufig schmutzig und durfte sich nicht wundern, dass ihn niemand anfassen mochte. So hatte ich es empfunden.

Trotz mehrfacher Einladung war meine Mutter auch noch nicht gekommen, um sich die Wohnung anzusehen. Papa hatte noch zweimal am frühen Abend reingeschaut, als Carina längst weg und Ronnie noch nicht da war. Er hatte aber nur wissen wollen, wie es um die Finanzen stand und ob ich zurechtkam. Einmal hatte er fünfzig Euro unter ein Kissen auf der Couch geschoben, einmal hundert in Josies Wiege gelegt. Und mit keiner Silbe hatte er erwähnt, dass Ronnie die Raten für den Möbelkredit nicht zahlte und die Bank sich an den Bürgen hielt.

Meiner Mutter war das nicht verborgen geblieben und ihrer Einstellung zu Ronnie nicht gerade förderlich. Aber einem Loser auf die Pelle zu rücken, hielt sie für Zeitverschwendung. Man konnte einem nackten Mann nun mal nicht in die Tasche greifen. Als meine Tante die bösartige Verleumdung an sie weitergab und anschließend in der restlichen Familie verbreitete, entschloss Mama sich stattdessen, ihrem Sorgenkind mal ordentlich die Leviten zu lesen. Obwohl sie ein eigenes Auto fuhr und jederzeit alleine hätte auftauchen können, kam sie am Spätnachmittag zusammen mit Papa, den sie vorher wahrscheinlich entsprechend bearbeitet hatte, um ihrem Vortrag mehr Gewicht zu verleihen.

Carina war gerade weg, Josie schlief. Ich saß mit einem Milchkaffee und einem Roman von Johannes Mario Simmel auf der Couch im Wohnschlafzimmer, als unten im Flur die Klingel zweimal anschlug. Hätte ich geahnt, was diesen Überraschungsbesuch ausgelöst hatte, hätte ich das Buch noch schnell versteckt. So legte ich es auf den Beistelltisch neben die Kaffeetasse, ging nach unten und ließ meine Eltern herein.

Mama stieg als Erste die gestreifte Treppe hinauf. Bei der Tür zum Wohnschlafzimmer blieb sie stehen und ließ den Blick schweifen. Links von der Tür stand der Futon. Mit den Zierkissen und dem Überwurf, den Carina für die alte Couch gekauft hatte, sah er nicht nach Bett aus, eher wie ein sehr niedriges, breites Sofa. Flachbildschirm, SAT-Receiver und DVD-Rekorder standen gegenüber zwischen den beiden Fenstern auf einem drehbaren Gestell, das Ronnie besorgt hatte. Die Couch stand an der Wand zum Bad. Ich hatte sie mit den beiden Überwürfen für die alten Sessel ausgestattet. Der Beistelltisch stand normalerweise vor der Couch. Aber wenn Josies Spieldecke ausgebreitet wurde, stellte ich ihn neben die Badezimmertür, um vor der Couch etwas Platz zu haben. Deshalb war *Mich wundert, daß ich so fröhlich bin* auf den ersten Blick nicht zu sehen.

Ich hatte eine Vorliebe für Romane entwickelt, die zu Kriegszeiten spielten. Da waren die Zustände viel schlimmer gewesen, den Leuten war es entschieden dreckiger gegangen als mir. So fühlte ich mich beim Lesen immer in der besseren Position. Es hielt nur leider nie lange vor.

Der erste Kommentar meiner Mutter war: »Sieht nicht so schlimm aus, wie ich dachte.«

Die Spieldecke mit Rassel, einem Plüschbärchen und dem Galgen, von dem bunte Ringe, ein Glöckchen und ein Spiegel baumelten, ein Geschenk von Carina, hatte ich noch nicht weggeräumt, weil ich vor dem letzten Fläschchen immer noch eine Weile mit Josie spielte.

»Nur aufräumen müsste man mal«, sagte meine Mutter, ehe ihr Blick über die Couch hinweg zum Tisch auf Tasse und Buch traf. »Aber wenn man lieber faul herumliegt und Romane liest …«

In der folgenden Viertelstunde sagte ich an die zwanzigmal: »Das ist doch nicht wahr«, ehe meine Mutter bereit war, sich meine Version wenigstens einmal anzuhören.

Danach entschuldigte sie sich nicht etwa für die ungerechtfertigten Vorwürfe. Sie sagte stattdessen: »Das mach mal den

Leuten im Dorf klar. Die glauben, was Elsbeth Röther erzählt.«
Elsbeth Röther war Klaras Bekannte.

»Klara mag gewaltig einen an der Waffel haben«, fuhr meine Mutter fort. »Elsbeth Röther ist so normal wie du und ich. Und sie hat es Tante Annemie so erzählt, als hätte sie selbst gehört, wie das Baby brüllte. Abgesehen davon sieht die gesamte Nachbarschaft, dass Carinas Auto jeden Tag hier vor der Tür steht. Dich hat aber noch keiner ein Fenster putzen oder Wäsche aufhängen sehen.«

Letzteres mochte daran liegen, dass Ronnie sich, wie von Klara behauptet, tatsächlich um die Wäsche kümmerte, weil wir keine eigene Waschmaschine besaßen und ich mich nicht in Klaras Badezimmer aufhalten mochte. Am Ende hätte es wieder geheißen, ich hätte gestohlen, und seien es nur zwei Blätter von der Klopapierrolle oder etwas Waschpulver. Abgesehen davon waren weder Klaras Badezimmer noch der Hof von der Straße aus einzusehen.

»Das fällt auf uns zurück«, schloss meine Mutter. »Wir haben dich erzogen. Und du kennst doch sicher den Spruch vom Apfel, der nicht weit vom Stamm fällt. Wie lange, meinst du, dauert es noch, bis es überall heißt, ich hätte meine arme, alte Mutter als Putzfrau ins Haus geholt, damit wir nicht im Dreck ersticken?«

»Aber wenn es doch nicht stimmt«, erwiderte ich hilflos. »Was soll ich denn tun, wenn Klara im Dorf Lügen verbreitet?«

»Du könntest ja mal versuchen, ein bisschen besser mit ihr auszukommen«, antwortete meine Mutter. »Du wusstest doch, worauf du dich einlässt, bist schließlich oft genug gewarnt worden. Verrückte lässt man gewähren, dann geben sie Ruhe. Wenn Klara nur schlecht über dich spricht, weil du ihr das Kind nicht gibst, daran lässt sich ja wohl leicht etwas ändern.«

»Deine Mutter hat recht«, ließ Papa sich vernehmen.

Dann gingen sie wieder. Und ich konnte nicht glauben, dass

meine Eltern allen Ernstes von mir erwarteten, Josie dieser Bekloppten zu überlassen, nur damit das Gerede im Dorf aufhörte. Wer wusste denn, was Klara als Nächstes in den Sinn kam?

Mit drei Monaten passte Josie nicht mehr in die Wiege und das Gitterbett in aufgebautem Zustand durch keinen der alten Türrahmen. Man hätte die Schlösser austauschen können, um wieder über Schlüssel zu verfügen. Für solche Anschaffungen fehlte mir das Geld. Also ging das Spiel von vorne los.

Egal, was ich mir einfallen ließ, nichts half. Vorübergehend brachte ich das Gitterbett mit Carinas Hilfe im Wohnschlafzimmer unter. Doch weil Ronnie abends unbedingt noch zwei Raubkopien auf ihre Bild- und Tonqualität prüfen musste, kam Josie nicht zur Ruhe und quengelte geraume Zeit, ehe sie endlich einschlief. Und morgens war sie trotzdem weg. Sie nachts mit auf den Futon zu nehmen, war auch keine Lösung. Ronnie fühlte sich gestört, und Klara schreckte nicht davor zurück, Josie zwischen ihren schlafenden Eltern fortzunehmen.

Die verschlossene Küchentür führte nur dazu, dass Klara sich ebenfalls Flaschen, Sauger und Milchpulver besorgte. Bei mir war der Fluss ohnehin endgültig versiegt. Da Josie mit vier Monaten nicht mehr ausschließlich mit Milch ernährt wurde, kaufte Klara auch Gläser mit Gemüse- oder Obstbrei, später dann Hühnchen mit Reis, Nudeln mit Rindfleisch und die erste Kinderschokolade.

Klara übte nur Verzicht, wenn sie etwas vorhatte. Einkäufe machen, sich von ihrer Bekannten die Haare schneiden lassen oder etwas mit Elsbeth Röther unternehmen. Dann brachte sie Josie nach oben und verlangte: »Ich muss weg, kümmere dich mal selbst um sie.« Als ob ich das nur unter Zwang getan hätte.

Ansonsten verbarrikadierte Klara sich den lieben langen Tag mit Josie in ihrem Schlafzimmer. Weil Klaus mit dem Tritt das

Schloss an ihrer Wohnzimmertür gesprengt hatte und sie sich in diesem Raum nicht mehr sicher fühlte, wusste Ronnie zu berichten. Alles, was sie tagsüber brauchte, schaffte Klara ins Schlafzimmer: Kaffeemaschine, Wasserkocher, ein Radio und zwei Eimer, einer mit Frischwasser für Kaffee, Tee und Josies Mahlzeiten, den anderen für ihre Notdurft. Dabei hätte sie ohne Weiteres zum Anbau schleichen und Josie so lange einschließen können. Aber sie fürchtete, überfallen und massakriert zu werden, wenn sie den Weg durch den Flur riskierte, hatte sie Ronnie anvertraut.

Klara machte erst auf, wenn Ronnie abends nach Hause kam und, von mir nach unten geschickt, sagte: »Es reicht für heute, Mam. Du hattest sie lange genug, jetzt ist Sandra dran.«

Carina richtete nichts aus, war inzwischen auch mehr daran interessiert, ihr eigenes Glück zu schmieden. Sie hatte den armen Jens für sich gewonnen, lebte aber noch bei ihren Eltern und suchte eine eigene Wohnung.

Relativ schnell fand Carina ein kleines Appartement, das sie mit Feuereifer in ein schnuckeliges Liebesnest verwandelte. Noch hatte der gut aussehende Koch seine Schickimickizicke nicht verlassen. Aber er spielte mit dem Gedanken, das zu tun, ehe ihm die Schulden, die seine Frau anhäufte, vollends über den Kopf wuchsen. Mit Carinas Appartement hatte er ein Ausweichquartier.

Mir das anzusehen, wie Carina wiederholt vorschlug, wagte ich nicht aus Furcht, Klara könne meine Abwesenheit nutzen und mit Josie nach Trier oder sonst wohin verschwinden, wo sie mein Kind für sich alleine hatte. Aus demselben Grund machte ich auch nur noch Einkäufe, wenn Klara unterwegs war und Josie vorher bei mir abgeliefert hatte, sodass ich sie mitnehmen konnte.

Das Geld war ohnehin sehr knapp. Einmal die Woche nur das Allernötigste, mehr konnte ich mir gar nicht leisten. Ein

Brot, ein Päckchen Kaffee, einen Becher Margarine, mal ein Duschgel, eine Tube Zahncreme oder ein paar Windeln für die seltenen Gelegenheiten, zu denen ich Josie eine frische machen musste. Was meine Kleine sonst noch brauchte, kaufte Klara. Zum Glück, müsste ich wahrscheinlich sagen, obwohl ich das anders empfand.

Carina brachte mir häufig etwas aus der Restaurantküche mit, was am Vorabend übrig geblieben war und normalerweise im Müll gelandet wäre. Es war mir jedes Mal peinlich. Doch kaum war Carina wieder fort, verschlang ich heißhungrig auch Portionen, die für zwei Tage oder drei Leute gereicht hätten.

Um die in Frischhaltedosen verstauten Delikatessen für den nächsten Tag aufzuheben, hätte ich sie in den Kühlschrank stellen müssen. Dort hätte Ronnie sie entdeckt und wahrscheinlich alles aufgegessen. Und ich fand, er konnte für sich selbst sorgen. So kam ich meist mit zehn Euro die Woche aus.

Weitere drei Monate ging es so. Eine Zeit, die ich überwiegend mit Romanen auf der Eckbank in der Küche verbrachte. Im Herbst wurde es im Wohnschlafzimmer zunehmend ungemütlicher. Die Fenster waren undicht, lüften brauchte ich gar nicht, es zog genug frische Luft durch die Ritzen. Und die alten Heizkörper schafften es nicht, diese Luft richtig aufzuwärmen.

Im Bad war es einfach nur kalt. Der Heizstrahler brauchte mindestens eine halbe Stunde, um den Raum auf eine Temperatur zu bringen, bei der man nicht schon eine Gänsehaut bekam, wenn man sich auszog. Auch in Josies Zimmer war es zu kühl. Aber darum brauchte ich mir keine Gedanken zu machen. Ich musste nur dafür sorgen, dass Josie nachts warm genug eingepackt war.

Ein Arzt hätte bei mir vielleicht eine Depression diagnostiziert, aber zum Arzt ging ich nicht, traute mich ja nicht aus dem Haus. Manchmal lief ich stundenlang in der Küche hin und her und flehte: »Hilf mir. Hol mich hier raus«, ohne zu wissen, an wen ich mich wandte. An Gott hatte ich nie geglaubt. Dann schon eher an den Dämon mit den raspelkurzen, pechschwarzen Haaren. Doch Klaus war aus meinem Leben verschwunden.

Von ihm hörte ich nur noch selten und nur durch Carina, wenn er abends im Restaurant gewesen war. Mal war er gerade aus Frankfurt zurückgekommen, mal aus München, mal aus Dresden, mal aus Amsterdam, mal aus Brüssel, einmal aus Lissabon.

Er war immer noch ständig unterwegs. Wenn er nach Hause kam, speiste er bei Schuberts, erkundigte sich bei Carina, wie es mir ging, und ließ schöne Grüße ausrichten. Ich nahm an, dass Klaus auch hin und wieder im Laden vorbeischaute, aber Ronnie verlor nie ein Wort darüber. Ronnie sprach überhaupt nicht mehr viel, wenn er zu Hause war. Morgens war die Zeit zu knapp für eine Unterhaltung. Und abends ...

Manchmal erkundigte er sich: »Lohnt es sich, wenn ich noch kurz in die Wanne steige?« Manchmal fragte er auch ganz direkt: »Hast du Lust, ein Nümmerchen zu schieben? Ich habe einen geilen Film mitgebracht.« Es war die Zeit der Rammelpornos, damit konnte er sich alleine amüsieren. Wenn ich den Kopf schüttelte, zuckte er mit den Achseln und sagte: »Dann eben nicht.«

Carina wollte mir später einreden, Ronnie hätte sich auf seine Weise um unsere Ehe bemüht und resigniert, weil ich auf seinem Niveau nicht mitspielen wollte. Ich dagegen war überzeugt, dass es Ronnie nicht mehr interessierte, was in mir vorging.

Das kümmerte ihn nicht mal zu Weihnachten. Im Vorjahr hatte er darum noch ein großes Theater gemacht, mir einen Gutschein für Parfüm und Kosmetika geschenkt und mich die halbe Nacht im Anbau mit Streicheleinheiten und ein bisschen Sex verwöhnt, während auf dem Flachbildschirm die *Titanic* schon halb im eisigen Wasser versunken war und Jack Dawson sich beinahe zerriss, um Rose DeWitt zu retten.

Diesmal fuhr Ronnie an Heiligabend morgens zum Laden, als wäre es ein gewöhnlicher Tag. »Der ganze Einzelhandel hat heute geöffnet«, sagte er, als ich ihm ins Bad folgte. »Letztes Jahr hatte ich auch bis Mittag auf. Das hast du nur nicht mitbekommen, weil du noch bei deinen Eltern gewohnt hast.«

»Heißt das, du kommst nach Mittag nach Hause?«, fragte ich.

»Kann ich nicht versprechen«, erwiderte er und fragte seinerseits: »Hast du denn was Besonderes vor?«

Vielleicht hätte er gerne gehört, dass ich ein tolles Essen plante oder sonst etwas, das dem Fest der Liebe angemessen war. Stattdessen sagte ich: »Wir haben nicht mal einen Baum. Ich dachte, wir könnten vielleicht sehen, ob wir noch irgendwo einen bekommen, heute sind sie bestimmt billig.«

»Auf dem Dachboden müsste einer liegen«, sagte Ronnie. »Ein kleiner künstlicher mit einer bunten Lichterkette. Den kann ich schnell runterholen und testen, ob die Kette noch funktioniert. Wenn nicht, nehme ich sie mit und bringe sie in Ordnung.«

»Von deiner Tante?«, fragte ich. Und als er nickte, sagte ich: »Vergiss es. Bist du denn morgen und übermorgen hier?«

Er schüttelte den Kopf. »Zwei Tage auf der faulen Haut liegen, nur weil alle das tun, kann ich mir nicht leisten. Ich hab mit Weihnachten auch nicht viel am Hut.« Dann zog er sich an und ging. Josie war schon unten bei Klara.

Den ganzen Vormittag lief ich wieder in der Küche auf und ab wie ein Tier im Käfig. So fühlte ich mich auch, wie ein verdammt einsames Tier, dem man sein Junges weggenommen hatte.

Mittags kam Carina mit Würstchen, Kartoffelsalat und einem Kuscheltier für Josie. Sie richtete wieder schöne Grüße von Klaus aus. Am vergangenen Abend hatte er sich kulinarisch verwöhnen lassen, um anschließend in Urlaub zu fahren. Jetzt sei er wohl schon im Tessin, meinte Carina.

Schuberts Restaurant war an Heiligabend und dem ersten Feiertag geschlossen. Carina hatte frei, aber trotzdem keine Zeit für einen Kaffee und ein Klagelied. Mitte Dezember hatte der arme Jens die Schickimickizicke verlassen und war bei Carina eingezogen. Wie die beiden den Abend verbringen würden, konnte ich mir lebhaft vorstellen.

Ich gönnte Carina ihr Glück mit Jens auch von ganzem Herzen, wirklich. Ich hätte nur selbst ebenfalls gerne einen Abend verbracht, an den ich später gerne zurückgedacht hätte. Wenn schon nicht mit einem Mann, den ich liebte, dann wenigstens mit meinem Baby vor dem geschmückten Christbaum. Brennende Kerzen, glänzende Kugeln und staunende Kinderaugen.

Dass ich Josie am ersten und zweiten Weihnachtstag mit zu meinen Eltern nehmen konnte, lag nur daran, dass mein Vater uns an beiden Tagen abholte und Klara sich ihm nicht zu widersetzen wagte. Ronnie war nicht da, konnte sich nicht mal für einen halben Nachmittag loseisen, um an der großen Familienfeier teilzunehmen. Es vermisste ihn aber auch keiner.

Am zweiten Feiertag gab es drei neue Gesichter am Tisch: die Kellnerin Jutta und ihre beiden Kinder. Mein jüngerer Bruder nutzte die besinnliche Stimmung, um unseren Eltern mitzuteilen, dass er im kommenden Frühjahr nicht nur eine Frau, sondern eine komplette Familie heiraten würde.

»Das geht aber schnell«, sagte Mama pikiert. »So lange kennt ihr euch doch noch gar nicht.« Mehr sagte sie nicht.

Bei Ronnie fiel auch Silvester unter den Tisch. Ich verbrachte den Abend mit *Jauche und Levkojen* und wollte ihm am Neujahrsmorgen noch einmal klarmachen, dass es so nicht weitergehen konnte. »Sag deiner Mutter, wir ziehen aus, wenn sie noch mal nachts in unsere Wohnung kommt und Josie aus dem

Bettchen nimmt. Sag ihr, man hätte dir eine tolle Wohnung angeboten. Sag, dass ich nichts dagegen habe, wenn sie Josie jeden Tag sieht und eine Weile mit ihr spielt. Aber sie muss warten, bis ich Josie nach unten bringe. Sie darf sich mein Baby nicht einfach holen. Sie darf sich auch nicht mit Josie einschließen. Das ist doch eklig, was sie da treibt mit diesem Eimer.«

Nur wusste Ronnie beim besten Willen nicht, wie er seine Mam zur Vernunft bringen sollte. Schließlich waren daran vor Jahren sogar die Psychiater in der Landesklinik gescheitert. »Ich hab dir von Anfang an gesagt, Mam wird sich gerne ums Kind kümmern. Ich bringe die Kleine abends wieder rauf. Macht den Rest unter euch aus. Und heul mir nicht ständig die Ohren voll. Ich hab genug am Hals.«

Das hatte er tatsächlich. Nach den Raten für den Möbelkredit, die mein Vater zahlte, blieb Ronnie im neuen Jahr der Krankenversicherung die Beiträge schuldig. Bei zwei Zahnärzten und einem Facharzt für Innere Medizin in der Familie wäre die medizinische Versorgung im Notfall zwar gesichert gewesen. Mein Vater sorgte trotzdem dafür, dass ich für mich und Josie eine freiwillige Versicherung bei der AOK abschloss. Die Beiträge übernahm er und glaubte, mein größtes Problem damit gelöst zu haben. Dass es noch weiter abwärtsging, erzählte ich ihm lieber nicht.

Im Februar geriet Ronnie mit der Pacht für den Laden in Rückstand. Haushaltsgeld bekam ich nur noch, wenn er etwas verkauft oder repariert hatte und nach dem Tanken etwas übrig war.

Auf Carinas Drängen richtete ich mir ein Konto ein und versuchte mich an Internetverkäufen. Immerhin verfügte ich unter Klaras Dach über eine Flatrate, einen W-LAN-Router und den alten Laptop, an dem *Neuneinhalb Wochen* klebte wie der Honig, mit dem Mickey Rourke Kim Basinger und Ronnie mich eingesaut hatte. Manche Erinnerungen lassen einen nie wieder los.

Auch wenn das Gerät technisch längst weit vom neuesten Stand entfernt war und eine Ewigkeit brauchte, um irgendwas hochzuladen, erzielte ich in den ersten Wochen verblüffende Einnahmen. Im März konnte ich Dirk und Jutta sogar eine Kleinigkeit zur Hochzeit schenken und der gesamten Familie damit suggerieren, dass ich an Ronnies Seite finanziell nicht ums nackte Überleben kämpfte.

Vorher hätte ich nicht geglaubt, dass es tatsächlich Leute gab, die für einen mehr als dreißig Jahre alten Seiher aus weiß lackiertem Blech fünf Euro zahlten. Für eine gusseiserne Pfanne mit Holzstiel erzielte ich bei eBay sogar sechsundzwanzig Euro. Carina holte den Kram bei mir ab, verpackte ihn und brachte die Päckchen zur nächsten Annahmestelle. Und ich bedankte mich hundertmal bei ihr für die Weitsicht, den alten Küchenkram und den Plunder aus dem Wohnzimmerschrank sicherzustellen.

Große Sprünge waren mit diesen Einnahmen aber nicht drin. Ich verkaufte auch nicht jede Woche etwas. Als Josie mit zehn Monaten zu krabbeln begann, war nicht mal das Geld da, um Steckdosen und die Treppe zu sichern.

»Wieso?«, fragte Ronnie, als ich das Thema anschnitt. »Die krabbelt doch nicht hier. Sie ist den ganzen Tag unten bei Mam. Da kommt sie nicht an Steckdosen ran, da stehen Möbel vor.«

Vor Klaras Eimern standen keine Möbel. Da hatte es schon das eine oder andere Malheur gegeben, weil Josie versucht hatte, sich am Frischwasser oder Klaras Klo hochzuziehen.

»Gestern war sie nicht unten«, erinnerte ich ihn. »Da musste deine Mutter nämlich einen neuen Teppich besorgen. Am Montag war sie auch nicht den ganzen Tag unten. Da brauchte deine Mutter eine neue Tönung. Wenn du das Geld nicht hast, frage ich eben meinen Vater.«

Ich dachte, damit seinen Stolz zu kitzeln und ein paar Euro lockerzumachen, wurde aber enttäuscht und musste tatsächlich meinen Vater bitten. Papa besorgte ein Gitter für die Treppe und einige Steckdosensicherungen, brachte alles an und steckte mir noch hundert Euro zu. Dann fuhr er nach Hause, ging in seinen Bastelkeller, weinte eine Runde und wurde prompt von Mama dabei erwischt. Tags darauf rief er an und wollte wissen, warum Ronnie keine Sozialleistungen beantragte, wenigstens Aufstockung zum Lebensunterhalt, wenn er den mit seinem Laden nicht mehr verdiente.

Davon wollte Ronnie nichts wissen. Kaum hatte ich ihm den Vorschlag meines Vaters unterbreitet, fragte er seinerseits: »Hast du eine Ahnung, was das für ein Papierkrieg wäre? Ich müsste über jeden Cent, den ich einnehme oder ausgebe, Rechenschaft ablegen, ehe die überhaupt etwas herausrücken. Und das jeden Monat aufs Neue.« Dann wollte er wissen: »Warum stockst du unseren Lebensunterhalt nicht auf? Statt hier zu versauern und mir die Ohren vollzuheulen, weil Mam sich ums Kind kümmert, könntest du dir ja Arbeit suchen und was dazuverdienen. Andere Frauen tun das auch. Die Zeiten, in denen man faul auf dem Hintern sitzen konnte, nur weil man ein Kind hatte, sind ja wohl schon lange vorbei.«

Auf diese Unverschämtheit hätte ich ihm gerne die passende Antwort gegeben. Aber es brachte nichts, ihn zu beschimpfen oder mit Argumenten zu bombardieren, denen er in seiner Beschränktheit nicht folgen konnte. Also sagte ich fast gegen meinen Willen: »Ich kann gerne mal zum Arbeitsamt fahren und mich nach einem Job erkundigen. Dann brauche ich aber das Auto oder Geld für den Bus.«

»Beim Arbeitsamt bist du nur eine Nummer«, erklärte Ronnie. »Es gibt Jobbörsen im Internet, da hättest du dich längst umsehen können, brauchst du aber nicht. Letzte Woche war einer im Laden, der hat eine eigene Praxis und sucht eine Halbtagskraft für nachmittags, von drei bis um sieben oder acht. Die meisten wollen nur vormittags arbeiten, sagte er. Wahrscheinlich wegen der Kinder, die dann in der Schule sind. Aber du bist flexibel.«

»Was denn für eine Praxis?«, fragte ich.

»Physiotherapie«, sagte Ronnie. »Hast du gelernt. Wir haben sogar über dich gesprochen. Kannst ihn ja mal anrufen, wenn du wirklich was tun und dafür sorgen willst, dass es uns besser geht. Hengelmann heißt er. Er erinnert sich bestimmt.«

Sommernachtsalbtraum

August 2018

Der Wecker zeigte 4:17 Uhr, als ich erneut aufschreckte und reflexartig den Kopf hob, um hinüber zum Nachttisch zu schielen. Ich hatte etwas gehört, nicht Josie im Nebenzimmer, auch nicht das Zwitschern der Vögel draußen, obwohl die sich jetzt mächtig ins Zeug legten, um den Sonnenaufgang herbeizulocken. Doch das hatte mich nicht aus dem Halbschlaf gerissen.

Unten hatte etwas gepoltert. Während ich noch dem Geräusch nachhorchte, knallte es zweimal wie Schüsse. Dann setzte eine regelrechte Ballerei ein, die sekundenlang anhielt, um jäh wieder abzubrechen. Ihn rissen die Geräusche offenbar aus dem Tiefschlaf. Sein Arm auf meiner Taille zuckte, sein Knie stieß hart gegen meine Hüfte. Er murmelte etwas, das ich nicht verstand. Dann geriet sein ganzer Körper in Bewegung.

Vor Anspannung hielt ich zuerst die Luft an, bemühte mich dann um gleichmäßige Atemzüge. Obwohl ich nicht wusste, inwiefern ihn das davon abhalten sollte, sich erneut über mich herzumachen, schloss ich die Augen. Er sollte glauben, dass ich fest schlief, rundum glücklich und so zufrieden, wie es nur eine vollkommen befriedigte Frau sein konnte.

Aber dem Anschein nach wachte er nicht richtig auf, drehte sich nur auf die andere Seite und zog dabei endlich seinen Arm zurück. Mir kam wohl der Gedanke, es könne ein Trick sein, der mich dazu verleiten sollte, eine Dummheit zu machen, aufzustehen und hinüberzuhuschen. Dass er nur darauf lauerte, damit er nach mir greifen und mich zurückhalten konnte, um noch einmal zu fordern: »Nimm dir, was du haben willst.«

Meine Seiten schmerzten unter der bloßen Erinnerung an seine Knie. Sein ekliger Geschmack haftete noch an meinem Gaumen wie Hühnerkacke. Okay, ich weiß nicht, wie Hühnerkacke schmeckt. Aber ich hätte meine Seele verkauft für ein Glas Wasser oder ein Pfefferminzbonbon.

Ich konnte der Versuchung nicht widerstehen, richtete langsam den Oberkörper auf, ganz langsam, wie in Zeitlupe, um spürbare Bewegungen der Matratze durch die Gewichtsverlagerung zu vermeiden. Ebenso langsam schob ich die Beine über die Bettkante, setzte die Zehenspitzen auf den Fußboden.

Er lag mit dem Rücken zu mir, mit dem Gesicht zum Wecker und der offenen Tür ins Nebenzimmer. Mir war bewusst, dass er nur zu blinzeln brauchte. Aber festgehalten hatte er mich schon mal nicht, also riskierte ich es. Stand auf, schlich um das Bett herum auf die Tür zu, den Kopf zwischen die Schultern gezogen, den Rücken krumm. Ich sah in den Sekunden wohl genauso aus wie Ronnie am Morgen nach unserer Hochzeit.

Ich hatte die Türöffnung schon fast erreicht, als seine Stimme mich wie ein Keulenschlag zwischen die Schulterblätter traf. »Wo willst du hin?«

»Da hat etwas geknallt«, sagte ich. »Es hörte sich an wie Schüsse. Ich will nur rasch nachsehen, was los ist.«

»Das wird der Wind gewesen sein«, meinte er. »Wahrscheinlich ist draußen etwas umgekippt. Wir sind nicht im Wilden Westen.«

So heftig wehte es nicht, dass draußen etwas hätte umkippen

und dermaßen knallen können. Das musste ihm ebenso klar sein wie mir. Und genauso gut wusste er, dass wir nicht mit Josie alleine im Haus waren. Er richtete sich ebenfalls auf und klopfte mit der flachen Hand aufs Laken.

»Komm wieder her«, verlangte er. »Hier gibt es nichts, worum du dich jetzt kümmern oder worüber du dir dein hübsches Köpfchen zerbrechen müsstest. Komm ins Bett, es ist frisch geworden.«

Er griff zum Fußende hinüber. Ich dachte, er würde die Decke hochziehen. Stattdessen nahm er seine Hose von der Truhe, als wolle er sich anziehen und endlich verschwinden. Oder, das hielt ich für wahrscheinlicher, dem Poltergeist im Erdgeschoss einen Besuch abstatten. Er würde das Zimmer verlassen und ein paar Minuten weg sein. Zeit genug, um mein Handy zu schnappen, mich mit Josie einzuschließen und den Notruf zu wählen.

Ich stand nur zwei Schritte von der offenen Tür entfernt, hätte mit einem Satz nach nebenan hechten können. Nur steckte der Schlüssel auf dieser Seite, ehe ich den abgezogen, innen eingesteckt und umgedreht hätte, wäre er zur Stelle. Also kehrte ich zurück zum Bett. Wozu noch ein Risiko eingehen, wenn er gehen wollte, dachte ich. Aber wenn ich schon mal dachte ... Als ich meinen Irrtum erkannte, war ich zum Greifen nahe.

Hoffnungsstreifen

Carina fand Ronnies Vorschlag vernünftig. Von ihr hatte ich eine andere Reaktion erwartet.

»Soll ich Josie etwa jeden Nachmittag der Verrückten überlassen?«, fragte ich.

»Das musst du jetzt auch«, erwiderte Carina. »Und nicht nur nachmittags. Ob du im Haus bist oder nicht, solange die Irre sich unten einschließt, hast du keine Kontrolle. Wenn sie sich nicht mehr verbarrikadieren muss, weil du arbeitest, benutzt sie garantiert wieder ihr Klo, was für alle von Vorteil wäre. Sonst sagt Josie garantiert: ›Kloake‹, wenn sie später gefragt wird, welchen Geruch sie mit ihrer Kindheit verbindet. Diesen ekligen Eimer riecht man schon, wenn man zur Haustür hereinkommt.«

»Und wenn Klara abhaut?«, gab ich zu bedenken. »Was mache ich, wenn sie mit Josie nach Trier fährt? Zu diesem Bruder oder Schwager, von dem ich nicht mal weiß, wie er heißt?«

»Der Schwager heißt Otto Franken«, erinnerte Carina mich. »Wenn es ein Bruder ist, wird Ronnie wissen, wie der heißt und wo er zu finden ist.« Carina seufzte, ehe sie weitersprach: »Sei vernünftig, Sandra. Du sagst doch selbst, dass du bald durchdrehst, wenn es noch lange so weitergeht. Du hast nichts zu tun, hast kaum Geld, bist ständig frustriert. Ihr seid noch nicht mal ein Jahr verheiratet. Wann hast du das letzte Mal mit Ronnie geschlafen? Hast du überhaupt noch mal mit ihm geschlafen, nachdem du mir erzählt hast, du hättest Probleme mit den Hormonen?«

»Ich hatte nie Probleme mit Hormonen«, stellte ich richtig. »Auf die Idee bist du gekommen. Ich habe nur Probleme mit Ronnie und seiner Mutter.«

»Und was hast du bisher getan, um diese Probleme in den Griff zu bekommen?«, fragte Carina. Auf eine Antwort wartete sie nicht, fuhr in dozierendem Ton fort: »Ich rede jetzt nicht von deiner Schwiegermutter. Bei der wüsste ich auch nicht, wie ich mit ihr umgehen sollte. Ich rede nur von Ronnie, von deinem Mann, Sandra. Um eine Beziehung muss man kämpfen. Darüber müsstest du dich mal mit Jens unterhalten. Gut, irgendwann lohnt sich der Kampf nicht mehr. Aber bisher hatte ich nicht das Gefühl, dass du überhaupt kämpfst. Im Gegenteil, manchmal kam es mir so vor, als ob dich der Mensch Ronnie, der jedes alte Radio und jeden Plattenspieler wieder zum Laufen bringt, der drei Monate in einer Pflegefamilie als die glücklichste Zeit seines Lebens bezeichnet, der dir vor der Hochzeit jeden Wunsch erfüllt hat ...«

»Genau«, unterbrach ich ihre Aufzählung. »Vor der Hochzeit. Danach war Sense. Das sieht doch verdammt noch mal so aus, als hätte er sich nur ins Zeug gelegt, bis er mich fest am Haken hatte. Er wollte eine eigene Familie, okay oder nicht okay. Seit er die Familie hat, weiß er nämlich nichts damit anzufangen.«

»Es war doch nicht seine Schuld, dass Klaus die Geschäfte mit den Russen aufgeben musste, als ihr geheiratet habt«, verteidigte Carina den Menschen Ronnie. »Ich hab schon oft gedacht, dass du zu Anfang nur auf den BMW abgefahren bist und das Geld gesehen hast, das Ronnie dir gegeben hat. Als wäre er ein Dukatenesel, der seinen Wert verloren hat, als der Strom versiegte.«

»Das denkst du wirklich von mir?«, fragte ich betroffen.

»Ja«, sagte Carina schlicht. »Was soll ich denn sonst denken, so wie du dich bisher aufgeführt hast? Ronnie schuftet von morgens bis abends. Jede andere Frau würde das anerkennen und ihm Mut machen, mal sagen: ›Das schaffen wir schon.‹ Du nicht. Du siehst nur, was dir alles nicht passt, und meckerst in einer Tour.«

Jetzt regte sich doch ein Widerspruch in mir. »Würde es dir gefallen, wenn Jens dich fragt, ob du Lust hast, einen Rammelporno zu gucken und dabei ein Nümmerchen zu schieben? Ich habe auf so was keine Lust.«

»Hätte ich auch nicht«, stimmte Carina mir zu. »Aber das musst du Ronnie sagen, nicht mir. Wenn es nur daran liegt, lässt sich das bestimmt ändern. Er müsste nur erst mal wissen, was er falsch macht. Tut mir leid, wenn du jetzt sauer auf mich bist.«

»Ich bin nicht sauer auf dich«, murmelte ich.

Das war ich wirklich nicht. Mit dem Dukatenesel hatte sie mich bis ins Mark getroffen, weil ich vor der Hochzeit ja tatsächlich eine Menge Geld von Ronnie genommen und gedacht hatte, es ginge immer so weiter.

Obwohl ich leise gesprochen hatte, hatte Carina mich verstanden. »Okay«, sagte sie. »Dann ruf den Mann mit der Praxis an, mach einen Termin mit ihm aus. Ich fahre dich gerne hin, wenn ich es einrichten kann.«

Das tat ich dann auch.

Herr Hengelmann erinnerte sich anscheinend recht gut an sein Gespräch mit Ronnie und freute sich, von Ronnies Frau zu hören. Die Stelle war noch frei. Ich könne gerne am Nachmittag vorbeikommen und mir die Praxis ansehen, bot er an.

»Wie, gleich heute?«, fragte ich überrumpelt.

»Warum nicht?« Herr Hengelmann lachte. »Was du heute kannst besorgen, das verschiebe nicht auf morgen und erst recht nicht auf die lange Bank.«

Carina konnte es einrichten und fuhr mich am frühen Nachmittag hin. Dabei stellten wir fest, dass die Praxis Hengelmann nicht weit vom Laden entfernt lag.

»Das ist echt günstig«, sagte Carina. »Um halb drei fährt ein Bus, abends kannst du mit Ronnie zurückfahren. Das tut euch beiden bestimmt gut, wenn ihr mal wieder woanders zusammen seid als in der Wohnung. Da warst du von Anfang an unzufrieden. Daran hat sich bis heute nichts geändert. Was ich verstehen kann, also sei nicht wieder eingeschnappt, weil ich das sage. Ich meine nur, vielleicht funkt es wieder, wenn ihr zusammen nach Hause fahrt. Ihr müsst ja nicht jeden Abend den direkten Weg nehmen. Ich würde euch das so sehr wünschen. Ihr seid ein schönes Paar, Sandra. Und ihr habt ein Kind.«

Ich schwieg und fragte mich, ob Carina vergessen hatte, wie Ronnie in Arbeitsklamotten aussah und wie er roch, wenn er sich den ganzen Tag mit Zigaretten eingenebelt hatte. Das konnte er sich zwar nicht mehr täglich leisten, aber manchmal stank er wie ein Teerkocher, wenn er nach Hause kam. Dann roch ich ihn oben schon, während er sich unten noch darum bemühte, Josie bei seiner Mutter rauszuholen.

Mit Herrn Hengelmann wurde ich rasch einig. »Nennen Sie mich Markus, das tun alle. Wir können auch gleich Du sagen.«

Ich fühlte mich zwar erneut überrumpelt oder wie in einem abgekarteten Spiel, in dem wieder mal alle besser wussten als ich, was für mich das Beste war. Aber was Carina mir vorgehalten hatte, zitterte noch in mir nach. Deshalb fühlte ich mich verpflichtet, vernünftig zu handeln wie eine erwachsene Frau, die bereit war, sich den Anforderungen des realen Lebens zu stellen.

Mit Klara verhandelte Ronnie abends hinter geschlossener Tür im Wohnzimmer. Warum es überhaupt Verhandlungen geben musste, verstand ich nicht. Ich hörte auch nicht, was Ronnie sagte, weil ich mit Josie beschäftigt war. Als er wieder nach oben kam, sagte Ronnie nur: »Sie macht's.«

»Logisch«, sagte ich. »Bisher hat sie es ja auch gemacht, obwohl wir nicht einverstanden waren.«

Das »wir« kam mir in diesem Zusammenhang wie blanker Hohn vor. Es sollte Ronnie auch nur klarmachen, dass ich mich noch nicht völlig aus unserer Ehe ausgeklinkt hatte.

Am zweiten Mai hatte ich meinen ersten Arbeitstag in der Praxis Hengelmann. Es fiel mir nicht leicht, Klara mein Kind freiwillig zu überlassen und nicht mal in der Nähe bleiben zu können. Als ich das Haus verließ, fühlte es sich an, als drücke mir jemand das Herz zusammen.

Den Bus brauchte ich nicht nehmen, Carina fuhr mich. Den halben Nachmittag schwebte mir Josies süßes, kleines Gesicht vor Augen. Die restliche Zeit sah ich Klara mit meinem Baby auf dem Arm und zerzaustem Haar halb nackt durch die Straßen laufen. Um Viertel nach sieben konnte ich Feierabend machen, verabschiedete mich von Markus Hengelmann und rannte den knappen Kilometer von der Praxis zum Laden. Ronnie war auch schon fertig mit seiner Arbeit und wartete auf mich.

»Da bist du ja«, sagte er, als ich hereinstürmte. »Wie war es?«

Wie sollte es gewesen sein? Ungewohnt, als wäre es zehn Jahre her, seit ich den letzten Patienten nach einer Hüft-OP vor mir gehabt hatte. Zum Glück waren sowohl der Patient als auch Markus Hengelmann sehr geduldig mit mir gewesen.

»Da findest du dich bestimmt schnell wieder rein«, meinte Ronnie zuversichtlich. So hatte er seit Monaten nicht mehr mit mir gesprochen. Er schloss die Eingangstür ab und folgte mir hinaus auf den Hof. Als wir ins Auto stiegen, fragte er: »Sollen wir bei McDonald's vorbeifahren oder lieber was vom Italiener holen? Ich habe heute zwei Reparaturen gemacht und gleich kassiert. Und du hast doch sicher keine Lust mehr, jetzt noch zu kochen.«

Brauchte ich auch nicht. Carina hatte mittags Reste aus der Restaurantküche mitgebracht, die musste ich nur aufwärmen.

»Super«, freute sich Ronnie. »Wir müssen das Geld ja nicht gleich zum Fenster rauswerfen, nur weil du jetzt mitarbeitest.« Er wirkte gelöst wie lange nicht mehr, als sei ein immenser Druck von ihm genommen worden. So empfand er es wohl auch.

Josie hatte den Nachmittag unbeschadet in Klaras Wohnzimmer überstanden, sie schlief auf der Couch, als wir ins Haus kamen. Die Schlafzimmerfenster standen beide auf gekippt, obwohl es draußen ziemlich kühl war. Die Schlafzimmertür war ebenfalls offen, und im Flur roch es so frisch, als hätte Klara den halben Tag durchgelüftet.

Klara wirkte erleichtert, als ich das schlafende Baby von der Couch nahm. »Gegessen hat sie schon. Aber sie braucht noch eine Windel für die Nacht.«

»Alles klar«, sagte Ronnie. »Danke, Mam. Du bist uns wirklich eine große Hilfe.«

Ich fasste es nicht, verkniff mir jedoch die gehässige Bemerkung, die mir auf der Zunge lag.

Viel anders war es in den nächsten Tagen auch nicht. Aber es wurde bald anders, besser, um genau zu sein. Meine Furcht vor einer unberechenbaren Aktion Klaras wurde von Tag zu Tag kleiner. Und so wie meine Ängste schrumpften, wuchs mein Selbstvertrauen. Mit den Patienten kam ich gut zurecht. Markus Hengelmann erwies sich als geduldiger Lehrmeister, wenn es galt, Lektionen aufzufrischen und Handgriffe neu einzustudieren.

Morgens stand ich nicht mehr vor einem leeren Kinderbett. Und nur in den ersten beiden Wochen erschien Klara vormittags noch häufig auf halber Höhe der Treppe, spähte auf Fußbodenniveau durchs Geländer und säuselte: »Wo ist mein Schätzchen?« Was mir jedes Mal einen Stich versetzte, weil Josie fröhlich krähte und so schnell sie konnte zum Treppengeländer oder dem Sicherheitsgitter krabbelte, um an den Stäben zu rütteln wie ein Äffchen, das aus seinem Käfig ausbrechen will.

Meist fragte Klara dann: »Darf ich sie für ein Weilchen mit nach unten nehmen? Ich bringe sie für den Mittagsschlaf zurück.«

Wenn ich ablehnte, hatte ich anschließend ein vor Wut und Enttäuschung heulendes Baby um mich, das sich von mir weder auf den Arm nehmen noch sonst irgendwie trösten lassen wollte.

Manchmal sagte Klara auch nur: »Gleich, mein Schätzchen. Die Mama mag es nicht, wenn ich dich jetzt schon mit nach unten nehme. Aber wir spielen heute Nachmittag.«

Was bei Josie ebenfalls lautstarken Protest auslöste. So oder so blieb mir keine andere Wahl, als nachzugeben. Aber schon in der dritten Woche erschien Klara nur noch zweimal auf der Treppe. Ende Mai stellte sie diese Art von Lockrufen völlig ein.

Hellas Todestag näherte sich mal wieder. Ronnie meinte, Mam hätte einen Geist gesehen oder gehört und traue sich deshalb nicht mehr nach oben. Das mochte sein, allerdings nur, was Klaras Einbildungskraft betraf. Sie bestand jedenfalls darauf, dass ich Josie zu ihr brachte, ehe ich zur Bushaltestelle lief oder in Ausnahmefällen zu Carina in den Polo stieg. Wenn Josie ihren Mittagsschlaf noch nicht beendet hatte, musste ich sie aus dem Schlaf reißen, was meine Kleine regelmäßig mit übler Laune und Quengelei quittierte. Aber das war dann Klaras Problem.

Ich frischte derweil meine Kenntnisse auf, sammelte Erfahrungen im Beruf und Punkte fürs Selbstwertgefühl. Anlässlich der ersten Lohnüberweisung vergoss ich ein paar Tränen des Stolzes und der Erleichterung und genoss es anschließend, zum ersten Mal in meinem Leben mit selbst verdientem Geld einzukaufen, auch wenn es nur ein paar Lebensmittel waren.

Ronnie grinste wieder beinahe so wie Leonardo DiCaprio, wenn ich abends den Laden betrat, zumindest sah sein Lächeln für mich wieder ungefähr so aus. Vier Wochen nach unserem ersten Hochzeitstag schliefen wir auch wieder miteinander, ohne erotische Stimulation vom Flachbildschirm, nur, weil uns beiden danach war. Tags darauf erzählte ich Carina von der Hoffnung, dass doch noch nicht alles vorbei sei, wie ich zu Jahresbeginn geglaubt hatte.

Wie Ronnie mir prophezeit hatte, fand ich schnell wieder rein in das, was ich gelernt hatte. Markus Hengelmann war zufrieden mit mir und meinen Leistungen. Die Patienten waren zudem auch noch dankbar. Nörgler, Querulanten und solche, die mit Gott, der Welt und dem eigenen Schicksal haderten, gehörten nicht zur Klientel der Praxis. Da gab es eher lobende

Worte wie die eines alten Mannes, der sich nach zwei Bandscheiben-OPs nicht ein drittes Mal unters Messer legen wollte und nach jeder Behandlung glücklich seufzte: »Ach, Fräulein, mit Ihnen macht das Leben wieder Spaß. Wenn wir so weitermachen, kann ich mich bald wieder bücken.«

Von der zweiten Lohnüberweisung Ende Juni leistete ich mir eine neue Jeans und ein Shirt, das letzte hatte ich von Ronnies Geld gekauft, kurz nachdem ich mit Josie schwanger geworden war. Außerdem richtete ich einen Dauerauftrag ein, durch den meinem Vater ab August die Rate für den Möbelkredit erstattet werden sollte. Die Beiträge zur freiwilligen Krankenversicherung waren mit meiner Anstellung in der Praxis hinfällig geworden. Leider kam ich nicht mehr dazu, meinen Vater weiter zu entlasten.

Am zweiten Mittwoch im Juli wachte ich schon um fünf in der Früh auf. Wir schliefen bei offenen Fenstern, draußen lief ein Automotor. Während ich lauschte und mich fragte, wer von den Nachbarn so früh wegfuhr, sagte unten auf der Straße ein Mann: »Warten Sie, ich helfe Ihnen mit dem Gepäck.«

Und Klara antwortete: »Danke, das ist sehr nett.«

Ich rutschte vom Futon und huschte ans Fenster. Unten stand ein Taxi, ein untersetzter Mann mit Kappe schloss gerade den Kofferraumdeckel. Klara stand noch neben der offenen Beifahrertür, schaute zu den Fenstern hinauf, sah mich und lächelte. Dann stieg Klara ein, der Mann ebenso, und das Taxi fuhr davon.

Ronnie wusste von nichts, nicht mal ihm hatte Klara eine Reise angekündigt. Folglich konnte er auch nicht sagen, wie lange sie wegzubleiben gedachte. Er vermutete lediglich, sie sei wieder zu ihrem Bruder nach Trier gefahren.

»Ist das wirklich ihr Bruder, oder ist es dein Onkel?«, fragte ich wütend und frustriert.

»Denk nach, bevor du dämliche Fragen stellst«, verlangte Ronnie unwirsch. »Mams Bruder ist mein Onkel. Zu Otto ist sie garantiert nicht, wenn du darauf hinauswillst. Was machen wir denn jetzt?«

Mit dieser Frage erklärten sich seine miese Laune und der harsche Ton. Er hatte gedacht, mein Einkommen würde es ihm gestatten, die ausstehende Pacht beim Vermieter in Kleckerbeträgen abzustottern. Damit hatte er gerade erst begonnen, weil er im Juni von seinen schmalen Einkünften nichts für den Haushalt hatte abzweigen müssen.

An dem Mittwoch sprangen meine Eltern ein. Immerhin hatte meine Mutter zu Beginn der Schwangerschaft darauf bestanden, die Kinderbetreuung zu übernehmen, damit ich arbeiten konnte und die teure Ausbildung nicht für die Katz war. Wenn ich meinen Job verlor, musste ich mich und Josie wieder freiwillig krankenversichern. Wer die Beiträge zahlen müsste, konnte Mama sich denken. Da brauchte ich nicht viel Überredungskunst, musste nur sagen: »Klara hat mich hängen lassen. Wahrscheinlich ist sie wieder nach Trier gefahren. Kann ich Josie zu euch bringen, bis Klara zurückkommt?«

Selbstverständlich. Ich musste Josie nicht einmal bringen. Mein Vater holte uns beide ab und fuhr auf seinem Weg bei der Praxis Hengelmann vorbei. Als ich ausstieg, scherzte er noch: »Mach dir keine Sorgen, wir werden das Kind schon schaukeln.«

Abends sah die Sache bereits anders aus. Ronnie wartete sicherheitshalber im Auto vor der Tür, als ich Josie abholte. Meine Mutter begrüßte mich mit den Worten: »Also eins sag ich dir gleich, noch so einen Nachmittag stehe ich nervlich nicht durch, dein Vater auch nicht. Kann das Kind eigentlich auch was anderes als brüllen? Sie hat nichts gegessen, nichts getrunken, ließ sich nicht auf den Arm nehmen und keine frische Windel anziehen. Sie hat nur auf dem Boden gesessen und geheult, bis sie vor Erschöpfung eingeschlafen ist.«

Josie schlief immer noch, lag zusammengerollt wie ein Häufchen Elend neben der Couch im Wohnzimmer. Und sogar im Schlaf zuckten ihre schmalen Schultern unter weiteren Schluchzern. Dabei schlief sie so fest, dass sie nicht einmal aufwachte, als ich sie hochnahm.

»Sie muss sich halt erst umgewöhnen«, sagte ich diplomatisch. »Morgen ist es bestimmt schon besser.« Man durfte nicht vergessen, dass Josie meine Eltern im Grunde gar nicht kannte und in einem Alter war, in dem ihr fremde Gesichter Angst machten. Und mein Vater war eine imposante Erscheinung.

Tags darauf begann Josie schon zu schreien, als sie ihren Opa zu Gesicht bekam. Papa holte uns wieder ab, fuhr mich zur Arbeit und verabschiedete mich mit dem Hinweis: »Ich fahre noch eine Weile mit ihr herum, bis sie sich beruhigt hat.«

Wie lange er Josie durch die Gegend fahren musste, erfuhr ich nicht. Als ich sie abends abholte, sagte meine Mutter: »Wenn Klara nächste Woche nicht zurückkommt, musst du kündigen.«

»Ich bin auf den Job angewiesen, Mama.«

»Das weiß ich«, sagte sie. »Glaub mir, das weiß ich. Und ich bin auf meine Nerven angewiesen. Wenn die mir durchgehen, geht hier nichts mehr. Ich kann mich doch nicht vierteilen.«

Oma Finchen, inzwischen stolze einundneunzig Jahre alt, hatte in den letzten Monaten stark abgebaut. Sie war vergesslich und gebrechlich geworden. Von Demenz wollte noch niemand reden, aber Tatsache war, dass meine Mutter nicht mehr Augen genug für ihre Mutter hatte.

Von meinem Vater ließ Oma Finchen sich weder anfassen noch irgendwelche Vorschriften machen. Er war ja nur der Schwiegersohn. Wenn er sie daran hindern wollte, ohne Schuhe auf die Straße zu gehen, musste er sich sagen lassen: »Das sind meine Füße, du Fettsack.«

Nachmittags kam zudem Julia, musste Hausaufgaben machen und brauchte dabei ihre Ruhe, oft auch Hilfe. Julia erhob zwar keine Einwände, wenn Opa sich zu ihr setzte, nur hatte der nicht immer Zeit. Und dazu noch ein dreizehn Monate altes Kind, das von einer Verrückten erzogen, vielmehr verzogen worden war …

Es waren nicht nur die fremden Gesichter. Josie brüllte auch sofort los, wenn sie ihren Willen nicht bekam. Das wusste ich aus eigener Erfahrung. Sie lief bereits an den Möbeln entlang, räumte Schrank- und Schubfächer aus oder niedrige Tische ab. Nahm man ihr etwas aus den Händchen oder hob mahnend den Finger, kreischte sie los wie eine Sirene und beruhigte sich erst wieder, wenn man ihr überließ, was sie haben wollte.

Bei Klara durfte sie mit dem Laptop spielen, ihre stets klebrigen Fingerchen an der Couch abwischen oder an der Fernbedienung des Fernsehers lutschen. Bei Klara durfte sie auch mal eine Stunde lang ohne Windel herumlaufen oder krabbeln. Wenn sie auf den neuen Teppich pieselte oder ein Häufchen machte, wusch Klara es eben aus und versprühte ein Desinfektionsmittel.

Nach einer Woche war Klara zurück, aber drei Wochen später ging sie erneut auf Reisen, ohne vorher Bescheid zu geben. Der Zustand meiner Großmutter hatte sich in der kurzen Zeit weiter verschlechtert. Wie sich später herausstellte, spülte sie die Tabletten, die der Arzt ihr verschrieben hatte, das Becken runter, weil sie glaubte, man wolle sie vergiften. Meine Mutter konnte sich jedenfalls nicht auch noch um Josie kümmern. Und Papa hatte diesmal keine Zeit. Er organisierte eine Altkleidersammlung für die Obdachlosenhilfe, hatte mehrere Termine in der Praxis und nahm auch noch an einem Seminar teil.

Notgedrungen bat ich um eine Woche unbezahlten Urlaub. In dieser Woche telefonierte Ronnie dreimal täglich mit dem Onkel in Trier. Dem gelang es schließlich, Klara zur Rückkehr zu bewegen. Für zwei Wochen. Anfang September war sie wieder weg.

»Mam fühlt sich überfordert«, wusste Ronnie diesmal. »Josie ist aber auch ein anstrengendes Kind, das musst du zugeben.«

Sicher, aber wer hatte sie denn so anstrengend gemacht?

Für zwei Nachmittage kam Josie noch mal bei meinen Eltern unter. Am zweiten Nachmittag überließ Oma Finchen ihr die gut gefüllte Pillendose. Julia sah es zum Glück und verhinderte Schlimmeres. Da Josie sich nur unter nervtötendem Protest etwas wegnehmen ließ, fuhr mein Vater sie anschließend geschlagene zwei Stunden im Auto spazieren. Dann war mein Kind endlich vor Erschöpfung eingeschlafen und Papa mit seinen Nerven am Ende.

»Wie lange denn diesmal?«, fragte Markus Hengelmann, als ich erneut um unbezahlten Urlaub bat.

»Bis meine Schwiegermutter wieder hier ist«, sagte ich.

»Und wann ist sie wieder hier?«

»Wahrscheinlich nächste Woche.«

»Und wenn nicht?«

»Dann kommt sie bestimmt übernächste Woche zurück.«

»Und wenn nicht?«, fragte Markus Hengelmann noch einmal und sprach gleich weiter: »Tut mir leid, Sandra. Auf der Basis kann ich nicht planen. Hier geht alles nach Termin, das weißt du. Jedes Mal, wenn du ausfällst, muss ich deine Patienten vertrösten und verteilen, womit sie meist nicht einverstanden sind. So ist das nun mal, wenn man sich an einen Menschen und seine Hände gewöhnt hat, mag man nicht wechseln. Ich muss zusehen, dass ich einen Ersatz für dich bekomme. Tut mir wirklich sehr leid.«

Für mich war es schlimm, für Ronnies Zweite-Hand-Laden das endgültige Aus. Pünktlich bezahlt hatte Ronnie in den letzten Monaten nur noch die Leasingrate für den BMW. Ein selbstständiger Geschäftsmann ohne Auto war für ihn ein Unding.

Mit der Pacht für den Laden war er drei Monate im Rückstand, mit den Abschlagszahlungen für den elektrischen Strom inzwischen vier. Der Vermieter ließ sich erneut vertrösten, das Energieunternehmen nicht. Nach der dritten Mahnung drehten sie Ronnie den Saft ab. Und ein Ladenlokal ohne Strom, in dem ausschließlich mit elektrischem und elektronischem Zeug gewerkelt wurde, funktionierte noch weniger als ein Geschäftsmann ohne Auto.

Jetzt wäre es allerhöchste Zeit gewesen, offizielle Stellen um Hilfe zu ersuchen. Das kam für Ronnie nicht infrage. Er zog kurzerhand mit seinem Gewerbe in den Anbau. Als Klara zurückkam und sich wieder von morgens bis abends um mein Kind kümmerte, hatte Ronnie den Betrieb bereits aufgenommen.

»Auf die Idee hätte ich früher kommen sollen«, sagte er. »Der Laden hat wirklich mehr Kosten verursacht, als er eingebracht hat. Jetzt brauche ich keine Pacht mehr zu zahlen.«

Auch keinen Strom, dafür musste Klara aufkommen. Es gab nur einen Zähler im Haus. Was wir oben verbrauchten, ging auch auf Klaras Kosten. Was sie von Ronnies neuen Geschäftsräumen hielt, erfuhr ich nicht. Auftauchende Kundschaft musste Ronnie ja durch Küche und Bad seiner Mutter lotsen. Aber etwaige Differenzen machten sie unter sich aus.

Ronnie reparierte, was immer man ihm brachte. Zusätzlich bot er im Netz seine Dienste an. »Anruf genügt, komme ins Haus.«

Service-Hotline für alle Computersysteme und Probleme sowie Reparaturen aller Art. Auch Waschmaschinen. Hatte er bis dahin noch nicht repariert, traute sich das aber zu. Er spekulierte darauf, irgendwo ein altes Schätzchen abstauben zu können, damit ich endlich zu einer eigenen Maschine kam. Er müsste den Besitzern ja nur weismachen, dass die Reparatur in dem Fall nicht mehr lohne, meinte er.

Es riefen tatsächlich schon in den ersten Tagen Leute an,

allerdings keiner wegen einer defekten Waschmaschine. Bei einer alleinstehenden Frau in mittleren Jahren war der Computer abgestürzt. Ein junger Familienvater hatte die Antivirensoftware nicht regelmäßig aktualisiert und sich einen Trojaner eingefangen. Und bei einem alten Ehepaar funktionierte der Rasenmäher nicht mehr. Da meldeten sich nicht die alten Leute, sondern ein Sohn, der zufällig auf Ronnies Seite gestoßen war und selbst keine Zeit hatte. Nachdem Ronnie den Mäher instand gesetzt hatte, sollte er auch noch den Rasen schneiden. Das tat er und verlangte für alles achtzig Euro. Er war richtig happy, als er zurückkam, erweiterte sein Arbeitsangebot um Gartenarbeiten und gab mir zwanzig Euro für den Haushalt.

Bis dahin hatten wir hauptsächlich von dem gelebt, was Carina vorbeibrachte. Sie kam wieder zwei-, dreimal die Woche, meist um die Mittagszeit, aber immer nur kurz, um Frischhaltedosen mit Resten vom vergangenen Abend abzugeben.

Und einen Nachmittag pro Woche verbrachte ich mit Josie bei meinen Eltern, damit sie sich an Oma und Opa gewöhnte, falls die beiden sich noch mal kümmern müssten. Angenehm waren diese Aufenthalte für mich nicht. Von meiner Mutter musste ich mir stets die gleichen Vorträge anhören und Oma Finchen jedes Mal mindestens eine halbe Stunde lang aus *Die Nacht mit dem Teufel* vorlesen. Das zerfledderte Exemplar hatte ihr Mann in jungen Jahren in einer Leihbücherei abgestaubt. Ihr war es so heilig wie anderen Leuten eine Bibel.

Mein Vater holte mich ab, wenn Josie ihren Mittagsschlaf beendet hatte, und brachte uns abends wieder zurück. Meist steckte er mir dann noch einen Geldschein zu, damit ich Windeln kaufen konnte, oder einen Bon vom Discounter, mit dem ich mein Handyguthaben aufstockte, sonst hätte ich im Notfall nicht mal jemanden anrufen können.

Die restliche Zeit saß ich wieder auf der Couch im Wohnschlafzimmer oder im Sessel im Kinderzimmer, ab Oktober ausschließlich auf der Eckbank in der Küche und las mich durch fremde Schicksale, um nicht am eigenen zu zerbrechen. Dass Ronnie sich nun ebenfalls, zumindest zeitweise, im Haus aufhielt, machte für mich keinen Unterschied.

Klara kam zwar nicht mehr nach oben, um Josie zu holen, das musste sie auch nicht. Sie brauchte nicht mal mehr auf halber Höhe der Treppe zu stehen, konnte unten im Flur rufen: »Wo ist mein Schätzchen?«, dann kreischte Josie vor Vergnügen und heulte wie eine Sirene, wenn ich mich stur stellte und sagte: »Heute musst du bei Mama bleiben, sonst ist Mama traurig und muss weinen. Das willst du doch nicht, oder?«

Josies Wortschatz war noch begrenzt, sie brabbelte viel, man verstand aber nur wenig. »Nein« gehörte zu den Worten, die sie klar und deutlich und mindestens hundertmal pro Tag über die Lippen brachte. Meine Frage wurde stets mit »Nein« beantwortet. Das bezog sich auf mein Verlangen, nicht auf die Frage.

Von Ronnie war keine Unterstützung zu erwarten. Er ging jeder Auseinandersetzung auf seine Weise aus dem Weg. Wenn ich ihm tagsüber auf die Pelle rückte, das tat ich vom Hof aus, klopfte so lange ans Fenster, bis er reagierte, dann musste er immer gleich weg zu einem Kunden. Und wenn zu befürchten stand, dass ich mich abends über seine Mam beschweren oder Geld verlangen könnte, das Ronnie nicht hatte, kam er erst gar nicht nach oben. Er arbeitete ohnehin bis weit in die Nacht hinein, konnte sich jederzeit in Klaras Küche mit etwas Essbarem oder Kaffee versorgen und in Klaras Bad duschen, ehe er Kunden besuchte.

In seinem früheren Zimmer stand immer noch der Kleiderschrank mit den Schwebetüren, in dem er nach und nach wieder seine Garderobe unterbrachte. Und im Zimmer seiner Brüder gab es immer noch das alte Etagenbett. Ronnie stellte keine Ansprüche an Komfort, Hauptsache, er hatte seine Ruhe. Interesse an Sex schien er nicht mehr zu haben.

Er machte keine Anstalten, seine Hose anzuziehen, hantierte nur in einer der Taschen und verlangte dabei erneut: »Jetzt komm schon. Und mach dir keinen Kopf um die Kleine. Du hast sie nicht so schlimm verletzt, wie du vielleicht glaubst. Sie hat wohl mehr vor Schreck so gebrüllt, sonst hätte ich sie doch sofort ins Krankenhaus gebracht. Was denkst du denn von mir? Dass ich unser Vergnügen über das Wohl eines kleinen Kindes stelle? Du solltest mich besser kennen.«

Es war ein Gefühl, als wäre ich im falschen Film. Ich weiß nicht, wie ich es anders beschreiben soll. Er legte die Hose zurück auf die Truhe, hatte vermutlich nur das Aufzeichnungsgerät überprüft, es vielleicht wieder eingeschaltet, falls es in den letzten Stunden in einen Stand-by-Modus gegangen war.

Mit den nächsten Worten änderte sich sein Ton, der Vorwurf war nicht zu überhören. »Aber du darfst deinen Frust nicht immer an dem armen Kind abreagieren. Tu das nie wieder, hörst du, sonst müsste ich Konsequenzen ziehen, die dir bestimmt nicht gefallen. Die Kleine kann doch nichts dafür, dass ich nur so wenig Zeit für dich habe.«

Was er von sich gab, war an Infamie nicht zu überbieten. Und er sagte noch mehr. Den Blick auf mein Gesicht geheftet, damit ihm nur ja keine Regung entging, sprach er von Josies Liebe zu ihrer Oma, womit Klara gemeint war. »Das kann man der Kleinen nicht zum Vorwurf machen. So sind Kinder in dem Alter nun mal, egoistisch und nur darauf aus, ihre Bedürfnisse zu befriedigen. Sie ziehen grundsätzlich den Menschen vor, der sie mit Süßigkeiten füttert und ihnen ihren Willen lässt. Ich verstehe, dass dich das als Mutter verletzt. Aber du bist erwachsen, Sandra, du solltest dich besser beherrschen können.«

Sekundenlang fühlte es sich an, als wäre mein Mund mit Klebstoff gefüllt. Ich konnte weder schlucken noch sprechen, hätte auch gar nicht gewusst, mit welchen Worten ich der Infamie Paroli bieten sollte. Gleichzeitig schnürte mir ein eiserner Ring die Brust ein und raubte mir im wahrsten Sinne des Wortes den Atem. Es schien unmöglich, die Lungen mit Luft zu füllen, weil mir schlagartig klar wurde, dass es für ihn keine Rolle spielte, ob Josie tatsächlich nur schlief oder gegen zwei Uhr gestorben war.

Mit seiner ungeheuerlichen Behauptung würde er es mir in die Schuhe schieben. Und wahrscheinlich würden ihm einige Leute glauben. Die Erkenntnis zog wie ein lähmendes Gift durch meinen Verstand, machte mich innerlich ganz lahm und noch hilfloser, als ich ohnehin schon war.

Er setzte sich auf die Bettkante, klopfte erneut mit der flachen Hand neben sich auf das Laken. »Nun komm schon her«, verlangte er noch einmal in sanftem, liebevollem Ton, der so falsch war wie alles an ihm. »Nicht böse sein, nur weil ich ausgesprochen habe, was einmal gesagt werden musste.«

Selbst wenn ich gewollt hätte, ich konnte mich nicht von der Stelle rühren. Aber ich war ja nahe genug. Er ergriff meine rechte Hand, zog mich an seine Seite, nahm mich in den Arm und drückte sich meinen Kopf an die Brust wie ein Vater oder großer Bruder, der ein Kind trösten will.

»Du weißt, dass ich dich liebe«, sagte er. »Aber das heißt nicht, dass ich alles tolerieren kann, was du tust. Ich darf gar nicht tolerieren, wenn du dich an einem schwachen, hilflosen Geschöpf vergreifst. Tu das nie wieder, versprich es mir.«

Ich wollte nicht weinen, konnte die Tränen allerdings auch nicht zurückhalten. Dafür hätte es Kraft gebraucht, die hatte ich nicht mehr. Dabei hätte ich nicht einmal genau sagen können, warum mir die Augen plötzlich überquollen und meine Wangen nass wurden. Vielleicht war es dieses Bild vor dem geistigen Auge: die Hand eines Arztes, der den Totenschein für Josie ausfüllte.

Eintritt des Todes: 2:07 Uhr.

Todesursache: schwere Misshandlung.

Vielleicht war es aber auch nackte Angst oder Wut oder Ohnmacht oder Verzweiflung oder alles zusammen, weil ich nicht mit den Fäusten auf ihn losgehen und schreien konnte: Du elendes, verdammtes, dreckiges Schwein! Wie kannst du mir unterstellen, was du tust? Wer vergreift sich denn hier an den Schwachen und Hilflosen?

Er spürte wohl die Feuchtigkeit auf seiner Haut, legte mir einen Finger unters Kinn und hob mein Gesicht an. »Aber, aber«, sagte er in diesem immer noch einfühlsam liebevollen Vater-Bruder-Ton. »Wer wird denn gleich weinen? Ich weiß, dass du es bedauerst. Ich weiß auch, dass du dich bemühen wirst, so etwas nicht noch einmal zu tun. Das wirst du doch, dich bemühen, nicht wahr?«

Mit dem Kinn in seiner Hand konnte ich nur nicken.

»Dann sag es«, verlangte er.

»Ich werde mich bemühen, so etwas nicht noch einmal zu tun«, flüsterte ich stockend.

»Lauter«, verlangte er. »Ich habe dich nicht verstanden. Und sag, was du nicht noch einmal tun willst. Sprich es aus. Das wird dir helfen, dich beim nächsten Mal besser zu kontrollieren.«

»Ich werde mich bemühen«, begann ich noch einmal, und dann brach irgendetwas in mir zusammen, wahrscheinlich die Angst. Gut möglich, dass die einen Punkt erreicht hatte, der eine weitere Steigerung ausschloss. So wie man ohne Hilfsmittel an einer steilen Wand nur eine gewisse Höhe erreichen kann und dann unweigerlich abrutscht. Ich rutschte ab, mitten hinein in meine Wut.

Mit einer heftigen Kopfbewegung befreite ich mein Kinn aus seinem Griff, rückte von ihm ab und schrie ihn an: »Fahr zur

Hölle, du mieser Hund. Schlag mich genauso tot, wie du es mit Josie gemacht hast. Dann sieht in ein paar Stunden jeder, wer sich hier an den Schwachen und Hilflosen vergriffen hat. Du hast einen so gewaltigen Sprung in der Schüssel, dass du wahrscheinlich für zwei Morde nicht mal richtig verknackt wirst. Du landest in der Klapsmühle, und da gehörst du auch hin.«

»Was ist denn das für ein Ton?«, wunderte er sich streng. »Du musst doch nicht ausfallend werden, nur weil ich ein Versprechen von dir haben möchte und du es mir nicht geben willst.«

Damit stand er auf, nahm seine Hose von der Truhe und stieg hinein. Ohne Unterwäsche, der Minislip blieb auf dem Fußboden vor dem Bett liegen. Sekundenlang wünschte ich mir, er würde Thors Hämmerchen im Reißverschluss einklemmen und vor Schmerz jaulen. Ein kindischer Wunsch, ich weiß, er blieb auch unerfüllt.

Er schloss bereits die auffällige Gürtelschnalle, streifte sein Hemd über, stopfte es in den Hosenbund und sagte so normal, als wäre zwischen uns alles in bester Ordnung: »Ich geh mal nachsehen, was da eben gepoltert und geknallt hat. Leg dich hin und schlaf noch ein bisschen. Du hast einen anstrengenden Tag vor dir, vergiss das nicht.«

Die anstrengenden Tage waren halb so wild. Dagegen war eine Nacht wie diese so grausam, dass man sich morgens wundern sollte, wenn man überlebt hatte. Und noch war nicht Morgen, noch war er nicht weg.

Der Freund

An einem frostigen Nachmittag Anfang Dezember kam Klaus völlig unverhofft persönlich vorbei, nachdem er sich fast anderthalb Jahre lang bei Carina nur nach mir erkundigt und schöne Grüße hatte ausrichten lassen. Ronnie war kurz zuvor weggefahren, ohne Bescheid zu sagen, tat er nie. Wenn ich mich in einem der vorderen Zimmer aufhielt, hörte ich den Automotor. Aber zum Lesen saß ich lieber in der Küche, weil es dort wärmer war und ich Josie wenigstens hören konnte.

Bis die Klingel zweimal anschlug, las ich *Dornenvögel* und weinte so heftig, dass mir die Buchstaben vor den Augen verschwammen. Klara tollte unten im Hof mit Josie um eine Kiste voll winziger Papierschnipsel herum, die als Schneeersatz dienten. Schnee gab es in unserem Landstrich nur selten.

Das fröhliche Kinderlachen scheuerte wie Sandpapier durch meinen Hals, es tat richtig weh. Aber nicht nur deswegen flossen die Tränen wie ein Sturzbach. Es war auch ein sehr trauriges Buch, so hoffnungslos wie meine Aussichten auf das Leben, das mir während der kurzen Zeit in der Praxis Hengelmann lebenswert erschienen war. Auf das, was ich mir vor der Hochzeit ausgemalt hatte, hoffte ich schon lange nicht mehr.

Meine Augenlider waren geschwollen und die Nase gerötet, als ich Klaus hereinließ. Er hatte sich überhaupt nicht verändert und stutzte nur kurz bei meinem Anblick. Vermutlich wusste er von Carina, wie die Dinge standen. Sie erwähnte zwar immer, wenn er im Restaurant gewesen war und sich nach mir erkundigt hatte. Was sie ihm erzählt hatte, sagte Carina jedoch nie.

Statt einer läppischen Begrüßung oder einer dummen Frage gestattete Klaus sich einen Scherz in dem für ihn so typischen Spott: »Wer wird denn gleich weinen, wenn lieber Besuch kommt? Das sind hoffentlich Freudentränen, weil du mich vermisst und nicht geglaubt hast, mich jemals wiederzusehen, oder?«

Seine Überheblichkeit hatte ich tatsächlich vermisst, was mir erst in dem Moment auffiel. Das Lächeln blieb ich ihm schuldig. »Ronnie ist unterwegs, um irgendwo irgendwas zu reparieren«, sagte ich mit vom Weinen rauer Stimme.

»Das dachte ich mir«, erwiderte Klaus. »Sonst würde der BMW vor dem Haus stehen. Carina sagte, den fährt er immer noch. Wahrscheinlich wird er irgendwann in dieser Kiste begraben. Aber ich nehme auch mit dir vorlieb, wenn ich einen Kaffee bekomme. Wenn es dir nichts ausmacht, würde ich gerne auf Ronnie warten. Aber wenn ich dich beim Weinen störe, kann ich mich auch ins Auto setzen, bis er zurückkommt.«

Am Straßenrand vor dem Haus parkte ein dunkler SUV mit weißer Aufschrift, die ich von der Tür aus nicht lesen konnte. Offenbar handelte es sich um einen Firmenwagen.

»Wenn du nicht darauf bestehst, dass ich dir etwas vorlese, darfst du mit raufkommen«, ging ich auf seinen Ton ein. »Einen Kaffee bekommst du auch, ich trinke sogar einen mit. Für zwei Personen lohnt es sich, die Kaffeemaschine anzuwerfen.«

Damit drehte ich mich um und ging zur Treppe. Klaus schloss die Haustür und folgte mir. Bei der Hoftür blieb er stehen und schaute durch die Glasscheibe im oberen Teil zu, wie Josie im Schneeanzug beide Fäustlinge in die Papierkiste stippte.

Sie bekam nur wenige Schnipsel zu packen und warf sie zu Klara hinüber. Und Klara führte sich auf, als würde sie mit Steinen bombardiert. Sie krümmte sich, hob schützend einen Arm vors Gesicht und jammerte: »Jetzt ist aber genug, Schätzchen. Wie sollen wir denn einen Schneemann bauen, wenn du der armen Oma alles ins Gesicht wirfst?« Josie kreischte vor Vergnügen, griff in die Kiste und schloss die Fäustlinge um die nächste Ladung.

»Niedlicher Fratz«, sagte Klaus und schlug vor: »Sollen wir die arme Oma erlösen und die Kleine mit nach oben nehmen, ehe sie sich das Näschen abfriert?«

»Wir hätten keine ruhige Minute«, sagte ich, stieg die Treppe hinauf und ging zurück in die Küche.

Klaus war mir dicht auf den Fersen.

Während ich die Kaffeemaschine füllte, setzte er sich auf die Eckbank, exakt auf den Platz, auf dem ich vorher gesessen hatte. Er betrachtete den dicken Wälzer auf dem Tisch, schlug *Dornenvögel* an der Stelle auf, die ich mit einem Kassenbon als Lesezeichen markiert hatte, und meinte: »Verflucht traurig, wenn eine Ehe unmittelbar nach der Hochzeit scheitert und man nicht mal etwas vom Hochzeitsgrund hat, oder?«

»Wie kommst du darauf, dass meine Ehe gescheitert wäre?«, fragte ich, nahm Tassen und Unterteller aus dem Schrank und stellte sie auf den Tisch. Weil er nicht reagierte, mich nur mit unbewegter Miene anschaute, sprach ich weiter: »Ich betrachte sie nicht als gescheitert. Und ich glaube nicht, dass Carina so eine Behauptung aufgestellt hat. Sie ist nämlich der Meinung, Ronnie und ich wären ein schönes Paar.«

Von Klaus kam immer noch nichts, nur dieser Blick, so dunkel und wissend. Deshalb fügte ich auch noch hinzu: »Es läuft nicht so rund, wie ich es mir vorgestellt hatte. Aber so geht es anderen Paaren auch. Man bekommt nicht immer auf Anhieb, was man gerne hätte.«

»Mit Ronnie bekommst du das nie«, sagte Klaus. »Das sollte dir inzwischen klar sein.«

»Seine neue Geschäftsidee ist nicht übel«, behauptete ich, stellte die Zuckerdose auf den Tisch und wandte mich dem Kühlschrank zu. Klaus trank seinen Kaffee schwarz, das wusste ich noch. Ich brauchte Milch und Zucker. »Drei, vier Aufträge pro Woche hat er immer, manchmal mehr. Finanziell geht es uns jetzt besser als vorher. Wenn er richtig Fuß gefasst hat, renkt sich auch der Rest wieder ein, da bin ich sicher. Wir hatten schon mehr als einen Tiefpunkt und konnten die Talsohlen bisher noch immer nach einer gewissen Zeit verlassen.«

Klaus nickte versonnen, klappte das Buch wieder zu. »Das Finanzamt wird sich mit dir freuen. Ich hoffe, Ronnie vergisst nicht, dass die etwas abhaben wollen. Die Umsatzsteuererklärung muss man auch abgeben, wenn man keinen Umsatz gemacht hat. Tut er das?«

»Ich nehme es an.«

»Aber du weißt es nicht«, stellte er fest. »Du weißt wohl auch nicht, ob er denen inzwischen mitgeteilt hat, dass seine Geschäftsadresse nicht mehr aktuell ist. Vorgestern rief der Vermieter mich an, weil immer noch Post im Laden ankommt und Ronnie nicht auf seine Anrufe reagiert. Auf meine reagiert er übrigens auch nicht. Ich habe ihm in den letzten Tagen viermal auf die Mailbox gesprochen.«

»Er hat viel zu tun«, erklärte ich.

»Zu viel, um einen lukrativen Auftrag anzunehmen?«

Ich zuckte mit den Achseln, ließ ein paar Sekunden verstreichen und schaute zu, wie der Kaffee in die Kanne tröpfelte, ehe ich mich erkundigte: »Was für ein Auftrag?«

Klaus lächelte spöttisch. »Nichts zu löten, nichts zu schrauben. Ich nehme an, dass Ronnie deshalb nicht zurückgerufen hat. Wenn er mit seinem Reparaturdienst und den Gartenarbeiten glücklich ist, hat er wahrscheinlich keine Lust, den ganzen Tag am Bildschirm zu kleben.«

»Gartenarbeit kommt erst wieder im Frühjahr«, sagte ich.

Darauf ging Klaus nicht ein, er erläuterte auch den Auftrag nicht näher, sagte nur: »Mir fehlt leider die Zeit, sonst würde ich es selber machen. Sie zahlen gut, und ich dachte …«

Was er dachte, konnte ich mir denken: dass der arme Ronnie ein kleines Zubrot sicher gut gebrauchen könnte, um seinem verwöhnten Luxusweibchen den einen oder anderen Wunsch zu erfüllen. Es machte mich wütend. Hätte er Ronnie nicht mit dem Laden hängen lassen …

»Wer sind *sie*?«, unterbrach ich ihn.

Klaus lächelte wieder, als amüsiere ihn diese Unterhaltung. »Keine Russen, nichts Illegales. Ronnie kann unbesorgt annehmen. Wenn du ihn darum bittest, tut er es wahrscheinlich.

Er muss sich auch garantiert nicht in Bankprogramme hacken und anderer Leute Ersparnisse umleiten, um seiner schönen Frau das ersehnte Schloss in den Wolken zu bauen.«

Dachte ich's mir doch. »So hoch hinaus wollte ich nie.«

Nun lachte Klaus leise. »Da war Ronnie anderer Ansicht. Kaum hatte er dich an der Angel, konnte er die Taschen nicht mehr voll genug bekommen. Dabei lag ihm eigentlich nie viel an Geld. Er wollte nur eine eigene Familie, ohne zu wissen, wie ein Leben mit Frau und Kind funktioniert. Das hat ihm ja niemand gezeigt.«

»Dir etwa?«, fragte ich.

»Nicht wirklich«, räumte er ein. »Nur war ich auch nicht so vermessen, mir einzubilden, dass ich unbedingt eine Familie haben müsste. Zugegeben, manchmal ist es einsam, aber daran bin ich längst gewöhnt. Ich muss keine Rücksichten nehmen, mich nie entschuldigen, dass ich keine Zeit habe. Ich bin flexibel und kann mein Köfferchen selbst packen. Morgen geht's nach Stuttgart, wann ich zurückkomme, weiß ich noch nicht genau. Vor Heiligabend, hoffe ich. Ein bisschen Urlaub über die Feiertage wie letztes Jahr würde mir nicht schaden. Aber wenn ich es nicht schaffe, ist das auch kein Beinbruch. Gebucht habe ich noch nichts, und es wartet niemand auf mich.«

»Außer Carina«, sagte ich. »Die vermisst dich immer, wenn du länger weg bist.«

»Das will ich auch hoffen, so wie ich ihren Umsatz steigere.«

Der Kaffee war durchgelaufen. Während ich die Kanne von der Maschine nahm, zog Klaus seine Geldbörse aus der Gesäßtasche, nahm zwei Fünfziger heraus und klemmte beide unter die Zuckerdose. Ich sah die Scheine, als ich die Tassen füllte, und fragte: »Soll das ein Vorschuss sein?«

Er schüttelte den Kopf und grinste fast so, als wolle er sich schon entschuldigen, ehe er es ausgesprochen hatte. »Noch hat

Ronnie den Auftrag ja nicht angenommen. Das Geld ist für dich. Du hast mir doch eben erklärt, dass du deine Ehe nicht als gescheitert betrachtest. Ich ergänze das jetzt mal um ein: *Noch nicht*. Es wird nicht mehr lange dauern, da bin ich sicher. Und du solltest es unter diesen Voraussetzungen nicht auf eine zweite Schwangerschaft ankommen lassen. Kondome sind nicht zuverlässig, wie der niedliche Fratz unten im Hof beweist. Ronnie steht auf Kondome. Das weißt du so gut wie ich. Im Gegensatz zu dir weiß ich aber auch, warum. Und ich garantiere dir, er wird wieder zur Nadel greifen, wenn er befürchten muss, du könntest ihn verlassen.«

»Was heißt das, zur Nadel greifen?«, fragte ich, goss Milch in meinen Kaffee, ließ zwei Teelöffel Zucker hineinrieseln, rührte um und war danach immer noch nicht sicher, ob ich seinen Hinweis richtig interpretierte. Weil er nicht antwortete, fragte ich auch noch: »Willst du damit andeuten, Ronnie hätte ein Kondom beschädigt, damit ich schwanger werde?«

»Nicht nur eins«, sagte Klaus. »Es hat nicht auf Anhieb geklappt. Das würde es jetzt wohl auch nicht, aber du solltest kein Risiko eingehen. Besser von mir die Pille als von Ronnie noch ein Kind. Nimm das Geld und hol dir ein Rezept.«

»Brauche ich nicht«, sagte ich. »Wir verhüten auf natürliche Weise. Ronnie schläft unten im Anbau, ich hier oben.«

Klaus gab einen Laut von sich wie ein erstauntes Schnalzen. »Freut mich zu hören«, sagte er mit eigentümlichem Lächeln. »Besorg dir die Pille trotzdem. Tu's für mich.«

»Was hast du denn davon?«, erkundigte ich mich verblüfft.

Weil er auf meinem Platz saß, stand ich neben dem Tisch. »Noch nichts«, antwortete er und stand auf, ohne seinen Kaffee angerührt zu haben. Ich dachte, er wolle gehen, ehe es peinlich wurde. Da packte er mich bei den Schultern, zog mich an sich und küsste mich.

Ich ließ es geschehen, ohne mich gegen ihn zu wehren. Es war nicht unangenehm, wahrhaftig nicht, nur ungewohnt und dennoch so vertraut wie ein längst vergessener Traum, der nun in Bruchstücken an die Oberfläche stieg und auf einem Tümpel mit Schmutzwasser schillernde, bunte Blasen bildete.

Ich weiß nicht, wie lange wir so standen, ehe ich meine Hände um seinen Nacken legte, seinen Kuss zu erwidern begann und dabei meine beschissene Lage vergaß. Als unten die Hoftür knarzte und Josies Stimmchen laut wurde mit dem ihr eigenen Kauderwelsch, holte mich das schlagartig zurück in die schäbige Küche. Es war ernüchternd.

Ich löste mich von Klaus und strich aus lauter Verlegenheit meine Haare zurück. Geld für einen Friseur hatte ich schon lange keins mehr ausgeben können, entsprechend lang war meine Mähne inzwischen. Manche Männer stehen darauf.

»Tut mir leid«, sagte ich. »Ich kann das nicht.«

»Da hatte ich aber gerade einen anderen Eindruck«, widersprach er und wollte mich erneut an sich ziehen.

Diesmal wehrte ich ihn ab. »Ich kann Ronnie nicht betrügen.«

»Vom Betrügen sind wir weit entfernt«, belehrte er mich. »Selbst wenn wir uns jetzt die Kleider vom Leib reißen und übereinander herfallen wie ausgehungerte Wölfe, betrügen wir Ronnie nicht. Wenn ein Mann seine Eintrittskarte nicht nutzt, und ein anderer geht an seiner Stelle ins Konzert oder ins Stadion, ist das kein Betrug, Sandra.«

»Ich bin weder ein Konzert noch ein Fußballspiel«, sagte ich. »Ein ausgehungerter Wolf bin ich erst recht nicht.«

»Nein«, stimmte er zu. »Du bist eine Frau, die sich für ein Arbeitstier entschieden hat, weil sie annahm, das sei ein Dukatenesel. Deinen Irrtum hast du inzwischen garantiert erkannt. Und man muss nicht auf dem Holzweg bleiben, wenn man sieht, dass man darauf nicht weiterkommt.«

»Dukatenesel«, wiederholte ich. Wenn mich nicht schon die Hoftür und Josies Stimmchen von jeder sehnsüchtigen Aufwallung frei geputzt hätten, dann mit Sicherheit dieses Wort. »Hatte Carina den Ausdruck von dir? Sie hat mir mal einen Vortrag gehalten über den Menschen Ronnie und seine Bedürfnisse. Da sagte sie unter anderem, vor der Hochzeit hätte ich in Ronnie nur einen Dukatenesel gesehen. Ich nehme an, dass sie es so von dir gehört hatte. Von alleine wäre sie bestimmt nicht auf den Ausdruck gekommen.«

»Nein, nein, nein«, sagte Klaus leise und legte mir einen Finger auf die Lippen. »Mach nicht gleich wieder kaputt, was wir eben erst entdeckt haben.«

Ich drehte den Kopf zur Seite und wich so seinem Finger aus. »Ich habe nichts entdeckt«, widersprach ich. »Ich habe mich nur für einen Moment hinreißen lassen, weil du mich überrumpelt hast.«

»Nein«, sagte er noch einmal. »Es waren mindestens drei Momente, und jetzt bin ich dran mit Erklärungen. Erinnerst du dich noch, was ich gesagt habe, als ich Ronnies Trauring anprobierte? Dass ich der Unglücksrabe bin, weil mein Freund schneller begriffen hat. Das war mein Ernst, Sandra. Der Rest waren Wut und Enttäuschung. Nenn es von mir aus Eifersucht. Mir ist leider zu spät klar geworden, warum es mich störte, dich abends im Laden anzutreffen.«

Damit legte er mir den Finger unters Kinn und zwang mich, ihm in die Augen zu sehen. »Hey«, sagte er in drängend intensivem Flüsterton. »Ich habe mir viel Zeit gelassen, um festzustellen, ob ich immer noch so für dich empfinde und ob es mir damit ernst ist. Jetzt bin ich mir meiner Sache sicher. Ich sage nicht, dass ich dich liebe, Sandra. Ich weiß nicht, ob es Liebe ist. Ich will dich. Das weiß ich. Ich bin kein Familienmensch. Und anstrengende Frauen sind eigentlich gar nicht mein Fall. Aber wenn du mich ebenfalls willst, bekommen wir das schon irgendwie hin, auch mit deiner Kleinen. Denk darüber nach.«

Es gab nichts nachzudenken, nicht in diesen Minuten. Bisher war Klaus für mich ausschließlich Ronnies Freund gewesen. Anfangs ein Ekelpaket, später nett und nützlich, wenn auch bloß für die wenigen Wochen nach der Hochzeit, in denen er noch Ronnies Geschäftspartner, stiller Teilhaber oder Auftraggeber gewesen war. Danach … Was Klaus danach für mich gewesen war, hätte ich nicht sagen können, vielleicht einfach nur unerreichbar, im wahrsten Sinne des Wortes. Ich hatte ihn doch gar nicht mehr gesehen, hatte bei meinen Bittprozessionen in der Küche nur oft an ihn gedacht.

Mit seinem Kuss hatte er mich überrascht, überrumpelt, kalt erwischt, etwas in der Art. Mit einem Hauch an Vorwarnung wäre ich ihm ausgewichen. Ein schlechtes Gewissen, weil ich zu Anfang stillgehalten und dann mitgemacht hatte, hatte ich allerdings nicht. Ich machte mir nur Sorgen, er könne es Ronnie gegenüber ausplaudern, um sein Ziel auf die Weise zu erreichen. Wenn Ronnie ein Drama daraus machte und mich vor die Tür setzte, wie sollte ich das meinen Eltern erklären?

Er wartete tatsächlich auf Ronnie. Wir wechselten mit unseren Kaffeetassen ins Wohnschlafzimmer, wo man auch bei geschlossenen Fenstern jedes Auto hörte, das draußen vorbeifuhr oder vor dem Haus anhielt.

Klaus setzte sich auf die Couch, rechnete wahrscheinlich damit, ich würde neben ihm Platz nehmen, und er könnte noch einen Versuch starten. Es gab ja nicht viel Auswahl an Sitzgelegenheiten, nur noch den Futon. Den hätte er garantiert als Einladung aufgefasst, sich als ausgehungerter Wolf zu betätigen. Ich holte mir lieber den Sessel aus dem Kinderzimmer, um jeder weiteren Annäherung einen Riegel vorzuschieben.

Fast eine Stunde saßen wir so. Klaus erzählte von seinem Job und seiner Wohnung, die er kaum noch nutzte, weil er ständig unterwegs war. Aber aufgeben wollte er sie nicht. »Dann müsste ich mir auch noch ein Hotelzimmer nehmen, wenn ich nach Hause komme«, sagte er. »Oder ich müsste mir eingestehen, dass ich kein Zuhause habe.«

Ich war erleichtert, als Ronnie auf der Bildfläche erschien. Klara hatte Klaus offenbar durch die Glasscheibe in der Hoftür gesehen. Vielleicht hatte sie ihn auch reden hören. Dass sie mehr gesehen oder gehört haben könnte, wagte ich mir nicht vorzustellen, konnte es aber nicht ausschließen. Wir hatten die Küchentür nicht geschlossen. Und Klara verstand sich darauf, die Treppe so zu nutzen, dass kein verräterisches Knarren zu hören war.

Von seiner Mutter instruiert, dass ich Besuch hatte, kam Ronnie sofort nach oben. Nach einer kurzen Begrüßung gingen beide Männer dann nach unten. Als es für Josie Schlafenszeit wurde und ich meine Kleine aus Klaras Küche holte, saßen Klaus und Ronnie noch im Anbau und sprachen über den ominösen Auftrag. Da Ronnie anschließend keine Anklage erhob, nahm ich an, dass Klara nichts gesehen und Klaus den Kuss nicht erwähnt hatte.

Ronnie sprach in den folgenden Tagen auch nicht über den Auftrag. Er benahm sich nur, als handle es sich um eine geheime Mission, brachte einen Riegel und ein Vorhängeschloss an der Tür an, die vom Bad in das Zimmer mit dem Etagenbett führte. Wenn er das Haus verlassen musste, wurde die Tür verrammelt. Allerdings ging er nicht mehr oft weg. In der zweiten Dezemberwoche nahm er nur noch zwei Reparaturaufträge an, danach keine mehr. Offenbar gefiel es ihm besser, am Bildschirm zu kleben.

Carina, die zweimal die Woche Essensreste für mindestens drei Tage brachte, vermutete, es ginge um ein neues Spiel, bei dem einige Figuren, Waffen oder Szenarien nicht ausgereift waren. Klaus hatte bei einem einsamen Schlemmermenü in Schuberts Restaurant erklärt, ein Spieleentwickler sei an ihn herangetreten und hätte ihn um Unterstützung gebeten.

Bei Klaus wäre der Mann an der richtigen Adresse gewesen, meinte Carina. Es war anzunehmen, dass er nicht nur Geschäftsprogramme, sondern auch Figuren, Waffen oder Szenarien schreiben konnte. Dass sein Job ihm keine Zeit für solch eine Nebenbeschäftigung ließ, mochte zutreffen. Aber Ronnie hätte von Programmieren keine Ahnung, meinte Carina, Ronnie sei immer nur der Mann für die Hardware gewesen.

Wenn es allerdings darum ging, Ronnie zu beschäftigen ... Wenn Klaus es darauf anlegte, eine Ehe, die vom ersten Tag an auf einem schmalen Grat balanciert war, endlich vors Familiengericht zu befördern ... Den Verdacht äußerte Carina, als sie an Heiligabend Reste brachte und Grüße von Klaus ausrichtete. Er war am vergangenen Tag aus Stuttgart zurückgekommen und abends bei Schuberts gewesen, um zu essen und zu plaudern.

Mit unüberhörbarem Vorwurf wollte Carina von mir wissen: »Wie konntest du dich mit ihm einlassen? Das hätte ich nicht von dir gedacht, ehrlich nicht.«

»Ich habe mich nicht mit ihm eingelassen«, begehrte ich auf. »Hat er das etwa behauptet? Er hat mich geküsst und gesagt, dass er mich will, als er neulich hier war. Mehr ist nicht passiert.«

Carina nickte bedächtig und wiederholte: »Neulich. Das war Anfang des Monats, ist also schon ein paar Wochen her. Wie oft war ich seitdem hier? Und gesagt hast du nichts. Warum nicht? Da muss ich doch annehmen, dass du es geheim halten wolltest.«

»Blödsinn«, widersprach ich nicht ganz der Wahrheit entsprechend. »Es war mir nicht wichtig genug. Und ich wollte nicht, dass Ronnie davon erfährt.«

»Glaubst du, ich hätte es ihm brühwarm erzählt?« Carina war beleidigt. »Was denkst du eigentlich von mir?«

»Jetzt weißt du es ja«, sagte ich missmutig. »Hat Klaus sonst noch etwas gesagt?«

»Ich soll dir ausrichten, dass er keinen Urlaub macht. Er ist daheim. Du kannst ihn jederzeit anrufen, wenn du reden willst. Du könntest auch anrufen, wenn du keine Lust zum Reden hast, sagte er. Ihm würde schon etwas einfallen, um dich hier rauszuholen, ohne dass jemand Verdacht schöpft.«

Carina hatte wie üblich nicht viel Zeit, trotzdem saßen wir noch eine Weile zusammen und erörterten einen Verdacht, der nicht so leicht von der Hand zu weisen war. Wenn man es erst mal aus diesem Blickwinkel betrachtete, kam man nicht umhin anzunehmen, dass Klaus über lange Zeit systematisch zu Werke gegangen war, um die Ehe seines Freundes zu sabotieren.

Wo stand geschrieben, dass er nach unserer Hochzeit tatsächlich Ärger mit Bulgaren bekommen hatte? Wieso hatte er diesen Ärger nie näher erklärt? Vielleicht hatte er die lukrativen Ostgeschäfte nur aufgegeben, um Ronnie den Geldhahn zuzudrehen. Immerhin hatte Ronnie die Computer zusammengeschraubt und somit nicht von Almosen gelebt, wie Klaus es dargestellt hatte.

»So wie Klaus dich eingeschätzt hat, ist er wahrscheinlich davon ausgegangen, dass du schnell die Seiten wechselst, wenn er dir zeigt, wer die Kohle verdient«, meinte Carina.

Das wären die Wochen ab der Hochzeit bis zu Josies Geburt gewesen, in denen Klaus jeden Abend bei Schuberts und täglich im Laden war. Und immer großzügig, solange es nur darum ging, eine Muffbude ein wenig aufzuhellen. Sogar eigenhändig zur Bohrmaschine hatte er gegriffen, um zu demonstrieren, dass er handwerklich nicht gänzlich unbegabt war.

»In den Wochen hatte ich schon den Verdacht, dass du ihm mehr bedeutest, als er zugeben will«, sagte Carina. »Und danach, also ich dachte echt, dass er leidet und deshalb diesen Job angenommen hat. Immer unterwegs, bloß nicht in deine Nähe kommen. Seit Josie da ist, gibt es dich nur noch mit Anhang. Und mit Kindern kann er nichts anfangen, hat er mal gesagt. Aber jedes Mal, wenn er bei uns war, hat er mich ausgefragt, was du machst, ob du glücklich mit Ronnie bist, wie du mit Klara auskommst. Und blöd, wie ich bin, habe ich ihm immer alles brühwarm erzählt.«

Und jetzt ging Klaus offenbar zum Frontalangriff über. Zeigte einer unglücklichen, vernachlässigten Frau, was ihr in Sachen Zärtlichkeit und Erotik entging, und beschäftigte den Workaholic, damit der nicht auf den Gedanken kam, seine Eintrittskarte doch noch mal zu benutzen.

Was Ronnie anging, hätte Klaus sich keine Sorgen machen müssen. Ronnie machte nicht mal an Heiligabend eine kleine Pause, saß den ganzen Tag im Anbau. Aber im vergangenen Jahr hatte ihn Weihnachten ja auch nicht gekümmert.

Klara backte Plätzchen und machte einen Punsch, den man im ganzen Haus roch. Sie stellte in ihrem Wohnzimmer auch eine kleine Tanne auf, befestigte eine Lichterkette, hängte Lametta und zehn von zwölf silbernen Kugeln an die Zweige. Die restlichen Kugeln ließ Josie fallen, woraufhin Klara panisch die Scherben auffegte, ehe Josie sich die Fingerchen zerschneiden konnte.

Gegen sechs Uhr abends hörte ich Klara im Hof vor dem geschlossenen Fenster betteln: »Komm doch wenigstens für eine Stunde zu uns. Wir machen Bescherung, essen ein paar Kekse, trinken ein Gläschen Punsch. Ich kann dir auch eine Gulaschsuppe aufwärmen, wenn du lieber etwas Herzhaftes essen möchtest. Du musst doch etwas essen, Schätzchen.«

Ich wurde nicht eingeladen, verbrachte den Abend am Küchentisch mit Carinas Verdacht und der Erinnerung an den Kuss.

Während ich versuchte, ein paar Seiten aus *Wir heißen euch hoffen* zu lesen, was mir nicht gelang, weil meine Gedanken ständig abschweiften, aß ich Heilbutt-Röllchen, Schwarzwurzel-Soufflé, Rosmarinkartöffelchen, Hirschpastete und Schoko-Himbeer-Mousse und trank dazu ein Gläschen Cola. Carina hatte eine kleine Flasche zu der etwas sonderbaren Zusammenstellung von Resten des Vorabends gepackt.

Und ich überlegte allen Ernstes, ob ich Klaus anrufen und zur Rede stellen oder ob ich ihn bitten sollte, zu kommen und mir Gesellschaft zu leisten. Das hätte Ronnie wahrscheinlich veranlasst, seine Arbeit zu unterbrechen und sich zu uns zu gesellen. Aber ich wusste nicht, ob ich auf Ronnies Gesellschaft überhaupt noch Wert legte.

Den halben Abend stellte ich mir vor, wie das sein mochte, mit Klaus im Bett zu liegen. Allzu oft gäbe es das Vergnügen mit ihm wohl auch nicht, er war ja beruflich ständig woanders. Dann wäre ich allein mit Josie in einer komfortablen Umgebung.

Ich kannte seine Wohnung nicht, reimte mir aus den wenigen Sätzen, die er darüber verloren hatte, nur zusammen, dass es ein modernes Appartement mit allem Komfort sein müsse. Ein helles, stets angenehm temperiertes Badezimmer, in dem ich jederzeit duschen oder ausgedehnte Wannenbäder nehmen könnte. Keine gestreifte Treppe mehr und keine Hexe, die mit ihrer milchzuckersüßen Stimme ein kleines Kind umgarnte …

Aber dann müsste ich meiner Mutter gestehen: »Ihr hattet recht, Ronnie war ein Fehler. Ich versuch's jetzt mal mit Klaus.« Da riss diese Vorstellung ab oder wurde überlagert von Mamas Reaktion auf diese Mitteilung. Und die stellte ich mir lieber nicht allzu detailliert vor.

Nach Weihnachten kam Klaus zweimal, um Ronnie für ein paar Minuten über die Schulter zu schauen und mich weichzukochen, wofür er sich etwas mehr Zeit nahm. Aber ich wollte nicht von ihm hören, wie sehr er mich wollte und dass es wohl doch Liebe war, was er für mich empfand. Ich wollte nur wissen, ob Carina mit ihrem Verdacht richtiglag.

Natürlich bestritt Klaus, dass er Ronnie nach der Hochzeit ausgetrickst hatte und ihn jetzt kaltstellte. Angeblich hatte er ihm diesen Auftrag nur vermittelt, weil er wegen seines Rückzugs aus dem Laden ein schlechtes Gewissen hatte. Und selbstverständlich könnte Ronnie einfache Programme schreiben, behauptete Klaus.

»Er hat mir mehr als einmal aufmerksam auf die Finger gesehen. Der Rest ist learning by doing wie alles bei Ronnie. So schwierig ist das auch nicht mit der Spieleentwicklung. Die Entwicklung an sich ist im Prinzip bereits abgeschlossen. Ronnie muss sie bloß optimieren. Erweiterungen einbauen, weitere Waffen, weitere Gegner, ein paar Fallstricke, das kennst du doch von solchen Spielen.«

Kannte ich nicht, weil ich nicht spielte. Außerdem glaubte ich ihm kein Wort und kaufte von seinen hundert Euro statt Antibabypillen etwas zum Anziehen für Josie, worin sie sich nicht halb totschwitzte wie in dem Schneeanzug, den Klara ihr gekauft hatte, weil es doch Winter war und sie täglich mit Josie draußen mit selbst gebasteltem Schnee spielte.

Im Februar hockte Ronnie immer noch vor den Computern im Anbau, nicht nur vor einem. Er arbeitete an drei Geräten gleichzeitig und hätte nur mal aus dem Fenster sehen müssen, um unsere Tochter beim Herumtollen im Hof zu beobachten. Aber Ronnie ging völlig in seiner Aufgabe auf. Es störte ihn nicht einmal mehr, dass er Ärger mit dem Finanzamt bekam und den BMW zurückgeben musste. Die Leasingzeit war abgelaufen. Bei den Raten hatte Klara ihm zuletzt unter die Arme gegriffen. Aber einige Tausend Euro, mit denen er den Wagen hätte kaufen können, hatte Klara entweder nicht oder wollte sie nicht herausrücken.

Als Anfang März meine Großmutter starb, wollte Ronnie einen neuen Wagen leasen. Er meinte, ich würde ein hübsches Sümmchen erben. Meine Tante hatte im Dorf verlauten lassen, Oma Finchen wäre eine sehr vermögende Frau gewesen, und sie würden nichts mehr erben, weil sie das Haus übernommen hätten.

Zu erfahren, dass er sich irrte, nahm Ronnie mit stoischer Gelassenheit zur Kenntnis. »Momentan brauche ich ja eigentlich kein Auto«, sagte er. »Ich besorge mir ein neues, wenn der Auftrag erledigt ist und die Restsumme fällig wird.«

Gemeint war das Honorar, mit dem Klaus ihn geködert hatte. Kurz danach hatte Ronnie einen kleinen Vorschuss erhalten, der war längst aufgebraucht. Er verköstigte sich bei seiner Mutter, die inzwischen auch wieder seine Sachen wusch.

Ich nahm meine schmutzige Wäsche mit, wenn ich montags meine Eltern besuchte. Und ich ernährte mich ausschließlich von dem, was in der Küche eines Gourmettempels übrig blieb und weggeworfen worden wäre, wenn ich es nicht genommen hätte. Und so köstlich die meisten Sachen auch waren, oft wurde mir übel vor Scham, wenn Carina mir gefüllte Frischhaltedosen auf den Tisch stellte und leere wieder mitnahm.

Fast noch schlimmer war, dass Carina sich regelmäßig erkundigte: »Hast du etwas von Klaus gehört?«

Man musste ja nicht unbedingt persönlich erscheinen, konnte auch anrufen, um ein schwankendes Schilfrohr in die Richtung zu säuseln, in die es sich wiegen sollte.

Wenn ich den Kopf schüttelte, sagte sie meist noch: »Lass dich bloß nicht von ihm einwickeln. Das darfst du Ronnie nicht antun.«

Was Ronnie mir antat, zählte für sie nicht. Als ob es selbstverständlich wäre, dass man heiratete, um auf einem Abstellgleis zu landen. Ein paarmal war ich kurz davor, Klaus anzurufen. Ich tat es nicht, weil ich die Reaktion meiner Mutter fürchtete. Mir war noch gut in Erinnerung, was sie vor meiner Hochzeit gesagt hatte. Dass ich mir nicht einbilden sollte, ich würde mit offenen Armen empfangen werden wie der verlorene Sohn in der Bibel. Wenn ich Ronnie verließ und es mit Klaus schiefging, wäre die Tür garantiert für immer und ewig zu.

Sommernachtsalbtraum

August 2018

Er ging zu dem kleinen Tisch zwischen den beiden Fenstern. Dem alten Laptop, der nur noch mit Strom funktionierte und dort stand, weil unter dem Tisch eine Steckdose war, schenkte er keine Beachtung, nahm nur mein Handy. Letzten Mittwoch hatte er das auch mitgenommen, als er ging. Am Donnerstagmorgen hatte ich es in der Küche wiedergefunden.

»Damit du nicht gestört wirst, ehe der Wecker abläuft«, sagte er, während er das Handy einsteckte.

Dann ging er zu der offenen Verbindungstür, schloss sie, drehte den Schlüssel um, zog ihn ab und steckte ihn ebenfalls ein. Er verließ das Zimmer durch die Tür zum Flur, die er erst aufschließen musste. Und auch diesen Schlüssel zog er ab, um ihn von außen wieder einzustecken und umzudrehen. Zwei, drei Sekunden lang hörte ich noch seine Schritte, die sich eilig entfernten.

Als es still wurde, sprang ich auf, huschte zur Verbindungstür, drückte mein Ohr dagegen und lauschte angespannt. Nichts zu hören, natürlich nicht. Zu klopfen oder zu rufen, wagte ich nicht, obwohl ich nach den Vorwürfen, die er erhoben hatte, nicht einmal mehr davon ausging, Josie aufwecken zu können. Ich wollte bloß keinen Lärm machen, nichts tun, was ihn veranlassen könnte, sofort zurückzukommen.

Ich ging zum Fenster und warf einen Blick nach unten. Nicht um zu springen, dabei hätte ich mir wahrscheinlich einige Knochen gebrochen und ihm nur in die Hände gespielt. Ich spielte mit dem Gedanken, hinauszusteigen und mich hinüberzuhangeln, um mir Gewissheit über Josies Zustand zu verschaffen. Aber dann siegte eine Art von Vernunft, von der ich nicht gewusst hatte, dass ich sie überhaupt besaß.

Die Fenster in Josies Zimmer befanden sich beide nur in Kippstellung. Selbst wenn ich es schaffte, das nächste zu erreichen, wenn es mir gelang, einen Fuß auf die steinerne Einfassung zu setzen und mich hinüberzuziehen, wenn ich mich mit einer Hand an die Einfassung festkrallen, mit der anderen durch den schmalen Spalt greifen und den Riegel drehen könnte, sodass der Fensterflügel nach innen fiel, wäre ich nur nebenan und keinen Deut weiter. Mit Josie eingeschlossen und vermutlich bald ebenso tot wie mein Kind.

Tot wäre ich ohnehin bald, davon war ich überzeugt. Er konnte es sich nicht erlauben, mich am Leben zu lassen, nachdem ich ihn dermaßen beschimpft und ihm klargemacht hatte, dass sein leichtes Spiel mit mir vorbei war. Wenn er zurückkam, hatte er garantiert eine Waffe dabei. Wahrscheinlich das Messer, das ich am vergangenen Abend nicht mit ins Bett genommen hatte.

Eine Pistole wäre gnädiger gewesen. Dann wäre ich vermutlich schnell, vielleicht sogar relativ schmerzlos gestorben. In einem von Hella Frankens Büchern hatte ich mal von einem Schuss in die Stirn gelesen, den das Opfer nicht einmal mehr als Schlag gegen den Kopf registriert hatte. Aber ich glaubte nicht, dass es im Haus eine Pistole gab. Und selbst wenn, wenn Josie bereits tot war, würde er meinen Tod wahrscheinlich als Selbstmord inszenieren. Mit einem Messer wäre das glaubwürdiger.

Die Rechnung wollte ich ihm durchkreuzen. Ich schaltete den Laptop ein, startete das Schreibprogramm und tippte hastig drauflos, so wie mir die Worte in den Sinn kamen. Nur klarstellen, dass ich mich nicht selbst getötet und weder meinem Kind noch sonst wem etwas angetan hatte. Den Namen des Mörders nennen, blitzschnell festhalten, was er sonst noch getan hatte, abspeichern, Laptop zuklappen und den Netzstecker ziehen, ehe er zurückkam und mich beim Schreiben erwischte.

Das war eine Aktion von wenigen Minuten. Anschließend legte ich mich aufs Bett und zog die Decke hoch bis zu den Schultern. Mit einem Mal fror ich derart, dass ich am ganzen Körper zitterte. Ich horchte in die Stille und wartete wieder, wie ich die halbe Nacht gewartet hatte. Nicht mehr auf ein Weinen oder Wimmern von nebenan, nur noch auf Schritte, auf den Tod. Er musste zurückkommen, sein Slip lag noch auf dem Fußboden. Den würde er kaum hier liegen lassen.

Angst hatte ich keine mehr. Die letzten Stunden mit ihrer Achterbahnfahrt durch Furcht, Ekel, Panik und Entsetzen hatten mich innerlich zerbrochen. Ich weiß nicht, wie ich es anders ausdrücken soll. Alles, was ich in den letzten Wochen an Kraft aufgesammelt hatte, und sämtliche Emotionen waren in den Rissen versickert.

Ich wünschte mir, ich hätte um Josie weinen können. Wenigstens das. Aber ich fühlte weder Trauer noch Schmerz, ich fühlte gar nichts mehr, fragte mich nur noch, ob der Poltergeist im Stockwerk unter mir noch durch die Hölle ging oder schon im Himmel war.

TEIL 2

Rebekka

Ein gutes Angebot

Drei Wochen nach Oma Finchens Beerdigung saß ich montags wieder in der Küche meiner Eltern. Josie hatte wie so oft nicht mitkommen wollen, war lieber bei ihrer Oma geblieben, als hätte sie nur die eine. Meine Mutter störte das nicht, im Gegenteil. Wenn ich alleine kam, konnten wir uns wenigstens in Ruhe unterhalten, während Julia ihre Hausaufgaben machte und vermutlich aufmerksam zuhörte.

Mama beschäftigte sich mit der Garderobe ihrer Mutter, die sie in den nächsten Tagen zur Kleiderkammer der Caritas bringen wollte. Einen ganzen Wäschekorb voll guter Sachen hatte sie aussortiert, manche wie neu. Oma Finchen hatte in ihren letzten Lebenswochen nur unzählige Knöpfe abgedreht oder so stark gelockert, dass sie nur noch an einem Faden baumelten und wieder festgenäht werden mussten. Schadhafte Kleidungsstücke zu spenden wäre für meine Mutter niemals infrage gekommen.

Während sie den oberen Knopf an eine Strickjacke nähte, erzählte sie von einer früheren Nachbarin ihres Bruders. »An die Elisabeth müsstest du dich eigentlich noch gut erinnern. Wir haben Onkel Fritz und Tante Annemie doch oft besucht, als sie noch neben dem alten Kino wohnten.«

Zu der Zeit war ich noch nicht zur Schule gegangen. Wie sollte ich mich da an eine Nachbarin von Onkel und Tante erinnern? Und das auch noch gut. Abgesehen davon erzählte Mama mir regelmäßig von Leuten, die mich nicht interessierten. Manche hatten geheiratet, andere sich getrennt, manche bekamen Nachwuchs, andere waren gestorben.

Ich hörte nicht mal richtig zu. Meine Gedanken kreisten wie

so oft in letzter Zeit wie schillernde, bunte Blasen an der Oberfläche eines schmutzigen Tümpels um einen Dämon mit raspelkurzen Haaren, der teuflisch gut küsste, jedenfalls viel besser als Ronnie. Und das war mir nicht nur so vorgekommen, weil ich nicht wusste, wann mein Mann mich zuletzt geküsst hatte. Ich erinnerte mich noch gut an Ronnies ersten Kuss, den ich mit achtzehn als toll empfunden hatte, weil meine damaligen Erfahrungen sich auf zwei grüne Jungs beschränkten. Jetzt wusste ich es besser.

Schon seltsam, was ein einziger Kuss aufwühlen und auslösen kann. Ich fühlte mich ein bisschen wie Dornröschen, das aus dem hundertjährigen Schlaf gerissen worden war. Nur war Klaus kein Prinz, sondern ein Schlitzohr, dem ich alles zutraute, vor allem das, was er vehement bestritt.

Er hatte mich auch nicht wachgeküsst, sondern wachgerüttelt und erkennen lassen, wie viel kostbare Lebenszeit ich bereits verschleudert hatte. Beinahe fünf Jahre mit Ronnie. Was hätte ich in dieser Zeit alles erreichen können, wenn ich mich nicht mit ihm eingelassen hätte? Ich hätte kein Kind, das sich lieber bei einer verrückten Großmutter aufhielt. Stattdessen hätte ich wahrscheinlich eine feste Anstellung in einer Rehaklinik oder einer Praxis wie der von Markus Hengelmann, wo es mir gut gefallen hatte.

Ich würde nicht üppig verdienen, aber genug, um meinen Lebensunterhalt zu bestreiten und mich keinem Menschen zu Dank verpflichtet zu fühlen. Vielleicht hätte ich inzwischen einen Freund wie Carina. Natürlich keinen, der erst noch geschieden werden musste. Er sollte ledig sein, einen gut bezahlten Job haben, keine Luftschlösser bauen und keine erotischen Filme als Anleitung brauchen.

Dass ich mich in letzter Zeit oft in romantischen Vorstellungen verlor, lag nur daran, dass es absolut unromantisch war, eine Ehe nach den Gegebenheiten der Realität zu beenden, um doch noch irgendwie die Kurve zu kriegen. Wie denn? Wo sollte ich mit Josie hin, wenn ich Ronnie verließ? Wovon sollten wir leben? Von Hartz IV? Oder von Papas Geld, unter Papas Dach, und mir täglich Vorträge von Mama anhören? Nein, das auf gar keinen Fall.

Bei der Sache war ich wirklich nicht. Als ich nur nichtssagend mit den Achseln zuckte, fuhr meine Mutter fort: »Ist ja egal. Elisabeth konnte sich jedenfalls noch sehr gut an dich erinnern. Letzten Freitag habe ich sie auf dem Friedhof getroffen. Thelen heißt sie jetzt, kommt noch regelmäßig zum Grab ihrer Eltern, obwohl sie jetzt mit ihrer Familie hinter Düren wohnt. In der Nähe von Zülpich. Ich komm grad nicht drauf, wie der Ort heißt. Zusammen mit ihrem Mann und ihrem Sohn betreibt sie eine Künstleragentur in Euskirchen. Sie managen Schauspieler und Musiker. Eine Tochter hat sie auch, Betty, sie ist ein Pflegefall. Letzten Sommer hat sie einen Schlaganfall erlitten, mit gerade mal achtzehn. Ist das nicht furchtbar? Sie wird zu Hause betreut. Nie und nimmer würde sie Betty in ein Heim abschieben, sagte Elisabeth.«

Meine Mutter seufzte, trennte den Faden dicht am Knopf ab, machte am Fadenende einen neuen Knoten und sprach weiter: »Früher hat Curd mit angepackt, Elisabeths Sohn. Sie hat ihn sehr jung bekommen, bevor sie geheiratet hat. Er heißt aber auch Thelen. Vielleicht erinnerst du dich eher an ihn, du hast ihn damals bestimmt mal auf der Straße gesehen. Er müsste jetzt um die dreißig sein. Und so ein junger Mann will irgendwann eine eigene Familie gründen, nicht wahr. Das muss man verstehen, sagte Elisabeth.« Darauf folgte noch ein Seufzer, als wäre meine Mutter von den Wünschen dieses jungen Mannes persönlich betroffen.

Ich erinnerte mich auch nicht an Curd. Mama setzte die Nadel am zweiten Knopf an und fuhr fort. »Nachdem Curd ausgezogen war, haben sie eine Pflegerin eingestellt. Eine Polin, und die ist vor zwei Wochen einfach abgehauen. Stell dir das vor, sie hat nichts gesagt, nur ihren Kram gepackt und das Haus bei Nacht und Nebel verlassen. Das ist ja nun wirklich keine Art. Man kann doch wenigstens etwas sagen, damit die Leute sich beizeiten nach einem Ersatz umsehen können, oder nicht?«

Ich nickte und sah im Geist Klara auf nächtlicher Straße in ein Taxi steigen. Das war auch keine Art. Und seit ich den Job bei Markus Hengelmann endgültig verloren hatte, war Klara nicht mehr verreist. Als ob es nur darum gegangen wäre, mich ans Haus zu ketten. Wie hatte sie bei der Hochzeit gesagt? »Dass man Schritte hört, weil da oben tatsächlich jemand umhergeht, und nicht, weil man sich das einbildet.«

Ich war in den letzten Tagen viel umhergegangen, hatte versucht, all das zu sortieren, was mir durch den Kopf ging. Konnte Klaus tatsächlich so fies gewesen sein, Ronnie systematisch an die Wand zu spielen und ihm die finanzielle Lebensgrundlage zu entziehen, nur um mich für sich zu gewinnen?

»Ich will dich, Sandra!«

Daran hatte ich keine Zweifel. Aber wollte ich ihn? Das wusste ich nicht. Ich wäre auf der Stelle mit ihm ins Bett gestiegen, wenn ich die absolute Gewissheit bekommen hätte, dass niemand davon erfuhr. Ich hätte mich gerne mal in eine ausgehungerte Wölfin verwandelt und ihn machen lassen, nur um einmal am eigenen Leib zu erfahren, ob man tatsächlich in einen Zustand der Raserei geriet, wenn die Chemie stimmte. In Filmen sah das immer so aus. Und bei seinem Kuss hatte die Chemie gestimmt.

Aber mit Küssen kam man im Leben nicht weiter, mit wildem Sex auch nicht. Ich war nicht mehr achtzehn, nicht mehr mit einem geleasten BMW zu beeindrucken. Ich wusste nun, wie sich ein Leben ganz unten anfühlt, und wollte etwas Solides, einen Mann, auf den ich mich verlassen konnte. Sicherheit, darum ging es. Nach dem desaströsen Reinfall mit Ronnie wollte ich für den nächsten Versuch eine Garantie und wusste, dass kein Mensch mir eine geben konnte.

Und vielleicht ging es Klara gar nicht um die Schritte über ihrem Kopf, sondern ums Enkelkind, das sie nicht mehr täglich um sich hätte, wenn ich mich aus meiner Ehe befreite, was mir mit einem Job leichter gefallen wäre. Mit Klaus wäre es noch leichter und ginge auch schneller. Aber damit würde ich mich in eine neue Abhängigkeit begeben. Und wenn Klaus tatsächlich dachte, ich hätte in Ronnie früher einen Dukatenesel gesehen …

Vor der Hochzeit hätte ich das vehement bestritten, inzwischen war ich nicht sicher, ob es nicht vielleicht doch so gewesen war. Oder ob ich Ronnie irgendwie geliebt hatte. Nur irgendwie, wie eben Achtzehn-, Neunzehn-, Zwanzigjährige lieben, überschwänglich vielleicht und blind für die Realität, unerfahren und oberflächlich, ohne Verantwortungsgefühl, bei Weitem nicht so tief und selbstlos wie die Frauen in all den Romanen, die ich inzwischen gelesen hatte. Dann würde ich in Klaus vielleicht nur einen neuen Esel sehen. Vielleicht hatte ich aber auch einfach nur zu viele solcher Geschichten gelesen und machte mir viel zu viele Gedanken.

»Jetzt haben sie einen Pflegedienst beauftragt«, durchtrennte meine Mutter das wirre Knäuel in meinem Hirn, ehe ich mich vollends darin verheddern konnte. »Morgens kommt jemand, um Betty zu waschen und anzuziehen. Das Füttern übernimmt die Haushälterin. Die geht aber nach Mittag, dann ist das arme Ding ganz alleine, bis Elisabeth nach Hause kommt. Sie versucht immer, es bis vier oder fünf Uhr zu schaffen, sagte sie. Das klappt nur leider nicht jeden Tag. Allein deswegen ist das keine Dauerlösung. Hinzu kommt, dass sie Probleme mit dem Pflegedienst haben. Glaub nicht, dass für die Körperpflege jeden Tag dieselbe Frau kommt. Manche stehen da wie der Ochs vorm

Berg und haben keine Ahnung, wie sie mit Betty umgehen müssen. Das ist eine Zumutung für das hilflose Geschöpf, sagte Elisabeth. Letzte Woche hat tatsächlich eine gefragt, warum das Mädchen denn nicht ins Bad geht. Jetzt bleibt Elisabeth morgens dabei, muss dafür geschäftliche Termine verschieben oder ganz absagen. Geschäftsreisen kann sie gar keine mehr machen, und gerade das wäre so wichtig, sagte sie. Bei Verhandlungen müsste sie eigentlich dabei sein, ebenso wenn ihre Künstler Premieren oder Events haben. Wäre das nichts für dich?«

»Was?«, fragte ich. Es hatte sich so angehört, als sollte ich Elisabeth Thelen bei Verhandlungen, Premieren und Events vertreten. Das konnte kaum ernst gemeint sein. War es auch nicht.

»Na, die Betty zu pflegen«, sagte meine Mutter. »Wovon rede ich denn die ganze Zeit?«

Davon nicht, so geistesabwesend war ich dann doch nicht gewesen. »Ich bin keine Krankenpflegerin, Mama.«

»Weiß ich«, erwiderte sie in dem mir nur zu vertrauten und gefürchteten vorwurfsvollen Ton. Dann kam es auch schon, leicht abgewandelt, nichtsdestotrotz ein weiterer Stich ins Selbstwertgefühl. »Aber du hast mal gelernt, wie man mit körperlich behinderten Menschen Gymnastik macht, wie man steife Gliedmaßen massiert, Verspannungen löst und einiges mehr, sogar dieses Bobath-Konzept. So hieß das doch, wo das Gehirn nach einem Schlaganfall lernen soll, sich anders zu organisieren. Dafür hat dein Vater eine Menge Geld hingeblättert. Und er blättert immer noch. Meinst du, ich wüsste nicht, dass er wieder die Krankenversicherung für dich und das Kind bezahlt und dir jede Woche etwas zusteckt? Sollen wir für dich aufkommen, bis wir nicht mehr können?«

Sie hatte die restlichen Knöpfe der Strickjacke auf Festigkeit geprüft und nachgebessert. Nun schaute sie mich antwortheischend an. Da ich nicht reagierte, faltete sie mit einem weiteren langen Seufzer die Jacke zusammen, legte sie zur Seite und nahm eine Bluse aus dem Korb, an der sämtliche Knöpfe fehlten.

Während sie aus dem Sammelsurium in einer Schale sieben zusammenpassende heraussuchte, erklärte sie: »Eine Chance wie diese bekommst du so bald nicht wieder, das kannst du mir glauben. Das ist kein Vergleich mit der Praxis Hengelmann. Du bekommst für weniger Arbeit mehr Geld. Und ich könnte mir vorstellen, dass eine Physiotherapeutin für Betty noch viel wichtiger wäre als eine Pflegerin. So viel zu pflegen ist da ja nicht, man wäscht einen Menschen schließlich nicht den ganzen Tag. Der Pflegedienst macht das morgens in zwanzig Minuten. Länger würdest du garantiert auch nicht brauchen.«

Ich war ziemlich sicher, dass die Vorstellung meiner Mutter völlig identisch war mit dem, was Elisabeth Thelen sich für ihre Tochter wünschte. Wahrscheinlich hatte Mama ihr in einem Aufwasch erklärt, welche Ausbildung man dem Sorgenkind hatte angedeihen lassen und wie das dumme Ding sein Leben mit einem Nichtsnutz verplemperte. Physiotherapeutin, Bobath-Konzept. Sonst hieß es immer nur Krankengymnastik, und für spezielle Themen der Ausbildung hatte meine Mutter sich vorher nie interessiert.

Dass sie noch einen Schritt weitergegangen war, begriff ich, als sie sagte: »Ruf doch mal an. Die Nummer habe ich dir aufgeschrieben. Warte mal.« Damit lag die knopflose Bluse auch schon mit eingesteckter Nadel auf dem Wäschehaufen im Korb. Mama ging zum Geschirrschrank und zog einen Zettel unter den Desserttellern hervor, ehe sie sich wieder der Garderobe ihrer Mutter widmete.

Ich tat ihr den Gefallen, sonst hätte ich an dem Nachmittag keine ruhige Minute mehr gehabt. Davon abgesehen kostete mich ein Gespräch vom Anschluss im Elternhaus keinen Cent.

Ich ging davon aus, dass ich eine Absage bekäme, sobald ich erwähnte, dass ich ein kleines Kind hatte und eine Schwiegermutter, die immer dann vom Reisefieber gepackt wurde, wenn ich regelmäßig aus dem Haus musste, um zu arbeiten. Solange Mama zuhörte, verschwieg ich das lieber, damit es nicht hieß, ich hätte die Stelle ja gar nicht gewollt.

Während meine Mutter gewissenhaft weitere Knöpfe annähte, wurde ich zu einem Vorstellungsgespräch eingeladen. Wie Ronnie knapp fünf Jahre zuvor verlor auch Elisabeth Thelen keine Zeit. »Wenn Sie es einrichten können, wäre mir morgen Nachmittag um sechzehn Uhr sehr lieb«, sagte sie.

Natürlich konnte ich es einrichten. Mein Vater erklärte sich sofort bereit, mich zu fahren, als er von einem Treffen mit Parteifreunden zurückkam.

Als Papa am Dienstagnachmittag vorfuhr, um mich abzuholen, fiel Klara ein, dass sie mit Elsbeth Röther einen neuen Haarschnitt vereinbart hatte, diesen Termin unmöglich verschieben und Josie nicht mitnehmen konnte. Als ob sie geahnt hätte, dass wieder etwas im Busch war, was ihr nicht ins Konzept passte. Gesagt hatte ich ihr nichts. Ronnie konnte es ihr auch nicht erzählt haben. Er wusste nichts von einem Vorstellungsgespräch. Ihn hatte ich zuletzt am Samstag zu Gesicht bekommen.

»Dann nehmen wir Josie eben mit«, entschied mein Vater. »Ich gehe mit ihr spazieren. Dann hast du bessere Karten.«

Und er verstand sich inzwischen darauf, Josie mit Gummibärchen zu beschäftigen und gnädig zu stimmen.

Elisabeth Thelen wohnte mit Mann und Tochter etwas außerhalb einer kleinen Gemeinde nahe Langerwehe in der Voreifel. Die Lage konnte man nur als idyllisch bezeichnen. In der Nähe gab es einen See, zu Fuß in zwei Minuten zu erreichen. Der Nachmittag war für Anfang April ungewöhnlich mild. Ideale Bedingungen für einen Spaziergang mit Josie.

Das in L-Form gebaute Haus wirkte auf mich riesengroß, obwohl das Haus meiner Eltern auch keine kleine Hütte war. Das

Grundstück war zur Straße hin offen, der Vorgarten eine gepflegte Rasenfläche, deren Grün nur von der breiten Zufahrt zur Doppelgarage und einem Plattenweg zur Haustür unterbrochen wurde.

Elisabeth Thelen öffnete mir. Sie war eine jugendlich wirkende Frau mit glatter Stirn und vollen Lippen. Beim ersten Blick in ihr Gesicht schätzte ich sie auf Mitte vierzig, obwohl meine Mutter den dreißigjährigen Curd angeführt hatte. Ich schlug zehn Jahre drauf, als ich die Hand sah, die mir zur Begrüßung gereicht wurde.

»Sandra Korfmacher, nehme ich an. Freut mich, dass Sie es einrichten konnten und superpünktlich sind. Ich liebe pünktliche Menschen, sie sind meist auch in anderen Bereichen zuverlässig.«

»Renner«, korrigierte ich. »Korfmacher hieß ich früher.«

Sie nahm ihren Patzer mit Humor. »Natürlich, Sie sind ja verheiratet und haben den Namen Ihres Mannes angenommen. Ihre Mutter erwähnte es. Das kommt davon, wenn man tausend Dinge gleichzeitig im Kopf hat. Entschuldigen Sie. Und nun kommen Sie herein. Darf ich Sie Sandra nennen? Dann gibt es auch keine Versprecher mehr.«

Im Haus gab es keinen Hinweis auf die Künstler, die von der Agentur Thelen vertreten wurden. Ich hatte eine Bildergalerie im Eingangsbereich erwartet, große Poster mit Autogrammen, Aufnahmen von Musikern auf Bühnen oder Filmplakate, aber nichts dergleichen. Die Wände in der Diele waren zwar nicht völlig schmucklos, doch was da hing, sah für mich nur nach Kunst aus. Wobei ich gestehen muss, dass ich davon nicht viel Ahnung habe, auch heute noch nicht. Kunst ist etwas für Leute, die nie ums nackte Überleben kämpfen mussten, schätze ich.

Rechter Hand führte ein Flur in den Seitenflügel. Aus der Richtung hörte ich Stimmen, verstand jedoch nicht, was gesagt wurde. Es klang auch nicht nach einer normalen Unterhaltung. Offenbar lief irgendwo dahinten ein Fernseher.

Elisabeth Thelen führte mich in ein Wohnzimmer, in das mein Reich im Hause Renner komplett hineingepasst hätte. Mehrere Sofas mit Tischen davor oder daneben waren scheinbar wahllos im Raum verteilt. Auf einem Tisch standen Kaffeegeschirr und eine Schale mit Gebäck. Wir setzten uns, Elisabeth füllte die beiden Tassen, verwies auf die Schale und war in der folgenden Viertelstunde erschreckend offen.

Mit vollem Namen hieß ihre Tochter Rebekka. Im Gespräch nannte Elisabeth sie mehrfach Becki, woraus ich schloss, dass meine Mutter den Namen falsch verstanden hatte. Ich hörte noch einmal, dass Becki mit achtzehn einen Schlaganfall erlitten hatte, und sah etwas wie eine abstrakte Verbundenheit. Als wäre die Achtzehn eine magische Zahl, mit der das unbeschwerte Leben junger Mädchen plötzlich ein Ende finden konnte.

So alt war ich gewesen, als ich zu Ronnie in den Laden ging, um einen preisgünstigen Plattenspieler für den fünfundsechzigsten Geburtstag meines Vaters zu erwerben. Nun steuerte Papa auf die siebzig zu, und in den letzten beiden Jahren war er viel schneller gealtert als je vorher. Diese Erkenntnis zog einen Rattenschwanz an Gedanken hinter sich her, hauptsächlich waren es Schuldgefühle.

Wenn ich mich im Sommer vor fünf Jahren nicht von einem BMW-Cabrio und Ronnies Sonntags-Outfit hätte blenden lassen, wenn ich ihm den Plattenspieler abgekauft, es jedoch abgelehnt hätte, mit ihm auszugehen, wenn ich die Schauergeschichten meiner Großmutter und all die Warnungen ernst genommen hätte, wenn ... Am Ende vom Schwanz baumelte der Wunsch, den Job im Hause Thelen zu bekommen. Und sei es nur, damit Papa sich nicht länger um seinen Augenstern grämen musste und noch viele sorgenfreie Jahre genießen konnte.

Ehe ich Rebekka zu Gesicht bekam, erfuhr ich noch, dass sie schon vor ihrem Schlaganfall schwerstbehindert gewesen war. Elisabeths Worten zufolge hatte Sauerstoffmangel während der Geburt zu einem frühkindlichen Hirnschaden und spastischer Tetraparese geführt.

»Sie ist nahezu taub und in ihren geistigen Fähigkeiten stark eingeschränkt«, sagte Elisabeth mit bitterem Unterton. »Schon vor ihrem Schlaganfall konnte sie sich nicht allzu deutlich artikulieren, jetzt versteht man sie kaum noch. Manchmal weiß nicht einmal ich, was sie will.«

Grundgütiger, dachte ich. Meine Mutter hatte entweder letzten Freitag auf dem Friedhof diesen Teil der Geschichte nicht erfahren oder ihn am vergangenen Nachmittag geflissentlich unter den Tisch gekehrt, damit ihr Sorgenkind sich auf den Weg machte.

Mit Schlaganfallpatienten war ich während meiner Ausbildung häufig konfrontiert worden, das war eine Weile her, aber nicht im Elend der letzten zwanzig Monate untergegangen. Über spastische Tetraparese wusste ich so gut wie nichts. Dass es eine aufwendige Pflege war, lag jedoch auf der Hand. Deshalb vermutete ich, es wäre der polnischen Pflegerin, die zwei Wochen zuvor ihre Sachen gepackt hatte und kommentarlos verschwunden war, einfach zu viel geworden.

Elisabeth erwähnte den Namen Pola und betonte, dass die Pflegerin zwei Zimmer mit Bad im Obergeschoss des Seitenflügels bewohnt und rund um die Uhr zur Verfügung gestanden hatte. »Ich zeige Ihnen die Räume gerne«, bot sie an. »Pola hatte Kost und Logis frei und bekam fünfzehnhundert Euro im Monat. Ich biete Ihnen dieselben Konditionen.«

Für einen Moment vergaß ich zu atmen. Fünfzehnhundert Euro! Das war doppelt so viel, wie ich im letzten Jahr mit der Halbtagsstelle bei Markus Hengelmann verdient hatte.

»Ich kann aber nicht über Nacht bleiben«, begann ich

vorsichtig mit den Einschränkungen. »Ich habe eine kleine Tochter.«

»Ich weiß.« Elisabeth lächelte. »Auch deshalb finde ich, wäre es ideal für Sie. Wenn Ihre Schwiegermutter wieder einmal ausfallen sollte, können Sie die Kleine mitbringen. Das ist kein Thema.«

Danke, Mama, dachte ich mit einem Anflug von Ironie, nach der mir überhaupt nicht war. Meine Mutter hatte nichts ausgelassen und mich vermutlich angepriesen wie Fallobst. Aber fünfzehnhundert Euro im Monat. Und zwei Zimmer mit Bad, das klang nach einem Quartier im Fall einer Trennung.

Langsam, ermahnte ich mich. Erst mal sehen, was da auf mich zukam. Wenn ich bei Familie Thelen einzog und danach feststellte, dass ich der Belastung genauso wenig gewachsen war wie diese Pola, wäre es für einen Rückzieher zu spät. Die Reaktion meiner Mutter, wenn ich anrief und sagte: »Das ist mir zu viel Arbeit, Mama«, stellte ich mir lieber gar nicht erst vor.

»Leider habe ich zwar einen Führerschein, aber kein Auto«, sagte ich in der Gewissheit, dass mein Vater mich garantiert nicht hängen ließ, wenn es an einem fahrbaren Untersatz scheitern sollte. Und um allen Begehrlichkeiten vorzubeugen, fügte ich auch noch hinzu: »Und einziehen kann ich nicht bei Ihnen. Damit wäre mein Mann kaum einverstanden.«

Ronnie würde wahrscheinlich nicht einmal sofort merken, wenn ich meine Sachen packte. Aber es war anzunehmen, dass Klara ihm schnell Bescheid sagte. Doch das musste ich Elisabeth nicht auf die Nase binden. Ich mochte in mancher Hinsicht dumm oder naiv sein, aber völlig verblödet vom Romanelesen war ich nicht.

Dass Elisabeth die neue Pflegerin für ihre Tochter ebenso dringend brauchte wie ich diesen Job, hatte mir ihr großes Entgegenkommen beim kleinen Kind schon verraten. Im fehlenden

Auto sah sie ebenfalls nicht das geringste Problem. Selbstverständlich würde man mir einen Wagen zur Verfügung stellen.

»In der Garage steht noch der Van, den wir früher benutzt haben, um Becki zu transportieren«, erklärte sie. »Seit ihrem Schlaganfall ist er nicht mehr bewegt worden. Aber er müsste in Ordnung sein. Ich lasse ihn überprüfen und werde dafür sorgen, dass er fahrtüchtig ist.«

Es klang zu schön, um wahr zu sein. Ich fragte mich, wo der Haken war. Bei Ronnie hatte es schließlich einen verdammt großen Haken gegeben, der vor der Hochzeit vom BMW und unzähligen Geldscheinen verdeckt worden war.

»Nun sagen Sie schon Ja, Sandra«, drängte Elisabeth. »Sie werden rasch feststellen, dass es nicht so schwer ist, wie Sie jetzt vielleicht annehmen.«

»Bevor ich Ja, sage, möchte ich Ihre Tochter kennenlernen.«

»Selbstverständlich.« Elisabeth erhob sich und ging zur Tür.

Der erste Eindruck

Auf dem Weg in den Seitenflügel wurde der Fernsehton, den ich bei der Ankunft registriert hatte, etwas lauter. Ich erkannte die Stimme von Richterin Barbara Salesch, mit der ich auch schon einige einsame Stunden am Vormittag verbracht hatte, wenn es mir noch zu früh gewesen war, mich in einen Roman zu flüchten. Nachmittags wurde die Gerichtsshow meines Wissens nicht mehr ausgestrahlt. Aber wenn man über die notwendigen Geräte verfügte, konnte man jede Sendung aufzeichnen und ansehen, sobald man Zeit oder Lust dazu hatte.

Vor der Tür empfand ich das noch als tröstlich, eine weitere Art von Gemeinsamkeit. Im Geist sah ich eine Neunzehnjährige vor mir, ungefähr so, wie ich in dem Alter mich selbst und

Carina gesehen hatte. Nur dass die junge Frau hinter der Tür mit ihrer Zeit nichts Besseres anzufangen wusste und sich vermutlich, wenn auch auf andere Weise, ebenso einsam und vom Leben betrogen fühlte wie ich mich in meiner Ehe.

Aber als Elisabeth die Tür öffnete ...

Trotz der schonungslosen Offenheit, mit der sie den Zustand ihrer Tochter geschildert hatte, war es ein Schock und der schlagartig einsetzende Lärm wie eine Mauer. Ich konnte das Zimmer gar nicht sofort betreten. Richterin Barbara Salesch verhandelte auf einem riesigen Flachbildschirm gegen einen Bullen von Kerl in Lederweste, dessen muskelbepackte Oberarme von Tattoos übersät waren. Er sollte eine leicht bekleidete Punkerin mit Nasenring, gepiercten Lippen, Augenbrauen und Ohren vergewaltigt haben, was er rüpelhaft und in ohrenbetäubender Lautstärke bestritt.

Der Ton kam von zwei schlanken Lautsprechertürmen in den beiden Zimmerecken an der Außenwand. Der Fernseher war noch größer als Ronnies Zauberkasten und direkt neben einer breiten Flügeltür angebracht, die hinaus auf eine Terrasse führte. So störte kein Tageslicht die Bildqualität. In einem Regal darunter waren ein SAT-Receiver, ein Festplatten-DVD-Rekorder und weitere flache Geräte untergebracht, die zu identifizieren mir die Konzentration und die Luft fehlten.

Becki ist geistig beschränkt und nahezu taub, dachte ich wie eine Beschwörungsformel, um den Reflex zu unterdrücken, kehrtzumachen oder mir wenigstens beide Ohren zuzuhalten, um dem infernalischen Lärm ein bisschen Schutz entgegenzusetzen. Dagegen hätte Josie sich mit dem schlimmsten Anfall von Protestgebrüll nicht durchsetzen können.

Es vergingen etliche Sekunden, ehe ich den Blick aus der Ecke lösen und mich weiter umschauen konnte. Rebekkas Zimmer war ein großer, heller Raum mit einem sattgrünen Ausblick. Von der Terrasse gelangte man über eine Rampe hinunter in einen gepflegten, weitläufigen Garten. Ein Jugendschreibtisch mit Drehstuhl an der linken Zimmerwand zeugte von besseren Zeiten. Daneben standen ein Rollstuhl und ein Bewegungstrainer. Dass beides noch benutzt wurde, bezweifelte ich stark, als mein Blick nach rechts wanderte, ein Regal mit Pflegeutensilien streifte und das Bett erreichte.

Es stand halb verdeckt von der Zimmertür, die Elisabeth noch nicht wieder geschlossen hatte. Ein Krankenbett von der gleichen Art, wie meine Großmutter in ihren letzten Tagen noch eins bekommen hatte, mit einer Antidekubitusmatratze, um Wundliegen möglichst zu vermeiden.

Im Gegensatz zu Oma Finchens Bett war Rebekkas Bett mit einer seitlichen Ablage ausgestattet, auf der eine Zahnbürste lag. Daneben stand eine Trinkflasche mit Griffmulden, wie Kleinkinder sie benutzen. Josie besaß zwei, eine mit einem Hello-Kitty-Motiv, die andere mit Minnie Maus. Rebekkas Flaschen waren aus durchscheinendem Kunststoff.

Das Kopfteil des Bettes war fast senkrecht hochgestellt, das Fußteil zur Schräge angehoben, sodass in der Mitte eine Kuhle entstanden war, in der sie wie ein Embryo hockte, die Beine angezogen, das Kinn auf einem Knie. Ein Bündel Mensch, das nur aus Haut, Knochen und brettharten, verkümmerten Muskeln bestand. Ihr Alter sah man ihr nicht an, sie wirkte wie ein Kind von zehn, zwölf Jahren, das die halbe Zeit nichts zu essen bekam.

Das Gesicht so klein und schmal, dass sich mir der Vergleich mit einem Ziegenkopf aufdrängte. Blasse Haut, die von dunklen Haarstoppeln noch betont wurde. Als Frisur konnte man nicht bezeichnen, was sie auf dem Kopf trug. Es sah aus, als wäre sie vor Kurzem wie ein Schaf geschoren worden.

Meiner misslichen eigenen Lage zum Trotz fühlte ich mich mit einem Mal privilegiert. Vielleicht begriff ich auch endlich, dass ich das war. Weil ich auf meinen Beinen stand und gehen konnte, wenn ich wollte, weil ich jederzeit die Arme hätte heben können, um mir doch noch die Ohren zuzuhalten.

Rebekkas rechter Arm lag angewinkelt vor ihrer mageren Brust, es schien, dass die Hand die linke Schulter umfasste. Der linke Arm war ebenfalls angewinkelt und so nach oben verdreht, dass die Hand hinter dem Kopf verschwand. Ob mit Absicht oder infolge der Lähmungen, wagte ich nicht zu beurteilen.

Mit der rechten Schulter gegen die Wand gelehnt, die von einem mächtigen Kissen gepolstert wurde, hingen ihre Augen am Bildschirm. Für ihre Mutter und mich hatte sie keinen Blick, als wäre ihr völlig entgangen, dass wir hereingekommen waren.

»Hallo, Spatz!«, brüllte Elisabeth gegen den wüst protestierenden Bullen an, schloss die Tür und ging so langsam auf das Bett zu, dass ich mich fragte, ob man das knochige Wesen in den Kissen mit hastigen Bewegungen vielleicht zu Tode erschreckte.

Als Elisabeth ihre Tochter erreichte, zog sie als Erstes deren linke Hand hinter dem Kopf hervor. Darin hielt Rebekka eine Fernbedienung, und zwar so fest, dass ihre Mutter erhebliche Mühe hatte, ihr das schmale Teil aus den Fingern zu winden. »Jetzt gib schon her.« Obwohl Elisabeth erneut die Stimme hob, waren ihre Worte mehr zu ahnen als zu hören.

Rebekkas Gesicht verzog sich in Abwehr, dazu zuckten ihre knochigen Schultern konvulsiv, als hätte sie einen Anfall. Die rechte Hand löste sich unvermittelt von der Schulter und klatschte mit dem Handrücken ins Gesicht ihrer Mutter.

»Ist ja gut, ist ja gut«, versuchte Elisabeth, das aufgebrachte Geschöpf zu beruhigen. Auf den Schlag ging sie mit keinem Wort ein. »Du bekommst sie gleich zurück. Ich möchte dir nur jemanden vorstellen. Schau mich an, Spatz. Schau mich an.«

Warum sie den Lärm nicht einfach am Gerät abstellte, war mir ein Rätsel. Jeder Fernseher hatte doch einen Knopf zum

Ein- und Ausschalten. Das wäre wesentlich schneller gegangen und hätte die Nerven nicht dermaßen strapaziert.

Minutenlang musste Elisabeth an der Fernbedienung zerren und die verkrampften Finger schließlich aufbiegen, um endlich die Oberhand zu gewinnen und die Lautstärke auf ein erträgliches Maß herunterregeln zu können. Ich hatte unbewusst die Luft angehalten und atmete erleichtert durch. Den tobenden Bullen, die keifende Punkerin und Richterin Salesch, die energisch Ruhe im Gerichtssaal verlangte, hätte ich nicht viel länger ausgehalten.

Elisabeth winkte mich heran und rieb sich verstohlen die Wange, auf der sich trotz Make-up ein roter Fleck von der Größe eines Kinderhandrückens abzeichnete. Rebekka stierte weiter auf den Fernseher, als interessiere es sie nicht die Bohne, wen ihre Mutter ihr vorstellen wollte.

»Das ist Sandra«, begann Elisabeth mit einer Stimme, die kräftig genug war, einen Saal zu unterhalten. Man hätte sie auch ohne Mikrofon garantiert noch in der letzten Reihe gut verstanden. Ich hatte nicht das Bedürfnis, näher heranzutreten, musste aber.

»Ich habe dir gestern von ihr erzählt, erinnerst du dich?«, schrie Elisabeth. Ein Wunder, dass sie nicht ständig heiser war. »Sandra möchte sich um dich kümmern, damit du dich nicht jeden Tag von anderen Händen anfassen lassen musst. Das magst du nicht, ich weiß es.«

Ich meinte, ein Kopfschütteln wahrzunehmen. Vielleicht war das als Bestätigung gemeint. Vielleicht waren es aber auch nur Zuckungen im Bemühen, mich anzuschauen, Rebekkas Gesicht ruckte zentimeterweit in meine Richtung. Ich bemühte mich um ein freundliches Lächeln und erwartete den stumpfen Ausdruck einer geistig Behinderten. Für einen Moment trafen sich unsere Augen. Und für mein Empfinden spiegelte Rebekkas Miene in diesen zwei oder drei Sekunden hellwache Ablehnung, um nicht zu sagen Feindseligkeit, aber keinesfalls eine geistige Beeinträchtigung.

»Leider kann Sandra nur tagsüber bei dir sein!«, schrie Elisabeth weiter. »Aber nachts bin ja ich hier. Ich werde dich über Nacht nicht mehr alleine lassen, das weißt du, nicht wahr? Wollen wir es mit Sandra versuchen? Was hältst du davon?«

Auf Rebekkas Gesicht machte sich Teilnahmslosigkeit breit. Sie gab einen Laut von sich, der anscheinend zustimmend zu werten war, und angelte ungelenk nach der Fernbedienung.

Elisabeth gab ihr das Ding zurück und sagte noch: »Fein, ich bin sicher, du ...« Der Rest ging im Gebrüll des Bullen unter, den zwei Uniformierte niederzuringen versuchten.

»Das kann sie«, sagte Elisabeth und seufzte, als wir wieder auf dem Flur standen, wo sich der Fernsehton nach normaler Lautstärke anhörte, nachdem die Tür geschlossen war. Ich nahm an, dass die Tür schallisoliert war, was sich jedoch bald als Irrtum herausstellte.

Elisabeth führte mich zurück in das große Wohnzimmer und sprach dabei weiter: »Und das ist alles, was sie noch kann. Wenn ich ihr Zimmer betrete, muss ich immer an den Song von Grönemeyer denken, von dem tauben Mädchen, das laute Musik hört, weil es die Bässe im Magen spürt. Kennen Sie den?«

»Ich höre nicht oft Musik«, sagte ich. Grönemeyer hörte ich schon gar nicht. Ich kämpfte mit mir, ehe ich fairerweise erklärte: »Und Sie sollten wissen, dass ich noch nie mit Patienten wie Rebekka zu tun hatte, auch nicht während meiner Ausbildung in der Klinik. Ich weiß zwar einiges über die Behandlung von Spastikern, aber das ist blanke Theorie. Über Tetraspastik weiß ich so gut wie nichts. Das heißt jetzt nicht, dass ich mich nicht gerne um Rebekka kümmern würde. Ich fürchte nur, dass ...«

... meine Mutter Ihnen zu viel versprochen hat, wollte ich sagen, kam jedoch nicht dazu.

»Es ist nicht halb so schwer, wie Sie jetzt vielleicht denken«, wiederholte Elisabeth hastig und unterbrach mich damit. »Es ist auch nicht viel zu tun. Pola hatte entschieden zu viel Freizeit.« Wie das gemeint war, erklärte sie nicht, fuhr fort: »Machen Sie sich keine unnötigen Gedanken, Sandra. Sie wissen garantiert besser als ich, wie Sie Becki bewegen und massieren müssen. Sie waschen und anziehen ist keine große Kunst. Wenn Sie darüber hinaus beim Füttern nicht gleich die Geduld mit ihr verlieren, sind Sie prädestiniert für diese Aufgabe. Niemand erwartet, dass Sie Becki zu mehr Beweglichkeit oder Eigenständigkeit verhelfen. Diese Hoffnung haben wir aufgegeben. Wir sind froh und dankbar, wenn sich ihr Zustand nicht weiter verschlechtert.«

Sie blieb noch einmal stehen, was ihren folgenden Worten eine suggestive Eindringlichkeit verlieh. »Sie müssen sich auch nicht unentwegt mit ihr beschäftigen oder bei ihr sitzen und sie unterhalten. Ihre Mutter sagte, Sie lesen gerne. Daran wird Sie hier niemand hindern. Becki ist daran gewöhnt, alleine zu sein. Und sie ist gerne allein – mit ihrem Fernseher. Der stellt keine Ansprüche an ihr jetziges Niveau, verstehen Sie?«

Die befehlsgewohnte und lärmgestählte Stimme kippte verdächtig in Richtung Trauer. »Sie war ein intelligentes Mädchen, und ich glaube, das weiß sie noch. Ich bin sicher, sie schämt sich für ihren Zustand und will gar nicht, dass wir uns intensiv mit ihr beschäftigen. Was soll ihr passieren, wenn sie rundum versorgt ist? Aus dem Bett fallen kann sie nicht. Den Fernseher und die anderen Geräte kann sie selbst ausschalten. Das tut sie auch, wenn sie müde wird. Wenn sie aufwacht, schaltet sie alles wieder ein, egal ob bei Tag oder mitten in der Nacht.«

Über das jugendlich straffe Gesicht zog ein wehmütiges Lächeln. »Aus diesem Grund verbietet sich der Einsatz eines Babyfons zur Überwachung. Damit haben wir es kurze Zeit probiert und hatten schlaflose Nächte. Jetzt hat sie für Notfälle einen

Rufknopf, den sie aber nur benutzt, wenn sie hungrig ist oder die Bettpfanne braucht. Ihr Wasser kann sie leider nicht immer halten. Beim Stuhlgang klappt das aber ganz gut.«

»Sie muss gewickelt werden?« Davon war bisher nicht die Rede gewesen.

Elisabeth nickte. »Ich hoffe, Sie haben damit kein Problem. Sie wechseln doch auch Ihrer Tochter die Windeln.«

»Sicher«, stimmte ich zu, obwohl meist Klara diejenige war, die den Windelwechsel vornahm. Aber ich hatte auch schon unzählige Häufchen mit Bergen von Toilettenpapier und mehreren Feuchttüchern von Josies Hinterteil geschabt. Wenn sie mit einem großen Geschäft in der Windel eine Weile herumgelaufen war oder gesessen hatte, pappte es wie Nutella an der Haut.

»So groß ist der Unterschied nicht«, behauptete Elisabeth. »Becki zu wickeln ist sogar leichter. Im Gegensatz zu einem Kleinkind bemüht sie sich, nicht zu zappeln. Es reicht auch, wenn Sie ihre Windeln zweimal wechseln. Morgens verbinden wir das mit der Körperpflege. Und mittags nach dem Stuhlgang, man kann ihr ja nicht wieder eine feuchte Windel anziehen. Die Versorgung für die Nacht übernehme ich. Ich werde zusehen, dass ich um sechs zu Hause bin. Können Sie so lange bleiben?«

Ich nickte.

»Notfalls auch mal bis sieben oder acht?«

»Sicher«, sagte ich.

Elisabeth ging endlich weiter. Wir erreichten das Wohnzimmer, setzten uns noch einmal an den Tisch mit Geschirr und Gebäck. Sie schenkte Kaffee nach und fuhr fort: »Es wäre schön, wenn Sie die ersten Wochen morgens um acht hier sein könnten.«

Das bedeutete, ich musste mich um sieben auf den Weg machen und Josie vorher aus dem Schlaf reißen, wenn Klara nicht bereit war, sie später herunterzuholen. Von allein wachte Josie in der Regel zwischen acht und neun auf. Sie war schon eine richtige Langschläferin.

»Die Zeit hat sich durch den leidigen Pflegedienst ergeben«, erklärte Elisabeth wie zur Entschuldigung, ehe ich versuchen konnte, eine spätere Zeit auszuhandeln. »Die arbeiten nach der Stoppuhr. Ich habe den Eindruck, Becki hat sich darauf eingestellt, weil sie es hasst, mit einem nassen Waschlappen geweckt zu werden. Das wird sich bestimmt bald wieder geben. Pola hat immer gewartet, bis Becki aufwachte. Wenn wir ein paar Wochen weiter sind, reicht es vermutlich, wenn Sie um neun kommen. Dann haben Sie wahrscheinlich immer noch Zeit für ein gemütliches Frühstück.«

Da Pola ihren Kram erst vor zwei Wochen gepackt hatte, musste Rebekka sich schnell auf eine andere Zeit eingestellt haben, fand ich und fragte: »Brauchen Sie mich auch am Wochenende?«

Es hätte mir nichts ausgemacht. Im Gegenteil. Samstags und sonntags bestand immer die Gefahr, dass Klaus vorbeischaute und es sich nicht nehmen ließ, mir Guten Tag zu sagen, wobei es in der Regel nicht blieb. Er war nun mal nicht der Typ, der schnell kapitulierte. Und schon die Vorstellung, Klaus könne mich beim nächsten Besuch einfach in die Arme nehmen und jeden Protest im Keim ersticken, verursachte mir Herzklopfen und ein Flattern im Magen.

»Nur von Montag bis Freitag«, sagte Elisabeth. »Am Wochenende höchstens in Ausnahmefällen, wenn ich meinen Mann geschäftlich begleiten muss. Dann müsste ich Sie auch bitten, hier zu übernachten, wofür ich Sie natürlich extra entlohnen würde. Selbstverständlich könnten Sie Ihre Kleine dann mitbringen. Ich habe Becki zwar fest versprochen, sie nachts nicht wieder alleine zu lassen, aber das lässt sich in unserem Metier leider nicht immer vermeiden. Warten wir ab, bis sie sich an Sie gewöhnt hat. Bis dahin schneiden Sie das Thema besser nicht an.«

Ich nickte und fühlte mich dabei um ein oder zwei Kilo leichter. Wahrscheinlich wegen all der Steine, die mir vom Herzen fielen. Fünfzehnhundert Euro jeden Monat. Und Josie war kein Problem. Frühstück hatte Elisabeth schon angeführt. Mittagessen bekam ich garantiert auch. Das bedeutete, keine Reste mehr aus Schuberts Küche, auf die ich mit eigenem Einkommen ohnehin nicht mehr angewiesen wäre. Am Nachmittag vielleicht noch einen Kaffee und etwas Gebäck. Die kleinen Schokowaffeln waren sehr lecker. Am liebsten hätte ich welche für Josie eingesteckt.

Mein Vater freute sich während der gesamten Rückfahrt mit mir über den, wie er es nannte, ersten Schritt in die Unabhängigkeit. Gleichzeitig mahnte er: »Mehr als ein erster Schritt ist das nicht. Und genau genommen ist es Ausbeutung. Fünfzehnhundert Euro für eine Ganztagsbetreuung bei Pflegegrad fünf. Den hat das Mädel garantiert, so wie du sie beschreibst.«

Carina, die ich umgehend anrief, nachdem mein Vater Josie und mich vor der Tür abgesetzt hatte, war weniger begeistert. »Dann sehen wir uns ja gar nicht mehr«, maulte sie.

»Ich bin am Wochenende hier«, sagte ich.

»Aber dann ist es bei mir eng.«

»Du kannst doch mittags auf einen Sprung vorbeikommen. Das tust du seit Monaten.«

»Aber nur, damit du was zu essen hast. Das brauchst du ja nicht mehr, wenn du Geld verdienst.« Es klang fast, als bedaure Carina diese Entwicklung.

Klara war noch nicht von ihrem Friseurtermin zurück. Um Ronnie zu informieren, musste ich in den Hof gehen und so lange ans letzte Fenster im Anbau klopfen, bis er endlich vom Monitor aufschaute. Dann winkte ich ihn nach draußen und erklärte, ich hätte ab morgen wieder einen Job, diesmal ganztags.

Dass ich bereit war, sofort anzufangen, wollte Elisabeth Thelen mit zweihundert Euro extra honorieren, zuzüglich zum anteiligen Lohn für den April, der gerade erst begonnen hatte.

»Weiß Mam das schon?«, fragte Ronnie skeptisch.

»Nein. Sie muss es auch nicht unbedingt erfahren. Wenn sie sich um Josie kümmern will, soll es mir recht sein. In den ersten Tagen wäre es vielleicht nicht schlecht, weil ich mich dann ohne Stress einarbeiten könnte. Auf deine Mutter angewiesen bin ich aber nicht. Ich kann Josie mitbringen. Das ist ein Privathaushalt, da stört sie keinen. Ich habe nur eine Patientin und kann mich nebenher um Josie kümmern.«

»Hier in der Nähe?«, fragte Ronnie.

»Nein, hinter Zülpich.«

»Und wie kommst du dahin?«

»Mein Vater fährt mich, bis ich ein Auto habe.«

»Du willst dir ein Auto kaufen?« Ronnie wurde misstrauisch. »Wovon denn? Du hast doch was von deiner Oma geerbt, gib es zu. Du willst mir nur nichts ...«

»Sie stellen mir ein Auto zur Verfügung«, schnitt ich ihm das Wort ab.

»Nobel«, kommentierte er. »Und wie viel verdienst du?«

»Genug«, sagte ich. »Die Krankenversicherung kann ich dann wieder selber bezahlen. Haushaltsgeld von dir brauche ich auch nicht mehr.«

Ich hatte seit Jahresbeginn keinen Cent mehr von ihm bekommen, an dem Zustand wollte Ronnie auch nichts ändern. Ihn interessierte nur, ob ich ihn bezuschussen könnte, damit er sich ebenfalls wieder ein Auto ...

»Wir haben keine Gütertrennung«, erinnerte er mich. »Eheleute sind gegenseitig zum Unterhalt verpflichtet. Ich habe dir immer was abgegeben, wenn ich was verdient hatte.«

»Das letzte Mal ist aber lange her«, sagte ich. »Und ich gehe nicht arbeiten, damit du ein Auto bekommst, sondern um meinen Vater zu entlasten. Du brauchst doch kein Auto, hast du selbst gesagt. Du hockst den ganzen Tag vor den Computern.«

»War nur eine Frage«, sagte Ronnie.

Er sprach wohl am Dienstagabend noch mit seiner Mutter, weil Klara am Mittwochmorgen von heftiger Übelkeit geplagt wurde und sich außerstande sah, den ganzen Tag ein so munteres Persönchen wie Josie zu beschäftigen. Ich hörte sie unten jammern, während ich mich darum bemühte, Josie wenigstens so wach zu bekommen, dass sie sich anziehen ließ.

Mein Vater setzte das schlaftrunken quengelnde Persönchen kurzerhand in seinen Wagen, als er mich um sieben abholte. Den Kindersitz hatte er am Vortag gar nicht erst rausgenommen. Für seinen Fahrdienst während der ersten Tage hatte Elisabeth ihm eine Kilometerpauschale geboten. Die hatte er abgelehnt und anschließend zu mir gesagt: »Kleinlich ist sie nicht. Aber wenn sie das Mädel in ein Heim gibt, kostet das einige Tausend im Monat. Das deckt die Pflegeversicherung bei Weitem nicht. Da müsste sie ordentlich zuzahlen. Mit dir macht sie ein gutes Geschäft. Behalte das im Hinterkopf, falls es doch mehr Arbeit sein sollte als angekündigt.«

Josie schlief sofort wieder ein, kaum dass wir losgefahren waren. Papa bot an, sie mit zurückzunehmen. Oma Finchen war nicht mehr da, es wäre kein Problem, meinte er. Aber als er den Wagen anhielt, wachte Josie auf, war verwirrt und desorientiert und wollte unbedingt bei mir bleiben.

»Mama hat aber keine Zeit für dich«, erklärte mein Vater. »Weißt du was? Wir beide fahren jetzt zu Oma Inge und suchen Gummibärchen. Opa findet bestimmt welche.«

»Nein«, greinte Josie. »Mama beibe.«

»Das fängt ja gut an«, murmelte mein Vater. Aber er war der Einzige, der Schwierigkeiten sah.

Noch ehe ich klingeln konnte, kam die Haushälterin an die Tür. Eine füllige Person Mitte fünfzig, die sich enthusiastisch vorstellte und mir klarmachte, dass auch sie bereits wusste, wie gerne ich las. »Dickens, nicht verwandt oder verschwägert mit Charles, dem berühmten Vater von Oliver Twist und David Copperfield. Sie müssen Frau Renner sein. Ich hab das Auto gesehen. Kommen Sie rein, Sie werden schon sehnsüchtig erwartet.«

Damit ging sie vor Josie in die Knie. »Was haben wir denn hier für ein hübsches kleines Mädchen? Magst du ein Brot mit Erdbeermarmelade, oder hast du schon gefrühstückt?«

»Nein«, sagte Josie aus Prinzip und unverändert weinerlich.

»Das ist fein«, freute sich Frau Dickens. »Dann komm mal mit.«

Ehe ich michs versah, hatte sie Josie auf den Arm genommen und ging mit ihr in Richtung Küche davon.

»Mama«, jammerte meine Kleine verdutzt und bange.

»Mama bekommt auch ein leckeres Brot«, sagte Frau Dickens.

»Ja, dann fahr ich mal wieder zurück«, sagte mein Vater und reichte mir die Tasche, in der auch ein paar Ersatzwindeln für Josie steckten. »Um sechs bin ich wieder hier. Wenn vorher irgendwas sein sollte, kannst du ja anrufen.«

Nachdem er abgefahren war, folgte ich Frau Dickens in die Küche, wo Elisabeth am üppig gedeckten Frühstückstisch saß. Sie war wohl diejenige, die sehnsüchtig wartete. Den Hausherrn bekam ich nicht zu Gesicht. Trotz der frühen Stunde war Oscar Thelen bereits zur Agentur gefahren.

»Ins Büro«, wie Elisabeth sagte, als schulde sie mir eine Erklärung für seine Abwesenheit. Sie wollte ihrem Mann folgen, sobald sie sich überzeugt hatte, dass ich gut mit Becki zurechtkam. Gar so überzeugt wie am Vortag schien sie davon nicht mehr.

Noch schlief Rebekka. »Wahrscheinlich hat sie wieder die halbe Nacht auf den Fernseher gestarrt«, vermutete Elisabeth. »Sie wusste ja, dass um acht Uhr niemand mehr erscheint, um sie aus dem Schlaf zu reißen. Dem Pflegedienst habe ich gestern noch abgesagt.«

Wir frühstückten zusammen, wobei Josie auf dem Schoß der Haushälterin saß und mit mundgerechten Stückchen Weißbrot gefüttert wurde, das dick mit Konfitüre bestrichen war. Dazu gab es einen Kakao, der ihr sichtlich mundete.

Anschließend ging Elisabeth nachsehen, ob Rebekka aufgewacht war. Dass ihr die Zeit unter den Nägeln brannte, war nicht zu übersehen. Schon nach wenigen Minuten kam sie zurück und verkündete: »Wir können loslegen.«

Ich hätte geschworen, dass sie ebenso nachgeholfen hatte wie ich um Viertel vor sieben bei Josie. Sie führte mich in das zu Rebekkas Zimmer gehörende Bad und half mir, die notwendigen Utensilien nach nebenan zu schaffen.

Frau Dickens beschäftigte sich mit Josie, der das zu gefallen schien. Nachdem sie ihre Müdigkeit und die Scheu vor der fremden Frau überwunden hatte, wich sie der Haushälterin nicht von der Seite, half eifrig bei der Arbeit in der Küche, sammelte Krümel vom Fußboden auf, wischte mit Küchenkrepp hinterher, sortierte die Kaffeelöffel in die Spülmaschine und bekam zur Belohnung für ihre Hilfe das eine oder andere Stückchen Kinderschokolade in den Mund geschoben.

Ich half derweil meiner Patientin aus dem Schlafanzug und erschrak beim Anblick des nackten Körpers. Rebekka wog nur noch achtunddreißig Kilo, hatte Elisabeth im Bad erwähnt. Ihr Körper hatte fatale Ähnlichkeit mit den ausgemergelten Gestalten, die man von Aufnahmen aus Konzentrationslagern kennt.

Und sie bemühte sich, ihr Becken anzuheben, damit ich sie leichter aus der feuchten Windel schälen konnte.

Dann wurde sie gewaschen, genau genommen nur behutsam mit dem ausgedrückten Waschlappen von Kopf bis Fuß abgetupft. Ich begriff, dass die unattraktive Scherfrisur der Körperpflege geschuldet war. Den Kopf brauchte ich auch nur mit dem feuchten Lappen abzureiben. Anschließend wurde Rebekkas Haut mit einem weichen Frotteetuch trocken getupft, mit Feuchtigkeitslotion eingecremt und bei der Gelegenheit leicht massiert.

Für mich war es ungewohnt und irgendwie peinlich. Ich hatte noch nie einen anderen Körper als den eigenen und den meiner kleinen Tochter gewaschen und gesalbt, nicht mal Ronnie, obwohl wir kurz nach der Hochzeit ein paarmal zusammen geduscht hatten. Und allein die Vorstellung, dass sich jemand so an mir zu schaffen machte …

Kopf, Gesicht, Arme, Hände, Beine, Füße, Brustbereich und Rücken, das ging ja noch. Da hieß es nur aufpassen, dass ich ihr nicht wehtat. Gleichzeitig konzentrierte ich mich auf die unter der bleichen Haut noch tastbare Muskulatur, um ein Gespür für meinen Arbeitsbereich und meine Möglichkeiten zu bekommen. Viel war da allerdings nicht.

Elisabeth wachte mit Argusaugen über jeden Handgriff und half, ihre Tochter auf die Seite zu drehen, damit ich das knochige Hinterteil von den Rückständen der Nacht befreien konnte. Ich entdeckte eine leichte Rötung, vermutlich eine Druckstelle, auf der rechten Pobacke, die man kaum als Backe bezeichnen konnte. Die Sitzbeine stachen durch die Haut.

»Tut das weh?«, fragte ich, während ich mit dem Frottiertuch die Rötung betupfte.

Rebekka reagierte nicht, hatte die Frage womöglich nicht gehört. Elisabeth antwortete für sie: »Ich glaube nicht, sie verzieht keine Miene.«

»Ich werde ihre Windeln öfter wechseln«, kündigte ich an.

Ich zerfloss in diesen Minuten vor Mitleid und hatte das Bedürfnis, diesem um ein menschenwürdiges Dasein betrogenen Geschöpf so viel Gutes wie nur eben möglich zu tun. Meine Großmutter hatte in ihren letzten Wochen auch nicht ständig allein im Bett gelegen. Es hatte ihr zwar nicht rund um die Uhr jemand Gesellschaft geleistet, aber tagsüber war fast immer jemand bei ihr gewesen. Papa hatte mich in diesen Wochen beinahe jeden Tag abgeholt, weil meine Mutter noch etwas anderes zu tun hatte.

»Ich werde sie auch mehrmals täglich umbetten«, erklärte ich meine weiteren Pläne. »Es ist nicht gut für sie, wenn sie immerzu so in der Kuhle hockt wie gestern.«

»Wenn sie auf der Seite liegt, kann sie nicht fernsehen«, wandte Elisabeth ein. »Das wird ihr nicht gefallen.«

»Ich kann doch das Bett entsprechend drehen«, erwiderte ich. »Ich kann sie auch in den Rollstuhl setzen und vielleicht mal mit ihr in den Garten fahren, wenn das Wetter so schön bleibt.«

Als mir bewusst wurde, dass ich nur mit Elisabeth sprach, schämte ich mich. Aber es widerstrebte mir zu brüllen, um mich Rebekka verständlich zu machen.

»Warum hat sie eigentlich kein Hörgerät?«, fragte ich, während ich den verkrampften Körper ohne Elisabeths Hilfe wieder in Rückenlage drehte. »Sie sagten gestern, Rebekka sei nahezu taub. Wäre es da nicht sinnvoll, wenn sie ein Hörgerät bekäme?«

»So ein Gerät muss angepasst werden«, antwortete Elisabeth. »Dafür müssten wir sie in die Praxis eines Spezialisten oder in eine Klinik mit entsprechender Abteilung bringen. In ihrer derzeitigen Verfassung wäre jeder Transport für Becki nur Quälerei. Das gilt übrigens auch für den Rollstuhl. Sie könnte sich darin nicht aufrecht halten, müsste angeschnallt werden und hätte anschließend wahrscheinlich Striemen, die sich leicht entzünden könnten. Ihre Haut ist extrem dünn und sehr empfindlich.«

Ich fühlte mich getadelt und ausgebremst. Dabei hatte ich es gut gemeint und klarmachen wollen, dass ich für fünfzehnhundert Euro nicht stundenlang Freizeit genießen und Romane lesen wollte. Das hatte ich seit Josies Geburt mehr als reichlich getan, wobei von Genuss nicht die Rede sein konnte.

»Verstehe«, erwiderte ich und drückte behutsam Rebekkas Oberschenkel auseinander, soweit das bei den Verkrampfungen möglich war, um den Intimbereich zu waschen.

Rebekka ließ kein Auge von meinem Gesicht. Ihr Blick erinnerte mich an Josie bei den Mahlzeiten als Säugling. Und ich meinte, bei Rebekka wieder diesen hellwachen Ausdruck zu sehen, der meiner Ansicht nach nicht zu einer geistig Beeinträchtigten passte. Aber diesmal war es keine Ablehnung wie am vergangenen Nachmittag. Es war eher eine misstrauische oder gespannte Erwartung. Ich war nicht sicher, wie ich ihre Miene deuten sollte. Mir fiel auch nichts ein, was sie von mir erwarten könnte, außer einem falschen und unangenehmen Handgriff.

Eine Viertelstunde nach dieser ersten Wäsche und Massage durch meine Hände saß Rebekka mit einem T-Shirt und einer Jogginghose bekleidet, Flauschsocken an den knochigen Füßen, in der Kuhle zwischen hochgestelltem Kopf- und Fußteil ihres Bettes. Wie es schien, war sie mit meiner Arbeit ebenso zufrieden wie ihre Mutter.

Mit eigentümlich kehligen Lauten verlangte sie nach zwei Fernbedienungen, die Elisabeth aus dem Bett genommen und auf einen Stuhl gelegt hatte, damit sie bei der Morgentoilette nicht im Weg waren. Ich verstand keinen einzigen der Töne, die Rebekka von sich gab, sah nur die ausgestreckte, krallenartig verformte Hand und Elisabeths Griff zum Stuhl und konnte mir denken, was Rebekka wollte.

»Kannst du damit bis nach dem Frühstück warten?«, bat ich in normaler Lautstärke. Ich war es nicht gewohnt, einen Menschen anzuschreien, es sei denn im Streit, da konnte ich ziemlich laut werden. Und trotz Elisabeths Geschrei und der mehrfachen Hinweise hatte ich noch nicht verinnerlicht, dass hier ein anderer Umgangston vonnöten schien. »Ich würde mich lieber mit dir unterhalten, damit wir uns etwas besser kennenlernen.«

Rebekka gab einen abgehackt klingenden Laut von sich, es hörte sich an wie »na«. Dass es nein hieß, begriff ich auf Anhieb. Und das bedeutete, sie hatte mich verstanden, war jedoch nicht einverstanden.

»Sandra hat recht, Spatz!«, schrie Elisabeth und machte damit noch einmal deutlich, dass Unterhaltungen hier nicht nach angenehmen Regeln gepflegt wurden. Sie legte die Fernbedienungen zurück auf den Stuhl. »Du kannst den ganzen restlichen Tag fernsehen! Zum Frühstück und zu Mittag solltest du darauf verzichten, damit Sandra nicht taub wird!«

Die üppig gedeckte Tafel in der Küche war längst abgeräumt. Frau Dickens ging irgendwo oben im Haus ihrer Arbeit nach und schleppte Josie mit sich, vermutlich auf Anweisung von Elisabeth, damit ich mich auf meine neuen Aufgaben konzentrieren konnte.

Rebekkas Frühstück stand auf einem Tablett in der Küche bereit. Eine Schale Haferbrei und eine Trinkflasche mit Kakao. Eine zweite Flasche war mit Wasser gefüllt.

Als ich mit dem Tablett zurückkam, hatte Elisabeth ihrer Tochter zum Schutz von Bettwäsche und Kleidung bereits einen großen Umhang umgelegt. Wie notwendig das war, erkannte ich bald. Mit den Trinkflaschen kam Rebekka alleine zurecht. Wie Josie schaffte sie es, eine halbe Flasche Kakao zu trinken, ohne einmal abzusetzen oder zu kleckern. Beim Füttern landete gleich die erste Portion Brei auf dem hellen Laminat, weil der Schlag unter den Löffel für mich völlig überraschend kam.

»Das sind unwillkürliche Bewegungen«, meinte Elisabeth erklären zu müssen. »Den Fachausdruck dafür kennen Sie bestimmt: choreatische Bewegung. Sie macht das nicht mit Absicht.«

Mit der Erinnerung an den gestrigen Schlag ins Gesicht ihrer Mutter war ich anderer Meinung, antwortete aber trotzdem: »Das dachte ich mir schon«, und bemühte mich, Rebekkas Mienenspiel, ihre Hände und den Löffel gleichzeitig im Auge zu behalten, um der nächsten unwillkürlichen Bewegung nach Möglichkeit auszuweichen. Das gelang mir auch, nur klatschte der Brei dabei auf den Umhang. Das dicke Kissen, mit dem die Wand gepolstert war, bekam ebenfalls einige Spritzer ab.

Eine Unterhaltung war unter diesen Voraussetzungen nicht möglich. Ich hätte auch nicht gewusst, worüber ich reden sollte, solange Elisabeth dabeistand. Mein erstes Gespräch mit Rebekka hatte ich mir so vorgestellt, dass ich erst einmal herausfand, wie ich mich überhaupt mit ihr verständigen konnte. Es reichte ja nicht, wenn ich verstanden wurde. Viel wichtiger wäre es, sie zu verstehen, damit ich auf ihre Bedürfnisse eingehen konnte.

Nachdem die Schale leer war, trank Rebekka etwas Wasser, spülte offenbar den Mund aus. Dann angelte sie die Zahnbürste von der Ablage. Zähne putzen konnte sie alleine, wie Elisabeth erklärte, ohne Zahncreme, ohne zu spülen und ohne auszuspucken. Sie trank anschließend nur noch etwas Wasser. Ich fand es eklig und fragte mich, was mein Vater dazu sagen würde.

Dann nahm ich Rebekka den beschmierten Umhang ab, legte die Fernbedienungen ins Bett und bat, diesmal etwas lauter als gewöhnlich: »Warte noch fünf Minuten, ehe du voll aufdrehst.

Ich wische nur schnell den Boden auf und wechsle den Kissenbezug.«

Damit war Elisabeth nicht einverstanden. »Sie sind nicht zum Putzen hier, Sandra. Für diese Arbeit bezahle ich Frau Dickens.«

Die mit Hausarbeit und Kinderbetreuung aber schon genug zu tun hatte, fand ich, vor allem mit der Kinderbetreuung. Und für Elisabeth wurde es höchste Zeit, ins Büro zu fahren. Als sie weg war, erkundigte ich mich bei der Haushälterin, wo ich einen frischen Kissenbezug und das Putzzeug fand.

Frau Dickens war inzwischen wieder in der Küche beschäftigt. Josie saß auf der Arbeitsplatte neben der Spüle, schaute bei den Vorbereitungen fürs Mittagessen zu und bediente sich aus einer Schale frisch gewaschener Himbeeren, die um diese Jahreszeit ein kleines Vermögen gekostet haben mussten.

»Hat Becki wieder alles eingesaut?«, fragte Frau Dickens. Ehe ich antworten konnte, erklärte sie mit gedämpfter Stimme, als hocke ein heimlicher Lauscher unter dem Tisch: »Mal unter uns, das ist ein Biest, mit der machen Sie noch lange nicht, was Sie für richtig halten. Was bin ich froh, dass ich sie nicht mehr füttern muss. Wissen Sie, wie oft die mir unter den Löffel gehauen hat?«

Ich fühlte mich in meiner ersten Einschätzung bestätigt, dass nämlich Rebekka Thelen aus achtunddreißig Kilo Feindseligkeit und Verbitterung bestand. Diese Sorte Patienten hatte mir während der Ausbildung die Freude am Beruf verdorben und meinen Entschluss zur Hochzeit gefördert. Solche Empfindungen wollte ich jetzt nicht aufkommen lassen. Das konnte ich mir nicht leisten.

»Frau Thelen sagte, das seien unwillkürliche Bewegungen.«

Das kurze Lachen, das Frau Dickens daraufhin hören ließ, hatte einen gehässigen Unterton. »Auf das, was Frau Thelen sagt, würde ich an Ihrer Stelle nicht viel geben. Bilden Sie sich lieber Ihr eigenes Urteil. Sie sind doch vom Fach, hat Frau Thelen mir jedenfalls erzählt. Becki macht das mit voller Absicht. Und zwar mit Vorliebe dann, wenn der Löffel kurz vor ihrem Gesicht ist, dann gibt es nämlich die größte Sauerei, gerade mit dem Haferbrei, der pappt wie Beton.«

»Vielleicht mag sie keinen lauwarmen Haferbrei«, mutmaßte ich. »Wenn ich den essen sollte, würde es mich auch schütteln.«

»Brot oder sonst was Festes kann sie seit dem Schlaganfall aber nicht mehr richtig schlucken«, erklärte Frau Dickens. »Mittags und abends bekommt sie auch nur Brei oder eine pürierte Suppe. Für uns mache ich heute einen Makkaroni-Auflauf, zum Dessert gibt es Grießpudding mit Himbeeren.«

Von denen Josie naschte, was das Zeug hielt.

»Falls gleich noch welche übrig sind«, fügte Frau Dickens mit Blick auf die Schale an. »Sonst essen wir den Pudding mit Sirup, das schmeckt auch lecker. Wir essen um halb eins, wenn es Ihnen recht ist. Danach können Sie Becki füttern. Dann haben wir noch Zeit genug fürs große Geschäft, da muss die Kleine ja nicht dabeistehen. Ich bleibe bis um zwei. Frau Thelen hat mich gebeten, die ersten Tage etwas länger zu bleiben, damit Sie nicht gleich mit allem auf sich allein gestellt sind. Und wenn Sie für morgen Mittag einen besonderen Wunsch haben, sagen Sie es nur, dann richte ich mich mit den Einkäufen danach.«

»Hähnchen mit Pommes?«, fragte ich. Das hatte ich seit ewigen Zeiten nicht mehr gegessen. Bei Schuberts stand es nicht auf der Speisekarte.

»Schon notiert«, sagte Frau Dickens und beantwortete endlich die Frage nach Kissenbezug und Putzzeug. »Eimer und Wischer stehen in der Waschküche, die Kellertreppe runter, die zweite Tür links. Mit dem Kissenbezug warten Sie besser bis nach Mittag. Ich lege einen raus. Frische Umhänge liegen in dem Regal in Beckis Zimmer, haben Sie ja sicher schon gesehen.«

Der Fernseher lief bereits, als ich zurückkam. In moderater Lautstärke schaute Rebekka sich einen Beitrag auf ntv an. Dem Kommentator zufolge handelte es sich um einen Flugzeugangriff auf einen Flüchtlingstreck während des Zweiten Weltkriegs. Wenn sie das verstand, konnte sie nicht nahezu taub sein.

Ob es sich um eine Ausstrahlung oder eine Aufzeichnung handelte, blieb mir verborgen. Das interessierte mich auch erst, als ich mit Putzen fertig war. Rebekka wartete tatsächlich, bis das helle Laminat vom bereits angetrockneten Haferbrei gesäubert war, was ein Weilchen dauerte. Und kaum hatte ich den Bezug vom Wischer genommen und zurück in den Eimer geworfen, verstummte der Kommentator, und es dröhnten Maschinengewehrsalven durchs Zimmer, als hätte Rebekka es in der Hand gehabt. Was in Form der Fernbedienung auch der Fall war.

Ich ergriff bereitwillig die Flucht, brachte das Putzzeug zurück in die Waschküche und ging wieder in die Küche. Statt mich um eine verbale Annäherung an den menschlichen Kaktus zu bemühen, gleich am ersten Tag an meine Grenzen zu stoßen und vielleicht meinen guten Willen einzubüßen, zog ich eine Unterhaltung mit der informativen Haushälterin vor.

Fröschlein Spatzenkind

Beim ersten Mal schien es nur eine kleine Unachtsamkeit. Etwas, worüber man nie wieder ein unnötiges Wort hätte verlieren müssen, wenn es bei diesem einen Mal geblieben wäre.

Am Vormittag waren ihre Eltern zu einer Filmpremiere nach Berlin geflogen. Frau Dickens kam seit zwei Jahren nur noch für halbe Tage und sonntags gar nicht. Nach dem Mittagessen räumte sie die Küche auf und bereitete einen Imbiss für den Abend vor, dann ging sie.

An dem Tag war es ein gemischter Salat mit Streifen von Putenfleisch, das vom Mittag übrig geblieben war. Dazu röstete Curd Brotscheiben. Nachdem sie gegessen hatten, ging er hinauf ins Büro, musste noch ein paar wichtige Telefonate führen. Wie sie aus Erfahrung wusste, konnte das zwei, drei Stunden dauern, weil es sich bei den Leuten, mit denen Curd dringend reden musste, in der Regel um schöne junge Frauen handelte.

Sie nutzte die Gelegenheit und ließ sich ein Bad ein mit Bergen von Schaum, in denen sie beinahe versank. Mit sechzehn konnte sie das noch, ohne fremde Hilfe ins Bad gelangen, die Beinschienen abnehmen, in die Wanne steigen und genießen. Es war ihr jedoch untersagt, ohne Aufsicht im Badezimmer zu hantieren. Nur aufs Klo durfte sie ohne Begleitung, jedoch nicht unter die Dusche oder in die Wanne, wenn niemand in unmittelbarer Nähe war, der notfalls sofort eingreifen, sprich zupacken konnte.

Mutter fürchtete immerzu ein Unglück. Aber was sollte geschehen, solange sie sich wohlfühlte und weitgehend entspannt war? Die Spasmen kamen selten aus heiterem Himmel.

Fast zwanzig Minuten lag sie ausgestreckt in der Wanne. Der Schaum verflüchtigte sich größtenteils in dieser Zeit, das Wasser umspielte noch angenehm warm ihren Körper, wenn sie mit einer Hand kleine Wellen erzeugte. Sie konnte sich nicht aufraffen, das Vergnügen zu beenden, ehe sie dabei erwischt wurde.

Curd unterbrach seine wichtigen Gespräche oder machte zwischendurch eine Pause und kam herunter ins Erdgeschoss. Ursprünglich wollte er sie wohl nur beaufsichtigen, während sie sich bettfertig machte, und ihr eine *Sirdalud* verabreichen, um den Muskeltonus zu reduzieren und nächtliche Krampfanfälle zu verhindern. Zuerst ging er in ihr Zimmer, weil er sie dort anzutreffen erwartete. Aber er kam sofort und sehr eilig ins Bad.

»Bist du noch bei Trost«, schimpfte er erleichtert, als er sie im Wasser liegen sah. »Steigst in die Wanne, ohne mir ein Wort zu sagen? Wenn Mutter das erfährt, ist wieder die Hölle los.«

Curd hatte sich vor Monaten von Mutter einiges anhören müssen, weil er sich angeboten hatte, ihr im Bad Gesellschaft zu leisten. Doch dann hatte er einen Anruf auf seinem Handy bekommen, war vor die Tür getreten. Und während er telefonierte, war sie mit der Hand am feuchten Beckenrand abgerutscht. Vor Schreck hatten sich ihre Arme und Beine sofort verkrampft. Sie war übel gestürzt und nur haarscharf einem Knochenbruch entgangen. Verständlich, dass Curd nicht der Sinn nach dem nächsten Ausrutscher stand.

Tadelnd schüttelte er den Kopf, drehte den Knopf über dem Abfluss hoch, streckte ihr seine Rechte entgegen und forderte: »Hopp, raus mit dir. Oder willst du hier übernachten?«

Sie griff nach seiner Hand und ließ sich in eine sitzende Position helfen, obwohl sie das auch alleine geschafft hätte. An der Wand war ein Griff befestigt. Die letzten Male unter Mutters Aufsicht war sie immer alleine in die Höhe und sogar ohne Hilfe aus der Wanne herausgekommen. Als Curd unter ihre Achseln fassen wollte, um sie vollends hochzuziehen, wehrte sie seine Hand ab, wollte ihm das bisschen neue Freiheit demonstrieren, für das sie monatelang hart gearbeitet hatte.

Das warme Wasser wurde rasch weniger. Sie begann zu frösteln, weil Curd in der Eile die Tür aufgelassen hatte. Mit einigen Verrenkungen brachte sie die Füße unter den Hintern und stemmte sich mit beiden Händen auf dem Wannenrand in die Höhe.

Curd ließ sie gewähren. Erst als sie aufrecht stand, in der vom Flur hereinströmenden kühlen Luft die Schultern zusammenzog und den Rücken krümmte, nahm er das Badetuch vom Hocker, faltete es auseinander, umschlang sie damit und begann sogleich, ihren Rücken trocken zu tupfen.

»Ganz ruhig«, sagte er dabei. »Dir geht es prächtig. Du bist völlig entspannt. Es ist alles okay, alles in bester Ordnung.«

Dann packte er sie und hob sie aus der Wanne wie ein Federgewicht. Das war sie auch, dünn wie ein Spatzenkind mit nassem Gefieder, sagte Mutter häufig.

Mit einem Arm unter ihren Achseln und dem anderen unter den Kniekehlen trug Curd sie hinüber in ihr Zimmer, legte sie samt dem Badetuch aufs Bett und machte sich daran, ihre Brust, den Bauch, Arme und Beine abzutrocknen. Schließlich fragte er: »Habe ich eine Stelle vergessen?« Ehe sie ihm antworten konnte, sagte er: »Warte, ich glaube, du bist noch feucht hinter den Ohren.«

Er scherzte, wie er es häufig tat, damit sie locker blieb, wickelte einen Zipfel des Tuchs um seinen Zeigefinger und strich ihr damit hinter den Ohren entlang. Dann hob er ihre Arme an und betupfte die Stellen, an denen ihre Haut besonders dünn und empfindlich war. Behutsam und fürsorglich fuhr er mit dem umwickelten Finger durch ihre Achselhöhlen, die Kniekehlen und Leisten. Und mitten durch ihre Scham. Doch das tat er mit blankem Mittelfinger.

»Ups«, sagte er, als sie zusammenzuckte. »Entschuldige.«

Er schaute ihr ins Gesicht, als erwarte er, dort ihre Empfindungen ablesen zu können. »Habe ich dir wehgetan?«

Als sie den Kopf schüttelte, lächelte er, griff nach der Körperlotion und massierte mit sanftem Druck ihre Arme, die Beine und die Rumpfmuskulatur. Anschließend zog er das feuchte Badetuch unter ihr fort. Und als wäre nichts Außergewöhnliches geschehen, schaute er zum Fußende des Bettes und fragte: »Wo ist dein Schlafanzug, Fröschlein?«

Der angekündigte Auflauf brutzelte schon unter einer dicken Käseschicht im Backofen. Josie war für ein vorgezogenes Mittagsschläfchen hingelegt worden. In Ermangelung eines Kinderbetts hatte Frau Dickens in der Küche mit Decken und Kissen eine Kuschelecke eingerichtet, in der meine Kleine friedlich schlummerte. Deshalb war eine Unterhaltung wieder nur gedämpft möglich, was mich nicht störte. Im Gegenteil, es hatte etwas Verschwörerisches, als würde ich in streng gehütete Geheimnisse eingeweiht.

Frau Dickens schien froh, dass jemand da war, mit dem sie reden konnte. Sie war seit siebzehn Jahren für die Familie tätig, genauso lange, wie die Thelens dieses Haus bewohnten. Nach all der Zeit hätte Elisabeth garantiert Verbundenheit und Verschwiegenheit erwartet, aber Diskretion war für Frau Dickens ein Fremdwort. Sie begann mit der Information, die ich schon von meiner Mutter erhalten hatte, dass es außer der schwerbehinderten Tochter noch einen älteren Sohn gab.

»Beim Einzug war Becki drei, Curd war fünfzehn und immer für sie da«, erzählte Frau Dickens. »Sobald der Junge aus der Schule kam, hat er sich um sie gekümmert, damit Frau Thelen wenigstens nachmittags ungestört arbeiten konnte. Später hat dann Curd das Büro hier im Haus übernommen. Jeden Nachmittag war er mit Becki unterwegs, hat sie überall hingefahren, zum Reiten, zum Schwimmen, zur Physiotherapie. Da ist er oft bei ihr geblieben, hat sich angeschaut, was mit ihr gemacht wurde. Und dann hat er hier mit ihr weitergeübt. Wenn Curd nicht gewesen wäre, hätte Becki es nie auf eine normale Schule geschafft. Bis letzten Sommer hat sie die Europaschule in Langerwehe besucht. Das ist eine Gesamtschule, da hätte sie sogar Abitur machen können. Und so, wie sie drauf war, hätte sie bestimmt nicht schlecht abgeschnitten.«

Für einen Moment kam so etwas wie Wehmut, Bedauern und Verständnis auf. Frau Dickens seufzte und räumte ein: »Das ist eine Schande, was mit ihr passiert ist. Sie hätte es durchaus zu was bringen können im Leben, wollte immer allen beweisen, dass sie mehr Grips im Kopf hat als die meisten, die schneller laufen können als sie. Eigentlich ist es kein Wunder, dass sie jetzt so unausstehlich ist. Wie würde unsereins sich fühlen, wenn uns ausgerechnet der Mensch im Stich lässt, den wir so nötig brauchen wie die Luft zum Atmen?«

Dank der Vorabinformation über den Wunsch eines jungen Mannes nach einer eigenen Familie, die ich von meiner Mutter erhalten hatte, musste ich nicht nachfragen, wie das gemeint war.

»Aber man muss Curd verstehen«, sagte Frau Dickens. »Nach dem Unfall war mit Becki nichts mehr anzufangen.«

»Unfall?«, hakte ich nach. »Eben sagten Sie, Rebekka hätte einen Schlaganfall erlitten. Frau Thelen sagte das auch.«

»Das wurde aber erst in Aachen festgestellt«, erklärte Frau Dickens. »Zuerst sah das aus wie ein Unfall. Die Ärzte in Aachen meinten dann, der Schlag hätte Becki beim Duschen getroffen. Sie ist so böse gestürzt, dass sie sich auch noch den Schädel gebrochen hat. Drei Monate hat sie im Koma gelegen. Danach lag sie nur noch da und stierte gegen die Zimmerdecke. Vonseiten der Ärzte hieß es, da sei nichts mehr zu machen. Herr und Frau Thelen fanden sich damit ab. Curd wollte nicht so leicht aufgeben. Morgens und abends hat er Becki massiert, ihre Arme und Beine bewegt, damit die Muskeln nicht völlig verkümmern. Wenn er über Mittag hier war, hat er es auch dreimal am Tag gemacht. Er wollte sie unbedingt für eine Delfintherapie in die Türkei bringen. Aber wie hätte man sie dahin transportieren sollen?«

Auf die Frage erwartete Frau Dickens kaum eine Antwort von mir. Sie sprach gleich weiter: »Gut, es gibt natürlich Möglichkeiten, andere fliegen für so was auch in der Weltgeschichte herum. Aber die sind nicht so schlimm dran wie Becki. Davon abgesehen kostet es ein Heidengeld, und niemand kann garantieren, dass es wirklich etwas bringt. Herr Thelen hat es rundweg abgelehnt. Ihm war Curds Einsatz für Becki schon lange vorher ein Dorn im Auge. Damit brachte der Junge der Agentur ja keinen Cent ein. Es hat wohl ein paarmal mächtig Krach deswegen gegeben. Ich war nicht dabei, wenn die Fetzen geflogen sind, aber für nichts und wieder nichts ist Curd bestimmt nicht ausgezogen.«

»Er kommt aber sicher oft zu Besuch«, meinte ich.

Frau Dickens schüttelte betrübt den Kopf. »Angeblich will Becki das nicht, behauptet Herr Thelen. Ich frag mich, wie er das herausgefunden haben will. Becki war schon vor dem Schlaganfall manchmal kaum zu verstehen. Seitdem versteht man sie gar nicht mehr. Aber das ist Herrn Thelens Haus, wenn er einen vor die Tür setzt, ist man draußen.«

Das klang nach einem Rauswurf und nicht nach einem freiwilligen Auszug. Darauf folgten noch ein Seufzer und die Ansicht: »Für Curd ist es besser so, denke ich. Er hätte sich sonst nur weiter für Becki aufgerieben. Jetzt ist er mit einer Schauspielerin liiert, hat Frau Thelen mir neulich erzählt. Vielleicht kennen Sie die. Laura Adjani, das ist ihr Künstlername. Wie sie mit bürgerlichem Namen heißt, weiß ich nicht.«

Ich war auch nicht interessiert an Laura Adjanis bürgerlichem Namen, versuchte mir vorzustellen, dass einer meiner Brüder, Dirk zum Beispiel, zu dem ich einen besseren Draht hatte als zu Tobias, da war der Altersunterschied zu groß, dass also Dirk jahrelang alles für mich getan, zuletzt noch mal richtig für mich gekämpft hätte und den Kontakt abbrach, weil Papa ihn vor die Tür setzte. So ein Szenario war in unserer Familie undenkbar.

»Dann hat Rebekka es also ihrem Bruder zu verdanken, dass sie wieder einigermaßen aufrecht sitzen kann und statt gegen die Zimmerdecke auf den Fernseher schaut«, fasste ich zusammen.

»Das können Sie laut sagen«, bestätigte Frau Dickens. »Seit Curd weg ist, hat sich nichts mehr verändert.«

»Hat ihr Zustand sich auch nicht wieder verschlechtert?«, fragte ich etwas irritiert. Der Auszug oder Rauswurf des Bruders war ja wohl schon eine Weile her. »Normalerweise bilden sich Muskeln schnell wieder zurück, gerade bei bewegungsunfähigen Patienten. Mit denen muss man regelmäßig arbeiten.«

Frau Dickens zuckte mit den Achseln. »Das wird Pola getan haben. Nachdem Curd weg war, hat es keine Woche gedauert, bis die hier einzog.«

»Aber Pola war doch nur Krankenpflegerin, oder?«

Frau Dickens winkte ab. »Wahrscheinlich nicht mal das. Ich glaube nicht, dass die überhaupt etwas gelernt hatte. Waschen, wickeln und füttern, mehr konnte sie zu Anfang nicht. Und das wohl nur, weil sie zu Hause ein kleines Kind hatte. Aber Beckis Arme und Beine zu bewegen, ist keine große Kunst. So was lernt man schnell.«

»Ich habe dafür drei Jahre gebraucht«, widersprach ich ein wenig pikiert. »Wenn die Muskulatur wieder aufgebaut werden soll, reicht es nicht, Gliedmaßen einfach zu bewegen. Und nach einem Schlaganfall empfiehlt es sich, nach dem Bobath-Prinzip zu arbeiten, damit noch funktionstüchtige Hirnregionen lernen, durch ständige Wiederholungen die Aufgaben von ausgefallenen Partien zu übernehmen.« Jetzt war ich in meinem Element, hatte am vergangenen Abend extra noch mal die Berichte gelesen, die ich während der Ausbildung zu dem Thema hatte schreiben müssen.

Frau Dickens imponierte ich damit nicht. »Irgendwie wird Becki Pola schon verklickert haben, was und wie sie es tun soll.«

»Da nehme ich eher an, dass Frau Thelen es Pola gezeigt hat«, widersprach ich. »Weil man Becki doch nicht versteht.«

»Pola konnte sowieso kaum Deutsch«, erklärte Frau Dickens. »Sie kam aus Albanien. Die beiden mussten sich mit den Händen verständigen. Frau Thelen schafft nicht mal eine richtige Massage, hat doch immer alles Curd überlassen.«

Demnach hatte meine Mutter nicht nur den Namen der Tochter falsch verstanden. Sie hatte auch aus dem Vornamen der Pflegerin eine falsche Nationalität abgeleitet. Aber dass Rebekka einer ungelernten und kaum der deutschen Sprache mächtigen Pflegekraft durch ihre Gestik beigebracht haben sollte, wie sie physiotherapeutisch behandelt werden musste, hielt ich für ausgeschlossen. Vielleicht mal einen Schlag ins Gesicht wie bei ihrer Mutter, was dann bedeutet hätte: Lass mich in Ruhe.

Aber Frau Dickens das zu erklären, hätte wahrscheinlich zu nichts geführt. Stattdessen sprach ich den Verdacht aus, den Rebekkas Blicke mir aufgedrängt hatten. »Dann kann Rebekka aber nicht geistig beeinträchtigt sein.«

»Geistig beeinträchtigt?«, wiederholte Frau Dickens und gestattete sich noch ein gehässiges Lachen. »Lassen Sie sich bloß nicht verschaukeln. Frau Thelen erzählt immer so, wie sie es gerne hätte. Becki ist aggressiv, weil sie nicht mehr kann, wie sie will. Aber hier oben«, Frau Dickens tippte sich an die Stirn, »ist sie noch genauso aktiv wie vor dem Schlaganfall, das können Sie mir glauben. Die programmiert sich diesen ganzen Fernsehmist alleine. Ich könnte das nicht. Und was die sich alles anguckt. Neulich lief eine Sendung über Physik, als ich reinkam, um zu putzen. Und ich garantiere Ihnen, Becki hat das verstanden. Stocktaub ist sie übrigens auch nur, wenn Frau Thelen dabei ist oder wenn sie unsereins vergraulen will. Wenn Sie einen guten Rat von mir annehmen, machen Sie die Kiste aus, solange Sie mit ihr beschäftigt sind, sonst haben Sie schnell einen Hörschaden. Becki besteht von Kopf bis Fuß nur noch aus Groll und Wut. Was mich nicht wundert. Erst zieht Curd aus, dann haut Pola ab. Ich bin gespannt, wie lange Sie bleiben.«

Ich fragte mich, wie oft meine Mutter mich im Gespräch mit Elisabeth Thelen ein dummes Ding genannt haben mochte, dem man jeden Bären aufbinden konnte. Dass ich aus ein paar Blicken den richtigen Schluss zog und ihre Haushälterin mir gleich in den ersten Stunden reinen Wein einschenkte, hatte Elisabeth kaum erwartet.

Ich bot Frau Dickens das Du an, was sie sehr freute, der Handschlag fiel entsprechend kräftig aus. »Ich bin Helga.«

Mittlerweile war mein Verständnis für den menschlichen Kaktus im Seitenflügel wieder zu einem Berg angewachsen. Ich war seit Josies Geburt oft genug in meiner schäbigen Küche auf und ab gewandert wie ein Tier im Käfig, um zumindest eine Ahnung zu haben, wie Rebekka sich fühlen musste. Und ich hätte gehen können. Rund um die Uhr an ein Bett gefesselt, eilig versorgt werden von Menschen, die keine Zeit oder kein Verständnis hatten ... Es reichte dreimal, um erneut diese Verbundenheit zu fühlen wie am vergangenen Nachmittag, als ich vor ihrer Zimmertür die Stimme von Richterin Barbara Salesch erkannt hatte.

Als Josie kurz nach zwölf von einem durchdringenden Alarmton aus dem Schlummer gerissen wurde und auf der Stelle losplärrte, erhob Helga Dickens sich vom Küchentisch, wo sie es sich mit mir gemütlich gemacht und erzählt hatte, als gäbe es im Haushalt für sie nichts mehr zu tun. Sie hob die panisch schreiende Josie aus der Kuschelecke und empfahl mir: »Geh du mal und sieh nach, was Becki will. Ich kümmere mich um die Kleine.«

»Ist das Rebekkas Rufknopf?«, fragte ich, selbst zu Tode erschrocken.

»Genau«, bekam ich zur Antwort, während sie sich mit Josie auf dem Schoß zurück an den Tisch setzte. »Das Nebelhorn hört man im ganzen Haus und im Garten. Überall sind kleine Lautsprecher installiert, sogar im Keller. Und Becki drückt so lange auf den Knopf, bis jemand kommt. Also beeil dich lieber. Wahrscheinlich muss sie dringend. Ist eigentlich nicht ihre Zeit, aber die letzten Tage war sie etwas aus dem Takt. Gestern musste sie auch schon auf die Pfanne, ehe sie gegessen hatte.«

Nachdem das gesagt war, drückte Helga sich Josies Köpfchen an den üppigen Busen. »Nicht weinen, du armes Schätzchen. Hast du dich erschreckt? Das ist aber auch eine fiese Tröte. Sieh mal, was Tante Helga Leckeres für dich hat.«

Sie fischte einen weiteren Riegel Kinderschokolade aus ihrer Kittelschürze. Wie gut, dass Josie schon seit Monaten mit Begeisterung ihre Zähnchen putzte. Dass man damit nicht früh genug anfangen konnte, hatte ich von Papa und meinem ältesten Bruder gelernt.

Schon auf dem Weg in die Diele, sagte ich: »Ich hab Frau Thelen gar nicht gefragt, ob ich Becki irgendwie helfen muss. Ihren Bauch massieren oder so.«

»Nein, das schafft sie ohne Hilfe«, erklärte Helga mit sonderbarem Lächeln. »Wenn sie richtig fies sein will, schafft sie es sogar, ehe sie auf der Pfanne liegt.«

Daraufhin hastete ich in den Seitenflügel und beeilte mich, die Bettpfanne aus dem Bad zu holen.

Annäherung

Als ich die Zimmertür aufstieß, verstummte das durchdringende Tuten, der Fernsehton setzte sich durch, allerdings nur in Zimmerlautstärke. Auf dem riesigen Bildschirm stürmten Elliot Stabler und Olivia Benson, das Ermittlerduo aus *Law & Order – Special Victims Unit*, hintereinander mit Pistolen im Anschlag in einen Raum, in dem eine misshandelte junge Frau zusammengekauert in einer Ecke hockte. Ihr Peiniger floh gerade durchs offene Fenster auf die Feuerleiter. Beim Anblick des Opfers steckte Olivia Benson ihre Waffe ein, ging in die Hocke und versicherte der jungen Frau, sie sei nun in Sicherheit, während Elliot Stabler nach draußen stieg und dem Flüchtenden nachsetzte, wobei er mitten in der Bewegung erstarrte.

Rebekka hatte auf Pause gedrückt, hockte mit angezogenen Beinen und angespannter Miene in ihrer Kuhle.

»Tut mir leid, dass es so lange gedauert hat«, entschuldigte ich mich in normaler Lautstärke. Ich verließ mich auf den erträglichen Fernsehton und Helgas Angaben zu Rebekkas Gehör, stellte die Bettpfanne ab, brachte mit noch ungeübten Griffen Kopf- und Fußteil in die Waagerechte, streifte meinem Schützling die Jogginghose herunter und öffnete die Windel.

Zu riechen war nichts, trotzdem war ich darauf gefasst, ein Häufchen zu sehen, wie man es von einem verbitterten, biestigen Geschöpf erwartet hätte. Aber die Windel war sauber, schien nicht einmal feucht. Es ging auch nichts ins Bett, während ich mich nach der Pfanne bückte. Den schmächtigen Körper anzuheben und die Pfanne unterzuschieben, war nicht schwer.

»Soll ich dich alleine lassen?«, fragte ich.

Ronnie war mal unverhofft ins Bad gekommen, als ich auf dem Klo saß. Mir war es sehr unangenehm gewesen, dass er sich die Hände wusch, mir irgendwas erzählte und mich dabei anschaute, während ich … Na ja, es war ja auch mit Geräuschen verbunden und mit Gestank. Und Ronnie hatte gesagt: »Stell dich nicht so an. Was meinst du, wie oft ich Mam schon auf dem Pott gesehen habe.«

Rebekkas Kopf ruckte kurz. Das sollte wohl ein Nicken sein.

»Kannst du mich rufen, wenn du fertig bist?«, fragte ich. »Dann warte ich vor der Tür. Ich mache sie nicht ganz zu, damit ich dich höre. Du musst nicht unnötig lange so liegen. Das ist bestimmt nicht angenehm für dich.«

Sie gab wieder dieses abgehackte »na« von sich. Gleichzeitig zuckte ihre rechte Hand mit dem Rufknopf demonstrativ vom Laken hoch.

»Wie du willst«, sagte ich. »Aber drück bitte nur einmal kurz. Meine kleine Tochter hat sich zu Tode erschreckt, als das Nebelhorn losging.«

Damit verließ ich das Zimmer, schloss die Tür und blieb davor stehen. Es dauerte vielleicht fünf oder sechs Minuten, in denen Elliot Stapler und Olivia Benson weiter ihren Job machten, wie ich auf dem Flur mitbekam. Dann kam ein Tuten, nur ein einziges und sehr kurzes. Ich hätte es beinahe überhört, weil ich mit meinen Gedanken bei Helgas Erzählungen war und mir mein weiteres Vorgehen überlegte.

Elliot Stabler hatte die Feuerleiter hinter sich gelassen, den flüchtenden Täter aber offenbar nicht eingeholt. Als ich die Tür wieder öffnete, versicherte er zusammen mit seiner Kollegin dem verstörten Opfer, der Kerl käme bestimmt nicht wieder.

Rebekka gab einige Töne von sich, deren Bedeutung mir verschlossen blieb. Es schien so, als kommentiere sie die Szene. Dann schaute sie verblüfft zur Tür. Direkt davor gewartet hatte anscheinend noch keiner. Dass ich mit leeren Händen eintrat, schien sie zu amüsieren, zumindest zuckten ihre Mundwinkel. Den Grund erkannte ich schnell. Ich musste noch mal ins Bad, holte Toilettenpapier und Feuchttücher.

Und es war doch anders als bei Josie, aber nicht unangenehmer. Rebekka lag nicht mit dem dürren Hinterteil in ihren Ausscheidungen. Und wie Elisabeth gesagt hatte: Becki zappelte nicht, was es erleichterte, sie zu säubern.

Nachdem das geschehen und sie wieder angezogen war, fragte ich: »Soll ich dir ein bisschen Gesellschaft leisten? Dann bringe ich nur schnell die Pfanne raus und komme zurück. Ich finde, wir beide sollten uns richtig kennenlernen. Wir werden in Zukunft viel Zeit miteinander verbringen.«

Sie schüttelte den Kopf, lehnte ihn gegen das Kissen und schloss die Augen.

»Heißt das, du bist müde?« Es konnte ebenso gut heißen, dass sie die Sache mit der Zukunft oder der Zeit anders sah und mir bedeuten wollte, ich würde es nicht lange mit ihr aushalten. Aber sie nickte noch einmal mit geschlossenen Augen, woraus ich Müdigkeit ableitete.

»Wenn du schlafen willst, solltest du den Fernseher aber ausmachen«, schlug ich vor. »Oder gehörst du zu den Leuten, die am besten einschlafen, wenn eine langweilige Sendung läuft?«

Als langweilig konnte man die amerikanische Fernsehserie kaum bezeichnen, gewiss nicht in diesen Sekunden: Das Opfer kehrte nämlich zurück in seine Wohnung. Und auf der Feuertreppe lauerte der Kerl, von dem Elliot Stabler behauptet hatte, er käme nicht wieder.

Rebekka zeigte keine Reaktion.

»Und wie sieht es mit Mittagessen aus?«, fragte ich noch.

Ihre Hand kam noch einmal kurz mit dem Rufknopf vom Laken hoch. Zu trinken hatte sie noch reichlich, die Kakaoflasche war noch fast zur Hälfte gefüllt, die Wasserflasche ebenso.

»Alles klar«, sagte ich enttäuscht, weil sie tatsächlich den Fernseher jeder anderen Unterhaltung vorzuziehen schien. Aber noch war ja Unterhaltung für mich im Haus.

Kurz darauf kam der Makkaroni-Auflauf auf den Küchentisch. Der angekündigte Grießpudding bewog Josie, erst mal keinen Hunger zu haben und dann eine große Portion Pudding zu verlangen, die Helga ihr prompt bewilligte. In ihrem Umgang mit einem Kleinkind unterschied sie sich nicht von Klara. Wahrscheinlich hatte Josie sie deshalb umgehend in ihr kleines Herz geschlossen. Die von Klara gewohnte Anrede »Schätzchen« mochte ebenfalls dazu beigetragen haben.

Für Rebekka standen etwas abgekochtes Gemüse und Geflügelfleisch bereit. »Das püriere ich noch, bevor ich gehe«, sagte

Helga, während sie den Tisch abräumte. »Du brauchst es nur aufwärmen, wenn Becki essen will. Zwei Minuten auf Stufe vier in der Mikrowelle. Wenn sie Saft haben will, der steht im Kühlschrank. Mineralwasser ist im Keller. Sie bekommt nur stilles, weil sie damit ständig ihren Mund spült. Sie hat Angst vor Karies, kann man ja verstehen. Zahnschmerzen sind schon für unsereins der Horror, für sie muss das noch schlimmer sein. Kakao gibt es bloß zum Frühstück. Manchmal will sie nachmittags noch einen, dann hat sie aber tags darauf Probleme mit der Verdauung. Also lass dich nicht erweichen.«

Dass sie versprochen hatte, einen sauberen Kissenbezug herauszulegen und bis um zwei zu bleiben, schien sie vergessen zu haben. Es war erst Viertel nach eins, als Helga sich von Josie verabschiedete mit den Worten: »Bis morgen, Schätzchen. Kommst du wieder mit der Mami arbeiten? Dann koche ich dir auch wieder einen feinen Pudding.«

»Ja«, sagte Josie und strahlte ihre neue Tante an. In der folgenden halben Stunde fragte sie dann alle naselang nach Oma.

»Wir fahren erst heute Abend wieder nach Hause«, sagte ich jedes Mal, hoffte, dass Rebekka sich bald meldete, und bedauerte, kein Spielzeug mitgenommen zu haben.

Als Josie vor Langeweile zu quengeln begann, ging ich mit ihr in den Garten. Weit hinten gab es einen Teich mit Seerosen und Fröschen, die wir beim Näherkommen hörten. Josie hielt eifrig Ausschau, doch zu Gesicht bekamen wir nur eine Amsel, die auf dem kurz geschnittenen Rasen nach Nahrung suchte. Für Josie machte das keinen Unterschied, ob nun ein Piep oder ein Quak, Hauptsache, es bewegte sich von alleine.

Rebekka meldete sich erst kurz vor drei. Vielleicht hatte sie bis dahin geschlafen. Vielleicht hatte sie auf den Fernseher geschaut und irgendwann einen Blick zur Flügeltür geworfen, wobei sie uns im Garten entdeckte. Sie betätigte zweimal kurz den Rufknopf. Das Nebelhorn war hinten im Garten tatsächlich gut zu hören.

»Jetzt gehen wir arbeiten«, sagte ich, nahm Josie auf den Arm, trug sie zurück ins Haus und sagte Rebekka Bescheid, dass sie ihr Mittagessen in wenigen Minuten bekäme.

Der Fernseher war aus, wie ich mit Genugtuung registrierte. Wahrscheinlich war es vermessen anzunehmen, meine Unterhaltungsangebote hätten bereits etwas bewirkt, oder Mutter und Kind seien spannender als Gerichtsshows und amerikanische Fernsehserien. Aber beseelt vom guten Willen, nahm ich das an.

Die Kakaoflasche war leer, ich nahm sie mit in die Küche, spülte sie aus, wärmte den Gemüse-Geflügel-Brei wie empfohlen in der Mikrowelle auf, stellte die Schale auf ein Tablett. Den kleinen Rest Grießpudding nahm ich ebenfalls mit. Damit konnte Josie sich beschäftigen, während ich Rebekka fütterte.

Josie setzte sich in der für Kleinkinder typischen Art mit durchgestreckten Beinen mitten ins Zimmer, stippte manierlich ihren Löffel in den Puddingrest und leckte ihn ab. Rebekka aß ebenso manierlich und ließ kein Auge von meiner Kleinen. Ich konnte mich des Eindrucks nicht erwehren, dass Josies Anwesenheit unwillkürliche Bewegungen verhinderte. Keine Schläge unter den Löffel oder sonst wohin, es tropfte nur etwas auf den Umhang, weil ich zusammenzuckte, als Rebekka unvermittelt irgendwelche Töne von sich gab.

»Tut mir leid«, gestand ich. »Ich habe dich nicht verstanden.«

Sie schaute mir sekundenlang ins Gesicht, als wollte sie fragen: Wie willst du dich denn mit mir unterhalten? Dann ruckte ihr Kinn in Josies Richtung, dabei gurgelte sie erneut ein paar Silben. Wie viel Anstrengung es sie kostete, war nicht zu übersehen.

Ich vermutete, dass sie sich nach Josies Alter erkundigte, vielleicht auch nach dem Grund für die Anwesenheit des Kindes. Hoffentlich nicht nach Pudding. So etwas konnte sie doch garantiert auch essen.

Noch mal nachfragen mochte ich nicht, damit es nicht unangenehm oder peinlich wurde. Ich erklärte einfach in Richtung meiner Vermutung: »Sie heißt Josie und wird im Juni zwei. Stört sie dich?«

Das Kopfschütteln war eindeutig.

»Das freut mich«, sagte ich. »Ich muss sie nämlich vorerst mitbringen. Normalerweise ist sie den ganzen Tag bei meiner Schwiegermutter. Aber wenn ich arbeite, hat die auf einmal keine Zeit mehr. Sie hat Angst, alleine zu sein, glaube ich. Früher haben ihre Schwester und der Schwager oben im Haus gewohnt. Ihre Schwester ist dort gestorben. Seitdem sieht meine Schwiegermutter Geister. Das behauptet sie jedenfalls.«

Ich plapperte einfach drauflos, ohne großartig zu überlegen, was ich ihr sagen sollte, Hauptsache, Unterhaltung. Rebekka sollte wissen, dass jetzt eine Frau neben ihrem Bett saß, die fest entschlossen war, sich Zeit für sie zu nehmen.

»Heute Morgen war meiner Schwiegermutter schon um halb sieben furchtbar übel«, erzählte ich weiter. »Nur weil mein Mann ihr gestern Abend gesagt hat, dass ich ab heute wieder arbeite, sogar ganztags. Letztes Jahr hatte ich einen Halbtagsjob in einer physiotherapeutischen Praxis. Da packte meine Schwiegermutter nach ein paar Wochen ihren Koffer und fuhr einfach weg, ohne Bescheid zu sagen.«

Ich füllte den nächsten Löffel und versprach: »Wenn ich allein kommen kann, können wir nachmittags mal nach draußen gehen, wenn du möchtest. Ich hatte heute Morgen das Gefühl, dass dir mein Vorschlag gefiel.«

Die ruckartige Andeutung eines Nickens und ein Blick hinüber zum Rollstuhl waren deutlicher als jedes Wort.

»Du möchtest gerne in den Garten«, stellte ich fest.

Wieder dieses Nicken und ein Gurgeln, das wie »eich« oder »leich« klang. Gleich?

»Heute schon?«, fragte ich.

Ihr Kopf ruckte erneut auf und ab.

»Wir sollten nichts überstürzen«, ruderte ich zurück. »Sehen wir lieber erst mal zu, dass wir deine Rumpfmuskulatur und die Arme kräftigen, damit ich dich nicht festbinden muss. Das würde vielleicht Spuren hinterlassen, die deiner Mutter auffallen. Sie war nicht einverstanden, als ich angeboten habe, dich im Rollstuhl spazieren zu fahren. Das hast du ja wohl mitbekommen.«

Darauf erfolgte keine Reaktion. Aber ich hatte ja auch keine Frage gestellt und erklärte erst mal, wie ich mir meine Tätigkeit hier vorstellte. Dass wir schon morgen Vormittag beginnen könnten, miteinander zu arbeiten. So hatte Markus Hengelmann es den Patienten gegenüber immer ausgedrückt. Er hatte nie von einer Behandlung gesprochen, immer nur von gemeinsamer Arbeit. Weil das die Patienten einbezog und ihnen verdeutlichte, dass ihnen Fortschritte oder Beschwerdefreiheit nicht geschenkt wurden, dass sie selbst etwas dafür tun mussten, auch wenn es manchmal unangenehm wurde.

»Keine Sorge«, versprach ich. »Ich werde dich nicht überfordern. Vormittags kümmert sich Helga Dickens um Josie. Ich glaube, sie hat einen Narren an meiner Kleinen gefressen. Aber das beruht auf Gegenseitigkeit. Wir beide können es jedenfalls ganz in Ruhe angehen lassen. Bis wir so weit sind, dass du dich im Rollstuhl aufrecht halten kannst, habe ich Josie darauf eingeschworen, sich von dem Teich dahinten fernzuhalten. Für ein kleines Kind ist der lebensgefährlich. Da hat man nicht Augen genug. Man schaut einen Moment nicht hin, sie fällt rein, und man bekommt das vielleicht gar nicht mit, weil man abgelenkt ist. Ertrinken ist nämlich nicht so, wie das in Filmen gezeigt wird. Wer noch um Hilfe rufen, strampeln oder winken kann, ist nicht in Lebensgefahr. Meine Schwägerin hat mir das mal erklärt. Und ehrlich gesagt, ich würde Josie auch später lieber mitbringen, als sie bei meiner Schwiegermutter zu lassen. Deine Mutter sagte, es wäre kein Problem. Und wenn sie dich nicht stört. Meine Schwiegermutter hat nämlich einen gewaltigen Dachschaden. Sie war schon zweimal in der Klapsmühle. Weißt du, was das ist?«

Rebekka nickte wieder. Und ich freute mich, dass die Verständigung so gut klappte, zumindest mit ja und nein. Das war doch ein Anfang, auf dem man aufbauen konnte.

»Vor ewigen Zeiten hat sie sich mit ihrem Schwager eingelassen«, erklärte ich noch. »Sie haben sogar miteinander geschlafen, während ihre Schwester starb. Zweimal war sie schwanger von dem Kerl. Ein Kind hätte er ihr aus dem Bauch getreten und sie mit einer Stricknadel gestochen, hat sie mir mal erzählt. Ich weiß nicht, ob das stimmt. Sie hat auch behauptet, er hätte sie vergewaltigt. Das hat ihr aber kein Mensch geglaubt, weil sie jahrelang mit ihm herumgemacht hatte.«

Der Schlag unter den Löffel kam völlig unerwartet. Der Gemüsebrei mit Geflügel spritzte mir ins Gesicht, aufs Bettzeug, auf Rebekkas Kleidung und gegen die Wand. Josie, die immer noch mit ihrem Puddingrest beschäftigt war, sich inzwischen jedoch auch für ihre munter drauflos schwadronierende Mutter und das seltsame Bündel Mensch im Bett interessierte, hob tadelnd ihren kleinen Zeigefinger und schimpfte, wie Klara es ihr beigebracht hatte: »Du, du, du, du, du.«

»Mist«, fluchte ich. Ich hatte vergessen, Rebekka einen Umhang umzulegen, wischte mir die Spritzer mit Kleenex aus dem Gesicht. Die Wand war mit einer abwaschbaren Farbe gestrichen und ließ sich ebenfalls leicht säubern. Der Kissenbezug war ohnehin schon mit Haferbrei bekleckert, beim Laken behalf ich mich mit weiteren Kleenex-Tüchern, weil ich nicht wusste, wo ich ein sauberes hernehmen sollte. Rebekkas Shirt und die Jogginghose waren nicht so versaut, dass sie unbedingt sofort umgezogen werden müsste. Da hatte Josie nach dem Essen schon schlimmer ausgesehen.

Eine unwillkürliche Bewegung zog ich keine Sekunde lang in Betracht und versuchte sofort, eine Erklärung für den Schlag zu erhalten. Ich nahm an, Rebekka wäre enttäuscht, weil ich zuerst gesagt hatte, Josie nur vorerst mitbringen zu müssen, und dann verlauten ließ, daraus lieber einen Dauerzustand zu machen. Eine interpretierbare Reaktion auf meine Versuche bekam ich nicht.

Rebekka gab mir nur deutlich zu verstehen, dass sie die Unterhaltung als beendet betrachtete. Essen wollte sie nichts mehr, aber die Schale war sowieso fast leer. Noch ehe ich Josie nehmen und das Zimmer verlassen konnte, schaltete sie den Fernseher ein und hielt den Lautstärkeregler gedrückt, bis der Balken am unteren Bildschirmrand das Ende der Leiste erreichte. Das Zimmer füllte sich mit dem Toben des Bullen, gegen den Richterin Barbara Salesch schon am vergangenen Nachmittag verhandelt hatte. Josie verzog ihr Gesicht wie unter Schmerzen. Ich rechnete damit, dass sie in der nächsten Sekunde gegen den Lärm anschreien würde, und beeilte mich, die Tür hinter uns zu schließen.

Bis zum frühen Abend versuchte ich noch mehrfach, eine verständliche Auskunft von Rebekka zu erhalten. Ich wollte wissen, was ihr nicht passte oder welchen Fehler ich gemacht hatte, bemühte mich jedoch jedes Mal vergebens. Als Elisabeth kurz vor sechs heimkam, versicherte ich ihr trotzdem, wir seien wunderbar miteinander zurechtgekommen. Was Rebekka womöglich nicht bestätigt hätte, doch sie wurde nicht gefragt, zumindest nicht in meinem Beisein.

Auf der anschließenden Heimfahrt erörterte ich mit meinem Vater den Tagesablauf, was Helga Dickens erzählt hatte und jeden meiner Handgriffe. Ich umriss meine Bemühungen um eine Unterhaltung und schilderte Rebekkas Reaktionen. Aber Papa konnte mir auch nicht sagen, warum ihr die Hand ausgerutscht war und ob Elisabeth Thelen tatsächlich glaubte, ihre Tochter sei nahezu taub. Oder ob sie nach den Auskünften meiner Mutter dachte, ich sei zu dämlich oder zu desinteressiert, um herauszufinden, was Rebekka konnte und was nicht.

Es wäre auch denkbar, meinte Papa, dass Elisabeth Thelen nur so tat, als glaube sie an Taubheit, um Rebekka nicht einer ihrer ohnehin spärlichen Ausdrucksmöglichkeiten zu berauben. Der ohrenbetäubende Lärm aus dem Fernseher hieß ja wohl so viel wie: *Hau ab und lass mich in Ruhe.*

Dass eine Mutter bei einer neuen Pflegerin nicht gleich alle Karten offen auf den Tisch legte, fand Papa verständlich, wenn auch nicht besonders nützlich. Und dass man für ein Mädel, das sich ohnehin nur eingeschränkt mitteilen konnte, zuerst eine Pflegerin angeheuert hatte, die kaum deutsch sprach, fand er befremdlich.

»Aber Pflegekräfte aus dem Ausland sind billig«, sagte er und gab mir noch den guten Rat: »Lass dem Mädel ein bisschen Zeit, sich an dich zu gewöhnen und Vertrauen zu fassen. Das geht nicht von heute auf morgen.«

Nix gute Mann

Helga Dickens wollte am nächsten Morgen ebenfalls wissen, wie ich mit Becki zurechtgekommen sei. Zu dem Schlag unter den Löffel zuckte sie mit den Achseln und sagte: »Wer weiß, was ihr in dem Moment nicht gepasst hat. Manchmal weiß sie das selber nicht, denke ich. Ich hab's aufgegeben, mir Gedanken zu machen, warum sie heute so und morgen so ist. Sie ist eben launisch, da kannst du nichts machen.«

Ich wollte aber etwas machen. Und ich hatte nicht das Gefühl, dass Rebekka aus einer Laune heraus unter den Gemüsebrei gehauen hatte. Ein Mensch bekam doch nicht unvermittelt schlechte Laune. Ich meinte, es hätte entweder etwas mit Klaras Verrücktheit oder Josies Anwesenheit zu tun gehabt.

Darüber wollte Helga nicht spekulieren. Sie erzählte, vielmehr lästerte beim gemeinsamen Frühstück lieber über meine Vorgängerin. »Eigentlich war Pola nett und umgänglich, aber erzfaul. Die hat keinen Handschlag mehr getan als unbedingt nötig.«

Ich erfuhr, dass Pola immer erst nach unten gekommen war, wenn Becki das Nebelhorn tuten ließ. Manchmal um zehn, manchmal erst um halb zwölf, je nachdem wie lange Becki in der Nacht auf ihre Flimmerkiste gestiert hatte. Den entgangenen Schlaf holte sie nach, wenn andere Leute arbeiten mussten. Und Pola meinte offenbar, wenn Becki schlief, brauche sie nichts zu tun, weil sie nur für die Pflege bezahlt wurde.

»Ich hab sie mal gefragt, was sie denn die ganze Zeit macht, ob sie auch so lange schläft«, sagte Helga. »Da wollte sie mir weismachen, sie bete um ein Wunder für Becki. Solange ich im Haus war, hat sie einen auf brav und fromm gemacht. Ein paarmal hat sie mir auch von ihrer Familie erzählt. Sie war verheiratet wie du, hatte drei oder vier Brüder. Die Männer waren alle ohne Arbeit, wenn ich das richtig verstanden habe. Fotos von ihrem Kind hat sie mir gezeigt. Das lebte bei der Oma in einem kleinen Kaff. Fürs Kind betete Pola auch dreimal am Tag zur heiligen Muttergottes, damit es ihm an nichts fehle. Und nachmittags, wenn keiner mehr sah, was sie trieb, hat sie sich mit einem Landsmann amüsiert.«

Ich erfuhr, dass im Dorf einige Albaner lebten, hauptsächlich Männer, die in einem heruntergekommenen Anwesen hausten und sich bei Bauern und Handwerkern als Tagelöhner verdingten. Helga war überzeugt, Pola habe sich mit einem von denen eingelassen und ihn sogar hier im Haus empfangen. Wer sollte sie auch daran gehindert haben? Becki konnte nicht raus aus ihrem Bett. Und sonst war nachmittags keiner hier.

»Wie hast du denn davon erfahren?«, fragte ich.

Daraufhin berichtete Helga von einem Morgen Anfang März, knappe zwei Wochen vor Polas Verschwinden. Da hatte Rebekkas Pflegerin ausnahmsweise schon in der Küche gesessen, als Helga morgens ins Haus gekommen war.

»Sie war komisch«, erzählte Helga. »Irgendwie verstört oder verängstigt. Ich dachte schon, es wäre wieder was mit Becki. Danach habe ich mich natürlich als Erstes erkundigt. Pola zuckte nur mit den Achseln, als hätte sie mich nicht verstanden. ›Was heißt das?‹, hab ich gefragt. ›Du musst doch wissen, ob Becki in Ordnung ist. Oder warst du noch nicht bei ihr?‹ Da stammelte sie: ›Bitte nix sagen.‹ Ihren Blick dabei hättest du sehen müssen.«

Nach dieser Bitte hatte Helga erst recht vermutet, Becki sei etwas passiert, und Pola habe es zu verantworten. Sie war in den Seitenflügel gegangen, um nachzuschauen. Becki schlief noch, mit ihr schien alles in Ordnung. Als sie zurück in die Küche kam, hatte Pola so lange gebettelt, bis Helga ihr in die Hand versprach, Stillschweigen zu bewahren, egal, was sie ihr anvertraue.

Danach erst hatte Pola erklärt: »Mann war hier.«

Und auf Helgas misstrauische Frage: »Welcher Mann?«, hatte sie erwidert: »Nix gute Mann.«

»Der Kerl war ihr selbst nicht geheuer«, schloss Helga diesen Teil ihres Berichts. »Wahrscheinlich ist sie deshalb abgehauen. Da sind ein paar Typen dabei, denen möchte man wirklich nicht im Dunkeln begegnen. Dass ihr die Arbeit hier zu viel wurde, wie Frau Thelen meint, kann ich mir nicht vorstellen. Überarbeitet hat Pola sich wahrhaftig nicht.«

»Warum sollte sie denn mit einem Mann abgehauen sein, der ihr nicht geheuer war?«, fragte ich skeptisch. *Nix gute Mann*, das klang für mich nicht nach einem Freund oder Liebhaber. Vielleicht hatte Pola einen Einbrecher überrascht. Das Haus lag doch etwas abgelegen und sah aus, als wäre drinnen eine Menge zu holen.

»Warum bleiben Frauen bei Männern, die sie verprügeln?«, antwortete Helga mit einer Gegenfrage. »Vielleicht ist sie nicht mit, sondern vor ihm geflohen. Denk mal nach. Sie erzählt dem Kerl, wo sie arbeitet, oder der weiß das schon und hat sich nur deshalb an sie rangemacht. Er bezirzt sie, ihn ins Haus zu lassen. Dann schaut er sich hier um, was man abstauben könnte. Sie begreift, was er vorhat. Was hättest du getan an ihrer Stelle? Frau Thelen gebeichtet, dass du dich mit einem Landsmann verlustierst, statt dich um Becki zu kümmern? Oder hättest du den Mund gehalten und auf eine günstige Gelegenheit gewartet, dich abzusetzen, ehe der Typ dich richtig in Schwierigkeiten bringt?«

In dieser Fassung schien es mir plausibler. *Nix gute Mann* hatte Pola womöglich bedrängt, obwohl sie verheiratet war und ein Kind hatte. So etwas hielt ja längst nicht alle Männer davon ab, ein Ziel anzusteuern, das ihnen lohnenswert erschien. Und einige konnten verdammt hartnäckig sein.

Während sich meine Gedanken wieder mal zu Klaus verirrten, kam Helga zu der für Pola günstigen Gelegenheit, sich abzusetzen. Das war in der dritten Märzwoche gewesen. Ein Schauspieler hatte Ärger mit einem Filmproduzenten in München. In solchen Angelegenheiten agierte Elisabeth Thelen diplomatischer als ihr Mann. Also flogen sie gemeinsam nach München.

Ursprünglich wollten beide am selben Abend wieder zurückkommen. Aber nachdem das Gespräch gut verlaufen war, lud der Produzent alle zum Essen ein. Statt alleine zurückzufliegen, entschloss Elisabeth sich zu bleiben und weiter ihren Charme spielen zu lassen, um nichts zu riskieren. Sie glaubte ihre Tochter doch gut versorgt.

»Pola wurde informiert«, sagte Helga. »Ich nicht. Warum sollte man mir Bescheid sagen, dass Becki über Nacht mit Pola allein im Haus war? Ich war doch nur noch die Putze!«

Das erklärte, warum sie auf ihre Arbeitgeber nicht gut zu sprechen war und kein Blatt vor den Mund nahm. Früher hatte sie alles gemacht und war entsprechend bezahlt worden, erzählte sie. Seit Curds Auszug war sie nicht mal mehr wochentags fürs Frühstück zuständig. Vorher hatte die Familie oft gemeinsam am Tisch gesessen und sich von ihr bedienen lassen. Als Pola ins Haus kam, frühstückten Oscar und Elisabeth Thelen nur noch am Wochenende daheim, dann hatte Helga frei. Haferbrei und Kakao für Becki konnte Pola kochen, sich ebenso ihr Frühstück, Mittag- und Abendessen selber machen.

Weniger Arbeit, weniger Lohn. Helga war überzeugt, dass man sie über kurz oder lang auf zwei Vormittage die Woche gedrückt hätte, wäre Pola nicht verschwunden. Nur zum Putzen, für die Wäsche und die Einkäufe reichten zweimal vier Stunden. Wahrscheinlich hätte Elisabeth Thelen sogar darauf hingearbeitet, dass Pola den Haushalt übernahm, weil sie mit Beckis Pflege nicht ausgelastet war.

Und das nach all den Jahren, in denen Helga sich für Familie Thelen krummgelegt hatte. Was die Leute an einem hatten, merkten sie erst, wenn sie einen wieder dringend brauchten. Damit kam Helga zurück zu der für Pola günstigen Gelegenheit.

Sie war an dem Mittwoch zur gewohnten Zeit zwischen sieben und halb acht beim Haus angekommen und hatte schon von Weitem das Nebelhorn gehört. Weshalb Becki so früh wach war und wie lange sie den Rufknopf bereits gedrückt hatte, wusste Helga nicht. So aufgelöst, wie Becki war, hatte sie nur verstanden, dass Becki glaubte, es wäre Pola etwas passiert.

Helga war sofort hinauf in Polas Zimmer gehetzt. Mit einem mulmigen Gefühl, wie sie zugab, weil sie sich nicht erklären konnte, warum Pola nicht auf das Nebelhorn reagierte. Zu überhören war das nicht mal mit Ohropax. Da lag der Verdacht nahe, dass tatsächlich etwas passiert war, zumal nach Polas Geständnis, *nix gute Mann* sei hier gewesen.

Doch dann löste sich die schlimmste Befürchtung, Pola erdrosselt, erstochen oder erschlagen auf dem Bett oder dem Fußboden vorzufinden, mehr oder weniger in Wohlgefallen auf. Der Schrank stand offen, Polas Koffer und ihre Sachen waren weg.

Helga informierte umgehend Elisabeth Thelen, die sich sofort um einen Rückflug bemühte, aber erst um die Mittagszeit daheim eintraf. Bis dahin hatte Helga Becki mit Haferbrei und Kakao versorgt. Waschen und Windelwechsel traute sie sich nicht zu, dafür wurde sie ja auch nicht bezahlt. Lieber hatte sie sich im Haus umgesehen, um festzustellen, ob etwas fehlte. Es hätte sie nicht gewundert, wenn außer Pola noch ein paar Wertgegenstände verschwunden wären. Dem war jedoch nicht so, was Helga in der Annahme bestärkte, dass Pola nicht mit, sondern vor ihrem Freund Reißaus genommen hatte.

Rebekka war an meinem zweiten Arbeitstag unwirsch, missmutig und einsilbig, wenn man ihre ruckartige Gestik denn mit Sprache gleichsetzte, wie ich es tat. Ein paar Übungen zur Kräftigung ihrer Muskulatur wollte sie nicht machen. Zu meiner Frage, ob sie bei den Bewegungen Schmerzen habe, schüttelte sie den Kopf.

Ich nahm an, dass Elisabeth es richtig beurteilte und Rebekka ihre Ruhe haben wollte. Dass ich ihr auf die Nerven ging, weil ich ihr fünfmal am Tag die Windel wechseln, immerzu irgendwas mit ihr machen wollte und ohne Unterbrechung auf sie einredete, statt sie dem Fernsehprogramm oder dem Festplattenbestand des Rekorders zu überlassen.

Ich mied die Themen »Schwiegermutter mit Dachschaden« und »ich beabsichtige mein Kind täglich mitzubringen«. Weitere unwillkürliche Bewegungen blieben aus. Das bestärkte mich in der Vermutung, der Schlag unter den Löffel mit Gemüsebrei sei eine Reaktion auf Klara oder Josie gewesen. Aber mit Josie konnte es eigentlich nichts zu tun haben. Die war beim mittäglichen Füttern zwangsläufig wieder dabei. Als Rebekka Hunger bekam, war Helga schon nach Hause gefahren.

Welcher Patzer mir unterlaufen war, fand ich weder an dem Donnerstag noch am Freitag heraus. Der zweimalige Austausch mit meinem Vater während der Heimfahrten machte mich auch nicht klüger. Am Freitagabend sagte Papa nur wieder: »Lass dem Mädel doch ein bisschen Zeit, Sandra«, und fügte mit einem Lächeln hinzu: »Geduld war noch nie deine Stärke. Versuch's doch mal bis Montag damit. Wenn sie dich übers Wochenende vermisst, sehe ich das als gutes Zeichen.«

Fröschlein Spatzenkind

Nur ein Versehen beim ersten Mal. Wie hätte sie etwas anderes in Betracht ziehen sollen? Um Mutter zu entlasten, hatte Curd sie in den letzten Jahren so oft beim Baden oder Duschen beaufsichtigt, trocken getupft, eingecremt und massiert, dass es längst zur Selbstverständlichkeit geworden war.

Er hatte ihr früher die Zähne geputzt und ihr zu Anfang die Hand geführt, als sie es alleine tun wollte. Wenn wieder mal eine Pflegerin gekündigt hatte und Mutter nicht daheimbleiben konnte, war Curd geblieben, hatte ihr die Windeln gewechselt und den Hintern abgewischt, bis sie endlich ohne Hilfe auf die Toilette gehen konnte und es nicht mehr notwendig war, sie durch Pflegerinnen betreuen zu lassen.

Jedes Mal hatte Curd ihrem Intimbereich spezielle Sorgfalt widmen müssen, um einer Harnwegsinfektion vorzubeugen. Dass er sie zwangsläufig an intimen Stellen berührte, hätte Außenstehende vielleicht auf dumme Gedanken gebracht. Sie nicht. Er war doch ihr Bruder. Dass er nur ihr Halbbruder war, hatte für sie noch nie einen Unterschied gemacht.

Im Gegensatz zu ihr kannte Curd seinen Vater nicht. Und mit sechzehn wünschte sie sich, ihren Vater ebenfalls nicht zu kennen. Ihm war sie seit ihrer Geburt ein Dorn im Auge, ein Stachel im Fleisch, ein Ding, das mit erheblichen Konstruktionsmängeln angekommen war und weder umgetauscht noch zurückgeschickt werden konnte.

Wäre sie ein Hund gewesen, hätte Vater sie wahrscheinlich sofort einschläfern lassen und das als einen Akt der Gnade und Barmherzigkeit dargestellt. Obwohl es ihm nur darum gegangen wäre, sein Leben durch sie weder in privater noch in geschäftlicher Hinsicht beeinträchtigen zu lassen.

Ihre Existenz hatte Mutter dazu veranlasst, jahrelang beruflich kürzerzutreten. Dabei besaß Mutter das größere Talent für erfolgreiche Verhandlungen und konnte besser mit Menschen umgehen, ihnen mehr Honig ums Maul schmieren als Vater. Ihm fehlte das diplomatische Geschick, mit dem man auch Menschen umgarnte, die einem zuwider waren.

Die fehlende Vaterliebe hatte Curd wettgemacht. Er war immer für sie da, wenn sie einen großen Bruder brauchte. Wenn Mutter sie in Watte packte, packte Curd sie wieder aus. Er kämpfte unermüdlich und energisch für ihr Recht auf gewisse Freiheiten und ein bisschen Eigenständigkeit.

Als sie es leid war, draußen ständig im Rollstuhl herumgefahren zu werden, sagte er zu Mutter: »Lass sie es doch mit den

Stöcken versuchen. Im Haus kommt sie damit gut zurecht, wenn sie ihre Schienen trägt. So viel anders ist es draußen auch nicht. Sie wird schon nicht über Stock und Stein hüpfen oder einen Spaziergang rund um den See machen.«

Als sie sich einen Bewegungstrainer für ihr Zimmer wünschte, sagte Curd: »Kauf ihr doch so ein Ding, Mutter. Es kostet nicht die Welt und wird sich auszahlen. Sei froh, dass sie kein eigenes Pferd will und keinen Pool. Sie wird sich nicht überanstrengen, weiß genau, was ihr guttut und was nicht.«

Dass ihr schmächtiger, krummer Körper einen attraktiven Mann wie Curd in irgendeiner Weise erregen könnte, hatte sie noch nie in Betracht gezogen. Nicht umsonst nannte er sie Fröschlein. Er finde Frösche lästig und eklig, hatte er gesagt, nachdem sich welche am Gartenteich niedergelassen hatten. Das war eine Weile her, wahrscheinlich hatte er seine Bemerkung längst vergessen. Sie vergaß so etwas nie.

Sie war hässlich, lästig und eklig, das wusste sie zur Genüge. Zwar hatte sie keine Ähnlichkeit mit einem Frosch. Ihr Gesicht glich eher dem einer Ziege, was auch nicht schöner war. Sie hatte keinen Busen und keinen Hintern. Ihre Rippen konnte man zählen, die Schulterblätter stachen hervor, und ihre Beine sahen aus wie die Skistöcke, die Curd sich für seinen Winterurlaub gekauft hatte.

Und diesen Urlaub hatte er mit einer wunderschönen jungen Frau verbracht, deren Traumfigur sogar in einer dicken Daunenjacke noch gut zur Geltung gekommen war. Nach seiner Rückkehr hatte er Fotos gezeigt, die er mit seinem Handy auf der Piste gemacht hatte. Natürlich hatte er ihr auch von dem Urlaub erzählt. Wie verliebt sie gewesen waren, er in diese Frau und sie in ihn. Wie toll es gewesen war, allein zu zweit. Wie sehr er bedauerte, dass der Urlaub zu Ende war und ihm die Zeit fehlte, aus der Romanze mehr werden zu lassen.

Es hatte nicht wie eine Anklage geklungen, nicht einmal nach einem Vorwurf. Aber sie hatte es so aufgefasst. Curd verstand sich noch besser als Mutter darauf, etwas zu sagen und ganz etwas anderes zu meinen.

Wochenende

Am Samstagmorgen rief Klara schon kurz nach sieben auf halber Höhe der Treppe stehend: »Schläft mein Schätzchen noch? Die Oma hat dich schrecklich vermisst.«

Danach schlief Josie nicht mehr. Aber nach drei Tagen, in denen ich Klara mein Kind vorenthalten hatte, tat es nicht gar so weh, dass Josie sofort nach unten zu Oma wollte.

Ich hatte auch einiges zu tun, wusch meine Sachen in der Badewanne, weil Ronnie sich nicht aus dem Anbau locken ließ, um die Waschmaschine seiner Mutter mit meinen Shirts und meiner Unterwäsche zu füllen. Klara mochte ich nicht darum bitten. Und einen Besuch daheim zu machen, nur um die Waschmaschine meiner Mutter zu benutzen, dafür war mir die Zeit zu schade.

Ich beschäftigte mich lieber mit dem alten Laptop, um mich im Internet weiter über spastische Tetraparese und Behandlungsmöglichkeiten nach einem Schlaganfall zu informieren. Zuerst saß ich auf der Eckbank in der Küche, weil ich mir Notizen machen wollte. Doch das lohnte nicht. Die Artikel, die ich fand, bestätigten allesamt nur, was Elisabeth Thelen zur Ursache gesagt hatte: frühkindlicher Hirnschaden infolge Sauerstoffmangels während der Geburt. Als weitere Ursache wurden Badeunfälle von Kindern genannt, denen fehlte dann aber der sogenannte Palmar-Reflex. Bei angeborener Spastik blieb der frühkindliche Greifreflex erhalten. Ich nahm mir vor, am

Montag darauf zu achten. Bisher war mir kein Reflex aufgefallen, allerdings hatte ich mich auch nicht explizit mit Rebekkas Händen beschäftigt.

Nach einer Weile wechselte ich auf die kleine Couch ins Wohnschlafzimmer. Später lag ich auch mal bäuchlings auf dem Futon. Das sah man oft in Filmen, wo die Akkus immer genug Saft hatten. Mein Laptop brauchte eine Steckdose, und bequem war es auch nicht. Leider waren die Informationen über Behandlungsmöglichkeiten insgesamt dürftig. Es wurde lediglich aufgezählt, was man alles machen konnte: therapeutisches Reiten, therapeutisches Schwimmen und Physiotherapie natürlich. Zusammenfassend ließ sich sagen: Bewegung, Bewegung, Bewegung und noch mehr Bewegung.

Wie ich mir gedacht hatte, war es Gift für Rebekka, ständig nur in ihrem Bett zu sitzen oder zu liegen und auf den Fernseher zu starren. Und wenn sie schon ihre Tage und Nächte im Bett verbringen musste, hätte sie eine feste Matratze gebraucht. Es wäre wichtig gewesen für ihr Körpergefühl. Diese Weisheit war aus der Ausbildung bei mir hängen geblieben und wurde im Internet noch einmal bestätigt.

Am Sonntagvormittag brachte Carina mir delikate Reste, worüber ich mich nach langer Zeit wieder ehrlich freute. Ich hätte samstags einkaufen müssen, hatte das auch vorgehabt. Und dank der zweihundert Euro extra hätte ich es mir leisten können, meinen Bedarf ausnahmsweise in einem kleinen Dorfladen zu decken. Ohne Auto wäre ich nicht zum Discounter gekommen.

Aber über meine Internet-Recherche hatte ich total vergessen, dass ich für Sonntag nur noch eine Scheibe von dem Brot hatte, das bei Thelens zum Frühstück gereicht wurde. Ich hatte mir am Freitagnachmittag drei Scheiben eingepackt, ebenso den Rest von der Lachs-Lasagne, die Helga mittags serviert hatte.

Bei Thelens war es nicht anders als in Schuberts Restaurant, was nicht aufgegessen wurde, landete im Mülleimer. Rebekkas Eltern aßen mittags auswärts oder ließen sich etwas ins Büro liefern, hatte Helga erzählt. Abends gönnte Elisabeth sich nur noch etwas Obst oder Salat wegen der Figur. Oscar Thelen war mit einem Brötchen zufrieden, wenn er daheim war. Aber er war abends oft unterwegs, weil die Musiker, die er betreute, fast immer irgendwo spielten. Und für die Lasagne wäre es eine Schande gewesen, im Müll zu landen. Ich war davon samstags noch mal satt geworden. Dank Carina brauchte ich mir dann um den Sonntag auch keine Gedanken zu machen.

Nachmittags recherchierte ich noch zur medikamentösen Behandlung von Spastikern. Doch da gab es auch nicht viel, nur ein paar Präparate zur Reduktion des Muskeltonus, die gleichzeitig sedierend wirkten. Ich hatte noch nicht danach gefragt, aber nach dieser Lektüre hätte ich geschworen, dass Rebekka keins dieser Medikamente bekam. Sonst hätte sie nicht die halbe Nacht das Fernsehprogramm oder ihre Konserven ansehen können.

Klara tollte währenddessen mit Josie im Hof herum, bis Josie über eine kleine Schaufel stolperte, zwischen die mit Frühlingsboten bepflanzten Terrakottatöpfe fiel, sich beide Händchen und Knie aufschürfte und die Stirn dermaßen an einem der Töpfe anschlug, dass augenblicklich eine Beule anschwoll wie ein Teufelshorn. Minutenlang brüllte Josie wie am Spieß, anschließend verlangte sie schluchzend: »Tate Ega Loko abe.«

Ich konnte mir denken, wer und was gemeint war. Klara wusste mit den ersten beiden Begriffen nichts anzufangen. Wie sollte sie auch auf die Idee kommen, dass es im Leben ihrer Enkelin nun eine Tante Helga gab, die einen unerschöpflichen Vorrat an Kinderschokolade mit sich trug? Klara kannte nur: »Loko abe«, was bedeutete, dass Josie Schokolade haben wollte. Damit konnte auch die liebe Oma dienen.

Es war dieser Vorfall, der mir neue Zuversicht für die Verständigung mit Rebekka gab. Ich wusste doch auch Josies Kauderwelsch zu interpretieren. Man musste es nur oft genug hören.

Abends zog es Ronnie aus freien Stücken hinauf in die Wohnung. Zuerst erkundigte er sich der Form halber, wie meine ersten Arbeitstage gewesen seien und ob Josie Probleme gemacht habe.

»Gut und nein«, sagte ich. »Willst du sonst noch was?«

Ja. Ronnie hätte gerne etwas von den Resten in den Magen bekommen, die Carina mittags gebracht hatte. »Mam hat nur noch Marmelade im Kühlschrank«, erklärte er seinen Wunsch. »Ich esse seit drei Tagen Marmeladenbrote. Das süße Zeug hängt mir zum Hals raus.«

Ich hatte schon zu Abend gegessen. Es waren noch etwas Gratin, ein paar Zuckerschoten und ein Stück Pastete übrig. Also gab ich mich großzügig. Ronnie verschlang alles so kalt, wie es aus dem Kühlschrank kam, und revanchierte sich mit der Warnung: »Wenn das mit Josie da so glattläuft, nimmst du sie besser jeden Tag mit. Ich hab das Gefühl, dass Mam bald wieder nach Trier fährt. Sonst hätte sie am Freitag Wurst und Fleisch eingekauft.«

Ob er befürchtete, Klara könne Josie mitnehmen, oder ob er davon ausging, sie würde ihm das Kind aufs Auge drücken, damit er mich an die Leine legte, blieb dahingestellt. Das interessierte mich auch nicht. Ich hätte Josie sowieso mitgenommen.

Am Montagmorgen riss ich meine Kleine wieder um Viertel vor sieben aus dem Schlaf, steckte zwei Kuscheltiere, eine Puppe, ein Bilderbuch und Windeln ein, obwohl Klara diesmal schon im Hausflur bereitstand und wissen wollte: »Warum lässt du sie nicht hier? Ich kümmere mich um sie, das tue ich doch sonst auch.«

»Man sieht es«, sagte ich und zeigte auf die blaurote Beule an der Kinderstirn.

Bei unserer Ankunft wurde Josie wieder von Helga Dickens in Empfang genommen, zeigte ihr Aua und ließ sich bedauern. Elisabeth war schon aus dem Haus, Oscar Thelen ebenso. Den hatte ich bisher noch nicht kennengelernt, nur erfahren, dass Rebekkas Vater, wenn er daheim übernachtet hatte, morgens Punkt sieben das Weite suchte. Sonst hätte ihn ja mal jemand bitten oder gar auffordern können, bei der Tochter mit anzufassen.

Rebekka schlief noch. So fand ich wieder Zeit und Muße für ein üppiges Frühstück in informativer Gesellschaft.

Freitags hatte Helga noch mal vom Zerwürfnis zwischen Oscar Thelen und dem aufopferungsvollen Curd erzählt und in diesem Zusammenhang eine schon etwas ältere, aber sehr bekannte Schauspielerin erwähnt, die Curd kurz vor Rebekkas Schlaganfall auf Befehl seines Stiefvaters zwei Wochen lang bei Dreharbeiten in Tunesien hatte begleiten müssen. Nun erfuhr ich, dass Rebekka in diesen Wochen keine Probleme gemacht und keine bekommen hatte, obwohl sie nachmittags allein im Haus gewesen war.

Ich könnte nicht sagen, dass mir daran etwas merkwürdig vorgekommen wäre. Gerade bei jungen Leuten kam ein Schlaganfall meist aus heiterem Himmel. Bei Markus Hengelmann hatte ich einen achtundzwanzigjährigen Mann behandelt, der ein halbes Jahr zuvor ohne Vorwarnung auf dem Sportplatz umgekippt war. Er hätte sich immer kerngesund gefühlt, hatte er mir erzählt, viel Sport getrieben, hin und wieder leichte Kopfschmerzen gehabt. Und dann plötzlich peng! Ein unentdecktes Aneurysma im Hirn war geplatzt und hatte ihn umgehauen.

Helga hakte das Thema »Beckis letzte schöne Tage« ab und lästerte weiter über Pola. Deren Faulheit hatte sie inzwischen so oft erwähnt, dass ich mir denken konnte, worauf es hinauslief. Nun hieß es: »Wenn Becki mal wieder alles versaut hatte, hat Pola das Bettzeug wohl abgezogen und runter in die Waschküche gebracht. Aber die Sachen auch gleich in die Maschine zu stopfen, das war nicht drin. Für sie wären das nur ein paar Handgriffe gewesen, und wenn man es sofort wäscht, gehen die meisten Flecken ohne großen Aufwand wieder raus. Ich musste am nächsten Tag immer alles vorbehandeln. Als ob ich nicht genug zu tun hätte. Ich bin doch nur noch vormittags hier.«

Nachdem auch das noch einmal betont war, entschied Helga: »Jetzt muss ich mich aber ranhalten. Ich muss die Betten abziehen. Die Bezüge laufen bis Mittag durch, die Laken schaffe ich heute nicht mehr. Kochen muss ich ja auch noch.«

»Die Laken kann ich übernehmen«, bot ich an.

»Würdest du das tun?«

»Klar«, sagte ich. »Ist doch nicht viel Arbeit.«

»Lieb von dir«, sagte Helga. »Du bist ein Schatz.«

Sie räumte den Tisch ab und begab sich hinauf in den ersten Stock. Ich folgte ihr mit Josie, die sich augenblicklich wieder an Helgas Fersen heftete, sodass ich mich nützlich machen konnte. Das hatte ich schon freitags getan, damit es nicht irgendwann auch von mir hieß, ich sei erzfaul gewesen und hätte keinen Handschlag mehr getan als unbedingt nötig.

Außer dem Schlafzimmer und dem Bad der Thelens, wo Helga sich an die Arbeit machte, gab es im Hauptteil des Hauses das

Büro, es war bestens ausgestattet, wurde aber nur noch abends und am Wochenende genutzt, dann das Zimmer, das Rebekkas Halbbruder bis zu seinem Auszug oder Rauswurf bewohnt hatte, und zwei Gästezimmer, jedes mit angrenzendem Duschbad. Hinzu kamen noch die beiden Zimmer im Seitenflügel, die Pola zur Verfügung gestanden hatten. Das dazugehörige *kleine* Bad war doppelt so groß wie das, in dem ich seit meiner Hochzeit duschte.

Das Nebelhorn tutete erst um zehn, einmal kurz, was ich als Zeichen guten Willens vonseiten meiner Patientin wertete. Mit einem halben Dutzend guter Vorsätze machte ich mich auf den Weg ins Erdgeschoss, fest entschlossen, einen neuen Anlauf zur Verständigung zu nehmen. Weil Kopf- und Fußteil des Bettes für die Nacht heruntergeklappt worden waren, lag Rebekka noch, als ich ihr Zimmer betrat. Der riesige Flachbildschirm war dunkel, nur das Stand-by-Lämpchen glühte.

»Guten Morgen«, grüßte ich enthusiastisch. »Hast du gut geschlafen?«

Antwort bekam ich nicht, nur einen missmutig irritierten Blick. Am Donnerstag und am Freitag hatte ich bloß Guten Morgen gewünscht, und das auch noch verunsichert durch den Schlag unter den Löffel und meine vergeblichen Bemühungen um eine Erklärung.

»Ich hole schnell das Waschzeug«, verkündete ich und ging nach nebenan. Zweimal musste ich hin und her laufen, ehe die mit handwarmem Wasser und einem Spritzer Waschlotion gefüllte Schüssel sicher im Gestell neben dem Bett untergebracht war.

Während ich Rebekka auszog, begann ich: »Das muss für dich sehr frustrierend sein, dass ich dich so schlecht verstehe. Warst du deshalb am Mittwoch sauer auf mich? Ich rede die ganze Zeit, und du kannst mir nicht mal sagen, ich soll den Mund halten.«

»Nauz«, brachte sie unter sichtlicher Anstrengung hervor, das Z war so lang gezogen, dass es verklang wie ein Zischlaut.

Nach der ersten Verblüffung über die prompte Antwort bemühte ich mich um eine Interpretation: »Schnauze?«

Danach hatte es für mich geklungen, und dafür erntete ich ein ruckartiges Nicken und einen Gesichtsausdruck, der nur als Grinsen zu deuten war.

»Gilt das für jetzt?«

Der Kopf mit dem kurz geschorenen Haar neigte sich auf dem Kissen erst nach links, dann nach rechts. Bedächtiges Kopfschütteln. Also nein.

»Das heißt, du würdest nur Schnauze sagen, wenn ich zu viel rede und dich damit nerve.«

Darauf folgte ein Nicken. Die Verständigung klappte offenbar wieder. Vielleicht war Rebekka übers Wochenende tatsächlich zu der Einsicht gelangt, dass ich als Pflegerin gar nicht so übel und es von Vorteil war, wenn wir gut miteinander auskamen.

»Dann habe ich dich am Mittwoch also nicht mit meinem Gerede genervt«, vergewisserte ich mich noch einmal. »Kannst du mir irgendwie mitteilen, was dich geärgert hat?«

Darauf folgte ein weiteres bedächtiges Kopfschütteln. Letzte Woche waren Ja und Nein kürzer und heftiger ausgefallen.

»Zu kompliziert?«, fragte ich und bat: »Versuch es doch einfach.«

Weil sie keine Anstalten machte, etwas zu versuchen, bot ich an: »Wenn du enttäuscht warst, weil ich gesagt habe, dass ich Josie doch lieber mitbringe, statt sie bei meiner Schwiegermutter zu lassen, kannst du das ruhig zugeben. Ich verstehe das, ehrlich. An deiner Stelle wäre ich wahrscheinlich auch enttäuscht gewesen.«

Kopfschütteln, energischer diesmal, fast wie eine Aufforderung, nicht länger auf diesem Thema herumzureiten. So fasste ich es zumindest auf.

»Lass uns erst mal die wichtigste Voraussetzung klären«, probierte ich es anders. »Verstehst du alles, was ich sage?«

Sie nickte.

»Und wieso glaubt deine Mutter, dass du fast taub bist?«

»Nauz«, antwortete Rebekka.

Ich hatte noch fragen wollen, ob Elisabeth es tatsächlich glaubte oder nur behauptete. Doch unter diesen Voraussetzungen sagte ich lieber: »Vergiss, dass ich gefragt habe. Aber hast du keine Angst, dass Helga Dickens sich mal verplappert und es verrät? Sie weiß nämlich, dass du gut hörst.«

Rebekka grinste und schüttelte wieder den Kopf.

»Okay«, startete ich nach kurzer Pause den nächsten Anlauf. Ich war ein bisschen frustriert, weil mir ausgerechnet auf die scheinbar wichtigsten Fragen die Antwort verweigert wurde. Aber ich war immer noch guten Willens.

»Das ist auch für mich blöd«, erklärte ich. »Ich bin sicher, dass ich am Mittwoch etwas Falsches gesagt habe. Getan habe ich ja nichts, außer dich zu füttern. Und du hast nicht ohne Grund unter den Löffel gehauen. Wir wissen beide, dass es keine unwillkürliche Bewegung war. Wolltest du mir zeigen, dass du satt bist? Dann reicht es beim nächsten Mal, wenn du das Gesicht zur Seite drehst. So hat meine Großmutter das zuletzt auch gemacht, wenn sie nicht mehr essen mochte. Es macht weniger Schweinerei.«

Etwas wie ein Lächeln huschte über die ziegenartige Miene, darauf folgte ein weiteres Kopfschütteln.

»Das war es also auch nicht«, stellte ich fest, drehte den schmächtigen Körper endlich auf die Seite, breitete das Badetuch auf dem Laken aus, brachte Rebekka wieder in Rückenlage und drückte den Waschlappen aus.

Ich begann mit ihrem Gesicht, hob ihren Kopf an, rieb sanft

über die Haarstoppel, sprach dabei weiter: »Ich will dich damit wirklich nicht nerven. Ich wüsste nur gerne, was am Mittwoch schiefgelaufen ist, damit ich das in Zukunft vermeiden kann.«

Keine Reaktion. Ich nahm mir ihre Hände vor. Der Palmar-Reflex war, wenn auch schwach, sowohl rechts als auch links vorhanden. Demnach war sie tatsächlich behindert auf die Welt gekommen und hatte keinen Badeunfall in früher Kindheit gehabt.

Wie ich überhaupt auf so einen Gedanken gekommen war, weiß ich nicht mehr. Vielleicht war es der Widerspruch zwischen freiwilligem Auszug und Rauswurf des Bruders. Vielleicht hatte ich zu viele Romane gelesen, in denen Außenstehende belogen wurden, weil es irgendein düsteres Familiengeheimnis zu wahren galt. Es war garantiert nicht so, dass ich einen sechsten Sinn oder eine Vorahnung gehabt hätte. Mit solchen Fähigkeiten wäre ich kaum auf Ronnie hereingefallen.

Während ich Rebekka wusch, redete ich von Josies Kleinkindersprache, die sich auf viel Gebrabbel ohne Sinn und einige interpretationsbedürftige Ausdrücke beschränkte. »Wenn man weiß, was gemeint ist, versteht man Josie recht gut«, sagte ich. »So können wir das auch machen. Ich muss nur hören, wie du ein Wort aussprichst. Und wenn wir miteinander arbeiten, wäre es wichtig, dass du mir sagen kannst, was dir guttut, was dir wehtut, wann ich aufhören soll und so. Verstehst du?«

Sie nickte. Während ich sie anschließend von Kopf bis Fuß eincremte, massierte und wieder anzog, ließ sie sich auf meinen Vorschlag ein. Aber für mehr als »gut«, »au« und »Schluss« fehlte ihr offenbar die Lust. Und nichts davon sprach sie so aus, wie man es schreibt. Aber ich begriff, was sie meinte, und wahrscheinlich dachte sie, das reiche für eine Zusammenarbeit.

Mir reichte es nicht. Ich wollte immer noch wissen, was letzten Mittwoch zu dem Schlag unter den Löffel geführt hatte, war mit der Waschschüssel bereits auf dem Weg zur Tür, als mir noch eine Möglichkeit der Verständigung einfiel. Sie hatte eine Schule besucht, konnte mit Fernbedienungen hantieren und ihre Zahnbürste führen. Da sollte es möglich sein, dasselbe mit einem Stift zu tun.

»Wenn du komplizierte Sachverhalte nicht erklären kannst«, begann ich erneut, als ich aus dem Bad zurückkam, »kannst du sie aufschreiben?«

Es dauerte etliche Sekunden, in denen ihre Mimik den inneren Kampf widerspiegelte, den sie mit sich ausfocht. Dann endlich kam die Andeutung eines Nickens.

»Super«, freute ich mich und wandte mich dem Jugendschreibtisch zu. Mir kam nicht der Gedanke, dass ich ihre Privatsphäre verletzte, als ich das obere von zwei Schubfächern auf der linken Seite herauszog. Darin lagen ordentlich gestapelt Kladden, Hefte und Blöcke, obenauf ein Vokabelheft, daneben ein Mäppchen mit Stiften, Anspitzer, Radiergummi und Tintenkiller.

Ich nahm eine Kladde als feste Unterlage, einen Bleistift und das Vokabelheft, legte ihr alles in den Schoß, brachte sie in eine sitzende Position und sagte: »Ich mach dein Frühstück. Wenn ich damit wiederkomme, will ich lesen, warum dir letzten Mittwoch die Hand ausgerutscht ist.«

Freitags war ich mit Helga Dickens übereingekommen, dass ich den Haferbrei machte, damit Rebekka die Pampe nicht lauwarm schlucken musste, was der Konsistenz sehr abträglich war. Damit er nicht zu heiß war, kippte ich zum Schluss etwas kalte Milch hinein, das machte den Brei noch sämiger.

Rebekka schaute mir mit verkniffener Miene entgegen, als ich mit Brei, Kakao und Wasser auf einem Tablett erneut ihr Zimmer betrat. Den Bleistift hielt sie noch zwischen den Krallenfingern, Kladde und Vokabelheft lagen auf ihren mageren Oberschenkeln.

Ihr Gesichtsausdruck signalisierte, dass ihr mein Verlangen überhaupt nicht gepasst hatte. Deshalb erwartete ich nicht, dass sie überhaupt etwas aufgeschrieben hatte. Auf Anhieb war auch nichts zu sehen. Erst als ich das Bett erreichte, zog sie eine herausgetrennte Seite unter dem Vokabelheft hervor.

Und darauf stand in krakeligen Buchstaben schief und krumm über das ganze Blatt verteilt: »Geht dich nichts an!«

Beim Ausrufezeichen hatte sie den Stift offenbar so fest aufgedrückt, dass die Spitze abgebrochen war.

»Alles klar«, sagte ich, nachdem ich ihr Gekrakel entschlüsselt hatte. Ich schaffte es sogar, weder beleidigt noch frustriert zu klingen. »Du hast Geheimnisse und willst sie für dich behalten. Das ist dein gutes Recht. Ich habe auch Geheimnisse, die ich dir nicht anvertrauen würde.«

Ich zog mir den Stuhl heran, wollte mich setzen und mit Füttern beginnen. Rebekka bedeutete mir, den abgebrochenen Stift anzuspitzen. Ich tat ihr den Gefallen. Sie löste währenddessen das zweite Blatt aus der Mitte des Vokabelhefts und ließ sich den Stift wieder zwischen die Finger schieben.

Ich füllte den Löffel. Sie öffnete den Mund und kritzelte den ersten Buchstaben. Diesmal war es eine längere Botschaft. Und sie konnte etwas schneller schlucken als schreiben. Die Schüssel war schon seit einigen Minuten leer, als sie endlich fertig war.

»Leg Heft und Stift zurück, wirf hier kein Blatt weg, mach das bei dir und sag keinem, dass ich schreiben kann.«

»Okay«, sagte ich, faltete beide Blätter und steckte sie in meine Jeans. Die Frage, warum niemand wissen sollte, wozu sie fähig war, verkniff ich mir. Darauf hätte ich ohnehin keine Antwort bekommen. Stattdessen sagte ich: »Dann haben wir jetzt ein gemeinsames Geheimnis. Und wir essen ab sofort immer ohne Umhang. Du bist doch kein kleines Kind, das ein Lätzchen braucht. Sag einfach Schnauze, wenn es dich in den Fingern juckt.«

Dafür bekam ich ein schiefes Lächeln geschenkt, das erste. Ich freute mich darüber und dachte, dass ich über ein gemeinsames Geheimnis der Sache, die mich nichts anging, vielleicht eher auf die Spur käme. Dass Rebekka mit ihrer Verweigerung meine Neugier erst richtig angestachelt hatte, muss ich wohl nicht besonders betonen. Wie hätte ich denn ahnen sollen, dass ich eine schwerstbehinderte Neunzehnjährige pflegte, die Oma Finchens Schauergeschichten um Längen toppen konnte.

Der Rosenkranz

Elisabeth Thelen kam an dem Montag schon um halb fünf heim. Nur wenige Minuten nach ihr fuhr ein Mitarbeiter der Werkstatt, in der sie den Van hatte überprüfen lassen, den Wagen vor, dicht hinter ihm war ein Kollege in einem zweiten Auto, der den Fahrer des Vans wieder mit zurücknehmen sollte. Nachdem beide Männer abgefahren waren, händigte Elisabeth mir die Wagenpapiere und einen Autoschlüssel aus. Mein Vater musste trotzdem noch einmal kommen, weil er Josies Kindersitz in seinem Auto hatte.

Der Van war für den Transport des Rollstuhls ausgerüstet. Zu dem Zweck hatte man die Rückbank entfernt. In Papas Audi und Carinas Polo war Josie bisher auf der Rückbank befördert worden. Man konnte den Kindersitz jedoch auch auf einem Beifahrersitz befestigen, es musste nur der Beifahrerairbag deaktiviert werden, was Elisabeth vorausschauend in Auftrag gegeben hatte.

Papa nahm den Kindersitz aus seinem Wagen, befestigte ihn im Van, hob Josie hinein, schnallte sie an und sagte, als ich einstieg: »Fahr vorsichtig.«

»Du auch«, erwiderte ich. Dann fuhren wir hintereinander vom Grundstück. Und so schön es war, wieder selbst hinter einem Steuer zu sitzen und noch schnell beim Discounter vorbeizufahren, um ein paar lang entbehrte Kleinigkeiten zu besorgen, ich vermisste unseren abendlichen Austausch.

Zu gerne hätte ich meinem Vater von dem vermeintlichen Durchbruch berichtet, ihm die beiden Seiten aus dem Vokabelheft gezeigt und mit ihm spekuliert, warum niemand wissen sollte, dass Rebekka schreiben konnte. Anschließend hätte er sich wohl mit mir gefreut, dass es mir so schnell gelungen war, das Vertrauen des Mädels, wie er sie nannte, zu gewinnen.

Doch schon tags darauf sah das wieder anders aus. Vormittags war noch alles in bester Ordnung. Rebekka ließ sich waschen, wickeln, füttern und ohne Protest physiotherapeutisch bearbeiten. Über Mittag holte sie einige Stunden Schlaf nach. So konnten Josie und ich ungestört mit Helga essen.

Nachdem Helga das Haus verlassen hatte, putzte ich die Fenster in den beiden Zimmern, die Pola bewohnt hatte. Josie erkundete währenddessen die nähere Umgebung. Schränke und Schubfächer hatten es ihr besonders angetan. Da alles ausgeräumt war, ließ ich sie gewähren.

Ich hatte sie nicht die ganze Zeit im Auge, wurde erst aufmerksam, als sie sich vor mir aufbaute und stolz verkündete: »Meine.« Eins der wenigen Worte, die sie so deutlich über die Lippen brachte, dass keine Zweifel aufkommen konnten.

Um den Hals trug sie etwas, das ich im ersten Moment für eine Kette mit kleinen, weißen Perlen hielt. Vor ihrer Brust baumelte ein winziges Kreuz. Wahrscheinlich hatte sie den Rosenkranz in einem der Schubfächer gefunden. Wo genau, wollte sie mir nicht verraten. Jede diesbezügliche Frage wurde mit einem weiteren, energischen »Meine« beantwortet. Sicherheitshalber legte sie auch noch beide Händchen über das Kreuz.

»Sie ist nicht deine«, widersprach ich. »Sie gehört bestimmt der Frau, die vorher hier gewohnt hat. Aber die ist nicht mehr da. Sie wird sie dir nicht wegnehmen. Ich will sie dir auch nicht wegnehmen. Lass mich nur mal gucken.«

Widerstrebend löste sie ihre Händchen vom Gekreuzigten. Ich ging in die Hocke und nahm den Rosenkranz näher in Augenschein. Es war ein billiges Ding. Das Kreuz mit dem winzigen Jesus mochte aus Kupfer sein, die Perlen waren aus Plastik.

»Das ist aber eine schöne Kette«, sagte ich.

»Meine.«

»Ja«, sagte ich. »Aber nicht kaputt machen. Du darfst nicht dran reißen.« Am Abend wollte ich ihr das Ding abnehmen, und morgen früh hätte sie es vergessen, dachte ich. Doch die Rechnung machte ich ohne Rebekka.

Das Nebelhorn tutete kurz nach drei. Wie ich es mir schon zur Gewohnheit gemacht hatte, ging ich zuerst in den Seitenflügel und sagte Bescheid, dass ich rasch ihr Essen aufwärmen würde. Josie setzte bei der Gelegenheit keinen Fuß über die Türschwelle. Sie wartete ungeduldig auf dem Flur und lief vor mir her in die Küche, weil sie genau wusste, dass sie jetzt den Rest vom Dessert bekam, diesmal war es ein Schokopudding.

Mit Rebekkas Gemüsebrei und dem Puddingschälchen auf dem Tablett betrat ich das Zimmer kurz darauf wieder. Josie war mir dicht auf den Fersen. Doch sie setzte sich nicht sofort erwartungsvoll auf den Fußboden, um ihren Pudding in Empfang zu nehmen, wie sie bisher getan hatte. Während ich das Tablett abstellte, ging sie zum Bett, reckte stolz die Brust mit ihrem Schatz vor und verkündete: »Meine.«

Das schiefe Lächeln, mit dem Rebekka uns entgegengeschaut hatte, wich für zwei Sekunden einer erstarrten Miene. Im nächsten Moment rastete sie aus. Ihr Mund verzerrte sich grotesk im Bemühen, zu widersprechen oder Josie die vermeintliche Kette abzuverlangen. Fliegende Speicheltröpfchen begleiteten vereinzelte Silben, die für mich keinen Sinn ergaben. Nur die krallenartig vorzuckende Hand war unmissverständlich. Es sah aus, als wolle sie meiner Kleinen den Rosenkranz vom Hals reißen.

Josie bekam Angst und wich zurück, wobei sie das Kreuz wieder mit beiden Händen bedeckte. »Meine.«

»Nein«, sagte ich so resolut wie in dieser Situation noch möglich. Ich war selbst zu Tode erschrocken über Rebekkas heftigen Ausbruch, für den es meines Erachtens nicht den geringsten Grund gab. »Sie ist nicht deine. Sie gehört Rebekka. Gib sie ihr.«

»Meine«, wiederholte Josie weinerlich. Dass sie ihren Schatz freiwillig hergeben würde, war nicht zu erwarten.

Ich löste ihre Händchen, nahm ihr den Rosenkranz ab und warf ihn Rebekka mit einem wütenden »Bitte schön« aufs Bett.

Josie ließ sich auf den Boden fallen, barg das Gesicht in einer Armbeuge und schrie ihre Wut heraus. Rebekka grapschte den Rosenkranz vom Laken, war aber keineswegs beschwichtigt.

»Aus!«, stieß sie hervor. »Aus! Aus! Aus!«

Vom letzten Aus hörte ich nur noch das S. Das war ein glatter Rauswurf.

»Willst du nichts essen?«, fragte ich.

»Aus«, heulte Rebekka noch einmal. Es klang, als würde sie gleich mit Josie um die Wette kreischen.

Ich hob Josie vom Boden auf, nahm das Puddingschälchen vom Tablett und versprach: »Wenn wir nach Hause fahren, kaufen wir für dich eine Kette, die noch viel schöner ist als die da.«

Beim Discounter hatte ich am vergangenen Abend Schmucksets für Kinder gesehen, Plastikketten, Armbänder und Haarspangen in Weiß und Rosa mit funkelnden Glassteinen und Glitter für drei oder vier Euro pro Set. Es waren bestimmt noch welche da, wenn wir kamen.

Josie beruhigte sich bei ihrem Puddingrest in der Küche schnell wieder. Rebekka brauchte dafür länger als eine Stunde. Erst um zwanzig nach vier tutete das Nebelhorn erneut. Ich machte mich allein auf in den Seitenflügel, Josie wollte nicht mitgehen, blieb mit zwei Keksen lieber in der Küche, was ich gut verstehen konnte.

Ich nahm an, Rebekka habe nun Hunger. Der zurückgelassene Gemüsebrei auf dem Tablett war längst kalt. »Soll ich es noch mal aufwärmen?«, fragte ich.

Sie schüttelte den Kopf.

»Willst du das kalt essen?«

Noch ein Kopfschütteln.

»Du willst es gar nicht essen«, resümierte ich. »Von mir aus. Kippe ich es eben weg. Willst du was anderes? Einen Joghurt?«

Das dritte Kopfschütteln.

»Hör zu«, begann ich mit einer Entschuldigung, zu der ich mich eigentlich nicht verpflichtet fühlte. Es wäre nicht nötig gewesen, so einen Aufstand zu machen. Aber woher hätte ich wissen sollen, was in Rebekkas Kopf vorging, welche Gefühle oder Hoffnungen sie mit Polas Rosenkranz verband? Womöglich hatte Pola mit ihr zusammen um ein Wunder gebetet und dabei die Plastikperlen durch die Finger gleiten lassen. Vielleicht wollte Rebekka nun selbst beten oder sah in dem Teil etwas Heiliges, das durch die stets klebrigen und schmuddeligen Finger eines Kleinkindes verunreinigt worden war.

»Es tut mir leid, dass Josie sich den Rosenkranz genommen hat«, sagte ich. »Ich weiß nicht, wo sie ihn gefunden hat, habe nicht aufgepasst, das wird nicht wieder vorkommen. Aber mitbringen werde ich sie auch weiter. Ich kann sie nicht bei meiner Schwiegermutter …«

Ich brach ab und biss mir auf die Unterlippe, weil ich zu allem Überfluss auch noch das vermeintliche Unwort ausgesprochen hatte. Aber es gab keinen weiteren Anfall von Wut oder Frust oder was immer es sonst gewesen sein mochte.

Mit ihrer ruckartigen Gestik und einigen Lauten, die ich nur mühsam interpretierte, verlangte Rebekka eine Seite von einem DIN-A4-Block, der weiter unten im Schubfach des Schreibtischs lag. Anscheinend befürchtete sie, es würde bald auffallen, dass sie sich schriftlich mitteilen konnte, wenn sie wieder das Vokabelheft benutzte.

Ihre Mutter musste ja nur in einer nostalgischen Anwandlung oder aus anderen Gründen einen Blick auf ihre Schulsachen werfen. Das Vokabelheft lag seit Monaten obenauf. Wenn es nicht mehr da wäre, würde Elisabeth es vermissen. Und wenn Elisabeth es in die Hand nahm, würde sie feststellen, dass etliche Seiten fehlten. Die ersten beiden fielen nicht ins Gewicht. Die hatte Rebekka genau aus der Mitte gelöst, ohne dabei die Heftung zu beschädigen. Hätte ich ihr gar nicht zugetraut mit ihren krummen, steifen Fingern.

Als Erstes brachte sie eine Entschuldigung zu Papier und versicherte auf Nachfragen durch mehrmaliges Kopfschütteln, dass sie wirklich nichts gegen Josies Anwesenheit hatte.

Als Nächstes bat sie, einen handlichen Notizblock zu besorgen. So klein, dass sie ihn im Bett haben konnte und er nicht gleich ins Auge fiel, wenn *Dick* hereinplatzte, um sauber zu machen. Auf die Idee anzuklopfen kam *Dick* ja nicht.

Worte zu Papier zu bringen, war mühsam und langwierig, deshalb beschränkte Rebekka sich bei Personenbezeichnungen auf Abkürzungen und fasste sich beim Rest so kurz, dass ich gerade noch verstand, was gemeint war.

»Frau Dickens weiß, dass du gut hörst«, sagte ich. »Wieso darf sie nicht wissen, dass du schreiben kannst?«

»Bei M reden«, schrieb Rebekka. Mit M war ihre Mutter gemeint.

»Über dein Gehör hat sie nur mit mir geredet.«

»Mag M nicht«, schrieb Rebekka. »Mag dich, wird dich bei M loben, weil meint, schreiben dein Verdienst.«

»Aha«, sagte ich nicht eben geistreich, nachvollziehen konnte ich ihre Gedankengänge nicht so recht. »Und warum darf deine Mutter nicht wissen, dass du schreiben kannst? Meinst du nicht, sie würde sich darüber freuen?«

Sie schüttelte den Kopf und schien zu überlegen, wie sie mir das erklären sollte, ohne mir ihr Geheimnis anzuvertrauen. Wahrscheinlich wäre ich zu diesem Zeitpunkt damit auch völlig überfordert gewesen.

Nach einer Weile setzte sie den Stift wieder an. Ich verfolgte gespannt, wie sie Buchstabe für Buchstabe auf das Blatt brachte, um mir noch einmal klarzumachen, dass es mich nichts anging. Dann war das Blatt voll, und noch eins wollte Rebekka nicht.

Auf der Heimfahrt besorgte ich an dem Dienstagabend einen kleinen Notizblock und das Schmuckset für Josie. Den Rosenkranz hatte Rebekka ihr nicht zurückgegeben, damit hatte ich auch nicht gerechnet. Mittwochs war ich versucht, Helga Dickens von dem unschönen Vorfall zu erzählen und mit ihr über Rebekkas Reaktion zu spekulieren.

Aber dann hätte ich erst einmal zugeben müssen, dass ich Josie unbeaufsichtigt in Schränken und Schubfächern hatte stöbern lassen. Das riskierte ich lieber nicht. Außerdem wäre es ein Vertrauensbruch gewesen, wenn ich *Dick* in Rebekkas Fähigkeiten eingeweiht hätte. Und Vertrauen zu verlieren, das ich gerade erst gewonnen hatte, das Risiko wäre noch größer gewesen. So wie ich Helga Dickens inzwischen kannte, hätte sie ihren Mund nicht lange halten können.

Rebekka meldete sich erst kurz vor elf. Ich erwartete, den Rosenkranz in ihrem Bett oder auf der Ablage wiederzusehen, als ich zum Waschen antrat. Doch ich hielt vergebens Ausschau. Danach fragen mochte ich nicht sofort. Und von sich aus machte sie keine Anstalten, etwas zu erklären. So beschränkte sich unsere Unterhaltung beim Waschen und Massieren auf wenige Worte und Gesten. »Ist das gut so?«

Nicken.

»Kannst du versuchen, etwas kräftiger gegen meine Hand zu drücken?«

Kopfschütteln.

Nachdem Helga Dickens mittags das Haus verlassen hatte, händigte ich Rebekka den Block aus in der Hoffnung, sie würde von sich aus notieren, wo der Rosenkranz geblieben war. Irrtum. Ehe Elisabeth am Spätnachmittag nach Hause kam, nahm ich den Block wieder an mich. Geschrieben hatte Rebekka keinen einzigen Buchstaben.

Das tat sie auch nicht, als ich meine Neugier nicht länger im Zaum halten konnte. Aber meine Fragen konnte sie mit dem Kopf und den wenigen interpretierbaren Lauten beantworten.

»Hat deine Mutter den Rosenkranz genommen?«

Kopfschütteln.

»Hast du ihn ihr gegeben?«

Nicken.

»Warum? Ich hatte das Gefühl, er war dir sehr wichtig.«

»Nauz.«

Dann eben nicht. Mir brannten drei Dutzend weitere Fragen auf der Zunge. Aber wenn Rebekka nicht von sich aus offenbaren wollte, was hinter ihrer Stirn vorging und warum sie mit ihrer Mutter im Clinch lag … So konnte man es vermutlich nicht einmal bezeichnen. Es war eher eine einseitige Kriegsführung.

Freitags erlebte ich hautnah, wie sie von amüsiert auf mürrisch umschaltete, als Elisabeth früher als erwartet heimkam. Wir hatten weder das Auto noch die Haustür gehört. Ich war auf meine Arbeit konzentriert. Kräftigung der Armmuskulatur, obwohl es nicht viel Sinn machte. Wie Helga gesagt hatte: »Mit der machen Sie noch lange nicht, was Sie für richtig halten.«

Rebekka ließ es über sich ergehen, von Mitarbeit konnte nicht die Rede sein. Und so brachte das nichts. Statt meinen Anweisungen zu folgen, stöhnte sie spielerisch, schnitt Grimassen und grinste, wenn Josie sie nachahmte. Offenbar war sie bemüht, Josie für ihren Ausbruch zu entschädigen, indem sie den Clown spielte.

Als unvermittelt die Tür aufging und Elisabeth eintrat, verwandelte sich die lustige Grimasse in eine Leidensmiene, und das Stöhnen klang, als läge sie in den letzten Zügen. Ich zuckte unwillkürlich zurück, ließ ihren Arm los und schnappte den Notizblock samt Bleistift, beides lag neben ihr auf dem Laken. Zum Glück auf der Seite, die von der Tür aus nicht einzusehen war. Im Aufrichten steckte ich Block und Stift unter mein T-Shirt in den Hosenbund.

Elisabeth grüßte mich mit einem kurzen und, wie mir schien, misstrauischen Nicken und wandte sich mit erhobener Stimme an ihre Tochter: »Hallo, Spatz, das klang aber gerade nicht so, als hättest du einen guten Tag.«

Rebekka gab ein leidendes »na« von sich.

Woraufhin Elisabeth sich wieder mir zuwandte. Wahrscheinlich hatte sie nach dem Gespräch mit meiner Mutter erwartet, dass ich die meiste Zeit mit einem Buch in irgendeiner Ecke saß oder mich mit meinem Kind beschäftigte und Rebekkas Zimmer nur betrat, wenn das Nebelhorn ertönte.

In vorwurfsvollem Ton erklärte sie: »Ich finde es lobenswert, wie Sie sich hier einbringen, Sandra. Aber Sie sollten es nicht übertreiben. Wenn Sie wollen, können Sie jetzt nach Hause fahren. Machen Sie sich ein schönes Wochenende.«

Eigentlich hatte ich noch eine halbe Stunde mit Rebekka arbeiten und als Anreiz das Thema Garten bieten wollen. Aber eine unwillige Patientin und eine Mutter, die meinen Einsatz so offensichtlich missbilligte, von Sinn und Zweck der Übungen zu überzeugen, traute ich mir nicht zu.

Ich verschob meinen nächsten Einsatz als Physiotherapeutin auf den Montag, nahm Josie und meine Tasche, wünschte ebenfalls ein schönes Wochenende und machte mich auf den Heimweg. Weil bis Ladenschluss noch reichlich Zeit war, um gemütlich Einkäufe zu machen, legte ich beim Discounter wieder einen Zwischenstopp ein, bummelte mit Josie im Einkaufswagen an den Regalen entlang, leistete mir einen Beutel Kartoffelchips, spendierte Josie eine Tüte Gummibärchen, bekam zum Dank ein Küsschen. Und das war's mit meinem schönen Wochenende.

Kampfhähne

Klara war bisher nicht zu ihrem Bruder nach Trier gefahren. Es war ja keiner mehr da, der sie dringend gebraucht und vermisst hätte. Stattdessen vermisste Klara ihr Schätzchen. Seit Wochenbeginn hatte sie jeden Abend bedauert, dass ich Josie erst zur Schlafenszeit, satt und hundemüde ins Haus trug. Zweimal hatte Klara sogar vermutet: »Das machst du mit Absicht.«

Montags hatte ich sie ignoriert und Josie wortlos nach oben getragen. Weil das am Dienstag nicht möglich gewesen war, Klara hatte sich mir in den Weg gestellt, hatte ich geantwortet: »Sicher. Ich reiße sie morgens um Viertel vor sieben aus dem Schlaf in der Absicht, Geld zu verdienen, wozu Ronnie nicht mehr in der Lage ist. Und nach einem Zwölfstundentag ist sie abends müde. Ist das nicht verständlich? Du willst hoffentlich nicht andeuten, ich würde sie betäuben, ehe ich sie ins Auto setze. Im Gegensatz zu dir und deinem Schwager habe ich keine Tabletten, die ich heimlich in eine Trinkflasche tun könnte.«

Das hatte gereicht, um Klara am Mittwoch und am Donnerstag nur säuseln zu lassen: »Schläft mein Schätzchen? Es war aber auch wieder ein langer Tag.«

An dem Freitag war es noch nicht ganz sechs Uhr, als wir ins Haus kamen. Und Josie hatte auf dem letzten Wegstück mit Gummibärchen ausreichend Energie getankt, um noch eine Weile durchzuhalten. Klara stand als Empfangskomitee wieder mitten im Flur. Sie hatte den Van gehört und freute sich überschwänglich: »Da ist ja mein Schätzchen. Bist du müde, oder magst du bei Oma noch ein Eis essen?«

»Wenn du mit mir nach oben gehst, bekommst du noch mehr Gummibärchen«, setzte ich dagegen.

Josie entschied sich für das Eis. Ich stieg frustriert die Treppe hinauf. Letztes Wochenende hatte es mir nichts ausgemacht, dass Klara mir vorgezogen wurde. Aber nachdem Josie seit Montag von morgens bis abends in meiner Nähe gewesen war und jeden Nachmittag mit mir gearbeitet hatte, ohne zu quengeln, hatte ich geglaubt, mein Kind für mich gewonnen zu haben. Doch das ging wohl nicht so schnell, wie es mir lieb gewesen wäre.

Ich machte mir Kaffee, räumte die Einkäufe weg, wollte mich anschließend mit Kaffee, Chips und einem Roman ins Wohnschlafzimmer setzen und meinen Feierabend genießen wie jeder andere Mensch, der die ganze Woche gearbeitet und sein Geld redlich verdient hat. Das war mir nicht vergönnt.

Der Kaffee war noch nicht völlig durchgelaufen, als Ronnie nach oben kam. Zu essen brauchte er nichts. Verpflegt wurde er inzwischen von Carina. Die brachte nun ihm regelmäßig um die

Mittagszeit Reste vom Vorabend und redete auf ihn ein, endlich mit dem blöden Computerspiel aufzuhören, sich um richtige Arbeit zu bemühen und um seine Ehe zu kämpfen.

Woher ich das weiß? Na, ich telefonierte ab und zu mit meiner Freundin.

»Ist dir noch nicht der Gedanke gekommen, dass Klaus dich mit diesem Auftrag nur kaltgestellt hat, um dich und Sandra auseinanderzubringen?«, hatte Carina meinen Mann Anfang der Woche gefragt. Ganz direkt. Freiheraus. Um ihn aufzurütteln, ihm die Augen zu öffnen. Auf die Gefahr hin, einen Wahnsinnskrach heraufzubeschwören. So hatte sie es mir erklärt.

Ronnie hatte nur den Kopf geschüttelt, nicht mal nachgefragt, wie sie auf den Gedanken käme, Klaus könne ein besonderes Interesse an mir haben.

»Ist dir denn völlig egal, dass Sandra dabei ist, sich ein Leben aufzubauen, in dem du keine Rolle mehr spielst?«, hatte Carina ihn daraufhin gefragt und zur Antwort bekommen: »Die macht sowieso, was sie will. Was ich will, hat die noch nie interessiert.«

Als Carina sich dann auch noch erkundigt hatte: »Was willst du denn?«, hatte Ronnie erwidert: »Mit der neuen Waffe Level sechs erreichen, und das heute noch. Klaus braucht die Daten.«

Carina war so frustriert gewesen, dass sie mich umgehend angerufen, den Dialog wortgetreu wiedergegeben und angekündigt hatte, auf Level sechs könne Ronnie dann ja mal sehen, ob er mit der neuen Waffe etwas zu futtern erlegen könnte. »Ich bringe ihm nichts mehr.«

Aber das hatte sie nicht übers Herz gebracht. Es wäre doch auch zu schade um die Delikatessen gewesen. Außerdem fand sie immer noch, Ronnie und ich seien ein schönes Paar.

In den letzten Tagen hatte Ronnie sich offenbar dieser Meinung angeschlossen. Vielleicht hatte er auch noch mal über Klaus nachgedacht. Jedenfalls war er nun bereit, den Kampf um seine Ehe an einer anderen Front aufzunehmen.

»Kann ich das Auto haben?«, fragte er statt einer Begrüßung, wie sie bei einem schönen Paar üblich gewesen wäre, wenn es sich die Woche über nicht gesehen hatte.

»Wozu?«, fragte ich.

»Ich muss unbedingt mit Klaus reden.«

»Ruf ihn an«, empfahl ich.

»Damit er herkommt? Das hättest du wohl gerne.«

»Wie meinst du das?« Eine nicht sehr einfallsreiche Frage, aber eine bessere fiel mir auf die Schnelle nicht ein.

»Tu doch nicht so«, fuhr Ronnie mich an. »Du weißt genau, was ich meine. Klaus ist scharf auf dich.«

Ich spürte, wie mir die Röte ins Gesicht stieg, wusste, dass es besser wäre, den Mund zu halten, und fragte trotzdem: »Wie kommst du denn darauf?«

Ronnie grinste böse. »Du musst mich ja echt für blöd halten. Die letzten Male, wo er hier war, hat er kurz zu mir reingeschaut, und danach war er eine ganze Weile bei dir hier oben. Ist er mein Freund oder deiner?«

»Mein Liebhaber ist er nicht, wenn du darauf hinauswillst.« Endlich fiel mir eine geistreiche Antwort ein.

»Wäre er aber gerne, was? Kann ich nun das Auto haben?«

»Tut mir leid«, sagte ich. »Das ist ein Geschäftswagen. Mit dem BMW durfte ich nicht mal zum Kinderarzt fahren, wenn es nötig war. Einen Mann besuchen, den man ebenso gut anrufen kann, ist nicht nötig.«

»War nur eine Frage«, sagte Ronnie und ging wieder.

Kurz darauf kam Klaus. Ich hatte eins der Straßenfenster geöffnet, hörte ein Auto vor dem Haus halten und die Klingel unten im Flur anschlagen. Nur einmal. Demnach war es nicht für mich. Klara öffnete natürlich auch nicht. Aber Ronnie hatte schon auf ihn gewartet. Und dann flogen die Fetzen.

Zuerst stritten sie im Anbau. Ich wechselte in die Küche, öffnete dort das Fenster und hörte Ronnie brüllen. Zu verstehen waren nur Schimpfworte. »Drecksack! Linke Zecke! Falscher Hund!« Und einmal der beinahe vollständige Satz: »Hätte ich nie von dir gedacht.« Was Klaus ihm antwortete, drang nicht bis in den Hof und zu mir herauf.

Dann kamen sie nach oben und verlangten von mir eine Entscheidung. Beide. *Er oder ich!*

»Ihr tickt ja wohl nicht sauber«, protestierte ich. »Lasst mich bloß in Ruhe mit eurem Blödsinn. Wir sind doch nicht an der Losbude.«

Daraufhin konzentrierte sich Ronnies Wut auf mich. »Eh, du bist mit mir verheiratet«, glaubte er mich erinnern zu müssen.

»Leider«, erwiderte ich.

»Wenn's dir nicht passt, kannst du ja gehen«, empfahl er.

Klaus stand nur noch da, ihm schien es jetzt peinlich zu sein. So eine Kindergarten-Auseinandersetzung war weit unter seinem Niveau.

»Vielleicht tu ich das bald«, erklärte ich.

»Wo willst du denn hin?«, fragte Ronnie und lachte böse. »Wieder zu Mama und Papa? Da wird nix draus. Deine Tante hat Mam erzählt, dass du nicht mehr nach Hause zu kommen brauchst, weil du mich geheiratet hast.«

»Das ist aber schon ein Weilchen her«, sagte ich. Mit einem Mal war ich ruhig und ihm haushoch überlegen. »In der Zwischenzeit war ich häufig zu Hause, wie dir vielleicht sogar mal aufgefallen ist. Wieder bei meinen Eltern einziehen möchte ich aber gar nicht, muss ich auch nicht. Ich habe eine andere Möglichkeit.«

Klaus begann siegesgewiss zu lächeln, doch das verlor sich rasch, als ich nach ein paar Sekunden hinzufügte: »Die Leute, bei denen ich arbeite, haben mir zwei Zimmer mit Bad angeboten, kostenfrei. Ich kann dort jederzeit einziehen, mit Josie.«

»Wo arbeitest du denn?«, fragte Klaus.

»Warum interessiert dich das?«, wollte ich wissen.

»Das weißt du genau«, sagte er.

Und da ging der Krach von vorne los.

An dem Freitagabend bestand Ronnie darauf, mit mir in einem Bett zu schlafen. »Schließlich sind wir verheiratet«, betonte er noch einmal. Aber er lag nur neben mir auf dem Futon, machte keine Anstalten, mehr zu tun, als zu schlafen und zeitweise zu schnarchen. Für alles andere hätte ich ihn auf die Finger gehauen und rausgeworfen. Und Ronnie hätte sich hauen und rauswerfen lassen, da bin ich sicher. Er war kein Mann, der etwas erzwang. Er war nur ein Verlierer. Am Samstagmorgen verzog er sich wieder nach unten. Um zu arbeiten, wie er betonte.

Josie verbrachte den Tag bei Klara. Weil mir immer noch Ronnies Warnung vor einer erneuten Fahrt nach Trier im Hinterkopf tickte und ich befürchtete, Klara könnte Josie mitnehmen, riskierte ich es nicht, Carina zu besuchen.

Ursprünglich hatte ich das vorgehabt, um mich in Sachen Männer einmal richtig mit ihr auszusprechen. Aber Josie wollte nicht mit, und zwingen mochte ich sie nicht. So telefonierte ich nur eine Weile mit Carina. Ich berichtete vom vergangenen Abend und der Nacht neben Ronnie. Carina fand es gut.

»Gott sei Dank kommt er endlich zur Vernunft. Das wird wieder mit euch, da bin ich ganz sicher. Als du bei Hengelmann gearbeitet hast, seid ihr doch auch wieder gut miteinander ausgekommen. Du musst jetzt bloß ein bisschen Geduld haben und Ronnie das Gefühl geben, dass ihr die Krise gemeinsam durchsteht. Dann klappt das auch bald wieder im Bett.«

»Ich will nicht mehr mit ihm schlafen«, sagte ich. »Und ich werde ihm bestimmt nicht das Gefühl geben, dass wir noch irgendetwas zusammen meistern können.«

Sekundenlang war es still, dann sagte Carina: »Das ist nicht dein Ernst. Was willst du denn machen, wenn er will?«

»Nichts«, antwortete ich. »Er will auch nicht mehr, sonst hätte er es letzte Nacht versucht.«

Fröschlein Spatzenkind

Es waren Curds Worte und sein Verhalten, die ihr nach dem ersten Übergriff signalisierten, es sei etwas geschehen, was nicht hätte geschehen dürfen. Nachdem er ihr in den Schlafanzug geholfen hatte, gab er ihr nicht wie üblich eine *Sirdalud*, wünschte ihr auch nicht wie sonst eine gute Nacht und süße Träume. Stattdessen betonte er noch einmal ausdrücklich, es sei nur eine Ungeschicklichkeit gewesen, ihm sei der Finger aus dem Handtuch gerutscht. Kein Grund, ein Drama daraus zu machen.

»Mutter muss das nicht erfahren«, sagte er. »Sonst war das garantiert die letzte Premiere, an der sie teilgenommen hat. Natürlich wird sie von mir auch nicht erfahren, dass du in die Wanne gestiegen bist, ohne mir vorher Bescheid zu sagen. Wenigstens das hättest du tun können, nicht wahr? Ich hätte es dir bestimmt nicht verboten. Ich hätte auch nicht die ganze Zeit bei dir gesessen und dir beim Träumen zugeschaut. Merk dir das fürs nächste Mal, wenn du ungestört baden willst. Ich wisch jetzt die Wanne und den Fußboden trocken, dann merkt kein Mensch etwas.«

Eine merkwürdige Rede, fand sie. Warum hätte sie auf die Idee kommen sollen, Mutter von einem Missgeschick zu erzählen? Und was noch schwerer wog: Warum hätte ein Missgeschick Mutter veranlassen sollen, auf weitere Geschäftsreisen zu verzichten?

Was Curd sonst noch gesagt hatte, klang für sie nach Erpressung. Weil sie ihm nicht augenblicklich zustimmte, wie sie es in der Regel tat, fragte er: »Sind wir uns einig, Fröschlein?«

Sie nickte.

»Dann gib mir einen Kuss, und wir vergessen das kleine Malheur. Oder habe ich dir doch wehgetan?«

Sie schüttelte den Kopf.

»Ganz sicher nicht?«, hakte er nach. »Du kannst es ruhig zugeben. Ich halte dich deshalb nicht für eine Mimose. Das ist eine sehr empfindliche Stelle. Ich weiß das, und du weißt es garantiert auch längst, gib es zu.« Er lächelte kumpelhaft und zwinkerte ihr zu, während er weitersprach: »Wie oft hast du schon festgestellt, dass es sich toll anfühlt, wenn du dich dort reibst? Erzähl mir nicht, du hättest es noch nie probiert.«

Natürlich hatte sie. Mit ihren sechzehn Jahren war sie doch alt genug. Und sie war weder geistig noch emotional behindert, auch wenn ihr Körper und ihre undeutliche Artikulation das manch einem suggerierten.

Mit vierzehn hatte sie herausgefunden, dass es am besten in der Badewanne funktionierte. Weitgehend entspannt im warmen Wasser, gehorchten ihr die eigenwilligen Glieder meist. Aber es widerstrebte ihr, die eigenen Bemühungen um ein bisschen Lust zuzugeben. Curd ging ja auch nicht ins Detail, wenn er ihr von Frauen erzählte, mit denen er sich amüsierte. Durchschaut fühlte sie sich ohnehin bereits. Sie hätte geschworen, dass er genau wusste, warum sie ohne Bescheid zu sagen in die Wanne gestiegen war.

Als sie den Kopf senkte, setzte er sich noch einmal zu ihr aufs Bett, legte ihr einen Finger unters Kinn, hob ihren Kopf wieder an und zwang sie, ihm in die Augen zu schauen.

»Hey«, sagte er sanft und so voller Verständnis, wie er immer für sie war. »Dafür musst du dich nicht schämen. Das ist völlig normal, Süße. Wenn du es noch nie probiert hättest, würde ich mir viel eher ernsthafte Sorgen um dich machen. Mutter wird nichts davon erfahren, großes Ehrenwort. Lass dich nur nie von ihr erwischen. Sie bekommt Zustände, wenn sie sieht, dass ihr Spatzenkind sich zur Frau mausert. Neulich hat ihr nämlich jemand erklärt, es wäre unmöglich, dich weiter daheim zu betreuen, wenn du erwachsen wirst. Aber das schaffen wir, oder meinst du nicht? Solange ich hier bin, schaffen wir alles.«

Er zwinkerte ihr noch einmal verschwörerisch zu, als wollte er sagen: *Wir beide werden allen zeigen, was möglich ist.* Dabei hatte er ihr nur vor Augen gehalten, wie abhängig sie von ihm war. Sein Hinweis, dass es ohne seine tatkräftige Unterstützung nicht mehr möglich wäre, sie daheim zu betreuen, klang in ihren Ohren wie eine Drohung und beschäftigte sie die halbe Nacht, weil er auch noch vergessen hatte, ihr die *Sirdalud* zu geben. Sonst hätte sie dank der sedierenden Wirkung des Medikaments wohl geschlafen.

Seit der Bewegungstrainer in ihrem Zimmer stand, träumte sie davon, irgendwann ein eigenständiges Leben zu führen. Eine kleine Wohnung zu haben, die nach ihren Bedürfnissen eingerichtet war, in der sie schalten und walten konnte, wie es ihr beliebte und nicht, wie es anderen gerade in den Kram passte.

Dass sich ihr Zustand nie wirklich bessern würde, wusste sie. Aber wenn er sich nicht verschlechterte, könnte ihr Traum eines Tages trotzdem Wirklichkeit werden. Sie arbeitete unermüdlich an sich, um auf diesem Level zu bleiben, verbrachte halbe Nachmittage auf dem Bewegungstrainer, versäumte keine Schwimm- und keine Reitstunde. Ihr Physiotherapeut hatte erst vor Kurzem gesagt, all diese Aktivitäten bekämen ihr ausgezeichnet. Sie solle nur nicht nachlassen, jede Bewegung sei Futter für ihre Muskeln und Balsam für die Gelenke.

Sie nahm an, dass der Therapeut Mutter etwas anderes gesagt hatte, wusste sonst keinen Außenstehenden, mit dem Mutter sich über ihre Zukunftsaussichten unterhielt. Und Mutter hatte es dann Curd erzählt, dem Mann im Haus, der ein Ohr dafür hatte, auf dessen Unterstützung Mutter zählte. Das war normal. Die Leute, die sich für sie zuständig und verantwortlich fühlten, redeten eben miteinander. Keiner hatte es böse gemeint. Dennoch fühlte sie sich verraten und hatte morgens Probleme mit den Beinen, was zum Teil auch auf die vergessene Tablette zurückzuführen war.

Morgens war die Zeit immer knapp, deshalb wurde das Frühstück grundsätzlich in der Küche serviert, wo sie es ohnehin viel gemütlicher fand als in dem großen, eleganten Esszimmer, in dem Gäste bewirtet wurden. Frau Dickens fiel auf, dass sie Schwierigkeiten hatte, am Küchentisch Platz zu nehmen. »Alles in Ordnung, Becki?«, fragte sie. »Soll ich Curd rufen?«

Er war noch nicht heruntergekommen, hatte nach seinem *Missgeschick* wahrscheinlich noch stundenlang telefoniert.

»Nein«, stieß sie hervor und schüttelte zur Bekräftigung auch noch den Kopf. Frau Dickens rief Curd trotzdem.

Er gab sich besorgt und schuldbewusst, weil er nicht an die Tablette gedacht hatte. »Ist es sehr schlimm, Fröschlein?«

»Nein«, erklärte sie noch einmal. Dabei war es sehr mühsam, nach dem Frühstück mit den Stöcken vom Stuhl wieder in die Senkrechte zu kommen.

Curd nötigte sie, noch einmal Platz zu nehmen, nahm ihr die Beinschienen ab und massierte ihre verkrampften Muskeln, bis der Krankentransporter vorfuhr, der sie zur Schule brachte. Dann wollte er wissen, ob sie es mit Schienen und Stöcken versuchen wollte oder lieber den Rollstuhl nahm.

Eine völlig überflüssige Frage. Zur Schule fuhr sie immer im Rollstuhl, um allen Eventualitäten vorzubeugen. Sie konnte an dem Morgen nur nicht ohne Hilfe ins Freie rollen, weil ihre Arme durch den Stress nach Curds Frage vorübergehend nicht zu gebrauchen waren.

Frau Dickens sah sich veranlasst, wieder einmal festzustellen: »Was kannst du froh sein, dass du so einen Bruder hast, Becki.«

Bis Schulschluss hatte sich der Muskelkrampf in ihren Armen so weit gelöst, dass sie alleine zum Haus rollen konnte, nachdem der Fahrer des Krankentransporters die Hebebühne abgesenkt und die Halterungen für den Rollstuhl gelockert hatte.

Ihre Eltern waren erst eine halbe Stunde zuvor aus Berlin zurückgekehrt. Mutter stand noch ganz unter den Eindrücken der Premiere. Da reichte es beim Mittagessen nur für die Frage: »Alles in Ordnung, Spatz?«

»Was denkst du denn?«, antwortete Curd an ihrer Stelle. »Alles bestens.« Er schaute sie an und zwinkerte: »Wir beide sind doch ein eingespieltes Team, nicht wahr?«

Sie nickte, was hätte sie sonst tun sollen? Und Mutter gab sich damit zufrieden.

Widersprüche

Nach dem Wochenende war ich froh, montags wieder zur Arbeit fahren zu können. Den kleinen Notizblock und einen Bleistift trug ich mit mir herum. Rebekka schaute sich beides nur kurz an und nickte zufrieden. Schreibbedarf gab es nicht. Und den ganzen Montag war mir bewusst, dass es in meinem Leben kein Problem gab, das nicht gelöst werden konnte. Für sie dagegen würde sich nichts mehr ändern, glaubte ich zumindest.

Dienstags deponierte ich Block und Stift vormittags in ihrem Bett und nahm beides erst abends wieder an mich. Ich musste Helga Dickens nur anbieten, die Reinigung des Zimmers zu übernehmen. Helga freute und bedankte sich überschwänglich. Damit war die Gefahr gebannt, dass sie mal unverhofft mit Putzzeug ins Zimmer schneite und Zeugin von Rebekkas Fähigkeit wurde.

Leider nutzte Rebekka den Block nicht so intensiv, wie es mir lieb gewesen wäre. Es war anstrengend für sie, sie schrieb nur, wenn die Gestik und ihr Sprachvermögen zur Verständigung nicht ausreichten. Aber ihr verkümmertes Mitteilungsbedürfnis machte Helga dreimal wett. Von ihr bekam ich auch eine Erklärung, warum Rebekka nicht gut auf ihre Mutter zu sprechen war, als ich das Thema noch einmal anschnitt. Und »nicht gut zu sprechen« hielt Helga für die Untertreibung des Jahrhunderts.

»Vor dem Schlaganfall ging's eigentlich«, sagte sie. »Es hat zwar hin und wieder tüchtig gekracht zwischen den beiden, aber meist nur, wenn Becki etwas wollte und Frau Thelen Nein sagte. Sie befürchtete ständig, Becki würde sich überfordern.«

Helga vermutete, dass Rebekka nach dem Schlaganfall einen regelrechten Hass auf ihre Mutter entwickelt hatte, weil sich angekündigt hätte, dass mit ihr etwas nicht stimmte. Ausfallerscheinungen nannte Helga es und behauptete, Rebekka hätte plötzlich Fähigkeiten wieder verloren, die sie sich zuvor mit ihrem Wahnsinnsehrgeiz mühsam erkämpft oder erhalten hatte.

»Sie war doch weitgehend selbstständig«, sagte Helga. »Körperpflege, Anziehen, Toilettengänge, essen, das konnte sie alles allein. Und plötzlich nässte sie ein und haute ein Glas vom Tisch, weil sie nicht mehr richtig greifen konnte. Ich wäre mal mit ihr zum Arzt gefahren, auf die Idee ist hier keiner gekommen. Frau Thelen meinte, dass Becki ins Bett macht, käme von den Pillen, die sie nehmen musste, damit sie keine Krampfanfälle bekam. Davon wurde sie ziemlich müde, deshalb bekam sie nur abends eine. Zusätzlich gab Frau Thelen ihr aber auch oft Valium. Jetzt bekommt sie nichts mehr. Und wer weiß, wenn Frau Thelen rechtzeitig aufgehört hätte, ihr dieses Zeug zu geben ... Es hätte nicht so schlimm enden müssen, finde ich.«

Dann erzählte Helga von dem Morgen im August des vergangenen Jahres, an dem sie Rebekka gefunden hatte. Oscar und Elisabeth Thelen waren wieder gemeinsam unterwegs gewesen und hatten die Nacht in Wien verbracht. Curd war erst kurz zuvor von den zweiwöchigen Dreharbeiten in der Wüste zurückgekehrt und arbeitete bis in den späten Abend hinein. Es war einiges liegen geblieben während seiner Abwesenheit.

Rebekka stand morgens immer um sechs Uhr auf, um sich alleine zu waschen und anzuziehen, was bei ihr verständlicherweise länger dauerte als bei anderen. Meist kam sie um sieben in die Küche, zwanzig Minuten vor Ankunft des Krankentransporters, der sie zur Schule brachte. An dem Morgen nicht.

Helga wartete fünf Minuten, zehn Minuten, überlegte, ob sie Curd wecken sollte. Becki schätzte es nämlich nicht, wenn jemand nachsehen kam, ob sie Hilfe beim Anziehen brauchte oder wieder ins Bett gemacht hatte. Aber warum immer den armen Curd an die Front schicken und ihn dafür aus dem Schlaf reißen?

Helga ging selbst in den Seitenflügel, warf zuerst einen Blick in Beckis Zimmer. Das Bett war zerwühlt, das Laken wieder mal feucht. Helga ging nach nebenan ins Bad. Und da lag Becki nackt in einer Wasserlache vor der Wanne auf dem Boden.

»Ich weiß nicht, wie lange sie schon da lag«, sagte Helga. »Sie fühlte sich so kalt an, dass ich dachte, sie wäre seit Stunden tot. Ich hab trotzdem sofort den Notruf gewählt und erst danach Curd geweckt. Er hat festgestellt, dass sie noch Puls hatte, und wollte sie sofort selbst nach Euskirchen ins Krankenhaus bringen, um keine Zeit zu verlieren. Aber der Rettungswagen war ja schon unterwegs.«

Helga seufzte schwer unter der Erinnerung, dann fuhr sie fort: »Frau Thelen hat sich schreckliche Vorwürfe gemacht, weil sie nicht hier war, als es passiert ist. Aber was hätte sie denn geändert? Sie hätte in der Nacht genauso geschlafen wie Curd und gar nicht mitbekommen, dass Becki ins Bad ging. Und jetzt würde sie Becki am liebsten in Watte packen. Dass sie nicht mal damit einverstanden ist, Becki im Rollstuhl auf die Terrasse oder in den Garten zu schieben, finde ich reichlich übertrieben. Was soll ihr denn dabei passieren? Dass sie von einer Mücke gestochen wird? Es gibt Mittel zum Einreiben, die halten Mücken fern. Es wäre auch kein Problem, Becki mit Gurten im Rollstuhl zu fixieren. Damit die Gurte nicht einschneiden, könnte man ihren Oberkörper mit Kissen schützen.«

Letzteres klang in meinen Ohren wie eine Empfehlung oder die Aufforderung, in Curds Fußstapfen zu treten und mich für Rebekka starkzumachen. Den gesamten Rest fand ich schrecklich und als Erklärung für das Mutter-Tochter-Verhältnis ausreichend.

Allerdings hätte ich Bettnässen nicht als Ausfallerscheinung bezeichnet. So etwas hörte man häufig von missbrauchten Kindern, nicht umsonst nannte man es Tränen der Seele. Und Vorboten oder Anzeichen für einen Schlaganfall waren meines Wissens Schwindel, Kopfschmerzen, Seh- und Sprachstörungen, Nasenbluten, Kribbeln oder Taubheitsgefühle in den Gliedmaßen.

Bei einem vom Tisch gehauenen Glas hätte es sich um Koordinationsstörungen handeln können, was bei einer Tetraspastikerin nicht verwunderlich gewesen wäre. Ebenso gut konnte es ein Wutanfall gewesen sein. Aber Rebekka danach zu fragen, kam mir nicht in den Sinn. Zum einen war ich sicher, dass ich keine Antwort bekäme, zum anderen musste sie nicht wissen, dass Helga Dickens für mich ein offenes Buch war.

Wir kamen uns von Tag zu Tag näher, wurden vertrauter miteinander, auch privater. Wobei immer nur ich diejenige war, die etwas erzählte. Wahrscheinlich hatte ich ein ungeheures Nachholbedürfnis, weil zwei Jahre lang nur selten jemand in meiner Nähe gewesen war, mit dem ich offen hatte reden können, ohne Widerspruch oder missbilligende Kommentare zu hören.

Vielleicht versuchte ich, Rebekka auch nur klarzumachen, dass ein Leben nicht fortwährend schön sein muss, nur weil man gesunde Arme und Beine hat.

Auf den Rosenkranz sprach ich sie nicht mehr an, erzählte beim Waschen, Füttern und meinen Bemühungen um ihre Muskeln und Gelenke lieber von Ronnie und Klaus, dem Plattenspieler, dem geleasten BMW und all den Seifenblasen, die auf einen Schlag zerplatzt waren, als Klaus uns nach der Hochzeitsfeier ins neue Heim fuhr.

Ich beschrieb ihr die gestreifte Treppe und den ursprünglichen Zustand der Wohnung im Obergeschoss, Carinas Geschick für kaschierende Kleinigkeiten, hinter denen sich Armseligkeit verstecken ließ, und Ronnies Renovierung nach Josies Geburt. Aber ich vermied es, meine Schwiegermutter zu erwähnen, glaubte immer noch, der Schlag unter den Löffel hätte etwas mit Klara zu tun gehabt. Womit ich im Prinzip nicht völlig falschlag.

Rebekka hörte geduldig zu und verzichtete für die Geschichten aus meinem Leben freiwillig aufs Fernsehen. Der große Bildschirm an der Wand und der Rekorder im Regal kamen erst zum Einsatz, wenn ihre Mutter erschien. Danach liefen die Geräte, wie ich später erfuhr, bis in die frühen Morgenstunden, obwohl ich mich jeden Abend mit dem Hinweis verabschiedete: »Schlaf gut und vor allem ausreichend. Morgen werde ich dich richtig rannehmen, damit wir bald mal in den Garten können.«

Daran war nicht zu denken, solange Rebekka nicht mitarbeitete. Zwar hatte Helgas Vorschlag mit dem durch ein Kissen geschützten Oberkörper einiges für sich. Geeignete Gurte hätten sich auftreiben oder beschaffen lassen. Ich hätte nur meinen Vater darum bitten müssen. Aber ich wollte keine Auseinandersetzung mit Elisabeth riskieren, wenn die dahinterkäme. Darüber hinaus hielt ich es für ein Druckmittel. *Wenn du ins Freie willst, musst du etwas dafür tun.* Das nur leider keine Wirkung zeigte. Doch davon abgesehen, kam ich wirklich gut mit Rebekka zurecht und schrieb es meinen Bemühungen und der Zeit zu, die ich mit ihr verbrachte.

Sobald sie aufwachte, war ich für sie da. Josie hing dann noch an Helgas Rockzipfel, so bekam Rebekka meine ungeteilte Aufmerksamkeit. Körperpflege, Massage, Haferbrei und Kakao, danach eine halbe Stunde Training der Rumpf- und Armmuskulatur. Auch wenn ich damit keine erkennbaren Fortschritte erzielte und nicht einmal sicher war, ob ich es richtig machte, machte ich unbeirrt weiter. Anschließend war Rebekka in der Regel so erschöpft, dass sie einige Stunden vom in der Nacht versäumten Schlaf nachholen musste.

Die Zeit nutzte ich, um mit Helga und Josie zu Mittag zu essen. Josie hatte meist schon vorher ein Weilchen geschlafen, weil sie immer noch um Viertel vor sieben aus dem Schlaf gerissen wurde. Wäre ich später losgefahren, hätte ich nicht mit Helga frühstücken und tratschen können, mich stattdessen wohl öfter mit Klara auseinandersetzen müssen.

Nachdem Helga den Heimweg angetreten hatte, erledigte ich die Arbeiten, die sie am Vormittag nicht geschafft hatte, bis Rebekka einmal kurz das Nebelhorn tuten ließ. So hatten wir es vereinbart, einmal für Hunger, Durst oder andere Wünsche, zweimal für dringend. Mit Josie im Schlepptau putzte ich ein oder zwei Fenster im Obergeschoss, fuhr mit dem Staubsauger über die Teppiche im großen Wohnzimmer, polierte Weingläser und Sektkelche im Esszimmer, nahm im Keller Wäsche aus der Maschine und befüllte den Elektrotrockner damit oder hängte empfindliche Dessous von Elisabeth auf ein Trockengestell.

Mit meinen eigenen Dessous ging ich nicht so behutsam um. Die waren auch nicht empfindlich, kamen zusammen mit T-Shirts und Handtüchern in den Trockner, damit ich sie schnell wieder in den Van bringen konnte.

Helga hatte mir angeboten, meine Sachen hier zu waschen, solange ich keine eigene Waschmaschine hatte. »Das musst du doch nicht sonntags bei deinen Eltern tun. Wir sind unter uns. Sorg nur dafür, dass du deine Sachen sofort wieder ins Auto legst, wenn sie trocken sind. Dann kriegt Frau Thelen davon gar nichts mit.«

Dass sonst jemand etwas davon mitbekommen könnte, erwarteten wir beide nicht.

Besucher

Mitte Mai brachte ich dienstags meine Wochenration an Slips, BHs und Shirts mit. Diesmal waren auch eine Jeans und einige Handtücher dabei. Gleich nach dem Frühstück, noch bevor Rebekka zum Appell rief, wie Helga das scherzhaft bezeichnete, stopfte ich meine Sachen in die Waschmaschine.

Helga bezog währenddessen die Ehebetten mit frischer Wäsche. Die wurde bei Thelens jede Woche gewechselt, obwohl das Bett des Hausherrn oft nur zwei- oder dreimal benutzt worden war. Helga schaffte Bezüge und Laken in den Keller, konnte aber nichts davon in die Trommel stecken, weil die sich noch mit meiner Wäsche drehte.

Die Maschine hatte gerade den letzten Schleudergang absolviert, als Helga das Mittagessen auf den Tisch brachte. Ich lief schnell in den Keller, füllte meinen Kram in den Trockner und stopfte die Bettbezüge in die Waschmaschine, ehe ich es mir schmecken ließ.

Nachdem Helga das Haus verlassen hatte, ging ich wieder nach unten, diesmal mit Josie, die sich über das Körbchen mit den Wäscheklammern hermachte. Ich nahm meine Sachen aus dem Trockner. Jeans und Handtücher waren noch klamm, die mochte ich so nicht in die Plastiktüte stecken, aber auch nicht noch einmal den Trockner dafür einschalten.

Draußen wehte ein leichter Wind, sonnig war es auch, ideale Bedingungen, um die noch leicht feuchten Teile für ein oder zwei Stunden an der frischen Luft nachtrocknen zu lassen. Wenn sie um vier im Auto verstaut waren, bestand nicht die Gefahr, dass Elisabeth sie zu Gesicht bekam.

Die Waschküche hatte eine Außentür. Ich schaffte das Trockengestell nach oben in den Garten, nahm Josie einige Wäscheklammern weg und verteilte Jeans und Handtücher auf den Stäben. Dann ging ich wieder nach unten und begann, Shirts, Unterhöschen und BHs zusammenzufalten.

Josie brach währenddessen zwei Wäscheklammern auseinander und sagte unvermittelt: »Bang.«

»Du brauchst keine Angst zu haben, nur weil du ein paar Klammern kaputt gemacht hast«, sagte ich, während ich Büstenhalter und Höschen zu Garnituren zusammensortierte. »Ich schimpfe nicht mit dir. Das sind so viele, keiner merkt, wenn welche fehlen.«

Und eine angenehm dunkle Männerstimme antwortete: »Sie gehen aber großzügig mit anderer Leute Eigentum um.«

Überrascht und erschreckt fuhr ich zu der Außentür herum, die ich offen gelassen hatte. Ein attraktiver Mann Anfang dreißig lehnte lässig mit einer Schulter am Türrahmen. Die Arme hatte er vor der Taille verschränkt, lächelte mich freundlich an und entschuldigte sich: »Ich wollte Sie nicht erschrecken, nur kurz nach dem Rechten sehen.«

Wen ich vor mir hatte, konnte ich mir nach dieser Aussage denken. Wer sollte hier nach dem Rechten sehen, wenn nicht der aufopferungsvolle Curd, auf den Helga so große Stücke hielt, dass kein Schwerlasttransporter die von der Stelle bewegt hätte.

»Sie müssen Sandra sein«, sagte er. »Leider hat meine Mutter es bisher versäumt, Ihren Nachnamen zu erwähnen. Ich höre nur seit Wochen: ›Sandra kommt so gut mit Becki zurecht. Sandra kümmert sich von morgens bis abends.‹ Das dachte Mutter von Ihrer Vorgängerin auch, da befand sie sich nur leider im Irrtum.«

Er betrachtete schmunzelnd die zusammengelegten Wäscheteile. Ein weißer BH mit verwaschenen rosa Herzchen schien es ihm besonders angetan zu haben. Das dazugehörige Unterhöschen, genau genommen ein String, drehte ich vor Verlegenheit noch in der Hand. Das Herzchen auf dem knappen Vorderteil war etwas größer und streckte eine ebenfalls verwaschene, früher knallrote Zunge raus. So etwas trugen Teenies. Aus der Zeit stammte es auch noch. Mit dreiundzwanzig hätte ich mir so etwas bestimmt nicht mehr gekauft.

Himmel, war das unangenehm! Mit der eigenen Unterwäsche vor dem Trockner erwischt zu werden. Hätte er nicht eine Stunde später kommen können? Dann wäre ich wahrscheinlich mit den Laken oder Bezügen beschäftigt gewesen. Oder gerade dabei, Becki zu füttern. Ich knubbelte den String zusammen, schob ihn unter den BH und beides zusammen zu den Shirts und zwei Geschirrtüchern in die Plastiktüte.

»Rebekka schläft«, erklärte ich, als müsse ich mich dafür entschuldigen, in der Waschküche angetroffen zu werden statt am Bett seiner Schwester. Darauf reagierte er nicht, schaute zu, wie ich mich bückte und die Einzelteile der Wäscheklammern aufsammelte. »Und die kann ich wieder zusammenstecken«, sagte ich. »Ich hätte sie schon nicht weggeworfen.«

Nun lachte er leise. »Das würde dieser Haushalt aber verschmerzen, schätze ich. Es gehen hin und wieder welche kaputt, das ist mir auch schon passiert, als ich der guten Frau Dickens noch zur Hand gegangen bin. Sie ist ein bisschen bequem auf ihre Art. Aber sie kann sehr anschaulich erklären, wie ihre Arbeit getan werden muss.«

Er schaute mich an, als erwarte er Zustimmung oder wenigstens ein Lächeln. Als beides ausblieb, sprach er weiter: »Nur bei Pola hat Frau Dickens sich vergebens bemüht. Die verbrachte ihre Nachmittage lieber mit zwielichtigen Gestalten, statt Arbeiten zu erledigen, für die sie nicht bezahlt wurde. Leider hielt Pola auch nicht viel davon, die Arbeit zu tun, für die sie engagiert worden war. Zweimal war ich nachmittags hier, meine Schwester lag oben vor der Glotze, und sonst traf ich keinen an. Beim ersten Mal habe ich meine Mutter informiert. Sie hat nichts unternommen, um Beckis Betreuung nicht zu gefährden, wobei ich das nicht Betreuung nennen mag. Beim zweiten Mal habe ich gewartet, bis Pola von ihrem Schäferstündchen zurückkam. Ich wollte dieser Frau ins Gewissen reden, mit dem Ergebnis, dass sie kurz darauf ihre Sachen packte und verschwand.«

»Ich pflege keinen Umgang mit zwielichtigen Gestalten«, erwiderte ich, wobei ich mich automatisch seiner Sprechweise anpasste. Das hatte ich bei Patienten auch immer gemacht.

Er lachte wieder leise, dunkel, ziemlich erotisch. »Freut mich zu hören. Mutter sagte, Sie seien verheiratet.« Sein Blick glitt über meine Hände, als wolle er sich vergewissern, dass ich einen Ehering trug. »Das hieß es von Pola auch. Das hat sie jedoch nicht davon abgehalten, sich hier einen Freund anzulachen.«

Die Waschmaschine begann zu schleudern. Josie zerrte an meiner Jeans und wollte auf den Arm genommen werden. Ich nahm sie hoch und sagte: »Helga, ich meine, Frau Dickens hat mir davon erzählt. Aber ich bin nicht auf der Suche nach einem Freund. Ich bin nur hier, um Rebekka zu betreuen.«

»Rebekka«, wiederholte er. »Ich glaube, so hat sie noch nie jemand genannt, mit Ausnahme ihrer Lehrer vermutlich.«

»Ich glaube«, bediente ich mich seiner Worte, »es ist Rebekka aber lieber, mit vollem Namen angesprochen zu werden. Sie ist volljährig. Mit neunzehn wird man nicht mehr gerne behandelt wie ein Kind. Man will auch nicht so angesprochen werden, selbst wenn man hilflos ist wie ein Baby.«

»Mir scheint, Sie nehmen Ihre Aufgabe wirklich sehr ernst«, sagte er. »Das beruhigt mich, und es freut mich für meine Schwester.«

»Sie müsste jetzt bald aufwachen«, sagte ich. »Möchten Sie ihr Guten Tag sagen?«

Er schüttelte den Kopf mit dem dichten, dunklen Haar, das zwar ein bisschen zerzaust aussah, aber längst nicht so ungepflegt wie Ronnies Mähne in den letzten Monaten. »Lieber nicht. Ich werde jetzt wieder verschwinden und Sie Ihre Arbeit tun lassen und die Arbeit von Frau Dickens gleich mit, so wie das aussieht.«

Sein Blick verirrte sich kurz zu den Laken, die noch vor der Waschmaschine lagen. Dann sprach er weiter: »Und ich wäre Ihnen sehr verbunden, wenn weder Frau Dickens noch meine Mutter von meinem Kontrollbesuch erfahren. Sonst heißt es wieder, ich würde mich in Dinge einmischen, die mich nichts mehr angehen. Rebekka sollten Sie auch nicht erzählen, dass ich hier war. Es würde sie nur unnötig beunruhigen. Sie ist der Ansicht, ich hätte Pola vergrault, womit sie nicht völlig unrecht hat.«

Die Trommel kam zum Stillstand. Er stieß sich vom Türrahmen ab, hatte sich die ganze Zeit um keinen Millimeter von der Stelle bewegt. Jetzt drehte er sich um und stieg ohne ein weiteres Wort die Stufen zum Garten hinauf. Ich schaute ihm nach, bis seine Schuhe aus meinem Blickfeld verschwanden.

Wenig später tutete das Nebelhorn. Ich erwähnte den Kontrollbesuch mit keinem Wort, wollte keinen Ärger heraufbeschwören oder Rebekka die gute Laune verderben. Josie kannte solche Skrupel nicht und petzte sofort, als ich sie in Rebekkas Zimmer brachte. »Ann da, bang.« Was heißen sollte: »Es war ein Mann da. Ich hatte Angst.«

Zum Glück wusste Rebekka mit Josies Kauderwelsch nichts anzufangen. Und ich machte mir nicht die Mühe zu übersetzen. Hätte ich es nur getan. Es wäre mir einiges erspart geblieben, und nicht nur mir.

Das Wetter blieb sonnig, und meist wehte eine leichte Brise. Helga hatte zwei kleine Windräder gekauft, eins in Bonbonrosa mit weißen Schrägstreifen, das andere in Himmelblau mit weißen Schmetterlingen. Beide steckten neben der Rampe vor Rebekkas Zimmer in der Erde.

Bei der milden Witterung stand häufig ein Flügel der Tür zur Terrasse offen, und Josie lief sofort hinaus, sobald ich sie am frühen Nachmittag mit zu Rebekka nahm. Aber es zog Josie nicht zum Teich, um ein Piep oder ein Quak zu suchen. Sie hockte sich nur vor die Windräder, pustete mit der leichten Brise um die Wette und freute sich ihres Lebens, während ich mich darum bemühte, Rebekka für die zweite Trainingsstunde zu motivieren.

Mittwochs erzählte ich ihr dabei von meiner Arbeit in der Praxis Hengelmann, hauptsächlich von dem alten Mann, dem ich eine weitere Bandscheibenoperation erspart hatte. »Aber der hat auch ganz toll mitgearbeitet.« Rebekka ließ sich davon anstecken.

Donnerstags, zwei Tage nach dem überraschenden Auftauchen des besorgten Bruders, erzählte ich zur Abwechslung vom *Mädchen auf der Schaukel*, einem Roman aus Hella Frankens Beständen, den Rebekka ebenso anrührend, mysteriös und spannend fand wie ich.

Wie die Flügeltür zur Terrasse stand auch die Flurtür offen. Ich hatte mir angewöhnt, diese Tür nur noch zu schließen, wenn ich Rebekka wusch, wenn sie die Pfanne brauchte oder schlafen wollte. Die restliche Zeit des Tages sollte die offene Tür ihr das Gefühl vermitteln, nicht eingesperrt und vom Leben ausgeschlossen zu sein, selbst wenn sie mal eine Weile alleine war oder schlief.

Als in der Diele der Gong anschlug, brach ich ab. Die Frage, wer Einlass begehrte, stellte sich uns nicht. Ich hatte nachmittags schon einige Päckchen von DHL oder anderen Auslieferern entgegengenommen.

»Behalt Josie im Auge«, bat ich. »Wenn sie abhaut, zweimal tuten.« Damit lief ich in den Flur.

In der Diele sah ich nur eine Person vor der Haustür stehen, ob Mann oder Frau war durch die gemaserte Glasscheibe nicht zu erkennen. Erst als ich die Tür öffnete, erkannte ich, dass es zwei Männer waren. Der jüngere stand einige Meter entfernt, fast noch auf dem Gehweg vor dem Grundstück, der ältere unmittelbar vor der Tür. Er trat aber sofort einen Schritt zurück, als ich öffnete, wollte wohl nicht aufdringlich oder gar bedrohlich wirken.

Eine armselige Gestalt, hager, mit gebeugten Schultern, als schleppe er ein Zentnergewicht im Genick mit sich herum. Er sah aus wie siebzig oder achtzig, wahrscheinlich war er zehn oder zwanzig Jahre jünger und wirkte nur so alt und verbraucht, weil sein Gesicht aus lauter Furchen bestand. Bekleidet war er mit einer schäbigen, dunkelblauen Windjacke und einer fadenscheinigen Stoffhose in undefinierbarem Farbton. Dazu trug er ein Paar Schuhe, deren Sohlen sich an den Spitzen gelöst hatten. Der jüngere Mann mochte Anfang bis Mitte zwanzig sein, sah schmuddelig, aber halbwegs normal aus, ein bisschen wie Ronnie in Arbeitskluft. Paketboten waren das nicht. Es stand auch kein Auto am Straßenrand, nur der Van in der Einfahrt.

Ich dachte, es wären Bettler oder Hausierer, windige Handwerker, die Dachsanierungen anboten oder Einfahrten asphaltieren wollten. Hin und wieder tauchten solche Leute auf. Wenn sie vormittags klingelten, wimmelte Helga sie ab. Ich hatte mich bisher nur einmal mit Zeugen Jehovas auseinandersetzen müssen. Um jedem Angebot vorzubeugen, erklärte ich: »Wir schließen keine Geschäfte an der Haustür ab.«

Ich wollte die Tür schon wieder zudrücken, als der hagere Mann zu lächeln begann, so sanft und mitleiderregend, dass ich automatisch zögerte. Er neigte den Kopf zur Seite und sagte etwas in einer Sprache, von der ich nur ein Wort verstand: »Pola.«

Es lag nahe anzunehmen, dass er sich nach Pola erkundigt hatte, deshalb antwortete ich langsam und sehr betont: »Pola ist nicht hier. Sie hatte einen Freund und ist weggegangen.«

Seinem Blick nach zu schließen, hatte er mich ebenso wenig verstanden wie ich ihn. »Pola«, wiederholte er und zeigte in die Diele. »Hier Arbeit.«

»Pola hat hier gearbeitet«, sagte ich. »Jetzt arbeite ich hier.«

Nun setzte sich der Jüngere in Bewegung, kam langsam heran. Er sprach immerhin gebrochen Deutsch. »Das Vater von Pola«, erklärte er und zeigte auf den Hageren. »Zu Hause Mann, Kind. Pola nicht zu Hause.«

»Das tut mir leid«, erwiderte ich und überlegte, ob ich Helgas Vermutung bezüglich des üblen Freundes oder Curd Thelens Kontrollbesuche und seinen Appell an Polas Gewissen anführen sollte. Aber ich wollte es nicht verkomplizieren und wiederholte nur: »Hier ist Pola auch nicht. Sie ist im März weggegangen.«

»Wohin?«, wollte der Jüngere wissen.

»Das weiß ich nicht. Ich war noch nicht hier, als Pola weggegangen ist. Jetzt mache ich Polas Arbeit.«

Daraufhin wandte der Jüngere sich an den Älteren und erklärte etwas. Der Ältere antwortete ihm. Anschließend fischte der Jüngere eine zerknitterte Kinokarte aus seiner Jeans, der Ältere reichte ihm einen Bleistiftstummel. Es wurden etliche Ziffern notiert, dem Anschein nach eine Handynummer.

Er hielt mir die Kinokarte hin und erklärte: »Pola schickt nix

Geld, macht nix Anruf. Familie große Sorge. Wenn wieder herkommt oder du hören von Pola, rufen diese an, bitte.«

»Ja, mache ich«, versprach ich, steckte die Karte in meine Jeans und schaute mir noch an, wie der Jüngere den Älteren zum Rückzug bewegte. Offenbar wollte Polas Vater nicht so einfach wieder gehen. Aber schließlich folgte er seinem Begleiter zur Straße.

Ich schloss die Tür und lief zurück in den Seitenflügel. Josie hockte unverändert draußen vor den Windrädern. Rebekka schaute mir gespannt entgegen. Es hatte länger gedauert als Päckchen annehmen. »Das waren zwei Männer«, begann ich. »Sie fragten nach Pola. Der eine war ihr Vater, der andere sprach ein bisschen Deutsch.« Ich wiederholte, was der jüngere Mann von sich gegeben hatte, und sah ebenso verwirrt wie betroffen, wie sich Rebekkas Augen mit Tränen füllten.

»Hey«, versuchte ich sie zu trösten. »Nicht weinen. Du kannst bestimmt nichts dafür, dass Pola abgehauen ist und ihrer Familie kein Geld mehr schickt.«

»Nauz«, schniefte Rebekka, wischte sich mit einem Handrücken die Tränen von den Wangen und angelte mit der anderen Hand nach den Fernbedienungen, die nicht mehr neben ihr im Bett lagen, sondern auf der Ablage bei der Trinkflasche und der Zahnbürste.

»Nix da«, protestierte ich. »Wir sind noch nicht fertig mit den Übungen.«

»Nauz«, wiederholte Rebekka, zeigte erst in den Garten, dann zur Flurtür und verlangte: »Aus.«

»Ich soll gehen?«, fragte ich verblüfft und ungläubig.

Sie nickte heftig.

»Kannst du mir erklären, warum? Du weinst wegen Pola. Das ist mir klar. Weil sie weg ist. Mochtest du sie so gerne? Hast du geglaubt, sie kann dir helfen, wenn sie um ein Wunder betet?«

Rebekka schüttelte den Kopf.

»Warum weinst du denn? Ich gehe erst, wenn ich es weiß.«

Sie mühte sich ab, es mir mit Worten zu erklären, griff dann aber lieber zu Block und Stift. »Geh«, las ich mit. »Kann nicht sagen.«

»Okay«, kapitulierte ich. »Dann putze ich eben durchs Wohnzimmer oder wasche den Kühlschrank aus. Ich finde schon eine Beschäftigung.«

Ich ging hinaus auf die Terrasse, rief Josie, die aber nicht kommen wollte und losplärrte, als ich sie holte. Aber im Gegensatz zu Rebekka beruhigte sie sich bald wieder.

Ich wusch nicht den Kühlschrank aus, putzte auch nicht durchs Wohnzimmer. Ich ging nur, Josie unter dem Arm, durch das Wohnzimmer zurück in den Garten. Meine Kleine konnte schließlich nichts dafür, dass Rebekka plötzlich in Tränen ausgebrochen war und ihre Ruhe haben wollte, um Rotz und Wasser zu heulen. Genau das tat sie.

Die Flurtür hatte ich ebenso wenig hinter mir geschlossen wie den Flügel der Terrassentür. Im Glas der feststehenden Türhälfte spiegelten sich der Rasen und der Himmel mit langsam dahintreibenden Schleierwölkchen. Durch den offenen Türflügel hatte ich einen guten Blick auf das Bett und die krumme Gestalt darin, die sich unter ihrem Tränenausbruch noch weiter krümmte, als hätte sie Leibschmerzen.

Sie weinte fast zehn Minuten lang sehr heftig. Ein paarmal schlug sie mit einem Unterarm auf das Laken und ihre Oberschenkel. Ich hätte nicht sagen können, ob mit Absicht oder weil die Aufregung einen Krampfanfall ausgelöst hatte. Ich hätte hineingehen und fragen oder irgendetwas tun müssen. Aber ich konnte nicht. Ahnungslos wie ich war, fühlte ich mich nur hilflos und überfordert.

Was wusste ich denn von Rebekkas Gefühlen für eine Frau,

die ihr monatelang die Windeln gewechselt, sie gewaschen, gefüttert, ihre Arme und Beine bewegt und um ein Wunder für sie gebetet hatte? Nichts. Alle anderen mochten Pola als faul und verantwortungslos bezeichnen. Rebekka sah das vielleicht anders. Mit Pola hatte sie entschieden mehr Zeit verbracht als mit mir. Und wenn man bedachte, wie gut wir uns nach den wenigen Wochen schon verstanden, meistens jedenfalls, wenn nichts und niemand dazwischenfunkte, dann musste Rebekka sich mit Pola besser verstanden haben, auch ohne Worte. Oder gerade deshalb.

Pola hatte ihr garantiert keine Romane erzählt oder stundenlang über eine verkorkste Ehe gequasselt. Pola konnte kaum Deutsch und Rebekka kaum reden. Vielleicht war es lustig gewesen, sich mit Gesten zu verständigen. Vielleicht hatten sie zusammen über jedes Missverständnis gelacht. Vielleicht hatten sie stundenlang gemeinsam geschwiegen oder gebetet, das konnte man ja auch stumm. Vielleicht vermisste Rebekka das Lachen, Schweigen und Beten. Vielleicht tat es weh, wenn sie daran erinnert wurde, dass es vorbei war.

Ich hatte zuletzt bei der Beerdigung meiner Großmutter gebetet, mich vielmehr am allgemeinen Gemurmel beteiligt und jedes Mal laut »Amen« gesagt. Aber ein paar Gebete ließen sich bestimmt im Internet aufspüren. Ich war entschlossen, das am Wochenende zu tun. Wenn Rebekka so viel daran lag …

Wenn ich heute darüber nachdenke, könnte ich mich ohrfeigen für meine Dummheit. Ich wusste Bescheid über die Tränen der Seele, aber *Richterin Barbara Salesch* und *Special Victims Unit* waren für mich Fernsehserien und keine Hinweise. Und Rebekka war kein Kind mehr, nur hilflos wie ein Neugeborenes.

So plötzlich, wie der Tränenausbruch begonnen hatte, hörte er wieder auf. Von draußen sah es fast aus, als hätte Rebekka einen Schalter umgelegt. Sie wischte sich noch mal ungelenk mit einem Handrücken über die Wangen, streifte die Hand anschließend am Laken ab. Dann angelte sie nach der Kleenex-Packung, die ich auf dem Stuhl neben dem Bett abgestellt hatte.

Sie musste sich derart verrenken und recken, dass ich schon befürchtete, sie würde aus dem Bett fallen. Aber als ich mich endlich in Bewegung setzen wollte, um ihr zu helfen, zog sie die Packung ins Bett, zerrte einige Tücher heraus und schnäuzte sich ungeschickt. Dann lehnte sie den Kopf gegen das Kissen und schloss die Augen.

Sie schlief bis halb fünf. Ich hatte Josie mit ein paar Keksen in die Küche gelockt, gönnte mir ebenfalls zwei Kekse und einen Kaffee, als das Nebelhorn tutete, zweimal kurz, also dringend. Ich ließ meinen Kaffee in der Küche zurück, hetzte mit Josie in den Seitenflügel und holte die Bettpfanne aus dem Bad.

Als ich damit in der offenen Zimmertür auftauchte, sah es für einen Moment so aus, als wollte Rebekka grinsen. Wie nicht anders zu erwarten, waren ihre Lider und die Nase gerötet und leicht geschwollen. Umgeben von zerknüllten Kleenex-Tüchern, präsentierte sie mir eine Seite vom Notizblock, die sie bekritzelt hatte, ehe sie zum Rufknopf griff.

»Sieht schlimm aus?« Sie zeigte auf ihr Gesicht.

»Ich habe schon schlimmer ausgesehen«, sagte ich. »Da hilft kaltes Wasser.«

Ich sammelte die Tücher ein, brachte sie mitsamt der Bettpfanne ins Bad, warf sie dort in den Abfalleimer und tränkte ein Tuch mit kaltem Wasser, mit dem wir geraume Zeit die Spuren ihres Ausbruchs kühlten. Völlig abgeklungen waren die Schwellungen noch nicht, als Elisabeth kurz vor sieben nach Hause kam. Aber die Rötungen waren zumindest etwas verblasst.

Mit ihrem üblichen: »Hallo, Spatz, hattest du einen guten

Tag?«, betrat Elisabeth das Zimmer. Neuerdings schrie sie nicht mehr.

Rebekka angelte die Fernbedienungen von der Ablage, während ich erklärte: »Am Nachmittag waren zwei Männer hier, sie fragten nach Pola. Rebekka hat sich sehr darüber aufgeregt.«

»Das sehe ich«, sagte Elisabeth und murmelte etwas von einer dreisten Bande, als ginge sie davon aus, es hätte sich um Freunde von Pola, auf jeden Fall um Männer aus dem Dorf gehandelt.

»Einer war Polas Vater«, klärte ich sie über ihren Irrtum auf. »Sein Begleiter sagte, Polas Familie sei in Sorge, weil keiner weiß, wo Pola sich aufhält. Sie ruft ihre Familie nicht an und schickt kein Geld mehr.«

Rebekka schaltete Rekorder und Fernseher ein.

»Was soll Pola denn schicken, wenn sie nichts mehr verdient?«, fragte Elisabeth. Damit schien das Thema für sie erledigt. Viel mehr hätte sie auch nicht sagen können, weil nun Richterin Barbara Salesch gegen den tätowierten Bullen verhandelte, der lautstark bestritt, die gepiercte Punkerin vergewaltigt zu haben.

Ich mag nicht darüber nachdenken, was uns erspart geblieben wäre, wenn Rebekka an dem Nachmittag den Grund für ihren Tränenausbruch auf den Block geschrieben hätte. Nur ein paar Sätze mehr in ihrer krakeligen Schrift als die Frage nach ihrem Aussehen. Im Gegenzug hätte ich ihr garantiert vom ersten Kontrollbesuch ihres Bruders erzählt und wahrscheinlich rechtzeitig erfahren, was mich nichts anging, bis es mich traf.

Als Curd sich zum zweiten Mal an ihr vergriff, waren sie nicht allein im Haus. Vater war wie so oft geschäftlich unterwegs, ein von ihm betreuter Pianist gab ein Konzert in London. Da durfte der Agent nicht fehlen. Vater hätte es gerne gesehen, wenn Mutter ihn begleitet hätte. Aber Mutter blieb lieber daheim und arbeitete einen Vertrag aus, weil Curd an dem Abend ebenfalls beruflich im Einsatz war.

Curd war der Mann für Sonderaufgaben in der Agentur und kam schon um sieben Uhr, um ihr eine gute Nacht und süße Träume zu wünschen. Sie saß noch an ihrem Schreibtisch und löste eine Aufgabe für die Schule.

Um acht war Curd mit einer bildhübschen jungen Schauspielerin zum Essen verabredet und durfte nicht zu spät kommen. Trotzdem nahm er sich die Zeit für eine lockere Plauderei und zeigte ihr ein Foto in Postkartengröße. Es sah aus wie eine Autogrammkarte, war auch eine. Sie hatte die junge Frau bereits in einer Vorabendserie gesehen. Laura Sowieso, den Vornamen hatte sie sich gemerkt, den Nachnamen nicht.

Auf der Karte war der vollständige Name so klein gedruckt, dass sie ihn im Zwielicht nicht lesen konnte. Curd erwähnte ihn auch nicht, sprach nur von Laura. Eine Schauspielerin mit großem Potenzial, behauptete er. Bisher war Laura von ihrer Agentur nur in Vorabendserien und unbedeutende Nebenrollen vermittelt worden. Deshalb spielte sie mit dem Gedanken, die Agentur zu wechseln. Und Mutter hoffte, mit Curds tatkräftiger Unterstützung das Rennen zu machen.

»Ich werde mich ordentlich ins Zeug legen müssen, Fröschlein«, sagte er. »Es wäre nett, wenn du mir die Däumchen drückst. Ein bisschen mentale Unterstützung könnte ich gut gebrauchen.«

Spät in der Nacht kam er zurück. Wenn er ausging, wurde es

meist sehr spät. Normalerweise bekam sie im Seitenflügel nichts von seiner Rückkehr mit. Sie hörte auch diesmal nicht, dass Curd nach Hause kam, hörte nicht einmal, wie er ihr Zimmer betrat.

Das Licht musste er nicht einschalten. Der Rollladen vor der breiten Flügeltür war immer oben. Sie liebte es, frühmorgens aufzuwachen und den Tag in den Garten sickern zu sehen. Auch nachts war es nie absolut finster in ihrem Zimmer. Ein Mann, der sich auskannte, hatte kein Problem, geräuschlos an ihr Bett zu treten, ihr die Decke weg- und die Pyjamahose herunterzuziehen

Curd ging äußerst behutsam vor. Sie spürte wohl, dass sich jemand an ihr zu schaffen machte. Aber sie wachte erst auf, als er seinen Finger zum zweiten Mal an die Stelle schob, wo er nichts zu suchen hatte.

»Schscht«, machte er, als sie sich regte. »Das schulde ich dir, Fröschlein. Du hast mir sehr geholfen mit Däumchendrücken. Ich habe genau gemerkt, wann du damit angefangen hast. Ab halb elf lief es wie am Schnürchen. Laura wird unsere Agentur in die engere Wahl nehmen und hat mich nach Strich und Faden verwöhnt, um sich für den schönen Abend zu bedanken.«

Obwohl er nur wisperte, kam ihr seine Aussprache verwaschen vor, als wäre er betrunken, zumindest stark angetrunken. Ob er in dem Zustand noch Auto gefahren war? Das passte nicht zu ihm. Und was er mit ihr machte, passte noch weniger zu dem Mann, den sie bisher in ihm gesehen hatte.

Sachte bewegte er den Finger, während er weiterflüsterte: »Ist das nicht komisch? Wenn eine Frau so aussieht wie Laura, rechnet man sich als Mann keine nennenswerten Chancen aus. Dabei ist sie einsamer, als du es dir vorstellen kannst, weil sich keiner an sie heranwagt aus Angst vor einer Zurückweisung. Ich habe mich getraut, Fröschlein. Ich habe sie glücklich gemacht, bis sie glaubte zu zerfließen. Und die ganze Zeit musste ich an dich denken und hatte ein schlechtes Gewissen. Du bist mit deinen dünnen, ungeschickten Fingerchen immer auf dich allein gestellt. Das kann nicht sehr befriedigend sein. Es ist ein großer Unterschied, ob man sich selbst anfasst oder ob ein anderer das tut, nicht wahr? Ist es so nicht viel schöner?«

Als schön empfand sie es wahrhaftig nicht, auch wenn es körperlich nicht direkt unangenehm war. Das war sein vermeintliches Missgeschick nach dem Baden auch nicht gewesen. Dass er es jetzt mit Absicht tat und daraus nicht einmal einen Hehl machte, ging entschieden zu weit. Aber ehe sie protestieren oder ihm auf andere Weise klarmachen konnte, dass er sofort damit aufhören musste, zog er den Finger zurück, ihre Pyjamahose wieder hoch und die Decke bis über ihre Schultern. Dann küsste er sie auf die Stirn, ging zur Tür und hinaus auf den Flur. Sie lag noch geraume Zeit wach, horchte in sich hinein und wusste nicht, ob sie schockiert, verwirrt, enttäuscht oder traurig war.

Bemühungen

Als ich am Freitagmorgen eintraf, war Helga Dickens schon über die beiden Männer informiert, das hatte Elisabeth übernommen. Was den Jüngeren anging, vermutete Helga: »Das wird einer aus dem Dorf gewesen sein. Die werden sich hüten zuzugeben, dass Pola mit einem von ihnen herumzieht. Vielleicht schickt der Kerl sie auf den Strich. Das hört man so oft. Einen Zuhälter kümmert es doch nicht, ob ein Mann und ein Kind Hunger leiden. Solche sind erbarmungslos, für die ist eine Frau nur ein Stück Fleisch, mit dem sich Geld machen lässt. Ich hab neulich im Fernsehen eine Dokumentation gesehen …«

Ich dachte an Curds Kontrollbesuche und seine Auskünfte zu

Polas Verschwinden und unterbrach sie: »Und wenn Pola gar nicht wegen einem Mann weg ist?«

»Weswegen denn sonst?«, fragte Helga.

»Kann ich mich darauf verlassen, dass du es nicht Herrn oder Frau Thelen erzählst, auch kein Wort zu Rebekka?«

»Mit Herrn Thelen wechsle ich auf die Woche gesehen keine drei Worte mehr«, erklärte Helga entrüstet, weil ihr etwas unterstellt wurde, wogegen sie sich strikt verwahrte. »Einmal Guten Morgen, wenn's hochkommt. Er ist ja meistens schon weg, wenn ich hier antrete. Dass ich bei Frau Thelen aus Prinzip meinen Mund halte, solltest du wissen. Und was ich Becki erzählen soll, wüsste ich beim besten Willen nicht.«

»Wenn ich's dir sage, weißt du's«, erwiderte ich, fing mir dafür einen beleidigten Blick ein und fügte schnell hinzu: »Ihr Bruder war am Dienstag hier.«

»Ach«, wunderte sich Helga und war nun richtig eingeschnappt. »Und das sagst du mir jetzt erst. Was wollte Curd denn?«

»Nur sehen, ob ich meine Arbeit ordentlich mache oder ob ich mich auch mit zwielichtigen Gestalten herumtreibe wie Pola.«

Ich gab die wesentlichen Punkte der kurzen Unterhaltung mit Rebekkas Bruder wieder. Woraufhin Helga immer noch beleidigt feststellte: »Euch kann man doch alle über einen Kamm scheren. Ich rede mir den Mund fusselig, damit du weißt, wie das hier läuft. Und was kommt zurück? Nichts. Pola hat auch nicht gesagt, dass Curd hier war.«

»Vielleicht doch«, sagte ich. »Überleg mal. Wahrscheinlich kannte sie seinen Namen nicht und hat ihn gemeint, als sie dir von dem Mann erzählt hat, der hier war. Curd meinte, Pola wäre verschwunden, weil er sich eingemischt hätte.«

»Nix gute Mann?«, wiederholte Helga zweifelnd die Worte, die Pola benutzt hatte. »Das soll Curd gewesen sein?«

»Warum nicht?«, fragte ich. »Wenn er sie zurechtgestutzt hat, weil Rebekka alleine war. Wer weiß, was er Pola alles an den Kopf geworfen hat. Aber in so einem Fall fährt man doch eigentlich nach Hause, oder?«

»Du vielleicht«, meinte Helga. »Aber eine wie Pola? Sie war hier, um Geld zu verdienen und ihre Familie zu unterstützen. Wahrscheinlich wollte sie eine andere Arbeitsstelle suchen, weil sie dachte, dass sie hier über kurz oder lang sowieso rausfliegt, wenn Curd mit seiner Mutter spricht. Der Kerl, mit dem sie herummachte, wird ihr eine besser bezahlte Arbeit versprochen haben.«

»Und warum schickt sie ihrer Familie kein Geld mehr?«

»Weil sie einen anderen hat«, meinte Helga. »Würdest du einen Mann unterstützen, mit dem du nichts mehr am Hut hast?«

Natürlich nicht, sonst hätte ich Ronnie etwas von meinem Verdienst abgegeben, obwohl die Krankenversicherung für Josie und mich ein tüchtiges Loch in die fünfzehnhundert Euro riss. Aber unterm Strich blieb genug übrig, weil ich kaum etwas für den eigenen Haushalt ausgeben musste.

Und was Pola anging, war ich skeptisch. Woher wusste Helga überhaupt, dass Pola sich mit zwielichtigen Gestalten herumgetrieben hatte, wenn die Pflegerin vormittags lieb und fromm gewesen war? Nachmittags war Helga nicht da gewesen. Hatte sie den Schluss nur aus »nix gute Mann« gezogen? Oder hatte Elisabeth von Curds Kontrollbesuchen erfahren, ihr davon erzählt, und sie hatte sich den Rest zusammengereimt?

Ich fragte sie danach. Aber Helga war noch nicht über meine Verschwiegenheit hinweg, behauptete, sich jetzt ranhalten zu müssen, und verzog sich mit dem Staubsauger ins Obergeschoss. Josie krabbelte ihr hinterher auf allen vieren die Treppe hinauf. Ich räumte den Frühstückstisch ab und überlegte, ob ich Rebekka nach Polas Freund fragen sollte. Aber ich fürchtete, dass es weitere Tränen und einen erneuten Rauswurf zur Folge hätte.

Das Nebelhorn tutete erst um halb zwölf. Rebekka sah aus, als hätte sie kaum geschlafen. Sie war verschlossen, in sich gekehrt, fast apathisch. Nicht einmal Josie heiterte sie ein bisschen auf, als sie nachmittags mit hochgereckten Armen auf der Stelle tanzte und dabei irgendeinen Singsang hören ließ, bis ihr schwindlig wurde und sie zu torkeln begann.

Als Josie merkte, dass sie ihr Gleichgewicht verlor, ließ sie sich auf das windelgeschützte Hinterteil fallen und sagte: »Make Eite bumm.« Das hieß: *Macht der Reiter plumps.* Ich hatte kurz nach Mittag »Hoppe, hoppe, Reiter« mit ihr gespielt und musste lachen. Rebekka verzog keine Miene.

Als Elisabeth heimkam und Rebekka den Fernseher einschaltete, um sich erneut die *Salesch*-Folge anzusehen, war ich erleichtert, mich verabschieden zu können. Elisabeth wünschte mir wieder ein schönes Wochenende. Daraus wurde jedoch wieder nichts, als hätten Elisabeths Wünsche die üble Angewohnheit, sich ins Gegenteil zu kehren. Es sah nur kurzzeitig so aus, als würde es für mich ein ruhiges Wochenende werden.

Klara hatte sich endlich auf den Weg nach Trier gemacht, hörte ich von Ronnie, kaum dass ich das Haus betreten hatte. Er war in Klaras Küche gerade dabei, einige Reste aufzuwärmen, die Carina ihm mittags gebracht hatte. Es roch köstlich.

»Willst du was haben?«, fragte er. »Das reicht für uns beide.«

»Danke«, erwiderte ich. »Ich habe mir etwas mitgebracht.«

Helga hatte mittags Kartoffelsalat auf den Tisch gebracht, von dem eine große Portion übrig geblieben war. Die hatte ich für Samstag eingesteckt. Außerdem war ich beim Discounter gewesen, um Würstchen zu besorgen, wobei es nicht geblieben war.

Die vom Spielen müde Josie auf dem linken Arm, die Tüte mit meinen Einkäufen in der rechten Hand, den Riemen der großen Tasche über die rechte Schulter gelegt und die Tasche mit einem Ellbogen gegen die Hüfte gedrückt, stand ich da.

»Soll ich dir was abnehmen?«, bot Ronnie an.

»Danke«, sagte ich noch einmal. »Es geht schon.«

Ich war bereits halb oben, als er am Fuß der Treppe stehend fragte: »Darf ich gleich mal raufkommen? Ich muss unbedingt mit dir reden.«

»Worüber?«, fragte ich über die Schulter und wunderte mich, dass er um Erlaubnis bat, nach oben kommen zu dürfen. Als gemeinsame Wohnung schien er die Räumlichkeiten im ersten Stock nicht mehr zu betrachten.

»Sag ich dir, wenn die Kleine im Bett ist.«

»Gib mir wenigstens einen Anhaltspunkt«, bat ich. »Ich hatte einen anstrengenden Tag und habe keine Lust mehr zu streiten, weder ums Auto noch wegen Klaus. Wenn es darum geht, verschieben wir es auf morgen.«

Ronnie behauptete, es ginge um etwas anderes und ich würde mich bestimmt darüber freuen. Einen Anhaltspunkt wollte er mir nicht geben.

Er wartete tatsächlich, bis Josie eingeschlafen war, was sich mithilfe der Spieluhr gut abschätzen ließ. Die konnte Josie längst alleine aufziehen und tat das auch, bis ihr die Augen zufielen. Kurz nachdem der letzte Ton verklungen war, hörte ich die Treppenstufen knarren. Er musste unten im Flur gehorcht haben, um den richtigen Moment abzupassen.

Ich hatte mich mit einem Kaffee und einem Salamibrot auf der Eckbank in der Küche niedergelassen, um allen Eventualitäten vorzubeugen. Zwar rechnete ich nicht ernsthaft damit, dass Ronnie mit mir ins Bett wollte, aber man konnte nicht wissen, welchen Floh Carina ihm ins Ohr gesetzt hatte.

Dass Carina ihn für diese Aussprache, wie er es im Verlauf der nächsten halben Stunde nannte, präpariert hatte, war mir klar. Nur hatte Carina ihn nicht auf alle Möglichkeiten vorbereiten können. Dass ich nicht das geringste Interesse an einer Aussprache hatte, weil ich gar nicht wusste, worüber ich mich mit Ronnie aussprechen sollte, war offenbar ebenso wenig einkalkuliert worden wie die Tatsache, dass Ronnie nichts zu sagen hatte, was in Richtung einer Aussprache ging.

»Willst du raten, wo ich heute war und was ich gemacht habe?«, begann er. Sein erwartungsvolles Grinsen dabei ließ erst gar nicht die Vermutung aufkommen, er könne mit dem Gedanken an Trennung spielen und einen Scheidungsanwalt konsultiert haben.

Sekundenlang sah er noch mal so aus wie Leonardo DiCaprio. Es wirkte nur nicht mehr. Ich registrierte es nicht einmal richtig, war mit meinen Gedanken bei Polas Vater, Rebekkas Tränen, Helgas Ansichten und Curd Thelen, der bei mir einen sehr positiven Eindruck hinterlassen hatte, wie ich gestehen musste.

Als ich den Kopf schüttelte, wusste Ronnie schon nicht mehr weiter. Um ein bisschen Zeit zu schinden, setzte er sich auf einen Küchenstuhl mir gegenüber. Dann saß er da wie ein Schauspieler, der im falschen Theaterstück gelandet war und seinen einstudierten Text für unpassend hielt.

»Wieso interessiert dich das nicht?«, improvisierte er nach endlos scheinenden Sekunden.

»Wieso sollte es mich interessieren?«

»Ich bin dein Mann.«

»Deshalb muss mich doch nicht alles interessieren, was du machst.«

»Sollte es aber in dem Fall«, meinte Ronnie, versenkte eine Hand in einer Hosentasche und brachte sie mit zwei zusammengefalteten Geldscheinen wieder zum Vorschein. Ein Zwanziger und ein Zehner, zusammen dreißig Euro, die er mit einer Miene unverkennbaren Stolzes auseinanderzupfte und auf den Küchentisch legte, wobei er erklärte: »Ich hab heute Morgen bei den alten Leuten angerufen. Du weißt schon, wo ich den Rasenmäher repariert und das Gras geschnitten habe.«

»Ja, und?«

»Das habe ich heute noch mal gemacht. Also nur das Gras geschnitten, der Mäher lief einwandfrei. In zwei Wochen soll ich wiederkommen.«

»Toll«, sagte ich. »Mit anderen Worten, in zwei Wochen verdienst du wieder dreißig Euro.«

Ronnie nickte und erklärte, er sei zur Vernunft gekommen und habe eingesehen, dass Klaus ihn mit diesem blödsinnigen Computerspiel nur vom Geldverdienen hätte abhalten wollen, was leider auch monatelang funktioniert hätte, aber jetzt nicht mehr. Weil er jetzt zur Vernunft gekommen sei … und so weiter.

Bis dahin war es noch ein bisschen gestottert. Nach der Wiederholung der Vernunft sprach Ronnie flüssiger. Offenbar agierte er jetzt in der mit Carina einstudierten Rolle.

Es ging hauptsächlich um die Verantwortung für seine Familie, für Frau und Tochter, wie er betonte, als würde Klara nicht mehr dazugehören. Dieser Verantwortung wollte Ronnie sich sehr wohl bewusst sein, auch wenn das in den letzten Monaten anders ausgesehen hatte. Er war halt der Versuchung erlegen, auf dem Spiele-Sektor schnelles Geld zu machen, weil er angenommen hatte, ich hätte ihn nur des schnellen Geldes wegen geheiratet.

Darauf folgte eine Erinnerung an seine Großzügigkeit vor der Hochzeit. Sämtliche Wünsche, die er mir erfüllt, und all die Wohltaten, die ich zu der Zeit an seiner Seite, oder eher nicht dort, wie ich fand, genossen hatte. Gekrönt wurde das von einer schlicht formulierten Liebeserklärung, die im Wesentlichen besagte, dass sich an seinen Gefühlen für mich nichts geändert hatte, im Gegenteil. Irgendwie tat er mir leid.

»Wie bist du denn zu den alten Leuten hingekommen?«, erkundigte ich mich, ehe er das Gegenteil näher erläutern konnte.

Mit dem Bus war er natürlich nicht gefahren. Das hatte ich auch nicht erwartet. Carina hatte ihm den Polo geliehen und wollte das auch weiterhin tun, bis Ronnie sich wieder ein eigenes Auto leisten konnte. Was vermutlich schnell ginge, meinte er. Er beabsichtigte nämlich, erneut seine Dienste als Computerfachmann und für Reparaturen aller Art einschließlich Gartenarbeiten im Netz anzubieten. Und diesmal wollte er besonders hervorheben, dass er ohne Aufpreis auch nach Feierabend und am Wochenende zur Verfügung stand.

»Dann müssen Berufstätige nicht extra einen Tag Urlaub nehmen, nur weil sie einen Klempner brauchen«, sagte er.

»Willst du etwa bei anderen Leuten an den Wasserleitungen herumfummeln?«, erkundigte ich mich. »Davon hast du doch gar keine Ahnung.«

»Schätzchen«, sagte Ronnie etwas von oben herab, »ich kann alles reparieren, was ich reparieren will, auch unsere Ehe.« Damit griff er über den Tisch nach meiner Hand und versicherte: »Ich krieg das wieder hin, du wirst sehen. Und wenn das Geschäft richtig läuft, kannst du wieder aufhören zu arbeiten.«

»Ich will aber nicht aufhören«, erklärte ich und entzog ihm meine Hand. »Ich schraube oder löte nicht an einem kaputten Rasenmäher herum. Ich betreue eine junge Frau, die mich braucht.«

»Ich brauche dich auch«, erwiderte Ronnie.

»Ach ja?«, erwiderte ich. »Wann denn? Nenn mir eine Situation, von mir aus nur einen Moment, in dem du mich gebraucht hast. Du hast mich doch nicht mal wirklich gebraucht, wenn wir sonntagabends in deinem Zimmer miteinander geschlafen haben. Du hättest dich genauso gut allein ins Bett legen, dir einen Porno reinziehen und dir einen runterholen können. Wahrscheinlich hättest du nicht mal einen Unterschied gemerkt.«

Gemein? Ja, natürlich war es gemein, so etwas zu sagen. Es war mehr als gemein. Es war bösartig und verletzend, was mir auch sofort klar wurde, nachdem ich es ausgesprochen hatte.

Aber ich hatte genug von Ronnie. Das Mitleid von eben war schon wieder verflogen. Ich wollte nicht mehr.

Und wenn jetzt jemand denkt, mir sei in der verfluchten Augustnacht recht geschehen, okay, damit kann ich leben. Wenn es nur um mich gegangen wäre, hätte ich es vielleicht irgendwann weggesteckt und nicht mehr das Bedürfnis zu erklären, wie es so weit hatte kommen können.

Ronnie schaute mich an, als hätte ich ihn geohrfeigt und bespuckt. Sekundenlang sah es aus, als wolle er etwas erwidern und suche noch nach den richtigen Worten. Dann erhob er sich kommentarlos, steckte seine dreißig Euro wieder ein und ging.

An dem Freitagabend bekam ich ihn nicht mehr zu Gesicht. Ich spielte eine Weile mit dem Gedanken, nach unten zu gehen und mich zu entschuldigen. Aber als ich mich endlich aufraffte und zur Treppe bemühte, hörte ich ihn unten reden. Er telefonierte und hantierte dabei in Klaras Küche. Was er sagte, war oben nicht zu verstehen. Ich konnte mir nur denken, mit wem er sprach.

Samstags kam Carina schon kurz nach halb elf. Sie klingelte nur einmal. Ronnie ließ sie ins Haus und war bereits mit ihr im Anbau verschwunden, als ich den unteren Flur erreichte. Ich stieg wieder nach oben und wartete geraume Zeit am Treppengeländer. Aber dort zu lauschen brachte nur meine Fantasie auf Touren.

Josie schaute sich auf dem großen Fernseher im Wohnschlafzimmer selbstvergessen eine Folge vom *Kikaninchen* an. Als ich es nicht mehr aushielt, nutzte ich die Gelegenheit, unbemerkt nach unten zu schleichen und dort zu horchen, was die beiden im Anbau zu besprechen hatten. Meine Scheu, Klaras Küche und das Bad zu durchqueren, tendierte in dieser Situation nahe null, weil nicht die Gefahr bestand, von Klara erwischt zu werden.

Weiter vor bis in das Zimmer mit dem Etagenbett, in dem Ronnie seit Monaten schlief, wagte ich mich nicht, weil es sich so anhörte, als wäre die Verbindungstür zu seinem Arbeitszimmer offen. Natürlich kam ich viel zu spät, um noch etwas von meiner Gemeinheit aufzuschnappen. Wahrscheinlich hatte Ronnie davon auch schon am Telefon berichtet.

»... hab ich gar nicht mehr gefragt, so wie sie drauf war«, sagte er, als ich nahe genug war, um etwas zu verstehen. »Sie hätte garantiert Nein gesagt, hat schon beim Heimkommen erklärt, dass sie nicht über das Auto reden will.«

Er klang sehr bedrückt, Klaus erwähnte er nicht. Von dem hatte ich seit Wochen nichts mehr gehört geschweige denn gesehen. Klaus ging offenbar nicht mal mehr bei Schuberts essen, jedenfalls hatte Carina nichts mehr gesagt. Aber mit meiner Freundin, für mich war sie das immer noch, hatte ich in den letzten drei Wochen auch nur zweimal kurz telefoniert. Sie war nicht an Rebekka interessiert, und ich wollte mir keine weiteren Vorschläge zur Rettung meiner Ehe oder Loblieder auf Ronnies Charakter anhören.

»Kein Problem«, tröstete Carina ihn. »Du kannst den Polo auch abends oder am Wochenende haben, wenn du ihn brauchst. Ich fahre sowieso mit Jens zur Arbeit. Ruf an, wenn du ...« Es entstand eine kurze Pause, in der Carina anscheinend eine bessere Lösung einfiel. »Ach was. Du fährst mich jetzt zurück und behältst die Kiste erst mal, dann bist du jederzeit einsatzbereit.«

»Das ist nicht dein Ernst«, stammelte Ronnie.

»Dann hätte ich es nicht angeboten«, erwiderte sie.

»Aber ich hab doch noch gar keine Aufträge.« Er war offenbar überwältigt von so viel Großzügigkeit. »Das kann auch noch ein paar Tage dauern, ich hab die Seite ja gerade erst aktualisiert.«

»Willst du nicht?«, fragte Carina. »Ist dir mein Auto zu popelig? Einen BMW kann ich dir nicht bieten.«

»Nein, darum geht's nicht«, versicherte Ronnie eilig. »Es ist nur, ich … Ich weiß gar nicht, was ich sagen soll.«

»Danke reicht«, half Carina ihm auch aus dieser Klemme.

Ich beeilte mich, möglichst geräuschlos zurück in den Hausflur zu gelangen, als Schritte ankündigten, dass Carina sich anschickte, den Anbau zu verlassen. Statt die Treppe hinauf huschte ich zur Haustür und kontrollierte den Postkasten. Aus dem Schlitz ragte die übliche Wochenend-Werbung, die zog ich heraus, als Carina aus Klaras Küche kam. Ronnie war dicht hinter ihr.

»Hey«, sagte ich, kam mir kindisch und einfallslos dabei vor und rang mir ein Lächeln ab, das Carina nicht erwiderte.

Von oben rief Josie: »Mama, Nina feti, mehr Nina«, was hieß: Die *Kikaninchen*-Folge ist zu Ende, ich will noch eine sehen.

»Guck mal, wer gekommen ist«, rief ich zurück in der Hoffnung, Carina ließe sich von Josie bewegen, wenigstens auf einen Kaffee zu bleiben und ein bisschen von dem aufleben zu lassen, was wir all die Jahre miteinander geteilt hatten. Wir waren doch seit dem Kindergarten beste Freundinnen.

Aber Josie rührte sich nicht vom Fleck, und Carina trat durch die Haustür ins Freie. Sie hatte nicht mal meinen linkisch dämlichen Gruß erwidert, nur im Vorbeigehen gemurmelt: »Du bist echt das Letzte.« Demnach hatte Ronnie sie umfassend informiert.

Den Autoschlüssel hatte er schon im Anbau in Empfang genommen. Er steuerte die Fahrerseite des Polos an. Ehe er einstieg, warf er mir übers Autodach noch einen Blick zu. Ich erwartete ein triumphierendes Grinsen auf seiner Miene erscheinen zu sehen, aber er sah nur traurig aus. Und ich hatte zusätzlich zum schlechten Gewissen noch einmal Mitleid mit ihm.

Nachdem der Polo abgefahren war, rief ich meine Schwägerin an. Ich brauchte unbedingt einen Menschen, mit dem ich über alles reden konnte, und da kam nur Olga infrage. Sie war daheim und allein, Tobias war kurz vorher mit Julia aufgebrochen, um Wochenendeinkäufe zu machen. Das könne dauern, meinte Olga und bot schon nach drei Sätzen an: »Komm doch her.«

Das ließ ich mir nicht zweimal sagen, schnappte mir Josie und meine Tasche und fuhr los. Geschlagene zwei Stunden redete ich mir alles von der Seele. Ronnie, Carina und Klaus, der mit einem Kuss den Schlamm am Grund eines Tümpels aufgewühlt hatte.

Olga hörte geduldig zu und fand, ich müsse mich nicht bei Ronnie entschuldigen, nur weil ich einmal ausgesprochen hatte, was offenkundig eine Tatsache war. Ein gesteigertes Interesse am Zusammensein mit mir hatte er ja wirklich nie gezeigt, weder in sexueller noch in anderer Hinsicht. Und bei einem Mann in seinem Alter sollte man annehmen dürfen, dass er sich auf andere Weise Befriedigung verschaffte, wenn er denn mal welche brauchte.

Probelauf

Ende Mai bat Elisabeth mich das erste Mal, über Nacht bei Rebekka zu bleiben. Sie wollte ihren Mann mittwochs nach Berlin begleiten, um dort eine verfahrene Situation zu retten, was innerhalb eines Tages nicht machbar schien. Klara war immer noch in Trier. Aber auch wenn sie daheim gewesen wäre, hätte ich Josie nicht über Nacht in ihrer Obhut gelassen.

Elisabeth hatte das anscheinend vorhergesehen und schon in der Vorwoche ein Gitterbett besorgt, als sich abzeichnete, dass sie um diesen Flug nicht herumkäme. Das Bett stand in dem als Wohnzimmer eingerichteten zweiten Zimmer, das Pola zur Verfügung gestanden hatte. Josie hatte bereits zweimal Mittagsschlaf darin gehalten.

Ich war einverstanden, für fünfzig Euro extra eine Nacht in dem Bett zu verbringen, in dem vor mir eine Frau geschlafen hatte, von der offenbar niemand wusste, wohin sie verschwunden sein könnte. Das empfand ich als nicht halb so gruselig wie die Nächte auf dem Futon hinter einer Tür, die ich nicht abschließen konnte. Ich hätte auch zwei oder drei Nächte hintereinander nicht abgeschlagen und dafür nicht einmal Geld verlangt. Dreimal nicht nach Hause fahren zu müssen, wäre mir Lohn genug gewesen.

Ronnie war bei seinen Ehereparaturbemühungen so was von zuvorkommend, höflich und rücksichtsvoll, was so gar nicht zu ihm passte, dass es kaum auszuhalten war. Carinas Polo stand immer vor einem der Nachbarhäuser, damit ich den Van direkt vor der Tür parken konnte, wenn ich von der Arbeit kam. Und Ronnie stand entweder im Hausflur und empfing mich mit den Fragen: »Hattest du einen anstrengenden Tag? Kann ich dir etwas abnehmen?« Oder er deckte bei offener Tür in Klaras Küche gerade den Tisch für zwei Personen. Mit edel wirkenden Papierservietten und kleinen Gläsern, in denen Teelichter darauf warteten, etwas Romantik herbeizuzaubern. Manchmal war Ronnie auch noch dabei, Reste aus dem Gourmettempel aufzuwärmen, und wollte wissen: »Magst du mit mir essen? Es ist genug für zwei.«

Und er hatte vollstes Verständnis, dass ich nicht zwei warme Mahlzeiten am Tag zu mir nehmen wollte, um nicht in die Breite zu gehen wie Carina. Aber vielleicht mochte Josie noch ein Dessert? »Sieh mal, Mäuschen, was Papa Leckeres für dich hat.«

Josie war Aufmerksamkeiten ihres Vaters nicht gewöhnt, sie war ja nicht mal daran gewöhnt, ihn Papa zu nennen. Darüber hinaus war Josie in der Regel müde und satt bis zur Halskrause.

Sie hatte den Brei für sich entdeckt, den Rebekka abends bekam.

Dass sein *kleiner Sonnenschein* ihn nur misstrauisch beäugte, schmerzte Ronnie in tiefster Seele. Solche Sprüche lieferte Carina ihm vermutlich mit den Mahlzeiten, Servietten und Teelichtern frei Haus. Ronnie bedauerte unendlich, dass er sich bisher kaum um sein Mäuschen gekümmert hatte, und versprach hoch und heilig, das werde sich ändern, wenn ich ihm die Chance gab zu beweisen, dass er mehr konnte als Computer zusammenbauen und irgendwelche Geräte reparieren.

Von montags bis freitags jeden Abend dasselbe Theater. Und jede Nacht der Horror hinter einer nicht verschließbaren Tür. Er konnte doch jederzeit heraufkommen, sich zu mir auf den Futon legen und sein Glück mit Fummeln und Küssen versuchen, weil Carina ihm klargemacht hatte, das sei sein gutes Recht als Ehemann. Inzwischen schreckte ich nachts drei-, viermal aus dem Schlaf, weil irgendwo im Haus etwas geknackt oder geknarrt hatte. Jedes Mal meinte ich, das wären Treppenstufen gewesen, und saß aufrecht, bis mein Hirn die Stille registrierte und mein Herzschlag zum normalen Rhythmus zurückfand.

Wenigstens einmal beruhigt ein- und sicher durchschlafen, dachte ich bei Elisabeths Bitte. Es wäre bestimmt auch angenehm, Josie nicht um Viertel vor sieben aus dem Schlaf reißen zu müssen.

Damit ich mich am Mittwochmorgen nicht mit Packen aufhalten musste, steckte ich schon am Dienstagabend ein paar Windeln mehr als sonst, unsere Zahnbürsten, mein Waschzeug, Schlafanzüge und Kleidung zum Wechseln in die Reisetasche, die ich für den Krankenhausaufenthalt nach Josies Geburt benutzt hatte.

Für einen Kinoabend mit Rebekka suchte ich zusätzlich noch einige meiner Meinung nach sehenswerte Filme aus der DVD-

Sammlung, die mit der Zeit in meinen Privatbesitz übergegangen war. Ich entschied mich für *Ghost – Nachricht von Sam*, *Von Menschen und Mäusen* und *Die Farbe Lila*, die waren unverfänglich und herzergreifend. *Titanic* und *Peggy Sue hat geheiratet* kamen für mich nicht infrage. *Dirty Dancing* und *Pretty Woman* verboten sich meiner Ansicht nach ebenfalls, hätten Rebekka vor Augen geführt, was sie nicht konnte und nie haben würde.

Wenn ich geahnt hätte, dass *Dirty Dancing* geraume Zeit ihr Lieblingsfilm gewesen war und sie für Patrick Swayze in der Rolle des Tanzlehrers Johnny Castle ebenso geschwärmt hatte wie ich für Leonardo DiCaprio … Aber das habe ich erst später erfahren.

Zum ersten Mal gesehen hatte sie den Film mit sieben oder acht Jahren, zusammen mit einer Pflegerin. Wann genau, wusste sie nicht mehr, nur dass es im Winter gewesen war, der Garten weiß bedeckt, die Terrasse ebenso. Wie in einem der Märchenfilme, die sie kannte.

Ihre Mutter hatte an dem Tag länger in der Agentur zu tun und rief am späten Nachmittag an, um der Pflegerin zu sagen, dass sie länger bleiben müsse. Was Elisabeth dann bei ihrer Ankunft daheim vorfand, gefiel ihr nicht. Tochter und Pflegerin mit einer Tüte Chips vor dem Fernseher. Gegen die Chips hatte Elisabeth nichts. Es störte sie nur gewaltig, dass Patrick Swayze auf dem Bildschirm Jennifer Grey das Tanzen beibrachte. Elisabeth fand es nicht angemessen, ein Kind, das zu der Zeit noch keinen Schritt ohne fremde Hilfe gehen konnte, einen Tanzfilm sehen zu lassen.

Zu Rebekkas vierzehntem Geburtstag hatte Curd ihr die DVD geschenkt. Wie oft sie den Film danach gesehen hatte, wusste sie nicht mehr. Aber jedes Mal, wenn Patrick Swayze mit den Fingerspitzen an Jennifer Greys Seite entlangstrich, war sie Baby Houseman und tanzte im Geist wie eine Elfe.

Ronnie war schon auf, als ich am Mittwochmorgen zuerst die Reisetasche runter in den Flur brachte, um nicht mit zwei Taschen und der stets wie ein nasser Sack an meinem Hals hängenden, verschlafen quengelnden Josie die Treppe hinunterzumüssen.

In den letzten Tagen war Ronnie jeden Morgen in Klaras Küche gewesen, wenn ich zur Arbeit fuhr. Er hatte sich Kaffee gemacht oder stehend an der Spüle einen getrunken und so getan, als müsse er auch gleich weg, um irgendwo irgendwas zu reparieren. Näher über seine Aufträge ausgelassen hatte er sich nicht, mir nur eine gute Fahrt und einen angenehmen Tag gewünscht.

Diesmal nicht. Der Anblick der Reisetasche schlug ihm wohl auf die Stimme, die dann vortrefflich zu seiner Miene passte. Tonlos, heiser und so, als hätte er kaum den Atem für die drei Worte: »Willst du weg?«

Ich wünschte mir, ich hätte knapp und herzlos mit Ja antworten können. Aber er tat mir wieder leid. Wie er da im Türrahmen stand, frisch geduscht, den herb-männlichen Duft verströmend, der uns in den ersten Wochen bei den Fahrten über Land begleitet hatte. Eine saubere, schwarze Jeans und ein makelloses, beigefarbenes Poloshirt am Leib. Am Kopf … Er hatte sich tatsächlich die Haare schneiden lassen, fast so kurz, wie Klaus sie seit Jahren trug. Richtig gepflegt sah er aus. Aber er konnte ja auch nicht wie ein Penner bei seiner Kundschaft auftauchen.

»Nur für eine Nacht«, sagte ich.

Und damit war Rebekka nicht einverstanden.

Mich hatte Elisabeth am vergangenen Abend erst beim Verlassen des Hauses um den Zusatzdienst gebeten, ihre Tochter hatte sie anschließend nicht informiert. So erfuhr Rebekka erst am Mittwochmorgen durch mich von der geplanten Übernachtung. Den halben Vormittag, beim Waschen, Füttern und den Übungen, die ich unerbittlich durchführte, obwohl sie danach immer völlig erledigt war, was ich aber eher auf zu wenig Schlaf zurückführte, erzählte ich ihr von Ronnies entgeisterter Miene am frühen Morgen.

Und nachmittags schrieb Rebekka, solange ihre verkrampften Finger mitspielten, um mich zu überreden, abends heimzufahren. Schriftlich war sie mittlerweile etwas geübter, flinker, auch deutlicher und damit besser zu lesen. Sie argumentierte, wie Elisabeth es zu Anfang getan hatte. Was sollte passieren, wenn sie für die Nacht versorgt in ihrem Bett lag? Ich sollte sie in ihrem Zimmer einschließen, müsste morgen früh nur vor *Dick* eintreffen, dann würde keiner etwas merken.

»Wie soll ich denn vor Frau Dickens unbemerkt ins Haus kommen?«, fragte ich. »Ich hab keinen Schlüssel.«

Das hatte sie nicht bedacht. Sie hatte natürlich auch keinen, hatte früher keinen gebraucht und brauchte jetzt erst recht keinen mehr. Minutenlang bastelte sie an einer Ausrede, mit der ich erklären sollte, warum ich bei Helgas Eintreffen mit Josie im Van saß. Aber was sie da zusammenstrickte, konnte nicht funktionieren, weil Helga vielleicht einfältig, aber nicht blöd war. *Schmusetier im Auto vergessen. Wollte ich schnell holen, Josie wollte mit, da fiel die Tür zu.* Bei der schweren Haustür wäre Durchzug in der Stärke von Orkanböen nötig gewesen, um sie zu bewegen.

Als Rebekka einsah, dass dieser Vorschlag nichts taugte, zeigte sie auf die Flügeltür zur Terrasse und schlug vor: »Auf. Du rein.«

»Hast du einen Knall?«, protestierte ich. »Ich lasse dich hier die ganze Nacht allein und die Terrassentür offen? Soll ich vielleicht noch Einladungen im Dorf verteilen? Damit jemand kommt, dir den Schädel einschlägt und die Bude ausräumt?«

»Isss mein Ssssädel«, zischte sie, dass die Speicheltröpfchen nur so flogen. Reden ging nun mal schneller als schreiben, auch wenn es mit ihrer Sprache noch gewaltig haperte. Aber ich hatte in den vergangenen Wochen viel Übung im Raten und Interpretieren gewonnen.

»Klar«, stimmte ich zu. »Und meiner, wenn deine Mutter mich einen Kopf kürzer macht. Was ich an ihrer Stelle tun würde, wenn Josie etwas passieren sollte, weil eine Frau nicht auf ihrem Posten war, obwohl ich sie extra dafür bezahlt hatte. Vergiss es. Ich fahre nicht nach Hause, das wäre verantwortungslos, ich hätte keine ruhige Minute.«

Rebekka war sauer, machte keinen Hehl aus ihrem Groll, allerdings auch keine Anstalten, mir verbal oder auf dem Notizblock zu erklären, was sie gegen meine nächtliche Anwesenheit hatte.

Um sieben brachte ich Josie ins Bett, die binnen weniger Minuten eingeschlafen war. Auf dem Tisch stand das Babyfon, das nach Rebekkas Schlaganfall angeschafft worden und wegen ihrer Vorliebe für lautstarkes nächtliches Fernsehen nicht lange im Einsatz gewesen war. Das Gegenstück nahm ich mit nach unten.

Als ich damit und mit den ausgewählten DVDs Rebekkas Zimmer betrat, liefen Fernseher und Rekorder bereits. Die *Salesch*-Folge mit dem Bullen und der Punkerin. Und der Ton war wieder verflucht laut.

Da ich nicht mit ihr um die Fernbedienung ringen, den Fernseher aber auch nicht einfach ausschalten wollte, musste ich notgedrungen brüllen: »Hängt dir das nicht allmählich zum Hals heraus? Das müsstest du doch längst auswendig kennen.«

Sie schaute stur auf den Bildschirm. Ich legte ihr die von Ronnie penibel beklebten DVD-Hüllen ins Bett und forderte: »Such dir einen aus, das sind richtig gute Filme.«

Sie machte sich nicht mal die Mühe hinzuschauen, schaltete aus der laufenden Gerichts-Folge ins Menü des Rekorders, was den Lärmpegel augenblicklich auf null senkte. Ich atmete durch.

Die Liste mit sämtlichen Aufnahmen erschien. Rebekka klickte nach unten, bis der helle Balken einen bestimmten Filmtitel erfasste. »Dasss gut Film«, stieß sie hervor.

Angeklagt, las ich und fragte: »Ist das der mit Jodie Foster?«

Als sie nickte, gestand ich: »Den kenne ich nicht. Aber ich weiß, wovon er handelt. Das ist auch eine Vergewaltigungsgeschichte. Was findest du daran nur so toll?«

Ihr Mund verzerrte sich grotesk unter der Anstrengung, es einigermaßen verständlich im ganzen Satz auszusprechen: »Dass die Kerle verknackt werden.«

»Das kann ich toppen«, sagte ich, nahm *Von Menschen und Mäusen* wieder vom Laken. »Lennie wird heimtückisch von seinem besten Freund erschossen, obwohl er die Frau gar nicht richtig vergewaltigt hat.«

Das schien sie zu interessieren. Also schauten wir uns zuerst die John-Steinbeck-Verfilmung an, anschließend *Angeklagt* und danach noch die Folge *Law & Order – Special Victims Unit,* in der der Übeltäter draußen auf der Feuertreppe darauf lauerte, dass sein Opfer zurück in die Wohnung kam.

Mittlerweile war es halb zwei, und ich hatte Mühe, mich auf dem Stuhl zu halten. Meine Augen fielen immer wieder von alleine zu. Rebekka wollte noch etwas sehen, was unter dem Titel *In seiner Gewalt* in der Liste auftauchte und zwei Stunden dauerte.

»Wenn du dir das unbedingt noch antun willst«, sagte ich. »Von mir aus. Ich geh jetzt ins Bett. Schlaf gut.«

»Du auch«, wünschte Rebekka.

Ich schlief schon halb, als ich die Treppe hinaufstieg. Mit knapper Not schaffte ich es noch, mir die Zähne zu putzen und mich auszuziehen bis aufs Unterhöschen. Meinen Schlafanzug aus der Tasche zu nehmen und hineinzuschlüpfen wäre zu anstrengend gewesen. Mit dem tröstlichen Gedanken, nicht schon um halb sieben aus den Federn zu müssen, streckte ich mich im Bett aus und spürte nur noch, wie mein Gehirn abschaltete.

Wenn man sie ließ wie an den Wochenenden, schlief Josie mindestens bis acht, manchmal sogar bis neun, halb zehn. Helga Dickens war informiert, dass ich ausnahmsweise in die Fußstapfen meiner Vorgängerin treten wollte und erst aufzustehen gedachte, wenn Josie nach mir rief. Doch daraus wurde nichts.

Das Nebelhorn tutete schon wenige Minuten nach sechs – zweimal kurz für dringend, danach anhaltend. Ich fuhr hoch. Hinter meinen Netzhäuten flimmerten noch die letzten Szenen eines Traums, in dem Klaus Ronnie hinterrücks erstach. Und Ronnie hatte frappierende Ähnlichkeit mit dem armen, geistig zurückgebliebenen Lennie aus dem Film *Von Menschen und Mäusen*.

Ich brauchte etliche Sekunden, um mich zu orientieren und in dem Lärm zu registrieren, dass Josie nebenan ebenfalls aufgewacht war und sich die Lunge aus dem Leib brüllte.

Dann schwang ich die Beine aus dem Bett, das mir ungewohnt hoch vorkam nach zwei Jahren auf dem Futon, und bemühte mich erst mal darum, meine Tochter zu beruhigen. Natürlich vergebens. Mir blieb nichts anderes übrig, als mir das T-Shirt von gestern überzuziehen, nur im Unterhöschen mochte ich nicht durchs Haus laufen.

Mit der unverändert wie am Spieß brüllenden Josie auf dem Arm hetzte ich nach unten. Das nervtötende Tuten brach augenblicklich ab, als ich die Tür aufstieß. Rebekka saß noch fast so im Bett wie bei der *Special-Victims-Unit*-Folge. Sie war nur bleicher, völlig übernächtigt und in sich zusammengesunken, als hätte sie nicht mehr die Kraft, sich zwischen den stützenden Kissen einigermaßen aufrecht zu halten.

»Ach du Scheiße«, fluchte ich in Josies schrilles Geschrei hinein. Ich hatte nicht daran gedacht, das Bett in Schlafposition zu bringen, weil Rebekka noch einen Film sehen wollte, setzte

Josie auf den Boden und überschlug mich mit Entschuldigungen: »Das tut mir leid. Das ist nur passiert, weil es so spät geworden ist. Ich war hundemüde. Hast du die ganze Nacht so gesessen?«

Rebekka nickte kaum merklich.

»Das tut mir leid«, wiederholte ich. Josie verstummte endlich und schaute mit ihrer missmutigen Morgenmiene, aber dennoch neugierig zu, was passierte.

»Konntest du denn trotzdem ein bisschen schlafen?«, fragte ich.

Eigentlich eine überflüssige Frage, tagsüber schlief sie ja auch, ohne dass Kopf- und Fußteil in die Waagerechte gebracht wurden. Aber sie schüttelte den Kopf, schloss die Augen und war Sekunden später ebenso weggetreten wie ich in der Nacht.

Fröschlein Spatzenkind

Auch nach dem zweiten Übergriff fand sie noch eine Entschuldigung für ihren Bruder, war überzeugt, dass Curd ihr nur etwas Gutes tun wollte, obwohl das ihrer Ansicht nach falsch und verboten war. Mit ihren sechzehn Jahren hatte sie schon einiges an Ablehnung, um nicht zu sagen Abscheu hinnehmen müssen, aber noch keine Bösartigkeit und keine Perversität am eigenen Leib erfahren. Sie begriff nicht, auf welch perfide Weise Curd sie missbrauchte, weil er ihr keine Schmerzen zugefügt, nichts von dem getan hatte, was sie mit einem Missbrauch gleichsetzte.

Das tat er auch beim dritten Mal nicht. Wieder kam er mitten in der Nacht in ihr Zimmer, zurück von einem Essen mit irgendeiner Frau. Nicht Laura. Von der hatte er nicht mehr gesprochen. Es gab viele junge, hübsche oder weniger hübsche

Schauspielerinnen mit Potenzial, die ihr Können bisher nur in unbedeutenden Nebenrollen hatten zeigen dürfen. Und es gab Redakteurinnen und Produzentinnen, die nicht mehr jung und hübsch waren, aber sehr bedeutend, weil sie größere Rollen besetzen konnten.

Vor dem dritten Mal bat Curd sie nicht, ihm die Däumchen zu drücken, als er sich kurz nach sieben mit dem üblichen Wunsch einer guten Nacht und eines süßen Traums von ihr verabschiedete. Zwei Verträge waren unterzeichnet. Die Vorarbeit hatte wie immer Mutter geleistet. Curds Essen mit der Produzentin war das Dankeschön der Agentur.

»Ich komme mir vor wie der Mann vom Escort-Service«, sagte er im Hinausgehen.

Als er in der Nacht zurückkam, sagte er nichts, traf schweigend und bedächtig seine Vorbereitungen. Decke weg, Pyjamahose runter. Finger rein. Davon wachte sie auf und spürte die Reaktion ihrer Muskeln auf die unverhoffte Berührung. Es fühlte sich kühl und glitschig an, ganz anders als nach dem Bad. Mit sechzehn schlief sie noch in einem normalen Bett mit passendem Nachttisch daneben. Und auf diesem Nachttisch lag eine Tube Gleitgel.

»Entspann dich, Fröschlein«, wisperte Curd, als ihre Beine zu zucken begannen. Für einen Moment hielt er inne. Aber er hörte nicht auf. »Entspann dich«, wiederholte er. »Es ist alles gut, alles in Ordnung. Es ist doch schön so, oder?«

Nein. Es war weder schön noch gut und gewiss nicht in Ordnung. »Hör auf«, verlangte sie. Und er musste das verstehen, kannte sie lange und gut genug, um ihrer Aussprache auch dann noch einen Sinn zu entlocken, wenn sie sehr aufgeregt war. Sie grapschte mit verkrampften Fingern nach seinem Handgelenk, bekam es beim dritten Versuch zu packen und versuchte, es festzuhalten. »Hör auf«, wiederholte sie. »Das darfst du nicht machen.«

»Wo steht das geschrieben?«, fragte er und rieb behutsam weiter. »Mach die Augen zu, stell dir vor, du bist Baby Houseman, und Johnny verwöhnt dich mit Zärtlichkeit. Vergiss einfach, dass ich es bin. Ich tu nichts Unrechtes, Fröschlein. Ich tu dir etwas Gutes.«

»Ich will das aber nicht«, brachte sie mühsam hervor.

»Natürlich willst du es«, widersprach er. »Du willst es nur nicht zugeben. Beim letzten Mal hat es dir doch auch gefallen.«

»Nein«, erklärte sie, inzwischen so angespannt, dass es sich anhörte wie ein abgehacktes: »Na.«

Er verstand es trotzdem, hatte diesen Laut schon oft genug von ihr gehört. »Da hatte ich aber einen anderen Eindruck«, widersprach er und verlangte noch einmal: »Jetzt entspann dich. Du hast ein Recht darauf. Du hast dieselben Rechte wie alle. Und kein Mensch wird je etwas davon erfahren.«

Mit ihrem Griff um sein Handgelenk richtete sie nichts gegen ihn aus. Er machte weiter, bis ihr schneller Atem, die angespannte Bauchdecke und ein leiser Klagelaut ihn zu der Annahme verleiteten, er hätte sie dahin gebracht, wohin er sie hatte bringen wollen.

»Na siehst du«, murmelte er, während er ihr die Pyjamahose wieder hochzog und die Decke über sie breitete. »Das war doch schön, oder?«

Sie nickte voller Scham und Angst, er würde es noch einmal tun, wenn sie den Kopf schüttelte oder ihm anderswie zu verstehen gab, dass sie es als widerlich empfunden hatte.

»Dann schlaf weiter«, flüsterte er. »Jetzt schläfst du bestimmt besser. Und wenn du das nächste Mal aufwachst, wird es sein, als hättest du dich mitten hinein in Dirty Dancing geträumt.« Sekunden später war er verschwunden.

Sie drückte ihr Gesicht erst nach rechts, dann nach links gegen das Kopfkissen, um die Tränen abzuwischen, weil ihre Arme zu verkrampft waren, um noch eine Hand zu heben.

Die Nacht vom dritten auf den vierten Juni verbrachten Josie und ich erneut in den Räumen über Rebekkas Zimmer, weil Elisabeth ihren Mann unbedingt begleiten musste. Mitte Juni folgten zwei weitere Übernachtungen hintereinander, gegen die Rebekka nicht mehr protestierte, weil ihr Halbbruder sich ihres Wissens nicht mehr hatte blicken lassen, seit Pola verschwunden war. Jedes Mal klappte alles reibungslos, sodass es Ende Juni für mich kein langes Überlegen mehr gab.

In der letzten Juniwoche wurde Ronnie mit Carinas Polo in einen Unfall verwickelt. Was genau passiert war, band er mir nicht auf die Nase. Als ich abends heimkam, erzählte er mir nur von einem Zusammenstoß und Blechschäden. Motorhaube, Kotflügel, der linke Scheinwerfer war auch kaputt. Jedenfalls musste der Polo in einer Werkstatt repariert werden. Nachdem das gesagt war, bat Ronnie um den Van für den nächsten Tag.

»Ich hab zwei Kunden, die kann ich nicht beide hängen lassen. Einen könnte ich notfalls vertrösten. Aber der andere lässt sich von mir einen PC zusammenbauen, die Einzelteile wurden heute geliefert. Er rief mich an, vor dem Unfall, sonst hätte ich ihm einen späteren Termin genannt. So hab ich für morgen fest zugesagt. Wenn ich von dem eine positive Bewertung im Netz bekomme, könnte mich das wieder richtig ins Geschäft bringen. Du brauchst das Auto doch tagsüber nicht. Ich fahre dich morgens hin und hole dich abends pünktlich wieder ab, versprochen.«

»Tut mir leid«, sagte ich. »Das ist nicht mein Auto. Das kann ich dir nicht geben.«

»Der BMW war auch nicht mein Auto, du hast ihn trotzdem immer von mir bekommen«, erinnerte Ronnie mich.

»Immer nicht«, widersprach ich. »Und der BMW war geleast, dafür hast du jeden Monat bezahlt. Der Van ist ein Firmenwagen, der mir nur zur Verfügung steht, damit ich zur Arbeit komme. Frau Thelen fühlt mir den Puls, wenn ich ihn dir überlasse.«

»Aber das ist ein Notfall«, sagte Ronnie. »Für so was hat die Frau bestimmt Verständnis.«

»Ich bin froh, dass sie Verständnis hat, wenn ich Josie jeden Tag mitbringe. Wenn der Auftrag so wichtig für dich ist, nimm dir ein Taxi.«

»Weißt du, was das kostet?«, fuhr Ronnie auf. »Ich steh bis hier in den Miesen.« Er hielt seine Hand gute fünf Zentimeter über den Scheitel und erklärte: »Mit denen von der Bank habe ich mich geeinigt. Ich stottere es nach und nach ab. Und das mache ich ganz allein, obwohl du auch was beisteuern könntest. Das macht man eigentlich so, wenn man verheiratet ist. In guten wie in schlechten Zeiten, erinnerst du dich?«

»Seit wir verheiratet sind, gab es für mich nur schlechte Zeiten«, erwiderte ich. »Und jetzt zähl nicht wieder alles auf, was du vor der Hochzeit investiert hast, um mich aufs Standesamt zu bekommen. Wenn man angelt, braucht man Köder. Tut mir leid, dass ich alle geschluckt habe. Das tut mir wirklich sehr leid.«

»Mir auch«, sagte Ronnie. »Wenn ich geahnt hätte, was ich am Haken hatte, hätte ich dich zurück ins Wasser geworfen. Hab ich dich bisher um einen Euro gebeten? Nein. Jetzt bitte ich dich einmal um einen Gefallen, der dich nichts kostet ...«

»Außer vielleicht den Job«, konterte ich. »Damit hättest du mich dann wieder an die Leine gelegt. Geht's nur darum?«

»Quatsch«, sagte Ronnie. »Ich hab nichts dagegen, dass du arbeitest. Carina sagt auch ...«

Was Carina dazu sagte, interessierte mich momentan herzlich wenig. »Soll ich dir Geld fürs Taxi geben?«, unterbrach ich ihn und meinte das durchaus ernst. Ihm mal mit zwanzig oder dreißig Euro aus der Patsche zu helfen, hätte mir nichts ausgemacht. Aber Ronnie fühlte sich auf den Arm genommen und winkte ab.

»Vergiss es. Carina hat völlig recht. Du bist eine verwöhnte Zicke und hast keine Ahnung, wie kleinen Leuten zumute ist, wenn sie rumkrabbeln und auf keinen grünen Zweig mehr kommen.«

»Aber Carina hat Ahnung, was?«, wurde ich ebenfalls laut. »Wann musste sie denn mit jedem Cent rechnen und sich ein paar Scheibchen Wurst zum Abendbrot verkneifen, weil man mit einem Glas Marmelade länger auskommt?«

Josie auf meinem Arm schaute ängstlich von einem zum anderen und wisperte: »Bang.«

»Du brauchst keine Angst zu haben«, beruhigte ich sie, ließ Ronnie stehen und stieg die Treppe hinauf. Und in der Nacht schreckte ich nicht aus dem Schlaf, weil irgendwo im Haus etwas knackte oder eine Treppenstufe knarrte.

Am nächsten Morgen suchte ich vergebens nach dem Autoschlüssel. Der Van war weg, Ronnie ebenso. Ich probierte, ihn auf seinem Handy zu erreichen, wohl wissend, dass er nicht zurückkommen würde. Aber ich hätte wenigstens etwas Wut und Frust abbauen können. Es schaltete sich nur die Mailbox ein. Gezwungenermaßen klingelte ich meinen Vater aus dem Schlaf.

»Damit hatte ich schon früher gerechnet«, sagte Papa, als ich die Beifahrertür öffnete. Dann lächelte er Josie an und fragte: »Was machen wir mit ihr?« Den Kindersitz hatte Ronnie natürlich nicht aus dem Van genommen und dagelassen.

»Ich setz mich mit ihr nach hinten und halte sie fest«, erwiderte ich. »Und dann hoffen wir, dass wir nicht erwischt werden.«

»Bis nach Hause wird's gehen«, stimmte Papa zu. »Weiter fahre ich so nicht mit ihr. Muss sie heute eben mal bei uns bleiben.«

So musste ich Helga Dickens gleich zwei Lügen auftischen, die sie jedoch ohne das geringste Anzeichen von Misstrauen schluckte: »Der Van sprang nicht an. Mein Mann wird sich darum kümmern, der versteht was davon. Und Josie brütet irgendwas aus, fürchte ich. Ich hab sie lieber zu meiner Mutter gebracht, damit sie Rebekka nicht ansteckt.«

»Ein Unglück kommt selten allein«, kommentierte Helga und ging zur Tagesordnung über.

Bei Curd Thelen war es nicht so einfach. Ausgerechnet an dem Nachmittag erschien er zum zweiten Mal. Um sich zu überzeugen, dass ich auf meinem Posten war, nahm ich an. Als hätte er eine Antenne für Situationen, in denen nicht alles so war, wie es sein sollte.

Seinen eigenen Wagen stellte Curd ein gutes Stück vom Haus entfernt am Straßenrand ab. Hätte ich nicht gerade eins der Fenster im Büro geputzt, Helga hatte vormittags wieder mal nicht alles geschafft, wäre mir wahrscheinlich entgangen, wie er sich näherte. Langsam, beinahe schlendernd wie ein Spaziergänger, der die frische Luft genießt, kam er heran, den Blick auf die breite Garagenzufahrt gerichtet. Wahrscheinlich vermisste er den Van, der dort eigentlich hätte stehen müssen.

Obwohl er noch etliche Meter vom Grundstück entfernt war, meinte ich zu sehen, wie er abfällig die Lippen kräuselte. Ich war überzeugt, dass er mich auf eine Stufe mit Pola stellte und glaubte, er würde mich erwischen, vielmehr nicht antreffen, was auf dasselbe hinauslief.

Einem ersten Impuls folgend, wollte ich nach unten und die Haustür aufreißen, um ihm zu zeigen, dass er sich irrte. Ich hätte auch das Fenster öffnen und noch mal von außen drüberwischen können. Aber plötzlich fand ich, ihm auf die Weise zu demonstrieren, dass ich Rebekka nicht alleine ließ, sei unter meiner Würde.

Ich wechselte mit Eimer und Ledertuch ans zweite Fenster, rieb die Scheibe zuerst von innen ab. Hätte Curd nach oben geschaut, hätte er mich gesehen. Aber er hob den Kopf nicht, erreichte die Zufahrt und ging über die Rasenfläche zur Ecke. Als ich das Fenster öffnete, war er bereits aus meinem Blickfeld verschwunden.

Ich ließ das Ledertuch in den Eimer fallen, verließ das Büro und ging in den Seitenflügel. Von dem Zimmer aus, in dem ich nun schon viermal übernachtet hatte, sah ich ihn unten im Garten stehen. Er schaute zur Terrasse, hinter deren Flügeltüren Rebekka wie üblich um diese Zeit schlief.

Um sich zu überzeugen, dass seine Schwester wohlbehalten in ihrem Bett lag, hätte er näher herangehen müssen. Die Erfahrung hatte ich schon mehr als einmal gemacht, wenn ich mit Josie im Garten spielte. Einblick in Rebekkas Zimmer hatte man nur, wenn ein Türflügel offen stand. Sonst musste man auf die Terrasse und auch noch beide Hände neben das Gesicht ans Glas legen, weil sich zu viel Umgebung darin spiegelte.

Curd machte keine Anstalten, die Terrasse zu betreten. Nach ein paar Minuten ging er wieder zur Hausecke. Ich wollte zurück an eins der Fenster im Büro, aber ehe ich mein Ziel erreichte, hörte ich unten die schwere Eingangstür zuklappen. Curd stand bereits in der Diele, hörte wohl meine eiligen Schritte auf dem Parkett im oberen Flur und kam zur Treppe.

»Sie sind ja doch hier«, stellte er fest, als er meiner ansichtig wurde. »Ich dachte schon, Sie machen einen Ausflug mit meiner Schwester. Mutter sagte, Sie hätten das vorgeschlagen und Becki damit einen Floh ins Ohr gesetzt.«

»Ich würde niemals ohne das Einverständnis Ihrer Mutter mit Rebekka herumfahren«, erklärte ich.

Er lachte leise. »Warum nicht? Wenn es Becki Spaß macht, spricht doch nichts dagegen. Was hat sie denn sonst von ihrem Leben?«

Weil er unmittelbar am Fuß der Treppe stand und keine Anstalten machte, beiseitezutreten, blieb ich auf der vorletzten

Stufe stehen. Er schaute mich an, als erwarte er eine Antwort. Und ich überlegte tatsächlich, was Rebekka von ihrem Leben hatte.

Eine Vorliebe für zwei Serienfolgen und Filme, in denen Vergewaltiger verknackt wurden. Es war weiß Gott nicht so, dass ich plötzlich einen hellsichtigen Moment gehabt hätte oder eins und eins logisch zusammenzählte. Missbrauchte Kinder und Tränen der Seele! *Geht dich nichts an!* Und der erste Schlag unter den Löffel, als ich von Klaras Vergewaltigung erzählte, an die niemand geglaubt hatte.

Missbrauchten Kindern wurde auch häufig nicht geglaubt. Aber diese Schlussfolgerung schien mir absurd oder aus unzähligen Romanen abgeleitet. Viel wahrscheinlicher war doch, dass Rebekka ins Bett gemacht hatte, weil sie unter dem Einfluss der Medikamente nicht rechtzeitig aufgewacht war, wie Helga vermutete. Und dass sie von meiner Erzählwut genervt gewesen war, das aber nicht hatte zugeben wollen.

Welches kranke Hirn missbrauchte denn ein schwerbehindertes Mädchen? Gut, es gab viele kranke Hirne, also anders gefragt: Wer hatte die Gelegenheit? Lehrer, Trainer, Therapeuten und Familienangehörige natürlich, Väter, Brüder ... Letzteres war für mich unvorstellbarer als alle anderen Möglichkeiten, weil ich dabei meinen Vater und meine Brüder vor Augen hatte.

Als ich schwieg, begann Curd zu lächeln und trieb damit meinen Puls in die Höhe.

»Möchten Sie einen Kaffee?«, fragte ich.

»Heute nehme ich gerne einen, vorausgesetzt, ich störe nicht.«

»Nur beim Fensterputzen.«

»Sie sollten sich von Frau Dickens nicht ausbeuten lassen.«

»Tu ich nicht«, versicherte ich. »Ich überbrücke nur die Zeit, in der Rebekka schläft. Sonst komme ich um vor Langeweile. Heute muss ich nicht mal meine Tochter beschäftigen. Sie fühlte sich heute Morgen nicht wohl, ich habe sie zu meiner Mutter gebracht, die mit ihr zum Arzt gehen wollte.«

Da trat er endlich einen Schritt zur Seite, ließ mich vorbei, folgte mir in die Küche und setzte sich an den großen Tisch. Während ich die Kaffeemaschine in Betrieb nahm, wollte er wissen: »Wie geht es meiner Schwester? Macht sie Fortschritte? Mutter sagte, dass Sie Becki täglich physiotherapeutisch behandeln.«

»Leider habe ich damit bisher noch nicht viel erreicht, genau genommen gar nichts«, gestand ich. »Aber es geht Rebekka gut.«

»Das beruhigt mich«, sagte er. »Wir sind alle erleichtert, dass jemand bei Becki ist, auf den wir uns verlassen können. Das können wir doch, nicht wahr?« In seinen letzten Worten schwang eine gewisse Schärfe mit.

Ich nickte. Er lächelte wieder. »Das ist schön«, sagte er. »Dann verraten Sie mir jetzt bitte, wo Sie den Van gelassen haben.«

Der Kaffee war durchgelaufen und verschaffte mir die Zeit, mich zu fangen. Ich füllte zwei Tassen und tischte ihm dieselbe Lüge auf wie Helga. Doch er gab sich damit nicht zufrieden.

»Haben Sie meiner Mutter Bescheid gesagt oder die Werkstatt selbst verständigt?«, wollte er wissen. »Der Wagen ist gerade erst überholt worden. Da dürfte so etwas nicht passieren.«

»Ihre Mutter war schon weg, als ich kam. Und die Werkstatt brauchen wir nicht zu bemühen. Mein Mann kümmert sich darum, er bekommt den Wagen bestimmt wieder flott.«

»Ach«, wunderte er sich. »Ihr Mann ist Mechatroniker? Mutter sagte, er macht etwas mit Computern.«

»Ja, aber richtig gelernt hat Ronnie das nicht.«

»Nicht«, wiederholte er erstaunt oder ironisch. »Was hat er nicht richtig gelernt, IT-Technik oder Mechatroniker?«

»Gar nichts«, sagte ich und schämte mich in Grund und Boden, als wäre es mein Verschulden, dass mein Mann nicht mit einer ordentlichen Berufsausbildung aufwarten konnte. Aber ich schämte mich wohl eher, so einen Mann geheiratet zu haben, und fügte hinzu: »Aber er kann eine Menge. Er repariert alles, was er in die Finger bekommt. Jedes elektrische oder elektronische Gerät, Toaster, Festplatten-Rekorder, Rasenmäher.«

»Ein Auto ist weder ein elektrisches noch ein elektronisches Gerät«, belehrte Curd mich. »Als Rasenmäher würde ich es auch nicht bezeichnen, eher als Waffe, vor allem, wenn es unsachgemäß repariert wurde. Stellen Sie sich nur einmal vor, bei der nächsten Fahrt versagen die Bremsen oder die Lenkung.«

»Es war ein elektronisches Problem«, behauptete ich. »Bremsen und Lenkung waren völlig in Ordnung.«

»Woher wollen Sie das wissen? Sie konnten den Wagen doch nicht starten.«

»Aber gestern Abend fuhr und bremste er noch ganz normal. Er sprang einfach nicht an heute Morgen. Vielleicht war die Batterie leer oder der Anlasser kaputt.«

Viel mehr Ahnung von Autos hatte ich nicht. Und hatte ich mich bis dahin noch gut geschlagen, geriet ich nun mehr und mehr ins Hintertreffen, verhaspelte mich fast bei jedem Satz. Vielleicht lag es an seiner Fragestellung, seiner Wortwahl oder der Intelligenz, die in jedem seiner Sätze aufblitzte. Hinzu kam die dunkle Stimme, die selbst bei misstrauisch bohrenden Fragen noch eine erotisierende Wirkung hatte. Und seine Blicke ... Kein Vergleich mit Leonardo DiCaprio oder Ronnie. Rebekkas Bruder war ein anderes Kaliber. Ich schätzte, dass nicht mal Klaus ihm das Wasser reichen konnte.

Als ich endlich den ersten Schluck meines kalt gewordenen Kaffees trank, waren wir beim Du angekommen. Und Curd Thelen wusste, dass der Van völlig in Ordnung war und ich seit geraumer Zeit mit dem Gedanken spielte, mich von Ronnie zu trennen. Dass ich bisher nur keine Möglichkeit gesehen hatte, weil ich weder zurück ins Elternhaus noch bei Ronnies Freund einziehen wollte. Und andere Alternativen hatte es nicht gegeben ohne Einkommen. Mit meiner Arbeit hier sah das nun anders aus.

Bis das Nebelhorn ertönte, saßen wir zusammen. Ich trank noch einen heißen Kaffee und fand, ich hätte mich noch nie so gut mit einem Mann unterhalten, bestimmt nicht mit einem, der so unverschämt gut aussah, so intelligent war und so viel Verständnis für meine Situation aufbrachte.

Curd horchte dem kurzen Tuten nach und erhob sich mit den Worten: »Mir scheint, da ruft deine Pflicht.«

Als ich nickte, sagte er: »Geh nur, ich finde alleine hinaus. Und ich verlasse mich darauf, dass meine Schwester und meine Mutter nichts von meinem Besuch erfahren. Becki würde sich nur unnötige Sorgen machen.«

»Natürlich«, sagte ich und verließ mich meinerseits darauf, dass seine Mutter nicht erfuhr, was Ronnie sich erdreistet hatte zu tun. Den Ausdruck hatte Curd benutzt.

Entscheidung

Ob es die knappe Dreiviertelstunde mit Curd Thelen war oder das abendliche Gespräch mit meinem Vater, das mich spontan den fatalen Entschluss fassen ließ, kann ich nicht sagen. Danach hat mich auch nie jemand gefragt. Aber ich denke, es war die Dreiviertelstunde. Papa gab mir während der Heimfahrt nämlich nur den Rat, besser auf den Autoschlüssel aufzupassen, wenn der sich erst wieder in meinem Besitz befand.

Der Van stand schon vor dem Haus, als wir ankamen. Ronnie hatte sein Arbeitspensum bewältigt, machte einen zufriedenen Eindruck und rückte widerspruchslos den Schlüssel heraus. Mein Vater las ihm die Leviten, bezeichnete ihn als lebensuntüchtigen Träumer und drohte ihm bitterböse Konsequenzen an, sollte er nicht bald aufwachen oder noch einmal auf die Idee kommen, ohne ausdrückliche Erlaubnis fremdes Eigentum an sich zu nehmen.

Ich holte Josie daheim ab und schlief zwei Nächte lang mit dem Autoschlüssel unter dem Kopfkissen, dann war Wochenende. Klara hielt sich immer noch in Trier auf. Ronnie hatte für den Samstag einen Reparaturauftrag ergattert. Carina holte ihn im Auto ihres Freundes ab und fuhr ihn. Der Polo war schon auf einem Schrottplatz, auch wenn es nur Blech und ein Scheinwerfer gewesen waren, es war ein wirtschaftlicher Totalschaden. Und von jetzt auf gleich konnte Carina sich kein neues Auto leisten.

Kaum war Ronnie aus dem Haus, bat ich Olga um Asyl bis Montag. Danach schaltete ich mein Handy aus. Ich frühstückte nicht einmal mehr, machte nur Josie einen Toast mit Nussnugatcreme und einen Kakao.

Während Josie aß und trank und sich dabei irgendeinen Schwachsinn auf dem Kinderkanal anschaute, raffte ich in Klaras Räumen zusammen, was von Josie dort noch herumlag, packte meinen persönlichen Kram ein, einschließlich meiner Lieblings-DVDs und stapelweise Bücher, die ursprünglich Ronnies Tante gehört hatten. Der für einen Rollstuhl vorgesehene Platz im Van füllte sich zusehends, war aber ausreichend für meine Besitztümer. Zu guter Letzt setzte ich Josie in den Kindersitz, schwang mich hinters Steuer und fuhr zum Haus meines ältesten Bruders.

Wahrscheinlich hätte ich für die beiden Tage auch bei meinen Eltern unterkommen können, doch den Triumph gönnte ich meiner Mutter nicht. *Haben wir dir nicht von Anfang an gesagt …*

Bis kurz vor Mittag war ich mit Olga allein. Und mit Josie natürlich, die wir vor dem Fernseher parkten. Sollte man nicht tun, ich weiß, aber Olga hatte auch keine Lust, sich Josies Quengelei anzuhören. Ich erzählte die ganze Zeit von Curd Thelen. Er hatte mich beeindruckt wie vor ihm noch kein Mann. Attraktiv, gebildet, kultiviert, verantwortungsbewusst, verständnisvoll. Er hatte einen anspruchsvollen Beruf, ich nahm zumindest an, dass seine Tätigkeit in der Agentur anspruchsvoll war und er gutes Geld damit verdiente.

»Du verlässt Ronnie aber jetzt nicht, weil du dich holterdiepolter in diesen Curd verliebt hast, oder?«, fragte Olga besorgt.

»Ich habe mich nicht in ihn verliebt«, beteuerte ich vielleicht nicht ganz den Tatsachen entsprechend. »Ich finde es nur toll, wie er sich um Rebekka kümmert ...«

»Du kümmerst dich doch um sie«, stellte Olga richtig.

»Natürlich, aber er kontrolliert, ob ich das auch wirklich tue.«

»Und das findest du gut?«, fragte Olga verständnislos.

»Ja. Er ist doch nicht dazu verpflichtet. Er könnte sich auf das verlassen, was seine Mutter ihm erzählt. Er könnte sein Leben mit dieser Schauspielerin genießen. Laura Adjani, mit der lebt er zusammen. Ich weiß nicht, ob du sie kennst.«

Olga schüttelte den Kopf. Ich hatte nichts anderes erwartet. Mit Film und Fernsehen hatte sie nichts im Sinn, schaute sich höchstens die Nachrichten an. Ich hatte Laura Adjani auch nur erwähnt, damit Olga mir glaubte, dass ich mir keinerlei Hoffnungen auf Curd Thelen machte.

Als Tobias und Julia mit den Wochenendeinkäufen zurückkamen, warf mein Bruder die Frage auf: »Wissen die Leute denn schon, dass du jetzt doch bei ihnen einziehen willst?«

Noch nicht. Ich nahm an, dass Elisabeth und Oscar Thelen am Wochenende auch gerne etwas länger schliefen, und hatte sie nicht aus dem Bett scheuchen mögen. Im Schlafzimmer stand kein Telefon, ihre Handynummern kannte ich nicht. Ich probierte es nach dem Mittagessen. Elisabeth nahm ab und reagierte ein wenig zurückhaltend, als ich mich meldete. Vielleicht dachte sie, ich wolle kündigen. Das Gegenteil zu hören, erleichterte sie.

»Das kommt für Sie jetzt wahrscheinlich etwas plötzlich«, sagte ich. »Ich hätte vielleicht letzte Woche schon mal andeuten sollen, dass ich mit dem Gedanken an einen Umzug spiele und Ihr Angebot nun gerne annehmen möchte. Bei den Übernachtungen hat es ja prima geklappt, und da dachte ich, Sie wären …«

»Einverstanden«, nahm Elisabeth mir das Wort aus dem Mund. »Natürlich bin ich einverstanden. Ich hätte Sie ohnehin bald wieder bitten müssen, über Nacht zu bleiben.«

Als ich am Montagmorgen im voll beladenen Van vorfuhr, war Elisabeth schon weg wie bisher beinahe jeden Tag. Dabei hätte sie mir eigentlich einen Hausschlüssel aushändigen müssen, aber daran dachte ich gar nicht sofort.

Dieser Montag war aufregend und ungewohnt, obwohl der Tagesablauf nicht viel anders war als sonst. Aber Helga Dickens freute sich nicht, als ich meine Sachen, Josies Sachen, den alten Laptop und drei Kartons voller Romane und DVDs aus dem Van ins Haus und sofort nach oben in den Seitenflügel schleppte.

Mit meinem Einzug sah Helga sich erneut der Gefahr ausgesetzt, über kurz oder lang auf zweimal vier Stunden pro Woche gedrückt zu werden. Am Ende brauchte man sie gar nicht mehr, wenn rund um die Uhr eine Frau im Haus war, die ebenfalls Wäsche waschen, Fenster putzen, Fußböden wischen, mit dem Staubsauger umgehen, nach Anleitung von Chefkoch.de sogar kochen konnte.

Das ausgedehnte Frühstück, das ich bisher noch jeden Morgen genossen hatte, fiel aus. Nicht weil Helga sauer war, ich nutzte die Zeit lieber, um mein Hab und Gut in Schränke, Kommoden und Truhen zu verstauen, ehe Rebekka aufwachte. Sie freute sich auch nicht so überschwänglich, wie ich mir das ausgemalt hatte. »Hoffe, tut dir nicht bald leid«, schrieb sie auf ihren Block.

Und Ronnie ... Als ich mein Handy kurz nach Mittag wieder einschaltete, um Olga mitzuteilen, dass ich gut angekommen war, hatte ich siebzehn Nachrichten von Ronnie auf der Mailbox und eine von Carina.

Ronnie verlangte zunehmend nervöser und besorgter, ich solle mich melden und sagen, was los sei und wann ich zurückkäme. Ich könne doch nicht einfach ohne Erklärung abhauen, nur weil er sich mal den Van geliehen hatte, immerhin seien wir verheiratet. Und so weiter.

Carina sagte nur: »Hoffentlich bereust du es nicht bald, dass du Ronnie so einfach sitzen lässt.«

Einfach, fand ich, hatte ich mir das nicht gemacht. Es mochte holterdiepolter erscheinen, aber es war zwei Jahre lang eins zum anderen gekommen, bis der berüchtigte Tropfen das Fass meiner Duldsamkeit zum Überlaufen gebracht hatte. Ich war stolz auf mich, dass ich es endlich gewagt hatte, den Schlussstrich zu ziehen und Ronnies Mutterhaus gegen die beiden Zimmer samt Duschbad im Seitenflügel zu tauschen.

Ich fragte mich nur, wie das abends wäre oder an den Wochenenden, wenn Elisabeth und Oscar Thelen sich ebenfalls im Haus aufhielten, zumindest Elisabeth. Rebekkas Vater war mal wieder unterwegs, in Rom oder London, genau wusste Helga es nicht. Aber er würde zurückkommen und hier übernachten. Ob ich mich dann zurückziehen müsste? Abends und an den Sonntagen mit Josie spielen, lesen oder fernsehen. Ein kleiner Flachbildfernseher war vorhanden, mehr nicht. Die DVDs könnte ich mir am Laptop ansehen, wenn Elisabeth sich abends selbst um Rebekka kümmern wollte. Doch in der Hinsicht brauchte ich mir keine Sorgen zu machen.

An dem Montag kam Elisabeth erst um neun nach Hause, als Josie längst im Bett lag. Rebekka war auch schon für die Nacht mit Brei und einer Windel versorgt, hatte ihre Zähne geputzt und sich in den Pyjama helfen lassen. Wir schauten uns gemeinsam in moderater Lautstärke *Die Farbe Lila* an, als die Tür aufging und Elisabeth hereinschaute.

Sie stutzte nicht einmal, wusste ebenso gut wie Helga und ich, wie es um Rebekkas Hörvermögen bestellt war. Und sie schien vergessen zu haben, dass sie ihre Tochter mir gegenüber mal als nahezu taub bezeichnet hatte. Vielleicht hielt sie mich auch für taktvoll genug, diese Behauptung in Vergessenheit geraten zu lassen.

»Hallo, ihr beiden«, grüßte sie, warf einen Blick auf den großen Bildschirm und sagte: »Ein toller Film. Lasst euch nicht stören. Ich bin hundemüde und gehe gleich zu Bett. Gute Nacht.«

»Gute Nacht«, sagte ich automatisch und ärgerte mich im nächsten Moment, weil ich die Gelegenheit nicht genutzt hatte, nach einem Hausschlüssel zu fragen und die offenen Fragen zu klären. Was war denn nun an den Wochenenden? Durfte ich auch dann die Küche benutzen? Oder sollte ich meine Eltern besuchen und bei ihnen essen? Aber die Tür war schon wieder zu, Rebekka grinste. Und ich sagte mir, Pola sei an den Wochenenden schließlich auch hier gewesen.

Der Dienstag hatte bereits etwas von Routine, was sich wohl in den vorangegangenen Übernachtungen begründete. Ich stand um sieben auf und ging ins Bad. Josie durfte ausschlafen. Als ich zwanzig Minuten später mit noch feuchten Haaren nach unten kam, war Helga gerade angekommen und Elisabeth schon weg. Ein Hausschlüssel für mich lag auf einer Anrichte.

»Was macht sie eigentlich so früh in der Agentur?«, fragte ich.

»Arbeiten«, antwortete Helga. »Ab zehn kommt sie nicht mehr dazu, dann bimmelt in einer Tour das Telefon. Ich möchte keine Horde Schauspieler und Musiker managen, manche von denen sind wie kleine Kinder, die wollen halt spielen. Und wehe, es gibt nicht das Passende, oder es läuft gerade nicht so gut. Früher hat Curd ihr viel abgenommen, aber jetzt … Ich glaube, seit er nicht mehr hier wohnt, ist er auch oft unterwegs. Man kann ja nicht alles telefonisch regeln.«

»Dann sollte ich vielleicht mal in der Agentur anrufen«, sagte ich. »Ich müsste noch einiges mit Frau Thelen klären.«

»Was denn?«

Ich begann mit der Küchennutzung am Wochenende. Helga winkte sofort ab: »Die Küche gehört dir, wenn ich nicht da bin. Du glaubst doch nicht im Ernst, dass Frau Thelen sich sonntags an den Herd stellt? Die kennen keinen Feierabend und kein Wochenende. Essen gehört für sie zum Geschäft. Hier gibt es nur Brötchen oder Salat, manchmal ein Fertiggericht. Das besorge ich. Brauchst dich aber nicht wundern, wenn sie dich bittet, etwas warm zu machen. Ich mach uns mal Frühstück.«

Als Josie kurz darauf über das Babyphone verkündete: »Mama, Heia fetig«, fragte Helga: »Was dagegen, wenn ich sie runterhole?«

Warum hätte ich etwas dagegen haben sollen? Als Helga mit Josie auf dem Arm zurückkam, erzählte ich, was alles passiert, vielmehr nicht passiert war, ehe ich den Entschluss zur Trennung gefasst hatte. Ich fand, dass ich Helga eine Erklärung schuldete. Und das war es nicht allein.

Mit meiner Mutter war es mir nie vergönnt gewesen, so am Küchentisch zu sitzen. In meiner Kindheit hatten Papa und meine Brüder dabeigesessen, später Oma Finchen, die zu allem ihren Senf beisteuerte. Es wäre auch kaum möglich gewesen, mit meiner Mutter so über Ronnie zu reden wie mit Helga. Die hörte sich nur an, wie das gewesen war, vor der Hochzeit und danach. Von dem Moment an, als wir Schuberts Gourmettempel verlassen hatten und zu Klaus in den Lexus gestiegen waren, vielmehr als wir vor Klaras Haus wieder ausgestiegen waren. Wie abgeschnitten. Wie ein Sturz aus dem Himmel der Träume in die triste Realität. Und daran hatte sich nichts mehr geändert, im Gegenteil, es war immer weiter abwärtsgegangen.

Ein paarmal schüttelte Helga den Kopf, und einmal sagte sie: »Dass du dir das so lange hast bieten lassen, verstehe ich nicht. Ihr jungen Frauen heutzutage seid doch sonst so tough. Meine Jacky hätte dem Kerl schon am Morgen nach der Hochzeit den Stinkefinger gezeigt und wäre zu mir zurückgekommen.«

Ihre Jacky lag seit fünf Jahren unter der Erde, hatte ich von Rebekka erfahren. Autounfall. Jackys bekiffter und wohl auch noch besoffener Freund am Steuer war mit ein paar Kratzern davongekommen und Helga fast verrückt geworden. Sie hatte nur die eine Tochter gehabt und war schon geschieden, als sie angefangen hatte, für die Thelens zu arbeiten. Ihr Mann hatte sie kurz nach Jackys Geburt sitzen lassen. Wahrscheinlich war sie deshalb so auf Josie fixiert, sah in ihr das Enkelkind, das sie nie haben würde.

Unser gemeinsames Frühstück fiel bereits etwas kürzer aus, weil Rebekka nicht die halbe Nacht auf den Fernseher gestiert hatte und früher aufwachte. Als das Nebelhorn tutete, war ich fast ein wenig enttäuscht, weil die Gemütlichkeit ein jähes Ende fand. Aber ich kümmerte mich ja sehr gerne um Rebekka.

An dem Dienstag kam Elisabeth um Viertel nach sieben heim. Rebekka zankte sich gerade spielerisch mit Josie um das blaue *Kikaninchen*, das Klara gekauft hatte. Wie montags wollte Elisabeth wohl nur schnell einen lapidaren Gruß, vielleicht auch eine Erklärung loswerden, warum sie diesmal keine Zeit hatte.

»Meine«, sagte Rebekka genau in dem Moment, als die Tür aufging. Es machte ihr Spaß, Josie zu necken und die Ausdrucksweise meiner Kleinen nachzuahmen. Und bei einfachen

Worten war sie inzwischen recht gut zu verstehen. Eine Logopädin wäre sicher von Nutzen für sie gewesen.

»Nein, meine«, erklärte Josie und presste das Plüschtier mit beiden Armen gegen ihre Brust.

»Meine«, wiederholte Rebekka und tat so, als wolle sie nach dem blauen Kaninchen greifen, ehe sie registrierte, dass ihre Mutter in der Tür stand.

»Hallo, Sandra«, grüßte Elisabeth mit dünnem Lächeln und wandte sich an ihre Tochter. »Hallo, Spatz, hattest du einen guten Tag?«

In der Vorwoche hatte Rebekka diese Frage noch mit einem missmutigen Laut beantwortet. Diesmal nickte sie und hielt dem Blick ihrer Mutter stand mit einer Miene, die ich als trotzig und verkniffen empfand. Elisabeth zog sich ohne ein weiteres Wort zurück. Ich bekam sie an dem Abend nicht mehr zu Gesicht.

Mittwochs lernte ich endlich Oscar Thelen kennen. Elisabeth holte ihn nachmittags vom Flughafen ab. Gegen vier Uhr kamen sie zusammen in die Diele. Ich machte mir gerade einen Kaffee, hatte für Josie zwei Kekse aufs Tablett gelegt und für Rebekka ein Naturjoghurt mit etwas Honig verrührt.

Elisabeth machte ihren üblichen Abstecher in den Seitenflügel, wo Josie auf Rebekka aufpasste oder umgekehrt. Ihr war wohl entgangen, dass ich mich in der Küche aufhielt. Oscar Thelen blieb bei der offenen Tür stehen. Ihn hatte ich mir ganz anders vorgestellt, wie eine ältere Ausgabe von Curd, obwohl meine Mutter gesagt hatte, ihren Sohn hätte Elisabeth bereits gehabt, als sie geheiratet hatte. Ganz offensichtlich war er der Stiefvater. Er war kleiner als ich und ziemlich dick, hatte eine Glatze und Zähne, die beim Lächeln eine Nummer zu groß wirkten.

»Schön, Sie endlich persönlich kennenzulernen«, begrüßte er mich. »Ich hoffe, es gefällt Ihnen bei uns.«

Freundlich war er, zurückhaltend freundlich zwar und in Eile, weil sie sich nur frisch machen und umziehen wollten und gleich wieder wegmussten. Eine Veranstaltung in Düsseldorf, erklärte er mir, es könne spät werden. Dann rief er nach Elisabeth: »Kommst du, Schatz?« Ich schnappte noch etwas vom Funkhaus auf, während beide die Treppe hinaufstiegen. Er hatte Rebekka nicht mal Guten Tag gesagt. Aber wann hatte Ronnie sich denn wirklich und ehrlich für Josie interessiert?

Das Wochenende verbrachte ich praktisch allein mit Rebekka und Josie, obwohl nun auch Oscar Thelen daheim war. Aber samstags traf er schon zum Frühstück einen Musiker in Köln, und da Elisabeth im Haus nicht gebraucht wurde, konnte sie mitfahren. Kurz nach neun brachen sie auf, bis dahin hatte sich nur Oscar Thelen in die Küche verirrt, um zwei Becher Kaffee zu organisieren. Zurück kamen sie am frühen Nachmittag, frisch machen, umziehen, dann waren sie wieder weg. Der Sonntag war nicht viel anders. Und so ging es weiter.

Es war eine Farce, von Familie Thelen zu sprechen. Früher mochten sie eine Familie gewesen sein. Jetzt wohnten Vater, Mutter und Tochter nur noch unter einem Dach, hatten aber nichts gemeinsam. Oscar und Elisabeth hatten ihre Künstler, Rebekka hatte mich und Josie. Doch so war es unproblematisch, und mir gefiel es.

Es war ein tolles Haus, größer und entschieden besser eingerichtet, als ich es mir vor Jahren erträumt hatte. Und abgesehen von den Vormittagen in der Woche, an denen Helga mit mir frühstückte, anschließend ein paar Stunden lang ihrer Arbeit nachging, die Hälfte für mich liegen ließ und ersatzweise mein Kind bespaßte, gehörte das Haus mir.

Meine Anwesenheit rund um die Uhr erlaubte es Elisabeth, ohne Rücksichtnahme Termine außerhalb wahrzunehmen oder ihren Mann zu diversen Events zu begleiten. Zwei Tage London, eine Übernachtung in Den Haag. Darauf folgte Berlin. Damit hatte vor zwei Jahren Rebekkas Albtraum begonnen. Damit begann er auch für mich.

Überfälle

Gegen zwei Uhr in der Nacht spürte ich die ersten, zarten Berührungen seiner Finger auf meiner Brust. Noch im Halbschlaf glaubte ich zu träumen. Einen dieser erotischen Träume, die ich seit Dezember, genauer gesagt seit dem Kuss in der schäbigen alten Küche, gelegentlich hatte. In der Regel träumte ich von Klaus. *»Ich will dich, Sandra.«*

Und in meinen Träumen nahm Klaus sich, was er wollte. Natürlich nicht mit Gewalt, ich war ihm nur jedes Mal hilflos ausgeliefert, ohne den Grund meiner Hilflosigkeit zu erkennen. Die empfand ich bloß immer als willkommene Erklärung für meine Mutter. *»Ich konnte überhaupt nichts gegen ihn ausrichten, Mama, er hat mich einfach genommen, weil er mich wollte.«*

Diesmal war es nicht Klaus und kein Traum. Ich wachte auf, als Curd sich auf mich legte. Mit seinem Gewicht drückte er mich auf die Matratze, zwang mir mit einem Knie die Beine auseinander. Mein Nachthemd war bis zum Hals hochgeschoben. Meinen Slip hatte er an den Seiten mit einer Schere zerschnitten, um meinen Unterleib entblößen zu können, ohne mich sofort zu wecken.

Die Schere lag auf dem Nachttisch. Er hätte mir die Spitzen an den Hals setzen können, um mich gefügig zu machen. Das tat er nicht. Er hielt mir nur mit der Linken den Mund zu und wisperte: »Pst, sei leise, wir wollen die Kleine nicht aufwecken.«

Gleichzeitig spürte ich seine Rechte zwischen den Schenkeln.

Er schmierte mich mit etwas Kühlem ein. Ein Gleitgel, die Tube lag neben der Schere. Einer seiner Finger glitt in mich hinein. »Wehr dich nicht«, verlangte er flüsternd, als ich zurückzuckte. »Ich will dir nicht wehtun. Ich will dich nur lieben.«

Es so auszudrücken war der blanke Hohn. Was er wollte, nannte sich ganz anders. Ihm ging es nicht einmal um Sex, auch wenn das vordergründig so aussehen mochte. Aber das zu begreifen, so weit war ich noch nicht.

Dann war er in mir, bewegte sich langsam und flüsterte weiter: »Ist es gut so? Oder willst du es leidenschaftlicher? Sag mir, wie du es am liebsten magst.«

Ich konnte nichts sagen mit seiner Hand auf dem Mund. Ich konnte auch nicht sprechen, als er die Hand wegnahm. Um mich zu küssen. Es war ein durchaus zärtlicher Kuss. Unter anderen Voraussetzungen hätte ich es vielleicht ebenso genossen wie im Dezember mit Klaus. Aber so, mit der Schere auf dem Nachttisch, dem zerschnittenen Slip auf dem Fußboden, dem schlagartig einsetzenden Begreifen und der Ungläubigkeit …

Auf Anhieb konnte ich wirklich nicht glauben, dass es tatsächlich passierte. Doch nicht mit diesem Mann. Kultiviert, gebildet, verständnisvoll, rücksichtsvoll, ich hatte ihm so viele positive Eigenschaften unterstellt, aber keine Abartigkeit. Und gewiss keine Dummheit.

Zuerst hielt ich es für Dummheit, für ein Missverständnis, eine Fehlinterpretation. Er meinte, ich hätte ihm Avancen gemacht, sei nur wegen ihm hier eingezogen. Mehrfach beteuerte ich, dass er sich irrte. Jedes Mal verschloss er mir den Mund mit einem Kuss und machte weiter. Er ließ sich durch nichts beirren.

Schließlich kapitulierte ich, ließ es über mich ergehen, ohne weiter zu protestieren und ohne mich noch einmal unter ihm zu winden. Mich massiv gegen ihn zu wehren, hätte nicht viel bewirkt. Kräftemäßig war er mir überlegen. Abgesehen davon ging es relativ schnell, nachdem ich schwieg und aufhörte, mich zu bewegen.

Als er sich auf die Seite rollte, setzte ich mich aufrecht hin, zog das Nachthemd herunter und die Beine unter den Leib. Dann erklärte ich ihm noch einmal nachdrücklich, dass ich nur wegen Rebekka eingezogen war und nicht die Absicht hatte, so kurz nach der Trennung von meinem Mann eine Affäre zu beginnen.

»Machst du dir Sorgen, dein Mann könnte etwas erfahren?«, fragte er und lachte leise. »Wir beide wissen doch, dass wir schweigen und uns aufeinander verlassen können, nicht wahr? Ich werde bestimmt nicht damit prahlen, dass ich dich hatte. Aber es war doch schön, oder? Mir hat mal eine Frau gesagt, am schönsten sei es, wenn es völlig unerwartet käme und sie nicht mehr die Zeit hätte, darüber nachzudenken, ob sie es jetzt wirklich wolle. Beim Nachdenken würde sich nur die Vernunft melden und unzählige Gründe nennen, warum der Zeitpunkt ungünstig sei. So hätte sie es einfach nur genossen.«

Vielleicht hätte ich in dem Augenblick sagen müssen: »Ich werde aber vorher gerne gefragt. Auf Überfälle stehe ich gar nicht.« Doch in der Situation war ich viel zu schockiert, als dass mir solche Worte eingefallen wären. Ich schwieg nur.

Curd lachte noch einmal, dieses leise und trotz der letzten zehn Minuten immer noch irgendwie sinnliche Lachen, das wie ein kühler Schauer über meinen Rücken strich. »Wusste ich's doch«, sagte er, wertete mein Schweigen als Zustimmung. »Bisher hat sich noch keine beschwert.«

Dann stieg er aus dem Bett, zog sich an und verschwand so leise, wie er gekommen war. Die Schere und das Gleitgel blieben auf dem Nachttisch zurück.

An Schlaf war nicht mehr zu denken, ich schämte mich entsetzlich, fragte mich, wann er gekommen war, wann er mein Nachthemd hochgeschoben und den Slip zerschnitten, wie lange er mich begafft haben mochte, ehe er zu fummeln begonnen hatte. Ich war überzeugt, selber schuld zu sein, diesen Übergriff mit meinem Verhalten und der aufkeimenden Verliebtheit, die er gespürt haben mochte, herausgefordert zu haben.

Als es draußen hell wurde, wusste ich immer noch nicht, was und ob ich überhaupt etwas tun sollte oder müsste. Nach so einem Übergriff alarmiert man nicht die Polizei. Man telefoniert auch nicht in der Familie herum und verkündet: »Ich wurde letzte Nacht vergewaltigt.« So hatte ich es nicht empfunden.

Eine Vergewaltigung setzte ich mit Gewalt gleich. Ich hatte mich nicht energisch gewehrt, nicht einmal lauthals protestiert, um Josie nicht zu wecken. Statt Hämatomen an Beinen, Armen oder im Gesicht, wie man sie bei Vergewaltigungsopfern oft sah, hatte ich nur einen kleinen Knutschfleck am Hals, dicht über dem Schlüsselbein. Was hätte ich damit beweisen wollen?

Ich hatte das dringende Bedürfnis, mit einem Menschen darüber zu reden. Es kam nur Olga infrage. Ihr hätte ich erzählen können, was geschehen war. Ihr hätte ich sogar sagen können: »Curd Thelen hat mich missbraucht.«

Das hätte zwar den Tatsachen entsprochen, doch sogar diese Formulierung kam mir lächerlich vor, maßlos übertrieben und falsch. Kinder wurden missbraucht. Ich war erwachsen. Ich hatte ein Kind und wollte nicht noch eins bekommen. Die Pille nahm ich nicht, er hatte kein Kondom benutzt. Vielleicht konnte Olga mir die »Pille danach« beschaffen.

Schon um halb sechs stand ich auf, duschte ausgiebig, putzte mir gründlich die Zähne. Dann zog ich mich an. Der Knutschfleck verschwand unter dem Halsabschluss eines T-Shirts.

Anschließend hieß es warten. Zu früh durfte ich Olga nicht anrufen, damit mein Bruder nicht Zeuge des Gesprächs wurde. Tobias ging erst um halb acht aus dem Haus, weil er auf dem Weg zur Praxis Julia bei der Schule absetzte. Olga machte sich eine Stunde früher auf den Weg ins Krankenhaus und brauchte je nach Verkehrslage zehn bis fünfzehn Minuten. Während der Fahrt wollte ich sie nicht belästigen.

Ich wartete bis Viertel vor sieben. Und da ging Olga schon nicht mehr an ihr Handy, war entweder in einer Besprechung oder bereits im OP. Als sich die Mailbox einschaltete, wusste ich nicht, wie ich es ausdrücken sollte, ohne Olga in den Glauben zu versetzen, ich hätte freiwillig mitgemacht. Wo ich so von Curd Thelen geschwärmt hatte, wäre das eine naheliegende Vermutung gewesen. Also erklärte ich nur, ich hätte schnell etwas fragen wollen, es sei aber nicht wichtig, sie brauche nicht zurückzurufen.

Dann saß ich da, allein mit meinen Gedanken, Überlegungen, Empfindungen, allein mit der Scham und der Sorge, dass die Nacht Folgen haben könnte.

Helga kam erst um halb neun. Wenn Thelens zusammen unterwegs waren, kam sie neuerdings gerne etwas später. Das Frühstück stand schon auf dem Tisch, als sie die Küche betrat. Josie hatte längst »Heia fetig« und trank ihren Kakao. Ich hatte bereits drei Tassen Kaffee im Leib und spürte den ersten Anflug von Übelkeit.

Dass ich anders war als sonst, fiel Helga sofort auf. »Stimmt etwas nicht? Du bist doch nicht sauer, weil ich später komme?«

»Nein.« Am liebsten hätte ich gesagt: Nix gute Mann war hier. Ich dachte, es sei Pola vielleicht ebenso ergangen, und sie sei deshalb bei Nacht und Nebel verschwunden, aber nicht zu ihrer Familie nach Hause, weil sie als erzkatholische Frau ihre Augen treten mochte.

»Aber du bist so komisch, du hast doch was«, meinte Helga.

»Nur schlecht geschlafen.«

Das erzählte ich kurz darauf auch Rebekka, die ebenfalls bemerkte, dass mit mir etwas nicht in Ordnung war, und hartnäckiger nachfragte als Helga. *Warum? Wieso? Weshalb? Was hat dich beim Schlafen gestört?* Rebekka nahm sogar ihren Notizblock zu Hilfe, um der Sache auf den Grund zu gehen.

Seit ihre Mutter sie beim Kampf um das blaue Kikaninchen ertappt hatte, sah sie keine Veranlassung mehr zu verheimlichen, dass sie sich auch noch auf andere Weise mit mir verständigen konnte. Block und Stift lagen seitdem immer griffbereit auf der Ablage. Aber ihr erging es nicht anders, als es mir mit ihr ergangen war. Ich hielt den Mund.

Wenn ich mir vorstelle, wir wären offen zueinander gewesen. Vielleicht nicht gleich zu Anfang nach meinem Patzer mit Klaras Vergewaltigung, aber nach dem Auftauchen von Polas Vater oder an dem Morgen ... Da hätte ich den Anfang machen können. Es wäre zweifellos eine kluge Entscheidung gewesen, sich Rebekka anzuvertrauen. Im Gegenzug hätte ich wohl erfahren, was mir bevorstand. Aber ich dachte, es hätte sich um einen einmaligen Vorfall gehandelt.

Zwei Tage beziehungsweise Nächte später wurde ich erneut aus dem Schlaf gerissen, diesmal von meiner Schwiegermutter. Klara rief kurz nach drei an, um mitzuteilen, Ronnie sei überfallen und brutal zusammengeschlagen worden.

»Hast du ihm einen Schläger auf den Hals gehetzt, um ihn loszuwerden, oder hat dein Vater seine Drohung wahr gemacht?«, wollte Klara wissen.

»Welche Drohung?«, fragte ich schlaftrunken. »Mein Vater hat Ronnie noch nie gedroht.«

»Doch«, widersprach Klara. »Er hat ihm Konsequenzen angedroht, weil Ronnie sich deinen Wagen geliehen hatte, um einen Kunden aufzusuchen. Du warst dabei. Willst du das leugnen?«

»Das ist aber schon eine Weile her«, sagte ich. »Und es war nicht so gemeint, wie du das auslegst. Mein Vater ist doch kein Schläger.«

»Er hat auch nicht selber zugeschlagen«, erklärte Klara. »Ronnie meinte, es wäre ein jüngerer Mann gewesen. Du hast zwei Brüder. Leider hat er den Mann nicht genau gesehen, weil er von hinten angegriffen wurde.«

»Ist Ronnie im Krankenhaus?«, fragte ich, mit einem Schlag hellwach. Es ließ mich nicht völlig kalt. Ich hatte zwar mit Ronnie abgeschlossen, wünschte ihm aber nichts Böses.

»Er war in der Notaufnahme«, sagte Klara. »Jetzt ist er hier und schläft. Deine Freundin und ihr Mann haben ihn nach Hause gebracht.« Damit waren Carina und Jens gemeint. Da sie zusammenlebten, waren sie für Klara Mann und Frau.

»Ronnie wurde geröntgt und hat etwas gegen die Schmerzen bekommen«, fuhr sie fort. »Seine Rippen mussten gerichtet und sein Kopf genäht werden. Dafür muss jemand bezahlen.«

Bei dieser Ausdrucksweise dachte ich an Gerechtigkeit, Klara dagegen meinte Geld. Ronnie hatte seit Monaten seine Versicherung nicht mehr bezahlt. Dass die jetzt bereitwillig die Kosten übernahm, durfte bezweifelt werden. Wahrscheinlich hatten sie ihm inzwischen gekündigt. Deshalb hatte er darauf verzichtet, sich stationär aufnehmen zu lassen, wozu man ihm geraten hatte. Das Krankenhaus würde trotzdem eine Rechnung für die in der Notaufnahme erbrachten Leistungen schicken. Aber das, fand ich, war nicht mein Problem.

Ronnie sah das anders. Er meldete sich am späten Vormittag während Rebekkas Therapiestunde. So wurde sie Zeugin des Gesprächs. Und obwohl sie nur meinen Part hörte, reimte sie sich schnell zusammen, dass etwas Unangenehmes vorgefallen war.

Ronnie erzählte ausführlicher, was geschehen war. Ein Anruf kurz nach elf Uhr am vergangenen Abend. Angeblich jemand, dessen Auto nicht ansprang, der Ronnies Nummer im Internet entdeckt und Ronnie auf den Parkplatz bei der Autobahnauffahrt bestellt hatte.

»Als ich ankam, standen da drei Autos.« Ronnie klang, als müssten auch seine Zähne gerichtet werden. »Aber ich hab die Sau nicht gesehen. Der muss im Gebüsch gelauert haben.«

»Wie bist du denn zum Parkplatz gekommen?«, fragte ich. Weil Klara von Carina und Jens gesprochen hatte, nahm ich an, die beiden hätten Ronnie gefahren. In Schuberts Gourmettempel wurde um elf Uhr nachts nicht mehr gekocht. Carina und ihr Freund hätten Feierabend machen und Ronnie den Gefallen tun können. Dann hätte es zwei Zeugen gegeben, die Angaben zum Täter machen konnten. Meine Brüder zu verdächtigen war hirnverbrannt.

»Mam hat mir einen kleinen Gebrauchten gekauft«, durchkreuzte Ronnie diese Theorie. »Ich bin ausgestiegen, hab mir die Autos angesehen und gerufen, bekam aber keine Antwort. Dann hab ich hinter mir was rascheln gehört. Mehr weiß ich nicht. Der muss sich angeschlichen haben. Ich bekam eins über die Rübe und bin sofort zu Boden gegangen. Und das Schwein hat mich weiterbearbeitet. Meine Rippen, das wären eindeutig Tritte, hat der Arzt gesagt. Im Krankenhaus haben sie mir empfohlen, Anzeige zu erstatten. Das werde ich auch heute noch tun. Die Polizei wird schon herausfinden, welcher von den beiden das war.«

»Du kannst nicht im Ernst annehmen, einer meiner Brüder hätte dich überfallen«, fuhr ich auf.

»Wieso nicht?« Ronnie wurde nicht lauter, schien die Ruhe selbst. Vielleicht hatte er Kopfschmerzen, da brüllt man nicht gerne. »Nenn mir einen vernünftigen Grund, warum mich irgendein Fremder auf einen einsamen Parkplatz locken und zusammenschlagen sollte. Und mehr hat die Sau nicht getan, mir nicht mal das Handy abgenommen. Damit scheidet ein Raubüberfall aus, dafür wird man auch nicht irgendwohin bestellt. Es muss einer gewesen sein, der meine Seite im Netz kennt. Da steht allerdings nicht drauf, dass ich auch Autos repariere. Also muss der Kerl gewusst haben, dass ich mir eine Menge zutraue und knapp bei Kasse bin. Carina meint, das wäre einer gewesen, der einen richtigen Hass auf mich hat. Sie hatte Klaus im Verdacht, aber der schwirrt im hohen Norden herum, Norwegen oder Finnland, ich weiß nicht genau, hab länger nichts von ihm gehört.«

»Hat Carina dich ins Krankenhaus gebracht?«, fragte ich, um mich von dem Gedanken abzulenken, der sich unerbittlich durch meine Hirnwindungen schob. Seite im Netz, einer, der nichts gelernt hatte, aber alles reparieren konnte, sich sogar an Autos herantraute, und ein Auto, das nicht ansprang. Aber wieso sollte Curd Thelen Ronnie hassen und zusammenschlagen?

Dass mein Blick sich automatisch und sehr nachdenklich auf Rebekka richtete, war nicht zu vermeiden. Sie schaute ebenso unvermeidlich nachdenklich und neugierig in mein Gesicht.

»Ja«, antwortete Ronnie. »Mir ging es echt dreckig, als ich wieder zu mir kam. Ich hätte nicht mehr fahren können, hab Carina angerufen. Jens hat meine kleine Kiste nach Hause gebracht.«

»Das war keiner von meinen Brüdern«, sagte ich. »Ich schwöre dir, dass es keiner von ihnen war. Sie sind Ärzte, sie verprügeln keinen und treten bestimmt keinen, der schon am Boden liegt.«

»Der Ältere ist bloß Zahnarzt«, korrigierte Ronnie.

»Richtig«, stimmte ich zu. »Und gerade Tobias leistet Feinarbeit. Kannst du dir einen Boxer vorstellen, wie er einen Nerv zieht oder eine Zahnhalskaries behandelt? Tobias kann es sich gar nicht leisten, sich die Hände zu zerschlagen.«

»Geschlagen hat er mit einem Knüppel, danach hat er nur noch getreten«, sagte Ronnie.

So kamen wir nicht weiter. »Hast du seine Stimme erkannt, als er anrief, oder hast du eine Telefonnummer?«

»Die Nummer war unterdrückt«, erklärte er. »Und so oft

habe ich mich nicht mit deinen Brüdern unterhalten, dass ich ihre Stimmen erkenne, wenn sie mich mit einem Handy anrufen.«

So wie er den Kontakt zu meiner Familie gepflegt hatte ... Nur bei der Hochzeit hatte er ein paar Worte mit Tobias und Dirk gewechselt. Mit Curd Thelen hatte er noch nie gesprochen.

Ich beendete das Gespräch in der Hoffnung, dass der Polizei ein Verdacht gegen meine Brüder genauso absurd vorkäme wie mir und dass sie beide gute Alibis hatten. Dann erzählte ich Rebekka von dem Überfall und dem Verdacht, den Carina geäußert hatte. Solange ich verschwieg, dass Klaus sich derzeit in Norwegen oder Finnland aufhielt, klang das plausibel.

Aber es musste ihr Bruder gewesen sein, eine andere Erklärung fand ich nicht, mochte ihr das jedoch nicht sagen. Ich war überzeugt, dass sie Curd liebte und ihn verteidigen würde, so wie ich Dirk und Tobias verteidigt hatte. Mein größter Irrtum.

Fröschlein Spatzenkind

Curd kam immer wieder, meist spät in der Nacht, wenn er sicher sein konnte, dass ihn niemand in ihrem Zimmer erwischte. Mutter schlief dann, Vater ebenso, wenn er daheim war. Meist hatte Curd irgendeine Frau ausgeführt oder ausführen müssen und war danach auf seine Kosten gekommen. Das behauptete er zumindest.

Aber irgendwann glaubte sie ihm nicht mehr, dass er hübsche, junge Frauen beglückte. Die älteren, die hässlichen nahm sie ihm noch ab, über die beschwerte er sich ständig. Und irgendwann war sie sicher, dass er an ihr nur seinen Frust abreagierte.

Manchmal vergingen nur wenige Tage, manchmal zwei oder drei Wochen, ehe Curd erneut in ihr Zimmer kam, als wäre er der Herr im Haus. So fühlte er sich wohl auch. Manchmal saß er auf der Bettkante, weckte sie mit zartem Streicheln über eine Wange oder die Stirn und erzählte zuerst von der Frau, mit der er den Abend verbracht hatte. Manchmal lag sie schon halb nackt auf dem Laken, und er drückte ihr behutsam die Beine auseinander. Er achtete immer darauf, dass seine Übergriffe keine Spuren hinterließen. Hämatome an ihren Oberschenkeln hätten Mutter, dem Physiotherapeuten oder dem Schwimmtrainer auffallen können und Fragen aufgeworfen.

Früher am Abend kam Curd nur, wenn sie alleine im Haus waren. Und dann blieb er meist einige Stunden. Wieder und wieder versuchte sie ihm begreiflich zu machen, dass sie das nicht wollte, dass ihr auch nicht gefiel, was er tat. Und je öfter er es tat, umso schlechter verstand man sie. Das fiel auch anderen auf.

An einem Sonntagmorgen im Juli, kurz nach ihrem siebzehnten Geburtstag, zwei Wochen vor Beginn der Sommerferien, saßen sie alle zusammen beim Frühstück, als Mutter von einem Anruf der Schule berichtete. Ein Lehrer hatte auf eine deutliche Verschlechterung hingewiesen. Bis zu den Übergriffen ihres Bruders hatten ihre schulischen Leistungen weit über dem Durchschnitt gelegen. Seitdem war sie in allen Fächern abgestiegen. Und ihre Aussprache …

»Das ist mir auch schon aufgefallen, Spatz«, sagte Mutter. »Man versteht dich kaum noch. Was ist denn los mit dir?«

An ihrer Stelle antwortete Curd: »Unser Spatzenkind ist verliebt. Und wenn die Gefühle brodeln, wird vieles andere nebensächlich oder gerät durcheinander. Nicht wahr, Fröschlein?« Dabei schaute er sie mit einem so liebevollen Blick an, dass ihr übel wurde.

»Verliebt?«, wiederholte Mutter ungläubig und fassungslos. »In wen? In einen Mitschüler?«

Wieder war Curd schneller als sie. »Nein.« Er lachte amüsiert. »In Patrick Swayze alias Johnny Castle. Warum, meinst du wohl, schaut sie sich den Film so oft an? Du brauchst dir keine Sorgen zu machen, dass sich in absehbarer Zeit irgendein Jüngling an ihr vergreift. Unser Spatzenkind wird sich noch geraume Zeit mit der Liebe zufriedengeben müssen, die sie von uns bekommt.« Er schloss mit einer Frage an sie: »Die reicht dir doch auch, nicht wahr, Fröschlein?« Und dabei zwinkerte er ihr auch noch zu.

Es war widerlich und gemein. Sie kämpfte gegen die Tränen, wollte den Kopf schütteln, aber ihre verkrampften Muskeln entschieden anders. Ihr Kopf ruckte nur hilflos zur Seite. Und ihre rechte Hand, die nach einer Brötchenhälfte greifen wollte, um die zuckenden Mundwinkel dahinter zu verstecken, stieß ein Glas Orangensaft um. Als es vom Tisch rollte und auf den Bodenfliesen zerbrach, verlor sie ihren Kampf.

Vater schüttelte missbilligend den Kopf und verzog abfällig die Lippen. Mutter sprang auf, um Küchenkrepp, Kehrblech und Handfeger zu holen. Curd wartete noch, bis Mutter zurückkam, um die Scherben zu beseitigen und die Pfütze auf dem Tisch trocken zu tupfen. Erst da griff er nach ihrer Hand.

»Aber Fröschlein«, sagte er. »Das war doch nur ein Versehen. Ein paar Scherben sind kein Grund zum Weinen.«

In dem Moment schaltete Vater sich ein, was er äußerst selten tat. »Ich glaube nicht, dass sie wegen der Scherben weint.« Mit den nächsten Worten wandte er sich an sie: »Geh auf dein Zimmer, Rebekka, ich möchte unter vier Augen mit dir reden.«

Curd wollte ihr vom Stuhl aufhelfen. Vater wies ihn mit scharfer Stimme in die Schranken. »Lass sie. Sie ist ohne Hilfe hergekommen, sie kommt auch ohne Hilfe zurück in ihr Zimmer. Wenn sie das nicht mehr schafft, wäre sie in einem Pflegeheim entschieden besser aufgehoben.«

Sie schaffte es alleine zurück, es dauerte nur eine Weile. Und kaum hatte sie an ihrem Schreibtisch Platz genommen, stand Vater auch schon in der Tür.

Es war fast ein Moment der Hoffnung, aber nur fast. Dass sie hätte reden müssen, solange sie noch verständlich hatte reden können, war ihr seit Langem klar. Wenn nicht mit ihren Eltern, dann eben mit einem Lehrer oder dem Physiotherapeuten. Aber von sich aus hätte sie niemals über die Lippen gebracht, was sich seit fast einem Jahr in ihrem Zimmer abspielte. Wenn Vater einen Verdacht gehabt und gezielt gefragt hätte, vielleicht hätte sie dann nicken können. Vielleicht. Aber wohl eher nicht.

Pflegeheim! Das schwebte über ihrem Kopf wie das Schwert des Damokles. Und ihr Schwert würde von der Decke stürzen und sich in ihren Schädel bohren, wenn sie den Mund aufmachte, da war sie sicher. Wer war denn wichtig für die Agentur? Sie auf keinen Fall.

Und Vaters Verdacht ging in eine andere Richtung. Er nahm an, es hinge mit Mutters beruflichen Aktivitäten zusammen, dass ihre schulischen Leistungen zu wünschen übrig ließen und sich ihr Zustand in den letzten Monaten verschlechtert hatte.

»Wenn es dir nicht passt, dass deine Mutter hin und wieder eine Nacht außer Haus verbringt, brauchst du nur zu nicken«, begann er. »Es gibt gute Pflegeeinrichtungen, in denen du rund um die Uhr betreut wirst, wenn du das brauchst. Ich dachte, wir wären so weit, dass du es nicht mehr brauchst. Da scheine ich mich im Irrtum befunden zu haben.«

Anschließend hielt er ihr einen Vortrag über das Recht jeder Frau, einen Beruf auszuüben, der ihr Spaß machte. Und es waren immer nur berufliche Anlässe. Dabei hätte es Mutter bestimmt gutgetan, auch mal wieder zum Vergnügen in einem Konzertsaal zu sitzen. »Weißt du überhaupt, worauf deine Mutter schon alles verzichtet hat, weil sie sich stets und ständig Sorgen um dich macht?«, fragte er.

Sie wagte nicht einmal zu nicken. Und währenddessen redete Curd auf Mutter ein. Vor Jahren hatte Vater einmal gesagt,

Curd verfüge über nicht zu unterschätzende manipulativ rhetorische Fähigkeiten, die für die Agentur von großem Nutzen sein könnten. Sie war elf oder zwölf Jahre alt gewesen, als sie diese Worte aufgeschnappt hatte. Damals hatte sie keine Ahnung gehabt, was sie sich unter derartigen Fähigkeiten vorstellen sollte. Inzwischen wusste sie das.

Curd konnte so lange auf Menschen einreden, bis sie glaubten, schwarz wäre weiß und umgekehrt, oder bis sie sich mit grau zufriedengaben. Bei älteren Frauen gelang ihm das besonders gut. Und am besten funktionierte es bei Mutter.

Während Vater sich mit ihr auseinandersetzte und sie glauben ließ, ein falsches Wort oder eine missverständliche Geste brächte sie auf direktem Weg in ein Pflegeheim, schaffte Curd es, Mutter mental auf das vorzubereiten, was er offenbar auf sich zukommen sah. Nämlich, dass sie sich ihrem Vater anvertraute.

Natürlich sagte Curd nicht: Ich verschaffe Becki hin und wieder etwas Entspannung, sie hat ja sonst nichts vom Leben. Aber Vater wird damit nicht einverstanden sein und darauf drängen, dass sie in ein Heim kommt.

Was genau er zu Mutter sagte, erfuhr sie nicht. Er stellte es wohl so dar, als befürchte er, Vater könne ihr einreden, dass ein Mann von mittlerweile neunundzwanzig Jahren, der die nun siebzehnjährige Halbschwester beim Baden oder Duschen beaufsichtigte und gegebenenfalls selbst Hand anlegte, Hintergedanken oder unlautere Absichten haben müsse.

Mit dieser Vorgabe kam Mutter anschließend zu ihr und wollte wissen, was Vater gesagt habe. Und noch ehe sie etwas erwidern konnte, setzte Mutter zu einem salbungsvollen Vortrag an, aus dem nur eines zweifelsfrei hervorging: Was immer Curd tat, es war vollkommen in Ordnung. Er tat es aus Liebe, ohne unlautere Absichten, ohne Hintergedanken, nur aus dem Bedürfnis, ihr Leben so angenehm wie möglich zu gestalten.

»Wir können ihm gar nicht dankbar genug sein«, sagte Mutter. »Curd ist mir eine große Hilfe und Stütze. Ohne ihn wäre es kaum möglich, dass du hier mit uns leben kannst. Ich hoffe, du weißt das, Spatz, und du vergisst es nie, egal wie Vater darüber denkt. Vielleicht sieht er einige Dinge in einem anderen Licht, weil Curd nicht sein eigener Sohn ist. Aber Curd ist Teil deiner Familie, und ich finde es wichtig, dass du mit deiner Familie zusammenlebst und nicht mit Fremden, die dafür bezahlt werden wollen, dass sie sich um dich kümmern.«

Ihren Bruder bekam sie an dem Sonntag nicht mehr zu Gesicht. Nachdem er Mutter in seinem Sinne instruiert hatte, ging er Vater lieber aus dem Weg. Angeblich hatte er schon für mittags eine Verabredung, vermutlich fürchtete er eine Auseinandersetzung, die gar nicht stattfinden konnte, weil sie geschwiegen hatte.

In der Nacht zum Montag wachte sie auf feuchten Laken auf. Curd war nicht bei ihr gewesen, sie hatte nur davon geträumt und wusste nicht, ob sie sich schämen oder es als einen Wink des Schicksals werten sollte. Dass er sich an ihr vergriff, wenn sie das Bett nass gemacht hatte, konnte sie sich nicht vorstellen. Deshalb meinte sie, das solle sie öfter tun, immer wenn sie davon ausgehen musste, dass er in der Nacht käme.

Frau Dickens meckerte, weil sie auf Mutters Geheiß die Bettwäsche wechseln musste. »Warum machst du denn plötzlich so eine Sauerei, Becki?«, fragte sie. »Du bist doch kein kleines Kind mehr. Man sollte meinen, dass du aufwachst, wenn du aufs Klo musst. Das klappt doch seit Jahren.«

Curd belauerte sie beim Frühstück mit Blicken, als wolle er sich in ihr Gehirn bohren. Sie fürchtete sich vor dem Nachmittag, vor bohrenden Fragen und erneuten Übergriffen, wenn sie mit ihm alleine im Haus wäre. Aber als sie aus der Schule kam, war er nicht mehr da.

Frau Dickens brachte das Essen auf den Tisch und erzählte dabei, Vater habe Curd am Vormittag abberufen.

Für volle zwei Wochen war ihr Peiniger im wahrsten Sinne des Wortes in die Wüste geschickt worden. Als Begleiter oder Beschützer für eine ältere Schauspielerin, die in Tunesien drehte und sich dort angeblich nicht sicher fühlte.

Sie fand es seltsam, dass ausgerechnet der Mann, dem sie seit ihrer Geburt ein Dorn im Auge war, dafür gesorgt hatte, dass sie nicht weiter drangsaliert wurde. Zumindest nicht in den nächsten beiden Wochen. Nun fragte sie sich, wie Vater reagiert hätte, wenn sie offen zu ihm gewesen wäre.

Vater hatte wohl einen Verdacht, und dafür hatte Curd auch noch selbst gesorgt. Mit seinem Bemühen, Mutter in seinem Sinne auf mögliche Anschuldigungen vorzubereiten, hatte er einen Fehler gemacht. Es waren schließlich keine Anschuldigungen erhoben worden. Der Einzige, der unlautere Absichten und Hintergedanken zum Thema gemacht hatte, war Curd. Und irgendein Drehbuchschreiber oder Regisseur hatte einmal zu Vater gesagt, dass Schurken sich oft selbst überführten, weil sie bei anderen ein Wissen um Untaten voraussetzten, über das nur sie allein verfügten. Es war um einen drittklassigen Ganovenfilm gegangen, aber er hatte etwas von einer Lebensweisheit.

An dem Montagmittag begannen für sie zwei Wochen ohne die ständige Furcht, mit nacktem Unterleib und einem entschlossenen Mann auf der Bettkante aufzuwachen. Zwei erholsame, wundervolle Wochen, in denen sie bewies, dass sie auch sehr gut ohne Curd zurechtkam.

Frau Dickens blieb wieder wie früher bis zum Nachmittag. Zweimal kam Mutter früher aus der Agentur, um sie zur Physiotherapie und zum therapeutischen Reiten zu fahren und wieder abzuholen. Danach bestellte Vater einen Krankentransporter für diese Touren.

Als sie vom Schwimmen zurückkam, rückte ihr keiner mit einem Fön zu Leibe, damit sie sich nur ja keinen Schnupfen holte. Auch etwas, was sie hasste. Frau Dickens sagte bloß: »Ich mach mich dann mal auf den Heimweg, Becki. Frische Brötchen liegen im Kasten. Im Kühlschrank steht auch ein Mandarinenquark, wenn du vor dem Abendessen Hunger bekommst. Hab ich extra für dich gemacht.«

Als die Haustür hinter Frau Dickens zuschnappte, war sie zum ersten Mal, seit sie denken konnte, allein im Haus, ganz allein mit Mandarinenquark im Kühlschrank, dem Bewegungstrainer in ihrem Zimmer und einer Aufgabe für die Schule, die sie noch erledigen musste. Es war herrlich, eine Art von Freiheit, die niemand nachvollziehen konnte, der nicht so gehandicapt war wie sie.

Und sie kam zurecht mit ihren Beinschienen und den Krücken, als hätte ihr Körper nur auf den Moment gewartet, endlich beweisen zu dürfen, dass sie nicht auf fremde Hilfe angewiesen war. Alles ging langsamer und bedächtiger als bei Menschen ohne Behinderung, sie genoss trotzdem jede Minute, bis Mutter abends aus der Agentur kam, wie ein aufgescheuchtes Huhn um sie herumwuselte und ihr damit vor Augen führte, dass sie eben nicht wie andere war.

Wenn sie mehr Zeit bekommen hätte, wäre es ihr vielleicht gelungen, Mutter davon zu überzeugen, dass sie unbesorgt an Filmpremieren, Filmfestspielen und anderen Events teilnehmen, dass sie sogar zusammen mit Vater mal wieder ein Konzert besuchen könnte, ohne befürchten zu müssen, dass ihr Spatzenkind sich derweil ein paar Knochen oder den Hals brach. Doch dafür reichten zwei Wochen nicht.

Als die Sommerferien begannen, kam Curd zurück, tief gebräunt von der Wüstensonne, vermutlich angeekelt von der älteren Schauspielerin und höchstwahrscheinlich stinksauer auf seinen Stiefvater und das Fröschlein. Doch wie nicht anders zu erwarten, verstand er sich vortrefflich darauf, seine Wut zu verbergen.

Beim gemeinsamen Abendessen schwärmte er von den beiden Wochen wie von einem schönen Urlaub und bedauerte, dass nicht alle Schauspielerinnen Angst vor Drehtagen in der Wildnis hatten. Curd war gut in der Rolle des Abenteurers. Er war so gut, dass Vaters erst vor Kurzem erwachtes Misstrauen wieder einschlief und er seinen Verdacht als absurd abtat, wozu die ältere Schauspielerin ihren Teil beitragen mochte.

Offenbar hatte Curd bei dieser Frau ohne Kamera und Regie den jugendlichen Liebhaber gespielt. Und in der Rolle war er so überzeugend gewesen, dass die Schauspielerin in den folgenden Tagen wiederholt in der Agentur anrief und sich mit ihm verabreden wollte, was er bedauerlicherweise zeitlich nicht einrichten konnte. Auch davon berichtete er bei den Mahlzeiten, wenn alle am Tisch saßen.

Nach allem, was er ihr über seine Abende mit älteren Redakteurinnen und Produzentinnen erzählt hatte, glaubte sie keine Sekunde lang, dass er es wirklich bedauerte. Sie war überzeugt, dass er nicht das geringste Interesse an der Frau hatte, die ihn beim nächsten Dreh gerne wieder an ihrer Seite haben wollte und weitere Anrufe tätigte, um das zu erreichen.

Zweimal sprach die Schauspielerin mit Mutter, ein Anruf wurde zu Vater durchgestellt, der sich daraufhin entschloss, Mutter in der zweiten Augustwoche mit nach Wien zu nehmen. Ein Konzert in der Hofburg, er wollte noch zwei Urlaubstage anhängen. Mutter hatte seit Jahren keinen Urlaub mehr gemacht.

Darauf wies Vater auch hin, als er beim sonntäglichen Frühstück seine Pläne unterbreitete. »Ein paar unbeschwerte Tage werden eurer Mutter bestimmt nicht schaden«, sagte er. »Was meint ihr, ist das machbar?« Sein Blick ging von ihr zu Curd und wieder zurück. An ihrem Gesicht blieb er etwas länger haften.

»Warum sollte es nicht machbar sein?«, fragte Curd. »Tagsüber kommt Rebekka alleine zurecht, wie sich während meiner Abwesenheit gezeigt hat. Und nachts bin ich meist im Haus.« Er wandte sich an Mutter. »Lass dir das nicht entgehen, Mutter. Du hast es dir wirklich verdient. Wenn es dich beruhigt, bitte Frau Dickens, nachmittags so lange im Haus zu bleiben, bis ich aus der Agentur komme. Aber ich glaube nicht, dass das nötig wäre.«

Daraufhin buchte Vater das Hotel in Wien für drei Nächte. In der zweiten Nacht endete für sie das Leben, das sie bis dahin geführt hatte.

Sommernachtsalbtraum

August 2018

Zwei Wochen nach dem Überfall auf Ronnie flogen Oscar und Elisabeth Thelen am Mittwochnachmittag nach Hamburg, um die Premiere eines Theaterstücks mitzuerleben, in dem eins ihrer Schäfchen die Hauptrolle spielte. Eine Übernachtung war eingeplant, ebenso zwei wichtige Termine für den Donnerstagvormittag. Zurückkommen wollten sie erst am Donnerstagabend.

Curd hatte sturmfreie Bude, so sah er das wahrscheinlich. Als ich aufwachte, saß er schon in Unterhosen auf der Bettkante und strich mir eine Haarsträhne aus der Stirn, was mich geweckt hatte. Er lächelte liebevoll auf mich herunter und sagte: »Ich habe in den letzten beiden Wochen unentwegt über das nachgedacht, was du gesagt hast. Du weißt schon: dass du nur wegen Becki hier eingezogen bist, dass ich dein Verhalten falsch gedeutet habe und du gar nicht mit mir schlafen wolltest. Wenn das wirklich dein Ernst war, weiß ich jetzt, welchen Fehler ich gemacht habe.«

»Fein«, sagte ich, während mein Herz sich vor Schreck überschlug. »Dann muss ich es ja nicht wiederholen. Gehst du, bitte. Ich bin müde und möchte weiterschlafen.«

Er tat, als wäre er taub. Seine Finger wanderten von meiner Stirn hinter dem Ohr vorbei zum Halsausschnitt des Nachthemds und dort hinein. »Du hast dich überrumpelt gefühlt, nicht wahr? Das verstehe ich. Heute machen wir es anders.«

»Heute machen wir gar nichts«, erklärte ich so nachdrücklich wie möglich. »Ich will, dass du jetzt gehst.«

Ich versuchte, mich aufzusetzen, was er mit einer Hand an meiner Schulter verhinderte. »Nein, das willst du nicht«, widersprach er und umkreiste mit einer Fingerspitze meine rechte Brustwarze, die unter der sanften Berührung hart wurde. »Deine Vernunft nennt dir nur einige Gründe, warum es besser wäre, jetzt zu schlafen. Aber dein Körper erzählt mir etwas anderes. Er spricht von Sehnsucht und Verlangen, hörst du das nicht?«

»Ich schätze, du hast zu viel mit Schauspielern zu tun«, sagte ich. »Ist das aus einem Film? Da hätte man das Drehbuch aber besser noch mal überarbeitet. Es klingt sehr schwülstig. Das passt in *Vom Winde verweht*, aber nicht in die heutige Zeit.«

Er kümmerte sich gar nicht um das, was ich sagte. Ihn brachte nicht mal meine Frage aus dem Konzept, ob er meinen Mann zusammengeschlagen und schon Besuch von der Polizei bekommen hätte. »Mein Mann wollte Anzeige erstatten.«

»Nenn diese Lusche doch nicht deinen Mann«, verlangte er. »Du hast etwas Besseres verdient, das weißt du auch.«

»Und wie ich das weiß«, stimmte ich zu. »Ich habe ja bereits etwas Besseres gefunden. Er heißt Klaus. Erinnerst du dich? Ich habe dir von ihm erzählt.«

Dass ich in der Nacht noch sehr mutig war, jedenfalls zu Anfang, weil ich am Nachmittag etwas über Grenzen ziehen gelesen hatte, erwähnte ich ja schon. Und obwohl Klara mich wieder und wieder eines Besseren belehrt hatte, dachte ich, man könnte mit jedem Menschen reden. Und er war schlimmer als Klara. Die hatte einfach nur eine gewaltige Macke, weil sie nicht fertigwurde mit dem, was sie in jungen Jahren mit ihrem Verhältnis zum Schwager angerichtet hatte. Klara war in gewisser Weise noch berechenbar, Curd Thelen nicht, wie ich bald begreifen musste. Ihn wie Klara mit Entschlossenheit oder gehässigen Bemerkungen aus dem Konzept zu bringen, war unmöglich.

Was hätte ich in dem Moment nicht alles dafür gegeben, wenn ich mich im Januar oder Februar mit Klaus eingelassen hätte. Ich hätte nie von Rebekka erfahren, die mich ebenso dringend brauchte wie ich diesen Job. Statt einen Psychopathen davon abzuhalten, mich zu besteigen, hätte ich in einem schicken Appartement im Bett gelegen und davon geträumt, dass Klaus aus Norwegen oder Finnland zurückkam, um mich zu lieben.

»Und an Klaus kommst du nicht so leicht heran wie an meinen Mann«, sagte ich. »Falls du vorhaben solltest, ihn ebenfalls in eine Falle zu locken, schlag dir das aus dem Kopf.«

Er gab es nicht direkt zu, aber er leugnete auch nicht, Ronnie auf den Parkplatz gelockt und zusammengeschlagen zu haben. Das und die Tatsache, dass er keine Erektion hatte, hielt mich davon ab, mich heftiger gegen ihn zur Wehr zu setzen, womit ich auch garantiert nichts ausgerichtet hätte.

Ich versuchte lieber, ihn mit Argumenten zu veranlassen, seine Hose von der Truhe zu nehmen und zu verschwinden. Aber es funktionierte nicht. Ihn störte nicht mal, dass ich begann, seine Hände von meinen Schultern und den Brüsten zu schieben. Was mir auch nicht half. Und als ich zur anderen Bettkante hinüberrutschte, um ihm auszuweichen, schuf ich ihm damit nur Platz, sich neben mich zu legen und mich mit einem Arm festzuhalten.

Als nebenan Josie aufwachte und zu rufen begann, glaubte ich, die Kinderstimme würde ihn dazu bringen, mich in Frieden zu lassen. Von meinem diesbezüglichen Irrtum habe ich ja auch schon berichtet. Als er endlich ging, war es fast halb vier.

Ich horchte seinen Schritten auf dem oberen Flur nach. Bis zur Treppe hörte ich ihn, danach nicht mehr. Im Hause Thelen knarrte keine Treppenstufe. Ich hätte nicht sagen können, ob er das Haus verließ, und bekam kein Auge mehr zu.

Zweimal schlich ich nach nebenan und betrachtete Josie, die sich in den Schlaf geweint hatte und so friedlich dalag, als wäre nichts geschehen. Wahrscheinlich hätte ich auch nach Rebekka schauen müssen. Doch dafür war ich viel zu aufgewühlt, hatte zu viel Angst und keine Ahnung, welche Gefahr er für Rebekka darstellte.

Erst kurz vor sechs traute ich mich hinaus auf den Flur und hinüber ins Büro, aber nur, um von dort einen Blick auf die Straße zu werfen. Das Telefon auf dem Schreibtisch rührte ich nicht an. Und auf der Straße war nichts zu sehen. Natürlich nicht. Wahrscheinlich hatte er seinen Wagen wieder ein Stück weiter unten abgestellt und war längst weg.

Ich nahm Josie und eine Decke aus dem Bett und stieg mit dem schlafenden Kind auf dem Arm nach unten. Mein Handy lag in der Küche, wo Josie in die Decke gekuschelt auf dem Fußboden weiterschlief, während ich überlegte, Anzeige zu erstatten. Aber ich hatte ebenso wenig vorzuweisen wie nach seinem ersten Übergriff, keinen Kratzer, nicht einen einzigen Bluterguss, nur wund gescheuerte Schleimhäute und ein kleines Kind, das, als ich es weckte, vom bösen Wauwau faselte und sich offenbar nur an die eigene Angst erinnerte. Wer also würde mir glauben?

Olga? Nachdem Curd sich mit der Schere und Gleitgel über mich hergemacht hatte, hätte das Sinn gemacht. Aber jetzt? Wenn Olga mir glaubte, dass ich nicht einverstanden gewesen war, ganz und gar nicht einverstanden, würde sie garantiert sagen: »Pack deine Sachen und komm nach Hause.«

Das bedeutete entweder zurück zu Ronnie. Das wollte ich auf keinen Fall. Nicht zurück in diese Muffbude und das Elend, nicht wieder mit einer Verrückten unter einem Dach leben, ohne Einkommen voll und ganz von Ronnie abhängig und von den Essensresten, die Carina brachte.

Beim Gedanken an meine Freundin, mit der ich seit frühester Kindheit ein Herz und eine Seele gewesen war, kamen mir die Tränen. Ich hatte ihre Stimme im Ohr: »Hoffentlich bereust du es nicht bald ...« Jetzt würde Carina wohl sagen: »Habe ich dir nicht gesagt, das wird dir bald leidtun?«

Wie meine Mutter. Sie war das *Oder*. Oder zurück ins Elternhaus. Wirklich keine verlockende Alternative. Würde Mama mir überhaupt glauben? Oder würde sie sagen: »Das habe ich mir gedacht, dass du nicht lange durchhältst, wenn du mal richtig arbeiten musst. Und dafür hat dein Vater so viel Geld hingeblättert.«

Helga Dickens hatte sich den Donnerstag freigenommen, musste angeblich zum Arzt und hatte nur einen Termin für den Vormittag bekommen. »Das bleibt aber unter uns. Nicht dass Frau Thelen denkt, ich wäre zu krank, um noch länger hier zu putzen.«

Mir war es ganz recht, nicht wieder zweimal Auskunft geben und zweimal lügen zu müssen, warum ich schlecht gelaunt war. Dabei wusste Rebekka längst Bescheid.

»Josie geweint?«, stand bereits auf ihrem Block, als ich mit dem Waschzeug und Josie im Schlepptau ins Zimmer kam. Das Fragezeichen hieß nichts anderes als: »Warum?«

Bei der milden Witterung stand ein Türflügel auf gekippt, auch über Nacht, wie die Fenster in Josies Zimmer. Logisch, dass Rebekka ihr Weinen gehört hatte.

»Sie hatte was Schlimmes geträumt«, sagte ich.

Josie korrigierte: »Böse Wauwau, bang.«

Rebekka beachtete sie nicht. »Lüg nich«, stieß sie hervor, während der Bleistift wieder über das Papier schrammte. »Curd!«

»War dein Bruder bei dir?«, fragte ich und bekam ein Kopfschütteln zur Antwort, gleichzeitig stieß die Hand mit dem Bleistift vor in meine Richtung. Die Geste konnte man nicht falsch deuten.

»Wie off?« Mit dem T hatte Rebekka Schwierigkeiten. Aber die Frage machte klar, dass sie mehr gehört hatte als Josies Weinen. Meine Fenster waren auch offen gewesen, und bei der ruhigen Lage des Hauses …

»Was meinst du?«, fragte ich bissig. »Wie oft dein Bruder schon bei mir war? Oder wie oft wir es miteinander getrieben haben? Bist du eifersüchtig? Ich denke, du willst mit Curd nichts mehr zu tun haben. Das soll dein Vater jedenfalls behauptet haben.«

Es war nicht fair, meine Wut und Ohnmacht an diesem Bündel Elend auszulassen. Aber offenbar machte sie sich nichts daraus, tippte sich mit dem Bleistift an die Stirn, ehe sie auf den Block kritzelte: »Schwein.«

»Wer ist ein Schwein?«, fragte ich. »Dein Vater?«

Sie schüttelte erneut den Kopf. Daraus schloss ich, dass Curd gemeint war, und sagte endlich: »Viermal inzwischen. Zweimal nachmittags, da wollte er nur kontrollieren, ob ich meine Arbeit tue oder ob ich mich wie Pola …«

Ich brach ab, weil Rebekka ihre nächste Frage schon gekritzelt hatte. »Nichts gesagt?«

»Als er das erste Mal auftauchte, hat er mich gebeten, keinem etwas zu sagen, besonders dir nicht. Er meinte, du wärst sauer auf ihn, weil er Pola vergrault hat.«

Sie öffnete den Mund, als schnappe sie nach Luft. Gleichzeitig schlug sie die Linke vors Gesicht, anscheinend heftiger als beabsichtigt. Der verkrampft abstehende kleine Finger stach ins rechte Auge. Sie zuckte zusammen, blinzelte heftig, schüttelte wieder den Kopf und gestikulierte konfus, als hätten sich ihre Arme selbstständig gemacht. Dabei gab sie einige Töne von sich, die für mich nach einer Wiederholung des Ausdrucks klangen, den ich gerade benutzt hatte: »Vergrault.«

Etliche Sekunden lang sah es aus, als würde sie weinen. Aber es war nur das rechte Auge, das stark zu tränen begonnen hatte. Sie blinzelte noch ein paarmal, bis der Tränenfluss versiegte, dann brachte sie die nächste Frage zu Papier. »M weiß?«

»Nein, deiner Mutter habe ich auch nicht gesagt, dass er hier war. Er wollte das nicht, und es war für mich eine blöde Situation. Josie hatte zwei Wäscheklammern kaputt gemacht. Ich hab mich von ihm erwischt gefühlt, verstehst du? Das zweite Mal kam er, als Ronnie sich den Van genommen hatte. Wieder erwischt. Als hätte er einen sechsten Sinn für solche Situationen. Aber er war jedes Mal sehr nett und verständnisvoll.«

Sie nickte, das kannte sie schließlich zur Genüge.

»Ja, und dann«, sagte ich und begann endlich, ihr den Schlafanzug auszuziehen, »als deine Eltern in Berlin waren, tauchte er mitten in der Nacht auf. Ich bin aufgewacht, als er ... Ich hol mal schnell neues Wasser, es ist nicht mehr warm.«

Rebekka wusste ebenso gut wie ich, dass es eine Flucht in ihr Bad gewesen wäre, um nicht ins Detail gehen zu müssen. Sie grapschte nach meinem Arm, bekam das Handgelenk zu fassen und hielt mich zurück. Und sie ließ erst wieder los, nachdem ich ihr erzählt hatte, wie das beim ersten Mal und wie es in der vergangenen Nacht gewesen war.

Während ich danach das abgekühlte Waschwasser auskippte und warmes holte, kam wieder ihr Bleistift zum Einsatz.

»Lässt du mich jetzt allein?« Der erste vollständige Satz. Und ich meinte, zwischen den Buchstaben ihre Furcht zu sehen.

»Natürlich nicht«, sagte ich. »Du kannst doch nichts dafür,

dass dein Bruder ein Schwein ist. Ich rede mit deiner Mutter und …«

Und wieder wurde das Wasser kalt, weil Rebekka noch mehr schreiben musste.

Aus der sorgfältigen Morgentoilette wurde an dem Vormittag eine Katzenwäsche. Auf therapeutische Übungen verzichtete ich völlig, zum einen wäre ich kaum bei der Sache gewesen, zum anderen wollte ich Rebekka nicht ermüden, ehe ich nicht alles erfahren hatte, was sie mir nun endlich mitteilen wollte.

Nur über Mittag legten wir eine Pause ein, ich kochte und aß mit Josie. Rebekka schlief zwei Stunden, danach verklickerte sie mir mit schwer verständlichen Lauten und krakeligen Buchstaben auf dem Block, was ihr Bruder ihr angetan hatte, während ihre Eltern in der Wiener Hofburg ein Konzert genossen.

Fröschlein Spatzenkind

Man konnte es durchaus als Schlaganfall bezeichnen, medizinisch korrekt war das allerdings nicht. Curd war überzeugt gewesen, sie hätte ihn, wenn schon nicht bei ihrem Vater verraten, sich dann aber zumindest über ihn beschwert. Warum sonst wäre er mit dieser alten Zimtzicke in die Wüste geschickt worden.

Das erfuhr sie, während er sie ins Bad trug. Dort legte er sie vor der Wanne auf den Boden und umfasste ihren Kopf mit beiden Händen. »Du machst das Maul nie wieder auf, du hässliche Kröte«, war das Letzte, was sie von ihm hörte.

Sie nahm an, dass er ihren Kopf nach diesen Worten auf die Bodenfliesen geschlagen und sie für tot gehalten hatte, als sie das Bewusstsein verlor. Dass er sich nicht überzeugt hatte, sein Ziel erreicht zu haben, mochte dem Stress oder seiner Wut geschuldet sein. Es setzte wohl auch eine gewisse Kaltblütigkeit voraus, dem Opfer nach solch einer Tat den Puls zu fühlen oder auf den nächsten Atemzug zu warten. Und so kaltblütig war Curd in der Nacht offenbar nicht gewesen.

Frau Dickens fand sie am nächsten Morgen nackt in einer Wasserpfütze vor der Wanne liegend. Den Teil des Dramas kannte sie nicht aus eigenem Erleben, hatte ihn wie ich später von der guten Helga gehört, im Gegensatz zu mir sogar mehr als ein Mal. Und sie wusste genau, dass sie in der Nacht nicht das Bett nass gemacht hatte und nicht aufgestanden war, um zu duschen und einen trockenen Pyjama anzuziehen. Curd musste es so arrangiert haben.

Mit einem Schädelbruch und einem Schädelhirntrauma war sie in den Rettungswagen geladen und zuerst ins Krankenhaus nach Euskirchen geschafft worden, wo man ihren Zustand stabilisierte und sie per Hubschrauber weiter zum Klinikum Aachen flog. Dort war sie Anfang November wieder aufgewacht.

Und wie oft hatte sie sich seitdem gewünscht, Frau Dickens hätte zuerst nach Curd gerufen, statt sofort den Notruf zu wählen. Dass Curd darauf bestanden hatte, sie persönlich ins Krankenhaus zu bringen, wusste sie und war sicher, dass er ihr unterwegs den Rest gegeben hätte. Lebend in Euskirchen angekommen wäre sie bestimmt nicht. Und das wäre besser gewesen, meinte sie.

Um welchen Preis hatte sie denn überlebt? Für sie war das Leben vorbei. Sie hatte das kleine bisschen Eigenständigkeit eingebüßt, das sie sich so hart erarbeitet hatte. Sie konnte die Schule nicht mehr besuchen, nicht mehr zum Schwimmen, nicht mehr zum Reiten, nicht mehr zur Physiotherapie. Man hätte den Therapeuten ins Haus bestellen können, um zu verhindern, dass ihre ohnehin schwache Muskulatur völlig verkümmerte. Aber dann hätte sie einem Außenstehenden anvertrauen können, dass sie nicht nachts in die Wanne gestiegen war, um ein Malheur zu beseitigen.

Versucht hatte sie das, zuerst bei den Ärzten im Klinikum Aachen. Wo man sie nicht verstand, weil ihre in Stresssituationen ohnehin nur schwer verständliche Sprache nach der Hirnblutung zu unzusammenhängenden Lauten verkommen war und niemand auf den Gedanken kam, einer Tetraspastikerin mit einem Schädelhirntrauma etwas zum Schreiben in die Finger zu drücken.

Bei ihrer Mutter führte der wiederholte Versuch mitzuteilen, was tatsächlich geschehen war, nur zu dem Ergebnis, dass Elisabeth sie als geistig verwirrt bezeichnete und überall verkündete, sie bringe es nicht übers Herz, ihre Tochter ausgerechnet jetzt in ein Pflegeheim abzuschieben. Wo aufmerksames Personal vielleicht ein offenes Ohr für Rebekka gehabt und ihr Glauben geschenkt hätte. Wo sie vor allem nicht isoliert, wo sie in Sicherheit gewesen wäre.

Als sie nach weiteren zwei Monaten Klinikaufenthalt endlich wieder nach Hause kam, war ihr Zimmer mit einem Krankenbett und dem Babyfon ausgestattet. Sonst war alles beim Alten. Curd ließ sie nicht in Ruhe, obwohl sie jetzt Tag und Nacht Windeln trug. Morgens und abends kaschierte er seine Übergriffe als therapeutische Übungen. Da er sie auch vorher oft massiert hatte und es besser konnte als Mutter, sah es für Helga Dickens nach brüderlicher Liebe und Fürsorge aus. Und nachts kam er, wenn er wieder mal irgendeine Zicke hatte ausführen müssen und seinen Frust abbauen wollte.

Dann befingerte er sie ausgiebig, solange ihm der Sinn danach stand. Mehr stand bei ihm fast nie. Er hatte Probleme mit der Potenz, wie ich auch bereits festgestellt hatte. Bei ihr kaschierte er es mit der Behauptung, der Austausch von Zärtlichkeiten unter Geschwistern sei nicht generell verboten. Als ihr

Halbbruder mache er sich nur strafbar, wenn er richtigen Verkehr mit ihr hätte.

»Ich weiß, dass du mehr willst, Fröschlein. Ich verstehe das auch, glaub mir. Aber das darf ich nicht tun.«

Jedes Mal, wenn er das sagte, fragte sie sich, was in seinem Kopf vorging. Ob er sich einbildete, sie hätte vergessen, dass er versucht hatte, sie umzubringen. Daran rührte er mit keiner Silbe. Vielleicht glaubte er tatsächlich, sie hätte einen geistigen Schaden davongetragen, wie Mutter behauptete, oder die Erinnerung an die Minuten im Bad verloren. Aber sie erinnerte sich genau an seinen letzten Satz, und ihr scharfer Verstand funktionierte auch noch wie zuvor.

Nachdem er sie wiederholt im Schlaf überrascht hatte, verweigerte sie ihre Medikamente und ließ die halbe Nacht den Fernseher laufen. Lieber schlief sie am Tag einige Stunden, wenn sie Frau Dickens im Haus und Curd in der Agentur wusste.

Die Fernbedienungen für SAT-Receiver, Festplattenrekorder und Fernseher konnte sie noch aus eigener Kraft bedienen. Und nachts wurden viele ältere Serien wiederholt. Die Folge von *Richterin Barbara Salesch* mit dem Rocker und der Punkerin und eine von *Spezial Victims Unit*, in der der Vergewaltiger auf der Feuertreppe abwartete, zeichnete sie auf. Und sobald sie hörte, dass jemand kam, stellte sie den Ton so laut, dass sie es selbst kaum aushielt. Auf die Weise rieb sie es denen unter die Nase, die ihr Zimmer betraten und nichts davon wissen wollten, dass darin ein Teufel sein Unwesen trieb.

Erfolg hatte sie mit der Methode nicht. Mutter stellte sich taub, und Frau Dickens beschwerte sich nur über den Lärm. Von diesem Trampeltier dürfe man auch nicht mehr erwarten, meinte sie. Für *Dick* war Curd stets ein Heiliger gewesen, der sich für seine unnütze Schwester aufrieb und sein eigenes Glück hintanstellte. Und Curd machte einfach den Fernseher aus, wenn er zu ihr kam.

So ging es weiter, bis Curd mit seinem Beharren auf einer Delfintherapie in der Türkei den Unmut ihres Vaters erregte. Wahrscheinlich wäre sie dabei abgesoffen und von allem Übel erlöst worden, meinte sie. Stattdessen legte Vater Curd den Auszug nahe, und das von jetzt auf gleich. Sie nahm an, dass in Vater das Misstrauen erneut aufgeflammt war. Curd hatte zwar das Babyfon ausgeschaltet, als es noch in Betrieb gewesen war, aber erst, nachdem er ihr Zimmer betreten hatte. Durchaus möglich, dass Vater nachts einmal etwas gehört hatte.

Eine knappe Woche blieb ihre Pflege wieder allein Mutter überlassen, die sich in den Tagen auf das Telefon und das Büro im ersten Stock beschränkte. Überall im Haus wurden die winzigen, aber leistungsstarken Lautsprecher für das Nebelhorn installiert, sie bekam den Rufknopf ins Bett gelegt, um Mutter im Notfall jederzeit ins Erdgeschoss zitieren zu können.

Dann kam Pola ins Haus. Mutter fuhr morgens wieder in die Agentur, Frau Dickens ging nach dem Mittagessen. Und Curd hatte noch einen Schlüssel. Wiederholt tauchte er nachmittags auf, wenn Pola ihre Landsleute im Dorf besuchte. Mit ihrem Einverständnis, warum hätte die Pflegerin im Haus sitzen sollen, während sie schlief?

Vermutlich lauerte Curd irgendwo draußen und wartete auf seine Chance wie der Kerl auf der Feuertreppe in *Special Victims Unit.* Wie zuvor in den Nächten riss er sie aus dem Schlaf, nachdem er den Rufknopf außer Reichweite gelegt hatte. Dann tat er, was er tun wollte.

Einmal war er noch da, als Pola zurückkam. Die Zimmertür hatte er offen gelassen. Aber Pola trug Schuhe mit weichen Sohlen, er hörte sie nicht kommen. Das Öffnen und Schließen der Haustür hörte man im Seitenflügel auch nicht unbedingt. Es war eine Situation, wie sie verräterischer gar nicht hätte sein können.

Aber was sollte eine Frau wie Pola einem so durchtriebenen Teufel entgegensetzen? Als sie sich in gebrochenem Deutsch erkundigte, wer er sei und was er da mache, antwortete Curd: »Ich mache Ihre Arbeit, sieht man das nicht? Ich habe meiner Schwester die Windel gewechselt und säubere sie. Sie hatte sich eingekotet.« Was nicht den Tatsachen entsprach.

Er machte Pola zur Schnecke, weil sie sich angeblich herumtrieb, statt zu tun, wofür sie bezahlt wurde. Sie nutze die Hilflosigkeit und Abhängigkeit einer Behinderten schamlos aus, behauptete er. Pola war danach völlig verzweifelt und dachte, er würde ihr die Polizei auf den Hals hetzen. Sie war illegal im Land, nicht über eine Arbeitsagentur für Pflegekräfte vermittelt.

Rebekka hätte ihr gerne begreiflich gemacht, wer hier schamlos und in unsäglicher Weise die Hilflosigkeit einer Behinderten ausnutzte. Aber Pola wusste mit *Richterin Barbara Salesch* und *Spezial Victims Unit* nichts anzufangen.

Nach diesem Vorfall ließ Curd sich tagsüber nicht mehr blicken, und Pola verließ das Haus nicht mehr, bis zu der Nacht im März, als ihre Eltern in München blieben.

Am Nachmittag hatte sie einen Krampfanfall erlitten und eine *Sirdalud* nehmen müssen. Nach dem Abendessen gab Pola ihr sicherheitshalber noch zwei Milligramm Valium und fragte, ob sie für eine Stunde ins Dorf gehen dürfe. Erschöpft von den Spasmen und schläfrig von den Medikamenten, gab sie wieder ihr Einverständnis.

Wann Pola zurückkam, registrierte sie nicht. Vielleicht war die Pflegerin schon wieder im Haus, als Curd kam. Womöglich sah Pola ihn und versteckte sich, weil sie sich vor ihm fürchtete. Curd musste überzeugt gewesen sein, dass ihm niemand in die Quere kommen würde, sonst hätte er garantiert den Rufknopf aus dem Bett genommen, ehe er sich über sie hermachte.

Sie war völlig benommen, als er sie weckte. Nicht sanft wie früher. Er riss ihr die Pyjamahose und die Windel vom Leib, drehte sie auf den Bauch, zerrte ihre Beine aus dem Bett, sodass sie nur noch mit dem Oberkörper auf der Matratze lag und mit dem Unterleib auf der Kante hing.

»Du hast ein Recht darauf«, sagte er und versuchte von hinten in sie einzudringen. Das gelang ihm nicht, weil seine Erektion nicht sehr ausgeprägt war. Sie bekam den Rufknopf zu fassen. Als das Nebelhorn tutete, nahm er ihr den Knopf aus der Hand und lästerte noch: »Entspann dich, Fröschlein, und genieße es. Das tut die Albanerschlampe auch gerade, glaub mir.«

In dem Moment ging die Tür auf, und Pola kam herein. Ihre Stimme verriet, dass sie große Angst vor Curd hatte. Aber sie verlangte halbwegs energisch, er solle sofort aufhören und »armes, krankes Schwester« loslassen.

Curd ließ tatsächlich von ihr ab und wandte sich Pola zu. Noch während er seine Hose schloss, packte er Pola bei der Schulter und drängte sie hinaus auf den Flur. Er kam nicht zurück, Pola auch nicht. Am nächsten Tag hieß es, Pola hätte ihre Sachen gepackt und sei einfach abgehauen.

Das hatte sie glauben müssen, obwohl sie wusste, dass es bestimmt nicht einfach für Pola gewesen war.

Als Josie den Rosenkranz fand, glaubte sie noch, Curd habe Polas Sachen zusammengerafft, damit es schneller ging. Aber als Polas Vater auftauchte ... Seitdem war sie überzeugt, dass Curd die Pflegerin in jener Märznacht umgebracht hatte.

Pola müsse tot sein, meinte sie, sonst wäre Pola bei ihrer Familie oder hätte ihren Mann über eine neue Arbeitsstelle informiert. Pola hätte ihren Mann und ihr Kind mehr geliebt als sonst etwas auf der Welt. Sie wäre in der Märznacht vielleicht zu ihren Landsleuten ins Dorf geflohen und ein paar Tage bei ihnen geblieben, bis sie ihre Heimreise arrangiert oder neue Arbeit gefunden hätte. Aber dann hätten Polas Landsleute ihre Familie informiert, und es wäre nicht einer von ihnen mit Polas Vater hergekommen, um nach ihr zu fragen.

Und dieser eine hatte mir eine Handynummer auf der Kinokarte notiert. Es war eine Karte vom Cineplex-Kino in Euskirchen gewesen. Aber mit Polas Vater hier zu erscheinen bewies nicht gleichzeitig, dass Curd die Pflegerin getötet hatte. Es konnte ihr auch im Dorf etwas zugestoßen sein, das hätten die jungen Männer ihrem Vater kaum auf die Nase gebunden.

Vielleicht klingt es seltsam oder unglaubwürdig, dass ich nach dem zweiten Übergriff und dem Mordversuch an der eigenen Schwester beziehungsweise Halbschwester noch in Betracht ziehen konnte, Curd habe mit Polas Verschwinden nicht so viel zu tun, wie Rebekka glaubte. Ich weiß auch ehrlich gesagt nicht mehr, ob ich es ernsthaft in Betracht zog.

Es war nur so, ich hatte keine Landsleute im Ort, zu denen ich fliehen konnte. Im Gegensatz zu Pola liebte ich meinen Mann nicht mehr und wollte um keinen Preis der Welt zu ihm zurück. Der Kontakt zu Carina und zu Klaus war abgebrochen. Meine Familie wollte ich nicht um Hilfe bitten, weil auch das eine Rückkehr bedeutet und meinem Vater vermutlich endgültig das Herz gebrochen hätte, wenn er den Grund erfuhr.

Rebekka musste nicht befürchten, dass ich sie alleine ließ. Ich konnte gar nicht weg und war fest entschlossen, mit ihren Eltern zu reden, genauer gesagt mit ihrem Vater, der anscheinend auf Curd nicht so gut zu sprechen war wie andere. Davon brachte sie mich wieder ab.

Ihr Vater hatte Curd zwar aus dem Haus gewiesen, aber Curd war unverändert wichtig für die Agentur. Sie dagegen war nur eine Belastung. Ihr Vater würde mir wahrscheinlich einen größeren Geldbetrag anbieten, damit ich den Mund hielt, meinte sie. Und für sie würde er ein Pflegeheim suchen, aber garantiert keines, in dem ihr jemand einen Stift zwischen die krummen Finger schob und sich die Mühe machte, ihr aufmerksam zuzuhören. Einen Skandal würde ihr Vater zu verhindern wissen. Ihrer Mutter die Augen zu öffnen, hielt sie für völlig aussichtslos. Sollte ich versuchen, Curd einer Vergewaltigung zu bezichtigen … »M weiß, schmeißt dich raus, spricht schlecht. Lass mich nicht allein.«

»Keine Angst«, beruhigte ich sie. »Ich kann dich gar nicht alleine lassen. Ich lasse auch nicht zu, dass dieser Dreckskerl uns noch einmal im Schlaf überrascht. Das nächste Mal steht er vor verschlossenen Türen.«

Das nächste Mal ließ nicht lange auf sich warten. Nur eine knappe Woche später gingen Elisabeth und Oscar Thelen erneut auf Geschäftsreise.

Sommernachtsalbtraum

August 2018

Josie als Baby hinter Klaras verschlossener Wohnzimmertür vor Hunger schreien zu hören und nicht zu ihr zu können, war furchtbar gewesen, aber nicht so entsetzlich, nicht so grausam wie ihre Schreie in der Nacht und die Stille danach. Und noch grausamer war die Gewissheit, dass mein Kind nicht mehr lebte, nachdem er mich beschuldigt und mein Zimmer verlassen hatte.

Ich war sicher, dass er sich nun Rebekka vom Hals schaffen würde. Und diesmal richtig. Ich hatte sie unten eingeschlossen, der Schlüssel hatte auf dem Nachttisch neben meinem Bett gelegen, neben meinem Handy, das er mitgenommen hatte, als er ging und seinen Slip liegen ließ. Den Schlüssel hatte er nicht liegen lassen.

Und ich wäre die Nächste beziehungsweise die Letzte. Er würde es aussehen lassen wie einen Selbstmord. Und jeder würde annehmen, ich hätte wahrscheinlich aus Überforderung zuerst mein Kind, danach Rebekka und zuletzt mich selbst getötet.

Wie ich mit der Überzeugung einschlafen konnte, weiß ich beim besten Willen nicht. Aber ich bin eingeschlafen. Als nebenan das Wimmern einsetzte, zeigten die Leuchtziffern auf dem Wecker 5:16 Uhr. Schon bei den ersten dünnen Lauten schreckte ich hoch. Draußen schickte der Tag seine Vorboten aus. Der Himmel vor den Fenstern war grau, mit roten Schlieren durchzogen.

Ich stand auf, ging zur Verbindungstür, meine Beine zitterten wie nach einem langen Lauf. Ich griff reflexartig nach der Klinke. Als mir einfiel, dass Curd abgeschlossen hatte, war die Tür bereits offen. Im fahlen Licht machte ich die Umrisse des Gitterbettchens aus. Ich drückte auf den Lichtschalter, und ich glaube, ich stöhnte vor Erleichterung.

Josie lebte! Natürlich lebte sie, wer sollte sonst wimmern? Umgeben von ihren Schmusetieren, lag sie auf dem Rücken, blinzelte in die Helligkeit, drehte das Köpfchen, spähte zur Tür und schluchzte: »Mama«, als sie mich erkannte.

»Ich bin da«, sagte ich. Blöder Spruch, sie sah mich doch. In solch einer Situation fallen einem aber nun mal keine klugen Sprüche ein.

Josie steckte bis zum Hals in dem Sommerschlafsack, dessen Oberteil nicht mehr war als ein dünnes Hemdchen, das die Arme nicht bedeckte. Jetzt steckten ihre Arme ebenfalls im Sack, und der war bis hinunter zur Taille mit einer Schnur umwickelt. Wie eine kleine Made lag sie da, konnte gar nicht mehr als ihr Köpfchen bewegen. Das blonde Haar klebte ihr schweißfeucht an Stirn und Wangen. Das kleine Gesicht war vom Weinen verquollen und blutverschmiert.

»Was hat er mit dir gemacht?«, flüsterte ich und wischte ihr hektisch mit einer Hand durchs Gesicht. Das Blut war getrocknet, und auf den ersten Blick waren keine Verletzungen auszumachen.

Ich begann die Schnur zu lösen, verknotet war die nicht, beide Enden waren unter die Umwicklung gesteckt.

»Aua«, jammerte Josie, als ich sie aufsetzen wollte.

»Ich weiß«, flüsterte ich, wagte es nicht, laut zu sprechen, weil Curd vielleicht noch im Haus war. Unten bei Rebekka. Was er ihr angetan hatte, mochte ich mir nicht vorstellen.

»Was hat der böse Mann mit dir gemacht, hat er dich gehauen? Hat deine Nase geblutet?«

»Aua.« Mehr war von Josie vorerst nicht zu erfahren.

Der Schlafsack war vorne nass. Dass er feucht wurde, passierte hin und wieder, wenn die Windel nicht hielt, was der Hersteller versprach. Aber diesmal musste es eine andere Ursache haben. Eine undichte Windel durchtränkte den Stoff nicht dermaßen im Bereich des Bauchs.

»Aua«, jammerte Josie wieder, diesmal etwas lauter.

»Pst«, machte ich. »Sei leise, der böse Mann ist vielleicht noch da. Wenn er uns hört, kommt er wieder. Das wollen wir doch nicht. Stell dich mal hin, damit ich die Schnur abmachen kann.«

Ich zog sie hoch. Jetzt ließ sich die Schnur vollständig abwickeln. Dann nahm ich Josie mitsamt dem Sack auf den Arm, schnappte noch den struppig geliebten Plüschesel und das blaue Kaninchen und trug sie hinüber in mein Zimmer.

Sicherer waren wir dort nicht, das war mir bewusst. Aber das Deckenlicht war heller. Ich drückte den Schalter mit einem Ellbogen, legte Josie aufs Bett, befreite sie aus dem nassen Schlafsack, drückte ihr den Esel in den Arm und schaltete zusätzlich die Leselampe über dem Bett ein. Immer noch keine Verletzungen zu sehen. Ihre nackten Arme und Beine schienen ebenso unversehrt wie das blutverschmierte kleine Gesicht.

Mit fliegenden Fingern riss ich die Druckknöpfe des Bodys auf, er war ebenfalls nass. Aber er roch nicht nach Urin. Ich schob den Stoff hoch. Über der Windel gab es am Bauch eine gerötete Stelle, die von den Ausmaßen her von einer Männerfaust stammen konnte.

»Wo ist das Aua?«, fragte ich, kämpfte gegen die aufsteigenden Tränen an, legte behutsam eine Hand auf die Rötung. »Tut dir der Bauch weh?«

Josie zuckte unter der Berührung leicht zusammen, fasste sich jedoch ans rechte Ohr und jammerte wieder: »Aua.«

Da erst sah ich den kleinen Schnitt an ihrem Ohrläppchen, auf den ersten Blick wirkte er wie ein Kratzer. An der Wunde hatte sich bereits Schorf gebildet. Ich hatte unwillkürlich die Schere vor Augen, mit der Curd meinen Slip zerschnitten hatte.

Der Schnitt mochte noch wehtun, war aber nicht dramatisch oder bedrohlich. Ernsthafte Sorgen machte ich mir nur wegen der Rötung am Bauch. Ich strich noch einmal vorsichtig über die feuchte Haut und fragte: »Was hat der Mann gemacht? Hat er dich hier gehauen?«

»Heiß«, sagte Josie.

»Wie, heiß? Ist der Bauch warm?« In meinem Kopf überschlugen sich wieder die Schreckensszenarien: Hitzegefühl, Wärmegefühl, innere Blutung. Aber die Bauchdecke fühlte sich weich und nachgiebig an.

»Heiß«, wiederholte Josie. »Tee heiß.«

»Ja, Tee ist heiß«, stimmte ich automatisch zu. Im nächsten Moment stand mir der elektrische Wasserkocher vor Augen, den ich benutzte, wenn ich Tee aufbrühte.

Dieses Ungeheuer! Er hatte ihr den Bauch verbrüht und ihr ins Ohr geschnitten. Was mochte er mit Rebekka gemacht haben? Wieso ließ sie nicht das Nebelhorn tuten? Warum lebte ich noch? Wann war er zurückgekommen, um die Verbindungstür aufzuschließen und seine Unterhose zu holen? Der Slip lag nicht mehr auf dem Boden. Wieso hatte ich ihn nicht gehört? Ich hatte tausend Fragen und hätte geschworen, in der letzten Stunde nur vor mich hin gedämmert und gehorcht, aber nicht geschlafen zu haben. Aber ich musste wohl komplett weggesackt sein.

Minutenlang rang ich mit mir, ehe ich mich auf Zehenspitzen zur Flurtür wagte. Auch die ließ sich öffnen wie jeden Morgen. Ich schaute den dämmrigen Flur entlang. Niemand zu sehen.

drehte. Und Curd war kein Heiliger. Wenn eine hübsche, junge Frau sich ihm an den Hals warf, sagte er nicht Nein.

Curd hatte seiner Mutter gebeichtet, dass er nur aus Sorge um Beckis Wohlergehen mal nach dem Rechten gesehen hätte. Wo sie doch mit Pola so schlechte Erfahrungen gemacht hatten. Er hatte sogar gestanden, dass er schwach geworden war, als ich ihm offene Avancen machte, weil ich mit einem Trottel verheiratet war, der mich nicht zufriedenstellen konnte.

Und seitdem belästigte ich Curd, stalkte ihn regelrecht, rief ihn mitten in der Nacht an und drohte, mir und meinem Kind etwas anzutun, wenn er meine Liebe verschmähte. Bis zum vergangenen Abend hatte Curd das für leere Drohungen gehalten. Aber als ich ihn in der Nacht angerufen und er das arme Kind weinen gehört hatte …

Er war natürlich sofort losgefahren, um mir ins Gewissen zu reden. Dieses Gespräch hatte er aufgezeichnet und seiner Mutter als Beweis vorgespielt. Das hatte sich wohl etwas anders angehört als das, was er Rebekka vorgespielt hatte. Es begann mit seinem Vorwurf: »Das hättest du nicht tun dürfen.« Was Elisabeth sonst noch gehört hatte, mochte sie nicht wiederholen, damit es für mich nicht zu peinlich wurde. Es muss ein raffinierter Zusammenschnitt gewesen sein.

Aus Rücksicht auf ihre Tochter wollte Elisabeth keine Schritte gegen mich einleiten, was sie eigentlich tun müsste, wie sie ebenfalls betonte. Ich sollte ihr nur in die Hand versprechen, dass es nicht wieder vorkommen und ich Curd nicht noch einmal belästigen würde.

»Wollen Sie damit andeuten, ich würde mein Kind verletzen, um Ihren Sohn ins Bett zu bekommen?«, fragte ich fassungslos.

»Ich deute das nicht an«, erwiderte Elisabeth. »Ich habe Ihre Tochter schreien hören, Sandra.«

»Aber doch nicht, weil ich ihr etwas getan habe!«, begehrte

ich auf. »Curd hat Josie ins Ohrläppchen geschnitten und ihr …« Weiter kam ich nicht.

»Curd hat vorhergesehen, dass Sie absurde Vorwürfe gegen ihn erheben werden«, wurde ich unterbrochen. »Deshalb hat er die nächtliche Unterhaltung aufgezeichnet. Sie sollten Ihre verrückten Anschuldigungen gegen ihn nicht vor Ihren Eltern oder sonst wem wiederholen, Sandra. Es hätte eine Klage wegen Verleumdung zur Folge. Dann müssten wir das Jugendamt einschalten. Vielleicht sollte ich das ohnehin tun. Es ist unverantwortlich, das Kind weiterhin einer solchen Gefahr auszusetzen. Immerhin hat die Kleine ja auch noch einen Vater und eine liebevolle Großmutter.«

Ich hatte große Mühe, einigermaßen ruhig zu bleiben, aber ich schaffte es. »Die einzige Gefahr ist Ihr Sohn«, sagte ich. »Und das wissen Sie längst. Rebekka hat Ihnen gesagt, was er ihr angetan hat. Jetzt sage ich Ihnen, dass er in der vergangenen Nacht schon zum dritten Mal hier war, um mich zu vergewaltigen. Die ersten beiden Male hat er mich im Schlaf überrascht, gestern hatte ich Rebekka und mich eingeschlossen. Er konnte nur ins Zimmer meiner Tochter, da steckt kein Schlüssel in der Tür. Er hat Josie mit heißem Wasser verbrüht und sie geschnitten, damit ich ihn hereinlasse. Wollen Sie sich ihren Bauch ansehen?«

Elisabeth schüttelte den Kopf und gab einen Laut von sich, als zweifle sie an meinem Verstand. »Wissen Sie eigentlich, wie Sie sich anhören, Sandra? Dreimal vergewaltigt? Und zweimal haben Sie das hingenommen, ohne etwas zu unternehmen, ohne auch nur einen Ton verlauten zu lassen? Ich glaube, Sie brauchen dringend Hilfe.«

»Ja«, stimmte ich zu. »Und mir wäre sehr geholfen, wenn Sie Curd den Hausschlüssel wegnehmen. Ich könnte meine Sachen packen, meinen Vater anrufen und wieder von hier verschwinden, um Josie und mich in Sicherheit zu bringen. Aber ich mag

Rebekka sehr und würde sie ungern wieder alleine lassen. Wer weiß, was Curd dann mit ihr macht. Vielleicht knallt er sie noch einmal mit dem Kopf auf den Boden oder erstickt sie mit einem Kissen. Wollen Sie das? Es würde Ihnen eine Menge Geld sparen, nicht wahr? Sie bräuchten nur noch eine Beerdigung zu bezahlen und keine Rücksichten mehr zu nehmen.«

Elisabeth antwortete mir nicht mehr, schüttelte nur noch einmal entrüstet den Kopf, ließ mich stehen und verließ das Haus wieder. Auf sie wartete wohl noch etwas Arbeit in ihrer Agentur. Ich ging zurück zu Rebekka, erstattete Bericht und las anschließend, dass sie nichts anderes erwartet hatte. »Geh.«

»Nein«, sagte ich.

»Du musst gehen«, beharrte sie.

»Nein«, wiederholte ich. »Muss ich nicht. Überleg doch mal, wir sind zu zweit, wenn wir beide vor der Polizei aussagen ...«

Noch während ich ihr unsere Möglichkeiten schilderte, wurde mir klar, dass ich mit allem, was ich gegen Curd unternahm, ob nun allein oder mit ihr zusammen, nur das erreichte, was ich nicht erreichen wollte. Ich wäre meinen Job los, müsste zurück zu Ronnie oder zu meinen Eltern und sie in ein Pflegeheim.

Natürlich gab es gute Heime, in denen die Bewohner bestens versorgt wurden mit allem, was sie brauchten. Ich konnte mir nur nicht vorstellen, dass ihre Eltern sie in solch einem Heim unterbringen und dafür sorgen würden, dass ihr Bruder sie dort nicht besuchte, um einen Spaziergang mit ihr zu unternehmen. Curd müsste sie nur in einen Rollstuhl setzen und ins Freie schaffen, um weiterzumachen. Das konnte ich ihr nicht antun.

Kurz darauf klingelte mein Handy. Die eingeblendete Nummer kannte ich nicht, aber die Stimme legte sich mir wie eine Drahtschlinge um die Kehle. »Na, Süße, packst du schon eifrig? Hast du Papi angerufen? Hast du ihm erzählt, was der böse Curd mit dir gemacht und wie gut dir das gefallen hat? Was, meinst du, wird Papi sagen, wenn ich ihm diese Aufnahme vorspiele?«

Im nächsten Moment hörte ich meine eigene Stimme: »Ja, ja, das ist geil. Hör nicht auf. Ich kratze dir die Augen aus, wenn du jetzt aufhörst.« Dann war wieder er dran. »Weiß dein Vater schon, wie heiß du bist?«

Was hätte ich ihm darauf antworten sollen? »Lass mich in Ruhe und such dir einen Psychiater, du krankes Arschloch.«

»Du bist tot, wenn du noch einmal das Maul aufreißt«, drohte er. »Und danach nehme ich mir die Kröte vor, deren Verfallsdatum ist ohnehin längst überschritten.«

Damit beendete er das Gespräch. Rebekka hatte mit angespannter Miene zugehört und wieder die drei Buchstaben auf den Block gekritzelt. »Geh!« Diesmal mit Ausrufezeichen.

Ich schüttelte den Kopf und schaute durch die offene Flügeltür ins Freie. Josie spielte auf der Terrasse mit dem blauen Kikaninchen und einem Plastikbecher. »Tee heiß.«

Dieser verfluchte Scheißkerl. Es musste eine Möglichkeit geben, ihm seine Grenzen zu zeigen. Und plötzlich, als hätte jemand in meinem Hirn einen Schalter umgelegt, sah ich diese Möglichkeit vor mir, sah mich an der offenen Haustür stehen, sah die beiden Männer vor mir. Polas Vater und der jüngere Mann, der vermutlich im Dorf lebte.

Ich nahm mein Handy, tippte das Menü an, unter dem alle gespeicherten Rufnummern aufgelistet waren. Die Kinokarte vom Cineplex in Euskirchen hatte ich weggeworfen, nachdem ich die Nummer ins Handy getippt hatte, obwohl ich nicht davon ausgegangen war, sie jemals anzurufen. Manchmal tut man Dinge, die sinnlos und überflüssig erscheinen, und eines Tages sind sie der einzige Ausweg aus der Hölle.

Rebekka schaute mit bangen Augen und entsagungsvoller Miene zu, als ich die Nummer wählte. Sie nahm an, dass ich nun doch meinen Vater anrief. Als ich zu sprechen begann, wurden ihre Augen etwas größer. Für einen Moment schien es, als hielte sie die Luft an. Dann entspannte sich ihr mageres Gesicht und verzog sich zu einem Lächeln.

Freitags und übers Wochenende waren wir praktisch allein. Oscar Thelen war mal wieder verreist. Elisabeth hetzte von Termin zu Termin, um jeder Auseinandersetzung daheim zu entgehen. Nachts war sie da, ging mir aber aus dem Weg. Rebekka bekam sie auch nicht zu Gesicht. Ich fragte mich bestimmt hundertmal, was im Kopf dieser Frau vorgehen mochte, ob sie nur nicht wahrhaben wollte, dass ihr Sohn ein gefährlicher Psychopath war, oder ob sie dachte, Curd wäre im Gegensatz zu Rebekka immerhin auch ein nützliches Mitglied der Gesellschaft.

Wir schliefen zu dritt in Rebekkas Zimmer, Josie und ich mit den Matratzen aus unseren Betten auf dem Boden. Die Flurtür war selbstverständlich abgeschlossen, die Flügeltür zu. Rebekka hatte den Rufknopf für das Nebelhorn in greifbarer Nähe und ich mein Handy.

Montags fuhr Elisabeth wie üblich schon in aller Frühe ins Büro. Zeit genug, um die Matratzen nach oben zu schaffen, damit Helga Dickens keine dummen Fragen stellte.

Kurz nach Mittag kam Elisabeth in Begleitung ihres Mannes zurück. Helga war gerade weg, Rebekka und Josie hielten Mittagsschlaf. Ich bearbeitete die Sitzmöbel im großen Wohnzimmer mit dem Staubsauger, das hatte Helga am Vormittag nicht geschafft. Die Haustür hatte ich nicht gehört und erschrak zu Tode, als Oscar Thelen mir auf die Schulter tippte.

»Ich wollte Sie nicht erschrecken«, entschuldigte er sich. »Aber ich wollte Sie auch nicht anschreien, Sie waren so beschäftigt.«

Ich schaltete den Staubsauger aus.

Er lächelte freundlich. »Nun wissen Sie jedenfalls, dass wir im Haus sind. Ich bringe meine Frau nach oben. Es ist besser, wenn sie sich hinlegt.«

Elisabeth stand mit verheultem Gesicht und schwankend wie ein Schilfrohr in der Diele.

»Geht es Ihrer Frau nicht gut?«, fragte ich, obwohl das offensichtlich war.

»Ihr Sohn wurde überfallen und so brutal misshandelt, dass er an den Folgen verstorben ist«, sagte Oscar Thelen ohne ein Anzeichen von Trauer. »Es muss schon gestern Abend passiert sein, ein Jogger fand ihn heute am frühen Morgen.«

Was ich in diesen Sekunden empfunden habe? Ich weiß es nicht mehr, Erleichterung, denke ich, vielleicht auch Genugtuung. Ich fühlte mich jedenfalls nicht so, als hätte ich den Auftrag zu einem Mord erteilt. Das hatte ich auch nicht getan. Ich hatte dem jungen Mann nur gesagt, Curd Thelen sei der Letzte gewesen, der Pola lebend gesehen hatte. Und was nach Polas letztem Besuch im Dorf in Rebekkas Zimmer geschehen war. Dann hatte ich die Adresse der Agentur durchgegeben. Curds private Anschrift kannte ich nicht.

»Mein Beileid«, murmelte ich, konnte Oscar Thelen dabei anschauen, aber nicht Elisabeth.

»Danke«, sagte Rebekkas Vater, ging zurück in die Diele, packte Elisabeth beim Arm und führte sie zur Treppe.

Ich wartete noch, bis beide im ersten Stock verschwunden waren, dann lief ich in den Seitenflügel, um Rebekka zu wecken und ihr die frohe Botschaft zu bringen. Und für sie war es das, eine frohe Botschaft, die Erlösung.

Epilog

Vier Jahre ist das jetzt her. Ein gewaltsamer Todesfall, der in den Polizeiakten versickerte. Es gab kein Motiv, keinen Verdacht, keine Verdächtigen. Gegen mich hat niemand Anklage erhoben, es hat mich nicht einmal jemand zur Rede oder mir dumme Fragen gestellt. Eine Zeit lang habe ich erwartet, dass Elisabeth das tut.

Für mich lag es nahe, dass sie irgendwann zwei und zwei zusammenzählte und unter dem Strich zu dem Ergebnis kam, dass ich für den Tod ihres Sohnes verantwortlich war. Wie in diesem drittklassigen Ganovenfilm, in dem die Schurken anderen ein Wissen unterstellen, über das nur sie selbst verfügen. Und damit verraten sie sich.

Ich habe mich nicht verraten. Und Elisabeth konnte oder wollte offenbar nicht nachrechnen. Aber wie hätte sie auch darauf kommen sollen, dass ich Kontakt zu Polas Landsleuten aufnehme?

Fast ein Jahr lang bin ich noch bei Rebekka geblieben. In der Zeit haben wir richtig miteinander gearbeitet. Dann war sie so weit, sich wieder aus eigener Kraft im Rollstuhl aufrecht zu halten und ein einigermaßen selbstbestimmtes Leben anzusteuern. Ihr Vater sorgte dafür, dass sie weiter physiotherapeutisch behandelt und regelmäßig zu einer Logopädin gebracht wurde.

Sie hat ihren Schulabschluss gemacht und ein Abitur hingelegt, für das mein Vater mich wahrscheinlich in den Himmel gehoben hätte. Anschließend begann sie eine Ausbildung zur Steuerfachangestellten. Heute lebt Rebekka in einer betreuten Wohngemeinschaft mit fünf anderen Behinderten und drei Betreuern, die sich abwechseln.

Wir besuchen sie jedes zweite Wochenende, Josie und ich, machen Ausflüge mit ihr, gehen mal ein Eis mit ihr essen, wobei ich mich oft noch einmal mit Carina vor der Eisdiele sitzen sehe. Und am Straßenrand hält ein BMW-Cabrio mit einem jungen Mann am Steuer, vor dem mich alle warnten.

Das andere Wochenende verbringt Josie bei ihrem Vater, besser gesagt, bei ihrer Oma. Ronnie holt sie nur ab und bringt sie zurück. Mehr Zeit hat er nicht, muss arbeiten, immer noch Reparaturen aller Art, Computerprobleme und Gartenarbeiten. Dabei kommt er wenigstens mal an die frische Luft.

Der Überfall auf Ronnie blieb ebenfalls ungeklärt. Er hat keine Anzeige erstattet. Klaus hat ihm klargemacht, wie lächerlich der Verdacht gegen meine Brüder war. Anschließend hat Klaus mich dazu bewegt, die Scheidung einzureichen.

Seit drei Jahren leben wir zusammen. Das heißt, die meiste Zeit lebe ich mit Josie in der Wohnung, die Klaus gemietet hat. Sein schickes Appartement war für eine Familie mit Kind zu klein. Beruflich ist er immer noch viel unterwegs, will sich aber jetzt um eine Stelle in der näheren Umgebung bemühen. Leute wie er werden überall händeringend gesucht.

Ich arbeite wieder bei Markus Hengelmann, der mich erneut einstellte, als ich für Josie einen Kitaplatz bekam. Inzwischen geht meine Kleine schon zur Schule, erste Klasse. Die Nacht mit dem Teufel hat sie vergessen. Ich wünsche, ich könnte das auch. Aber ich träume immer noch manchmal davon.

Niemand weiß mehr über die Abgründe der menschlichen Seele: Petra Hammesfahr

Petra Hammesfahr, *Der stille Herr Genardy*
ISBN 978-3-453-36129-4 · Auch als E-Book

Er ist ein netter, hilfsbereiter Mensch und ruhiger Mieter. Sogar kinderlieb und bereit, monatlich mehr zu bezahlen, als Sigrid bisher für die Wohnung im Obergeschoss ihres Hauses bekommen hat. Seit dem Tod ihres Mannes muss sie genau rechnen, um sich und ihre Tochter durchzubringen und das Haus nicht zu verlieren. Deshalb versucht sie, die Albträume und Visionen zu ignorieren, die sie nach Herrn Genardys Einzug quälen. Aber die Angst um ihr Kind wird sie nicht los. Irgendetwas stimmt nicht mit dem stillen Herrn Genardy ...

Leseprobe unter diana-verlag.de

DIANA